2020年中篇小说年选

孟繁华 —— 编选

图书在版编目（CIP）数据

2020年中篇小说年选 / 孟繁华编选. —济南：山东文艺出版社，2021.1

ISBN 978-7-5329-6280-8

Ⅰ.①2… Ⅱ.①孟… Ⅲ.①中篇小说—小说集—中国—当代 Ⅳ.①I247.5

中国版本图书馆CIP数据核字（2021）第005866号

2020年中篇小说年选
2020 NIAN ZHONGPIAN XIAOSHUO NIANXUAN

孟繁华　编选

主管单位	山东出版传媒股份有限公司
出版发行	山东文艺出版社
社　　址	山东省济南市英雄山路189号
邮　　编	250002
网　　址	www.sdwypress.com
读者服务	0531-82098776（总编室）
	0531-82098775（市场营销部）
电子邮箱	sdwy@sdpress.com.cn
印　　刷	山东泰安新华印务有限责任公司
开　　本	710毫米×1000毫米　1/16
印　　张	31
字　　数	506千
版　　次	2021年1月第1版
印　　次	2021年1月第1次印刷
书　　号	ISBN 978 - 7 - 5329 - 6280 - 8
定　　价	79.00元

版权专有，侵权必究。如有图书质量问题，请与出版社联系调换。

序：变和不变：那个讲故事的人
——评莫言的小说集《晚熟的人》

孟繁华

这本年选里没有选莫言的作品。莫言包括今年创作的作品都收在了他《晚熟的人》作品集中。尽管《晚熟的人》收的不全是中篇小说，但这部作品集可以看作当下小说创作，特别是2020年小说创作最重要的收获。

莫言自称是一个讲故事的人。他获诺奖演讲的题目就是《我是一个讲故事的人》，他说："我该干的事情其实很简单，那就是用自己的方式，讲自己的故事。我的方式，就是我所熟知的集市说书人的方式，就是我的爷爷奶奶、村里的老人们讲故事的方式。" 小说和故事的关系，并不是一个自明性的问题。有人强调小说不是故事，起码不仅仅是故事。他们强调小说的"意味",强调小说的"形上性"。这是一个无法争论的问题,即使争论,也会各执一词莫衷一是。

在我看来,小说什么都可以没有,但不能没有故事。小说要塑造人物,要设置环境,要讲社会的历史和现实,要处理世道人心,如果没有故事,这些诉求是不能完成的。小说原初的含义是"正史之余",是"霸史""别史"或"杂史",但不是正史。在小说发达的时代,逐渐取代了诗词的正统地位之后,它是在勾栏瓦舍说给引车卖浆者流听和看的。试想,如果没有故事,那些看官凭什么兴致盎然地挤向勾栏瓦舍?至于小说后来的"意味",是现代作家为了标新立异对传统小说的起义或造反。他们另起炉灶,在小说中添加了别的东西诸如"意味",当然也自有道理。因为在中国对意识形态进行正面强攻是不现实的,于是才有了形式的意识形态。他们改写了小说已有的方式,有文学史的贡献。另一方面,中国的先锋文学实验了小说的"意味"之后,又纷纷回退五十里下寨,又回到了故事,尽管这个故事的讲述方式发生了变化,丰富了现代小说的讲述。莫言也是如此。

莫言获诺奖之后,发表了很多作品,其中的《一斗阁笔记》还获了第十届"茅台杯"《小说选刊》奖。授奖词是我写的:

> 莫言获诺奖之后,其创作备受关注。名满天下的莫言依然故我,我写故我在。《一斗阁笔记》突发奇想,回头接续笔记小说的传统,旧瓶装新酒,老树发新枝。是民风民俗,是杂录杂感,是传闻随笔,信手拈来,不拘一格,笔之所至信马由缰,想象奇崛,风格传奇,虚虚实实,亦别有深意存焉;从先锋到写实,从魔幻现实主义到本土文学传统,转换自如,天马行空。笔端自由是一个作家的心灵自由,《一斗阁笔记》显示了莫言小说创作的无限可能性,亦表达了本土文学的源远流长。

《一斗阁笔记》没有收进《晚熟的人》集子里。但是,我对《一斗阁笔记》的评价,同样也适于对《晚熟的人》的评价。这是莫言获诺奖后出版的第一部小说集。读过之后,我觉得莫言在变与不变之间。说他没变,是说他还是那个从容、淡定、宠辱不惊的莫言，还是按照他的方式讲述他的故事；说他变了，是指这部《晚熟的人》更切近现实生活，以"莫言"或"我"的身份、角度讲述故事，表达了他对生活介入的深度，同时有很强的代入感和仿真性。如果概括《晚熟的人》之特点的话，那就是故事的土地性、人物的多变性和现实的批判性。小说集凡十二篇，几乎都是在高密东北乡的土地里成长的。《左镰》写的是典型的乡村生活场景，一个流动的铁匠铺引出了左手使镰的田奎。表面波澜不惊的日常生活场景下有暗流涌动。田奎因欺负傻子喜子和妹妹欢子，被他爹砍掉了右手，原来可以左右手写字的田奎，只能用左手使镰了。田奎右手被他爹砍掉，没有具体的场景描写，删除了血腥。但这一极端化的残酷行为，无处不在地弥漫在小说的字里行间。按说小孩子之间的恶作剧，不至于用剁手的方式惩罚，但只有这样的处理，小说的艺术性和震撼力才会体现出来。也就是小说是写不可能的事物，也就是高于生活的艺术化。只有一只左手的田奎经历了这个阵仗，便没有了恐惧感，他敢一个人去坟地看蛇洞中的花蛇，这一段描写有魔幻性。欢子是一个"克夫"的女人，已经"克死了"两任丈夫。当问到田奎是否敢娶寡居的欢子时，他只有一个"敢"字，小说结束了。那个流动铁匠铺的"百炼钢化为绕指柔"也就落到了人物身上，田奎心里的坚硬和柔软被统一起来。小说中爷爷和老三的对话，是农民的智慧和机锋，简洁却生动无比。

《晚熟的人》是一篇令人欲罢不能的小说。虚虚实实真真假假。蒋二是晚熟的人，莫言是晚熟的人，单雄飞是晚熟的人。他们之间或许有早熟的人，或自以为早熟的人。但和那两台"推土机"相比，大家都是"晚熟的人"。小说写的是民间的生活场景，前半部写知青和本土青年的"斗争"，后面写武术大赛。两个场景里都有"诈"——前半部知青放电影传出的是假消息，常林等一干人马狂奔七八里地，筋疲力尽，结果没有电影；后面的武术比赛，渡边陵的孙子渡边一郎的上场，将比赛搞成了民族复仇的角斗。结果渡边一郎是常林的儿子"五毒"假扮的。两个假消息使小说风生水起，极具可读性，有明清白话小说，特别是《水浒传》的遗风流韵，民风和场景充满了中国情调和经验。同时，小说有尖锐的社会批判性，有鲜明的现代意识。无论是比武还是拆擂台，推毁"滚地龙拳展览馆"在"非法"与"合法"之间,大家无一不是"晚熟的人"。于是,莫言称得起现代知识分子了,他以小说的方式"插手了与己无关的事务"。

《斗士》中的方明德、成功,是滚刀肉式的乡村人物。《水浒传》中的牛二已经被青面兽杨志手刃,但这个绵长的人物谱系就这样延续了下来,他们是凶残的弱者。《贼指花》在小说中非常特别,大概是唯一不是出自土地的小说。故事套着故事,情节复杂,但叙述没有任何障碍,行云流水。尤金、武英杰、法拉利等作家栩栩如生。这些作家的嘴脸远没有那些泥土中生长出来的人物可爱。一个群体的面目一览无余。《等待摩西》中柳卫东失踪三十年还是回来了,等待摩西没有成为等待戈多。不是中国人喜欢大团圆结局,而是小说本身有内在的发动性期待。马秀美三十年的等待,与其说是宗教的力量,毋宁说是本土的执念文化使然,所谓感天撼地也就是马秀美了。而诗人"金希普""宁赛叶",是志大才疏百无一用自以为是的人物,莫言用极端化的方式刻画了他们。还有《地主的眼神》,这是一篇非常有深度的小说。人心和人性与身份没有关系。身份的认定是一个历史的范畴,与世道有关。但孙敬贤不是一个好人,看到他割地时看"我"的眼神,就看到了他的内心。但他因一篇作文吃了很多苦头却与他不是好人没有关系,而与世道有关。孙雨来是地主孙敬贤的孙子,他阳光、青春、热爱土地、热爱乡村,要多打粮食,他很像梁生宝的孙子。他不喜欢自己的爷爷和父亲。父亲孙双库重金为自己的父亲出大殡,是一种耀武扬威的报复,当然也是一种打肿脸充胖子的行为。身份是语言给定的,因此,无论人还是社会,无论身份还是历史,都始于语言,是语言创造的,这也是词与物命名的关系。

《澡堂与红床》写热气蒸腾的世俗生活。生活总有万端感慨,但历史是不以人的意志转移的。棉花加工厂变成了澡堂子,下属石连成成了老板,厂长也只能抚今追昔。但这就是生活。红床把该写的都写了,没写的更多。小说很干净、俏皮,但也很沉重,毕竟又有女孩子去了红床。《天下太平》写人与鳖的对峙,写了发展的悖论。小说以少年小奥的视角呈现了当下的世相,但其主要情节在《食草家族》中出现过。而且小说的叙事语言不那么统一,前半部很西化,多用白描,云淡风轻闲笔很多,后半部几乎是写实。

《红唇绿嘴》是一部时间跨度很大的小说。覃桂英小时候就用头发编成鞭子抽打李老师，致使李老师投了井；农业中学毕业后当了工作队员，在病房众目睽睽下与青岛一个科长的儿子行苟且之事；结婚后到关外多生了三个孩子，回到村里无地可分，便和丈夫在县政府搞了一出卖孩子的闹剧；她巧舌如簧，有了网络之后，打表哥莫言的主意，要卖谣言给莫言。覃桂英是一个坏人，她是和孙敬贤一样的坏人。季羡林先生说，坏人不会变好，只能变老。因为坏人没有反省检讨自己的意愿。《火把与口哨》里的宋老师、杨结巴、顾双红、三叔、郑华波、邓然、邱开平等人物，都给我们留下深刻印象。

读《晚熟的人》，会想起鲁迅的《呐喊》《彷徨》，一篇一个样式，没有模式化和雷同化。因此，莫言的创造力依旧，不愧是我们这个时代伟大的作家。

2020年11月于北京

目 录

序：变和不变：那个讲故事的人 / 孟繁华 ············ 01
——评莫言的小说集《晚熟的人》

玫瑰开满了麦子店 / 石一枫 ············ 01

黄河故事 / 邵丽 ············ 132

空山 / 沈念 ············ 210

何秀竹的生活战斗 / 刘汀 ············ 264

海棠花开 / 杨晓升 ············ 338

床上的陈清 / 林那北 ············ 394

我的清迈，我的邓丽君 / 程永新 ············ 446

石一枫

玫瑰开满了麦子店

1

麦子店的夜晚是火热的。

预制板楼体和单层玻璃窗形同虚设，车声人声、烟味油味破墙而入，充满了这间十平米不到的一楼小北屋。每隔约莫三分钟，最多五分钟，当脚下有列地铁轰鸣而过，磨得过分光滑但又总显得污秽的水泥地面也跟着震颤起来，铸铁窗框嘎嘎作响。住在这屋里的人最好是个聋子，要不就得是神经迟钝，否则晚上能睡个囫囵觉才怪。屋里摆设简单，一桌一床一书架。书桌朝南，床头朝南，书架上寥寥两本菜谱、家庭保健手册的书脊以及一个大头娃娃存钱罐的脸也朝南。笼罩在吸顶灯制造的暗影下，那张娃娃脸便斑驳了起来，这使得它空长了一张寓意丰衣足食的喜庆面庞，表情却像个农村的留守儿童一样惶然。

王亚丽姐妹就坐在桌前那把四脚不平的靠背椅上，面朝北窗。

她在等候一场交易。在嘈杂的噪声的缝隙里，身后传来压抑的响动。厨房里好像烧着水，卫生间的水龙头也打开了，带动着走势曲折的管道像动物园里的长颈水禽一样哀鸣起来。一会儿，又传来了换拖鞋、抹桌子的动静，似乎还在翻找着什么物件。交易的另一方想必正在为交易的内容做着准备。这一系列不厌其烦的流程，固然说明交易本身的来之不易，然而过分的郑重却令王亚丽姐妹体味到了一丝滑稽。退一万步讲，就算她果然是准备履行那场交易的，充其量不也就是那么两分钟的事儿吗。也许脚底深处的上一趟地铁刚过，下一趟地铁还没来，交易就可以宣告结束了。那个年岁的人，再怎么鼓足精神，恐怕也像深夜时分的地铁，绝无增运的可能，而且随时都可能是末班车。

出于某种含混的怜悯，王亚丽姐妹甚至想要催催对方了。赶紧的，时间来得及的话，或许还能尝到点儿甜头。但那么做不仅会令她显得很敷衍、很不"敬业"，甚而还会显得她在捣乱，存心坏了事儿。坏了对方的事儿，这倒无所谓，坏了自己的事儿，后果就是她没能力承担的了。王亚丽姐妹自认为是个理智的人，懂得权衡利害。

于是她打开人造革坤包，拿出一只塑料化妆盒，对着镜子扑起粉来。事到临头还要补妆，这个态度可以解读为童叟无欺，当然也有着保持镇定的作用。王亚丽姐妹又抬起腕子，看了看手表。她本来是不戴表的，今天特地翻出了那块价值不足两百块钱的石英表，是因为担心进来了就不方便频繁地打量手机——那会惹人生疑。表盘上呈现着有机玻璃构成的珠光宝气，表针指向十点刚过。在这个时候，街对面的烧烤店、居酒屋和零食铺子正在招揽最后一拨生意。而交易必须要在那些闲人或忙人全都散去以后才能开始，这也是事先规划好的。王亚丽在此前需要做的，无非是拖延时间和拿捏火候。

好在对方似乎也不着急，因此这个步骤意外地难度不大。坐得稍久，王亚丽姐妹就有点儿走神了。外面过了一队趁夜进京的大卡车，远光灯把窗前这一小块地方照得通体银白，形成了近乎璀璨的幻象。仿佛她这个人正在熠熠发亮，又仿佛这个房间并不是真的，而是追光之下的舞台布景，只等事情一完，统统可以拆除。王亚丽姐妹心里便也涌起了一点儿真真假假的感慨。她扑了最后两下粉，思索起了一个问题：

此情此景，是怎么发生的呢？

一个印在画儿上的干瘦的外国男人，拜你——

所赐。

2

王亚丽姐妹的念头滑到了几个月以前。那时还没人称她为"姐妹"。

同样是一个火热的、噪声窸突的夜晚，同样是在麦子店，她正坐在地铁站东头那座大厦底商的台阶上，等面包。每天晚上十点，距离打烊一个小时，这家起了法文名字挂了英文招牌的面包店就会打出歪歪扭扭的手写中文告示，宣布所有食品一律半价。王亚丽的选择通常是一根比她小臂还长的法棍，外加一盒酸奶和一瓶橙汁，够她明天的早饭和午餐了。如果赶上发工资，或者到了那些看似所有人都在庆祝，因而她也不好意思不"意思"一下的节日，她还会犒劳自己一块镶了樱桃的芝士蛋糕，或者一份烟熏三文鱼沙拉。

"果粒橙"替她算过账：即使每天只吃法棍外加酸奶橙汁，即使每天都能等到半价，她在伙食上的花费也将高达三十块钱，这就要比煎饼加鸡蛋灌饼或者红烧牛肉方便面加老坛酸菜方便面的组合昂贵得多。对此，"果粒橙"摇头叹气地评价：

"自以为占便宜，其实还是吃亏。自以为会过，其实还是不会过。"

有时王亚丽也叹气："买的不如卖的精。面包都软塌了，橙汁都不是鲜榨的了，放到第二天，保证没人要。不过好歹干净，吃了不会闹肚子，对不对？"

还有时她脾气不好，口气就有点儿硬了："反正没花你的钱，我爱吃啥就吃啥。"口气一硬，就带出了河南话的底色，铿锵如唱戏。

对于王亚丽的辩白或反驳，"果粒橙"的答复一律是："你说你是傻呀还是贱呀？"

王亚丽就瘪瘪嘴，不说了。反正甭管顺着说还是反着说，她都说不过他。傻和贱，必须二选一。况且类似的对话通常发生在一张铁架子床的下铺，再过一会儿，室友中就可能有人破门而入，因此两人必须还得抓紧时间折腾点儿别的。

但等说完折腾完，王亚丽再买吃食，仍会坐到面包店所在的底商台阶上去。

这似乎就与她对麦子店这个地方的认识有关了。王亚丽来到北京两年多，此前住过北六环内的回龙观，也住过南五环外的旧宫，都是在健身俱乐部教人跳操。有时是拉丁热舞操，有时是韵律拳击操，有时是动感单车操，用"果粒橙"的话说，操是一个操，换个姿势接着来。这话很不好听，但她却暗自承认说得有理：要不是有胳膊有腿就能干的活儿，自己也不至于两年多没涨过工资，还净让人把工作顶掉。再说回居住地点的问题，无论是回龙观还是旧宫，给王亚丽的感觉都不像是在北京。不就是工地、高楼外加让人眼晕的立交桥吗，现在中国哪个城市不是这样，别处也许还多了几棵树呢。那些地方的人，王亚丽也不喜欢：他们早上像打仗一样挤车上班，晚上像逃难一样挤车回家，回了家就把灯一开把门一关，此后与外界隔绝联系。这些人仿佛从没意识到自己生活在"北京"。

而麦子店就不同。这里有二十四小时不关门的咖啡馆，有经营各种没用的小玩意儿的文创商店，有上演"不插电音乐"和"无台词话剧"的酒吧书吧。如此种种，使得几十年前遗留下来的工厂宿舍和报废车间滋生了古怪的生机。这里的人虽然也是南腔北调、忙乱不堪的，但他们在忙乱之余，似乎又总在琢磨一些别的事儿——不在眼前的事儿，虚无缥缈的事儿。所以半夜有人抽风大笑，清晨有人痛哭流涕，不分昼夜都有人喝多了躺在马路牙子上晾肚皮。总而言之，麦子店是既陈旧又洋气、既真实可感又令人费解的，因而便让王亚丽感到既亲近又陌生。也正是这份亲近与陌生，让她觉得自己终于来到了北京。

当然，在两站地之外的"燕莎"和"凯宾斯基"，在电视新闻里才见过的天安门城楼上，似乎还有着另外的北京。但那些北京，就是王亚丽摸不着也想不到的了。

也正是在麦子店的气息的激励下，王亚丽暗自决定，要用一种全新的态度应付生活。开在东三环的那家健身房还给她取了个英文名字叫Elly，那么Elly也需要培养适合Elly的饮食习惯。但这个理由不能向"果粒橙"说明，否则他除了认为她傻和贱，还会加上一条"作"。而Elly或王亚丽的想法是，"作"就"作"吧，人生能有几年"作"。要是不"作"，她就该留在老家结婚生娃奶孩子。她有个初中同学的乳房都能甩到肩膀后面去了。

那天晚上运气不好，"限时优惠"的招牌还没挂出来，面包店里又拥进去七八个人。都是穿着西服挂着胸牌的公司职员，大概刚加完班。这种人的夜宵通常是由经理请客，因此才不必像她一样专门等候半价，并且越买亏了越解气。王亚丽只希望他们手下留情，别把她盯上的东西拿光了。然而运气的确不好，货架上所剩不多的品种几乎被一扫而空，装法棍的筐里也只留下了孤零零一根格外细格外短的，还从中间断掉了。

王亚丽不由自主地起身，站到店门前，隔着玻璃望着那根发育不良的残疾面包，又抬头瞥瞥挂在收银台后墙上的石英钟。离十点还有不到十分钟了。店里那个满脸蝴蝶斑的女收银员却仿佛猜到了她的心思，故意朝外扫了一眼，然后划开手机看起了电视剧。惨遭虐待的韩国儿媳妇哭天喊地，那声音刺激得王亚丽胃里一紧，口水也像女主人公的眼泪一样毫无节制地奔涌出来。然而她也只能继续等着。在很多个类似的夜晚，王亚丽都产生过进去央求对方把半价时间稍微提前的冲动，但随即又打消了念头。几分钟的事儿，晚点儿可以吃得理直气壮，早点儿就有了要饭的感觉了。她来北京又不是为了要饭的。

于是，就那么几分钟的工夫，那个干瘦的外国男人降临了。

来的当然不是他本人，而是一个和王亚丽差不多岁数的女孩。这姑娘个头不高，梳个马尾辫，背着双肩书包，胸前还抱着一摞书本，乍看倒像个刚下课的学生。她从街道尽头拐过来，沿着写字楼的侧面往地铁站的方向走去。帆布鞋踏地无声，因此王亚丽起初并未察觉——她的注意力还集中在那根面包上。而眼前一晃，学生样的姑娘就不知何时跨上台阶，站在了王亚丽眼前。身边没别人，对方是冲她来的吧。

"能耽误您一点儿时间吗？"女孩的话也证明了这一点。南方口音很重。

王亚丽的第一反应，这大概是个做推销的，要不就是乞讨的。否则陌生人，尤其是同性之间的搭讪还能有什么目的——就连问路都不大可能，现在谁的手机里都有地图。但无论是推销还是乞讨，她都找错人了。因此王亚丽对那姑娘的态度，就像蝴蝶斑女收银员对王亚丽的态度一样，故意把眼睛绕过了对方的脸，假装无动于衷——然而架势又有轻微的不同——并非彻底的视而不见，而是眼风一晃，在对方的目光里轻巧地盘桓一个瞬间，这才擦着对方的耳郭滑到了远在天边近在眼前的不知什么地方。

这种神色也是王亚丽来了北京以后才学会的，她常看到健身房里的一些女顾客对着男教练、男销售或者半熟不熟的男顾客使用它。那里面包含着轻佻的傲慢，意思大概是"我不想搭理你，但你也挺有意思的"，或者"虽然你挺有意思，但我还是不想搭理你"。很可惜，王亚丽施展这种眼风的机会不多，顶多也就是跟"果粒橙"，而那家伙的反应常常是：

"你他妈的面瘫了？"

但也许恰恰因为眼风里那点儿多余的悬念，面前的女孩并未被王亚丽打发走。她反而顿了顿脚，以更加执着也更加抱歉的口吻继续发问："就说两句行吗？"

王亚丽只好把眼神拉回来，反问："你有事？"

女孩随后的话令她错乱："这位小姐，你信主吗？"

"哪个主？"

"耶稣呀。"

"他爸是上帝那个？"

"否则还能有哪个主？"

"哦哦，那爷儿俩。"王亚丽愕然地挤了挤眼，看起来就真有点儿像面瘫了。而面对这样一个问题，她也只有实话实说："当然不信啦。"

"这不打紧。那么你考虑过信主吗？"

"不考虑。"

"这也不打紧。了解了解总是好的。"

说着，女孩两手一伸，将抱在怀里的书本捧到了王亚丽面前。她比王亚丽矮了半个头，那副姿态就像是谦恭地奉献什么东西，同时闪烁着水汪汪的大眼睛。这样的眼睛是很让王亚丽羡慕的，她总在想，如果自己也拥有一双化妆品广告里的明眸，而不是中原人常见的细眼睛单眼皮，那么当她希望展示心里那些优雅的风情、惆怅的风情、迷惘的风情时，也就不会遭到以"果粒橙"为代表的男人们的无视乃至嘲弄了吧。她有些沮丧地低下头,看了看女孩手里的书。都是些薄薄的小册子,大小和健身房的课程介绍差不多,印刷却远不如课程介绍精美。封面上有个白袍长发的外国男人,长得干瘦干瘦的,好像从小到大没吃过饱饭,但却用慈祥的、怜悯的眼光打量着她。那男人的容颜背后,还拢着一团光圈。

人家的意思是让她拿本书吧,免费赠阅。可王亚丽实在懒得伸手。她不动,对方便继续捧着。两人僵在那里,客气、陌生而又相互有些羞怯。

"谢谢,我真不需要——"

"现在不需要,将来也许会需要。"

"我也没时间——"

"翻一翻就好,并不耽误什么的,对吧?"

对方像个过分敬业的推销员,因其热忱,所以不懂眉眼高低。那摞沉甸甸的小册子在细瘦的腕子上架着,仿佛王亚丽要是不拿一本,她就坚决不会放下似的。借着面包店玻璃门里涌出的灯光,王亚丽看到女孩按在书本边缘的手指甲都发白了,两手还微微颤抖,大概正在尽力克服紧张。时间一长,她都替女孩感到累了,而且有点儿过意不去。

类似的事情王亚丽也是干过的,每个健身房开业初期,都会把教练们"撒"出去,向超市门口和地铁站的人群发放宣传彩页。姐,瑜伽舍宾。哥,游泳健身。大部分遭到推介的人们都会面无表情地经过,哪怕把彩页硬塞进他们的腋下,得到的反应也是机械地一甩胳膊匆匆离去,留下一片油光闪亮的臀肌腹肌胸大肌在汽车尾气里上下翻飞,最后瘫在地上哆哆嗦嗦。那感觉既好像在给流水线上的工业制品粘贴转眼就会脱落的标签,又好像发放彩页的人才是注定徒劳的机器。而如果偶尔有人停下来看上两眼,有心无心地向王亚丽询问两句,那么几乎会令她涌起感激之情了。不管你推销的是什么,推销者其实都相当于为了推销的内容而受着委屈。说到底,饱满的肌肉先生也好,干瘦的外国男人也好,都不容易。也正因为这点儿感慨,王亚丽便无可奈何地笑了一笑,从女孩手捧的小册子顶端取了一本,却不看,径直夹在了胳膊肘底下。

而王亚丽这么做的另一个原因,则是面包店里又有了动静。那位满脸蝴蝶斑的收银员已经从柜台后面绕了出来,将半价招牌挂在了门口。有必要结束这次推销或者传教了，如果这时突然再插进来一位顾客，把唯一的那根法棍抢走，那这个晚上可就真是倒霉透顶了。因此，王亚丽的下一个动作是决然转身，向着锃亮的玻璃门奔了过去。

"主会对你好的。"女孩在她身后说。

好像还说了别的什么，可她压根儿没听。

但王亚丽没想到，这个晚上还有另一个插曲在等着她。那是当她夹着胳膊端着托盘，来到收款台前的时候了。收银员低头扫码，酸奶，原价十六现价八块，橙汁，原价十五现价七块五，这都是照章办事。偏偏那根原价二十现价十块的法棍被拿起来，转眼又放下了。

收银员抬起头，告诉王亚丽："这根有残缺，不能卖了。"

"可就剩这么一根了……"王亚丽抢白似的申辩。

收银员笑了："您就凑合着吃吧，不收钱了。"

在那一刻，王亚丽只觉得对方脸上的蝴蝶斑扇动着，真像一只美丽的蝴蝶。看来这个晚上不只有坏运气。那么好运气又是从何而来的呢？难道是自己那可怜巴巴地等待半价的样子在今天显得格外可怜？还是韩国电视剧的作用，贫苦出身的儿媳妇终于感动了豪门恶婆婆，使得这位收银员在一瞬间决定与人为善，大赦天下？至于王亚丽的第一反应，则是迅速把面包揣进了纸袋，像怕对方反悔似的——然后才找补一句：

"那多不好意思，要不是最后一根……"

收银员又笑："知道您爱吃我们家的法棍，明儿早点儿来。"

这就相当于不仅给了她一根免费的面包，甚而给了她一份免费的面子了。而直到王亚丽捧着食品袋离开面包店，又往前快步走了几十米，她才觉出一条胳膊绷得发酸，同时感到肋骨被什么有棱有角的东西硌得作痛。是那本小册子，刚才一直在腋下夹着，竟忘了它的存在。王亚丽一松胳膊，任由那东西像只残废的鸟，扑棱着翅膀坠到地上。她本想就这么走掉算了，反正那位执着地发放小册子的女孩已经不见踪影，反正大厦的保安和街上的治安巡逻员早就下了班，没人会为乱扔废纸而呵斥她几声，反正……

恰在这时，她觉得有人在看她。

其实也没人，而是路灯的光从头顶上方倾泻下来，穿透了她的头发，浓缩了她的影子，恰好照在小册子微微颤抖的封面上。那个干瘦的外国男人熠熠发亮，脸旁的光圈也在蓬勃地晃动。他的笑容仿佛活了，正以一种无所不知的目光凝视王亚丽。这自然是一个短暂的幻觉，究其原因，大约是光与风的交互作用。但竟令她心里一颤。

王亚丽想：没那么灵验吧？

3

翻开那本小册子，却是一个月以后的事儿了。

拖了这么久，倒也不是有意怠慢，而是任谁也不能给根面包就和画儿上的陌生男人亲近起来。但也许是心里一颤的缘故，那本小册子便终究没被王亚丽弃之不顾。那天她弯腰把它捡起来，掸掸尘土，夹回了腋下。可等拿到屋里又成了累赘：她那张下铺铁架子床的床头摆着牙缸肥皂盒，床尾摞着脏的干净的衣物，床底下则塞满了惯于搬家的人必备的两三只旅行箱。属于自己的空间就这么一点儿，别说"果粒橙"来时会抱怨"折腾不开"，就连一个人睡觉都局促得喘不过气，当然也就容不下一本来路不明的书了。于是王亚丽没多想，扭脸进了厕所，把它插进了房东遗留在暖气片上的那摞《知音》《女友》和《故事会》杂志中间。这也是她们这套出租房里唯一存放读物的地方。

放在厕所也没人看。现在的人坐马桶都爱刷手机，没人翻杂志。再说一间屋里住四个人，一套三居室里住十二个，大家共用一个卫生间，只要下班回来，大号小号川流不息，谁能让你充满闲情逸致地霸占马桶？于是一扭脸，王亚丽就把受了恩赐的事儿给忘了。

再想起来，还是因为王亚丽她妈给王亚丽打了个电话。

本来母女俩是很少联系的，甚至不像亲人更像冤家。这就要说到王亚丽还不被称为王亚丽，而是叫作王鸭梨的年岁了。怀她时，她妈犯口渴，成天叫嚷着要让她爸去给买鸭梨，她爸们倒是出了，鸭梨却一只没带回来过，当时他正抓紧时间跟粮店那娘们儿鬼混。她妈为一口吃的置气，就给女儿取名叫鸭梨。还是上派出所登记的时候，人家觉得这名字像成心捣乱，这才由户籍警做主改成了亚丽。不过从小到大，哪怕上了学，认识的人仍然把王亚丽唤作王鸭梨。又是在王亚丽或王鸭梨五六岁的时候,她爸的事儿就败露了。粮店那娘们儿的丈夫来抓奸,结果在储存富强粉的大铁箱子里捉住了两个"雪人",据说都躲到那儿去了,还在赤条条白晃晃地纠缠。粮店那娘们儿先离了婚,也逼着王鸭梨她爸离。她爸一算计,反正待在老家那个小县城,从老婆孩子到工作都没什么意思,索性就离,净身出户,和那娘们儿一起出门找活儿干去了。俩人目前在郑州火车站卖大饼馒头。

自此,王鸭梨跟着她妈过活。她妈看不上王鸭梨,把王鸭梨视为前夫遗留的历史负担,阻碍了她去追求新生活;王鸭梨也对她妈有敌意,因为她妈对外一心追求新生活,对内就免不了处处克扣她。到了初中毕业,王鸭梨本来有志上高中考大学,她妈却表示供不下去了,给王鸭梨报了个职高,还是幼儿体教班,为的是体育生可以减免伙食费。又到了这几年,她妈也不管她干着什么工作、过着什么日子,就连她沿着铁路线漂流到了哪里都没概念,少有的几次联系女儿,无一不是变着花样要钱:表弟结婚、姥爷过寿,乃至拐弯抹角不知什么亲戚的生老病死都能成为理由。她觉得王鸭梨既然"出去了",就该能挣钱,既然能挣钱,就该替她爸补偿自己。最狠的一笔,说是老家棚户区的房子要拆迁,补偿款不够买新房的,政府要求预缴一笔钱才能排号,张口就削走了三万多,那几乎是王鸭梨辗转了几个县市又到北京打工的全部积蓄了。如果不是把钱都给了她妈,原来的王鸭梨后来的王亚丽也不至于连个单间都租不起,更不至于买个面包都要守在店门口等半价。

如上种种,使得王亚丽看见手机上跳出个河南号码时,心里便咯噔一下。那是个晨光稀薄的黎明,她醒得比别人早,又被室友的呼噜和磨牙声搅得再也合不拢眼,正一个人躲在厕所里,一边走形式地坐马桶,一边迷迷糊糊地玩着手机里的连连看。设成振动的电话执拗地颤抖着,而王亚丽却一直耗到游戏里那只奇形怪状的小动物宣布游戏结束之后,这才点开了通话。同时,她不得不彻底回神,考虑自己的妈为什么要这么早找自己。这才不到七点钟,有那么迫不及待,非要来个突然袭击吗?又同时,她妈那些五花八门的说辞在她的脑子里重新过了一遍,而指向的目标只有一个。王亚丽心里又咯噔一下。

王亚丽她妈的声音传了出来，却是洪亮而喜庆的："鸭梨呀！"

还苹果呢，还香蕉呢。王亚丽招架道："你找我？"

"瞧你说的，打你电话可不是要找你。你咋样？"大嗓门里竟夹杂着几分关切。

王亚丽便直言相告"不咋样"。上个月的工资倒是快发了，公司却突然说要先交三个月的宿舍租金外加押金，此外还有跳槽到城里来的介绍费、管理费……这些都要从她的收入里扣，所以别说拿不到几个子儿，不倒欠着人家一笔就算不错。她的右腿膝盖又在撕扯着疼了，是在体教班落下的旧伤，被二百多斤的男老师按着身子压腿压的，如今贴膏药已不管用，跳操的时候一高抬腿就疼得浑身冒冷汗，到医院去拍个片子又得几百块。新来的健身房倒是离住处不远，交通费用或许可以省下一些，但城里客人多，每天五六堂课连轴转，而在试用期间，课时费又是不计入工资的。总之她累得像头牲口，穷得像头牲口，能维持的生活水平大概也并不强于一头牲口。说的都是实话，即使略有夸张，也是在事实的基础上渲染了个人感受。而这些苦处以前竟没向妈吐露过，是因为从小到大就没有和妈交心的习惯；今天之所以说这么多，则是因为王亚丽决定先发制人，提前堵住妈的嘴。

她妈听完，啧啧两声："知道你不容易……"

知道个屁，以前可没看出来你知道。王亚丽窝着火儿说："那有事儿吗？"

她妈就沉默半晌。这半晌，王亚丽先是洋溢着恶狠狠的得意，以为自己的战术奏效了。再怎么横征暴敛的养殖户，也不能踩着鸡脖子硬逼它下蛋吧。但她又不自觉地冒出几分担忧：万一真有什么事儿呢？比如她妈上班的那个小厂开不出工资了，比如她妈晚上到县城广场边上摆的烧烤摊被工商抄了，比如她妈在外面打麻将欠下了赌债，债主找上门了——以前问王亚丽要的钱，多半是被填补在了生意或者牌桌上。不过还没等王亚丽提醒自己那些担忧是傻是贱，是自作多情，王亚丽她妈就又开口了：

"再瞧你说的，找你可不是有事儿吗？"

"啥事儿你说吧。"王亚丽脖子硬硬地一梗，简直像等着挨一刀了。

"你也别这种口气，不是钱的事儿。"她妈的口气更软了，几乎可以称得上温柔,这可是王亚丽她妈给王亚丽打电话时从未有过的情况。但没等王亚丽再起疑心,谜底已经揭了出来:"拆迁的事儿定下来了,政府说让办手续。"

"给了多大?"

"七十多平方米,一套两居室。"

"就一套?"

"原想着再要套小的,人家不答应。"

"手续啥时候办?"

"就今天,上午九点。"

"你咋不早说?"

"昨儿晚上才通知的,那些人贼得很。"

"就不能等等?"

"人家催呢,说再不去就算抗拒,政策又变了。"

"可我现在怎么过去,火车票都来不及买……"

"知道你忙。"说到这儿,王亚丽她妈的口气突然就从容了,轻松了,仿佛卸下了一个悬而未决的包袱,"我的意思是,我就过去签了呗,先把房拿下来再说。"

"不是签名必须得本人吗,那我的名儿……"

"形势不等人。咱们是娘儿俩,还顾得上那么多?"

说完便又沉默半晌。这半晌,王亚丽尽力想让脑子运转起来,然而却发现这很艰难。她开始一阵一阵地发蒙。而仿佛是为了打消王亚丽让脑子运转起来的努力,王亚丽她妈偏又扯起了别的。这也是她妈的习惯或云战术之一:每当表示"事儿就这么定了"时,她都会兴致勃勃地顾左右而言他。

总算没太跑题,接着说的大致也和拆迁有关。谁家亲戚在省里上班,多分了一套房;谁家给拆迁办的塞了钱,先挑了好户型;谁家敢玩儿命,政府的人一来就抱着煤气罐子上房顶,结果人家可不吃这一套,先抓进班房关俩月再说。至于她们这种没关系没钱又没胆量的,与人家打交道时,就更需要技巧。什么时候该硬,什么时候该软,什么时候该收,什么时候该放,都得拿捏得恰到好处,和做买卖以及打牌一个道理。你不算计别人，就要被别人算计了。为了不吃亏，王亚丽她妈还专门去向一位老家在邻县，已经经历过一轮拆迁的"朋友"取经，又伙着几个邻居到政府门口睡了两晚，消耗了半脸盆的鼻涕眼泪，这才争取到了今天的结果。

"还行啊，"说到这里，她妈不禁骄傲了起来，"咱们家户口本上少一人，按说面积超不过六十平方米，不过最后还是给了七十多。人家也劝我别闹了，我再不软政府就该硬了，到时说理都没地方说去……"

对于这番聒噪，王亚丽听得声声入耳，但又好像一个字儿都没往脑子里去。她仍在发着蒙，以至于当她妈停下来，电话里就只剩了嘶嘶的杂音。话头讪讪悬了会儿，这才又被她妈接上。近的说完了，只好说远的，但务必要硬着头皮说下去。

接着说的就近乎一个笑话了，还是她妈那"朋友"讲给她妈的。笑话的主角是邻县一光棍，年纪长相都不详，唯一值得说道的，就是这人信主。再把话岔开一句，在她们老家那一带，信主的很多，替主传道的也有不少。王亚丽有个同学的妈也信过主，给她讲过摩西分开红海，讲过五饼二鱼喂饱千人，不过后来却不信了，因为信主之后反倒下了岗。而在王亚丽的印象里，主爷儿俩虽是外国人，却洋溢着她所厌弃的那股土气。再说回王亚丽她妈所讲的事儿，那光棍是从上个世纪就信上的，因未娶妻，就越信越虔诚，以至于家里的猪啊羊啊丢了也不去找，说主自有安排。村里人偶然碰上猪羊，好意送回来，他也不谢人家，而是跑到土坯教堂里去谢主。后来他家再丢什么东西，人家找着也不往回送了，大的到镇上卖掉，小的现宰了吃，反正卖也是替主卖的，吃也是替主吃的。而这光棍的老娘临咽气时，居然掏钱给他从山里说了个瘸腿媳妇，结婚还是到土坯教堂办的，这也是光棍秉承主的意思。只是过了不到俩月，瘸腿媳妇又跑了，嫌他家穷。跑了仍不找，说凡事听主的。

可再往下讲，笑话却变成了寓言：也就是前两年，他们那村要拆迁，别家都划归县城新区，偏是光棍家住得远，宅基地坐落在一条枯河对面，划归了省里立项的工业园。工业园由几家大企业承建，不缺钱，唯独工期紧，这就造成了同地不同价。别家只分得一套回迁房，光棍却除此之外又得了一大笔钱，还有工业园区里的两处商铺。突然之间，光棍就抖起来了，买了辆"帝豪"汽车停在村口，也不是为了拉活儿，而是为了兜风。

其他方面也有收获：人家又给介绍了个邻村的寡妇。没想到才把婚事议定，那瘸腿女人又一歪一歪地回来了，声称自己才是原配，同时受到法律及主的双重保护。仨人掰扯一阵，最后达成共识，咋过不是过，索性一块儿过，倒班儿过：一天寡妇陪光棍去兜风，瘸腿女人就在家做饭，另一天瘸腿女人去兜风，寡妇做饭。光棍自此就不是光棍了，成了一个亚当俩夏娃，或者配有两只茶碗的茶壶。

说起这事儿，光棍还和原来一样，只是脸上笑眯眯的："都是主安排的。"

又劝诫其他人："谁叫你们不信主。"

讲到这里，王亚丽她妈大笑两声，仍很洪亮，但声音从手机里传过来却是空洞的，仿佛为笑而笑。坐在马桶上的王亚丽却觉得腿发麻，同时脑袋又开始发蒙，也不知是坐久了还是被她妈的话给绕的。她便略往上提了提身子，想让自己保持清醒。谁想举着电话的那条胳膊一歪，就把暖气片上的一摞旧杂志碰了下来。从发黄发皱的一堆过气明星中间，忽然闪出一张外国男人的瘦脸，面貌慈祥，目光悲悯，脑袋后面还拢着个光圈。

王亚丽又感到那男人在看着自己，心里便没来由地怦怦跳了几下。而王亚丽她妈的话兜了一圈，从家里的房子说到别人拆迁，说到光棍信主，此时又说回了登记签字的事儿上："总之就这么个情况，本来我直接去签了也行，但一想，还是得知会你一声。怕你跟我闹。"

她妈又说："其实有啥可闹的。原来咱们是说好，拆迁款不够买新房，缺口你补上一部分，登记时把你的名儿写前面——可现在不是来不及吗。再说亲不亲，一家人，就算房本没你的名儿，户口本也有你的名儿，我是你妈，还能不叫你回家？我还怕你在外面野惯了不回家呢。"

最后她妈停止了絮叨，抛出一个语气词："啊？"

王亚丽只好答以一个语气词："啊。"

王亚丽她妈就适时地挂了电话，听筒里传出了一串儿嘟嘟声，而那声音也显得心满意足。王亚丽却仍坐着不起身，下边发麻，上边发蒙。一边发麻和发蒙，她一边对着暖气腿边上的那本小册子出起了神。她在与画儿里的外国瘦男人眼对眼地互相凝视，一边凝视，一边就想着远的近的好多事儿。想她爸不要她，和粮店那娘们儿卖大饼馒头去了；想她妈不靠谱，拿了她的钱，到底用没用在买房上都不知道；想她在河南上体教班时，二百多斤的男老师不仅按着她的身子压腿，压腿时还爱狠抓她的下体和屁股；想她喜欢过一个男同学，仅限于喜欢的那种喜欢，对那人唯一的期冀，是能在毕业留言本上给她写句好听的话，也不枉喜欢一场，结果男同学写道："王亚丽，我觉得你长得像一头驴……"

在那慈祥的目光下，王亚丽想的都是心酸的事儿。再或者，她这二十多年只有心酸。

接着，她便弯腰抄起了那本小册子，翻了开来，看了进去。在水汽腾腾的卫生间闲置了一段日子，小册子也像杂志一样发黄发皱了，好在字迹还算清晰。又好在虽是替主传道，里面的内容却并不晦涩，而是言简意赅的，每页还配有彩图。这种看图说话的形式也很适合王亚丽。那个与王亚丽无关的故事便从头讲起：话说创世之初，上帝用了七天……

啪啦啪啦纸响，王亚丽看过了亚当的肋骨做成夏娃，看过了伊甸园里的苹果和蛇，看过了大卫打败歌利亚。人一神游，轻易就能穿越洪荒，纵览千年。有些故事以前听同学信主的妈说过，模模糊糊似有印象，现在都按顺序串联在了一处。与此同时，她竟觉得心里舒坦了不少，她妈那个电话带来的猜疑和烦躁，远的近的回忆引发的心酸，统统不觉消弭。也许她想做的，正是用虚无缥缈的事儿代替实际发生的事儿，就像她妈爱打麻将，就像"果粒橙"爱幻想挣大钱，一打起来和幻想起来，屁股底下着火了都不觉得烫。只不过王亚丽恰好撞上了眼前这本小册子，所以她也有些感谢封面上的那个外国瘦男人。

正这么想，厕所门就响了。是睡她上铺的那女孩："王亚丽，你拉完没有？"

王亚丽这才意识到，在接听河南电话并神游"淌着奶和蜜的地方"之际，她已经坐了将近一个小时。后面还有十多个人呢，她们正等待着以更加务实的态度使用马桶。于是她挣了把劲儿起身，又掩饰性地按了下冲水键，回道："这就完。"

王亚丽刚说完，就觉得眼前一黑，接着又觉得两条腿都不是自己的了。也许是坐得太久起得太急，再加上从睁眼到现在水米没打牙，她竟一家伙晕了过去。晕时的形状也很丑陋：连裤子都没提，屁股朝向天花板，两腿叉开，上身伏地，好像一只倒栽葱的青蛙。外面舍友听到动静不对，又扯着嗓子喊了几声，随后干脆叫来别人，一起撞开了门。这时王亚丽倒渐渐恢复了意识，她听到舍友们大呼小叫，那阵势简直像是自己已经死了，不禁觉得有点儿好笑。但再一摸脸，手上湿乎乎的，味道还是腥的。原来一头扎到了暖气片上，有如豫剧里唱的杨令公怒撞李陵碑，把脑门给磕破了。

那血从上往下淌，顺着脸流到下巴。王亚丽竟没顾得上自己，反而用干净的那只手抓起身下的小册子，顺势按在怀里，如同拢着一个婴儿。

她明白自己的样子大概是很吓人的，但与此同时，她又不想让舍友看到她刚才看的东西。小册子，慈祥的外国瘦男人，在一刹那变成了一个她不愿与人分享的秘密。出于这个心思，她疼也不喊，有人推她也不动，就那么双肩紧缩，脸贴地，撅着。

直到有人要叫救护车了，王亚丽才慢慢起身，扬起一张血脸笑了。

"没事儿。"她说。

4

至于王亚丽决定拜访麦子店的"团契"，则是离那天又过去了一个月。

去也不是有意信主，而是说来惭愧。一头撞到暖气片上，她声称没事儿，但还是被室友架到医院缝了几针，此后一些日子也不能上班。等伤好点儿再去，健身房却仍让她放假，怕的是跳操跳得伤口崩裂，溅一地血再吓着谁。当然，不管是请假还是被放假，工资不言而喻是要扣发的。因此王亚丽虽然成天躺着，心里却仍忙个不停。她得算账。算入账，算出账，算水电，算医药，算伙食。上学时做算术，她老觉得数目越大越难算，后来才知道钱的事儿正相反，大数不难小数难。听健身房的客人聊天，炒股炒房七位数的亏空，在人家嘴里就跟开玩笑一样，到了她这儿，必须精确到个位数和小数点后一位数，那些数目就怎么也掰扯不开了。

况且王亚丽还背着个负担，就是"果粒橙"。那张臭嘴也要吃她的喝她的。

俩人是在回龙观认识的，当时王亚丽在健身房教人跳操，"果粒橙"在中介公司帮人卖房租房。下班都晚，都爱到附近一家烩面馆吃烩面，不同的是王亚丽吃烩面就的是蒜，"果粒橙"吃烩面也要来瓶果粒橙。因为吃烩面，他们知道了两人都是河南新郑一带人，一来二去算认识了；也因为吃烩面，一个春夜发起燥来，"果粒橙"就把王亚丽带到客户委托的房子里……

"果粒橙"这人不仅口风脏，而且每每能把脏话说出许多因地制宜的创意来。最早王亚丽还觉得好玩儿，甚至跟他学，进而又把几个室友给传染了，但时间久了，自己却先受不了了。受不了也不是因为脏，王亚丽自小也不是在耳根子干净的环境里长大的，而是因为她发现，"果粒橙"说脏话还有另一个与众不同之处。一般人随口说出的脏话，往往漫无边际，没有针对性，其效果就好像谁都骂了又谁都没骂，"果粒橙"却永远是目标明确：客户不能骂，领导不敢骂，谁跟他近谁跟他熟，他就专门拿谁开刀。这就称得上刻意和恶毒了。以前冲他妈去，过年往家打个电话都能把他妈给说哭了；后来是骂和他一起来北京的几个兄弟，终于把人家骂急了，合伙揍了他一顿，从此再不打交道；到如今，挨骂的义务就落到了王亚丽头上。她的长相、习性和工作统统被他损了个遍，说辞花样百出，意象却万变不离其宗，无外乎牲口、排泄物和交配运动。有时王亚丽感觉，只要"果粒橙"一张嘴，她就变成了一头躺在粪坑里等待配种的驴。

逼急了王亚丽也反抗。有一次两人正在铁架子床的下铺折腾，折腾到一半儿，"果粒橙"突然就停了，斜眼打量王亚丽，然后说："你那同学说得真他妈对。"

王亚丽正在闭眼承受，一时反应不过来，问："哪个同学？说什么？"

"果粒橙"认真地说："就是你跟人家发骚那同学呀，他说你长得像一头驴。从刚才的角度一看，你还真像一头驴，而且叫得也像驴。"

此情此景，此话就让王亚丽急了。她少有地发狠，抬起因为常年跳操而伤痕累累的腿，一脚把"果粒橙"从床上蹬了下去，而后赤条条地跃起反骂。她的脑袋在上铺磕了好几个包，声嘶力竭，嗓子都喊哑了。这番疾风骤雨持续了足有半个小时，王亚丽才瘫回床上，呼哧呼哧喘气。她发现骂人也是一项体力活儿，比在床上折腾还累。

"果粒橙"却古怪地一笑:"客观事实,你急什么。"

还说:"你怎么就不懂,骂你是把你当亲人哪。"

听他这么说,王亚丽就消停了下来,但却不是心情好转,而是兴致索然。人活在世,都是爹娘生父母养,却非得如此卖力地互相贬损和自我贬损,动辄还拿牲口打比方,这让她觉得没劲透了。往近了说,二十多年白活,往远了说,生物学意义上的几百万年进化全都徒劳无功。王亚丽的索然似乎也传染了"果粒橙",他跟着垂下头来,唖吧两声,仿佛对王亚丽像驴或自己一定要骂人的现状无可奈何。然而出其不意地,王亚丽又从这静默中察觉出了一丝温暖,那感觉好像在冷水里尝出了一滴眼泪。这就来自"果粒橙"把她当亲人的那句话了。还有谁把王亚丽当亲人呢?而王亚丽又是多么需要一个亲人啊。为了这个,她似乎就没必要质问"果粒橙"为什么专要辱骂她这个亲人了,相反,"果粒橙"的辱骂恰恰说明了她是他的亲人。起码在口头上,起码在铁架子床的下铺上。

而一定要给"果粒橙"的骂人找个原因,那也未见得是精神上出了毛病,也许反而是精神上的正常需求。这么说吧,人的情绪都得有个出口,在工作中越是笑容可掬的人,在工作之外脾气就会越差,也就越需要找人泄愤。那么再以这个道理反推"果粒橙",是不是也可以这样认为,那家伙对王亚丽越粗暴、越刻薄,也就越说明了他是个勤奋敬业的房产中介呢?

这也符合"果粒橙"另一个特点。事实上,王亚丽不得不承认,"果粒橙"不仅勤奋敬业,而且志向远大。"果粒橙"也爱算账,但和王亚丽又不是一种算法。王亚丽算的是手头那点儿钱够不够花,是聊以糊口的算,"果粒橙"算的却是将来挣多少钱才够花,而且还要算钱如何才能生钱,那就是体现着人生理想的算了。当俩人在铁架子床上骂完折腾完,"果粒橙"曾经不止一次对王亚丽掰扯过那笔账:他顶风冒雨骑着电动车带人看房,总算成交一单生意,业主拿五位数,老板拿四位数,他呢?七七八八也就是个三位数。这还是租,如果是买或者卖,收益的差距就更大了。凭他"果粒橙"的聪明才智,为什么要替人辛苦替人忙,凭他"果粒橙"的意志品质,为什么要人家吃肉他喝汤?

"我们店长就一傻瓜,大写'壹贰叁'都划拉不清楚。"

"找一门脸雇俩人,招牌一挂就能开张。"

"他们干得,我干不得?"

简而言之,"果粒橙"的理想是开一家中介公司。按照他的说法,到了那时,王亚丽也不必再到健身房教人跳操,而是在店里管管账,当个老板娘就行——由此不仅相当于从体力劳动者变成脑力劳动者,甚而有了挺进那个不劳而获阶层的可能性。

对于这个理想,王亚丽起初的看法是他过于乐观,但随后一想,究竟应不应该乐观,又得分在哪儿看待事情。如果是区区新郑小县城,一张嘴说出的数字儿多了俩零,那不是喝多了就是诈骗犯,可谁让他们都来了北京呢?在北京,很多切实可信的事儿变得虚无缥缈了,但也有很多虚无缥缈的事儿变得切实可信了。而也正因为那份看似切实的乐观,王亚丽便对"果粒橙"多了些许景仰,甚而还从"果粒橙"的谩骂中咂摸出了贴心贴肺的意味。啊,王亚丽似乎明白过来,俩人的关系里,原来拐了这么个弯儿。

于是王亚丽说:"等你当了店长,不会看上别人吧?"

"果粒橙"说:"你脑子进屎了?不都把你当亲人了吗。"

王亚丽说:"将来要真能开店,就开在麦子店呗?"

"果粒橙"说:"这地方好在哪儿,连个学区也不是,房子还老。"

王亚丽说:"我就觉得麦子店好……麦子店像北京。"

"果粒橙"说:"别扯了,还是脚踏实地,把店开起来再说吧。"

而一脚踏实地,却让王亚丽又生发出了一层认识:有的时候,脚踏实地的行动比虚无缥缈的幻想还要荒唐。进行完那番讨论,"果粒橙"突然宣布,他将执行一项个人财务计划,把每个月的生活费锁定在五百块钱以内,其他收入全存起来,用作将来开店的启动资金。

听到这个决定,王亚丽几乎觉得他在开玩笑。在北京,五百块钱一个月,谁信呀。对于她的质疑,"果粒橙"则恶狠狠地迸出几个脏字儿,但就不是骂王亚丽了,而是在给自己鼓劲儿。他进而教育她:财务管理是商业管理中最重要的一环,其诀窍就是从小处做起;现在市场竞争拼的是什么,拼的就是执行力,是把不可能变成可能。最后总结性地打鸡血:

"今天少花一块钱,明天开店早一秒。"

王亚丽也不得不佩服"果粒橙"那说干就干的气魄：话音刚落，他就退了出租房，搬到店里打地铺；再没买过一件衣裳，衬衫袖子底下破了就先夹着胳肢窝见客户；如果不是王亚丽坚决抵制，他恨不得连每次折腾时用过的避孕套都要晾干了下次接着使。原来"果粒橙"就是个节俭的人，到现在何止节俭，简直是自虐了。或许他必须用这种态度才能向王亚丽，更重要的是向自己证明，开店可不是说说就算的，而是势在必行的，不是远在天边的，而是近在咫尺的。

不过凡事并不绝对，"果粒橙"也不是在每件事上都能说到做到。

比如在那之后，他还曾经表示，以后就不能老来找王亚丽了，理由是跑一趟又费时间又费钱。可同样话音刚落，来的频率非但没变低，反而变高了。本来王亚丽在麦子店，"果粒橙"还在回龙观，俩人又都忙，不是你加班就是我加班，所以常常半个月才见一次，但这一阵，"果粒橙"就几乎是每个礼拜都露面了，有时恨不得两三天就来一趟。刚开始，这个变化还让王亚丽挺欣慰，并且情不自禁地又想起了那句"把你当亲人"，但她随即发现，"果粒橙"再来时，却不像以前那样非缠着她要折腾一把了，而是随着一种肉欲的降低，另一种肉欲陡然高涨。驴肉火烧，过去能吃俩，现在起码五个；烩面，过去一碗就够，现在得两碗，还得另点三份单切的肉片，层层叠叠盖住碗口，捂得面汤里的热气儿都冒不出来了；就连临走时再吃个鸡蛋灌饼，都得额外多夹两根火腿肠。更关键的是，过去俩人吃饭，都是"果粒橙"结账，现在不了，他就那么木然地把脸一撇，哑巴着嘴等王亚丽掏钱。

很明显，他的打算是进城狠吃王亚丽两顿，回去再硬扛着"素"几天。那么这家伙平时吃什么？干馒头就榨菜还是方便面泡烙饼？五百块钱的标准，再刨除电话费和交通费，想来也很难见到荤腥。也许他还只恨人没像牛一样长四个胃，那样的话，来一趟就更不白跑了。

这让王亚丽好气又好笑。她想起小时候，她妈带她去赴人家的婚宴，去之前的两天只吃燣白菜，为的就是到了席上玩儿命塞。记得有次席都散了，她妈还逼她又吃了两个拳头大的肉丸子，撑得她直翻白眼儿，回去时坐公共汽车颠吐了，她妈心疼得用钥匙扎她嘴。而跟女朋友还耍这种心眼儿，简直就像网上的奇葩段子了。难道省下他"果粒橙"的钱算省，挥霍她王亚丽的钱就不算挥霍了？如果这样，又何来"亲人"一说？最重要的一点在于，如上种种，在以前还算不了什么，反正再穷也不至于危及温饱，可等王亚丽磕了脑门又有半个多月没上班，竟然真成了问题。王亚丽一边算账一边决定，必须得跟"果粒橙"挑明了说说。亲人也得明算账，为了理想也不能饿肚子，何况还是为了他的理想而饿了她的肚子。

那个周六，她正刷着手机发怔，"果粒橙"果然就来了。

进门就说了几句脏话，又指着王亚丽说："你怎么变成马王爷了？"

说的是王亚丽脑门上的那道疤。她自己也对着镜子照过，就在额头中央，缝了两针又凹进去一条缝，恰似老家庙里神像的第三只眼，而且也是竖着的。只不过马王爷的第三只眼是威风凛凛的，王亚丽的第三只眼却是红通通烂乎乎的，好像哭肿了。不提这个还好，一提这个她的火儿就上来了。然而恰因打定了主意，王亚丽反倒没有发作，只是沉默地穿鞋、拿钥匙。

俩人就出门吃饭。以前这顿午饭常在小区门外的面馆解决，或者是到公交车站附近的驴肉火烧店，而今天，王亚丽也不征询意见，径直拐上大街，往地铁站边上的那幢写字楼走去。她走得嗓子眼儿里吭叽作响，脖子硬邦邦地绷着，从背影就能看出正在生闷气。而身后的"果粒橙"竟没再聒噪，一声不吭地跟着。转过通身透亮的玻璃楼体，那家起了法文名字挂了英文招牌的面包店便露了出来。王亚丽几步跨上台阶，一把拉开了触觉厚重却又好似空无一物的玻璃门。隔了昼夜之间的时差，这里几乎不认识了：人多得转不开身子，音乐的音量也比晚上大了几倍。收银台后仍站着那个满脸蝴蝶斑的女店员，却没在刷手机看韩剧，而是将两手并拢在围裙上，带着标准化的微笑招呼：

"您好，要点儿什么？"

对方该是忘了自己吧，或者只记得晚上那个自己。王亚丽略一恍惚，把话原样传递给了"果粒橙"："要点儿什么？"

"吃饱就行。""果粒橙"惶惑地回答。

"那就这个，这个，还有这个。"王亚丽端起托盘，走到一张靠窗的二人座旁，把屁股往椅子上一歪，又将东西往"果粒橙"面前一推："吃。"

"果粒橙"就吃，一张嘴噼里啪啦蠕动。王亚丽则侧身斜眼看着对方。她做好了准备，假如"果粒橙"再敢拿这顿饭的性价比说事儿，污蔑她傻和贱，她就举起托盘，琳琅满目地扣到他脸上。越是糟践平时舍不得买的东西，越有豁出去的快感，而她王亚丽今天还真打算豁出去了。有什么的呀，大不了一拍两散，又不会掉块肉。

　　"果粒橙"终于在吃的间歇开口了："你也吃？"

　　王亚丽哼了一声："没胃口。"

　　"果粒橙"便将托盘拽近了些："那我再使使劲儿。"

　　王亚丽又哼了一声："饿着了吧？"

　　"果粒橙"说："那可不。"

　　王亚丽嗓子一哽："我也快挨饿了。"

　　接着，她便将近日来的算账结果通报给了"果粒橙"。声音不大，但丁是丁卯是卯："六百二十块零八毛，这是交完了一笔外科急诊医药费后银行卡里剩下的数目；此外还有现钱一百一，合计七百三十块零八毛。用这些钱我需要支付上个月分摊的水电费、下个月预缴的电话费以及坐车、买香皂和卫生巾等等必要开销，关键是还有下下个月开工资之前的伙食费。能吃成什么样，你心里也有数，更关键的是，这饭就只够一人吃，不够俩人吃了。人要是能不吃饭该多好，充电也行，电费比烙饼馒头便宜。算了，不扯没用的了，反正你这样隔三岔五地过来卷一顿，我是供不起了。情况就是这么个情况，我的意思你懂了吗？"

　　王亚丽逆着浑浊的阳光，不紧不慢地说着。"果粒橙"则不得不停止了吃，目光却还附着在托盘上。等她收声，俩人又枯坐片刻，仿佛这一个以为那一个没听懂，那一个又以为这一个没说完。头顶有只飞虫扎进了电子灭蝇器，脆响一声，如同炸了个爆竹。

　　"果粒橙"这才又开口："都这屌样了，你还买这些？"

　　王亚丽说："我想着，咱俩要是就此断了，这顿总得吃点儿好的。"

　　"果粒橙"说："那还不如去吃自助，我能吃黄了他个王八蛋。"

　　王亚丽说："吃不吃吧？"

　　"果粒橙"斜了一眼王亚丽："我找你，就图个吃？"

　　王亚丽也斜了"果粒橙"一眼："最近也没图别的。"

"果粒橙"便慨叹一声："王亚丽，你是傻呀还是贱呀。"

而当王亚丽刚一涌起掀盘子的冲动，"果粒橙"却抹抹嘴，从身后拽过尼龙书包，拉开最外面的一层拉链，又拉开里面的一层拉链，掏出一个牛皮纸口袋，放在桌上，还用手抹抹平。这架势搞得王亚丽不由得一愣，而低头看那口袋，上面印着房产公司的名字，显得鼓囊囊沉甸甸的。在"果粒橙"的眼神鼓励下，她捏着纸口袋上的棉绳逆时针绕开，把它掀开一条缝，就看见里面装着几摞钱，用猴皮筋扎在一起，形成了一块暗红色的小砖头。王亚丽一时怀疑自己出现了幻觉，赶紧把纸口袋合上，但随即又掀开瞥了一眼。

"别数了，四万七。""果粒橙"说。

"这一年只领底薪，提成都压在公司。好说歹说，今天让我取了。""果粒橙"说。

"不够开店的，还得接着攒，不过也快了。""果粒橙"又说。

他的话半句半句往外蹦，蹦了几段儿，才像上足了润滑油的拖拉机，突突突地顺畅起来。"果粒橙"先重申了自己执行那项财务计划的初衷：不是没钱，而是没有可以瞎花的钱，这样虐待自己，也是天将降大任于斯人的用意。接着又解释了非要到她这儿来蹭饭的原因：不是不想吃，而是不想由自己做出吃的决定，怕的是手指头一松，意志就薄弱了，借助王亚丽，则可以减轻吃的负罪感，仿佛是她要求他吃，他也就不得不吃了。随后又对只顾自己励志，却疏忽了王亚丽的经济状况做出道歉：不是没想过她缺钱，而是没想过她缺钱缺到这个份儿上。那好，自己的积蓄以后就放在她这儿了，别说蛋糕，鲍鱼也吃得起。但有一条，他希望王亚丽替他掂量掂量：这些天他正在看房子，给不久以后要开的店选址，麦子店这地方别看旧，但毕竟是在城区，租金可比回龙观贵多了，随随便便一间临街房，张嘴就要一万多一个月，而且还得一次性缴足三个月的房租，再加上简单装修和购置桌椅电脑的费用，前期投入怎么也得预备个七八万；如果再雇俩人，十万都打不住。也就是说，到底能在多远的未来实现咱们——注意，是"咱们"——的理想，终究还得取决于能从手指头缝里再省下多少钱来。他这边也就是这么个情况，王亚丽，你看着办吧。

这也是"果粒橙"自从认识王亚丽以来，少有的不夹杂牲口、排泄物和交配运动的一段独白,不仅说得清洁,而且说得恳切。说时一张嘴仍在噼里啪啦地蠕动,仿佛不如此,就不足以把意思表达清楚。而王亚丽听完又愣了半晌,然后问:

"你说……店要开在麦子店?"

"可不,你不是喜欢这儿吗。当然选这儿也不全是因为你喜欢,我又权衡了一下,和别处比,麦子店的房子虽然净是老破小,可是外来住户多,老房主搬家的也多,所以甭管是卖是租,换手率都挺高。表面上看着一单生意赚不到几个钱,架不住细水长流啊,这种经营模式也适合刚起步的公司。""果粒橙"说着,又舔舔嘴角的一抹奶油,剜了王亚丽一眼,"你呀,这么不懂我的苦心,我是白把你当亲人了。"

王亚丽半晌没话。这会儿,"果粒橙"已经低下头去,一心一意对付起了那块小脸盆一般的芝士蛋糕,亮给她一个天灵盖。在这半个月没洗、头发纠缠凌乱的脑袋里,得藏着多少弯弯绕?就是个吃饭的事儿,还较着好几股劲,跟别人较劲,跟自己较劲,跟王亚丽对麦子店这个地方的爱好较劲。比起"果粒橙",她王亚丽的想法可真是太简单了。那么现在苦心也懂了亲人也当了,她应该感动吗?或者说,应该惭愧吗?

的确,她的鼻子一酸,差点儿就要哭出来了。林立的高楼挡住了风,城市的胳肢窝里藏着多少暖烘烘脏乎乎的东西,既让人厌烦,又让人依恋。这是麦子店特有的气息,也正是裹挟在这种气息之中,王亚丽目光迷离,心里揣着满满的一腔情义。

她没哭,却笑了:"郭立城,你个孬孙。"

"果粒橙"回应她:"王亚丽,你个傻驴。"

随后的这个下午,俩人回到铁架子床的下铺,也不管有没有被人破门而入的危险,足足折腾了一个钟头。在此期间,王亚丽一直体谅地侧着脸,为的是不让"果粒橙"看到她的第三只眼,从而感到身下压着一个马王爷。等他軲辘到一边不动了,俩人又挤着喘了会儿,王亚丽忽然问:"钱放在我这儿,你不怕我跑了?"

"果粒橙"说:"你不怕我把你宰了?"

王亚丽说:"跑都跑了,你宰得着吗?"

"果粒橙"居然含糊了:"你不会真跑吧?"

"你不是说我是个傻驴吗？你不是都把我当亲人了吗？"王亚丽搂住"果粒橙"，把马王爷的第三只眼贴在他的胳膊上，偷偷笑了。但随即，她却又突然发狠，照着他的膀子咬了一口，接着像宣誓一般说："你放心，那钱我要花了，就不是人。"

"果粒橙"欣慰地嗷了一声。王亚丽便披上衣服，到卫生间里去洗，洗完又在马桶上坐了一会儿。而这时，她又看到了那本小册子，确切地说是小册子的一角。上次被舍友抬到医院之前，她匆忙把它插回暖气片上的《知音》《女友》和《故事会》杂志里了。一看不打紧，心里又是怦然一动。接着，王亚丽就把小册子抽了出来。封面上的外国瘦男人依然慈祥地笑着，脑袋后面拢着个光圈，眼神仿佛洞悉一切。但她才不管究竟被对方洞悉到了什么，径自捻着纸，哗啦哗啦翻着。这次看的却不是那些古代的、有影儿没影儿的传说了，相反，她是在寻找一则关于现在的具体事项。以前就依稀见过那句话，只是没往心里去，而在现如今的情形下，那段记忆就像枯水下的鹅卵石一样硬邦邦地顶了出来。

果不其然，就是这话，位置在倒数第二页的边角上。那片字迹却不是印上去的，而是用圆珠笔后添的，旁边还有一串手写的电话号码，联系人叫作"岳小姐"。王亚丽从披着的衣服兜里掏出手机，照着号码打了过去。

"是信教的地方吗？"

"这里是团契。"

"什么是团契？"

"也就是信教的地方。"

"别说车轱辘话。缺人吗？"

"这位教友，不是主缺少你，而是你需要……"

"怎么又说车轱辘话。我想去行不行？"

"当然可以。您以前在哪个教堂？"

"以前没去过。"

"新教友一样也欢迎的。"

"远吗？"

"我们在麦子店，您在哪儿？"

"那不远。对了,你们管饭吧?"

"您说什么?"

"宣传册上写的,有项活动是聚餐。"

"哦对……那是每次讲经结束之后……"

"每次?下次什么时候?"

"我们每个周日聚会。"

"周日?不就是明天吗?那好,明天见。"

5

后来按照岳晓芬姐妹的描述,王亚丽是在一个充满阳光的下午走向了主的所在,恰如一只迷途的羔羊。对于这个说法,王亚丽只有部分同意。那个周日天气确实不错,从张家口来的风突破了楼群的壁垒,将麦子店的天洗刷得乍眼地蓝了起来。然而就算走在一方晴朗的蓝天之下,她依然无法把自己想象成一只羔羊。她可没那么纤弱、无辜、楚楚可怜。说实话,王亚丽已经习惯于被人比喻成驴了。

这头驴也不存在"迷途"一说。从哪儿来往哪儿去,此类问题不在王亚丽的考虑范围之内。如果一定要回答,那她就是从食不果腹的处境里来,朝着能免费填饱肚子的地方去。小册子里写得明明白白,只要来了都管饭,更何况那本小册子还是人家硬塞给她的,这就相当于热情地邀请她去白吃,她完全可以把这个举动理解为使用了一张快餐店的试吃券。

话虽这么讲,在根据电话的指引走向"团契"时,王亚丽还是犯起了嘀咕。她终究没法把"蹭饭"和传统意义上的"要饭"撇清干系,这就又要说到王亚丽她妈对王亚丽的启蒙教育了。受其观念影响,后来出门找活儿干时,王亚丽也暗自立志:穷死不讨一口吃。正因如此,哪怕是每天晚上的半价面包,她也要一秒不差地等够时辰。

可现在来都来了,王亚丽也只好这么劝慰自己:蹭饭不是要饭,难道人家还能放狗咬她?与此同时,她还用理想来鼓励自己,确切地说应该是"果粒橙"的理想。如果理想还不够,那就再加上感情:人家把身家性命都押在自己这儿了,这不可谓不把她当亲人;既然已经是亲人,就绝不能破了那笔钱，破了就辜负了。好歹先把眼下对付过去，她这边能省多少是多少，用省下的钱接济"果粒橙"，"果粒橙"吃饱了再去跑业务，等到有朝一日，真把店开起来了，而且果然开在麦子店，那不就皆大欢喜了吗？大不了到时再来一趟，吃了多少都还上，也就不算白吃了吧？权当向那画儿上的外国瘦男人借了个债。

心里打了几个颠倒，王亚丽便在理想、感情外加契约精神的鼓舞下，从麦子店南里穿到麦子店中里，又拐了个弯来到麦子店东里。在视觉印象上，她相当于从一片灰色矮楼出发，经过一片褐色高楼，最后钻进了一片暗红色矮楼。楼们无论高矮，一律都旧，据说原来分别属于纺织厂、水泥厂和化工厂，而现在厂子外迁，老房主搬的搬死的死，进来的新住户就是五花八门的了。有中国小年轻，也有外国老胖子；有娘里娘气的肌肉男，也有烟不离手的女白领；有西服革履的穷鬼，也有开着豪车的膀爷。在街边的一个网红面摊上，她还看见七八个身高接近一米八的艳丽女郎，或穿皮衣皮裙，或穿貂绒小袄，还有拖着露背晚礼服的，一律手捧海碗，辣得吸吸溜溜，也不知是等待试镜的模特，还是刚刚下班的"公主"。

"团契"所在的暗红色小楼则是所有旧楼中最旧的一幢，不仅没装防盗门，就连楼道的窗户都残缺不全了。进了某个门洞，并未听到主的福音，扑面而来的反而是单田芳的评书。老艺术家的烟酒嗓从一楼右手边那扇斑驳的木门背后奔涌而出，一唱三叹，气势磅礴，充斥了楼道里那曲折狭小的空间。王亚丽被唬得一愣，接着便绕过一堆破纸箱和几辆自行车，沿楼梯爬上了二楼。仍是右手边，仍是一扇斑驳的木门，她一抬头便看见门上贴了张外国瘦男人的头像，脑袋后面拢着个光圈。

就是这儿了。王亚丽敲门，未几门开，闪出一双灵活的大眼睛。她又想起，昨天接电话以及今天给她指路的，也正是一个温柔的南方口音，会把"四十"说成"丝丝"的那种。原来"联系人岳小姐"就是当初发传单的女孩。再见之下，王亚丽的态度就有些腼腆了，也不开口，先抿嘴一笑。

互看半晌，她才说："咱们联系过……我叫王亚丽。"

对方的眼睛明亮地一晃，以笃定的口吻招呼："王亚丽姐妹，欢迎你。"

岳小姐便让出门来，令王亚丽看到了屋里的情形。一套五六十平方米的老式两居室，朝北的卧室闭着门，过道空着，朝南的卧室里或坐或卧了十来个人，男女都有，平均年龄足有六十往上。其中一个坐着轮椅的老太太已经满头银发，却打理得一丝不苟，乍看好像开了一朵硕大的白色菊花。老人们中间点缀着两三个年纪小的，也与街上常见的年轻人不同，不是一边肩膀高一边肩膀低，就是手边放着一对拐，唯一一个貌似精干的小伙子还歪在了光板床上，下身盖条毯子。

　　岳小姐一根手指放在唇边，轻轻"嘘"了一下，又指向靠门的一个马扎，示意王亚丽坐下。接着，所有人都捧起一本厚书，大约就是《圣经》，却不发声，而是听一个油光水滑的中年胖男人讲了起来。仪式已经开始，王亚丽迟到了。

　　讲经其实就是念经。胖男人穿身皱巴巴的黑西服，头发打了蜡，湿漉漉地梳成了个大背头。他被众人簇拥在床头，大屁股几乎占据了半张床，这就给人一种错觉，仿佛他像山一样牢牢压住了歪在床上的那个小伙子，而后者正在奋力地试图从他的屁股底下挣脱。除了胖，这男人的另一个特点是他的嗓音：既厚且软，仿佛塞满了棉花又在温水里泡透了，听来不像男声，反倒令人想起女中音歌唱家关牧村。讲的什么呢？自然不是打起手鼓唱起歌，骑着马儿翻山坡，而是《圣经》里的一段故事。具体又是哪段故事呢？这就不知道了。其实王亚丽本来也想听一听，并且煞有介事地支棱起了脑袋，好像一头凝神侧耳的驴——这个姿态又有一多半是做给岳小姐看的——然而故事没头没尾，人名也既乱又绕，一时难以分清谁是谁的谁。更重要的是，王亚丽从早上到现在只喝了两碗凉水，这时肚子已经空得发慌，实在难以集中精神。没过多久，她的脑袋就耷拉了下去，变成了一头俯首垂耳的驴。

　　王亚丽难以自抑地滑入了梦乡。在梦里，她仿佛又回到了小学课堂。

　　小学六年，王亚丽没吃过一顿早饭。她妈跟粮店有仇，自从她爸和那娘们儿跑了，就没去买过大饼馒头。厂子时常开不了工，为解决生计，她妈开始摆摊卖烧烤，头天熬到夜里一两点，次日起不来，干脆省一顿。大人省一顿无非睡觉，孩子省一顿就会在课上没精神，熬到受不住，还是得睡觉。偏偏王亚丽的班主任也很有创意，对付睡觉的学生不用粉笔头射击,而是准备了一块磨刀石大小、共鸣能力极强的惊堂木,看见谁趴下了,先诡秘地努嘴挥手,让全班安静下来,再蹑手蹑脚来到那孩子面前,猛地把惊堂木往桌上一拍。睡觉的学生如同被罩进鼓里又狠捶一记,每每反应不一:有的像火箭一样往天上发射,有的手舞足蹈乱哆嗦,有的两腿一软出溜到桌子底下。到了王亚丽这儿,效果最具有戏剧性。她常常腾的一下站起来,在老师面前立正:

"我不敢了。"

接着就觉得胯下一凉,原来已经尿了。尿了也不敢回家洗,继续在课堂上坐着,等待自然风干。自从发现她这个特性,老师倒是放任她睡觉了,其他学生却有了事儿干。王亚丽一旦再睡,他们就会钻到讲台边上去找惊堂木,找不着用铅笔盒也行。他们很希望除了尿以外,把她的屎也给吓出来。可惜王亚丽肚子里没有存货,实在不能满足同学们的期望,倒是由于频繁小便失禁,把大腿内侧沤出了疹子,一睡着了就会下意识地伸手去挠。

同学便会向老师汇报:"王鸭梨又在抠腿。"

七岁看老,这个童年的习惯一直保持到了现在。于是此时,屋里就呈现出了这样一个场景:在大胖子那舒缓醇厚的讲述之中,在众人那凝神屏气的倾听之中,唯有坐在小马扎上的王亚丽歪着脑袋,咂着嘴巴,一条涎水从嘴角滑出来又吸溜进去;与此同时,她毫不设防地叉开双腿,一手弯如鸡爪,有条不紊地游走其间,一会儿在左边的大腿根挠挠,一会儿在右边的大腿根挠挠。她挠得相当用力,指甲在尼龙运动裤上摩擦出了咯吱咯吱的尖叫,也分不清她到底是左边痒还是右边痒,其实只有王亚丽自己知道,她挠的是多年以前早已不存在的痒。这姿态当然是很不恭敬的,不过居然一直没人对她提出抗议。对于那些人来说,仿佛屋里并不存在一个王亚丽,又仿佛不管王亚丽做出怎样的举动,他们也还是他们。

——啪!

和上小学时一样,王亚丽又是被一记惊堂木给吓醒的。那声音如此清脆,如此响亮,而且近在耳边,震得她空荡荡的脑壳回声不断——再加上肚子里的饥肠辘辘和大腿根的隐隐作痛,这些似曾相识的感受,令她在一瞬间真以为自己穿越了回去。在众目睽睽之下,王亚丽腾地弹了起来,笔直地立正。她出了一身冷汗,拉风箱一样大喘了两口气。

随后,王亚丽才又回到了现在,回到了麦子店的旧楼房。

和上小学时不一样,此刻她的两腿之间总算没有湿漉漉地发凉。在关键时刻能憋住尿,这恐怕是她长大成人之后唯一实质性的进步。而当王亚丽既晕头转向又心有余悸地打量着油光水滑的大胖子,打量着满头银发的老太太,打量着歪在床上的小伙子时,身边又有人拍了拍她。是岳小姐。那女孩温柔地摩挲了一下她的手背,用同样温柔的声音说:

"不怕,没事。"

又说:"主和我们在一起。"

人家这么一说,王亚丽居然不再害怕,而且听话地坐了下来。主在哪儿?没看见。但她知道有个人正在柔声细语地安慰着她,仿佛她真是一只纤弱、无辜、楚楚可怜的羔羊。而这种腔调和这种态度,又是她长到这么大从没体验过的,王亚丽甚至被弄得羞涩起来。她很想扭过头去看一看岳小姐,但才扭到一半,又不好意思地转了回来。她只能假装发呆地盯着前面一个老男人斑秃的后脑勺,并且陷入了另一个疑惑:方才那记骇人的声响是从哪儿来的?惊堂木到底拍在了她的耳朵眼儿里还是记忆深处?

答案接踵而至。就在脚下,声浪一波一波地涌了上来,响彻四面八方。那是一个典型的烟酒嗓,苍老、遒劲、澎湃,在它的冲击之下,这栋矮楼的墙板仿佛薄如蝉翼:

"话说董卓乱长安,各路诸侯征战虎牢关——"

王亚丽记起来,在她上楼时,一楼的楼道里就飘荡着这个嗓音。单田芳还是单田芳,不过刚才说的好像还是《白眉大侠》,现在却变成了《三国演义》。又不过,《白眉大侠》的音量还没这么大,到了《三国演义》就简直震耳欲聋。不止王亚丽,满屋子的人都悚然一惊,纷纷抬起头来,好像一群被扯着线往上提溜的木偶。不过也看得出来,他们对于单田芳的破墙而入是有所准备的,起码没像王亚丽那样反应强烈。大胖子舔了舔嘴唇,老太太皱着眉揉了揉太阳穴,小伙子在床板上抽搐了两下。

"要不先停停?"大胖子问。

"停停就停停。"老太太附和。

"也别天天停,"小伙子反对,"一会儿又忘了讲到哪儿了。"

讨论莫衷一是,楼下的单田芳却更加声势浩大,不仅震得地板发颤,简直就连头上的灯管儿都恨不得跟着摇晃起来了。这么一会儿工夫,关云长已经斩了华雄,策马回营,来到帐内,其酒尚温。至于王亚丽,她的耳朵里杀声震天,肚子里更是金鼓齐鸣,如果有人征询她的意见,那她只有六个字儿:先吃饭,吃饱散。反正耶稣也好,关云长也好,都不在她的关心范围之内,就算他们打起来也无所谓。

可惜事情并不如她的意。众人面面相觑一会儿,又把目光一齐转向了岳小姐。这女孩文文静静地坐在旮旯,此刻却成了这么多人的主心骨。在十几双眼睛的注视之下,岳小姐便站了起来。她的眸子还是亮晶晶的,神色却出奇地安详。

她说:"心里有主,杂音再大也不能干扰我们。"

众人点头。就连带头叫停的大胖子也说:"岳晓芬姐妹说得对。"

王亚丽便知道了岳小姐名叫岳晓芬。岳晓芬姐妹又说:"唱支歌吧。"

接着也不征询别人的意见,径自唱了起来。她的声音不大,甚至有点儿虚弱,许多长音唱不完整,拖到一半就只剩了无声的吐气。然而也怪了,一时之间,王亚丽似乎只听到了岳晓芬姐妹的歌声,比那歌声喧嚣了无数倍的单田芳,却降格成了可有可无的背景——就像河水里落进了一片树叶,任它波浪翻滚,树叶却总也不会沉没。

跟随着岳晓芬姐妹,屋里的其他人也唱起来了:

主,你是盛开在
沙仑的玫瑰
谁不切慕喜爱将你采归
你如那膏油馨香绽放四溢
你艳丽芳香秀美
谁能不为你倾倒跪下降服
谁能不为你迷恋陶醉
谁不为你倾心向往竭力追随
有主无怨无悔
你让我一生拥有你那芳香的玫瑰

因你在我的里面我就秀美

因你在我的里面

我就永远艳丽芳香秀美

　　这歌儿只有王亚丽一人不会唱，但她不得不张着嘴，也跟着哼哼了几声。这是因为岳晓芬姐妹一边唱，还一边拉住了她的手。在岳晓芬姐妹的示意下，王亚丽只得伸出手去，又拉住了边上另一个人的手。屋里的人你拉着我，我拉着你，结成了一个极不规则的环形，在这环形之内，正如岳晓芬姐妹所言，杂音再大也是不能干扰他们的。一曲终了，屋里仿佛静谧了下来，就连空气和光都凝固了。

　　然后大胖子拿起了厚书，照本宣科地朗读了起来。

　　然后屋里的人纷纷坐正，恢复了肃穆听讲的姿态。

　　然后王亚丽又瞥了一眼岳晓芬姐妹，却发现对方亮晶晶的眼睛变得更亮了，再一细看，居然泛着泪光。但也很惭愧，王亚丽大概是岳晓芬姐妹感染范围之内唯一的死角。她的意识里只剩了一个念头，这个念头如此强烈、执拗而又纯粹，那就是："团契"号称管饭，到底是真是假？

　　等到悬念终于揭晓，已是天将将擦黑的时候了。窗外的艳阳变成了落日，饱满而缓慢地往麦子店的楼群深处坠去。王亚丽已经在半睡和半醒之间切换了几个来回，突然之间，她闻到了食物的味道。王亚丽啪地睁开眼睛，脑子也像通了电一般复苏，看到岳晓芬姐妹从外屋走了进来。那女孩手里捧着一只硕大的瓷盘，盘子里堆满了黑乎乎硬邦邦的东西。

　　"李琴姐妹带给大家的。"岳晓芬姐妹说。

　　"面包熏肉，吃嘛也没什么好吃的，图个方便。"满头银发的老太太从轮椅上欠了欠身，那朵硕大的菊花微微一颤。看来她就是李琴姐妹。

　　"李琴姐妹以前去过外国。"大胖子又解释道。

　　"阿尔巴尼亚。"李琴姐妹补充。

　　王亚丽是距离瓷盘最近的人，她既庆幸于这个位置上的优势，又庆幸于屋里即将发生的人数变化——并不是所有人都在等待这顿简单的晚饭。几个老年人站了起来，对李琴姐妹道了谢，又对岳晓芬姐妹点点头，就无声无息地走了出去。他们离开的理由是去买菜，或者是去接孩子，而他们看起来的确也与菜市场里、学校门口常见的老年人没什么两样。

王亚丽则不等岳晓芬姐妹示意,就已经把手伸向了瓷盘。但她出手如风,目标明确,先抓起来的却不是最宽最厚的那块面包夹肉,而是一块相形之下瘦得多的"面包屁股"。

这个选择就是基于另一种算计了,还是王亚丽她妈教给她的。在人家婚宴上吃丸子,王亚丽她妈会把最小的一个先夹给她,并热情地招呼桌上的其他孩子"拣大的塞"。王亚丽一旦抗议,她妈就会在底下狠拧她的大腿根,又拽着她耳朵问:

"你个傻孬,数数碗里还有几个?"

王亚丽一数,剩余的丸子,果然不够每人再分一个的。这样一来,能否吃到第二个丸子,就取决于第一个能否速战速决,先夹了小丸子的反而占了便宜。原来她妈强调的不是谦让精神,而是吃饭的战术。后来王亚丽果然吃了俩丸子,可惜又在车上颠吐了。时至今日,这个战术依然有效,当岳晓芬姐妹正小口咬着第一块时,王亚丽已经抓向了第二块,就连大胖子的第二块都没有消灭掉时,王亚丽已经在对付第三块了。按照这个局面,如果持续不停地吃下去,她将势必比别人多吃一块面包夹肉。正式开吃之前,岳晓芬姐妹还带着大家又进行了一次祷告:"感谢主,赐我食。"但王亚丽实际上要感谢的却是她妈。

然而这顿饭行将结束时,王亚丽才发现自己的算计白费了。当时她已经成功地塞下了第三块面包夹肉,往盘里一瞥,还剩着七八块之多。与她一起吃饭的人是如此缺乏竞争力,别说满头银发的老太太了,就连大胖子都吃到两块就打着饱嗝停了下来。饭量最小的是岳晓芬姐妹,她那块只掰了一半慢慢啃完,剩下的半块放进了一个塑料饭盒里。这要是"果粒橙"来了,还不吓死他们。这样想着,王亚丽不由自主地懈怠了下来,同时涌起了胜之不武的惭愧。她暂时打消了再接再厉的念头,出门走到厨房,对着"撅尾巴管"咕咚咕咚灌下几口凉水。而等她喝完水再回来,便又看见岳晓芬姐妹正在打开一只干净的塑料袋,将盘中剩余的面包夹肉仔细地摞好,放了进去。

"吃好了吗?"岳晓芬姐妹抬眼看向王亚丽。

王亚丽脸上一紧。对方的话里是否有别的意思?是嫌她吃得太多还是吃相不好看？而当她含含糊糊地"嗯"了一声，岳晓芬姐妹的手就递了过来。是那个装满面包夹肉的塑料袋。与此同时，岳晓芬姐妹朝李琴姐妹投去询问的目光，李琴姐妹也没说话，只是点了点头，硕大的白色菊花又微微一颤。

　　塑料袋就留在了王亚丽手里，没人多看一眼，好像方才的赠予行为从未发生。

　　王亚丽当时也没想到，这不经意间的一交一接，从此就成了她与岳晓芬姐妹之间的固定动作。后来每当"团契"结束，岳晓芬姐妹都会把聚餐剩下的食物打好包，递给她。

　　空了手的岳晓芬姐妹又收拾起桌椅板凳来，还从厨房拿了个扫把，将房间的地面扫了一遍。王亚丽却一直怔着，看岳晓芬姐妹干活儿。身边的人依次与岳晓芬姐妹告别。李琴姐妹是被大胖子推着轮椅出门，又叮当作响地扛下一楼的；就连歪在床上的小伙子也吭吭唧唧地爬起来了，原来他断了腰，走路必须扶墙。直到屋里几乎空了，岳晓芬姐妹才抹了把额上的汗，又转向了王亚丽，说："王亚丽姐妹，再见。"

　　"再见。"

　　王亚丽挤出一个尴尬的笑，转身，出门，下楼。来到一楼门洞，她的步子才不得不黏滞下来，这是因为面包正在凉水的浸泡下膨胀，撑得她胃里隐隐作痛。与此同时，她还觉得耳朵空落落的，仿佛少了点儿什么。为此，王亚丽专门凝神倾听了一会儿，随即反应过来，原来是单田芳的评书也消失了。耶稣基督，关羽曹操，一切中国的、外国的源远流长的传说皆归于虚无，单留下一个既拥挤又空洞的人间，恰如此刻王亚丽的胃和耳朵。

6

　　以上是王亚丽第一次参加"团契"的经历，从此她就成了常客。

　　每周一趟，连吃带拿，就连后面两天的伙食也捎带着解决了，省下的饭钱正好支援"果粒橙"。不夸张地说，"团契"帮助王亚丽熬过了一个多月的饥荒。

其实对于找主蹭饭这事儿，本来的打算是三天打鱼两天晒网——也别老去，最好有个间断——这是因为王亚丽观察出来，"团契"的聚餐有个松散的制度，即大伙儿轮流请客：这次老太太拿了面包熏肉，下次大胖子就会预备打卤面，再下次岳晓芬姐妹还会专程出门去买现烤的桃酥。这样一来，要是哪天轮到了王亚丽，她该怎么办？舍得请吗？请得起吗？厚着脸皮不请的话，就算主没意见，追随主的人能没意见？

同样的道理，单田芳也是讲过的——王亚丽也观察出来，每当讲经讲到一半，一楼的评书声总会轰鸣而至，这几乎成了雷打不动的节目。如今《三国演义》已经从虎牢关说到了徐州城，对于吕布这个一心多吃多占的白眼儿狼，人家刘备没往心里去，张飞可先不干了，哇呀呀要斩了三姓家奴。作为一个蹭饭的人，王亚丽听了深受教诲。她反复告诫自己要懂得看眉眼高低，可别哪天就被下了逐客令。

但定下的打算却没执行，原因又有两个方面。

其一当然是王亚丽的钱包。账已经算得很清楚了，几百块钱要应付一个多月的开销，她也只能去蹭别人的，坚持不懈地蹭，细水长流地蹭，正如"果粒橙"要来蹭她。至于另一方面，就涉及"团契"对她的态度了——那些人到底是真大方还是假大方？是真客气还是假客气？是真不嫌弃她还是假不嫌弃她？带着这样的问题，王亚丽又进行了反复而细致的观察，得出的结论是：也许她遇上了好人，也许她遇上了蠢货。

尤其是岳晓芬姐妹。不管是面包夹肉、打卤面还是桃酥，王亚丽永远是吃得最多的那一个，而岳晓芬姐妹则永远会笑眯眯地把食物递到她手里，最后再把剩下的替她打包。又不管王亚丽在讲经的时间里流口水、打呼噜还是被噩梦吓得直哼哼，岳晓芬姐妹总会温柔地握住她的手。岳晓芬姐妹的手很凉，很轻，几乎感觉不到力气，却令王亚丽蓦地一暖。但当她忍不住抬头去看岳晓芬姐妹的脸时，却发现对方那双亮晶晶的眼睛正盯着别处——不知看向哪里，仿佛正看着眼前这片空间背后的某个所在。

王亚丽在乎的事儿，人家压根儿不在乎。人家在乎的另有其事。

而在参加"团契"的经历里，假如说岳晓芬姐妹也曾对王亚丽流露过不满，就是在最近的那一次了。那也是个明媚的晴天，斗室里光影斑驳，挤满了迷途的羔羊和一头饥肠辘辘的驴。大胖子照常念经，其他人照常倾听，岳晓芬姐妹照常两眼发亮，王亚丽照常叉着腿打瞌睡。时光流走到某个点上，照常有啪的一声惊堂木响，吓得屋里的人纷纷一耸。但也许是早上喝多了水，也许是前段日子没上班，在家睡得太饱，这次王亚丽一耸之后却再也睡不着。于是她站起来，轻轻走了出去，先到厕所尿了一泡，尿完却没回屋，而是在这套小小的两居室里转悠起来。

转也没什么好转的，统共巴掌大的地方，还有一间小屋关着门。王亚丽已经知道那是岳晓芬姐妹的房间，她就住在那儿。租了一套房子却把大屋留给别人用，这钱可花得真够值的。王亚丽一边可惜，一边就在既做过道也做门厅的那方空地上下了下腰，活动一番坐麻了的两条腿。右膝盖里还扯着筋疼，前些天回健身房上班，跳操时差点儿一屁股坐到地上。新伤只留下了脑门上浅浅的一道疤痕，旧伤倒似乎越来越严重了。等手头宽裕了，还是得去拍个片子。这么盘算着，她又斜眼瞥见了小方桌上的一个布口袋。

今天轮到大胖子预备饭食。每逢担负这个责任，他都会拎着这么一个口袋出现，口袋上印着"公交集团第×公司"。王亚丽也听说，大胖子是公共汽车总站的调度员。车队吃饭像打仗，最常吃的就是面，因此当王亚丽打开布口袋，露出来的还是面，面上摞着一些西红柿和鸡蛋。

看到这些东西，王亚丽的心里转了转，一时动了个念头。

她将布口袋拎到小厨房，不紧不慢地操作起来。家伙什儿都是现成的，她把面抖搂利索，再抓把淀粉撒进去，务必要使它们根根分开；西红柿洗好切块，鸡蛋依次磕进碗里搅匀。做完这些，恰好听见隔壁一阵歌声升腾起来，冲破了单田芳的铺陈夸张，缓慢而悠扬地在房顶盘旋。按照以往的经验，每当众人一起唱歌，讲经也就接近尾声了。王亚丽赶紧把大铝锅烧上水，又往小铁锅里倒进油去。刺啦一声，鸡蛋膨化成了一张金黄的大饼。

当王亚丽回到大卧室时，大胖子果然已经收声，合上了厚书。屋里木然半晌，这才有人闻到了香味儿，愣愣地转过头来。他们看见门半开着，门口站着一个王亚丽，两手端着一口大锅。热气氤氲上来，笼罩了她那张既羞涩又热忱，但终归有点儿发怯的笑脸。

楼下的单田芳还没停，说的是："当日曹操犒赏三军，大宴群臣。"

而王亚丽说的是:"大伙儿都饿了吧?"

说罢将锅往茶几上一蹾,锅里红黄分明。又折回去拿筷子拿碗,还拍了下岳晓芬姐妹的肩膀:"来搭把手儿呀。"在潜意识里,王亚丽很想为这顿晚饭营造出一团和气的气氛,她甚至将众人凑头呼噜呼噜吃面的景象想象成了团圆的场面——谁说生人在一起就不叫团圆?而此后的情形,也在一定程度上如了她的愿。大胖子先端碗,给李琴姐妹捞上,岳晓芬姐妹也依次给另几位活动不便的人士发放餐具。众人便凑头吃,呼噜呼噜直响。吃的间歇,还有人评论王亚丽的面做得比大胖子好,筋道,有嚼劲儿,卤也咸淡适中。又有人问王亚丽是哪儿的人,怎么这么会做面。

王亚丽说:"河南人,没吃过好的,就是面上不能含糊。"

人家便哦一声,又问她是做什么工作的。

"跳操。"王亚丽说。

她放下碗站起来,煞有介事地蹦跶了两下:

一,二,跟我来呀,
二,二,加把劲呀,
后面的朋友要加油——

众人哄堂而笑。不仅李琴姐妹和大胖子,就连歪在床上的小伙子都欠起了半个身子,好像一只充满好奇心的海豹。刚才沉静安详的一群人,笑起来却没心没肺的。王亚丽也支棱着两条胳膊,对他们报以同样没心没肺的笑。笑完又说:"你们要是愿意,以后讲完经,我领大家跳操。都坐一下午了,动弹动弹身上也舒服。"

没人响应她的提议。王亚丽这才反应过来,别说屋里跳不开了,就是跳得开,眼前这些人坐轮椅的坐轮椅,歪床上的歪床上,也没几个能像她一样蹦跶。于是她再次为说错了话而感到不安,同时更加滋生出了一种冲动,就是为这一屋子老弱病残做点儿什么。毕竟吃了人家的喝了人家的,不能白吃白喝吧。又毕竟,她几乎从未被人和颜悦色地对待过,因此有人给个笑模样,她就觉得欠了人家的。

所以王亚丽又提议:"要不这样也行,以后做饭的事儿我包了。谁再把东西带来，直接往外屋桌上一搁，你们该讲经讲经，我一人出去拾掇。等经讲完了，咱们正好趁热吃，两不耽误。除了面条，别的我也会做，从小在家就干活儿……"

相比起跳操，她的这番主动请缨就激发了众人的兴趣。事实上，王亚丽早看出"团契"的聚餐其实都是瞎对付了，甭管什么原料，凑凑合合弄热了就行，甚至连热都懒得热，比如赶上李琴姐妹带面包熏肉和岳晓芬姐妹去买桃酥的时候。当然这也怪不得别人，和不能跳操一个道理，那些人里又有几个是手脚麻利能干活儿的？算作"生活基本自理"都属于放宽条件了。听到她这么说，立刻有几个人眼睛一亮。

大胖子说："那敢情好。"

李琴姐妹说："不过还是不好意思。"

歪在床上的小伙子说："要不下次我买点儿丸子白菜，咱们先来个砂锅？"

而当讨论的议题正要从"谁做饭"进入到"吃什么"时，就有一个人站了起来。是岳晓芬姐妹。她也不吭声，默默地将众人面前的碗筷一摞，颤颤巍巍捧进厨房。片刻回来，手里多了一个扫把，又开始清扫地上的浮土了。岳晓芬姐妹的目光仍是明亮的，但脸色却有了那么一丝冷意，无声无息地渗入空气里。她一摆脸子，其他人便都知趣地住了口，互相帮携着离开，走前还不忘说声"再见"。岳晓芬姐妹也一如既往地对他们说"再见"。

这就单把王亚丽晾了出来。她讪讪地站在大卧室的正中央，挂着尴尬的笑，不知所措地看岳晓芬姐妹干活儿。然而混了一个多月，终归是熟了，王亚丽随即晃过神来，立刻抄起一块抹布，跟在岳晓芬姐妹后面打扫起来。人家没拿正眼看她，不过倒也没阻拦她，这让王亚丽稍安了安心，同时她又思忖：岳晓芬姐妹对自己有什么不满呢？是嫌自己搅乱了"团契"那肃穆的气氛，还是嫌自己当众邀功卖好，抢了她的风头？

"等会儿我再擦擦窗户，咱们索性来个大扫除。这么多灰呛不呛？你看你都咳嗽了，要不回屋歇着，外面有我一人就行。"一边忙活着，王亚丽一边絮絮叨叨，最后仿佛不经意地抛出一句，"……不生我气了吧？"

岳晓芬姐妹却问："你来这儿，是想做什么？"

这个问题不仅突兀，而且直接戳中了王亚丽的心窝子。这就让她连假笑也笑不出来了，半晌才挤出一句："多大个事儿呀，大伙儿高兴不就得了吗……"

潜台词是没必要那么认真。只不过世界上怕就怕认真二字，而有些人在有些事上最讲认真。岳晓芬姐妹向前跨了两步，抬起头直盯着王亚丽的眼睛。岳晓芬姐妹的双眸仍是亮晶晶的，此时不仅具有光亮，而且具有温度，仿佛眼底烧着一团炽热的火；她的南方口音仍是平静清脆的，但仔细一听又微微有些发颤，仿佛因为郑重而耗费了过多的气力。

岳晓芬姐妹对王亚丽说："你的心意是好的，但是你这么做，并不能让大家高兴。就算脸上高兴，心里也不高兴；就算暂时高兴，长久也不高兴。为什么这样说？因为我们都是为主而来，在主的面前人人平等，否则那句'兄弟姐妹'也就白叫了。既然人人平等，那就不该由一些人劳动而另一些人坐享其成，更不该由一些人去伺候和讨好另一些人。不管大家在外面是谁，只要进到这里来，都是主的仆人。那么再说到你，王亚丽姐妹，我能猜到你为什么想给大家做饭，但恰恰是你的想法让我不赞成。如果我们这些人为了自己的方便而剥夺了你听讲的机会，那我们也没资格宣称自己心里有主……"

王亚丽听得目瞪口呆。她首先惊讶的不是别的，而是小小一个做饭的事儿，岳晓芬姐妹都能滔滔不绝地扯出这么一大通，就像对于小小一个吃饭的事儿，"果粒橙"也能绕上好几个弯儿。但和"果粒橙"那番阐释的效果相反，岳晓芬姐妹话里的意思，王亚丽愣是一时没琢磨明白。因为不明白，对方的郑重其事就令她产生了一种近乎被冤枉的感觉。

于是王亚丽辩解道："也没什么剥夺不剥夺的，反正我也净打瞌睡。"

岳晓芬姐妹却粲然一笑："那倒不妨事。你愿意离主近些，这就够了。和主在一起，才是我们最大的喜悦，对吧？"

说完她扭身去厨房洗了把手，又拎着一个沉甸甸的塑料袋出来，交到王亚丽手里。是没下锅的面条和几枚鸡蛋、几个西红柿。居然还有这样的道理，连知恩图报都不允许。但没办法，王亚丽也只得遵从对方的意见，谁让这地方人家说了算呢。

她讷讷地对岳晓芬姐妹说："那好……再见。"

岳晓芬姐妹也说："再见。"说完又是粲然一笑。

那天的那番谈话再次印证了王亚丽对于岳晓芬姐妹的认识：也许她遇到了好人，也许她遇到了蠢货。她还明确地认识到，对方和自己的想法果然不在一条道儿上。用北京人的话讲，你说前门楼子我说胯骨轴子。这么一想，她又觉得岳晓芬姐妹直射过来的目光其实并不是在看着自己了。那目光好像正看着空间背后的某个所在。

那么，岳晓芬姐妹到底在看向哪儿呢？

人眼所见的空间背后，又藏着些什么呢？

也不知怎么了，自打这天起，王亚丽的脑袋里会频频闪过上述问题。那些问题就像麦子店的风，因为楼宇和街道而弯折扭曲，不知会从哪个角落里钻出来，裹挟着她飘忽一阵又去向无踪。与之相伴，岳晓芬姐妹的那一番话也会频频从王亚丽的记忆里钻出来，也不管她懂不懂，只是在她的脑海里萦绕不休。兄弟姐妹，人人平等，最大的喜悦……别扯淡了，哪儿有这么好的事儿？然而王亚丽明明把那些词赶了出去，甚至还报以哼哼两声冷笑，但她仍然觉得心里有了事儿。不在眼前的事儿，虚无缥缈的事儿。

为此，王亚丽有些困惑，她觉得自己似乎不是自己了。

7

困惑就得找人说说，而那人也只能是"果粒橙"。

时间是两天以后的中午，地点就在出租屋的厨房里。

自打把钱放在她这儿，"果粒橙"就从回龙观往城里跑得更密了，也不知是想充分利用"亲人"的特权，还是担心她这个"亲人"卷款潜逃，所以有必要频繁进行抽查。对于"果粒橙"的造访，王亚丽的态度倒是泰然自若：反正人也在，钱也在，吃的也在。

那天吃的还是面，原料则是从"团契"缴获的战利品。王亚丽站在煤气灶前烧水打鸡蛋，又在不易被人察觉的前提下搜刮了些许室友的香油。"果粒橙"斜靠着门框，有一搭没一搭地跟她说话。说黄色段子，说财务计划，说远大理想。俩人相处，只要不是在铁架子床上折腾和跳脚对骂，一般都是她听他说。通常来讲，王亚丽对这种关系也挺知足：左耳朵进右耳朵出，竟有了天长地久的幻觉。

且说且听，面就熟了，王亚丽捞给"果粒橙"一碗。"果粒橙"就那么站着，一阵呼噜呼噜，片刻抬头，将空碗往前一递。王亚丽赶紧给他再捞一碗。如此反复，三大海碗下去，"果粒橙"这才把脸拔出来，打了个近乎叹息的长嗝儿。

"面不错，手擀的？""果粒橙"问。

"想吃还有。"王亚丽说。

"你当你喂猪呢？""果粒橙"摇头，把碗往灶上一撂。

王亚丽扑哧一笑。潜意识里，她还在等待着"果粒橙"的进一步动作。如果说"果粒橙"还有一个过人之处，那就是将一种能量转化为另一种能量的速度非常之快——每每刚把自己塞饱，立刻就拽着王亚丽奔向卧室的铁架子床。当然，这也是客观条件造成的，出租屋里只有白天没别人在，而健身房每天上下午的课程之间又只隔了两个钟头，再刨去王亚丽赶回来的时间，"果粒橙"要利用这点儿空当满足多种欲望，不火急火燎还真来不及。所以王亚丽连笑都不敢多笑，她也呼噜呼噜扒了两口面，同时开始回忆上次用剩下的那盒避孕套藏在哪儿了——是床头的牙缸后面还是床尾的秋裤底下？

然而这天却有些怪。"果粒橙"吃完竟没动窝儿，而是从兜里掏出一盒烟来，点上一根兀自抽着。不是说要省钱吗，怎么又抽上烟了？王亚丽便有些诧异地斜了"果粒橙"一眼，随即发现这人的眼神也和往常不同。平日里那双浑浊、执拗而又饱含怨气的三角眼变得忧郁了，迷离了，就好像既盯着厨房里的灶台、锅以及王亚丽，同时又将目光发散到了眼前这块方寸之地以外的什么地方。一时间，王亚丽还觉得"果粒橙"的神情似曾相识……居然和岳晓芬姐妹有些相像。像就像在他们仿佛都不在乎近在眼前的事儿，他们在乎的另有其事。

但谁又不是呢？在那个瞬间，王亚丽自己的心思也在恍惚。被岳晓芬姐妹引发的那些似有似无、似远似近的问题又升腾了起来，像麦子店的风一样在她的脑子里萦绕着。因此她并不想询问"果粒橙"在琢磨什么，她反而难得地涌起了倾诉的愿望。

王亚丽是这么开头的:"面条没花钱,白来的。"

接着就说起了这段日子的经历:从面包店的法棍到底商门口的小册子,从依稀记得有个聚餐的章程到一咬牙登门造访,从二楼那间旧卧室里的老弱病残到一楼轰鸣而至的单田芳,从面包夹肉、打卤面和桃酥到来自岳晓芬姐妹的特殊优待……在此之前,也说不清是因为没机会还是因为没心情,关于那些事儿,她一直都没对"果粒橙"讲过,今天就一股脑抖搂了出来。而听到王亚丽的讲述,"果粒橙"的眼神便从忧郁和迷离之中抽了回来,改换成了闪动着饶有兴致的光芒。他也认为这是个有意思的故事吗?

可惜不是,他只对王亚丽那"有便宜不占王八蛋"的精神表示了嘉许。"果粒橙"啪地一拍巴掌:"王亚丽啊王亚丽,原说你傻,其实你也不傻。"

又说:"有这好事儿,干吗不叫上我?"

这就让王亚丽略有落空之感。现在轮到她说前门楼子,人家说胯骨轴子了。与此同时,她还有点儿后悔把那些事儿说给"果粒橙"听。她的感觉就像和一个错误的人分享了错误的秘密。她转身将碗筷放进水槽,哗啦哗啦洗刷起来,边洗边嘟囔:"哪儿有蹭饭还领着男人的,你不嫌丢人我还嫌呢……再说以后也不用去了,我这不又上班了吗,休假以前的工资过些天也能发下来,省着点儿花够吃饭了……"

略作停顿,又找补一句:"麦子店这地方,净能碰上些怪人。"

这话相当于王亚丽对此前一段经历的总结。说完她把碗往橱柜上一摆,转手投出抹布去擦灶台。她想结束这个话题了。但却由不得她,这时"果粒橙"倒像是还了魂,又像是在强逼着自己集中精力、提起兴致,总之开始没话找话说了。

他挥动着夹烟的手,先从"房屋租赁"这项业务的角度对王亚丽的奇遇进行了阐释:说怪也不怪,北京大了,什么莫名其妙的人没有?他们干中介的,也常碰到那种租用民房从事集体活动的客户,其中大多数是做教育培训和商业宣讲的,当然也有凑在一块儿信主或拜佛或灵修的。而对于这种生意,不光"有关部门"向来不予鼓励,就连中介公司也保持着谨慎的态度——治安方面的考虑姑且不论,试想每天一屋子人跺脚乱跳鬼哭狼嚎，谁听了不心烦呀？真闹起来，光是邻里纠纷就够人喝一壶的了；估计楼下那户人家也是被吵得受不了，索性决定以毒攻毒，这才请出了单田芳……"

听到这儿，本来已经闭了嘴的王亚丽不禁争辩："可我们没吵，我们安静得很，除非楼底下响动太大了才唱个歌儿……"

"果粒橙"眉毛一扬，仿佛是对王亚丽的激愤、对她口中的那个"我们"颇感意外。他又嘿嘿一笑，越发拿出了见多识广的腔调，继续推测道："那就是另一种情况了——我估计楼底下那家，很可能是业主本人。"

王亚丽继续掰扯："业主又有什么了不起的？在他们家房子里就能想杀猪杀猪，想唱戏唱戏？那明摆着就是冲着我们楼上来的，那不是欺负人吗……"

"你没听明白。""果粒橙"又打断她，"我的意思是说，人家不光是一楼的业主，八成也是二楼的业主。你们那套房，就是从人家手里租的。"

王亚丽就瞪大了眼："难不成……他们家楼上楼下两套房？"

"这也不稀奇，尤其是麦子店这种老破小，不是公家分的就是单位集资盖的，总有些路子野的人能弄上不止一套，一套自住，剩下的出租。北京人讲话，这就叫吃瓦片儿。""果粒橙"舔舔嘴，口气越发笃定，"如果房东是厚道人，租到这种房子也是好事儿，电灯憋了下水道堵了都有人帮着修。可要是赶上一个恶房东，那可倒血霉了，人家会变着花样找麻烦，让你进得了屋却吃不了饭睡不了觉，为的是在租约到期之前把租户挤对走，到时候押金和预交的房租都不退，转手把房子租给下一家，就能白落一笔钱。而租户因为是自己主动搬的家，到头来也只能吃哑巴亏，连说理的地方都没有。像这种制造噪音的还算客气的呢，就连在墙上凿个洞，正对着厕所看人拉屎撒尿的我都见过……"

不愧是专业人士，听他这么一说，王亚丽就醒过味儿来了。她早就奇怪，一楼的单田芳虽然平时也不断线儿，但却每每会在二楼的讲经渐入佳境之时突然变得震耳欲聋，每每又在二楼的聚会结束之后销声匿迹，原来不是赶巧儿，而是处心积虑，是有的放矢。如此说来，"团契"的活动也一直都处在人家的监视之下。那么对于所谓的"恶房东"，怎么从没见

"团契"的人下去抗议呢？这倒也不难理解：就那一屋子老弱病残外加面慈心软的主儿，把谁派出去能跟人干上一架啊？尤其是岳晓芬姐妹，王亚丽实在难以想象她会和谁急扯白脸地争吵起来。可以说，岳晓芬姐妹带领大家实践了耶稣的教导，"若有人打你的左脸，那就把右脸也伸过去"，却不是因为脸痒痒，而是因为没能耐。

"这种人就欠收拾，要是我非……"王亚丽气呼呼地说。

而这时，她却看到"果粒橙"把烟头往地上一扔，伸出脚去踹了，随后抬头"唉"了一声。这家伙今天真是有点儿怪，不仅话多，而且那丝稍纵即逝的忧郁和迷离又从他的眼底浮现了出来。王亚丽便也"唉"了一声。

"果粒橙"叹口气，接着就把背包拽到了身前。还是那个尼龙单肩包，中介公司发的，刚才就连吃面都舍不得摘，夹在他的屁股和门框之间。他拉开书包外面的一道拉链，又拉开里面的一道拉链，掏出一个长得有点儿像档案袋的牛皮纸大信封。信封上印着中介公司的名称，看起来鼓囊囊沉甸甸的。他把它递到她手里。王亚丽顺时针绕开棉绳，将信封捏开一个小口，便在里面看到了一块暗红色的砖头。和上次一样，都是钱。她心里咯噔一下，害怕似的赶紧把信封合上，但又忍不住溜着缝儿往里偷看了一眼。

"别数了，上次四万七，这次五万九。""果粒橙"说，"这五万九千块钱里，包括最近两笔大单的提成，有三万多，按规定年底才发，我跟店长把嘴皮子都快磨破了，硬说老家盖房，总算让我提前取了；还有两万多，就是从工资里攒下的了，一个月只花五百，这些日子也算没白熬……两回的钱加一块儿，总就共是……"

王亚丽抢答："九万六……"

"果粒橙"白她一眼："多少？"

王亚丽更正："哦不，十万六。"

"差点儿让你弄没了一万。""果粒橙"又叹口气，"差不多够了。"

"什么够了？"

"废话。"

王亚丽便想起在面包店里，"果粒橙"给她算过账：开店的前期投入得十万出头。现在他们就有了十万出头。但她又颇有些奇怪地望了望对面的"果粒橙"——钱不都攒够了吗?宣布这个消息时,难道不应该是振奋的、豪迈的吗?然而对面那人就那么靠门框站着,好像腰都塌了,脸上没有表情。那是故作平淡,还是被劳累与饥饿折磨得麻木了?

王亚丽又问:"那你说话算数吧?"

"果粒橙"问:"什么话?"

王亚丽说:"开店就开在麦子店呀。"

"果粒橙"却两眼一垂:"现在哪儿想得到这个。"

"你什么意思?"王亚丽眉毛一横,"你个孬孙该不会……"

"你傻呀。""果粒橙"又点上了一支烟,对着王亚丽说教起来,"我在原来的公司挣够了钱还预支了提成,扭过脸来就自己开店,这在人家看来叫什么?这叫偷师,还叫饯行。摆明了跟他们对着干,他们能不给我下绊儿?所以必须得缓一段时间,等我跟那边撇清关系,最好等他们把我忘了才行——懂不懂?"

原来是心急吃不了热豆腐,王亚丽就懂了。她又举举大信封:"那这钱……"

"过去放你这儿的先不动,今天放你这儿的也赶紧存上。别瞎花,别让人知道。"

王亚丽点头保证:"记着了。"

"果粒橙"这才把书包往屁股后面一撂,一双三角眼重新变得浑浊、执拗并且饱含怨气,这也是常年吃苦而又欲望勃勃的人惯有的眼神。这天他吃了三碗面,留下一摞钱,也没到铁架子床上折腾,就像个没根的影子似的飘了出去。出门前,他突然伸出手来,在王亚丽的头上使劲胡噜了一把,把她的头发弄得稀乱,接着又拿手掌托住她的侧脸,用大拇指搓了搓她脑门上的伤疤,搓得王亚丽身子发麻,仿佛经过这一搓,马王爷的第三只眼才算彻底瞑目。而王亚丽看着"果粒橙"离开的背影,竟没觉察出他的那番举动有什么特殊含义。

后来一想,她也真是太迟钝了。而发觉事情不对劲,就是又过了半个月以后了。

这半个月,"果粒橙"就没再露面,但在王亚丽看来也很正常。她认为对于"果粒橙"而言，现如今的主要任务是一边掩人耳目，一边筹备开店——忙嘛，自然就没工夫找她。况且开店的钱不也攒够了吗？伴随着那项财务计划的终止，"果粒橙"就没必要非得到她这儿混个肚儿圆了。又况且，钱在谁的卡上？既然是她王亚丽，那她还怕什么。因此俩人的交流只剩下了打电话。

比如那天，王亚丽问："咋这半天才接？"

"果粒橙"说："带客户呢。"

王亚丽说："还带啥带，又不差那俩钱——"

"果粒橙"说："你小点声成不成？"

王亚丽说："瞧你那胆儿，反正早晚得辞职。你到底啥时辞？"

"果粒橙"说："快了快了。仗要一个一个打，饭要一口一口吃。"

王亚丽说："那你吃点儿好的，我挂了。"

挂了电话，王亚丽便起身，走进写字楼底商的面包店。每天晚上十点，那家起了法文名字挂了英文招牌的面包店都会一如既往地挂出歪歪扭扭的手写中文告示，宣布所有商品一律半价。而王亚丽通常是在这一刻到来之前给"果粒橙"打个电话。"团契"是再也没去过，她等待半价法棍的习惯也恢复了。现在想起岳晓芬姐妹，想起围坐在卧室里的那一群人，甚至想起一楼轰鸣的单田芳，王亚丽都感觉像是做了一个没头没尾的梦。因其没头没尾，也就不具有什么寓意，只不过会突然有些惆怅。

当王亚丽端着托盘来到收银台时，心里就有那么一丝惆怅。

"您的消费是……"伴随着手机里韩国电视剧的声响，满脸蝴蝶斑的女店员说。

掏钱时，王亚丽一低头：巧了，托盘里的那根法棍又从中间裂了条缝。

女店员也立刻发现了这个状况。她咧嘴一笑，脸上的蝴蝶斑变成了一只振翅欲飞的蝴蝶："要不这样，这根给您免费得了……"

王亚丽却打断她："也不碍着吃。"

说着把钱硬往桌上一搁，拿了东西转身出门。这个举动令王亚丽觉得畅快，那感觉不仅冲散了片刻之前的惆怅，也令她走在马路上的脚步都轻巧了许多。街巷满是行人，有按照美国作息赶往公司的职员，也有按照日本规矩从一家酒馆"续摊"到另一家的醉鬼。王亚丽穿过那条越晚越堵车的林荫道，从地铁站附近的一片灯海钻进了几栋黑乎乎的旧楼之间。大排档和烤串店的声响裹挟而来，使她并没察觉到身后如影随形地跟着几个人。

她是在刚刚跨进一道铁栅栏门时被人抓住了胳膊。

周边的空间骤然缩小，两个男人一左一右地把她夹在中间。对方的人数、身板和力气都具有压倒性的优势，再加上事情发生得毫无预兆，因此她的嗓子里吭了一声就再也吐不出气，只是像个木偶似的被对方裹挟着，连推带搡地往小区深处走去。这一路不远，匆匆拐进最近的两栋旧楼之间的那条消防通道便停下了。通道窄小，没有路灯，借着头顶两扇窗户透出的光亮，她才看清夹着自己的俩男人一个剃着大光头，一个挂条金链子；而不管是大光头还是金链子，他们裸露在外的胳膊上都盘绕着密实而浓重的文身。

"别出声儿。"不知哪个男人命令她，反正是东北口音。

"……没出声儿。"王亚丽相当配合地说，又相当配合地把手机往前一递。她自认为表现得很理智：无论是电视里的法制节目还是舍友们口口相传的生活经验，都告诫过她如果碰上抢劫，最好别反抗也别瞎嚷嚷。被抢无非是几个钱的事儿，如果把对方惹急了，逃跑之前再扎自己两刀，那就太不值当了。

而对方看了一眼王亚丽的那部"红米"，竟没接。他们一左一右，分头往别处打量起来。王亚丽心里正在打战，就见大光头和金链子身后闪出一个人来，穿身白衬衫和黑西裤，留着个挺精干的小寸头。

小寸头和和气气地对王亚丽开了口，也是东北口音："老妹儿，你瞧不起人。"

王亚丽哆嗦："真就这点儿东西，包里也没钱。要不，还有个面包你拿走？"

小寸头的声音越发和蔼："这事儿整的，让我老妹儿误解了。大老远地过来找你，是想打听个事儿。你叫王亚丽？"

王亚丽又哆嗦："是。"

小寸头说："郭立城是你对象？"

王亚丽还哆嗦："是。"

小寸头说:"知道他在哪儿不?"

王亚丽继续哆嗦:"知道。"

小寸头说:"知道就说。"

王亚丽略一迟疑,就感到一左一右两根硬物顶住了她的两肋。这让她连哆嗦都哆嗦不起来了。她说:"他在公司……离这儿远着呢。"

小寸头却盯着王亚丽,一字一顿:"老妹儿,你咋不能实在点儿呢?"

王亚丽几乎拖出了哭腔:"我哪儿不实在了?"

"要在公司我们能来问你?我们就是从公司来的。"

伴随着这话,左右两根硬物又是一顶。王亚丽腿一软,甚至觉得自己要像上小学时一样尿了。但也正是惊恐到了无以复加的地步,反而让她把心一横:"你们扎我两刀也没用,我这些天就没见着他。要不我这就给他打电话,他在哪儿你们自己问。"

小寸头却按住了王亚丽拿电话的手:"谁知道你是不是给他报信?"

"你又不信我,那让我咋办?"

"我问你,你是不是就住这片儿?是不是拐弯那楼?"

王亚丽先摇头后点头,同时诧异于对方怎么知道得那么清楚:"你想干吗?"

小寸头又问:"你是不是把他给藏屋里了?"

听了对方的话,王亚丽索性又一梗脖子:"那这样得了,干脆你们跟我走,人在不在我这儿,进屋一看就知道。"

说完迈步,往消防通道外面走去。也是怪了,心一横脖子一梗,她竟不再哆嗦。而小寸头、大光头和金链子也挺配合,齐刷刷跟了上来。一行人便沿着两栋旧楼的边缘,朝不远不近的另一栋旧楼走去。他们看上去与其说是挟持者与被挟持者,倒不如说像是共同前去执行一项任务。王亚丽的出租房就在前面了,室友都已下班,朝南的两间卧室以及阳台的窗户全亮着灯。身旁也有和她一样夜归的人擦肩而过,手里拎着公文包或者装着夜宵的塑料袋。但王亚丽却没有呼救的企图。她走到楼道的铁门前,面对着宣传画上的一个正在承诺"百姓事无小事"的卡通警察,哗啦抖出钥匙就要开门。

一边开门一边又说:"屋里有别人,进去小声点儿。"

这时小寸头却从身后拍了拍她的肩:"老妹儿,算了。"

王亚丽回头看他,既不奇怪也不释然。

"看你也是个痛快人,要再信不过你,就显得我们怪没劲的了。再说天也挺晚的了,惊扰了人家也不好。"小寸头的口气仍是那么和蔼,还夹杂了两分无奈,"不过你也体谅体谅我们,哥儿几个在小区门口蹲了一天了,找郭立城是真有急事儿。如今他这一跑,电话也不接,我们跟上面没法交代。在北京,估计只有你能联系上他,那就受累帮我们带个话,就说他只要能回来,把事儿说清楚,我们也不为难他。谁都不想做得太绝,对吧?"

话音未落,两旁的大光头和金链子同时掏兜,似乎要把揣在裤兜里的硬物再掏出来展示一番。而小寸头一侧脸,呵斥他们:"行了行了。"再转向王亚丽时,话音里竟多了一丝自嘲,"这年头还得来这套,我都臊得慌。"

说完顿了顿脚,锃亮的皮鞋脆声一响,转身就走。大光头和金链子也不再看王亚丽,跟了上去。仨人的背影消失在暗夜里,王亚丽这才张嘴大喘一阵,同时冒出一身冷汗。她又举起手机来,吃力地辨认着屏幕上的数字按键,拨了"果粒橙"的号码。

也许正如小寸头所说,现在王亚丽是唯一能联系上他的人,电话响了两声就被接通。"果粒橙"的声音传了出来:"你个傻驴,不是刚打完电话吗?"

"你在哪儿?"王亚丽沉声问。

"带客户……"

"带你妈!"王亚丽破口大骂,"你他妈的可真不白把我当亲人,为你个孬孙,我差点儿让人两肋插了刀……"

8

王亚丽身处开往河南的高铁上,车上尽是拎着大包小包的老乡,还有不少领着俩仨孩子的,把本不宽敞的二等车厢挤得满满当当。除了广播报站是普通话以外,过往旅客个个儿说话铿锵如唱戏,搅得她的脑仁儿一阵一阵发紧。放眼四周，似乎只有她一人空着手，看起来既不像出差也不像探亲。而因走时匆忙，没买到坐票，她此刻也只能半蜷着身子靠在过道，一边拿手揉着膝盖，一边如痴如呆地盯着窗外。

三百公里的时速如同刀锋，将从未丰饶但却广袤的平原划开一道口子。路过某些依稀记得的地名，王亚丽这才为一个常识而惊讶：以高铁的速度衡量从老家到北京的距离，也就两个多钟头的工夫。然而就那么两个多钟头，她当初却顺着铁路线漂流了几年。几年过去，她才头一次回家，并且这还是和"果粒橙"商量的结果。

昨晚"果粒橙"接到电话，听说有人为了找他而堵了王亚丽，先是倒吸一口凉气，随后陷入了长久的沉默。他不说话，王亚丽就更心慌，连骂带吼地指责"孬孙"骗了自己，还说："我就该喊，我就该跑，我就该豁出去挨两刀，再告诉警察是你连累我……"

"别光叫唤，使使脑子。""果粒橙"总算冷静了下来，反问王亚丽，"你说我骗你，骗你什么了？骗色图你这模样的？骗财还把钱都放在你那儿？"

色不色的姑且不论，到底是真金白银有说服力。他这么一问，王亚丽就愣了，甚而有了自觉理亏的歉意。另一方面，她对那几个不速之客的来路以及整件事情的脉络还是一头雾水，偏偏事儿又找上了自己，所以很需要有人为她梳理清楚。于是王亚丽说：

"我脑子不够使，那你说说，到底咋回事儿？"

"果粒橙"就清清嗓子，开始替她梳理。他首先声明，自己没偷没抢没犯法，对于这一点，王亚丽应该保持充分的信任。否则哪儿犯得着动用"道上"的人找他，直接报警不更方便吗？他又不是隐姓埋名的逃犯，不是来无影去无踪的飞贼，警察一逮一个准儿。从对方下三烂的手段也可以看出，他们才是做贼心虚。那么对方究竟所为何来？以"果粒橙"的推断，还是跟他供职的中介公司脱不开关系。也怪他前一阵子疏忽，攒够了钱就得意忘形，不光跟俩处得好的同事说要开店，而且还许以更高的提成，鼓动对方跳槽过来一起干；顺道又揭了他们店长好多短儿，主要事迹是不会大写"壹贰叁"。谁想知人知面不知心，有个家伙转脸就把这事儿捅给了店长，于是店长打电话约"果粒橙"聊聊。"果粒橙"哪里敢去，当天就打了铺盖卷儿，找地儿躲起来了。而店长也不是吃素的，人家早年就是干"黑中介"起的家，坐过三年大牢。他在店里发了内部通缉征集线索，还说找不着"果粒橙"的话，找着和他相关的人也行。接下来就分析到了王亚丽这条池鱼是如何受到的殃及。"果粒橙"说："你记不记得，我曾经带着一个原先的老乡、后来的同事进城找过你，仨人吃的是烩面，那个家伙却非要在一个什么西餐馆门口合影留念？你的住处和长相，估计就是那孙子供出去的。"他接着骂道："早就觉得那孙子不仗义，没想到还真不仗义。"

"果粒橙"语速很快，夹叙夹议，王亚丽颇费了些力气才跟上他的思路。又是双面间谍又是追杀令，听得她一阵发蒙："这样的话……要不还是报警吧？"

"千万别经官——报警管用我早报了。""果粒橙"立刻封死了这条道儿，"怕就怕警察还没收拾他们，他们倒先把咱们给收拾了。"

和讨论理想的时候一样，他口口声声"咱们咱们"的，又把他自己的事儿变成了俩人的事儿。对于自己被囊括进了"咱们"的待遇，王亚丽不禁暗暗叫亏。同时，关于仍不明白的地方，她又问："那你去跟他们聊聊不就得了？把话说开了，从此井水不犯河水，难道连离职的自由都没有吗？街上那么多中介公司，人家开得，怎么你就开不得……"

"果粒橙"说："你还是不了解这个行当。那些连锁店都是大资本，当然想开就开，但要换成小买卖，里面的水就深了去了。我在公司里干了这些年，既攒了钱又积累了客户资源，等到自己单干，他们当然会认为我吃里爬外……况且放走我一人还是小事，他们怕的是其他人也学我，用葛优的话说，人心散了，队伍就不好带了。找他们聊？我都能想到会是什么结果，无非是弄几个'社会人'咋咋呼呼，打不死你也吓死你。所以说，眼下这段日子是黎明之前的黑暗，甭管怎么难，也得熬过去。我也筹划好了，他们能追我一时，不能追我一世吧？等到他们顾不过来，咱们再把店一开，到时候看谁怕谁。他们再横，还能光天化日之下砸了咱们的门面？那还是北京吗？那是老家小县城。"

说罢话锋一转，开始感叹奋斗之不易，创业之多艰，然后又扯到了光明而远大的理想。他一会儿沉郁，一会儿昂扬，听得王亚丽好像在坐过山车，忽上忽下。王亚丽也晕了，半晌才想起还有一件事情要问："对了，那你现在在哪儿？"

"还在北京。""果粒橙"说。

"北京哪儿？"

"这个你就别问了，问了也是给自己找麻烦。""果粒橙"顿了顿，反问王亚丽，"你呢，你在哪儿？"

王亚丽哼了一声："我能在哪儿，还不是在宿舍，否则他们也找不到我。"

"果粒橙"便果决地说："那地方你不能待了。把你暴露在敌人的视线之内，我也放心不下。这么着吧，你立刻走，回老家躲一阵，等风头过了再回来。"

王亚丽说："可我还得上班呢，本来就刚回健身房没两天……"

"果粒橙"说："辞了算了，反正也快当老板娘了。"

两个穷人，却纷纷鼓动对方辞职，假如这都是因为理想，那么理想的副作用也够大的。而对于那个美妙的前景，此时的王亚丽却含糊了："就算辞，也得等你真把店开起来……你忘了你连饭都舍不得吃的时候了？现在你都不上班了，咱们总得有份收入。"

"亲人哪，还是你想得周全。""果粒橙"热忱地赞了一声，接着却又提出了另一个让王亚丽大为意外的方案，"你不走也成，但那笔钱，你得先放到别处搁一阵子……要不这样，干脆跟你妈打个招呼，暂且转到她户头上得了。"

王亚丽吓了一跳："这又是为啥？"

"还不是替你考虑。店长给我发过短信，说有两笔提成是我向公司提前支取的，严格来说算财务违规，必须收回。倘若你不走，他们又来找你咋办？找你除了问我在哪儿以外，还查你拿没拿着我的钱咋办？查着了硬逼你把钱交出去又咋办？别小看这些王八蛋，他们真有那个手段，我的户头已经被他们查过了，幸亏事先给了你……为了十来万，这些王八蛋什么事儿都干得出来，我怕你熬不住……你就想吧，钱要落到他们手里还能再拿回来？"这时"果粒橙"就好像一边说话，一边思索了，思索半晌，豁然开朗，"幸亏你还有个妈，把钱放在你妈那儿，那帮王八蛋绝对想不到。"

王亚丽又问："你也有妈，干吗不放在你妈那儿？"

"你傻呀，他们连你都找着了，还能找不着我妈？""果粒橙"一拍巴掌，恢复了惯常的轻蔑口吻，又说，"我这也是没有办法的办法。"

而面对这个办法，王亚丽静默半晌才说："那我还是回老家吧。"

一边这么说，她的心里一边暗自冷笑：把钱给我妈？也亏"果粒橙"想得出来。他老说她"傻"和"贱"，自己也没好到哪儿去。当然，这也怪不得他，要怪还得怪王亚丽从未对他讲起过她妈这人。在王亚丽那历经多年的遍体鳞伤之中，假如还有一块不愿示人的疮疤，就是自己的妈。于是俩人商量的结果，还是王亚丽先走，回老家避避风头。做了这个打算，王亚丽又想，正好，家里拆迁的事儿还得跟她妈掰扯掰扯。既然是拿了她的钱去交差额款，凭什么登记时又没她的名儿？说什么事出突然，这借口也太拙劣了。而当王亚丽硬着头皮给健身房打电话请了假，很快又收到了"果粒橙"用微信转过来的路费，余额里的数字儿久旱逢甘霖一般充盈了起来。她看着手机，心里嘀咕：孬孙，这时候倒挺大方。

然后买了次日一早的车票出发，但车到郑州她就下了。这是因为老家没通高铁，还得去车站广场换乘长途车。走出无论恢宏程度还是设计不合理的程度都不亚于北京南站的郑州东站，王亚丽却突然站住，像人流之中微小的孤岛，木然发了会儿愣。她还想起她爸跟粮店那娘们儿跑了以后，就在郑州的火车站卖大饼馒头。然而只听老乡这么说过，如今却不知她爸到底人在哪个车站。作为一座交通枢纽城市，郑州光高铁站就有三个，其中包括最早的郑州站，此外还有新建的东站和西站。听说三个都不够用，另有一个郑州南站正在修建。

如此说来，想看一眼她爸也不是顺便的事儿了，而是成了一项繁复浩大的工程。

那就算了。这么一想，王亚丽心里也就释然了，她这座微小的孤岛重新随着人流漂浮了起来。又历经两个多钟头，她漂上台阶又漂下台阶，漂进广场又漂出广场，漂上汽车又漂下汽车，漂过高楼林立但却空空荡荡的县城新区，漂进到处写着"拆"字但却人满为患的老棚户区，最后漂到以前的小学侧面，被沥青厂熏黑了后窗的一排平房门前。

比起北京乃至郑州，这里都仿佛是另一个世界的景象了：肮脏、荒芜、破败，对于如今的王亚丽而言，看上一眼就让她心窝子堵得慌。前些天大概下过雨，因此柏油路被大卡车轧出的坑洼里积满了污水，水里也有一些饮料瓶、香烟盒正在兴致勃勃地漂着。前些天大概还死过人，因此平房里有扇门上挂着白对联，门前还搭了个黑毡大棚，棚外一口炉灶上正炒着菜，棚里几张桌子旁正打着牌。而王亚丽就此站定，逆着劈头盖脸的阳光，看向大棚门帘底下的一张方桌。桌旁坐了个身穿绛紫色化纤西服的黑脸女人，就是她的妈了。

打牌的人都讲究个耳听六路眼观八方，所以王亚丽她妈也看见了王亚丽。她捏了张牌，一边用拇指搓着牌上的花纹，一边吆喝："鸭梨呀，回来啦？"

然后将牌往桌上一拍："幺鸡。"

听她妈那口气，就好像王亚丽从未出过远门，昨天还在家里一般。王亚丽也不答话，凑过去坐在她妈屁股底下那条长凳的边角上，一边从桌上抓了把瓜子嗑着，一边四下张望，看死的是什么人。原来是住在街口的那个老头儿，过去在粮店看门，警惕性很高，酷爱盯梢。当初王亚丽她爸和粮店那娘们儿的事儿，就是他捅出去的，后来在储存富强粉的大铁箱子里抓住俩"雪人"。老头儿今年也有八十多了吧？算喜丧。因而他家后人一派喜气洋洋，假如不是戴着黑箍，说是办红事也有人信。亲戚朋友互相寒暄时，念叨得最多的一个词也是"功德圆满"，这是在表彰死者生前的丰功伟绩——听说要是早俩月咽气，户口本上少一人，拆迁的三居室就变成两居室了。又听说在老头儿将死未死的那俩月里，拆迁办的人天天上门探访，甚至还牵着狼狗来闻味儿，而每当这种时候，老头儿总能回光返照，颤颤巍巍走出门口，先与来人亲切握手，再扔给狼狗两块碎肉，然后满脸堆笑地摸着狗头说：

"让组织费心了。"

除去象征性的凭吊与慰问，席间人们说得最多的话题还是拆迁。谁家占了便宜谁家吃了亏，谁家没门道谁家路子野，谁家错过了机会谁家以后可抖起来了。小地方的房子和北京的房子不是一个概念，但这并不妨碍他们集体兴致高涨。一片嘈杂之中，唯有俩人对这事儿避而不谈，就是王亚丽和她妈。母女俩一个心无旁骛地摸牌打牌，一个无所事事地东张西望，她们都感觉对方有话要说,又都在等着对方先开口。

王亚丽清晨坐上的火车,这时就耗到了日头当空。牌桌就地变成饭桌,大碗小碗从棚外端了进来。众人埋头开吃,还有几个男人不合时宜地闹起酒来。而这时,王亚丽又看到了奇异的一景。那是位于大棚最里头的一张桌子,桌边坐了七八个男女,有老有少,穿着长相都和常人并无不同,有所区别的是吃饭前的架势。只见他们纷纷拉起手来,围拢成一个不规则的圈,接着一起低头闭眼,口中念念有词。

"感谢主,赐我食……"一个男人领诵。

"求祝福,赐我力……"一群人呼应。

他们进而唱起歌来,那首歌居然是王亚丽听过的:

> 主,你是盛开在
> 沙仑的玫瑰
> 谁不切慕喜爱将你采归
> 你如那膏油馨香绽放四溢
> 你艳丽芳香秀美
> ……

和音稀稀拉拉,腔调高低错落,听得王亚丽一时恍惚。不觉之间,她的嘴巴也跟着慢慢嚅动了起来,在什么地方听熟了的词句从舌尖上跳脱而出,从无声到有声,从间断到连贯。听到最后一段,她干脆是在喃喃地附和着伴唱了:

> 有主无怨无悔
> 你让我一生拥有你那芳香的玫瑰
> 因你在我的里面我就秀美
> 因你在我的里面
> 我就永远艳丽芳香秀美

这时她妈的声音却传过来,打断了王亚丽的伴唱和神游:"这是唱诗班，乡下土坯教堂里出来的，碰上喜事丧事都给唱，也不收钱，纯图一乐儿。舍不得请和尚道士吹鼓手的人家，办事儿也爱找他们。这都唱了一上午了，看来还没过瘾呢。"

看王亚丽不搭腔，她妈又补充："就是唱得不咋样，歌儿的内容也不讲究，经常在丧事上唱喜事的歌儿，在喜事上唱丧事的歌儿，为这个还挨过打。"

她妈还说："领头那男的更不靠谱，娶了俩老婆。"

王亚丽本来心虚似的低头闭口，生怕别人发觉自己出声儿，而听她妈这么一说，便循声又往那边桌旁望去，看向方才带领众人祷告的男人。在那人的左右两侧，果然各站了一个女人，其中一个好像还是瘸腿，因其基座不稳，导致一边的肩膀夸张地往斜上方四十五度翘了起来。王亚丽恍然大悟：原来在某天早上，她妈给她讲过的信主光棍确有其人。怪不得大棚外边还停了辆宝蓝色的"帝豪"汽车，在她妈讲的那个笑话或者寓言里，光棍发了财以后买的就是一辆"帝豪"，今天带寡妇出去兜风，瘸腿女人就在家做饭，明天带瘸腿女人出去兜风，寡妇就在家做饭；人歇车不歇，换人不换车，如同一个亚当俩夏娃，或者配了两只茶碗的茶壶。然而看今天的情形，却是两个女人一同出动，可见传闻也不准确。另外听她妈刚才的口气，倒像头一次说起光棍其人，看来是当初讲完之后自己倒先忘了。而像是发生了某种感应一般，那光棍似乎察觉到了王亚丽投向自己的目光，突然绽开一抹笑容，对她若有若无地点了点头。不光是他，就连他身边的寡妇和瘸腿女人也不易察觉地颔首微笑。他们的神色也让王亚丽感到似曾相识，她想起在什么时候、什么地方，也有过什么人这样对自己笑过。王亚丽忽然觉得紧张，心怦怦跳，又低下了头。

她妈恰好又把一个丸子夹到她碗里："鸭梨，吃。"

接着扬声招呼别人："你们也吃，拣大的塞。"

王亚丽重新抬头，瞥了瞥桌上，只见一个新端上来的深口盘子里滚着若干丸子，都是小孩儿拳头大小，周身裹满浓油赤酱。如果不出意外，她妈夹给她的又是丸子中个头儿最小的那一个。这套陈旧但却有效的经验令王亚丽心里浮出一丝冷笑，随之而来的却是难以遏制的厌恶。如同条件反射一般，她腾地起身，拔腿就走，像头倔驴似的钻出大棚，差点儿撞翻炉灶，打了个趔趄拐上街头。身后似乎有人喊她，可她没理。她一阵风似的沿着坑坑洼洼的柏油路往家走去——假如那里仍然可以被称为她的"家"的话。

地方很近，就在那排平房的最东头，门口立着根水管又砌了个水池子。王亚丽掏钥匙开门，门上挂的居然还是旧时那把锈锁。呼啦一声门开了，屋里却气象一新。原来是里外一间半，里面是她妈的卧房，外面半间横张单人床给王亚丽睡觉；而现在里外间都打通了，小床早已不知去向，腾出的空间支了张麻将桌，桌上还展示着上次打剩下的牌局，不知是谁和了把条子"混一色"。不仅如此，电器也换了新的，电视还是"拼多多"上新推出的29英寸"嗦妮"液晶；更扎眼的是一床被褥都罩上了大红人造丝缎面，被套上绣了两条金丝鲤鱼。

王亚丽扫了眼窗台上的牙缸，里面两把牙刷，一粉一黑。

她又用脚扫了扫床底，踢出一双男人的尖头猪皮鞋。

认清形势以后，王亚丽却并未感到真相大白的愤恨，甚至也没有出其不意的惊愕。相反，她屏息凝神地又在屋里逡巡了一圈儿，这才绕回麻将桌旁，拽了把椅子坐下来。此后她就没再动弹，镇定得近乎呆滞，只是里外一齐发冷，觉得自己像个冰人儿似的直冒寒光。窗帘敞着，已经偏斜了的太阳把光线投射进屋，假如不是地上还有一团影子，王亚丽几乎感到自己被照透了。

不知何时，房门一响，她妈的声音追进来："也不开灯。"

王亚丽霍然而起，这才发觉屋里黑了大半。这一下午过得飞快。她妈大大咧咧地踱进屋来，身后果然跟着个男人，四十多岁，干瘦身材，穿件随风乱晃的青绿西服，西服布料带有荧光效果，使他活像个塑料绳编织的蚂蚱。王亚丽突然记起，这只蚂蚱她也是见过的，就在中午的大棚外，当时他正守着灶台炒菜。只不过炒菜时穿的是条油脂麻花的脏围裙，这时不光换了衣裳，就连头脸也收拾得一丝不苟。如此注重仪表的厨子也不多见。而那只蚂蚱也挺知趣，瞟了王亚丽一眼就蹦跶进了隔壁的小厨房。

王亚丽也不说话，斜眼看她妈脱了绛紫色化纤西服，露出墨绿色化纤衬衣，噼啪静电一响，又从裤兜里掏出一把散钱。将钱捻平再揣好后，她妈一拍脑袋走到门口，对着厨房窗户吆喝："晚上下面少放盐，中午丸子就咸。"

厨房里轻柔且漫长地应了一声,听来就像戏里旦角的一唱三叹。

王亚丽她妈这才又转向王亚丽:"你看你,回来也不打个招呼。"

王亚丽决定开门见山:"说说吧。"

她妈一僵,明知故问:"说什么?"

王亚丽拿眼在屋里扫了一圈儿:"谁也不傻。"

"瞧你这话。"她妈一笑,"那就说说。"

然后母女俩弯腰脱鞋,盘腿上床,相对而坐。这副姿态远看如同参禅,又有点儿像电视里的古代日本人,还让王亚丽想起健身房瑜伽课里的"腹式呼吸训练"。在她的记忆中,每当涉及家里的重要事宜,包括她爸是如何与粮店那娘们儿跑了的、别上高中了上个幼儿体教班算了等等,她妈都是以这种形式向她说起的。可以说,这是母女之间罕见的具有仪式感的时刻,也是王亚丽少有的感觉受到了她妈重视的时刻。于是她觉得时间正在凝滞,心里不光忐忑,竟然还有一丝怀旧似的暖意。

但与王亚丽相反,她妈的口气却是挥洒自如的,甚至有些故作轻松。也许是心知没什么好瞒的了,也许是早就打过不知多少遍腹稿,话从她妈嘴里流淌出来,就像从口袋里往外漏米一样流畅、连贯、密集。她妈先说,隔壁屋里那厨子姓吴,按辈分王亚丽该叫他声叔,不过不叫也行,反正不熟;吴厨子离过婚,是从邻县过来的,白天给人家的红白喜事掌勺,晚上就在县城广场摆摊卖砂锅;砂锅挨着烧烤,一来二去就和她妈混熟了,处了一段觉得还行,俩人一致决定"往前走一步"。她妈又说,吴厨子这人别看女里女气的,但其实很有思想,会背不少名人名言,问他为何跑出来,他就说"既然选择了远方,我们注定风雨兼程";吴厨子甚至还很有理想,离婚也是因为想开饭馆但老婆不让,索性一跺脚抛家舍业。她妈还说,自打结识了吴厨子以后,她本人的层次也有了提高,认识到了以前沉迷打牌是虚度时光,所以现在轻易不上桌,上桌也坚决不玩大的;她决定和吴厨子携手奋进,俩人共创一番事业;而理想不能空谈,还要付诸行动,为了把饭馆开起来,她打算投入的数目是……

"等等,"听到这里,王亚丽不得不打断她妈,"你还要给他开饭馆?"

她妈更正王亚丽:"是一块儿开。炒菜也卖,砂锅也卖,烧烤也卖。"

"卖什么我不管,但你哪儿来的钱?拆迁换房的钱不是还让我掏了……"

"没钱也可以想办法。"她妈坦率地看着王亚丽,又一笑,"我是这么合计的:拆迁不是给套两居室吗,我先拿去做抵押,有公司能给贷出款来。一套两居本来值三十来万,房产证一时办不下来,就得打个折扣,不过二十万怎么也有了。用这钱先把以前牌桌上的账清了,剩下的勉强能够盘个店面,地方还不错,就在广场对面……"

王亚丽盯着她妈:"那房子呢,不要了?"

她妈说:"我问过公司的人,抵押的房子一样能住,只要按月把利息还上就行。"

王亚丽的眼珠子逐渐瞪大:"还不上呢?就归人家了?"

她妈默然两秒,咔咔几声:"别说这么不吉利的话行不行,我挣了钱还不是给你留着?"

"你要亏钱呢,是不是也得我还?"王亚丽也默然两秒,然后咬着牙根儿低声问,"你是不是已经跟人家把合同签了?"

王亚丽她妈就没了话,也不看王亚丽,骗腿下床,踩了双拖鞋,将散落在麻将桌上的断壁残垣归拢到一只鞋盒子里去。她的动作不紧不慢。桌上的牌面被藏了起来,然而底牌又是不言而喻的。也可见她妈与厨子早就把日子过出了默契,这边桌子刚清干净,那边面就端进来了。厨子折返两趟,把三只大碗依次摆在桌上,碗口腾腾冒着热气。然后他仍不说话,点了支烟先抽起来。而王亚丽也骗腿下床,蹬上鞋往外就走。

她妈问:"你哪儿去?"

王亚丽说:"回北京。"

她妈又问:"怎么刚来就走?要不先住……"

王亚丽站住,凛然往床上扫了一眼:"你让我睡哪儿?"

9

晚上只有过路的绿皮车了。火车缓缓出站,王亚丽的脑子才随着脚下的轮轴恢复了转动。

对于这短短一天的返乡之旅,她尝试着进行总结。她知道她妈又找了男人,是个厨子,并且俩人准备"往前走一步";她还知道老家的旧房的确将要换成新房,但新房很快又要被换成饭馆;她更知道因为拆迁手续上没写自己的名儿,所以对于上述一系列从房到钱、从钱到饭馆的转换过程,她似乎也就没有任何发言权了。那都是她妈提前计算好的吗?或者还是厨子背后撺掇的结果?看来恐怕都像。而归根结底一句话,王亚丽算是没家了。或者说,自从她出门找活儿干,自从她爸和粮店那娘们儿跑了,甚至于自从她妈给她取名叫作王鸭梨的那一刻起,"家"这个概念对她而言就已经渐行渐远,直至烟消云散。

她过去只是一直不愿承认,而她现在必须承认。

电话响了,是她妈。路上她妈打来好多电话,可王亚丽都没接。然而这次出乎王亚丽的意料,她盯着屏幕上的河南号码愣了片刻,随后一动手指便按了接听。地动山摇的悲怆已经淡去,取而代之的只是心酸,那么一点儿并不难以忍受的心酸。就连对她妈,王亚丽也没那么怨更没那么怕了。

她妈的声音似在打战:"鸭梨呀……"

王亚丽道:"你说。"

她妈说:"临走你也没吃碗面。"

王亚丽道:"我就想看看你,看着了就够了。"

她妈说:"知道你恨我。你恨我吧?"

王亚丽道:"说哪儿的话。"

她妈说:"恨就恨吧。再不往前走一步,我就真走不动了。"

王亚丽道:"妈,我不恨。"

她妈说:"你心眼儿倒是好。"

然后母女俩平静地挂了电话。打电话时,王亚丽仍蜷缩在车厢之间的过道,当火车驶过某个小站,站台上白晃晃的灯圈从她头顶滑过,当小站被抛在身后,黑夜便重新在她头顶上的窗外凝结。此后的一夜,她也不知自己是睡着还是醒着,说睡仿佛还在想事儿,说醒又仿佛一片混沌。半梦半醒之间,北京到了。

与高铁相比，绿皮车的速度慢了几倍，因此站台上已经是晨曦初现的黎明。王亚丽眯着眼，换上刚开始运营的地铁，回到了麦子店。顺着台阶钻出来，她看到麦子店还是麦子店，甚而更加向王亚丽袒露了它的本相：这里就像北京的大多数地方一样，都是钢筋水泥集合而成的积木似的建筑。但这里只要填满了人，就成了王亚丽眼里的奇幻所在。

作为麦子店的诸多人中的一员，王亚丽正准备用自己去填充它。

她离开地铁站，一边往小区的方向走着，一边还在想着要不要给"果粒橙"打个电话。但跟他说些什么呢？说在老家跟她打了个照面就跑回来了？对于焦头烂额的"果粒橙"而言，这些事情恐怕也没有再说的必要。况且历经了一天一夜的折腾，王亚丽已经困得睁不开眼了，脑门子金星乱冒，她只想赶紧补上一觉。

经过写字楼又横穿林荫道，出租屋所在的旧楼便从晨雾中露了出来。楼的外立面好像被泼了一层水，远望上去湿漉漉的。楼下的铁栅栏外，停了两辆早餐车，轻微的油烟味儿在这样的早晨更加富有刺激性，王亚丽一边打着哈欠，一边又被滋生的口水呛得咳嗽了两声。然后她陡然站住，一阵哆嗦。

在一辆早餐车前，她认出了几个人影。

对于那些人，她当初其实也没看清楚过，不过她的胳膊仍对几只大手的力道记忆犹新，她的皮肉更是被唤醒了一左一右两根硬物顶住所产生的尖锐感和紧迫感。是他们吗？很可能是。在那几个无所事事地啃食鸡蛋灌饼的男人身上，王亚丽辨认出了确凿的外在证据：一个小寸头，一个大光头，一条金链子，四根粗壮而布满文身的胳膊，一双锃亮的黑皮鞋……这些人距离王亚丽也就十几二十米，他们那"咋的，咋的，你咋的"的东北口音声声入耳。假如这些人又是奔她来的，那么就冲他们这不舍昼夜的精神，中介公司也应该给他们发面"尽忠职守"的锦旗。这个念头让王亚丽感到一丝好笑，但她当然是笑不出来的，因为"果粒橙"曾经深表担忧的事情马上又被她重温了一遍。直到这时，她才意识到了"果粒橙"的警告不是耸人听闻，同时承认自己返回麦子店的决定太冲动也太草率了。

迎着从楼上某扇玻璃窗反射下来的阳光，王亚丽好不容易止住哆嗦，直愣愣地瞪着男人们的头颅与后脖颈子。她似乎在心甘情愿地等待对方转过头来，那么她的自投罗网就算彻底坐实。然而当照在她脸上的光亮随着楼上窗户的晃动飞快地一偏，王亚丽也登时醒过了神儿。恰好有辆早班公共汽车靠站，从通州甚至燕郊披星戴月地赶来的上班族蜂拥而下。她迈开步子，一头扎进了那团相互碰撞、各自奔忙的人群之中。

王亚丽又在逃跑了。她从北京逃回河南，从河南逃回北京，此时逃跑在麦子店那薄雾散尽、阳光灿烂的街头。如果说此前的逃跑来自不知真假的恐吓，那么眼下的这场逃跑就是实在的、迫切的，简直如同火燎屁股嗞嗞冒油了。她充耳不闻别的声音，只听见胸膛里的怦怦乱跳；她压根儿不敢回头张望，只在顺着街道拐弯时才会飞快地向身后扫一眼。更加令她魂飞魄散的是，每当余光瞥过刚刚走过的路面，她都能看见那几个男人的身影正在后面不紧不慢地移动，与她保持着一致的速率，她快他们也快，她慢他们也慢。

毫无疑问，当她发现了对方，对方也发现了她。那么这次他们打算怎么对付她？想来不会只是"跟老妹儿唠两句嗑儿"那么简单了吧。听说"道上"都讲究个先礼后兵，假如上回也就是试探试探，这次怕是要动真格的了。为了问出"果粒橙"的下落，他们会像战争片里一样拔她的指甲烧她的头发吗？为了查出那笔钱的去向，他们会像商战大片里一样"黑"进她的账户破译她的密码吗？尽管慌乱得像只没头苍蝇，王亚丽的联想能力反倒变得格外活跃了。而过了许久，她才又发现自己的运动轨迹和一只没头苍蝇有所不同——正在走的这条路对于她来说，熟悉得近乎条件反射。就算眼睛不认路脚也认路，就算脚不认路鞋也认路。王亚丽从麦子店南里穿到麦子店中里，又拐了个弯来到麦子店东里。在视觉印象上，她相当于从一片灰色矮楼出发，经过一片褐色高楼，最后钻进了一片暗红色矮楼。

既像注定也像巧合，王亚丽反应过来，她走上了当初通往"团契"的那条路。

她还意识到了一个突如其来的有利形势。她发现，随着自己在各种颜色、各种形状的旧楼之间穿梭，身后那些男人的脚步不仅慢了下来，而且还显得有些拖沓。不光如此，在王亚丽拐弯他们也拐弯、王亚丽停顿他们也停顿的时候，那些男人东张西望的姿态也似乎露出了迟疑。这就对了：

虽然清晨人少，但毕竟是在光天化日之下，谅他们也不敢径直扑上来将她按倒在地；并且他们就算事先到王亚丽居住的那个小区踩过点儿，但对于麦子店其他街巷的地形，想必也还是不甚熟悉的。可以这样理解，在这关键时刻，麦子店帮助了王亚丽，掩护了王亚丽，这地方没有辜负她的一往情深。

也正是在麦子店的鼓励之下，王亚丽做出了一个冒险的决定。

当她从侧面绕行经过那栋格外破旧也格外熟悉的暗红色小楼时，陡然就甩开双腿跑了起来。她的这个举动打了身后的尾巴们一个措手不及，当她贴着墙根拐向楼的正面时，他们才发一声喊，急匆匆地追了上来。而这时，王亚丽已经不见了，出现在男人们面前的只有一条空空荡荡的水泥路，以及路边那栋楼房没遮没掩的几个门洞。

王亚丽钻进了其中一个门洞，沿着楼梯往二楼跑去。钻进来她才发现，这扇门洞同样无比熟悉：窄小曲折的楼梯，一堆破纸箱和几辆自行车……不唯如此，更关键的还有从一楼右手边那个房间里奔涌而出的声浪。那是一个老年烟酒嗓，沧桑、洪亮而又抑扬顿挫，说的仍是《三国演义》，但却不是书接上回。故事的转换恰恰度量了王亚丽有多长一段日子没来过了：记得上次从这儿离开，听到的还是赤壁鏖兵，现如今就跳到了关云长走麦城。正当单田芳说到赤兔马中了绊马索，她也感到脚下一软；正当单田芳说到关云长摔下了赤兔马，她也一轱辘，从一楼通向二楼的楼梯上滚了下来。这是逃跑路上的一个小插曲，王亚丽为她的着急忙慌付出了代价。直到晕头转向四仰八叉地坐在地上，她才抬头看清，楼梯靠墙的一侧比原先多了两捆旧报纸。这年头，只有真正的"老范儿"人才保留着看报纸和卖废纸的习惯，也正是"老范儿"人那把公共地方当作自家地盘的习惯给她下了绊儿。王亚丽却顾不得胳膊、后背和脖颈子上弥漫着的疼，她只想着赶紧爬起来再跑上二楼去。还有人追她呢，那些人可不傻，他们发现王亚丽不见了，就一定会在这栋楼前挨着门洞往里窥探。

也就在这时，发生了逃跑路上的另一个小插曲。

在王亚丽的身旁，一楼右手边那扇木门吱扭开了。

"吗呢？"一个沧桑的烟酒嗓问她，令王亚丽恍惚觉得说话的正是单田芳本人。门里那人该是听见了她摔下来的声响吧，也许她的膝盖或者脑袋磕到了人家的房门。

王亚丽既没力气也没胆量答话，只是抬手指了指楼梯上的旧报纸。

那人便从王亚丽身上跨过去，上了两级台阶，弯腰拎起横在楼梯上被她踢歪了的报纸。仰着脖子的王亚丽从下往上看，只见那是个五六十岁的老大爷，一副矮胖身材，天已经不热了还穿着松松垮垮的大裤衩子和跨栏背心，背心撩上去半截，勉强搭盖着形状好像漏了气的轮胎的肚皮。他直起腰走下台阶，居高临下地瞥了眼王亚丽，那张剃着花白板寸、长了个酒糟鼻子的脸上，展现出一览无余的烦躁与嫌弃。原来一楼的住户就长这模样。

"上楼不看着点儿，奔丧呢你？"呜呜囔囔的北京话，天生自带着目空一切。那口气的潜台词，分明是毫不在意王亚丽摔坏了没有，但却心疼他那两摞旧报纸。

"起开点儿，别挡道儿。"对方又说。

王亚丽便爬了起来，和老大爷错了个身子，继续往楼上走去。她的脚步比刚才轻了许多，这是因为楼道门外似乎还传来了高一声低一声的东北腔，如果那些男人恰好往里看上一眼，她就再也逃无可逃了。然而只要从一楼跑到二楼，情势又会不同了吧，王亚丽这么盘算着，期冀着。二楼有个接纳她的所在，她对那里抱有孤注一掷的信任。

但这最后一段路程却行进得如此艰难。刚跨上两级台阶，她就感到右膝盖又在疼了，并且那疼不同于以往，不是隐隐作痛也不是撕扯着疼，而是仿佛一把钝刀插进了她的骨头缝儿里，又血淋淋地连着筋搅动。她大汗淋漓，下半截身子沉重地往下坠着，赶紧用两手紧紧抓住锈迹斑斑的铸铁栏杆，这才避免了再次仰头摔下去。千不巧万不巧，在这一刻，旧伤来了个总爆发，刚才那个跟头又在原有的基础上火上浇油。王亚丽不得不大幅度地弓着腰，屁股高高撅起，咬牙不作声，手脚并用地往上攀爬。她明白，这种时刻意志品质就是一切，绝不能放弃，否则这天早上所有的运气和勇气都将化为泡影。

而她略一回头，却发现一楼的住户站在自家门前，正直勾勾地看着她。

那个老大爷，他提着两摞旧报纸，支棱着膀子，歪着脑袋，把目光顺着倾斜的楼梯投射上来。目光落在什么地方呢？两点之间直线最短，它就那么毫不拐弯儿地杵向了王亚丽高高撅起的屁股。这天王亚丽穿的是条紧身运动裤，下半身绷得曲线毕露，并且由于只敢左腿用力，重心不稳，她的屁股还在随着步伐夸张地、摇曳不休地扭动。于是这一瞬间就形成了这样的局面：痛彻心扉的王亚丽在为一楼的住户表演着扭屁股。

老大爷看得不仅眼睛，就连酒糟鼻子都在闪闪发亮。

他的脸也鼓胀起来，仿佛涂了一层红油。

这副表情把王亚丽惊得目瞪口呆，但她不仅无法叫出声来，更不敢就此停住。迫于形势，她也只能摇曳不休地扭下去。观赏与被观赏的过程仿佛被无限拉长，变成了电影里摇曳的慢镜头，直到王亚丽终于攀登完了第一段台阶，又艰难地拐弯儿爬上第二段台阶才宣告结束。斜下方传来砰的一声门响，好像是一楼的住户正在为意犹未尽而抱怨。王亚丽提心吊胆地舒了口气，右腿的疼痛却因为紧张和耻辱而更加来势汹汹了。她再没力气扒住栏杆，干脆两手撑着台阶，以兽类而非人类的姿势完成了后半程的攀爬。终于来到二楼右手边的门前，王亚丽才又直起身子，倚在门上，急促但并不响亮地拍门。这时她也意识到了另一个问题：凭什么认定岳晓芬姐妹一定在家呢？今天又不是周末，不是"团契"活动的日子。

而门竟开了，倚门而立的王亚丽随即朝着那条缝隙扎了进去。缝隙越来越大，她的身体也越扎越低——也就是说，因为重心不稳，王亚丽重新扑倒，像段树干似的一头栽进了门里。岳晓芬姐妹发出了轻声惊叫，幸亏没被她砸着，但也被她吓得脸色惨白。

王亚丽仰起头来，像被掐住嗓子一般断断续续吐气："让我待两天，行不？"

岳晓芬姐妹还没开口，王亚丽又歪头看向了侧面那扇敞开的门上，一个干瘦男人的画像。男人面目慈祥，仿佛洞悉一切，脑袋后还拢着个光圈。因为眼神一晃，王亚丽的第二句话就不仅是对岳晓芬姐妹，同时也是对画上的那男人说出来的了：

"求求你们了。"

10

说是求人收留两天,王亚丽却先住进了医院。

她一摔进屋里就挪动不得。岳晓芬姐妹绕到她身后,俯身把两条胳膊插进她的肋下,想将她搀扶起来,然而费了半天力气,仍是徒劳。岳晓芬姐妹劲儿太小,王亚丽的身体又沉得像个水泥口袋。王亚丽也纳闷儿,自己的力气怎么就被抽干了,一滴不剩。她挣扎许久,总算在岳晓芬姐妹的帮助下先靠墙坐好,接着又想说点儿什么,但话到嘴边却再也吐不出口。她只是呼哧喘气,又捂着膝盖呜呜了两声。

岳晓芬姐妹则一直没有停止忙活,这时她又拿手背搭了搭王亚丽的脑门。王亚丽感到对方的手背冰凉,随即反应过来,那是因为自己的身体滚烫。她听见岳晓芬姐妹哎哟一声,更加明白浑身的疼痛不仅是因为滚下了楼梯,还因为一场轰轰烈烈的高烧。至于发烧的原因,她猜想,可能是昨天一夜窝在火车过道里受了凉,或者干脆就是早上被那几个追踪者给吓的。而不久以后,便有医生对她的病情做出诊断:她患上了急性肺炎。

医生就是李琴姐妹,那个头上开着一朵硕大的白色菊花的老太太。

李琴姐妹又是被油光水滑的大胖子抬着轮椅送上楼的。这时王亚丽才知道,她曾经是一家工厂的厂医,只不过现在厂子外迁,她也退休了。在向"团契"的伙伴求援之前,岳晓芬姐妹终于把王亚丽扛进大卧室,扶上了大胖子每次讲经时正襟端坐的那张木板床。她还从自己的房间里搬出被褥,把王亚丽裹成了一只蚕蛹,蚕蛹上画着几只可爱的喜羊羊、美羊羊和懒羊羊。做完这些事,王亚丽似乎踏实了一些,岳晓芬姐妹却被冷汗浸透,喘得比刚才的王亚丽还要凶猛,以至于随后赶到的李琴姐妹还以为生病的是她本人,诊断完王亚丽,又专门给岳晓芬姐妹连听带叩地探查了一番前心后背。

"你得留神,她这病传染。"李琴姐妹提醒岳晓芬姐妹。

岳晓芬姐妹笑笑没说话,仿佛要证明"我不嫌弃"似的,又拿自己的杯子给王亚丽倒了点儿水,托着她的头喂下去。

李琴姐妹又敲打:"虽说凡事主安排,人也不能太大意。"

在李琴姐妹的建议下，岳晓芬姐妹便没独自把王亚丽再扛到医院，而是叫了救护车。被人抬下楼时，王亚丽的心又开始怦怦乱跳，她担心那几个男人仍在附近徘徊，等候着她，监视着她。于是她扯着担架上的白被单盖住了脸，这使她看上去形同一具尸体，吓得两个在楼道口狭路相逢的中年妇女嗷嗷乱叫。又多亏了李琴姐妹的面子，麦子店附近那家原先的工厂附属医院才给王亚丽腾出了一张病床。此后的处置就是按部就班了：化验，拍片子，输液……李琴姐妹的诊断完全正确。为了治疗肺部感染，医院给王亚丽注射了大剂量的头孢。骨科也来会诊，万幸没骨折，但因为韧带撕裂，她的右膝盖也被打了固定。

病床上的王亚丽是这么一副模样：脸色苍白，满嘴大泡，头发像抹布一样打着绺儿，一条带壳儿的右腿高高挂起。她成天也不言语，哪怕是骨科大夫对她进行那些疼痛在所难免的检查，都没让她吭出声来。管床护士是一北京大姐，每每又开两根手指在她眼前晃悠，问她这是几。王亚丽继续愣着，等对方都快走了，才出其不意地蹦出一个"二"。

护士就说："你也知道你'二'呀。"

又说："你要傻了，我们这儿可治不了，得转'安定'。"

王亚丽仍不开口，但她却想：真傻了倒好了。因为没傻，所以还得算账。算存款，算花费，算医药，算伙食。住院的开销她心里是有数的，兜儿里那仨瓜俩枣根本不够。而医院之所以没发过催款通知，还给她尽心治疗，想必是仗着来时交了一笔不菲的押金。押金又是谁出的？王亚丽清晰地记得，当她躺在铁架子床上被推向病房时，岳晓芬姐妹正攥着一叠单据跑前跑后。她们萍水相逢，也就是硬塞了本小册子、见过几面和拉着手唱个歌儿的交情，可如今，王亚丽不光蹭了人家的饭，还花了人家的钱。

算账的结果是事不宜迟，得赶紧通知"果粒橙"。王亚丽身上的、心里的病都是怎么坐下的？归根结底还不是跟那个孬孙有关。况且既然是"亲人"，她王亚丽现今有难，"果粒橙"也责无旁贷。于是趁着医生查房护士查体的间隙，王亚丽掏出手机，持续不断地拨着"果粒橙"的号码。但却拨不通。刚开始是"不在服务区"，后来就变成了"已关机"。听筒里反复传出一个电子娘们儿无动于衷的声音，让王亚丽的心情从失落变成焦躁，又从焦躁转为茫然。她白天打夜里也打，直打了三天，才确认了一个事实:"果粒橙"失联了。

那么他在哪儿?如今又在干吗?他怎么既躲着仇家也躲着"亲人"了?

除去算账以外,王亚丽还得琢磨这些。住院三天,连通血管的输液瓶和绑在腿上的塑料板渐渐起效,王亚丽身上和膝盖里的痛楚正在减轻,但她又开始脑仁儿疼了。她甚至还突如其来地冒出了这样一个疑惑:他怎么就成了她的"亲人"?就因为他在出租房的沙发上把她给办了?就因为他把污辱和谩骂集中倾泻到了她身上?就因为他让她代为保管那笔烫手山芋一般的钱?当然,如上种种说明了他对她的欲望勃勃、情有独钟和绝对信任,但反过来想——王亚丽惊异于自打认识"果粒橙"以来,自己居然从未"反过来"想过一次——她愿意接受他这个"亲人"吗?他是王亚丽所需要的那种"亲人"吗?

还是她太缺乏"亲人"了,以至于饥不择食?

那么他把她当作"亲人",是否同样也是不加选择的结果?

或者这世上的"亲人"都是被动的、强加的,就像她不能决定谁是她的妈?

这些推论吓得王亚丽浑身一颤,她咔哧咔哧地挠着头皮,好像用力洗刷着自己的脑子。类似那些复杂的、终极的问题,向来不是她所能承受得了的,她得避免给自己平添痛苦。而王亚丽必须回过神儿来的另一个原因,则是岳晓芬姐妹恰好从病房门外走了进来。

此时正是下午,刚到医院准许探视病人的时间。在王亚丽住院期间,每天这个点儿,岳晓芬姐妹都会过来,来时手里拎着几个水果或一只盛了粥的保温桶。她不用上班吗?王亚丽问过岳晓芬姐妹。岳晓芬姐妹回答,自己在麦子店的一家花店当售货员,下午顾客少,老板管得也不严。那也不用替她操心,反正一时半会儿死不了,又反正是死是活天注定,王亚丽自暴自弃地推辞。同时她也奇怪,她的自暴自弃里,为何还含着点儿撒娇的态度?

岳晓芬姐妹便看着王亚丽,沉吟片刻,轻声说:"主不会丢弃任何一只羔羊。"

这就让王亚丽无法发问也无法作答了。她只能像现在这样,沉默地望着岳晓芬姐妹。窗外的阳光喷涌而入,将岳晓芬姐妹照得金光灿烂并且面目模糊。在王亚丽眼里，岳晓芬姐妹是庞大而又瘦弱，清凉而又炙热的，她的脑后还拢着一个光圈。

这天岳晓芬姐妹来得更有必要。医院通知过王亚丽，由于床位紧张，像她这种病情基本得到控制的病号只能回家休养。岳晓芬姐妹是来接她出院的。出院回哪儿去？王亚丽一边愣愣地换衣裳穿鞋，一边又在琢磨。而岳晓芬姐妹早办妥了一系列手续，就连药都取了，挽着王亚丽的胳膊就往外走。王亚丽身子发飘，右腿不能弯曲，傍着岳晓芬姐妹，一斜一斜地穿过走廊，走出住院楼，钻进等候在门口的出租车。这时如果岳晓芬姐妹问一句"你住哪儿"，王亚丽也许会心里一凉，但却一定不会觉得突兀。然而人家竟没开口。出租车早已定好了目的地，三拐两拐，开进了麦子店诸多老旧小区中的一个。

不必朝窗外张望，只凭声响，王亚丽就判断出了身在何处：楼道如同一条沧桑而浑厚的声带，从那里面喷薄着滔滔不绝的铺陈与吟诵。《三国演义》仍在继续，这一天，单田芳恰好说到了曹操杀华佗。因为没处理好医患关系，一代奸雄命丧黄泉。相形之下，王亚丽的运气就要好得多，当岳晓芬姐妹扶着她下了车，她觉得身上的力气又回来了几分。嘴上仍不言语，她的心里却含着一腔暖意，又像搂着一蓬待开的花。

更让王亚丽感动的还在后面。俩人上楼，开门，走进"团契"讲经的那间卧室，王亚丽就见屋里全变了样。原本摆了满地的椅子马扎都被贴墙码放，腾出了供人走动的空间；窗台上多了两只水杯和一只塑料暖壶；木板床上铺着被褥，淡黄的被套一看就是新的。王亚丽便怔住了，呆站在门口，而岳晓芬姐妹则先走进屋里，有条不紊地张罗了起来。她一边将从医院带回来的杂物分门别类放置妥当，一边提醒王亚丽各种事项：卫生间有新买的毛巾香皂，洗发水倒可以两人合用；喷头底下放了把塑料椅子，想是王亚丽腿伤未愈，洗澡的时候最好坐浴，别摔着；此后几天还要回门诊去输液，在家服药的剂量和次数也写在病历本上……岳晓芬姐妹的南方口音清澈而细碎，但却带有不容置疑的沉静气质。王亚丽这时又想起，关于自己怎么就求到了人家头上、还要赖在人家这儿多久，这些细节其实都没跟岳晓芬姐妹解释过、商量过。而在岳晓芬姐妹那儿，事情却仿佛早就定了下来，压根儿没有解释和商量的必要。

岳晓芬姐妹招呼一声,王亚丽才像得到了许可,小心翼翼挪进门来。

岳晓芬姐妹又招呼一声,王亚丽便乖乖靠上床头,侧对着朝南的一扇玻璃窗。

然后王亚丽闭上了眼。她很想打破这温情脉脉却略显僵涩的沉默,但又感到实在没什么可说给对方听的。无论是感谢还是自责,都太假也太多余。况且她明白,岳晓芬姐妹也并不需要她的感谢和自责。于是她又想把自己彻底清空,再不去算计什么、琢磨什么,以和岳晓芬姐妹同等的沉静去面对岳晓芬姐妹。

但很遗憾,这也不能如愿。似乎是她的脑袋搭错了线,又似乎是她的一切反应都比现实需要慢半拍,直到这时,一丝凄然才从心底蔓延了上来,转而扩大得漫无边际,充斥了她,包裹了她。当王亚丽重新睁眼时,却发现岳晓芬姐妹已经将东西拾掇利索,正坐在床尾,无声地看着她。她也不知道自己究竟和岳晓芬姐妹默然相对了多久,她只感到时间变成了透明的胶状物,把她像标本一样固定在了岳晓芬姐妹的目光之中。并且不止岳晓芬姐妹,似乎还有别的目光也在静静地凝视着她,从高处,从远处,从不存在的所在。

而王亚丽不得不睁开眼睛,则是因为她已经满眼是泪。泪水顺着她的脸颊流过,就像河水流过山川,暴露在那和煦的阳光一般的目光之下。

"人活着真难,对吧?"王亚丽突然开了口。

岳晓芬姐妹的答复还是那句话:"主不会丢弃任何一只羔羊。"

"你对我这么好,是想让我跟你一块儿信主吧?"王亚丽又问,有点儿挑衅似的。她很期待着岳晓芬姐妹能点点头,那样的话,她也算是知道了对方到底图点儿什么。

"那倒无所谓。"岳晓芬姐妹说,"我对你好,是因为主让我对你好。"

这话又让王亚丽无法发问也无法作答。后来她想,也许恰恰因为听了岳晓芬姐妹这么说,她才会如此坦然、如此心安理得地把自己交给了对方。

姑且再来回忆一下俩人同居一室的日子吧——直到有朝一日,底牌全部揭开,王亚丽却还忍不住会把那段时间单拎出来,掐头去尾地咂摸一番。不怪她傻也不怪她贱,怪只怪她从未设想过人还能这么对待人,更搞不懂人凭什么要这么对待人。因为岳晓芬姐妹的照料,王亚丽时常觉得自己变成了一个婴儿。一日三餐喝水吃药自不必说,就连开窗通风和清洁打扫也都替她想到了。如果不是她涨红着脸极力反对,岳晓芬姐妹甚至连她换下来的贴身衣物都要亲手搓洗一番。不仅如此,岳晓芬姐妹隔三岔五还会从花店带回几朵鲜花,插进矿泉水瓶里摆在床头。那些花有时是雏菊,有时是康乃馨,虽然都是卖不掉的库存货、便宜货,但屋里多了一抹会呼吸的亮色,果然令王亚丽的眼睛和心一同鲜活了起来。

关于岳晓芬姐妹其人,王亚丽也获得了来自诸多侧面、越发细密也越发生动的认识。

她首先观察到,岳晓芬姐妹有极其严谨的作息规律:每天清晨六点钟准时起床,吃过早饭又收拾停当就去上班;中午十二点准时回来进餐、午休,两点钟再准时出门;下午六点半准时回家之后,就此闭门不出,直到晚上九点准时洗漱睡觉。这姑娘的每一天都像是由若干个精准的时间刻度组成,仿佛任何一个刻度发生了偏移,都会让她的生活轰然崩塌。除此之外,虽然王亚丽一向也在受穷,但岳晓芬姐妹的日常开销却节省到了连她都觉得抠门儿的地步。岳晓芬姐妹的牛仔裤和帆布鞋都磨得起毛边儿了,头绳就是一条橡皮筋;卫生间里完全见不着女孩必备的眼霜面霜洗面奶,洗脸就用几块钱一块的香皂;吃上更简单,一锅米饭一把青菜再加几个鸡蛋就能对付三天,而给王亚丽补充营养的食品却要单买。怪不得这么瘦,养猫还见个荤腥呢。真该让她跟"果粒橙"交流交流,看谁能把裤腰带勒得更紧。王亚丽带着几分心疼,暗自数落着岳晓芬姐妹,同时又觉得脸上发烧。

当然,拆了东墙也是为了补西墙,节省并非没有原因。王亚丽猜测,岳晓芬姐妹之所以节衣缩食,多半是由于她租下了这套老式两居室的缘故。估量一下花店售货员的工资和北京的房租行情,这套房子可能耗尽了她的全部收入,其他方面不省也不行。但租房也不是为了自己住,而是为了给每个周日的聚会、讲经和唱歌提供场所。这便又涉及了岳晓芬姐妹更让王亚丽惊讶的一个特质:她不光没有男朋友,似乎就连熟人都没有,她与外界的交往仅限于"团契"的那些伙伴。可以这么认为,岳晓芬姐妹的所有日子其实都是为了一项内容而活的,那就是所谓的"团契"。

总而言之,岳晓芬姐妹是一个多么刻板、节俭而又寂寞的人啊。在麦子店这地方,见惯了没日没夜的拼搏、没日没夜的折腾和没日没夜的消耗,而岳晓芬姐妹隐居在麦子店,却顽固地维持着与麦子店毫不兼容的存在方式。岳晓芬姐妹可以说是麦子店的另类,她的奇特程度远远超过了那些破衣烂衫的长发男人、夹着香烟的短裙女人和满嘴粗话的国际友人。但王亚丽又想,难道不正是由于另类的存在,才证明了麦子店的多面性吗?这么说来,麦子店并没有丰富岳晓芬姐妹,倒是岳晓芬姐妹丰富了麦子店。

看着岳晓芬姐妹,王亚丽再次涌起了冲动:得为人家做点儿什么。

她还给自己的冲动补充理由:虽然人家不求报答,可她也不能太没心肝。

这么想时,王亚丽正像刚住进来那天一样,歪靠在床上,斜对着卧室朝南的玻璃窗。岳晓芬姐妹则坐在床尾,给她削着一只硕大的鸭梨。她妈怀她时吃不上的东西,在人家这儿倒是管够。必须补充足量维生素,这也是岳晓芬姐妹给王亚丽制订的康复计划之一,因此每天的水果就像吃药一样必不可少。楼下难得地没有传来动静,就连单田芳都暂时偃旗息鼓了。时间缓慢,日光明艳,树影斑驳,令王亚丽的脑子一阵恍惚。

也忘了怎么开的头、从哪儿开的头,她便信马由缰地絮叨了起来。

所说的事儿并不新鲜,也就是时常盘旋在心里的那些经历。从小时候被称作王鸭梨到现在名叫Elly,从她爸跟粮店那娘们儿跑了到她妈把家里的房子给抵押了,从上小学时没吃过早饭到净在课堂上尿裤子……通过这些讲述,王亚丽很想营造一种氛围,就是她正在推心置腹地和岳晓芬姐妹分享一些什么东西。可惜她能够拿出来分享的,恐怕也只有记忆里的那点儿心酸。

而岳晓芬姐妹呢?她居然听得入了神,就连手里的梨皮落到了床上都没察觉。在对方那无声的鼓励下,王亚丽便迫切地想要再多掏出一点儿东西来。于是她把心一横,说到了酝酿已久的那个部分——她又把话头拽回了俩人初次见面之后的日子,讲到自己在暖气片上怒撞李陵碑,讲到变成马王爷半个多月不能上班,讲到"果粒橙"那近乎自虐的财务计划,最后讲到她为了"不辜负亲人"而坚决想要省下几个饭钱。说到这里,话头却像受了潮的炮仗捻儿，烧着烧着就接续不下去了。王亚丽停顿半晌，努力地组织措辞：

"也是鬼使神差，我记起小册子上有那么一句话……"

岳晓芬姐妹叫了她一声："王亚丽姐妹。"

王亚丽继续说："你不也告诉过我，聚会之后还有个聚餐吗……"

岳晓芬姐妹又叫了她一声："王亚丽姐妹。"

这次声音更大，让王亚丽打了个激灵，舌头也悬在了嘴中央。她有些迷茫地看着对方。岳晓芬姐妹却将削好了的鸭梨递了过来，她那双眼睛又在闪闪发亮了。

岳晓芬姐妹说："要不你也听我说说？"

这摆明了是心照不宣。对方的体贴和苦心，又让王亚丽眼眶一热。而岳晓芬姐妹却舔了舔嘴唇，径自把话接了过去。和王亚丽一样，她讲的也是她自己。于是王亚丽知道了岳晓芬姐妹是江苏人，不是什么大地方，无锡下面一个小镇，因为毗邻太湖而水汽弥漫，尤其到了梅雨季节，衣裳越晾越湿；她又知道了岳晓芬姐妹家是开面馆的，店里除了阳春面和葱油拌面，还会制作一种名叫"青团"的食物：把糯米面用艾草汁液上色，裹了猪油白糖拌的馅儿，等到十五的夜晚蒸出一屉抬上码头，卖给城里过来赏月的人，连湖里瑟瑟的满月都映得晶莹碧绿；她还知道了岳晓芬姐妹从小也是妈带大的，她爸到外面干装修，江苏师傅有名气，不过一去就没再回家，等她后来懂点事儿，才知道父母早离婚了……

王亚丽终于找到了自己和岳晓芬姐妹的共同之处。哦，她们都相当于有妈没爹。当然妈跟妈又不一样，看岳晓芬姐妹的脾性，她妈应该对她不错，起码不会骂她，也不会为了俩丸子用钥匙扎她的嘴。而除此之外，王亚丽还关心起了另一件事：那么，岳晓芬姐妹是如何信上主的呢？画儿上的那个干瘦的男人，他是在什么时间、通过什么契机影响了岳晓芬姐妹？但对于这些问题，岳晓芬姐妹却并未触及。随着悬念在王亚丽的脑子里延续，岳晓芬姐妹反而又说到了她来到北京以后的生活。

王亚丽也是这才知道，岳晓芬姐妹其实上过大学，念的还是热门的财会专业。直到半年以前，她还是外贸公司的一名职员，上班的地方恰好就在麦子店地铁站附近的那栋写字楼里。可以推想，在许多个夜晚，当王亚丽坐在面包店门口等候半价时,岳晓芬姐妹却正在她头顶上方近百米的高空熬夜加班呢。那怎么好好的办公室就不坐了,非要跑去站柜台?

仿佛为了解答王亚丽的疑惑,岳晓芬姐妹说:"以前不知道生活的意义,现在才知道。"

后面的话就算岳晓芬姐妹不说,王亚丽自己也能想象了:人生苦短,岁月如梭,正如羔羊找到了牧者方能脱离迷途,信主的人与其把生命浪费在尘世间的那些奔忙之上,不如过得尽可能的简单,多去倾听主的召唤和旨意,这样才能获得内心的宁静……说实在的,这话如果不是出自岳晓芬姐妹之口,王亚丽八成是会嗤之以鼻——就像健身房也有几个女顾客,动不动就要跑到泰国去灵修辟谷"找自己",而她虽然嘴上附和"姐,您太有追求啦",心里的评价却一律是装,是饱汉子不知饿汉子饥。但岳晓芬姐妹过着什么日子,王亚丽又分明是亲眼看见的,这就让她不得不信服了起来,同时也有几分肃然起敬。

不过话说回来,此时她所相信的,仅仅是岳晓芬姐妹"正在相信"这个事实而已。至于画儿上那个瘦男人,王亚丽仍不认为他与自己有什么干系。这是没办法的事,就连王亚丽本人的意志也不能决定。而她又是多么为此感到惭愧啊。她到底要做点儿什么,才算对得起岳晓芬姐妹呢?伴随着心里涌起的冲动,王亚丽把目光投向了窗外。

在一墙之隔的阳台上,放着一些东西,同样也令她心生困惑。

当初她就看见这间卧室外面还有个阳台,而这也是这种老式房子惯常的格局——阳台约莫一米宽,两米长,封了塑钢窗,既起到了防盗的作用,又相当于多了半间房。但直到住进来又昏昏沉沉地躺了几天以后,王亚丽才有了精力去探究阳台上的陈列品:那里并未晾晒衣裳,也没养着花卉,反倒在靠墙处横了一副造型怪异的金属框架。那玩意儿笼罩在墙和窗的暗影之中,乍看如同什么动物嶙峋的骨骼,再一细看,原来是辆尚未拼装完成的自行车——但却不是一般的"永久""凤凰",更不是满大街的共享单车,而是一辆弯把细座的"公路赛"。它还是亮红色的,因而显得血迹斑斑。换个角度往阳台的纵深处望去,又能看见一个三合板架子,从上到下码放着各式各样的机械零件:链条、齿轮、弯的直的棍状物和管状物……还有挡泥板、车轮和一个长方形塑料工具箱。阳台俨然是个小车间。

对于那种类型的自行车，王亚丽也是有印象的。她工作的健身房楼下就有那么一家自行车俱乐部，所有零件都是进口货，可以按照客人的需求组合出各种性能，价钱当然也不便宜。只不过王亚丽实在无法想象，岳晓芬姐妹还有这样一个爱好——就她那副弱不禁风的模样，还不蹬上车就把自己放了风筝？

这些疑虑以前也没提过，这时等到岳晓芬姐妹把话一顿，仿佛也说累了、说乏了，王亚丽便将目光收回，眼神随之一晃："对了，那半拉自行车是怎么回事儿？"

相较于此前俩人聊的内容，她的提问显得驴唇不对马嘴。岳晓芬姐妹愣了愣才说："外面的东西是房东的，原来说搬走，但我住进来时，才又说要存在这儿。"

"房东就是……"王亚丽一手朝下，指指地面。

岳晓芬姐妹点头，又愣了愣："你怎么知道的？"

这还不得归功于"果粒橙"的一番分析。王亚丽却没回答，她又问："他老开着个电喇叭，弄出那么大动静，街坊邻居就没意见？"

岳晓芬姐妹垂下眼帘："这楼是厂子里的宿舍房，住的都是老同事，可能别人都习惯了吧。再说平时也还好，就是周日下午的声音会大上一会儿。"

"干吗非挑周日下午？那不摆明了就是冲着你来的吗？"

"可能是吧，他不喜欢屋里来人。"

"你交了房租，他不喜欢有什么用？你就没下去理论理论？"

"最早说过，不过没用。"

"他怎么答复的？"

"他说房子是他的，他爱怎么着就怎么着，你们受不了可以搬走……不过租金和押金不退。李琴姐妹他们气不过，说要找居委会，但我想想还是算了。像我们这种聚会，说出去人家也未见得支持，多一事不如少一事。碰上这么个人，姑且就算主对我们的考验吧。好在也就再考验三个月，过一段时间房子也就到期了，到时再换个安静的地方好了。"

果然和"果粒橙"的推论如出一辙，那家伙在自己的专业领域可真是料事如神。而说起这些事儿时，岳晓芬姐妹的语气仍是沉静的，安之若素的,就好像一旦坦然接受,那些倒霉事儿就不是发生在自己身上了。听到对方这么说,王亚丽就哦了一声,一时没再搭腔。接着又简直是莫名其妙地,她忽然沉入了一段遐想,或云胡思乱想。伴随着关于一楼住户的话题,她情不自禁地勾勒出了这样一幅画面:

  一位北京大爷,花白板寸,酒糟鼻子,半撩上去的大背心勉强覆盖着漏气轮胎一般的肚皮;他正骑着一辆周身通红的"公路赛",风驰电掣地穿行在麦子店的大街小巷;车座很高,车把弯如羊角,这导致了他必须躬身撅臀,也导致了他的两条短腿几乎够不着车镫子;还像许多煞有介事的骑行者一样,这位北京大爷的耳朵上也扣了副硕大的耳机,耳机里回荡着澎湃的立体声,但却不是摇滚也不是说唱,而是单田芳版本的《三国演义》……那么这样的北京大爷骑着这样的"公路赛"正在做些什么呢?王亚丽继续丰富着自己的想象:他在追逐,他在跟踪,他在锲而不舍地想要离什么东西近点儿,再近点儿。于是她脑海中的画面在扩展,镜头在前移,她又看到飞驰的一楼住户的前方,还有一个人也在飞驰,而那竟然就是她自己。她也蹬着同样一辆"公路赛",俯身撅臀,夸张地、充满韵律感地扭动着屁股。恰如夸父逐日,但一楼住户逐的不是太阳,而是她的屁股;也正如同若干天前她爬上楼梯时的那一幕,在王亚丽的想象中,她又在不辞劳苦地向人家展示屁股了。

  王亚丽哼地笑出了声。很奇怪,局限在想象中的看与被看,反倒令她感受到了某种喜剧效果,不过随之而来的还是厌恶乃至恶心。岳晓芬姐妹则瞪着一双闪亮的圆眼,呆看着王亚丽。这时轮到她面露疑惑了。王亚丽却一伸手,从岳晓芬姐妹手里接过鸭梨,吭叽吭叽,啃得汁水四溢。一边啃,那个时常涌起的冲动就变成了具体的念头。

  嗯,得为人家做点儿什么。而她现在好像知道应该怎么做了。

  王亚丽进而坐起身来,大刀阔斧地转动着腰肢,浑身关节嘎嘎作响。她感到精力充沛,还感到斗志昂扬,她正迫不及待地想要实施一个壮举。

11

  但在实施壮举之前,王亚丽还做出了一项决定。

这就又要说到急性肺炎的治疗流程了：虽然被安排回家休养，但除了大盒小盒的口服药以外，医院还给她开了若干次门诊输液，此外叮嘱必须按时复查。最初的两次输液复查都是岳晓芬姐妹和她一起去的，后来王亚丽就拒绝了对方的陪同。

"我又不是没长腿。"她拍了拍仍在作痛但已经拆了绷带的右膝。

"你要再客气，我可不敢住这儿了。"她还半真半假地威胁。

岳晓芬姐妹就笑笑，算是默许了。而王亚丽之所以坚决要求，也有两个原因。其一自然是心里抱愧。明摆着，人家已经为她耗费了那么多的时间和精力，如果再耽误上班而被扣了工资，那她的人情债可就越欠越多了。至于另一个原因，则是有了岳晓芬姐妹的前两次陪伴，王亚丽的胆子也渐渐壮了起来。最初她走在街上，就像一只白天钻出洞来的老鼠，还要反复估算着周边环境的安全系数。很幸运，经过观察，她并未发现有人跟踪。

这是否说明，中介公司的人已经放弃了对"果粒橙"的追查，不得不同意他另起炉灶了？按说还不至于，王亚丽随即否定了这种可能性。理由也很简单：如果那样的话，"果粒橙"就应该欢天喜地出现在她面前，哪怕不是为了看看她，而是为了看看那笔钱。但或许可以这样推测，"道上"那些家伙压根儿就没猜到钱在王亚丽这儿，所以认为再找她的麻烦是毫无意义的。又或许，尽管此前他们的蹲守和追踪不可谓不尽职尽责，但因为王亚丽在岳晓芬姐妹那儿藏匿得严严实实，也就让他们束手无策，只好作罢。不管怎么样，此时的王亚丽认为，警报暂时解除，而她应该利用这个机会把和岳晓芬姐妹的账清一清。

于是这天上午从医院出来，王亚丽拐弯儿去了趟银行。

地方不远，下了公共汽车，顺着一条小街往东穿行几百米，就在"超市发"的对面。门脸也不大，如果不是玻璃门一侧摆了两台自动柜员机，几乎不会有人注意到这儿还存在着一个金融机构。而她之所以没去坐落在麦子店的另一家气派堂皇、人满为患的大型支行，专门选择了这个客流稀少的社区储蓄点，也是为了节省时间。

回去还有事儿呢。今天是周日，又到了"团契"聚会的日子。上次大伙儿来时，王亚丽还没好利索，下不来床，为了不打搅她，人家愣是挤在门外的过道里念了一下午的经。这让她很不好意思,寻思着下回聚会之前,无论如何也得将大卧室恢复原样,再把房间腾出来。而要做到这一点,又得趁着岳晓芬姐妹午休悄没声地行动才行。否则对方要是执意"勒令"她继续霸占那间屋子,那可又麻烦了,指不定还得再费上多少口舌呢。

和岳晓芬姐妹打交道,只有这么一点不好——她太周到也太客气,还有那么一点儿不解人情的执拗,这反而会造成不必要的负担,既拘束了自己又拘束了别人。王亚丽甜蜜地暗自抱怨着。而等进了银行,就见人果然不多,并不宽敞的营业厅里只坐着稀稀拉拉几个顾客,还净是老头儿老太太。这种人的业务无非是买水买电买煤气,快倒是很快,只不过由于耳朵背,跟别人一句话就能说清楚的事儿,跟他们得嚷嚷半天,因此几个柜台的扩音器里此起彼伏着营业员敬业的吼叫声。

王亚丽拿了个号,坐到不锈钢长椅上。她一边估算着叫号的速度,一边掏出手机,给岳晓芬姐妹发了个微信:把你账号给我。

岳晓芬姐妹一时没回,她便追了一条过去,又带着半真半假的威胁:亲人也得明算账,要不我可搬走了。后面还缀了几个瞪眼鼓气的表情符号。

过了会儿,岳晓芬姐妹就把账号发了过来,此外也有一行文字:拿你没办法。与之相配的则是一个"害羞"的表情符号和几枝玫瑰。王亚丽便抿嘴一笑。接着,她脑子里有根弦仿佛被谁随手一拨,发出了清脆的振动。她意识到,自己相当于管岳晓芬姐妹叫了声"亲人"。如果不是在微信里,不是话赶话,这称谓还真叫不出口。在这方面,她可没有"果粒橙"那么热烈和坦诚。而既然对方也应了,俩人的关系算不算是迈过了一道坎儿?岳晓芬姐妹是否也会像自己一样,盯着手机蓦然一愣,然后鼻子突如其来地一酸?

人家做何感想,她也无从知道。反正王亚丽是抬起手来,捂住半张脸,响亮地吸溜了几声。她什么时候变得这么多愁善感了?还是她本身就有着多愁善感的潜质,随便抓住个机会就能"煽"上自己一把?随后,王亚丽又在和岳晓芬姐妹的对话框里打了三个字——"亲人哪",但立刻飞快地删掉了它们。不远处,叫号机叮咚一响,身旁有个老太太站起身来,慢吞吞地走了过去。她也欠了欠屁股，往柜台的方向挪了两个座位。

这时她听见有人叫自己，那称谓也是亲密的、热忱的："老妹儿呀？"

王亚丽起初并未反应过来，直到略一回头，才感到一股寒意席卷了全身。她还想要跳起身来，却发现腿像石膏捏的，不仅没劲儿，而且一碰就会碎裂。在她身后的那排不锈钢长凳上，正坐着一个小寸头。那人仍穿着黑西裤和白衬衫，踩着一双亮闪闪的新皮鞋，就连表情也还是笑眯眯的自来熟，好像果真和她沾亲带故似的。

在这种状况下狭路相逢，让王亚丽喉头发紧，一时出不了声。小寸头却和蔼而又兴致勃勃地问她："你也办事儿？啥业务？存呀还是取呀？"

连运了两口气，王亚丽才吭叽出一句："不存也不取。"

小寸头便又挤挤眼："那就是汇款？给郭立城？"

听到"果粒橙"的名字，王亚丽像过电一样，又开始打哆嗦了。但她一边哆嗦，一边却又有点儿纳闷：眼前这小寸头的口气，和上次遇到时似乎有点儿不一样。上次他也把话说得风轻云淡，但一听就知道是在使诈，是话里有话，而这次就变成了彻底的放松，真好像在街上碰见了个熟人又顺嘴拉起了家常。这么一纳闷，王亚丽便试探着反问一句：

"你们还找他呢？"

小寸头回答："那可不，否则也太便宜他了。"

王亚丽又说："等找着了也告诉我一声呗，我也不知道他哪儿去了。"

这话有点儿像装傻，还像故意撇清，但其实也是客观情况。小寸头却耸了耸肩，嘿嘿一笑："老妹儿呀，这我可就帮不上忙了——事儿不归我管了。"

王亚丽不由得一愣，对方却滔滔不绝地说了下去：随着营业规模逐步扩大，他们那家中介公司也在谋求"转型升级"，其中有项措施，就是"把专业的事交给专业的人"。具体说来，像"果粒橙"那种败类，自有"债务经理"持续对其进行追踪——"你也见过，就是上次那俩货"，小寸头补充道——至于他本人，由于能力突出，已经另有重用，被委派成了麦子店地区的分店经理。这么说着，小寸头颇为得意地一扭脖子，对门外扬了扬下巴。王亚丽将目光跟了过去，果然在街角看见了一块簇新的招牌，上面的字样和"果粒橙"曾经交给她的那两个牛皮纸口袋上印的一模一样。而小寸头接下来的话，就带着点儿唏嘘的意味了：

"说起来，我还沾了郭立城的光呢。他号称自己开店，不就要开在麦子店吗？公司也做了调研，市场果然还没饱和，很适合开分店，就把我给派过来了。"

他又问王亚丽："你这么想找他，该不会是他也拿了你的钱吧？"

和你猜的正好相反，王亚丽心说。但她的表情却是呆滞而又愕然的。

小寸头便宽慰她："放心吧，指定能找着。现在都什么年头了，电子定位大数据啥的可劲儿往上招呼，四条腿儿的狗能丢，两条腿儿的人可丢不了。"

正说到这儿，叫号机又是叮咚一响，但叫的不是先来的王亚丽，而是后到的小寸头。人家是公司账号，大客户优先。他拍拍屁股奔向柜台，留下一个王亚丽继续愣在那里，若干个想法在她的脑子里纷至沓来又四散而去。

她先想，怎么就那么巧，北京大了去了，那家中介公司却偏偏把分店开在了麦子店，这可真叫不是冤家不聚头；又想说巧也不巧，对方的选择恰恰证明了英雄所见略同，证明了"果粒橙"的理想确有其可行性，只可惜这个理想被人家捷足先登，对于他们却变得无比渺茫了；还想不管巧与不巧，今天的偶遇都几乎称得上幸运——如果发现自己的不是相对和气的小寸头，而是所谓"债务经理"，是仍然锲而不舍地追查"果粒橙"的大光头和金链子，那又会是什么后果呢，天知道那些家伙会对她采取什么"专业手段"。

但再接着往下想，王亚丽那颗刚落回去的心又猛然提了起来。她是不是跟岳晓芬姐妹在一起待久了，也被传染得容易轻信于人了？那小寸头真有那么好心，真想高抬贵手放她一马？要知道，这家伙从刚一露面就是个笑面虎，阴着呢。即使他没当场动粗，难道不是因为忌惮着银行保安以及充满正义感的大爷大妈吗？即使他嘴里声称"不管了"，难道就不会在第一时间通知大光头和大金链子吗？毕竟，只要中介公司还没放过"果粒橙"，那就绝不会轻易饶过王亚丽，否则前些天一大早追得她满街乱窜的又是谁呢？

越是这么想，小寸头那坐在柜台前的背影就越显得可疑。偏偏王亚丽还看到这家伙一边和银行营业员插科打诨，一边掏出手机点点戳戳。这不是在通风报信又是在干吗?而他办完业务往外走时,甚至还给了她一个油滑的笑脸,这就更让王亚丽坚定了自己的猜测。那么她该怎么办?是像落入虎口的黔之驴一样绝望地嘶叫,还是像迷途的羔羊一样找寻牧者?王亚丽只感到口干舌燥,身子僵硬,但她仍然强迫自己的脑子保持转动。

就在这时,叫号器又响了一声。轮到她了。

王亚丽费力地驱动双腿,走向柜台。营业员按部就班地举了举手,这是银行为了"强化服务规范"而订立的新规矩。不等对方开口,她就掏出自己的银行卡递了过去:

"定期改活期,两笔一共……十万六。"

当初存了定期,为的正是不瞎花钱,花了就辜负了"亲人"。现在可就顾不了那么多了。

而营业员自然体会不到王亚丽那莫大的决心,只问了句:"利息不要了?"

"有急用。"王亚丽说着划开手机,又把岳晓芬姐妹发来的账号展示给对方,"再往这人卡里转六千。"

那数目刚好覆盖了住院押金、救护车车费,以及此后追加的几笔医药费。今天早上,王亚丽专门去医院的收费处核对过了账目,并且还为其中几项明细和人家掰扯了半天。当然掰扯也是白搭,医院的工作人员向她解释,膝盖的积液处理和进口抗生素都是征得"家属"同意之后才开的,再说钱都交了,哪儿有事后再退的道理。而玻璃窗后的营业员仍是一副公事公办的面孔,只不过问了句:"您确定认识对方?"

王亚丽便点头,又接过从窗口递出来的"防诈骗注意事项"签了名。等对方啪啪盖完章,她才深吸一口气,又用余光扫了扫四周,先确定小寸头已经离开了银行营业厅,然后才悄声说:"再转一笔,也进这个账户……把剩下的钱都打过去。"

这就让营业员有些狐疑:"十万?"

王亚丽确认:"十万。"

营业员问:"刚才干吗不一块儿转?"

王亚丽说:"刚才忘了。"

营业员重复起了那套说辞:"您确定认识对方吗……"

王亚丽的答复如同宣誓一般笃定:"太认识了。"

12

这天回去的路上,就收到了岳晓芬姐妹好几条微信。刚开始是文字,后来又变成了语音,无一例外是关于钱的。看来岳晓芬姐妹的银行卡也开通了即时通知业务。

这些微信王亚丽一概没回。此刻她正溜着墙根小步快倒,同时又在战战兢兢地担心自己被人跟踪了。要知道,既然那家中介公司的人已经常驻麦子店,那么她就相当于在人家的鼻子底下游走出没。好在响晴薄日之下,似乎没有想象中的危机向她逼来。当她来到那栋暗红色的矮楼下面,心里才算停止了扑腾,同时又冒出了隐隐的恶作剧心态:岳晓芬姐妹该是被手机里的数字儿吓了一跳吧?对不起,让你受惊了。

等她上楼进屋,岳晓芬姐妹果然劈头就问:"怎么回事?"

王亚丽装傻充愣:"什么怎么回事?"

岳晓芬姐妹说:"钱呀,干吗给我那么多?"

王亚丽却含笑走进大卧室,一边将床上的被褥卷了起来,一边又半真半假地威胁对方:"你得帮我收拾收拾屋子,我才能告诉你。"

但在此时,这招儿却失效了。看来岳晓芬姐妹是真急了,她几步追过来,横到王亚丽跟前,夺过被褥就往床上一摔。噗的一声,阳光里升腾起了无数浮尘,像被狂风卷起的雪。在对方的逼视之下,王亚丽也只好停止卖关子,不紧不慢地解释了起来:钱分两笔,第一笔六千,算是还债,至于该还多少,想来岳晓芬姐妹心里也有数;按说还应该添上这些天的房租和伙食费,但又想着那样就生分了,不像"亲人"了,也就宜粗不宜细;至于第二笔十万,其实是她先斩后奏,想请岳晓芬姐妹帮个忙;而这又要从她那个男朋友讲起,话说那孬孙名叫"果粒橙"……

也没什么好隐瞒的,关于那笔钱的来龙去脉,王亚丽尽可能详细地对岳晓芬姐妹复述了下去。不说不要紧,一说就发现线头还挺复杂,她颠三倒四地捋了好几遍,才把逻辑梳理清楚。这其中包括"果粒橙"是如何计划单干,如何一边攒钱一边预支了提成,如何把钱存在王亚丽这儿又跟公司闹掰了，如何被"道上"的人满城追捕从此再不敢露面；也包括王亚丽是如何替他保管着这笔钱坚决不花，如何被"果粒橙"建议把钱转移个户头但幸亏没给她妈，如何被屡次三番的跟踪吓破了胆……最后就说到了在今天早上、在银行里、在小寸头的刺激下做出的那个决定。既是灵机一动，也是走投无路，她就想：为什么不干脆把钱放在岳晓芬姐妹那儿呢？假如中介公司抓住"果粒橙"是迟早的事儿，发现钱在她王亚丽手里也是迟早的事儿，那么要想捍卫这点儿积蓄，就必须得另找一人替她代为保管那笔钱。而眼下看来，岳晓芬姐妹不仅是唯一人选，同时也是最佳人选了。

"帮人帮到底，钱你先收着，等到风头过去再给我，行不行？"说到这儿，王亚丽又拿出了和当初栽进门里时如出一辙的哀求口气。

听完王亚丽的话，岳晓芬姐妹沉默半晌，然后问道："这钱真是你男朋友的？"

"你放心，他也没能耐去偷去抢，为了攒点儿钱，宁可饿着自己。"王亚丽迅速做出了保证，又补充道，"再说他们公司压根儿不知道有你这么个人，肯定不会找到你头上……我也会赶紧联系'果粒橙'，让他去跟公司认个错儿。毕竟那钱是他该拿的，无非是拿早了点儿，人家非跟他较这个劲，纯粹是因为他不会做人……"

她嘴上嘟囔着，就见岳晓芬姐妹重新拽过那团被褥拍了拍，眼神似在发怔。看这模样，就是有眉目了？王亚丽不禁又回顾了一下她和岳晓芬姐妹的交往历程：从头到尾，自己简直是吃定了人家，不仅毫无反省，而且变本加厉。同时她也意识到，在她对岳晓芬姐妹提出的那些不情之请中，这一次或许是最让对方感到为难的。

果不其然，王亚丽发现岳晓芬姐妹的目光正在躲避着她。当她弯腰继续收拾床铺时，岳晓芬姐妹便转身去了厨房；等她又拎着暖壶以及插着康乃馨的矿泉水瓶也往卧室门外走去，岳晓芬姐妹恰好拎着扫把折了回来。这时两人的眼神交会了一个瞬间。

王亚丽抓住机会，重新开口："对了，房间腾出来以后，我就不住这儿了。不是跟你客气，是怕我进进出出的再让人盯上，连累了你。"

岳晓芬姐妹问："那你去哪儿？"

王亚丽说："我宿舍的那张床不还空着吗。"

岳晓芬姐妹又问："他们要是再找你怎么办？"

王亚丽说："钱在你这儿，我还怕他们找？"

说完慨然一笑，复又抬眼盯了盯岳晓芬姐妹。岳晓芬姐妹便也嗯了一声，没再说话。而此后的这个下午便有了离别的味道。她们有条不紊地将那间大卧室恢复成王亚丽住进来之前的模样，又简单扒拉了两口饭之后，就迎来了陆续到来的"团契"伙伴。

先进门的又是油光水滑的大胖子和头顶着一朵硕大菊花的李琴姐妹。李琴姐妹瞧了瞧王亚丽的气色，颇为欣慰地说："好多了。"

王亚丽说："谢谢您，谢谢岳晓芬姐妹。"

岳晓芬姐妹不语，李琴姐妹又说："还得感谢主的庇护。"

王亚丽就往半掩的门上斜了一眼，那个干瘦的外国男人仍旧安静地贴在那里，目光慈祥而又洞悉一切。顺着李琴姐妹的意思，对那男人也道一声谢，这也是岳晓芬姐妹希望她做出的反应吧？然而王亚丽偏就说不出口。在受人恩惠这件事上，她的原则从来是账目分明。

等人到齐，大胖子翻开厚书，"团契"再度开始。仍是肃穆的氛围，仍是棉花泡了温水一般柔软的嗓音，在这间斗室里，人与事一如既往。唯一不同的是王亚丽——她没再打瞌睡，更没叉着腿挠痒痒，而是笔直地端坐着，两眼灼灼发亮。书上那些拗口的人名和晦涩的言语声声入耳，但却依然进不了脑子，她正在做的，是把目光投向岳晓芬姐妹。

这是一段长久、执着、近乎深情的凝望。这天岳晓芬姐妹故意挑了个与王亚丽相隔很远的角落坐下，但恰因如此，便将一个完整的轮廓呈献给了她。越过满屋子层层叠叠的头颅，王亚丽眼中的岳晓芬姐妹有如一尊白金女体塑像，纤细而又坚硬，闪亮而又光洁；她还看到岳晓芬姐妹的头发被阳光照得金黄，似在脑后拢了个光圈。而岳晓芬姐妹虽然低头沉默，却也分明感受到了王亚丽那锥子般的目光——她的睫毛微微颤动，她的呼吸渐渐急促，她的脸上并未泛红反而越发苍白，皮肤薄得像一层纸。

毫无疑问，在这对看与被看的关系中，王亚丽正在扮演着一个侵犯者的角色。但似乎只有如此，她才能向岳晓芬姐妹展示足够的真挚与忠诚。

岳晓芬姐妹抬头看了王亚丽一眼，但又像被烫着了似的，倏然将目光挪走。

结束这段凝望的,则是一记出其不意的猛击——啪的一声,惊堂木的力道从脚下顶了上来。紧跟其后的,自然又是单田芳那无比恢宏无比壮阔的嗓音,它笼罩四周,将楼板震得嗡嗡直颤。王亚丽打了个激灵,但却立刻稳住阵脚,总算没像当初一样蹦起来立正。她仿佛看到了一楼正在发生的景象:在和二楼同样狭窄、比二楼更加昏暗的房间里,一个矮胖、肥腻、满脸横肉的老大爷竖起耳朵,捕捉着头顶的动静,甚至还在掐着表计算时间;当他认为时候到了,便以同归于尽的气势将音响的旋钮调到最大,随着爆裂炸响的噪音洞穿了墙壁也洞穿了他的心脏,他那张油光闪闪的脸上终于绽开了舒坦的笑容……

不出所料,该来的果然来了。而王亚丽等的就是这个。

当满屋子的人纷纷一耸,像提线木偶一般提溜直了腰杆,她也凛然站了起来,大踏步走出卧室。临出门,她还向着油光水滑的大胖子、头顶着一朵硕大菊花的李琴姐妹以及歪在床上的小伙子扫了一眼,尤其又格外用力地盯了盯岳晓芬姐妹。她像个即将出征的壮士,正在进行悲壮的誓师。然而那些人却只是众目睽睽地呆望着她,似乎仍在噪音之中惊魂未定,因此并没有意识到王亚丽打算做些什么。哼,他们还真像一群羔羊。既是羔羊,那就需要有人代表他们挺身而出。她近乎快意地冷笑了一声。

王亚丽噔噔噔地跑下楼梯,砰砰砰地擂响了一楼那道木门。

得为人家做点儿什么,她的脑袋里回荡着这个念头。

她还尖厉地喊叫了起来:"出来!没死就出来!"

过了足有两分钟,门才开了。一闪而出的当然还是那张留着花白板寸、长着酒糟鼻子的老脸,只不过脸上居然堆了一团笑——或者说,那张脸本来是僵着的,硬着的,冷着的,可一看见王亚丽就化开了,就像板结的冻土迎来了春风。

"干吗呀,这姑娘?"一楼住户瓮声瓮气地问她。

王亚丽不由得愣了,与一楼住户一里一外地对视着。她有点儿回不过神来:上次见面,这人不还是粗声恶气的吗,怎么突然就变得和风细雨了?都说有的人脸变得比狗脸还快,难不成她就碰上了一个?而门里的那副嘴脸不仅令王亚丽一时诧异,也给她的讨伐行动带来了意想不到的障碍：她感到胸中的怒火陡然降温，还感到眼里的寒光无的放矢。她好像一只皮球正在漏气。

为了维持气势，王亚丽硬梗着脖子说："你说我干吗？"

一楼住户说："你不说我怎么知道你干吗？"

王亚丽这才刹住车辘轳话："你吵着我们了，扰民了，懂吗？"

一楼住户说："你也是上面那屋的？"

王亚丽说："我朋友租的房。"

一楼住户说："哟，我看你不像呀。"

王亚丽说："不像什么？"

一楼住户说："不像他们那条道儿上的……你还挺正常的。"

这也能看出来？王亚丽不由得又是一愣。紧接着，她却发现一楼住户一边大大咧咧地盯着自己，一边又从眼底荡漾出了一圈儿一圈儿的笑意，笑得温暖而又呆滞，慈祥而又迷幻。这样的笑和这样的目光，又是她从来没有遇到过的。怎么说呢，这就让王亚丽觉得他才有点儿不正常了。于是她下意识地认为，有必要速战速决，尽快结束这次对话。而考量到她与一楼住户之间的关系，现在既失去了针锋相对的情绪，又没建立起"有话好好说"的共识，因此她只好用陈述性的口吻，重申了自己的核心诉求："甭管怎么说，你小点儿声行吗？"

一楼住户就咧了咧嘴："不是我，是他——不过他听我的。"

说着他竖起大拇哥，往脑后那片幽暗混沌的空间里一戳，就好像那里果真站着一个眉飞色舞的单田芳。然后他把手插进大裤衩的屁兜抓挠片刻，转瞬从里面掏出一个黑色的塑料盒子，原来是个袖珍遥控器。他在遥控器上按了两下，身后那个单田芳的声音就飞快地衰弱了下去，从气冲霄汉变成了窃窃私语，直至彻底消失。

整个楼道都安静了。不仅安静，而且空洞，不仅空洞，而且尴尬。王亚丽就那么安静、空洞而又尴尬地面对着一楼住户，更加不知如何是好了。

"多大点儿事儿呀，下回我戴上个耳机子也行。"一楼住户的神色却越来越热络了，"不过也就是你，要换别人来，我才懒得搭理呢。"

"那……我回去了？"

一楼住户略一弯腰,手掌往外一滑:"慢走。"

而当王亚丽顺着对方做出的那个"请"的手势,呆头呆脑地转身,迈步,往楼梯上走去时,她仍然没醒过味儿来。具体地说,是事态的发展令她措手不及:就这么结束了?她可以宣告胜利了?可这胜利也来得太简单、太顺利、太轻易了吧。再用《三国演义》打个比方,假如司马懿面对"坐在城头观山景"的诸葛亮没有仓皇逃窜,而是一咬牙一闭眼,舍生忘死地杀进了那座空城,那么他的心情恐怕也会和此刻的王亚丽如出一辙。

战斗还没打响,敌人已经投降。"为人家做点儿什么"的计划成功了也落空了。

究其原因,是因为对方外强中干,还是因为自己声势夺人?不不不,都不可能。就算王亚丽还在晕头转向,她也无法接受如此乐观的判断。她见识过对方的蛮横,也掂量得出自己的斤两。而一边往楼上走着,一边思考着这些问题,王亚丽突然就感到了如芒在背——不仅如芒在背,而且如芒在腿、在脖子、在屁股——不需要回头,她像有特异功能似的察觉到,一道目光戳向了自己的后背,扫荡、抚摸、舔舐着她。她瞬间领悟到了一个事实:一楼住户自从上次看见过她的背影之后,就改换了对她的态度。

王亚丽嗓子眼儿发紧,似乎想要干呕两声。

而对方紧接着抛给了她一句话:"姑娘,跟你商量个事儿?"

王亚丽居然接上了话茬:"什么事儿?"

一楼住户说:"哪天……到我们家来一趟吧。"

王亚丽说:"你什么意思?"

一楼住户说:"现在不好说,来了你就明白了。"

王亚丽说:"你到底什么意思?"

一楼住户说:"不白来,给你钱。"

王亚丽说:"呸!"

伴随着这个拟声词,王亚丽往地上狠狠地啐了口唾沫,一溜烟地逃上了楼。到楼梯拐弯儿时,她的胯骨撞在了铁栏杆上,差点儿又摔了一跤。而这次没等一楼传来关门的声音,她就用尽全力摔上了二楼的房门,然后把背顶在门板上喘起了粗气。王亚丽可真被结结实实地吓着了,刚才那番惊吓简直比来自"道上"的跟踪和挟持更加令她魂飞魄散。而当她重新把腰杆儿直起来，当她的瞳孔重新聚焦，便见眼前的过道里站满了人。

那是"团契"的伙伴们。不仅坐着轮椅的李琴姐妹被大胖子推了出来，就连断了腰的小伙子也从床上下来，单手扶墙走出了那间大卧室。在以前，震耳欲聋的单田芳都没使他们受到干扰，可现在四下一片寂静，他们却破天荒地停止讲经，簇拥在了王亚丽身旁。他们默默地看着王亚丽，眼神也与平日里看她的目光大不相同：不是漠然也不是沉静，而是满怀着一腔难以言明的温情与敬意，就像他们看着岳晓芬姐妹时那样。

通过楼下那戛然而止的评书，他们已经猜到王亚丽刚才做了什么吧。也许事先没人猜到王亚丽竟能把这事儿干成，而这才是让他们对她另眼相看的原因。当然，恐怕也没人会猜到挺身而出的王亚丽在楼下究竟经历了什么。

站得最近的正是岳晓芬姐妹，但也只有她没看向王亚丽。她垂着眼帘，让目光黏滞在脚下的方寸之地，而王亚丽则继续将源源不断的凝视投向对方。王亚丽暗怀着几分忐忑，对自己的行为做出了画蛇添足的解释："我就下去跟那人说了说……让他小点儿声。"

岳晓芬姐妹仍未抬眼，她的身后却响起了稀稀落落的掌声。那是李琴姐妹和大胖子他们正在为她庆功呢。李琴姐妹还问："你是怎么说的？"

"那人横着呢，"大胖子也道，"以前我们也去过，可压根儿不顶用。"

"讲理呗。"王亚丽装作漫不经心地说，"有理走遍天下……"

而这时，岳晓芬姐妹忽然说："王亚丽姐妹，谢谢你。"

说着将手一伸，握住王亚丽的腕子摇了摇。岳晓芬姐妹的手柔软而冰凉，就像在冷水里浸泡了许久，但却令王亚丽心头一热。这热度并非来自岳晓芬姐妹，而是来自她自己。

于是王亚丽说："既然是姐妹，那就别见外。"

后来想想，这也是王亚丽第一次打心眼儿里认可对方叫她"姐妹"。

13

当天的"团契"结束后，王亚丽径自搬回了出租房的铁架子床下铺。

伤病基本痊愈,"果粒橙"的钱也放置妥当,她确实没有了再在人家那儿赖下去的理由。况且正如王亚丽自己所说,既然中介公司的人还可能找上门来,那么她就得避免连累岳晓芬姐妹。

走时一切如常。其他人纷纷对岳晓芬姐妹道声"再见",鱼贯而出。轮到王亚丽,她也只说了句"再见",随后从岳晓芬姐妹手里接过了一只装满食物的塑料袋。就连这个交接仪式也和原先如出一辙,而这天吃的恰好又是面包夹肉,李琴姐妹带的。这时岳晓芬姐妹眼里流光一闪,仿佛想要说点儿什么似的,倒是王亚丽大大咧咧一笑,转身出了门。

反正都要走,那就没必要走得那么磨叽,又反正已经是"姐妹",那就山高水长。这是那一刻王亚丽的想法。当她来到楼道里,正要走下楼梯时,这才扭头回看了一眼。门半掩着,露出岳晓芬姐妹的一张脸,苍白而瘦削,在阴影中面目模糊,只有两眼微微闪烁。楼道窗外的阳光打在门板上,反倒将那张画儿里的外国瘦男人的脸映照得纤毫毕现,不仅焕发出绚丽的色彩,而且似乎拥有了此刻的岳晓芬姐妹所不具备的立体感。两相对比,便让王亚丽产生了错觉:假作真时真亦假,难道画儿上的才是真人,门里的倒是幻象?

岳晓芬姐妹那张晦暗、单薄的脸,此后长久地印在了王亚丽心里。

顺便说一句,除了岳晓芬姐妹,还有一个人影也会时不常地跳出来,在王亚丽的眼前萦绕一番。那就是一楼的那位住户了。而在时过境迁的状态下想起那人,王亚丽的感觉却不是厌恶和作呕,也不是滑稽的喜剧效果,取而代之的反而是震惊:怎么会有这样的人,竟然能直截了当地提出"那种要求"而毫不避讳。她才跟对方见过两面而已,她连对方姓什么、多大岁数都不知道,她还在跟对方掰扯着噪音扰民的问题,但对方却张嘴就是一句"不白来,给你钱"。在一楼住户的眼里,她王亚丽就是一"鸡"吗?还是他跟别人也这样,逮着个年轻女孩就把人家当"鸡"?难道他还骚扰过岳晓芬姐妹吗?

不过还真别说,有一路北京大爷就是这么奔放。王亚丽想起了距离麦子店只有几站地的三里屯太古里,她在那地方见过一幕奇观:一群六十开外的男性摄影爱好者,身穿多兜马甲,手持长枪短炮,隐蔽在树下、柱子下或者干脆光明正大地蹲在商场门口,只要附近经过一个衣着暴露的长腿

"大蜜",他们就会齐声高呼"回头回头",然后噼里啪啦一阵乱拍。据说这还不算玩得野的,还有更夸张的呢,比如老哥儿几个凑钱雇一裸模上郊区"群拍"人体写真,遭到抓捕时还对警察理直气壮地声辩"你能限制我,但不能限制艺术"。而再想想开在小区角落、街巷深处的小发廊和洗头房,光顾那些地方的不也净是弯腰驼背的老家伙吗?这些大爷还真讲究个老有所乐,当大妈们用劲舞占领了广场,大爷们却反其道而行之,在城市的各个角落孜孜不倦地追寻着隐秘的乐趣。恰恰因为年纪的缘故,他们在人生的最后阶段抛下了人生中的最后一点儿体面,重返青春,放飞自我。

这么想来,那道从背后投向王亚丽的目光也就来得恰如其分了。只有那种黄土埋到多半截儿的老流氓,才会把看人屁股这种事儿干得如此猥琐而又如此坦荡,同时也才会对他们所看的对象毫不挑肥拣瘦。但随后,王亚丽却又突然意识到:活了二十多年,这还是她第一次从男人那儿收获到足斤足两的兴致勃勃的目光呢——上学的时候,别说是指出她"长得像头驴"的男同学了,就连趁着按腿狠抓过她屁股和下体的男老师,每每也是一副浮皮潦草的态度,并且抓完之后反而按得更狠了;再想想她的亲人"果粒橙",那家伙哪怕是在跟她最热乎的那个阶段,完事儿之后每每也会露出一副聊胜于无的懊恼神情。

这又是一个多么荒唐的事实啊,不仅荒唐,而且可悲。王亚丽一边恨恨地感慨,一边又在暗暗痛斥自己的"傻"和"贱"。但同时,她却站在了出租房的门厅里,背对着一面裂了缝的穿衣镜,费力地扭头观摩自己。她试图再现一楼住户的视角,忽略自己的脸,单纯地评价自己的背面:肩膀不薄不厚,腰际不长不短,虽然没有健身房宣传手册里那种夸张的"蜜桃臀",但屁股和腿的比例相当合适,不像有些女顾客,跳操的时候都得准备一双内增高跑步鞋;当然最关键的还是瘦,整个身材硬朗而又紧绷,这就是常年高强度运动带来的效果了。总而言之,还行嘛,该有的都有。于是王亚丽做出了一个近乎欣慰的判断:自己的背面要比正面具有吸引力。

由此还可以判断,一楼住户并没有瞎了他的狗眼,虽然王亚丽很希望他瞎了狗眼。

这样想完,王亚丽立马又"呸"了一声,比那时在楼道里"呸"得更加响亮。

而在随后的几天里，王亚丽仍和岳晓芬姐妹保持着联系，但都发生在晚上。

白天想联系也没时间。流年不利，短短两个月已经请了两次病假，再不回去表现表现，这个饭碗眼瞅着就要保不住了。于是王亚丽主动申请，排了一个星期的晚班。右膝盖当然还在疼，好在已经抽过积液又打了绷带，一时半会儿倒出不了大毛病。而等每天的最后一堂跳操课结束之后，当她几近虚脱地走过地铁站，迈上写字楼的底商台阶，站在面包店门口时，才会把手机掏出来，先给"果粒橙"拨个电话，再给岳晓芬姐妹发个微信。

和男朋友与和"姐妹"的联系方式不同，这也体现了两种关系带给王亚丽的不同感受。男人嘛，按照健身房里有些女顾客的话说，他们属于另一个物种，因此得亲闻其声、亲见其面乃至亲做其爱才能确定对方的存在；但"姐妹"之间就不同了，一旦建立默契，根本不需要那么赤裸直接、劳心费力。果不其然，在拨完电话发完微信之后，从两种关系里得到的反馈也是大相径庭——"果粒橙"那边仍旧关机，将失联的纪录又延长了一天；而岳晓芬姐妹如果收到王亚丽"在做什么呢"或者"今天怎么样"之类的问候，则会立刻回过来一句"没什么"或者"挺好的"，然后再加上一句："王亚丽姐妹，你好吗？"

也就这么几个字儿，再无其他言语，却让王亚丽相当知足。她甚而体验到了某种富足：别看来北京混得买面包依然要等待半价，也别看她在老家已经算是没有了妈也没有了家，更别看她的男朋友至今踪迹全无，但在麦子店，在此时此刻，她拥有了一个"姐妹"。并且这个"姐妹"的身后还有着一屋子的"兄弟"和"姐妹"，一屋子的"兄弟"和"姐妹"背后又有着数不胜数的"兄弟姐妹"……啊，四海之内皆"兄弟"，普天之下皆"姐妹"。经由这条隐秘的通道，她似乎和所有人建立了联系，已经不再是当初那个漂流在火车站里的孤岛了。

这么想时，王亚丽心里充满了壮阔而博大的感动。

但如此一来，另一个问题也就冒了出来，并且变得越来越无法回避了：她该怎么看待那个印在画儿上的外国瘦男人？回头再来梳理一下她和那男人的关系，人家赐予她的可不仅仅是一根免费的法棍了，此外还有在她饥肠辘辘时持续供应的饱饭，在她走投无路时毫无怨言的收留，在她卧病在床时没日没夜的照料——那当然都是岳晓芬姐妹所为，但岳晓芬姐妹却又曾经坚称，她不过是秉承了画儿上那男人的旨意：

"主让我对你好。"

换句话说，如果没有画儿上的外国瘦男人，岳晓芬姐妹会成为她王亚丽的"姐妹"吗？时至今日，她和岳晓芬姐妹对于"姐妹"这个称呼的理解也有着本质的区别，那就是：成为"姐妹"，究竟需不需要变成同一条路上的羔羊？究竟需不需要神明见证？

如果需要，她该如何是好？人家的神明也该成为她的神明吗？

王亚丽被迫思考起了那些复杂的、终极的问题，而这一向不是她所擅长的。虽然她那些纷繁缭绕、旁逸斜出的念头时常就像脑袋里嗡嗡乱响的蚊子叫，可一旦涉及这个领域，蚊子却像一刹那间被凝进了琥珀，变成了悬置几百万年的永恒的谜题。这些问题也比算账、比琢磨人和人之间谁亏欠了谁更让王亚丽疲惫，直想得她的太阳穴一跳一跳地疼了起来。

而思考的结果无疑让她感到惭愧。她发现，那不是"该不该"和"愿意不愿意"的问题，而是"能不能"的问题。事实上，王亚丽并不具备像岳晓芬姐妹那样去"相信"什么的能力。她只觉得钱是真的，饭是真的，腿上的伤是真的，窗外那个喧嚣的麦子店是真的，就连河南老家那套还没盖好并且已经没了她的份儿的房子也是真的，但那本薄薄的小册子里斩钉截铁地向她宣讲的东西，却仍然远在天边，虚无缥缈。

得出这个结论，又是在一个晨雾稀薄的黎明，当时王亚丽正坐在出租房的卫生间里。室友还在酣睡，女孩们的磨牙声和梦话声吵得她再也不能入眠，于是她只好跑出来象征性地坐马桶。但这一次，她并没有用手机里的"连连看"消磨时间，而是径直在膝盖上摊开了岳晓芬姐妹赠予她的那本小册子。由于长期存放在卫生间受到潮气侵蚀，小册子不仅颜色泛黄，就连纸张都严重地膨胀打卷儿了，于是封面上的瘦男人好像肿了一圈儿。王亚丽满怀歉意地凝视着他，心里念叨：实在不好意思，我其实也是很想为您做点儿什么的。

她果然将这个想法付诸了行动。把小册子又插回那摞《知音》《女友》《故事会》杂志当中，王亚丽草草抹了一把脸，就拎着个尼龙口袋出了门。

她想起这天又是周日,到了"团契"聚会的日子口儿。而她又想起,就在麦子店的公共汽车站附近,离前些天去过的那家银行不远,有个每逢周末便伴着晨光出现也伴着晨雾消散的早市,那里卖什么的都有,肉和蔬菜都比菜市场的便宜。刚搬过来时,王亚丽曾经去过几趟,后来睡得越来越晚,周末全在补觉,就断了这个住在半旧的"城里"才有的乐趣。现在,她又走在了一个沾满露水的塑料大棚底下,在杂乱无章但却琳琅满目的摊位之间穿梭、翻拣,操着一嘴河南话和她那些昼伏夜出的老乡讨价还价。

穿过大棚边缘高高卷起的塑料帘子,她又看见了那家中介公司新开在麦子店的分店招牌,不过王亚丽却不再感到惊惶——反正躲不掉的就没必要躲,又反正钱一转移她也踏实了。她考虑的是一些眼巴前儿的具体事项:也该轮到她在"团契"里请回客了,只要有来有往,那以往白吃的就不算占人便宜;请也请不起什么好的,那就还吃面,毕竟她的手艺大家也都认可;出租屋里条件有限,没法儿和面现擀,只能买些机器面凑合,不过打卤的原料得保证新鲜……王亚丽一边这么盘算着,一边半仰着脸迎着朝阳,窄而短小的脑门儿被照得发亮。在稀稀落落、神色木然的本地居民眼中,她就像个对待遇相当满意的小保姆。

从早市回来又踏踏实实睡了个回笼觉,王亚丽也没吃午饭,直接去了岳晓芬姐妹那儿,去时手上拎着沉甸甸的一口袋切面、西红柿和鸡蛋。走进那栋暗红色矮楼的门洞,她还特地在一楼右手边的门前站了一会儿,确定门里果然没传出什么动静,这才往楼上迈去。别看那是个老流氓,但说话倒也算数。王亚丽甚至对一楼住户的表现颇为满意。

而她也是直到这天,才发现岳晓芬姐妹消失了。

走上通往二楼的第二段台阶时,王亚丽就发现有什么地方不对劲。除了单田芳的铺陈夸张,这楼道里好像还少了一样东西,但到底少了什么,她竟一时没反应过来。直到站在二楼右手边的门前,这才发现原先贴在门上的那张外国瘦男人的画像不见了。斑驳的门板变得空洞而略显凄凉,只留下几道残存的不干胶印记。难不成是被谁家手欠的孩子扯了下去?要不就是街道又准备迎接什么庆典活动,所以要求各家各户门前一律整齐划一?王亚丽回头往对门看了一眼,却见别人家门上,斗大的"福"字依然醒目地倒挂着。

小小地惶惑了一下,她伸出手去,敲响了岳晓芬姐妹的房门。门没开,里面也没动静。停了片刻再敲,依然无人应答。那就是出门去了?可按说不会啊。对于岳晓芬姐妹来说,此时此刻还有什么事情比待在家里等待"团契"伙伴们的到来更重要的?这么想着,王亚丽便又拿出手机来,也没发微信,直接给岳晓芬姐妹打了个电话。

《蓝色多瑙河》的旋律从头到尾响了两遍,随后就变成了一个电子娘们儿的声音,多此一举地宣告电话"无人接听"。这腔调王亚丽已经听得熟了,和给"果粒橙"打电话是一个情形。而到这时,她就不由得担心了起来,担心岳晓芬姐妹会不会出了什么意外——比如说病了,比如说屋里漏煤气了,比如说……呸呸呸。王亚丽不禁露出紧张的神色,脑门儿也微微冒汗,她还沿着陈旧而又逼仄的楼道逡巡了两圈儿,进而一屁股坐在楼梯上。

一楼和二楼之间的那扇窗户不知何时开了,风裹挟着尘土味儿和汽油味儿席卷进来,呛得王亚丽打了两个喷嚏。她还看见一个捏瘪了的矿泉水瓶像长了腿似的跌跌撞撞,顺着楼梯逐级而下。呼应着那噼里啪啦的翻滚声,楼下也有了人的响动。

是参加"团契"的其他人。今天的阵容倒是齐整,油光水滑的大胖子、头上顶着一朵硕大的白色菊花的李琴姐妹和断了腰的小伙子一同出现,此外还有其他几位老人。看来是来时的路上遇见了。这些老弱病残相互帮扶缓慢上楼的模样,简直让人联想起一个奇形怪状的马戏团。而当他们看到呆坐在楼梯上的王亚丽,立刻露出了亲热的、佩服的表情。轮椅上的李琴姐妹还伸出手来指指楼下,紧接着又对王亚丽竖了个大拇哥。这是在赞扬王亚丽此前的那番壮举。他们一定认为,今天将会迎来一场安详的、宁静的聚会。而直到王亚丽起身,帮着大胖子把李琴姐妹抬上二楼,人们才对她独自坐在门口表示不解。

有人说:"怎么不进去?"

王亚丽说岳晓芬姐妹不在家。

有人说:"她不会是没听见你敲门吧?"

王亚丽说敲了半天了确实不在家。

又有人说:"那给她打个电话呀。"

王亚丽说电话打了也没人接。

还有人说:"别是出什么事儿了吧……呸呸呸。"

众人的思路和刚才的王亚丽如出一辙,而把那些猜测用语言的形式加以再现,一个人的惶惑就变成了一群人的惶惑。都是那么大年岁的人了,对于眼前的状况,他们却显得比王亚丽更加沉不住气、更加束手无策,除了进行鸡一嘴鸭一嘴的无效讨论,就剩下了搓着手在楼梯上跺脚、转圈儿,嘟囔着"这可怎么办呀"。给王亚丽的感觉是,这些人不仅缺乏生活上的自理能力,甚至缺乏心理上的自理能力,所以才会遇到点儿事儿就像孩子一样六神无主。而他们就那么长时间地呆滞着、迷惘着,在楼道里水泄不通地盘踞着。

就这些人,指望不上他们拿主意,而再这么耗下去也不是个事儿。王亚丽心里嘀咕着,看着窗外远方大团的云朵在日光中飞速地飘过。确实起风了,风势还不小。与此同时,她的那点儿惶惑也像风中的流云一般变形、重组,最终演化成了如临深渊、岌岌可危的焦虑。

也正是这时,楼下传来了唱戏一般的吆喝,一波三折,有板有眼:"干吗呢,你们?"

聒噪不休、挤满了楼道的人们竟立刻沉默,仿佛在为一个状况而惭愧:原来抱怨人家吵着了自己,现在却因为自己吵着人家而被提出抗议了。伴随着众人的面面相觑,便听见楼下的那道木门吭当一声,接着又有塑料拖鞋啪嗒啪嗒踢打台阶的声音,一个人影慢慢悠悠地踱了上来。原先是只闻其声不见其人,除了王亚丽,在场的人们也许都还没见过一楼住户;而这很可能也是一楼住户首次主动造访楼上的客人、"团契"的伙伴们——他不怒自威,只在上楼梯时横了横眼睛,周边的人们便像泥鳅一样往墙上贴去,转瞬之间腾出了一条人缝儿。

坐在台阶上的王亚丽不得不仰起脖子,和一楼住户对了个眼神。王亚丽也立刻从一楼住户的眼神中察觉到了只有她才能体会得到的意味:惊喜、痴迷,甚至还有趣味盎然的鉴赏态度。王亚丽立刻又感到了恶心,紧接着却有一丝若有若无的自得,而那丝自得又使她暗自在心里呸呸呸了几声。但和眼巴前儿的迫切的焦虑相比,所有那些隐秘的情绪又都不值一提了，因此王亚丽不由自主地站了起来，鼓着两眼愣愣地盯着一楼住户。

一楼住户对她笑了，面容和蔼："姑娘，我还以为你不来了呢。"

王亚丽说："她人呢？"

一楼住户说："你说谁？"

王亚丽说："租你房子的女孩。"

一楼住户说："你说姓岳那丫头？"

王亚丽说："对，她叫岳晓芬。"

一楼住户说："哦，她退租了，我上来收拾收拾。"

王亚丽说："退租？什么时候退的？"

一楼住户说："就前天，哦不，大前天——我也忘了。"

说着他把手插进大裤衩的屁兜连抓带挠，这次掏出来的就不是一个遥控器了，而是一串拴在棉绳上叮当作响的钥匙。伴随着他穿过人墙，绕过王亚丽，咔啦一声拧开了门锁，楼梯上的人们便像浪潮一样往门口聚拢过去——然而又一转眼，这股人浪却被硬生生地切断了，阻隔了。一楼住户陡然转过身来，横着膀子把着门儿，冷冷地打量着人们：

"这是你们家吗？忒不把自个儿当外人了吧？"

面对这夹枪带棒的揶揄，门外的人们连回嘴的胆量都没有，旋即开始了新一轮的面面相觑。李琴姐妹、油光水滑的大胖子和断了腰的小伙子互相茫然地对视片刻，最后又一致把目光投到王亚丽身上。这就是推举她去和对方进行交涉了。对于那个令人望而生畏的恶房东，王亚丽不仅有着交涉的经验，而且确实曾经取得过辉煌的战果，因此他们信任着她，仰仗着她。而王亚丽一边对战友们感到失望，一边只得再次挺身而出。

她向前迈一步，质问道："我们的朋友住这儿，让我们进去看看怎么啦？"

一楼的住户反问："朋友？是朋友连搬走也不告诉你一声？"

这话竟噎得王亚丽哑口无言，她虽然尽力保持着坚强不屈的气势，但却不得不承认对方的话说得有理。而一楼住户捕捉到了王亚丽眼中那一闪而过的虚弱，竟像变脸一样又笑了起来，不仅那副蛮横的表情一扫而光，简直是意识到自己说错了话又不得不加倍地赔着小心的态度了："当然啦，看看也可以，不过别进去那么多人了，你当个代表吧。"

说完这话，他还隔着门对王亚丽招了招手。这俨然是公开把王亚丽区别对待，又热切地期望她能领自己的情了。王亚丽便又陷入了恶心、得意和更加恶心的情绪循环之中，同时拿眼扫了扫身边的"团契"伙伴们。众人则一如既往地瞩目于她，沉默无言地信任着她、仰仗着她。没有办法，当一楼住户转身往屋里走去，王亚丽只好独自跟了进去。

在此后的几分钟里，伴随着王亚丽那深一脚浅一脚的步伐和东一眼西一眼的目光，她的感觉也不是如临深渊了，而是变成了站在深渊的边沿上又无所用心地往前迈了一步。耳边没有风声，眼前也没有天旋地转，但她却确凿地、清晰地感到自己正在坠落，坠落，乃至于每一个细胞都在失重。那套五六十平方米的老式两居室里虽说不是空空荡荡，但已经几乎没了人迹：原来放在卫生间里的毛巾浴巾洗发水香皂盒全都不见了，总插在客厅餐桌上的两枝雏菊或康乃馨也早就干枯凋谢，厨房里的锅碗瓢盆倒还留着几个，但却刷洗干净码放整齐又盖了张报纸，一看就是归还给房东的。岳晓芬姐妹搬走了，却没告诉她一声。岳晓芬姐妹不仅搬走了，而且也和"果粒橙"一样失联了。岳晓芬姐妹在搬走之前以及之后的那几天里，居然每天晚上还会若无其事地和她发个微信，问候一声："王亚丽姐妹，你好吗？"

情况就是这么个情况。更加严峻的情况则是：岳晓芬姐妹拿着她的钱。不不，不是她的钱而是"果粒橙"的钱。不管是谁的钱吧，总共十万。

对上述情况进行梳理乃至反省之时，王亚丽正站在岳晓芬姐妹的房间里。在她的记忆中，那间小卧室总是紧闭着门，她不仅从没进去过，而且就连扒着门缝往里看上一眼的举动都没有过。对于自己的"私密空间"，岳晓芬姐妹似乎颇为在意，而王亚丽也相当体谅地照顾着对方的这种在意。当然，越是体谅越是照顾，她也曾经越是感到过好奇：岳晓芬姐妹的房间是什么样的呢？是整洁的还是杂乱的？是温馨的还是素净的？抑或作为一个满心思扑在那些不在眼前的、虚无缥缈的事儿上的人，岳晓芬姐妹的房间里是否也会贴满了那个干瘦的外国男人的画像，就像有些女孩床头琳琅耀眼的"流量鲜肉"？

现在谜底揭晓：岳晓芬姐妹的房间四白落地，仅有一床，除此之外空空如也。就连桌椅、被褥和窗帘也没有，充斥屋里的只有坦荡横行的日光。如果不是和岳晓芬姐妹在一个屋檐下居住过，王亚丽几乎不敢相信这样的房间里曾经存在着一个有名有姓会喘气儿的活人。但房间的空空如也恰恰提醒了王亚丽一个事实：对她来说，岳晓芬姐妹也就是个有名有姓会喘气儿的活人而已，除此之外，关于此人的一切背景一切信息全都含糊不清，就连太湖边上的老家、离了婚的爸妈、写字楼里和花店里的工作都未见得是真的。说到底，她们也就是蹭饭和被蹭饭的交情。基于这种交情，王亚丽却交给了岳晓芬姐妹十万。

想到这里，王亚丽就开始哆嗦了。不仅哆嗦，她都快要站不住了，必须得单手扶墙才不至于一屁股坐到水泥地上。巨大而真切的恐怖钻透了她的脊髓，比她以往体验到的任何一次恐怖都要深邃，以至于一楼住户从对门大卧室的阳台里走出来，又扯着那把烟酒嗓叫了她好几声，她的耳膜才重新感受到了声波振动。

"这姑娘……你没事儿吧？"

一楼住户眯缝着一双肿泡眼，眨了又眨，表情之中居然充满关切。而王亚丽低了低头，却看见他肩上扛着那半辆自行车的骨架。原以为那玩意儿很轻，但从近处打量才发现并非如此：还没装上车座的钢管内沿闪着乌光，坠得那个矮胖敦实的老头儿的脖子都往一侧歪了过去，龇牙咧嘴的好像落枕了。

王亚丽半跳着往后退了一步，先和对方拉开距离，然后才问："那个岳晓芬……她为什么要搬走你知道吗？"

"她走她的，为什么走跟我说得着吗。"一楼住户嘟囔着回答，接下来的那番补充倒颇为坦诚，"反正不是因为我，我倒盼着她早点儿走呢，最好刚住进来立刻就走。可她——还有你们——也挺能坚持的，一直耗了几个月。租金押金我没退给她，可也没多挣几个钱。"

王亚丽又问："在走之前，她说没说要去哪儿？"

"那就更没有了。"一楼住户相当谦虚地说，"我算哪根儿葱呀。"

王亚丽便又多此一举："那她给你留过身份证吗？真名就叫岳晓芬？"

一楼住户总算点了点头："这倒不假，我这儿还有复印件……"

王亚丽却转向了下一个话题:"大爷,我能请您帮个忙吗?"

人称代词的变化让一楼住户愣了一愣,随即眉开眼笑:"好说好说。"

"您给她打个电话,用您的手机打。"

一楼住户便瞥了王亚丽一眼,目光中闪烁的不知是狐疑还是受宠若惊,随后掏出手机上下划拉着。岳晓芬姐妹的号码也被他存进了通讯录里。片刻后电话拨出,对方还颇为体谅地点开了免提,《蓝色多瑙河》回荡在这套老旧两居室里。而伴随着那段再次响起的旋律,王亚丽强迫自己葆有的那点儿希望却在不断滑落、稀释、破灭。最终,那个潜伏在每个人手机里的电子娘们儿又冒了出来:对不起,您所拨打的电话无人接听。

岳晓芬姐妹不仅不接她的电话,谁的电话都不接了。这个事实也让王亚丽越发承认了那个"最坏的可能"。一楼住户仿佛也从她的面前消失了,她眼中只剩下了对面大卧室阳台里扑面而来的阳光。她逆着光,像个盲人一样小心翼翼地张开双手,一边小步挪动一边摸索着空气。然而来到两间卧室之间的门厅时,她的胯骨还是撞到了什么东西,餐桌餐椅发出连锁反应的声响。也是这时,她才又听到一楼住户对自己说:

"姑娘,你也帮我个忙呗?"

王亚丽回头,保持着方才的和善口气,礼貌而耐心地说:"大爷,有事儿您说。"

"我给你点儿钱,多少咱们可以商量,你哪天到我那儿去一趟?"

"您还挺执着。"王亚丽又感到一楼住户的目光正在沿着她的后背、腰杆、屁股和腿上下游走,她便惨然笑了,"您就不怕我告诉警察吗?"

14

此后一些日子,王亚丽便开始了漫无边际的寻找。

和她共同行动的,还有"团契"里的几位老弱病残。总算不是一个人在战斗,这让王亚丽稍许有些欣慰,但从"兄弟姐妹"们口中得到的信息又让她更加后悔不迭,连抽自己几个大嘴巴:满满一屋子的人,除她以外谁都没跟岳晓芬姐妹发生过财物上的往来。也就是说,假如岳晓芬姐妹真的就此消失，那么遭受经济损失的将只有她一个。基于这个前提，他们虽然都在寻找，但寻找这个行为却具有截然不同的意味——对于人家而言，寻找是单纯的、质朴的，就像一群羔羊寻找另一只走失的羔羊，而对于王亚丽来说，却像是哑巴被迫重温黄连的滋味，像是挨了一拳的人在借着路灯收集满地的碎牙了。

　　她就这样袒露着脸颊上横一道竖一道的红印，在伙伴们的跟随下跑遍了岳晓芬姐妹可能出现或曾经出现过的地方——其范围以麦子店的那栋暗红色矮楼为中心，辐射半径有一两公里，包括商店、小卖部、露天水果摊、某个小区门口的某个小花店以及地铁站附近那栋写字楼里的外贸公司。花店的地址是李琴姐妹提供的，她曾经在那儿见过岳晓芬姐妹替人包装花束。找上门去，老板是个艳丽的少妇，披头散发戴一胳膊银镯子，人倒挺和气，只说岳晓芬姐妹发了个微信就不来了，店里还欠着她半个月的工资也不来领。写字楼里的那家外贸公司可就没那么好打交道了，足足把王亚丽等人晾在前台等了一下午，后来有个领导觉得门口横着个轮椅实在不好看，这才打发人出来过问了一下。人事部门给他们的答复是，确有一个名叫岳晓芬的应届毕业生曾经在这儿上过班，做的也的确是会计，只不过来也匆匆去也匆匆，还没转正就突然离职了。那个警惕意识很强的人事经理还说：

　　"她没打着公司的名义和你们做什么业务吧？如果有，我们概不负责。"

　　王亚丽还去了麦子店的派出所，但警察告诉她，这种情况不能算是"人口失踪"，所以不能立案。哪怕是岳晓芬姐妹拿了她的十万块钱，也还不能算作诈骗或者盗窃——"要怪只能怪你，你的钱干吗放在别人那儿呀？"警察还这么问她。至于其他无关紧要的场所，人家或者没印象，或者有印象也说没打过交道。归根结底，这番寻找等于浪费时间，而这其实也和王亚丽潜意识中的预期差不多：假如没有什么特殊的手段和门路，在北京要想找到一个自己不愿意露面的人，那可真比在大海里捞针还要困难。

　　而直到这时，王亚丽也照旧会在每天晚上给"果粒橙"打个电话，只不过打电话时的心情又和以往不同——她也不知道自己希不希望"果粒橙"重新露面。假如电话通了,她敢把那笔钱的事儿告诉他吗?对方的反应会是什么?想想都令她心惊胆战。但假如电话永远不通,她就只能像飞进了微波炉的苍蝇一样,独自承受这份煎熬了。王亚丽已经有好几天睡不了囫囵觉,每每在夜深人静的时候突然抽筋,翻着白眼儿惊醒,然后瞪着铁架子床的上铺瑟瑟发抖,那副模样就和以前她妈拉稀拉得虚脱了一样。岳晓芬姐妹,你可把我害苦了!岳晓芬姐妹,你是死是活给个信儿行吗?岳晓芬姐妹,你说你到底是个骗子还是我的"亲人"呢?王亚丽在心里翻来覆去地念叨着——奇怪的是,直到这时,她仍然不知道应该如何去"定义"岳晓芬姐妹。

王亚丽的犹疑不定,也和她去了一趟教堂有关。

那地方是李琴姐妹带她去的。路上李琴姐妹还说,他们不打算再找下去了。

也是直到这时,王亚丽才弄清了每个周日聚集在一间卧室里的"团契"是怎么形成的——那其实是个临时性的组织。麦子店这地方原先有一基督教会,规模不大不小,可供附近社区的信徒前去做礼拜,赶上大日子口儿还有分发面包和葡萄酒的仪式,并声称那就是血和肉,来自画儿上的干瘦男人。岳晓芬姐妹和李琴姐妹等人就是在教会认识的,老人和残障人士行动不便,多亏了一些年轻教友的扶助,才能风雨无阻地前去听讲经、做祷告。而也就在大约半年以前,教会所在的那栋建筑更换了物业公司,新公司要重新进行内部装修,活动就不能正常开展了,信徒们想做礼拜,必须得去其他教会。那些地方都远,对于李琴姐妹这类人便成了难题——跑是跑不动了,虽说心里有主就是最大的幸福,可长年累月不能见主一面,心里难免还是发空。大家一合计,说能不能在家门口组建一个"团契",先帮去不了远处的教友撑过这段非常时期?这活儿便被岳晓芬姐妹应承了下来,她独自出面租了房子、通知教友,还从原先的教会领取了宣传手册,用以招募其他愿意信教的人也来参加。

"真难为这小姑娘了。"李琴姐妹在路上说,"以前她就老照顾我们,这次办团契,她又出力又贴钱,房租原来说好大家均摊,可她不声不响就全交了,我们再给她,她也不要。大家实在不好意思,才又提出轮流带点儿东西聚餐……"

在她身后，推着轮椅的大胖子也补充道："岳晓芬姐妹信教的日子并不长，刚开始去做礼拜，每到唱歌时眼里都闪着泪花。别人问她为什么，她就说那歌声太美了，像在心里种满了沙仑的玫瑰。教会的牧师解释说，岳晓芬姐妹体会到了信仰的幸福……让我在'团契'讲经，也是岳晓芬姐妹的提议，她知道我参加过车队的朗诵比赛。"

　　随后他们又说起了各自的一些事儿。王亚丽这才知道李琴姐妹不仅做过工厂的厂医，并且还真像人家所说的那样"去过外国"——她跟着厂里援建过阿尔巴尼亚，还在那边受了伤，脊椎里打了几根钢钉。因为落下了残疾，就一辈子没结婚。王亚丽又听说，在公交公司上班的大胖子原先也不是个娘娘腔，"哥们儿开大车的时候猛着呢，车上要有小偷，我敢抡着扳手跟他们干，再一脚油门把车开到派出所去"。而造成他性格逆转的是有一次学校包车，队里派他拉着两个班的小学生去郊游，结果在半山腰被一辆刹车失灵的大卡车迎面撞上，死了俩孩子。那次事故让大胖子患上了应激综合征，从此再也摸不了方向盘，只好转岗做了调度，进而待人接物也"越来越像个娘们儿"了，连他自己都怀疑"蹲着撒尿是不是更适合我"。总之谁都不容易。但在讲述这些事儿时，无论是李琴姐妹还是大胖子，口气又一律都是平和的、沉静的，就像当初的岳晓芬姐妹和他们说话时一样。

　　他们也一致宣称："多亏经人引路信了主，也不觉得活着有多难了。"

　　李琴姐妹又试图做出补充："当然啦，一块儿信主的人也帮了不少忙。"

　　大胖子则纠正她："还是因为主，人都是秉承了……"

　　这样说时，他们便像排成了一列路队的小学生，沿着麦子店那熙攘喧闹、尾气漫天的街道，穿越破旧的住宅楼和簇新的写字楼，向着跟地铁站相反的那个方向走去。这列路队刚开始由七八个人组成，半途又加进来几个，就把"团契"的伙伴差不多凑齐了。行进在最前面的是轮椅上的李琴姐妹、推着轮椅的大胖子和王亚丽，后面是其他那些老头儿老太太，路队的外侧还游弋着那个断了腰的小伙子——他不时停下脚步，手扶着一棵树或者一根电线杆喘息片刻，而后再埋头猛冲一阵赶上来，就像一颗断断续续地追赶着彗星的流星。而他们的目的地坐落在一条相当宽敞的公路旁边,是栋方方正正的五层小楼,表面呈乳白色,一看就是最近才刷的涂料。小楼一侧悬挂着一溜花花绿绿的招牌,大约不是什么公司就是课外培训机构,此外还有饭馆咖啡馆的广告;而在小楼正门外的两棵冬青树旁,插着个箭头形状的木板,上面写着"福音""基督"等几个词,还深深地刻了个十字架。

来时的路上,李琴姐妹已经告诉过王亚丽,经过政府部门的出面协调,这个教会不仅得以保留原来的地址,并且就连分摊的装修费用也得到了减免;也是在前两天才听到的消息,装修进度比预计的快了许多,教会已经重新开门,于是"团契"的伙伴们也就可以回来了。至于岳晓芬姐妹,他们相信她得知这个消息也会回来。岳晓芬姐妹舍不得那地方。

"所以你也别太担心,也许今天就见着她了。"李琴姐妹安慰王亚丽说。

"看得出来,你是个重感情的人……我们也挺感动的。"李琴姐妹还说。

时至今日,王亚丽仍未把将钱给了岳晓芬姐妹的事儿告诉别人,这是因为经过一番变故,她已经信不过任何人了,尤其是"团契"里的所谓"兄弟姐妹"。而听到李琴姐妹这样说,又看着硕大的白色菊花下面那张真挚的面孔,王亚丽不禁又燃起了一丝希望——也许事情真会像对方所说的那样峰回路转呢?不管岳晓芬姐妹为什么会突然消失,只要她能在教会里重新出现,那就说明自己的运气还没坏到家。这样想着,王亚丽在走上台阶穿过玻璃门时,呼吸也不可遏制地急促了起来。她还听到自己的耳鼓震动着怦怦作响。

教会的确切地址是在小楼的地下室。众人相互帮携着下楼,又推开一扇厚重的深色木门,就见那是个宽敞的大厅,虽然无窗,但充足的节能灯光将整个空间照耀得豁亮而洁净。也和位于王府井、东交民巷的那些已经变成景点的教堂不同,这间大厅里并无各种塑像和彩绘玻璃,不过是四白落地,摆放着几排木制长椅而已。如果不是前方讲台上也挂了个十字架,给人的整体印象就和一个朴素的会议室差不多。长椅上已经坐了些人,全都静默无声,听着讲台上一个穿着黑西装、戴着金边眼镜的小老头儿说话。这小老头儿可真是一张好嘴,不光嗓门儿要比大胖子清脆,口齿也干净利索，噼里啪啦地往外蹦词儿。至于讲话内容，王亚丽没听几句就明白了，因为人家说的全是一些朴素的事实：

"两股麻线绞成的绳索不易断裂，俩人睡觉的被窝才更暖和……"

接着话锋一转，论述起了婚姻生活的重要性；接着话锋又一转，号召大家为教友祝福。这时便有一对青年男女站了起来，满脸红扑扑地向众人鞠了个躬。原来俩人刚结婚，还没来得及回老家办喜事，先到教会寻求一个见证。这番简陋的仪式也和电影里的教堂婚礼大不相同，就连交换戒指和"I do"（我愿意）都给免了，无非是在场的人们轮番上前和新人握手，再说一句祝福的话而已。而在一片喜悦的气氛中，只有王亚丽一个人的心情不可遏止地低落下去——她已经沿着长椅打量了几个来回，并没看见岳晓芬姐妹的踪影。于是在这空旷明亮的大厅里，她便有些待不下去了。周围的人们越是满脸笑容，她就越是满心恓惶，还觉得自己在他们中间是多余的。于是王亚丽从后排的长椅上站起来，转身往外走去。

她刚推开那道厚重的木门，就听见背后有人叫："这位姐妹。"

王亚丽回头，便看见刚才那个小老头儿追了上来。俩人面对面地站定。门里是白晃晃的节能灯，门外是橘黄色的四十瓦灯泡，因此他们的脸半边白半边黄，而投到地上的影子都是黑色的。小老头儿的个子比王亚丽还矮了半头，但影子却比王亚丽的长。

小老头儿说："我姓林，是牧师。"

王亚丽说："林牧师，您好。"

小老头儿说："你好。听李琴姐妹说，你是来找人的？"

王亚丽说："我找岳晓芬。"

小老头儿说："你们是朋友？"

王亚丽说："也说不上。"

小老头儿说："那就是找她有事儿？"

王亚丽说："有点儿东西在她那儿，我想要回来。"

小老头儿说："有这事儿？李琴姐妹倒没跟我说。"

王亚丽说："我骗你干吗？"

小老头儿说："你别急。我来找你，也是想劝你不要急……"

王亚丽便冷笑了一声："你是想跟我说，凡事都有主安排吧？"

小老头儿却也笑了:"我倒没想那么远,我想说的是,以我对岳晓芬姐妹的了解,她绝不会做什么坑人的事儿……她太单纯,还净被人家骗呢。有段时间网上老流传着'穷传教''苦传教'之类的信息,说的都是乡下地方的教会缺衣少食还在坚持信主,还要兴建教堂。可细心想一想,要是实在困难政府也会管呀,政府的措施可比主的'五饼二鱼'来得直接,再说都吃不上饭了还要花钱盖教堂,这也不可能是主的意愿——其实都是骗人的,让给骗子捐款。我们为这事儿没少提醒教友们,可偏偏还是有人上当,其中就包括岳晓芬姐妹。她自己也不富裕,看得出来吃穿用度都省着呢,但还是一百二百地给那些人转钱,我说你这又是何苦,她就说,万一要是真的呢……"

听着小老头儿的话,王亚丽眼前竟有一些恍惚。那个手捧着一叠小册子,对她殷勤而执拗地笑着的岳晓芬姐妹又晃了出来,但随即又像涟漪一般破碎。王亚丽打断了小老头儿:"他们说岳晓芬舍不得这儿,只要教会开张,她肯定回来。你觉得呢?"

小老头儿说:"我也这么想。不过这又得说远点儿了,她回来也不是舍不得教会,而是想要和主在一起。另外,教会毕竟不是做生意,不能说是开张……"

王亚丽便再次打断他:"那好,我还会再来找她。"

说完转身就走。小老头儿又在她身后道:"不吃点儿东西?我们还有茶点……"

王亚丽略微一站,回头说:"我又不信主,就不占这个便宜了。"

而恰在这时,从厚重的深色木门背后,传出了一阵歌声。那是大厅里的人们正在合唱,声音并不响亮,但却唱得出人意料地整齐,并且曲调悠扬:

主,你是盛开在
沙仑的玫瑰
谁不切慕喜爱将你采归
你如那膏油馨香绽放四溢
你艳丽芳香秀美

谁能不为你倾倒跪下降服
　　谁能不为你迷恋陶醉
　　……

　　王亚丽便又恍惚了片刻，眼前一阵迷乱。她刻意提醒着自己，强行管束着自己的舌头和嘴唇，这才没有随着那些男女老少一同唱出声来。然后，王亚丽迈步往楼梯走去。在从地下室通往一楼的路上，她的身影似乎也因为暗淡的灯光而变轻了，变薄了，她像个空有躯壳但却不具备重量的轮廓，是被身后那飘荡而来的歌声托上了地面。

15

　　去过一次教会，王亚丽便结束了她那漫无边际的寻找，由此转入了守株待兔的等候。每逢健身房中午休息，或者赶上黄昏时分的跳操课程结束得早——总之是一有空闲时间，她就会沿着往地铁站的反方向行进，穿过麦子店那些新旧交织土洋结合的楼宇，前往那间地下一层的大厅里看上一眼。而甭管什么时候去，人家倒也都开着门，或多或少总有一些人在。作为专门场所，这里就和开设在居民楼里的"团契"不同，不只是周末才活动。

　　刚开始，她进门也不打招呼，只从大厅后面扫上一眼，顶多再到屋里转上一圈儿，细细看清了那些高低错落的头颅之中并不包括岳晓芬姐妹，随后掉头就走。大厅里，有时是小老头儿正在清脆响亮地讲经，有时是"兄弟姐妹"们一齐唱歌或者祷告，但这些似乎都与王亚丽无关。没见过的人还会抬头看她一眼，心里也许诧异这人是干吗来的，而李琴姐妹和大胖子等人却都习以为常，只在眼神偶尔交汇时对她关切地一笑。

　　还有那么两次，碰上小老头儿一人坐在屋里。甭管人家是在看书还是闭目养神，都会立刻站起身来，对她招招手："来了？"

　　王亚丽就说："来了。"说完又要关门离去。

　　小老头儿却说："回见。"

　　王亚丽便只好说："回见。"

小老头儿又说:"慢走。"

语气相当随意,听来倒有常来常往的意思,又好像王亚丽的破门而入是天经地义、理所当然的,好像她不是一个不速之客,而是和人家相当熟稔的老朋友了。一来二去,王亚丽就果然和那个小老头儿熟稔了起来,进而又觉得在这种处境之下,只有小老头儿能够稍稍理解自己的心情——尽管对于一些事情,她仍然守口如瓶。而人哪,秉性上是改不了的,过去"果粒橙"说她"傻"和"贱",她这时还真有点儿"傻"和"贱"了——随着破门而入的次数越来越多,王亚丽自己反倒先有点儿过意不去了。

那常常发生在小老头儿打扫卫生或修葺桌椅的时候。赶上外面下雨,人们会在地上留下斑驳杂乱的泥点子、黑脚印,被明晃晃的节能灯一照,就显得格外触目;另外房子虽然是新装修的,但讲台和长椅却都是以前用旧了的,所以总会不是这儿歪了腿就是那儿剥了皮。每当这时,小老头儿也顾不上和王亚丽寒暄了,只是拿了墩布或者改锥钳子,东跑西颠地忙碌着。他的身影被空旷的大厅衬得格外小,几乎缩成了一个黑点儿。而王亚丽看着那个黑点儿劳作不休,心里一不落忍,手里也就痒痒了。她便走上前去,从墙角找出工具,跟在小老头儿身后忙活起来。小老头儿也只回头对她一笑,此外不再说些什么。在人家眼里,似乎王亚丽的一切行为都是天经地义、理所当然的,这反而让她觉得舒坦。当他们把地面刷洗得清洁锃亮,把歪了斜了的椅子腿重新固定,王亚丽和小老头儿一同直起腰来,看着收拾一新的大厅,便又滋生出了一种淡淡的成就感——虽不恢宏,但却安宁。

趁着这时,王亚丽也会问那小老头儿:"岳晓芬确实没来过?"

小老头儿说:"没来就是没来,我骗你干吗。"

王亚丽扭脸不语。还有一次,小老头儿也问她:"你真没想过信主?"

对于这个问题,王亚丽的回答是:"不信就是不信,我骗你干吗。"

俩人就相视一笑。但等笑完,小老头儿又说:"信也罢,不信也罢,你在这儿时,我倒觉得岳晓芬姐妹又回来了……"

王亚丽插嘴问:"你这话什么意思?"

小老头儿说:"这些活儿,以前都是她帮我干的。现在她走了,你来了。"

王亚丽木然半晌,说:"我跟她可不一样。"

嘴上这么说,但那天上午干完活儿,王亚丽却默不作声地留了下来。那又是一个周日,她刚好得到了一次歇班的机会,不必再去健身房。整洁的大厅里陆续迎来了许多人,其中也包括以前"团契"里的那些"兄弟姐妹"。李琴姐妹和大胖子他们还专门过来和王亚丽打了个招呼,但却谁也没提岳晓芬姐妹。这想必是看出她心思重,不想给她火上浇油吧,王亚丽这样理解。而等人们坐定,小老头儿走上讲台,便开始了这个星期的讲经。这也是王亚丽第一次在自己打扫的大厅里参加这种仪式——但很可惜,尽管小老头儿的那张好嘴说得绘声绘色,尽管她早上刚吃过饭,肚子并不饿,然而她却仍然一个字儿也没听进去。她只是孤零零地坐在长椅的最后一排,像火柴燃烧木杆儿一样,被自己的念头侵蚀着。

她在想的是:当初岳晓芬姐妹坐在这里,究竟怀着什么心境?岳晓芬姐妹会像她自己所宣称的那样喜悦和幸福吗?还是在喜悦和幸福底下也藏着不为人知的悲戚?抑或像她那种人就无所谓悲喜,只有毫无感情的沉静才会令她感到妥帖?此外,现在的岳晓芬姐妹又在想些什么?拿了人家的钱是觉得烫手还是心安理得?就算不会想到王亚丽,她难道就不会怀念画儿上那个干瘦的外国男人……此时王亚丽也不琢磨岳晓芬姐妹到底是"亲人"还是"骗子"了,相反,她在某种程度上认为自己替代了岳晓芬姐妹。就像小老头儿所说的,"她走了,你来了",于是她和岳晓芬姐妹重叠在了一起,就像一个影子融进了另一个影子。而倘若如此,王亚丽是否也能抛开那些焦虑、忧愁以及绝望——正如曾经的岳晓芬姐妹一样?

这么想时,大厅里就有歌声飘荡了起来。歌声一首接着一首,在高高的天花板附近盘旋。和"团契"不同,这里唱歌不仅有唱诗班领头,而且每唱一首之前都会报个歌名:《心愿》《唱一首天上的歌》《沙仑的玫瑰》……哦,这时王亚丽才知道,原来她听惯了的那首歌就叫《沙仑的玫瑰》。而当初每次专挑这首来唱,是因为岳晓芬姐妹对它格外钟爱吗?王亚丽便也站起身来,放开嗓门,和众人一起唱了起来。她是如此投入,旁若无人,仿佛独自站立在空旷的原野上放声歌唱。事实上,她也像岳晓芬姐妹一样偏爱着这首歌。

一曲终了，余音似乎还在回荡，王亚丽却起身离开了大厅。

她把自己封闭在了这样一种幻觉之中：她像当初的岳晓芬姐妹一样，把那间大厅里的仪式当成了生活中唯一有价值的内容；歌声一起，歌声又落，心便满了，像南方湖水里的月亮一样充盈。于是再没什么能扰乱她的了吧，怀着如此心情的王亚丽走在街上，脚下不紧不慢，脸上无波无澜。她顺着往地铁站的方向行进，穿过麦子店那些新旧交织土洋结合的建筑，往自己住的小区里走去。没一会儿，出租房所在的那个门洞就在前面了。

掏钥匙开门时，王亚丽并未察觉到身后有人。而等那个包抄而上的男人身影裹挟了她，拽着她的胳膊往楼道里扎进去，她才像某种殊死反抗的小动物一样吱吱叫了两声。对于这种情形，王亚丽倒已经颇有经验了，她扭动着挣扎着，同时又往地上蹲了下去。

"我不知道他在哪儿，真不知道——"她还这样喊叫着。

她身后那男人却说："你个傻驴，认清了人再叫唤。"

王亚丽一怔，蹲了一半儿的身体重新直起来，借着门洞外涌入的阳光，扭头打量那人。然而她的确是有点儿认不出他了——当然这也不怪她，因为现在就连那人的亲妈恐怕也认不出他了——那是一张肿胀、残破、伤痕累累的脸，鼻子歪了，下嘴唇好像半根香肠，牙缺了两颗，眉骨上斜开着一条口子。最显眼的印记镶嵌在脑门的正当中，是一道虽不漫长但却相当深邃的伤口，此时还在流着汤儿渗着血；究其成因，大约是以头抢地时磕到了什么尖锐的东西。对着那张脸看了足有半分钟，王亚丽这才叫道：

"'果粒橙'，你怎么也变成马王爷了？"

"果粒橙"却不答话，拉扯着王亚丽进了屋，关门之前还朝外打量了几眼，那副神情好像正在惊魂未定地逃避着什么。幸好出租屋的室友们都不在，不是逛街就是上公园去了，所以他的这副尊容并没再吓着谁，王亚丽也得以从容不迫地替他包扎伤口。她翻箱倒柜找出红药水和棉球，酒精没了就用炒菜的白酒代替，像画画儿一样在那张脸上勾勒着，涂抹着。同时她还奇怪这人的脑子是不是也被打傻了，怎么连疼都不知道了？他就那么仰着花瓜似的脑袋，面无表情地呆坐着，哪怕药水渗进眼角也不动弹一下。

当一切收拾停当，王亚丽便也摊开两手，呆若木鸡地面对着"果粒橙"。他们都沉默着，屋里却不安宁，这是因为窗外街边有家美容院正在组织员工做操，伴随着神曲《野狼disco》，一群大姑娘小伙子对着过往车辆大喊："我是最棒的！"那声响将两人的沉默衬托得越发漫长，而一时间，王亚丽却仿佛仍然无法确定坐在自己对面铁架子床下铺的那人就是"果粒橙"。她从未见过一个如此寡言少语的"果粒橙"。

也就是这时，"果粒橙"突然搂住了王亚丽。他还用胳膊紧紧箍住她的腰，同时把一张五彩斑斓的脸深深地埋进了她的肚皮。他进而开始哆嗦，一边哆嗦一边说："亲人哪。"

此时，王亚丽似乎也是应该反抱住"果粒橙"的。如他所言，他们是"亲人"嘛。但她犹豫了片刻，却只是拍了拍他的肩膀，轻声道："有事儿说事儿。"

"果粒橙"便把脸从王亚丽的肚皮上拔了出来："我算砸了锅了。"

紧跟着这个结论，"果粒橙"终于恢复了一部分语言能力，将他这些日子的经历讲了一遍。此番陈述不仅断断续续，而且颠三倒四，王亚丽费了好大力气才听明白。这也使她不得不感慨：在很多情况下，真话可比假话难懂多了。当然这也不稀奇，人说真话都是无心的或者被迫的，而在说假话之前却往往早就打好了腹稿，操练纯熟了——就像"果粒橙"曾经告诉过她的那些，比如中介公司的人为什么要追查他的下落，比如他为什么要把那笔钱放在王亚丽这儿又劝她转存别处……原来统统都是编的，编的却比真的还真。

王亚丽还感慨：原来假话有时也是从真话变过来的，只不过在某个地方出了差错，从此就像铁轨分岔，火车也会开向截然不同的方向。再把"果粒橙"对她说过的话往前追溯，他想开一家门店的理想，以及为了理想而实行的自虐式的财务计划其实都是真的，可再说到他放在她这儿的那笔钱的来路，却成了真假参半：其中有一部分自然是他攒的、挣的，但还有另一部分，而且是比例相当大的一部分，来自他挪用的客户佣金。

无论租房还是买房，在交易款项之外都会附加一笔"服务费"，这钱常常由出款方支付给中介公司，再由公司分出一定额度——通常并不很多——奖励给经办的业务员。这就是房屋租售的利益链条，也是中介这门生意的行规。而"果粒橙"就是在这个流程里做了手脚。他号称能给打折，忽悠客户把佣金直接打进了自己的账户，然后又私下带着客户完成了交易，对公司则只说人家变卦了，买卖黄了。两头儿一骗，现金入袋，这种套路的行话又叫"飞单"，据说同事中胆儿大的人都在"飞"。只不过"果粒橙"深感理想不等人，"飞"得更高，以至于账目里的数字就像狂风一样舞蹈。但也正因如此，一来二去露了马脚，引起了公司的怀疑。而他也一不做二不休，在公司发难之前先把户头里的现金都取了出来，分两次藏在了王亚丽这儿。之所以分两次，则是因为心思里又有个弯弯绕：他开始也没那么信得过王亚丽，还担心王亚丽拿到钱后会给他来个"卷包会"，所以哪怕情急之下，也只敢给她一半。后来见王亚丽不仅尽忠职守，而且为了不辜负他宁可出去蹭饭，这才心里一热，对她倾囊而出。也就是说，虽然"亲人""亲人"地叫得欢，但也是直到把第二笔五万多块钱全都交给王亚丽时，"果粒橙"才算彻头彻尾地把她当成了"亲人"。

听到这里，王亚丽问："那他们满世界找你，就是因为这事儿？"

"果粒橙"点了点头："也是为了杀一儆百。我要跑了，公司的面子上不好看。"

王亚丽问："脸弄成这样，也是他们打的？"

"果粒橙"又点了点头，评价道："一个金链子，一个大光头，手艺还行……折腾了我半宿，也就落下点儿皮外伤。这帮人现在也懂法了，下手有分寸。"

王亚丽问："你不是一直藏得挺严实吗，怎么让人逮着了？"

"果粒橙"说："本来躲在一个开大卡车的初中同学那儿，他们货运站在通州，租的潮白河边一个村里的平房。可前阵儿不是清理外来人口吗，村里也往外轰人，他就想搬到回龙观去，还让我帮忙找地方住。我想着过了那么久，公司那帮孙子也该放松警惕了，就回去晃了一圈儿……结果好死不死，昨天刚一露面就让人给按了。"

王亚丽问："那你又是怎么逃出来的？"

"果粒橙"说："没逃，店长把我给放了，不过扣下了我的证件和手机。店长还说，只要我把'飞单'的钱还上，此外再交点儿罚款，这事儿就算了——毕竟家丑外扬的话，公司的面子上同样不好看。但店长又说了，要是不交钱，就只能找警察了。"

王亚丽问："找警察……会把你怎么样？"

"果粒橙"的眼光躲向别处，声音也低了："按他们的说法，职务侵占，起码三年。"

俩人再次陷入沉默。这时窗外街边那家美容院的员工仍在做操，不过伴舞音乐就变成了《沙漠骆驼》，他们对着过往行人呼喊的口号也变成了"你是最棒的"。忽而风动，树叶作响，还有一只白色的塑料袋正在向着对面的楼顶雄心勃勃地攀升。

又过了半晌，王亚丽才问："你一共'飞'了多少钱？"

"一笔卖房的佣金，还有几笔租房的中介费……大概七万多吧。""果粒橙"舔了舔嘴唇回答，"本来还说要罚我五万，我说实在没这么多，打死我也没有，店长就给减到了三万。加在一块儿，总共要给他们十万出头，期限是三天以后……"

这事儿居然还能讨价还价，王亚丽脸上差点儿滑出一丝冷笑。而伴随着那道简单的加减法应用题，"果粒橙"不禁低垂下了乌青的眼睑，咂巴着浮肿的嘴巴，又轻轻摇了摇那颗斑斓的脑袋。他也许还在哀叹着理想的破灭吧——在他看来，老板和老板娘，五位六位七位数的收入，在北京买套房子，这些光明而美好的前景都像肥皂泡一样爆裂开来，转眼就连一点儿汁水也没留下。而一边痛惜扼腕，"果粒橙"还一边瞥了眼王亚丽，神色之中似乎有点儿诧异。也许他仍然把他那破灭的理想当成"他们的"理想，因此认为王亚丽也应该陪着自己感伤一番。这么想着，王亚丽便真的从鼻腔里哼了一声，让刚才那丝未完成的冷笑飘进了空气。对于未来，她所能做出的展望可比"果粒橙"要惨烈得多，但很奇怪，她在此时却只想发出一声冷笑，也不知是在笑自己还是在笑"果粒橙"。

在王亚丽的冷笑之下，"果粒橙"的身板儿又矮了一截，头颅几乎扎到了膝盖中间。

王亚丽则转身往外走去，甩下一句："昨儿到现在没吃饭呢吧？"

说着她就进了厨房，刷锅烧水下面条。面还是好些天以前从早市上买的，扔在橱柜上一直没碰，此时已被风干成了一兜排叉。和面搁在一起的西红柿则早就干瘪发霉。王亚丽把干面条下锅，煮成了一碗几乎不能成形的糊状物，临了又磕了几个鸡蛋，端回去递给"果粒橙"。"果粒橙"埋头就吃，稀里呼噜作响，响了片刻才又抬头：

"一会儿先把钱取了？"

王亚丽说："你等着。"

说完她先到卫生间洗了把脸，还揩了点儿室友的搽脸油给自己抹了，又拿梳子仔细拢了拢头发，这才出门。走到街上，迎面就看见了那些热火朝天的美容院员工，他们已经不再跟着音乐做操，而是开始举着横幅跑步，横幅上又写着一行字："要做就做最棒的！"王亚丽便驻足观望，仿佛对这句宣誓深表认同。也是过了很久以后，她才感到惊讶：人处在疯狂的临界点上，怎么还能表现得如此慢条斯理、从容不迫？这简直让她怀疑自己在那一刻其实并不打算发疯，而是预谋着把"果粒橙"扔在屋里一走了之。

但她走得了吗？有地儿去吗？她可不是"果粒橙"，在北京还能找着什么开大卡车的初中同学；她也不是岳晓芬姐妹，一旦消失就没人知道她的下落。再说"果粒橙"不是她的"亲人"吗？事到如今她不也只有这么一个"亲人"了吗？但也很遗憾，这个"亲人"恰恰因为她的一个决定而眼瞅着就要坐牢了。十万多，全没影儿了。她无法想象"果粒橙"知道实情之后的反应，也无法想象应该怎样把实情告诉他。既然如此，她也只有发疯了。犹如做出了一个令人释然的决定，王亚丽的脑子里叮的一响，仿佛什么弹拨乐器的银弦应声而断。接着，她还迈开双腿，跟在那支呼号不休的队伍后面跑了起来。

王亚丽的耳边呼呼生风，膝盖随着双脚的起落又在隐隐作痛。她奔跑着，从麦子店南里穿到麦子店中里，又拐了个弯来到麦子店东里。在视觉印象上，她相当于从一片灰色矮楼出发，经过一片褐色高楼，最后钻进了一片暗红色矮楼。路上不时有人看向他们这支队伍，队伍里的其他人也纷纷回头，像看一个怪人似的看着王亚丽。但王亚丽却满不在乎，她仿佛有生以来第一次因为受人瞩目而备感自豪。在某一个街角，她突然加快速度一跃而上，不仅从队尾超越到了队伍前方，并且把身后的追随者们越甩越远。王亚丽的身姿矫健，背影瘦削，步履充满弹性，假如麦子店是一首乐曲，那么在这一刻，她就是乐曲里最有力度的一个音符。她的奏响几乎令人目瞪口呆，人们看着她拐向了那些暗红色矮楼中的一栋。

王亚丽钻进门洞，弹跳着跑上楼梯，气喘吁吁地站在那扇白板一块的木门跟前。楼道里回荡着一个老年烟酒嗓的声线，沧桑、遒劲、气势磅礴。这是多么熟悉的场景啊，只可惜那声音所讲述的内容提醒着她，此地早已物是人非——《三国演义》说完了，现在换成了《三侠五义》。然而王亚丽根本顾不了那么多了，她抬起脚来在门上狠命踹着，踹得楼道里充满了擂鼓一般的回声；她还用手挠门，用头撞门，仿佛那门本身就和她有着天大的冤仇。她也知道她的举动毫无用处，但她就是迫不及待、忍无可忍地想要宣泄，想要表现得忘乎所以，想要让自己的力气有地方可去。她已经发疯了嘛。

"出来，出来！没死就出来！"作为一个发疯的人，王亚丽当然还要大喊大叫。

而门真就开了。紧接着，门里的人和门外的人都被吓了一跳。王亚丽看见一个神情呆滞的小黄毛，穿了一身嘻哈风格的灯笼裤和肥大的帽衫；小黄毛则看见一个涕泗横流的王亚丽，不仅脸上和嘴角旁，就连脑门上和脖子里都流淌着黏糊糊的液体。

对视许久，小黄毛才先开口："你找谁？"

"反正不找你。"王亚丽安静下来，低了低头又问，"现在你住这儿？"

"我刚搬过来。"小黄毛说。

王亚丽便应了一声"哦"，也不解释，转身下楼。她似乎有些清醒了，也觉得发疯发够了。而接下来，却轮到小黄毛陷入了狂怒，他号叫了两嗓子，回身冲进屋里，抄了一根擀面杖追出来。王亚丽一回头，恰好看见他昂然挺立在楼梯上方，高高举起了那根棍棒，姿态有如自由女神擎着她的火炬。小黄毛还对王亚丽吼道：

"你是一楼那老丫的派来的吧？告诉他，我不怕他！不就是放评书吗，不就是让人砸门吗，还有什么本事尽管使，反正要想让我搬家就得退租金——惹急了我还跟他拼了！"

听完小黄毛的控诉，王亚丽咯咯一笑，像只燕子飞下了楼梯。此刻，她觉得有趣极了，甚至还为找不到人分享她的趣味而感到遗憾。而刚走到距离地面只有几级台阶的地方，她却发现一楼右手边的那道木门也打开了，门缝里闪出一张剃着花白板寸、长着酒糟鼻子的老脸，下面鼓着半个漏了气的轮胎形状的白肚皮。面对着一楼住户那灼灼闪亮的目光，王亚丽便又咯咯一笑。她还看到一楼住户朝楼上指了指，对自己做了个既得意又自嘲的鬼脸。在那一瞬间，他们倒像成了同伙，仿佛刚刚串通着完成了一个机智而又无伤大雅的恶作剧。

"姑娘……"一楼住户进而对她开了口。

王亚丽却没理他，掏出手机看了一眼，随即转过身去。

"上次跟你说的那事儿……"一楼住户继续道。

王亚丽抬手往后一撩，如同截断了一缕不绝于耳的气流。

一楼住户便很有眼力见儿地闭上了嘴，却仍把目光从下往上投向她的背面，在她的脖颈、腰背和屁股上游走着，扫描着。但也无所谓了，看就看吧。别说是看了，他就是一把抓上来，王亚丽恐怕也不会顾及——在老流氓鉴赏的目光下，在涛声依旧的单田芳的评书里，在手机屏幕耀眼夺目的闪烁中，她死死地盯着来电显示的那个人名，仿佛不认识"岳晓芬"这三个字了似的。她瞪得眼珠子发疼，喉咙也随之抽搐起来，又仿佛整个人间都被清空，只留下她握着手机，准备接收来自另一个世界的声音。直过了好一会儿，王亚丽这才伸出颤颤巍巍的手指，按下了通话键。

岳晓芬姐妹的声音传了出来。

岳晓芬姐妹唤了她一声："王亚丽姐妹。"

16

麦子店的夜晚是火热的。

预制板楼体和单层玻璃窗形同虚设，车声人声、烟味油味破墙而入，充满了这间十平方米不到的一楼小北屋。王亚丽就坐在桌前，面朝北窗。她侧耳听着背后以及窗外的动静。不知何时起，从脚下传来的间歇性震颤消失了，就像半死不活的火山终于熄灭，这说明那条贯穿城市东西的地铁已经停止了运营；而身后的水管鸣叫以及桌椅碰撞、柜门开关的声响却越发紧促，这是否又意味着交易的另一方已经急不可耐，交易本身也箭在弦上了？这让王亚丽寒毛倒竖，同时却又产生了某种莫名的兴奋。是死是活，就看这一把了。

她横了横心，突然起身，来到房门口，溜着半掩的门缝往充当客厅的过道里扫了两眼。过道没人，交易的对象一定去了这套老旧两居室的另一间卧室，为交易的内容进行着最后的预备项目。他是要往胳肢窝底下喷点儿清新剂，还是要口服一颗小药丸？王亚丽喉头一紧，赶紧压抑住了呕吐的冲动。王亚丽还明白，在这个她看不见对方、对方也看不见她的节骨眼儿上，也正是她本人开展行动的绝佳契机。于是她快步走回桌前，将对面那扇小北窗底下的插销轻轻拔了出来，又将窗户推开条缝儿，而后一把扯上了窗帘。

这时她才发现，那窗帘还是深蓝色的，上面印了许多暗红的花朵，仔细一看原来是玫瑰。窗帘横悬在昏暗的屋里，被窗外明灭不休的灯光钻破了几个小洞，便又很像是闪烁着繁星的天幕了。星光闪耀的夜空里飘满了玫瑰。但也恰因多了这道屏障，麦子店的喧闹之声仿佛就被隔绝了一大部分，这间小北屋忽然静谧了下来。并且光线一变，就连侧面书架上那个大头娃娃存钱罐的脸也摆脱了暗影，褪去了一脸惶然，重新变得甜美丰润了。

王亚丽心里一颤，坐回桌前。她像抓紧时间似的，又让自己陷入了回忆。

关于岳晓芬姐妹最后的记忆，也和一个晴朗透彻的夜晚有关。那天，风把天空洗刷得如同琉璃，到了晚上还向人们展露着无穷高远的内里。但王亚丽头上顶着星斗，心里却是透不出一点儿光亮来的。她已经在一家医院大楼外的长凳上枯坐了几个小时。

当天中午，岳晓芬姐妹一个电话把她叫到那家医院，只说自己要做手术，此后就没了音信，再打电话也打不通了。按照电话里所说的地址，王亚丽总算找到了"心脏中心"的门牌，而后逢人就打听。白大褂们忙忙碌碌，也没人理她，过了很久才有一个值班医生告诉她，确有一位名叫岳晓芬的病人在此手术，不过手术后的排异反应很严重，发生了严重的心率失调，还伴有心脏停搏，目前已经转入ICU进行监护。

这串医学术语让王亚丽如坠云雾，她不禁问："那是什么地方？"

"重症监护室,随时准备抢救。"医生白了她一眼,接着又甩了一句话,就不是例行公事的介绍,而是明显带着情绪了,"现在才知道着急,早干吗去了?"

平白挨了一通数落,王亚丽只好再去重症监护室,路上边走边打战。这家医院要比她曾经住过的那家原工厂附属医院大得多,光是门诊、病房和手术室就分成了好几幢大楼,来往在大楼之间的人们也大都带着火急火燎或者忧心忡忡的神色。别人的表情传染了王亚丽,当她穿过一条长长的、人满为患的走廊,终于站在重症监护室门口的时候,几乎就连"岳晓芬"这三个字都报不出来了,嗫嚅了半天才把话说明白。

接待她的护士口气更冲:"你们这些家属怎么回事,这么大个手术也不来个人?我明告诉你说,看见这屋里没有?她进得去却有可能出不来。万一真有什么三长两短,你们就后悔去吧——对了,你是岳晓芬什么人?有紧急情况能签字吗?"

王亚丽这才说:"什么人也不是,我也签不了字。"

护士就一愣:"那你来干吗?"

王亚丽说:"她叫我来的……我们认识。"

护士重新打量王亚丽一眼,叹了口气,紧接着眼圈儿却红了:"她刚二十二。"

然后就让王亚丽留了个电话,还叮嘱她别走远,随时等消息。王亚丽两腿灌铅,挪到楼外,本打算穿过花坛去小卖部买瓶水喝,但才走了一半就突然坐下,化作了一尊雕像。此后的一个下午,她几乎一动不动,脑子都是空的,只觉得耳边嗡嗡鸣叫,也不知道是不是风在响。坐得再久些,她还觉得天边的云起云落、脚下的草木生长都有了动静,所有声音一齐入耳,但却不复吵闹,而是代表着万事万物在她心里清晰地映现。

仿佛直到这时,王亚丽才意识到岳晓芬姐妹可能会死。不知从何时开始,手边的电话每隔一会儿就会急迫地响上一轮,但她却都没接,这是因为她瞥见屏幕上跳出来的是"果粒橙"的号码。也该轮到他着会儿急了,让手机里的那个电子娘们儿去应付他吧,王亚丽甚至有些快意地想。但与此同时,她又觉得脚下发空,仿佛自己也在追随着岳晓芬姐妹,往一个深不见底的黑暗地方坠下去,坠下去。

把她从幻觉里拉出来的，也是一个电话。那是护士站打来的，只叫唤了一嗓子"赶紧过来"，就啪地摔上了听筒。王亚丽仍旧两腿灌铅，慢慢地向大楼内部挪过去。

这时天已黑了许久。当她走到那条人满为患的走廊入口，差点儿又被一阵惊天动地的哀号吓得瘫坐在地上——幸亏脑子还没糊涂到家，她意识到这哭的并不是岳晓芬姐妹。岳晓芬姐妹就是死了，想必也是没人哭她的。果不其然，还是那个护士迎了上来，递给王亚丽一副鞋套、发套和口罩，只说了一句"醒了"，就引着她往一扇门里走去。

王亚丽还在迟疑，护士又催："她非要见你，我们只好破例。"

跟在护士身后，王亚丽又穿过一条更加阴暗的走廊，随即豁然开朗。一个明晃晃的大厅里，依次排开了几十张病床。几乎每张床上都躺着个人，但大都一动不动，由各式各样的机器代替他们呼吸、循环以及发出嘀嘀作响的生命指征。护士又在王亚丽身旁指了指，她就经过那些静默的人形躯壳，朝着最靠里头的一张床走去。在那儿，岳晓芬姐妹的身体也连接着这样那样的仪器和管子，只从惨白的被单底下露出一张惨白的脸。

而当王亚丽越发接近，便发现岳晓芬姐妹的一双眼睛也不再黑亮，并且眼神在她的目光里稍作停留，立刻就飘散开来，躲避到远在天边近在眼前的不知什么地方去了。这便让王亚丽又回忆起了她们的第一次见面，只不过当初是岳晓芬姐妹盯着她看，现在是她盯着岳晓芬姐妹看了。王亚丽也不言语，执着而执拗地拿眼睛锁住了对方。她认为自己的眼神应该是热的，但却热不起来；她又认为自己的眼神应该是冷的，但也冷不下去。她能做的仅仅是看，盯着岳晓芬姐妹仔细地、郑重地看。

岳晓芬姐妹的嘴唇便动了一动，王亚丽竟没听清。她站在床边，回头望了一眼护士，得到默许之后才俯下身子，把脸凑到床头。

随即，她听到了这么一句话："我对不起主。"

直到这时，对方心心念念的，还是画儿上的那个干瘦的外国男人。这让王亚丽心里一空，怨念也滋生了出来。她的眼神便冷了："别扯人家，说咱俩的事儿。"

岳晓芬姐妹接着说："我也对不起你。"

这话却更让王亚丽心里一凉，她又想到了那笔钱。而岳晓芬姐妹却是从头说起的口气,先讲到了自己的病——其实早有症状,从小就时常喘不上气,还会两眼一黑晕倒在地,但家人也没多想,只说她身子弱,或许还是贫血。直到来北京上了几年大学,老师看她实在情形不对,建议去做个检查,这才查出了一种相当罕见的先天性心脏病。医生说要立刻做手术,否则会有生命危险——事实上,在从国外引进此类手术的技术之前,像她这种病人的寿命常常不超过三十岁。然而得到诊断后,岳晓芬姐妹却一声不吭地走了,此后也没告诉任何人。原因很简单,没钱。一台手术做下来得花十几万,用的还是进口器材,不在报销范围之内,这笔费用就不是孤儿寡母的家庭所能承受得起的了。为了给女儿上大学筹钱,她妈都已经把太湖边上的小吃店抵给村里人了。

打那以后,岳晓芬姐妹就把自己当成了一个随时会死的人。最初还存了一点儿希望,想着工作以后或许能挣出钱来,把手术做了。然而得了这病反而影响找工作,待遇好的单位都进不去;工资高的地方无一例外需要加班熬夜,一个病人的身体也扛不下来。渐渐地,这个念头也就绝了。她勉强拿了毕业证离开学校,刚开始还找了个会计的工作干着,后来连这也感到吃力,就去了花店站柜台。

也正是在这期间,她遇见了画儿里那个干瘦的外国男人。

岳晓芬姐妹对王亚丽说:"我也是在街上碰到有人发小册子,去过一次就信上了。刚开始是'团契',后来又入了教会,越信越深,完全离不开了。听说教会要装修,人就跟丢了魂儿似的,宁可掏出仅剩的一点儿钱去租房再办个'团契'……那股劲头,简直让我自己都害怕。而现在想想,之所以变成那样,恰恰是因为我知道自己快死了吧。信上一样东西就是有这点儿好处,死呀活呀,好像都成了无所谓的事儿,反正到了天上还会有人等我。小时候老看书上写着'视死如归',以为那都是英雄事迹,这时却觉得其实也没那么难……不过说到底,我还是想错了,错在没料到人也会变。人在什么时候不怕死?必死无疑的时候不怕死。人在什么时候最怕死?看见条活路的时候最怕死。"

上面这段话,也可以解释岳晓芬姐妹此后的行为了。王亚丽刚来"团契"时,不仅岳晓芬姐妹,就连其他人也看出她就是为了蹭口吃的。王亚丽那狼吞虎咽的吃相暴露了她的动机。当然这也没什么,吃就吃吧,乐善好施是美德，也是主所赞许的。及至后来，王亚丽一身伤病地上门投靠，岳晓芬姐妹还对她生出了几分同病相怜的情愫。但随着两人交往越发深入，岳晓芬姐妹的心思就变了——王亚丽存在她账上的那笔钱，让她看见了一条活路。只朝那条路上望了一眼，视死如归的岳晓芬姐妹就开始怕死，怕得要命。

也就无须赘言岳晓芬姐妹经历了怎样一番激烈的、百转千回的思想斗争了，总之她带走了那笔钱。她退了房子，来到医院，挂号，住院，预约手术，交费。十万，再加上手头的零碎，还有个医生帮着申请了一个减免部分费用的项目，竟也够了。说到这里，岳晓芬姐妹才终于看向了王亚丽，但仍像聚不拢焦似的，黑眼球里氤氲着黛色的烟雾。她是正在等着迎接王亚丽的怒火吗？也许她认为，无论受到王亚丽怎样的对待都是应得的——或者说是值得的？反正手术已经做了，就算把岳晓芬姐妹的胸膛扒开，把她那颗修补过的心脏掏出来，也没法儿找医院退回那十万了。王亚丽血淋淋地想着。

这时在王亚丽眼里，岳晓芬姐妹突然有了无赖的味道。她在此前对王亚丽的那些好，也都相当于放长线钓大鱼了。哼，还说是什么"主的旨意"。想到这里，王亚丽便冷笑了一声。她现在真是越来越爱冷笑了。而岳晓芬姐妹的脸上竟红了一红，随即又归于惨白。

接着，王亚丽问："钱你都拿了，还把我叫过来干吗？"

岳晓芬姐妹又将眼神挪开，似乎这才感到了羞愧："不说了。"

王亚丽道："来都来了，还是说吧，藏着掖着也难受。"

岳晓芬姐妹复又将眼神移了回来，迎着王亚丽："我之所以叫你来，还是因为我害怕。到现在，我都不知道自己将会是死是活……医生说这手术就是赌博，不光在手术台上有可能醒不过来，刚做完手术的这几天也随时会出意外，心脏一旦停跳，也就是那么半分钟的事儿……他们还问我怎么一个人来了，就没人陪着了吗？我明白这话的意思，其实是让我提前跟亲人道个别，能见的再见一面。可我真不知道该见谁了。想见我妈，可我不能见，别说做手术了，得病的事儿当初就没告诉她；也想见我爸，可都忘了他长什么样了，见了等于白见。数来数去，我也就剩下想见见你了……好歹咱们当过几天亲人，对吧？"

王亚丽又冷笑:"谁把你当亲人了?"

岳晓芬姐妹的眼神越发黯淡,却像不甘心似的,探了探插着红的白的塑料管的胳膊,用手抓起床边的手机,朝着王亚丽晃了晃。她又说:"是你在微信里的话,也许我想多了吧。但你的确说过,亲人也得明算账……所以我还准备了这个——"

说着,她又将手机翻转过来,拿手去抠手机壳。这个动作对于现在的岳晓芬姐妹却很困难,因此王亚丽不得不伸手帮了她一把。接过岳晓芬姐妹的手机,就看见手机壳的背面也印着那个干瘦的外国男人,目光慈祥,脑后拢着个光圈。再将手机壳取下来,取出了折叠着压在里面的一张纸,展开一看,居然是张欠条,写着欠款十万,债权人王亚丽。总之是亲人也得明算账。还得上还不上另说,但岳晓芬姐妹认账。

看着这张字条,王亚丽又想冷笑一声,但却发现脸硬得像木板,再笑已经笑不出来。她又低头看着岳晓芬姐妹,只觉得对方的眼睛重新有了亮度,闪起了光。

岳晓芬姐妹说:"我要能撑过去,以后上班挣了钱还你。"

岳晓芬姐妹又说:"你要还不满意,我就去自首,出来以后也会挣钱还你。"

岳晓芬姐妹还说:"王亚丽姐妹,我后悔了,我只希望你能原谅我。"

王亚丽却站起了身,走向病房门外。在走之前,她很想给岳晓芬姐妹留下一句话,于是就那么站着,思虑了很久才说:"我也不是什么好人,让你的主去原谅你吧。"

回忆就是在这里中断的。王亚丽记得,她和岳晓芬姐妹之间的对话不止于此,她们分明还说了些什么,却一时想不起来了。现在,王亚丽仍然坐在一楼小北屋的窗前,等待着她所策划的那场交易。窗外的嘈杂之声渐渐散去,麦子店那火热的夜晚似乎冷却了下来。在关键时刻即将到来之际,一切条件正在变得对她有利。终于,仿佛序幕拉开,一双塑料拖鞋噼里啪啦地从她背后接近了。也正是这声响打断了王亚丽的回忆。

她蓦然扭头,看见了一张剃着花白板寸、长着酒糟鼻子的老脸。一楼住户站在小北屋的门口,像个老干部一样背着手,但仍然穿着大背心和大裤衩,背心撩起来半截,搭在形状很像漏了气的轮胎的白肚皮上——收拾了半天，也没见他变副模样嘛。

王亚丽便挤出一个笑来，同时尽量让自己显得傻一点儿，贱一点儿。这天早些时候，当一楼的那扇木门被她敲开，王亚丽也是这么笑的。面对门里那张老脸，她本来还想拿出一副健身房的女顾客们常用的媚态，以使自己的表情和她身上的吊带背心、丝袜短裙相配——但再想起描眉画眼时浮现在镜子里的那张脸，以及体教班的男同学、她的亲人"果粒橙"对那张脸所做出的各种评价，王亚丽就打消了这个念头。还是老实一点儿好，别再吓着老家伙，尽管她是应他之邀上门洽谈交易的。如果不是不合常理，她甚至有心直接把后背亮给对方算了——她也清楚那才是她的优势所在。

"姑娘，干吗呀？"当时，一楼住户略显诧异，上下扫了一眼。

可见不仅王亚丽本人，就连对方也对她的这身新装扮很不适应。但这不正说明了她的诚意吗？而她也只能既傻又贱地笑着，开门见山："不是你说让我来的吗？"

"哟，我是没想到你真会来……"一楼住户恍惚了一下，立刻露出了和蔼的笑，手忙脚乱地给她让着道，"别在外面站着呀，有话屋里说。"

"还是外面说吧。"王亚丽反而把脸一冷，"你不是还说给我钱吗？"

"对对——也不能白麻烦你是不是？"

"这得先说好了——多少？"

"要不你说？"

"三千？"

"行。"

三言两语，交易就谈成了。对于她咬牙切齿地开出的报价，人家竟然二话没说，一进门就给"点了T"。上了年纪的人不习惯手机转账，所以是从五斗橱的抽屉里取出一摞半新不旧的票子，交给了她。直到这时，王亚丽也才第一次看清了一楼这套老旧两居室里的摆设：也和二楼差不多，甚至比二楼更加杂乱，家具上布满灰尘，餐桌上摆放着也不知几天没洗的盘子碗筷，溅在桌面上的油渍都结壳儿了。唯一与环境不相称的，就是摆放在客厅里的一套音响了，那玩意儿足足占了半面墙，低音炮几乎有半人多高。如果不是这么一套威风凛凛的装备，恐怕也发不出那震耳欲聋的噪音吧，而这也很符合一个北京老炮儿的特征——别处都能凑合，在爱好上却绝不能将就,哪怕听的不是交响乐而是单田芳呢。

可当王亚丽煞有介事地数着钱时,她却又为自己的漫天要价而稍微脸红了——来之前,她专门在手机上查询过类似交易的价钱,最后决定先这么报着,对方嫌贵的话也有个砍价的空间。当然,砍不砍价又在其次,关键还是得显得专业。另外,从付钱的痛快劲儿也能大致推测一楼住户的殷实程度——到底是两套房子的人哪。那么这个晚上一定不会白来,王亚丽暗暗鼓励自己。

"你等会儿,我收拾收拾去。"一楼住户对王亚丽说。

王亚丽便坐在客厅的椅子上。

一楼住户却又指了指那间小北屋:"要不你先进屋?"

王亚丽便起身走进了屋里,在桌前坐下。

一楼住户居然在她背后赞了一声:"对喽。"

他仿佛是对王亚丽的举动相当满意,然后却又转身不见了。他在准备,而她也需要准备。于是王亚丽就这么面朝北窗,一边等待,一边回忆,一边盘算,一边还拿出手机按了一阵。到目前为止,她的表现还行吧?当双方准备停当,一楼住户终于走进了这间小北屋,王亚丽居然还有心思自我欣赏:的确还行,想不到她还有点儿表演天赋。最起码那老家伙没有生疑,他正背着个手,眯眼打量着王亚丽的背面,从脖子到肩膀,从腰到屁股。他那双皱巴巴的眼睛里除了期盼,还藏着几分感慨。妈呀,他得多长时间没见过女的了?

王亚丽站了起来,咽了口唾沫,尽量坦然地和一楼住户对视。俩人之间是心照不宣的吧,就像所有类似交易的参与者一样。然后,她还扫了一眼那幅深蓝色的、画满了玫瑰的窗帘。拔出插销的窗户略有些漏风,吹得那扇窗帘微微鼓动,又像是开满了花的海面了。

一楼住户却从背后拿出样东西,往屋里那张单人床上一摞:"先换上。"

这就让王亚丽始料未及了。但她又相当专业地说:"您还玩制服呢?这可得加钱。"

再往床上看一眼,却是一身鲜红色的运动服,袖子上和腿侧带着两条白道子那种。记得过去上幼儿体教班时,学校发的训练服也是这种样式,男蓝女红，只不过眼前这套质量看着更好些，估计是南锣鼓巷那种地方卖的复古"国潮"。这种口味倒真奇怪。

王亚丽随即又听到一楼住户说："姑娘，三千不少了。"

对方的口气竟有些不好意思似的。但又一晃眼，王亚丽就彻底愣了：一楼住户又从背后掏出了一台黑乎乎的"微单"相机，挂在脖子上，对着她调试起了镜头。这就不仅奇怪，而且诡异了。王亚丽突然紧张起来，梗着嗓子问："你要干吗？"

"不干吗。"一楼住户说，"就想给你照个相。"

"你到底要干吗？"王亚丽又问，声音也随之放大，几乎是破口喊了出来。她的确有点儿害怕了，隐隐积蓄了一晚上的不安突然爆裂，形成了一股直贯头顶的冲击波。这几乎让她在一瞬间失去了控制，整个晚上的表演也随之白费。在此之前，她设想过各种各样的情形，其中包括对方会直接按倒她、企图强奸她，甚至还有遭到反抗时凶恶地殴打她，但却从未料到一楼住户居然会提出这种要求：让她换衣服还要给她拍照。她的脑子里闪过了在网上、电影里看过的变态案例，而伴随着那些变态作案者出现的，似乎都有一台照相机。越想越瘆人，越想越恐怖，王亚丽便再次往身后的窗帘看了一眼。她还看向了侧面书架上的大头娃娃存钱罐，想着如果情急之下，这玩意儿能否帮她抵挡一阵。

看到王亚丽的神色，一楼住户不由得放下相机："你别怕呀。"

能不怕吗？王亚丽心里反问。她的下一句话却说得很像是个这种交易中的专业人士了，甚至颇有职业操守："要睡就睡，拍照可不行。"

一楼住户却仿佛吃了一惊，此外还有一丝委屈："姑娘，你把我当什么人了？"

"你说你是什么人？"

"你觉得我是想——"

"否则你还想干吗？老流氓，变态狂。"

面对着这个凛然的、警惕的王亚丽，一楼住户呆若木鸡。他愣了一会儿，间或眨巴两下眼睛，面部肌肉又扭曲了一阵，表情说不清是想哭还是想笑。又过了会儿，王亚丽才从对方的脸上辨认出了尴尬的神色，而那强烈的尴尬也让她同样尴尬了起来——难不成是会错意了？她忽然想起，在和一楼住户的交往过程中，人家确实只是邀请她"晚上到家里来一趟"，但却没说过来了到底要干吗。可话又说回来，这样的邀约还能是什么内容呢？况且她不也拿了对方的钱吗？更重要的是，一楼住户突然唱了这么一出，那桩一直进展顺利的交易也就滑到了泡汤的边缘，而交易泡汤倒还在其次，更重要的还有交易背后的计划……

王亚丽的脑子就乱了。一边乱着，她又问了一遍："你到底要干吗？"

"不都说了吗，就想拍张照片。而且你不用露脸，背面就行。"

"甭管正面背面，你拍照片又是要干吗？"

"我有用，你甭管了。"

"你不说清楚就别想拍。"

"那我说了你就让我拍？"

说完这话，一楼住户便猛地喘了口气，前行两步，走到王亚丽侧面的书架前。当他的手伸进书架又抽出来，王亚丽这才发现在那些菜谱和家庭保健手册之间，还插着一个花里胡哨的小相框。一楼住户把它递给王亚丽，说了声："我闺女。"

王亚丽低头，便看见了一个女孩。相框里夹着不止一张照片，前面一堆小的挡住了后面一张大的。小些的照片都看上去有些年头了，色泽已不那么鲜明，里面呈现的是那女孩十几岁、七八岁乃至五六岁的模样，有的穿着中学校服，有的坐在公园的树下，还有一张是骑着照相馆里的塑料鸭子。将小照片抽开，就露出了底下那张大的，上面的女孩已有二十多岁，正穿了身鲜红的运动服跨在一辆鲜红的"公路赛"自行车上。她生了一张类似于欧美人的棱角分明的脸，脸上挂着桀骜的表情，仿佛天生和谁置着气；而她的身材瘦削、颀长，腰背绷得像一张弓，可见是常年进行高强度运动的成果。

"她是去年走的，要活着的话，跟你岁数差不多……从小就淘，登高爬低的，上中学以前人家经常分不出她是男孩还是女孩。"也不等王亚丽再开口，一楼住户就急迫地解释了起来，蹦几个字儿还会舔舔嘴角，所以反而把话说得断断续续，"我跟她妈早离了，她妈是个能人儿，过去倒过盘条卖过呼机，九几年又移民去了加拿大，留下孩子跟我过。孩子恨她妈，发誓一辈子不见面，后来我倒还跟她妈通个信。一来岁数也都大了,这辈子毕竟做过几年亲人,二来离婚也不是一个人的错儿,我年轻时好喝酒,跟人打架进去过几回。她妈在那边挺孤单的,身体也不行了,就想看看孩子,所以让我每年拍张照片给她寄过去,哪怕有个背面或者侧影也行,她也能知道孩子长多大了。到今年孩子走了,想拍也拍不着了,正好遇见了你。你的背影跟我闺女长得太像了,简直是一个模子里刻出来的……所以就想出了这么个主意,觉着好歹也能对付过去。"

王亚丽问:"你女儿怎么死的?"

一楼住户说:"她不是爱骑车吗,跟着俱乐部进山野营,碰上泥石流了。"

王亚丽又问:"你找我干这事儿,干吗当初不直说?"

一楼住户的眼睛就垂了下去,顺势往单人床上一坐:"以前我也找过别人,成天在公园里跑步的人中间晃悠,看见身量差不多的女孩就往上凑,硬着头皮求人家。我倒是说了,可谁信呀?现在的女孩都太精,动不动就觉得我有别的图谋,还有把我当变态的——你刚才不也这样吗?所以我就决定先不告诉你,把你诓进来给了钱再说。我也看出你挺缺钱的,跟原先租我房子那丫头一样……说起来,那丫头倒是脾气好,她也就是跟我闺女长得不像,个儿太矮,否则我就直接找她帮忙了……她租的那房还是我预备着给闺女结婚用的呢,所以不管后来租给谁,我心里都不痛快,就跟他们占了我闺女的房似的,老想着把人家轰走……这其实是我不对,把人家轰走了我闺女也回不来了呀……可我就是忍不住。"

那声音越来越低沉,越来越缓慢,到后来就成了自顾自地唠叨。而王亚丽打量着这个嘟嘟囔囔的老头儿,只觉得他活了一把年纪,到头来却变成了一个胆小而又孤单的孩子。这忽然让她觉得心酸,但那心酸又和她以前二十多年的心酸都不太一样。她进而又看了看手上的照片,仿佛和那个身穿红色运动服的女孩对视了一眼,随即竟又想起了岳晓芬姐妹。本来是不相干的人,却在这个时间、这个地点有了关系,但具体是什么关系,王亚丽也弄不明白了。只不过,就像灵魂里的一激灵,她突然做出了一个决定。

于是王亚丽转身,从单人床上捡起运动服,对一楼住户说:"出去。"

一楼住户惶然地看了王亚丽一眼,然后乖乖地走出小北屋,还关上了门。

片刻，王亚丽又在屋里说："进来。"

一楼住户推门，就见王亚丽仍旧坐在桌前，面朝北窗，只不过此时已经穿着那身红色的运动服。她还用一根皮筋把头发扎了个辫子，更加清晰地露出了她和照片上的女孩同样瘦削、硬朗的脖颈。谁也不再需要什么准备工作了，一楼住户在王亚丽身后按下了快门。而在那一瞬间，王亚丽又拿余光瞥了瞥刚才随手放在床头的照片，竟发现那上面的人像变了——一会儿变成了她自己，一会儿又变成了岳晓芬姐妹。照片上的女孩、岳晓芬姐妹和王亚丽在错觉之中重合，又在错觉之中分开，从三个人变成了一个，又从一个人分成了三个。现在一个死了，一个只剩了半条命，只有王亚丽是唯一的幸存者。作为幸存者，王亚丽沉浸在一种难以遏制的冲动之中，就是想为人家做点儿什么。而她果然做了。

然后，王亚丽又一次站起身来，把手伸进运动服的裤兜，从里面掏出了刚才放进去的一沓钞票。是那三千块钱的交易费用。她把钱轻轻抖了抖，扔到床上。

一楼住户便怔了一怔，而后上前捡起那钱，重新往她手里塞去："姑娘，别价呀——"

"我不要，说不要就不要。"

"这是你该拿的，要不我心里不踏实。"

"我拿了才不踏实，我也得跟你道个歉……"

俩人嘴上一来一往，手也交缠在一起，像练什么武功似的撕扯了片刻。但正在僵持不下之时，王亚丽却突然撤回了胳膊，任由那钱翻飞着散落了一地。她像是想起了什么，撇下一楼住户又奔回窗前，撩开窗帘，找到窗户底下的插销，费力地试图把它插回去。

但却晚了。这一次，王亚丽的准备工作不够充分。当她刚把窗户缝儿合上，整扇窗户却力大无穷地往外敞开，风也浩荡地灌了进来。从一楼住户的角度，一定还可以看见那幅深蓝色的窗帘也骇人地鼓了起来，但却不是风的效果，而是有一团人形正从窗帘背后跳出。说来可笑，这其实也正是王亚丽策划许久、等待许久的一幕了："果粒橙"踩着窗台跳了进来，满脸新鲜的伤痕在灯光之下闪闪发亮。

"别动，我叫警察啦！"

喊完这一嗓子，"果粒橙"就进到屋里来，站在了书桌上。然而当他居高临下地打量着这间小北屋时，脸上的表情与其说是威风凛凛，倒不如说是一头雾水：王亚丽穿着红色的运动服，老头儿的脖子上挂着一台照相机，俩人脚下的地面上还撒着一地杂乱的钞票。难道他们不应该是光着的，哪怕是衣衫凌乱的吗？难道老头儿不应该正对王亚丽上下其手，或者干脆压在她身上的吗？难道王亚丽不应该是声嘶力竭地大喊"强奸""救命"吗？那才是一场完美的"仙人跳"高潮阶段的场面。为了那个场面，王亚丽还曾经和"果粒橙"一起详细地推演过，甚至彩排过，其中包括她怎样进门，怎样拿捏时间，怎样偷偷留条窗户缝儿，也包括他怎样蹲守，怎样准时准点儿从天而降，怎样威逼对方掏钱"私了"……并且，这个计划还是王亚丽主动提出的。那天她从医院回到出租房，先主动坦白了钱的去向，随后又说了她还有一个弄钱的办法。别说是十万了，再多点儿也许都有戏，她信誓旦旦地保证。

王亚丽还曾经对"果粒橙"说："我算是要为你卖身了。"

"果粒橙"却耿耿于怀地回答："你还把我的钱弄丢了呢。"

王亚丽又引用了一句她妈以前说过的话："卖身也比要饭强。"

"果粒橙"更正她："何止要饭呀，我都快坐牢了。"

可现在呢，戏是演砸了还是压根儿就没开演？不要说"果粒橙"了，就连王亚丽也缺乏对眼下的情形做出解释的能力。但她也是这屋里所有人中唯一能够做出行动的那一个——另外两位就那么一高一低，大眼瞪小眼地互相观摩着，仿佛在辨认对方是不是自己的熟人。

王亚丽往屋子当中横了一步，抬头对"果粒橙"说："算了吧。"

"果粒橙"像没听懂似的问："什么意思？"

"算了吧——我说。"王亚丽重复道，接着又转过身去，面向一楼住户，深深地喘了口气，用最郑重的口吻说，"大爷，对不起。"

然后她就转向床边，拎起那个人造革坤包，又把换下来的衣服揣进包里。她就像个拿错了剧本的演员，准备提前谢幕离场了。只是身上这套临时换上的戏服无法处理，但也只好这样了，改天再送回来吧，假如她还有"改天"的话。眼下的当务之急是让她和"果粒橙"全身而退，对于这一点，王亚丽倒还有几分信心——好歹也算帮了一楼住户一个忙，看在那张照片的面子上，人家应该也能放他们一马吧？

也就是这时，王亚丽看见一个黑影从自己头顶呼啸而过。随着一声闷响和几声怪叫，下一个场面就是"果粒橙"把一楼住户按在了地上。接着又是一番剧烈的、男人之间的搏斗，但也旋即分出了高下——在"果粒橙"的身下，一楼住户就像一只被老鹰擒住的兔子，轻易丧失了反抗的斗志。"果粒橙"耸着肩膀，用两手掐着对方的脖子，那双眼睛也不再是浑浊、执拗、饱含怨气的了，而是露出了狂野而专注的目光。

"钱呢？拿来！"他对一楼住户这么喊道。

"这不是钱吗？"一楼住户连连咳嗽着，拍打着手边地上的散钱。

"不够，我要我的钱，十万！"

王亚丽叫了一声，上前拉扯着"果粒橙"，但她也立刻体会到了一个疯了的男人有多大力气——她只觉得身子一飘，就被甩飞了出去，头磕在床头的尖角上，而后脑袋一蒙，便没了知觉。当她再醒来，也不知是过了多久，又感到一股又湿又黏的汁液顺着脑门流了下来。这次的伤处比马王爷的第三只眼略高，在额角靠上，疼得钻心。而再往身旁瞥了一眼，就看见一楼住户已经换了个位置，从屋里转移到了门口，但仍仰面躺在地上，并且手脚摊开；果粒橙却依然骑在他身上，手里还多了一样东西，是那个大头娃娃存钱罐。他用存钱罐有条不紊地击打着一楼住户的脑袋，伴随着哗啦哗啦的钢镚儿响，那张喜庆的、寓意丰衣足食的娃娃脸也在上下翻飞，脸上沾满了血痕，大概就像王亚丽此时的脸一样。一边进行着持续不断的机械动作，"果粒橙"一边还在发问，口气却多了几分沉稳：

"卡搁哪儿了？存折搁哪儿了？密码是多少？"

一楼住户已经没声儿了，就连横在王亚丽近前的一条腿都不再抽搐。王亚丽的头又蒙了一会儿，也才终于弄清事情发展到了怎样的地步："仙人跳"先是演变成了抢劫，随后又在演变成入室杀人。钱对于"果粒橙"已经不那么重要了，他现在想的，仅仅是干出一件足够疯狂足够残忍的事儿，似乎只有这样才能宣泄他对整个世界的一腔悲愤。王亚丽是在疯狂的边缘上打过转儿的人，她知道疯狂的人的想法。

她也知道怎样才能制止这种疯狂。王亚丽艰难地侧了侧头，在这一楼小北屋的地面上寻觅着。终于,她在单人床下看见了一样东西,是那副鲜红的、动物骸骨般的金属架子。也正是因为看到了它,王亚丽才确定这个房间以前属于那个身穿红色运动服、酷爱骑行的女孩。那姑娘果然是个假小子,屋里竟未留下任何女孩的印记。至于那副框架为什么以前会放在二楼的阳台而现在又来到了这里,大概是做父亲的原先不忍心看见,后来才又搬回来留个念想吧。王亚丽用她那天旋地转的脑袋揣测着,欠身把框架拽了出来。然后她站起身,缓缓举起了那东西,掂了掂分量,朝着果粒橙的背影挪了两步。分量确实不轻,保持着举重的姿势没一会儿,她就两臂发酸了,而"果粒橙"还在专注地挥舞着那个大头娃娃,竟没看见身后多了个人。王亚丽深呼吸了一次,用框架上还没安装车座的钢管对准了"果粒橙"的后脑勺,弯腰低头凿了下去。一下不够那就两下,两下不够那就三下。

一,二,跟我来呀,
二,二,加把劲呀,
后面的朋友要加油!

她看见"果粒橙"的脖子在重压之下歪斜,似乎还听到"果粒橙"的脑袋发出了碎裂之声。而五颜六色的汁液却是如假包换的,简直是喷涌着泼洒了出来。那具躯体登时垮了下去,软塌塌地伏到了地上。王亚丽呆立了会儿,这才咣当一声,将自行车框架扔到了地上。她弯下腰去,推了推仍旧仰面朝天的一楼住户。

"大爷,大爷。"她说。

一楼住户并不动弹,半晌才从嗓子眼儿里哼了一声。

王亚丽心里竟一阵释然。她没敢再看地上的两具躯体,忙不迭地出了屋子。她也没走正门,而是从桌前的那扇北窗翻了出去,落地时膝盖又是一阵隐隐作痛。

王亚丽走在麦子店的夜晚里了。出了小区,街道已经空旷,只有风声畅通无阻,稀稀拉拉的行人正忙着回家,而街道边的一个治安岗亭仍在亮着灯。王亚丽便朝那儿走了过去,刚开始快,步子也是乱的,后来就越来越慢了，不时还歪着脑袋，往天上的什么地方看一看。但她却不是在迟疑，而是又在回忆着什么事情。

那是她正要从岳晓芬姐妹的病房里出来的时候了。她站着，看着岳晓芬姐妹的脸说："我也不是什么好人，让你的主去原谅你吧。"

岳晓芬姐妹说："王亚丽，能再帮我个忙吗？"

王亚丽说："你说。"

岳晓芬姐妹说："我以后不去教会了，你帮我告诉那些人一声，也别让他们惦记了。"

王亚丽说："为什么？"

岳晓芬姐妹说："犯了错，没脸去了。"

王亚丽却笑了："这又何必？你也可以这么想，那钱是你的主给你的，不过经了我的手。"

岳晓芬姐妹就不说话了。

王亚丽又说："该去还是去吧，人家等着你呢。"

岳晓芬姐妹仍不说话，脸上却多了两行眼泪。

王亚丽又愣了愣，突然道："岳晓芬姐妹，我给你唱首歌吧。"

于是，她的歌声不仅飘荡在病房里，而且飘荡在麦子店那不再火热的街头。王亚丽仰着头，踽踽而行，却又站住。她从来就没有信过什么，以后也不会再去信什么，但在此时，她却忽然看见，从那深不见底的茫茫夜空里，似乎有什么东西正在辉煌地降临。伴随着头上的痛和脸上的湿，她的眼前也红了一片。那红色笼罩天地，王亚丽觉得，那是她所从未见过的沙仑的玫瑰，开满了麦子店。

原载《十月》2020年第1期

邵丽

黄河故事

1

　　如果不是为了给父亲寻找墓地，我觉得在很长的时间内我也不会再回郑州。如果不回郑州的话，我们家庭发生的那段历史，我是没有时间也没有心情讲出来的。但是话又说回来，试图忘掉历史的人，恰恰都是有故事的人。

　　至于为什么要寻找墓地安葬我的父亲，说起来真让人难以启齿。他死去几十年了，骨灰却一直在殡仪馆的架子上放着，积满尘土。而那些尘土，大部分却是别人骨灰的扬尘。我常常觉得上帝是个最好的小说家，他曾写出世界上最短也是最精彩的小说："你必汗流满面才得糊口，直到你归了土，因为你是从土而出的。你本是尘土，仍要归于尘土。"归根结底，这也是我们要安葬父亲的动因，他一直没有被埋到土里。对于一个死去的人来说，没有埋到土里就等于没死完，没死透，没死彻底，只是一个野鬼游魂罢了。

我到深圳已经二十多年了，后来我又把母亲和妹妹接来深圳，她们也在这里十多年了，而我父亲的骨灰还留在郑州。每到清明或者春节，我和妹妹便依着老家的习俗，买点黄表纸，到楼下西侧的十字路口烧一烧，算是对往生者和活着的人都有个交代。火燃起来，明明灭灭地映红我们姐妹俩的脸。时间过滤了悲伤，更何况我们本来就不十分悲伤。我们有时还会一边烧一边说起别的事情，有时候还会笑起来。行道树上的火焰花偶尔有一两朵跌下来，轻微的一声响，像是一声轻轻的叹息。花开得正盛，在夜晚的灯光下更是红得决绝。深圳的花从冬天一直开到夏天，我们总是搞不清木棉树、凤凰花和火焰木的区别，都是一路的红。但这火焰花开在树上像是正在燃烧的火焰，白天一路看过去，一簇簇火苗此起彼伏，甚是壮观。

火焰花下，适合我们搞这个仪式。也红火，也清爽。母亲从不参与，但也从不干涉，她对此没有态度。

最近几年过春节，深圳都是这种阴不阴晴不晴的温暾天气，好像对过年有着深刻的成见，非要闹情绪似的，让人一天到晚心里堵得像是塞满东西的屋子。我百无聊赖，睡得晚，起得也晚。那天早上起来下到一楼，看见母亲和妹妹还坐在客厅里有一搭没一搭地说话。昨天是阴历二十四。二十四，扫房子。打扫屋子时拿下来的全家福照片被母亲拿在手中擦拭。从侧面看起来，她像一架根雕。她很瘦，干而硬，又爱穿黑衣服，两只树根一样的手拿着相框，让人有一种硌得慌的感觉。她就是这样，以自己的形象、语言和作为，始终与世界拉开距离，至少是以这姿态与我拉开距离。

我没理她们，把面包片从冰箱里拿出来放进吐司炉里，然后拿了一只马克杯去接咖啡，自己随便弄点东西胡乱吃吃。每天早上我起得晚，而我母亲和妹妹总是六点多起床，七点多就吃完早饭了。她们俩还保留着内地的生活习惯，早睡早起。岂止是把内地的生活习惯带到了深圳，我看她们是把郑州带到了深圳，蒸馒头，喝胡辣汤，吃水煎包，擀面条，熬稀饭，而且顿顿离不了醋和大蒜。搬到深圳这些年了，除了在小区附近转转，连深圳的著名景点都还没看完。对于我母亲来说,什么著名的景点都赶不上流经家门口的那条河。不过那可不是什么小河,母亲总是操着一口地道的郑州话对人家说:"黄河,知道不?俺们家在黄河边,俺们是吃黄河水长大的。"

"这过完年啊——"母亲看着那张照片,嘴张张合合,往照片上哈着气。我看她夸张的样子,很想笑,对自己的亲生女儿,没有必要这般表演吧?的确,就这两年她像换了个人,会说起父亲。过去许多年里,她是从来不提我父亲的,我们当着她的面也从不说起父亲的任何事情。在我们家里,好像父亲这个人从来不曾存在过似的。"你得回郑州一趟,人家一直打电话,说殡仪馆又要搬迁了。还得给你爸再挪个地方。"

"回郑州?"我端着咖啡,挨着妹妹坐在母亲斜对面,"你呢?"

"我们不回!"

我问的是她,她回答的是我们。我母亲这些年就是如此,她敢于替我妹妹的一切做主。而且,现在只要说让她回郑州,她就好像遭受多大惊吓似的。

"那好吧!本来我也想回去一趟,趁机把我那套老房子处理了算了,现在郑州的房价正高。"

"别。你先问一下你弟弟,看他要不要。"她跟我说话从来就不容分说,"再说了,我老了也得有个挺尸的地方吧?"

"好。"我嘴上答应着,心里却暗自好笑。我弟弟又不在郑州,也很少回郑州住,他在郑州买个房子干什么呢?我的眼睛像透视镜一样,对她那点小心思门儿清。她是想让我把那房子留下来,却又不肯说,她在我面前是需要维持尊严的。我并不缺那一两百万元,我是故意说卖房子的事给她听。既然她不开口讲出来,我就没必要让她过于遂心如意。

"还有,"她停下手里的活儿,用右手食指重重地敲打着桌面,严肃地看着我和妹妹,"你们姐弟几个商量商量,让你爸这样挪过来挪过去终究也不是个办法。不行的话,在黄河北邙山给他买块墓地安葬了算了。人不就是这回事儿?不入土就不算安葬。你爸死了几十年没安葬,他不闹腾才怪!入土为安。"

我妹妹好像才突然睡醒似的,从手机上抬起头,看看她,又看看我。

估计刚才我们说的什么她都没怎么听，但只管伸个懒腰站起来说："好！我没意见。"

对母亲的话，我却一下子没有反应过来，端着咖啡杯的手在唇边停住了。自从我爸死后，几十年来她第一次这样郑重其事地主动说起安葬他的事儿。不知道为什么，我的心突然有点发紧，手心里汗津津的，说不清楚是疼痛、伤心还是恼怒。

"我打电话问过了，一块差不多的墓地二十多万，你们看看怎么办吧！"

我一边抿着咖啡，一边拿眼睛盯着她。我知道她这话是说给我听的，这钱弄到最后还是得我出。于是我想了一下说："妈，普通墓地二十多万，只能用二十年；好点的墓地五十多万，宽展，而且可以永久使用。你不是不想让我爸挪来挪去吗？再者说，还有你，百年后我爸身边不得给你留个位置？"

我这样说的时候，视线一直没从她脸上挪开。她先是像被蝎子蜇了一样立起来，想说什么，又似乎感觉我不怀好意，叹了口气重重地坐下来说："百年之后是以后的事，我死了，自己又不当家。你们把我埋在那个……他身边，可不是我自己要求去的！"

她差点脱口说出"饿死鬼"三个字，过去她老是这样称呼我死去的父亲。

"那就这么定了？"

"好吧。那就买好的，五十多万的！"母亲说。

"妈，要不这样，"我笑着对她说，"要是二十多万呢，我自己拿了就算了。这五十多万，你看我们姐弟五个，一人拿十万，剩下的钱，包括安葬的各种开销全都由我包了。这样大家都尽点孝心，您觉得怎么样？"

她看看我，又看看我妹妹，好像没听懂似的，一脸迷茫的神情。

"不过我大姐二姐还有弟弟，你得先一个一个给他们打电话说一下。我这次回去好跟他们商量事儿。"

她终于弄明白我的意思了，估计心里有点恼怒，把镜框来来回回翻了几遍，然后面朝下，咣当一声扣在桌子上，说："好吧！"

那是我们家唯一的一张全家福，我弟弟周岁那年照的，弟弟还被母亲抱在怀里。那个相框里父亲的照片，也是他留在世上唯一的一张。他表情别扭得好像走错了门似的，目光迟疑地看着镜头，一只眼大，一只眼小。

深圳这座城市，说到底也就几十年的历史。可她平地起高楼，活生生长成一副王者之相，现代化的高楼大厦，大块的绿地，原生的和移植过来的古树，虎踞龙盘。生机勃勃的现世存在，会让人忽略她的历史。

我刚来深圳时，是一名工地上的建设者。那时我刚刚初中毕业，一个瘦骨伶仃的毛丫头。唯一拥有的，是我眼睛里的那份倔强。我离家闯世界时的弱小，母亲可能早就忘了，可我怎么能忘得了呢？

灶王爷赏饭，从承包公司的餐厅开始，我慢慢起家，是这座新兴的城市成就了我。她包容、接纳、充满机遇，她给了我这样的打拼者一个广阔的生长空间。有时我关了灯躺在黑夜中的床上，隔了窗去看外面灯火璀璨的一座城。偶尔听到一两声隐约的汽笛回响，有恍若隔世之感。一切都是安稳的，踏实的，充满秩序的。我的屋子，纯天然的木质地板。我的床，我身边睡着了的丈夫。我以为我已经彻底忘了自己是他乡之人，忘了自己的过去。就像身处的这座城市一样，忘了她的历史。

刚开始做餐饮的时候，我的餐馆有几个拿手菜在附近名声传开了，生意还不错。后来我将粤菜、豫菜和其他一些地方菜融合，尽可能满足全国各地各种人的口味。名气渐大，不仅扩大餐馆，开了分店，又与人合开了一家快餐公司。

我有做菜的天赋。我们姐弟几个后来都开饭店，估计跟我父亲有很大关系。对此，我母亲是不甘心的，至少表面上死不认账。要说几个孩子也都挣钱，但开饭店挣的钱让母亲非常不屑。虽然她未必听说过"君子远庖厨"的圣人之言，但靠吃都能活一辈子，养活一家人，到底是个啥世道呢？这是母亲心里的疼痛。她羡慕我们的老邻居周四常，孩子个个有出息，不是县长就是局长，逢年过节家里跟赶集似的不断人，还都拎着大包小包的。我们家可好，不管谁回来都是浑身油脂麻花的，头发里都有一股子哈喇子味儿。

有时候我想顶她几句，想想又忍了。她抱怨的时候，从来不觉得自己住在深圳的高端小区，而且这些都是靠开饭店换来的。我，也就是她的亲生女儿，如今是多么耀眼！我是深圳几家最大的餐饮集团公司的老板之一。

我真的天生就是该吃这碗饭的,来深圳做餐饮业不几年,生意就做得风生水起,在周边的佛山、珠海、东莞都开了分公司。我做生意实在,舍得下本,而且保证食材新鲜地道。宁可利润少一点,薄利多销,也绝对保证质量。我的盒饭业务几乎包揽了半个城的学校、医院和工厂。

那时深圳的房子还不贵,我买了一套复式花园洋房,三层,楼顶还带个大花园。那年妹妹离婚后来深圳住几天想散散心,看到我过得这样舒适,非闹着要到深圳来跟着我,说是要换个环境。我说:"咱妈又离不开你,你过来她怎么办?"

小妹说:"那肯定把咱妈也搬过来啊!你房子这么大,空着多不好!房子圈不住人气儿可不行。刚好你公司这儿也缺人手,用自己人不比用别人强?"

我权衡了一番,与我老公商量,可否让我母亲和妹妹来深圳与我们同住。我老公是个热情对待所有亲戚朋友的家伙,他哪会有不同意的可能。与其说是商量,只是想给老公打一下预防针。"你要有所准备,我妈可不是个一般的妈。"我说完定睛看他,我想让他明白跟我母亲共同生活的艰难。我老公不说什么,只是轻松地笑笑。从那张单纯得一目了然的脸上,我知道一切对他都不能构成什么问题。

就这么简单,我妹妹辞了职,开始当然是瞒着我母亲。她们就此搬到了我这里,千里迢迢,离井背乡。我们俩都不曾想到,母亲这回竟然这样顺当。她们在这里一住就是十多年,母亲虽然嘴上抱怨各种不如意,却从来不提回郑州的事儿。

眨眼之间就过完了年,年后这一段时间是餐饮业的淡季。我把公司的工作给合作伙伴和妹妹——她在我公司做财务总监——安排妥当,就从深圳回了郑州。

在高铁快进入河南的时候,我不禁想起当初让她们来深圳的情景。开始妹妹跟母亲说这事儿,母亲像被烫了一下,差点跳起来。她说:"那地方又热又潮,人还不卫生,老鼠长虫都吃,太恶心了!"

妹妹说:"家里有空调,热了你不用出门。况且也没人逼咱吃老鼠长虫不是?你想吃啥咱们自己弄。"

"反正我是不去！"母亲说。

我妹妹威胁她说："你要是不去，就自己留在郑州好了，我去！"

我妹是么妹，只有她和我弟弟敢跟母亲当面顶嘴。

母亲看着她，长长地叹了口气，犹豫了半天才说道："现在的你姐，可不是小时候的她。她要是发起脾气来，还不把我们俩给吃了？"

妹妹吃惊地问她："你乱说！我姐还会发脾气？你这是听谁说的？"

"不用听谁说！"母亲说。

妹妹说："妈，别老是挑剔我姐了。你有我姐这样的闺女，真是你的福气。看看你吃的用的，有谁对你这么好？"

"她有你对我一成好，也算我没白养活她！"母亲恨恨地说。

妹妹打电话笑着跟我讲起这个，我也在电话里把它当成笑话来听。我嘴上笑着，心里却有无限的酸楚。

我那些年是怎么过来的？

我做什么工作，我住什么房子，我结婚嫁了一个什么样的男人，谁关心过？特别是我母亲，关心过吗？我总是设想，哪怕哪一天家中接到我死在外面的消息，她肯定会一如既往地活。我在她心中的分量，并不比我父亲更重一点。

不过，我母亲能主动跟我妹妹说起我的脾气，我真有点吃惊。不是她以死相威胁，反复叮嘱我那件事情在任何时候、对任何人都不要说出去的吗？事情已经过去很久了，不管是我还是我母亲，都应该守口如瓶才是。所以这一辈子，这事儿绝对不会从我嘴里说出去。即使她说了，我也绝不会承认。

我故作轻松地说："我的脾气怎么了？别说我没脾气，即使有脾气，也绝对不敢在她面前发啊！"

"那是，谁都会，就你不会！"妹妹说。

说到最后，妹妹的声音却有点哽咽了。妹妹说："三姐，我知道你的委屈。咱们姐弟几个，你对咱妈最好，对咱们家贡献也最大。"

我说："胡说什么呢？哪里有什么委屈！而且早就过去了。"

很多事情，的确已经过去了，甚至从来就没人记得，比如我受到的冷落和伤害。

也或许一切都没过去，但我们谁都不愿意去触碰，那太危险了。

比如我父亲的死。

正月初十那天，我正在郑州丹尼斯进口超市买东西——去大姐家得给小孩们买点吃的。走到收款台拿出手机支付的时候，我看见有妹妹的几个未接电话，还有她给我发的微信，说母亲突然晕倒送医院了，是被急救车接走的。我顷刻之间急出一头汗，超市里太闹腾，我顾不得结账，放下东西就匆忙往外走。我想到春节前刚刚给她检查过身体，除了胆固醇有点高，其他各项指标都正常。医生还开玩笑，说再活二十年都没问题，怎么会出这种状况呢？她的身体按说不应该有大问题呀！除了这个，我还吃惊自己会如此紧张，心里默念了几声菩萨保佑。

走到超市外面给妹妹打了电话。在电话里，妹妹的声音显得很轻松，依然像往日那样没心没肺的口气。她说："姐，你不用急着回来了。医生已经全面检查过了，没大问题，说是一过性的眩晕，主要是脑部供血不足引起的。"

我松了一口气，说："你快吓死我了，也不再发信息说一下。不过这距她上次犯病快二十年了，那次是二〇〇〇年的阴历七月二十六。"

"咦？"妹妹吃惊地说道，"我真服你了姐，对妈最孝顺的真是你，连她生病的日子你都记得这么清楚！"

之所以记得这个日子，是因为孝顺吗？也许是，也许不是。说是，事到临头我还是这么恐惧，怕她有个闪失；说不是，毕竟那是我自己的日子。

我打了一个哆嗦，被自己的心思吓了一跳。

因为，这个日子我死都记得，它只是与我母亲当时犯病的时间重合而已。但我发誓，我们家没人记得，包括我母亲也不会记得。

每年的这个日子，我都是当成自己的生日来过。

2

我跑了一个多小时也没找到殡仪馆。新开的道路横七竖八，连导航都常常弄错。周围布满了盖好的和正在盖的高楼大厦。世界在破坏中得以重建，但的确福祸相依，要看是对活着的还是死去的人而言。死者为大，宜静不宜动。

每个城市都有自己的生长逻辑，但也习惯于模式克隆。有时候从郑东新区走过，我觉得自己好像并没有离开深圳，从建筑到周围的绿化，看不出来有什么差别。

绕了半天找不到方向，我只好停车向路边的一个老人问路。老人摘掉头上的草帽，露出一张黢黑苍老的脸，我竟然认出他是过去我们村里的一个人，但是叫什么名字已经记不得了。我下了车，向他问好。他狐疑地看了我半天。我说出我父亲的名字。他看着我，擦了好几下眼睛，好像要哭的样子。估计他是沙眼，当地人叫风流眼，遇风流泪。他说他不愿意搬离这个村子，但是房子都拆完了，他就在工地上给人家帮忙，干点力所能及的零活儿。他虽然没我母亲年龄大，但也很老了，应该像我母亲一样，住在某个孩子家里享清福。

他朝右前方的一个地方指了指说："咱们村里死了的都在那儿挺着。""挺着"就是躺着的意思。我的父亲也在那个几乎看不到的地方挺着吗？我仔细看才看到一片灰砖建筑，它灰头土脸地夹在几条道路中间，只是因为有一根顶端抹了白漆的烟囱，才能让人勉强认出它来。这个刚建了不到十年的建筑，又面临着拆迁，它将成为饥不择食的城市胃里的一粒齑粉。

我们那儿过去是郑州郊区比较偏远的村庄，不过村子靠近黄河，与我们紧邻的圃田，曾经出过一个叫列子的名人。这里在公元前四百多年之前就被称作郑国，但郑国是啥样，早已无从想象了。不消说黄河水频繁泛滥，造了被毁，毁了再造，就是改革开放后，我们原来居住的村庄也早已经被那只巨大的城市之胃吞没了，舔得干干净净，没有留下任何痕迹。不过圃田竟然还有遗存，列子当年隐居修炼的那座屋子还在，据说已经申报了非物质文化遗产。列子在当地的传说颇多，除了是什么思想家、哲学家、文学家、教育家，据说还是养生专家，非常会吃。这个传说跟当地人的会吃不知道有没有关系，据说国宴师傅很多都是来自这个地方。

如今，高速公路从此穿行而过，那些在这片土地上种植、恋爱、争吵和繁衍的人们不知所终。现在这里已经规划成一个市内森林公园，城区还在不断地扩充。他们模仿别的城市，将一些不知从哪里弄的古树移植过来，在这里生长得从容而傲慢，好像它们几百年前就住在这里似的。倒是我这个土生土长的当地人，举目萧然，无所凭依。

跟老人告别的时候，他问："你妈还在不？"

我说："还在。身体还好着呢！"

"嗯。"他把草帽戴上，低头摆弄着手里的扫帚，"你姐可是发大财了。你们姐弟几个都发财了。唉！"他目光犹疑了一下又说，"那又能咋样呢？你爸死了恁多年了。你妈倒是享福了。你爸死的时候，还是我们几个人跑了几十里从河下沿抬回来的。"

他估计并没闹清楚我是我父母的哪个孩子。

"我爸的尸体那时候是怎么发现的呢？"我抓住仅有的一点机会，想跟他聊几句我爸。可他不再搭理我，只顾低头扫他的地去了，顷刻间我们之间沙尘横飞。

在城市的驱赶下，父亲的骨灰也搬迁了好几次。现在没地方去，只好暂时寄存在殡仪馆的骨灰堂里，跟无数素不相识的人挤挤挨挨相依为命。这已经是他的第三个栖息之地了。父亲命苦，生前没过过几天安生日子，死后也颠沛流离，不得安宁。更可悲的是，写着他名字的骨灰盒里，装的也许根本就不是他的骨灰，甚至也不是某一个人的骨灰，而是很多人的骨灰。这事儿细想起来真的很恐怖，幸亏我父亲性格好，没有什么仇人——在第二次搬家的时候，运骨灰的卡车在道路上发生了侧翻，所有的骨灰都撒了出来。当时殡仪馆严密封锁消息，很多年后我们才从别人口中得知。但大家都像我们一样，将其视为无稽之谈，更没人去殡仪馆闹事，都宁愿相信自己亲人的骨灰没有问题。

何止如此呢？父亲的死，到现在还是一个未解之谜。不过也说不定，也许根本没有什么谜。但是，在他死的前几天到底发生了什么？没有人告诉我们，母亲更是守口如瓶。虽然当时甚至其后很长时间，村里还有人在背后指指点点，说是我母亲逼死了父亲，但毕竟只是胡乱猜测，拿不到台面上。况且他堂堂七尺男儿，怎么可能会被一个比他矮一头的女人逼死？也太说不过去了。我只记得之前几天，母亲曾经跟父亲在食品站闹过一场，但那绝不至于让父亲轻生。况且那件事情过去之后，母亲回家并没有再跟父亲继续闹腾,甚至提都没再提这件事,父母两人的生活也没有任何反常。

我父母一共生了我们姐弟五个,前面我们三个姊妹像下饺子似的来到人世间。从记事起,我就知道我们家是母亲当家,满屋满院都是母亲。父亲像是一个影子,悄没声地回来,悄没声地走。母亲每天忙忙碌碌,忙完地里忙家里。可是父亲像个没事人一样,不是谁家有个红白喜事去帮人家做菜,吃一顿饱饭心满意足地回来,就是跟着一群人去打兔子钓鱼,好像他是这个家里的过客。

等添了我弟弟和最小的妹妹,家里的日子更不好过了,经常是吃了上顿找下顿。父亲虽然不干什么活儿,但饭量很大,估计很多时候都吃不饱。有时候他站起来去盛第二碗饭,母亲就会看着自己的饭碗,恶狠狠地小声骂道:"贪吃鬼!"母亲生气时的脸很黑,骂人的时候更黑,又穿一身蓝黑衣服,像一团沾满墨汁的废纸堆在那里。有时候她骂完,把碗哐当一声搁在桌子上,两只手搬着自己的一条腿,斜欠着身子坐在那里生气。她不光生父亲的气,也生自己的气,生一堆儿女的气。我母亲这一辈子,大部分时间似乎都在生气。她觉得这个世界上的一切,都跟她的想法格格不入。

我虽然小,也明白母亲骂的这句话是什么意思。每当她这样骂父亲的时候,我们吃完各自碗里的东西,也不敢再去盛饭了。这倒成了一件体面事,母亲老是拿这事儿在外面夸自家的孩子懂事,说:"我们家要是饭做少了,根本吃不完,孩子们那个懂事啊,你让我,我让你,谁都不肯吃;做多了反而不够吃,孩子们抢着吃。"

在家里母亲倒是很少当着我们的面数叨父亲,有时候他们吵架也是回到自己屋子里,关着门吵。只是有一次中午,除了干菜和一点玉米面,母亲实在找不到更多做饭的东西,而父亲却从人家的宴席上吃得嘴巴油汪汪的回来。母亲气得把水瓢都摔碎了,当着我们的面口不择言地数叨起父亲来,说:"只有地痞流氓二流子才光顾着自己那张嘴,一人吃饱全家都不饿了吗?"

我父亲有时也会带一些剩饭菜回来,香气诱人。如果不被我母亲看到也就罢了,我们几个狼吞虎咽地吃一顿。若是被我母亲迎面碰到,她就一把夺过来扔在地上：

"连要饭的都不会吃人家的剩嘴头子！"

父亲也不辩解，闷声不响地回到屋子里，坐在凳子上抽耳朵上夹回来的那支烟——他不会抽烟，总被那明明灭灭的火和一团雾气弄得挤眉弄眼的。要么就面无表情地看着地下，很像在煞有介事地思考人生重大问题。

我们趁母亲转身的工夫，狼一样地抢食地上的食物。这更加让母亲恼羞成怒，她过去用脚踩，把馒头踢飞，然后逮着谁，迎头就是一巴掌。大的哭小的跳，场面甚是壮观，很像武打片里的一场群殴戏。

由此，我母亲更加仇视我父亲，觉得所有的混乱不堪都是他带给这个家的。母亲需要稳定，需要长幼有序的尊严和面子，需要家有个家的样子。而父亲就是破坏秩序的始作俑者。

上学之后才听村里的老辈人说，我爷爷和我姥爷是世交。爷爷是个远近闻名的老中医，写一手好字，开的药方都被人当字帖用。姥爷家境富裕，是三村五里闻名遐迩的乡绅，也写得一手好书法。两个人到一起，就是写字、下棋、喝酒。据说我爷爷最佩服的人就是我姥爷，说他人仗义，事儿做得公道。要是没有我姥爷主持公道，村子早就乱得没有章法了。

母亲从未说起过他们，父亲也没说过。只是有一次我大姐入团要填表，问起姥爷和爷爷来，我正在纳鞋底子的母亲突然抬起头来，显出一脸的自豪。她说："你姥爷，真没白活！"后来听我二姨说，枪毙我姥爷的时候，正在上中学的母亲就穿着上白下蓝的学生装，站在离他爹很近的地方。枪响之后，血沫子顺着风扑了我母亲满脸满身，她眼睛都没眨一下。

"你爷爷也没白活！他跟你们姥爷一样都是体面人。"过了一会儿，她又补充道，"你姥爷拄着拐棍儿往村里一站，那没有不听他说话的。再大的事儿，他只要站在那儿三说两说，什么都摆平了。"

父亲出走的那天夜里，天气非常恶劣，外面电闪雷鸣，风雨交加。我们早早就上了床。半夜里我们突然被他们房间发生的激烈争吵弄醒了，然后就听见有什么东西被打碎和我弟弟惊恐的哭声。我们姊妹四个的房间与父母隔一间堂屋，他们住东屋，我们住西屋，弟弟跟着他们睡。

大约半个小时后，他们房间里安静了下来。除了听见外面的风声雨声，夜晚屋子里静得吓人，仿佛能听见我们几个的心跳。不过没有一个人说话，也没有一个人起来看看。刚开始的时候，被惊醒的小妹吓得想哭，大姐在她脸上狠狠拧了一把，她缩进被窝里再也没敢出声。

第二天早上我们才发现父亲不在。第三天，第四天，天气转晴了，万里无云，世事一派祥和。但我们再也没见到父亲。

母亲依然忙里忙外，操持着一家人的吃喝。我们没有一个人问起过他，好像家里压根儿就没有这个人似的。

第五天早上，我们还在梦里，就被母亲一个一个从被窝里拽起来。她让我们立马穿上衣服，往我们每人头上和腰里勒上一条白布。她冲我们喊："都出去哭吧，你爹死了！"

二姐听了，坐在床上哭了起来。母亲一把把她拽起来吼道："哭什么？要哭去后面好好哭！"

她的声音听起来有好大的怒气。

那时我刚从二姨家回到这个家不久，心里根本不知道害怕。我们跟着母亲，来到屋后的院子里，看到院子中间的席子上躺着一个巨大的尸体，被水泡得像一头牛，浑身散发着腐臭的气味，头肿胀得像一个粪筐那么大。这怎么会是我们清秀瘦弱的父亲呢？我犹犹豫豫地站在那里。母亲不由分说便把我按跪下，然后就号啕起来。我们扭头看着母亲，她移开捂在脸上的手巾，拿眼睛狠狠地剜我们，我们只好也学她的样子，跟着号哭起来。

二姐只是默默地流泪。

在村子里，我们这个姓氏是一门很小的人家，没人出头管事儿，加之父亲又是横死，所以也没举办什么葬礼。我们哭了一场，就把父亲草草送到火葬场了。

事后听母亲跟村上的人说，黄河水那么凶险，哪一年不淹死一堆人？父亲是趁下大雨到黄河捞鱼，被大水卷走了。再后来，母亲说起这事儿的时候，总是会在后面加上几句："摔死的都是会骑马的，淹死的都是会泅水的。许是饿死鬼托生的，怎么那么贪吃呢？"

此次之后，再说起父亲，她都喊他"饿死鬼"。

我那时候懵懵懂懂的，听了母亲这话，真觉得父亲是自己找死。他太贪吃了，下那么大的雨去打什么鱼呢？除了二姐，本来我们几个跟父亲也没多少感情，他死了也就死了，过去了也就过去了。我们甚至还有点庆幸，家里的气氛应该不会再那么紧张了吧？

几十年后，母亲给父亲选择了黄河边的邙山墓地。母亲说，你爸活着的时候喜欢去北边的黄河打鱼，就葬在那里。我也觉得那个地方不错，人家的广告语就是"生在苏杭，葬在北邙"。虽然那个北邙说的是洛阳，但是邙山东西狭长，黄河边的邙山的确也属于北邙。

我找了好几个老同学，他们还都在管事儿的位置上，但是价格怎么也压不下来，五十万已经是最少的了。对于快速发展的城市来说，墓地本来就是稀缺资源，而邙山墓地更是寸土寸金。

母亲想把父亲安置在这里，不知道考虑了多长时间，肯定不是突发奇想，但也不会谋划很久，她是个心里存不住事儿的人——只有父亲的事情除外，那是她的黑匣子，也许父亲根本就没什么事儿。那到底是什么事情促使母亲做出给父亲买墓地这个决定的呢？她是突然想到还是悟到了生命中的某个东西？

那天我给母亲打电话，问她给大姐二姐和弟弟说了没有。我说虽然我的房子可以卖两百来万，但一下子也出不了手。这几年生意上连续投资，手上也没闲钱啊。母亲不耐烦地说："打了！都打了！"

其实，开始我就知道让我们姐弟几个每人都拿钱的想法几乎是不可能实现的。我母亲就是想要我主动说出来，所有的费用我一个人出。这话我早憋在喉咙口了，不吐出来，是不想让她觉得太随便。谁的钱也不是大风刮来的，况且各自是一家人，我可以在姊妹弟弟困难时帮他们一把，但每次都把责任推给我，显然令我不快。要是我遇着困难，他们帮不帮我就难说了。

但是出乎意料的是，现在母亲的态度突然转变了，立场似乎很鲜明。她斩钉截铁地给我说："我也想通了，这不是谁拿谁不拿的事儿，不是谁钱多谁钱少的事儿，而是你们几个，都得对你爸尽尽孝心！"

"你爸好歹也是一辈子，你们现在吃香的喝辣的，都这么好，做儿女的不尽一点孝，良心上过得去吗？"

我的天！这是我母亲吗？是从她口里说出来的话吗？一辈子否定自己的丈夫，否定得完全彻底，几乎可以说他是一无是处。她这是怎么了？

这话从她口中一说出来，我在电话这头差点笑出声。可想想又有点沉重起来，无论如何，不管她是怎样想的，现在她能对我父亲说这样的话，做这样的事儿，至少对我们这些孩子的感情算是一点弥补、一点安慰吧——那感情的缺口虽然随着岁月的流逝曾经模糊过，但只要认真打量，它依然在那里，从来没有消失过。

3

现在郑州老家这里只剩下了大姐一家人。弟弟随弟媳一家搬去了开封，母亲和小妹又跟我去了深圳。原来二姐和二姐夫住在辖区的东南角，他们在那里开了一家小饭店，主要卖卤肉、羊肉汤等地方小吃。二姐的卤肉店在附近很有名气，她会做生意，也很会做人。由于她的卤肉卖不完其他小店就没有生意，所以她每天卤多少肉是定量的，去得晚了就没了。她之所以这样做，主要是想给同行留足生存空间。后来二姐查出淋巴癌，为了看病方便，他们卖掉饭店和住房，搬到市人民医院附近去了。那儿离火车站也比较近。

大姐住的地方早已经由村庄变成了社区，是村子拆迁之后就地安置的。大姐夫在村里人缘好，大小也是个村干部，所以他们家分了临街的三层楼。大姐和大姐夫也开了饭店，店面比二姐的要大得多。当初大姐执意要起个"大饭店"的招牌，大姐夫不同意，说二妹开个小饭店，我们起个大饭店的名字，自己不说什么，人家外人会看笑话。但大姐执意这样做，后来虽然生意做得很红火，但她的口碑还是赶不上二姐。二姐把饭店卖掉搬走跟这有没有关系，也未可知。二姐就是这种性格，酸辣苦甜都搁在自己心里，从来不抱怨什么。

陆续有了孙子辈之后，大姐忙不过来，大姐夫也不想干了，就把一楼二楼的饭店承包给人家，他们一家住在三楼。说实在的，有这么多年的积累，他们的日子过得轻松又殷实。

大姐和大姐夫都是二婚。要说也不算，反正也没办结婚手续就在一起过了。认真说起来，他们的婚姻绕的圈子还真不小。大姐现在嫁的这个人，我可以喊他姐夫，也可以喊他表哥。表哥的母亲是我二姨。二姨是母亲的堂妹。

曾经有那么几年时间，我被二姨抱养过。那时父亲还活着。不知道什么原因，那年夏天我拉痢疾，长达一个月治不好。家里也确实困难，拿不出更多的钱给我看病，再加上当时农村的医疗条件有限，几片包治百病的小药片，却怎么也治不了我的病。拉了几十天，开始还会跑厕所靠墙根，慢慢地裤子都提不上了。医生束手无策，父母更是一筹莫展，到最后也就不再抱着我去医院了。父亲自己也想了很多办法，给我弄来一些草药，一样一样地熬了喝。我喝进去多少吐出来多少，终是没有用处。后来他干脆天天躲出去，不敢面对我，害怕看见我那难受的样子。母亲也不知道听谁说了，狗翻肠子人拉稀，这病没得治，就直接把我扔到灶火后边的草灰堆里，随便拉去，反正也不用洗。她后来从不提这事儿。要说也没啥大惊小怪的，乡下小孩子命糙，哪个病了不是拖拖就好了？要是好不了，那也没办法，拖好了是病，拖不好了是命。说白了，其实是任我自生自灭。这样拖着拖着我真的就气息奄奄了。我不吃饭，也不再说话。我妈便在我们家西屋地上铺了一张席子，把我放在上面，就等着我咽气了。

不知道我二姨怎么听说了这件事儿，那天天还未明，她就拉着二姨夫来到我们家。一看见蜷成一团的我瘦得没了人形，二姨抱着我大哭道："我的儿，你妈这是让你等死啊！"也许她是菩萨派来救我的，我已经两天没睁眼了，她的眼泪滴在我脸上，我奇迹般地睁开了眼睛，眼巴巴地看着她。二姨是个从不会说重话的人，那天和我妈饻饻了半晌："就是个猫狗也不能看着她死吧？"我妈说："你说得轻巧，这都多少日子了？药也没少吃，钱也花干了。换你伺候她一个多月试试看！她自己不吃不喝，谁有本事救活她？"

二姨闻听此言，抱着我蹲在地上放声大哭。二姨夫把我从二姨怀里接过来，抱着我头也不回地就回了他家。他们没有闺女，只有一个儿子，就是上面我这个表哥。二姨天天没日没夜地把我搂在怀里不松手，熬一锅小米汤放在跟前，喂了吐，吐了再喂，愣是把我从死神手里夺了回来。

我的病奇迹般地慢慢好转了。待能吃点其他东西，我二姨夫就用一垛麦秸换了一只奶羊，一天一大碗鲜羊奶。家里养了两只母鸡，鸡下蛋的时候，二姨就让我蹲在鸡窝旁等着。带着体温的鸡蛋热乎乎地握在我的小手心里，令我快乐得眩晕。我奔过去交给二姨，全家人都舍不得吃，都给我攒着。

我二姨不知道从哪儿得了个偏方，说鸡蛋囫囵着隔水干蒸，治痢疾。我吃的时候，表哥就在旁边看着。我让他，他就说不爱吃鸡蛋，可我分明听到他吞咽唾沫的声音。一个秋天过去，我吃胖了也长高了，最重要的是，我脸上有了笑容。可能就是那些有爱的日子，奠定了我此后人生的信念。我每天几乎是贪婪地窝在二姨的怀里，这是我梦想中母亲的暖。而我自己的亲娘，自从我记事起就没有抱过我，还整天说我是块木头。我夜晚做梦都能梦见我母亲用一根指头戳着我的头说："无情无义，整天木着个脸，好像谁都欠她二斗米钱。"

在二姨家的几年，是我过得最幸福的时光，后来我也一直把那里当成自己的家。我还学会了撒娇。晚上躺在二姨的怀里，我娇羞地说："我会听二姨二姨夫的话，好好念书。等我长大有本事了，买好多好多鸡蛋，给你们吃。"我第一次说出这样矫情的话，不敢看二姨的眼睛，我知道二姨会笑得嘴都合不拢。可是她的眼泪哗哗地淌，把我的头发都弄湿了一大片。

"我苦命的儿！"二姨用指头梳着我的头发，心疼地叹息道。

我把二姨夫抱我回去的那一天当成是我的新生。农历七月二十六。我母亲第一次晕倒也是在那一天。我一直有点奇怪，为什么母亲正赶上那一天生病？莫非冥冥之中真有什么神奇的力量吗？

表哥和我大姐是同班同学，在学校里两个人非常好，谁若有点儿稀罕的东西，都偷偷带给对方。但当着别人的面，两个人从不说话，一开口就脸红。这事儿被同学看出端倪，开始起哄，喊他俩两口子。二人也算是青梅竹马，情投意合。这事儿不知怎的传到我母亲耳朵里了，她跑到我二姨家大闹了一场。我妈不喜欢二姨的儿子，说他没有汉子气，太懦弱。她连带着把二姨二姨夫数叨得恨不得找个地缝钻进去，跳着脚说："你们得管好自家儿子，他再招惹大姐，我闹得让他上不了学！"

二姨小声回嘴道："骂过来骂过去，那不是你的外甥啊？"

"我不认这个外甥！从小就瘪犊子一样！"母亲瞟了一眼二姨夫道。

其实二姨也不喜欢我大姐，她觉得我大姐太能了，也太自私，大的不睬小的不让，吃屎都得占个尖儿。所以二姨索性借着这个事儿，先托人给我表哥定了一门亲，好歹将这事儿平息了。

还是我大姐先结的婚。男方家庭条件不错，爹是邮电上的一个小头目，妈在卫生院工作，是有头脸人家的孩子。我母亲最看好的就是那男孩的汉子气，高大威猛，坐像一座钟，走路一阵风。把我母亲高兴得合不拢嘴地说："敢做敢当，一看就带种！"

但结了婚不久，俩人就开始打闹。我姐逞强惯了，处处要压人家一头，那个男的也是个火暴脾气。结婚没几天就开始斗，男人索性不进家，在外头整夜玩。不回来就不回来，我姐丝毫也不会示弱。男人从外面打一夜的牌回来，看看锅里没个热乎饭，鞋上一脚泥，直接要进屋睡觉。我姐拦着劈头盖脸地吵道："邋遢死算了！我刚刚拖完地，你就不会爱惜点儿？"他闻听此言，穿着鞋跳到婚床上，边蹦边用被子褥子蹭他的鞋子。"我看你是皮痒欠揍，你算个啥，这还是不是俺家？"我姐气得当下就扔下手里的活儿，回了娘家。

日子还得过，儿子不争气父母遭难，我姐一次次跑，他爸妈一次次带着他去我家把我姐接回去。这还不算什么，过了些日子，我姐发现他不只是打牌，还爱赌成性，于是屡屡阻拦他，把他惹急了劈头盖脸就是一顿暴打。我大姐挺着大肚子，青紫着半拉脸哭着回娘家，说："妈，这就是你相中的男子汉，真带种！"我妈说："他爹娘不管吗？"我大姐哭着说："谁敢管他？说轻了，摔盆子打碗；说重了，电视机随手就砸了。"

我母亲不羞不恼地听着："看这样，儿子赌钱也不是一天半天了，他爹娘不管就是帮凶。有人生没人养的，你咋就恁好欺负？"

我大姐哪是个省油的灯？打不过儿子骂爹娘，打也打了，骂也骂了。开始他父母还管，后来干脆躲开不问了，一家人早已经麻木了。

我妈说："不急。你现在还没有说话的地儿，等你肚子里的孩子落地，你还不想说啥说啥，想咋说咋说！"

半年后，我大姐果真生了一个大胖儿子。我妈仗势冲到人家家里找事儿，人家一家人慌着讨好，滚烫的鸡蛋茶堆尖捧上一大碗，这是当地最大的礼节。热脸蹭个冷屁股，我母亲推开家里人，当着人家爹妈的面训斥那男的："你要想当爹，就要有个当爹的样子！不好好过日子还不如早点离了算了，孩子我们带走！"

那男的还没说话，公公婆婆早就慌作一团，恨不得和儿子一起跪下来磕头求饶。

"我们会管好孩子，他再不学好我就拿砖头拍死他。"那当爹的说。

我妈这一闹，再加上得了个大胖儿子，男的着实老实了一阵子。我妈还挺得意的，教导我姐道："这管男人啊，得看火候。你看关键时候我一出面，他就老实了吧？"

哪知话还没落地，要赌债的来家把门堵了。他在外面又输了十几万。堵门的说，不还钱就剁手。

我母亲得了信儿，没等我姐回去求救，就央着村里的一群人过去了，把一家人堵到屋里，问他们怎么办。

那男的知道这回祸惹大了，扑通跪在我母亲面前。

"站起来！"我母亲厉声说道，"大老爷们儿能随便跪吗？"

那男的跪着没动。我母亲对我姐说："抱着孩子跟我回家吧！"

那男的从怀里掏出一把刀来，把自己的左手放在地上，右手举刀把左手小指剁掉了。

一家人鬼哭狼嚎地扑到一起，妈妈捂着儿子的手说："钱我们替他还，我们还。"

到关键时候，爹妈还是心疼自己的儿子，舍不得打舍不得骂了。

我母亲看这情形，心早已经凉到底了。这样纵容着，还能有个好？她看着他血淋淋的手，丝毫不为所动，说："离婚。"

那边的母亲哭号着说："他年轻不懂事，再给他一些时间，他会改的。"

我母亲说："摊上你们这样护犊子的爹妈，他这赌怕是戒不了的，没救了。"

我母亲这样说，好像她很懂。其实她真的见过，她小时候见他爹料理过赌徒，都是指天发誓，最后个个都家财散尽。赌真是改不了的。

我母亲说完，就带着众人把我大姐和孩子接回了娘家。

对方花那么多钱娶个媳妇，又得了个孙子，末了落个人财两空，毕竟心里过不去，三番五次来求情。男人长得确实排场，事到临头还会办事，今天买新衣服,明天买金戒指,说话求饶像换了个人似的。不知底细的真觉得我母亲不懂事,心也忒狠。我姐有点动心了,她说:"妈……"我母亲挥手截住她说:"这事儿啊,长痛不如短痛。你是不知道厉害。话我先撂这儿,你要还跟他过,今后他把你娘儿俩卖了也别再登我的门了!"

拉拉扯扯,拖了一年多才把婚给离了。

这边大姐结婚不久,那边我表哥也结了婚。他们婚礼的时候我去了,女方长得比我大姐好看多了,人也温柔。结婚后两个人过得还不错,生了个女儿,我二姨给带着。那几年时兴到南方打工,男的女的都出去打工。表哥恋家,又担心二姨二姨夫的身体,不愿意到南方去,就在郑州随便找些零活做。表嫂跟着人家去了东莞,开始在工厂,后来做保洁,再后来我表哥都闹不清楚她做什么工作了。头几年一年还回来一两趟,给我二姨放下一点钱,大人小孩都买些吃的穿的。后来过年也不回来了。再回来就是要求办离婚,家产一分不要,女儿也不要,只要一张纸带走就行了。

表哥刚离了婚,我姐就带着儿子搬到他家去了。大姐的儿子那会儿正是会说囫囵话的时候,忽闪着一双星星一样的大眼睛,见了我二姨二姨夫就喊爷爷奶奶,又忙不迭地去拉妹妹的手。二姨二姨夫又喜又忧,吓得一整夜睡不着觉,怕我母亲去闹。我二姨买了点心果子,要去找我母亲商量,临出门被我大姐拦下了。我大姐说:"不去,不用说,越说事儿越稠。"

大姐又说:"这回由不得她做主。"

结果我母亲一句话都没说,认了。真是愣的怕横的,横的怕不要命的。

我大姐和我表哥两个人虽然重新组建了家庭,但也没再认真去办结婚手续。法律上说是不允许近亲结婚,怕后代有遗传病。但他们还是坚持生了个儿子,很聪明,也很健康。

从那以后我们再见了表哥,都喊大姐夫。

我到大姐家的时候还不到十点,坐下唠了一会儿家常。大姐身边放着一堆儿童衣服,好像是刚刚洗过的,她在一件一件地拆衣服领子上的标牌。我也有这个毛病,女儿的新衣服先剪标牌,小孩子皮肤嫩,标牌摩擦怕孩子不舒服。几次我伸手想帮她,都被她拒绝了。后来她对大姐夫说:

"你带着三妹出去转转,她很久没回来了,看看咱们这里的变化。"大姐夫迟疑一下,说:"咱们一起去吧,今天三妹回来,我们别做饭了,到下面的饭店吃算了。"

大姐瞪了他一眼,说:"去吧,我做饭!饭店的饭有啥吃头儿,你还没吃够咋的?"

大姐夫没再说话,带着我出了门。只要他身边没有其他人,我依旧喊他哥。我说:"哥,不用开车,咱就在附近随便走走吧!"他说:"好。"然后就自顾低着头,带着我向村子西边的新区走去。路两边种着香樟和银杏,都是很名贵的树种。树坑里看着是嫩绿的草,修剪得非常平整,用脚踩一下,却发现是塑料垫子。一棵棵排列整齐的塑料草苗种在垫子上,做得很逼真。新区刚刚建成,一派新气象,从道路到房屋都是新崭崭的,但是看起来却不是那么回事儿。不过要真挑毛病,又说不上来什么,就像看到那树坑里的塑料草坪一样,光鲜,却形容不出心里是什么滋味儿。说到底,是找不到家的感觉了,这也许就是我,还有我母亲和妹妹不愿意回来的原因吧。

我表哥打小就性子腼腆,也不善言辞。我妈一辈子就看不上老实巴交的人。可我了解他,他跟我二姨夫一样,心里特别实诚,就是说不出来。以我大姐的泼辣性子,那会儿怎么会喜欢上他?或者说他们怎么会相互喜欢?这也真是让人想不到。各花入各眼,世上的事儿确实不好说。

我被养在他们家的时候,表哥特别疼我,不用我二姨和二姨夫交代,他处处让着我。我能感觉到他发自内心对我的接纳,好像我从来就是他自己家的妹妹。那时因为我瘦小,觉得他好高大。现在他明显变老了,不但头发全白了,眉毛胡子也星星点点地白着,背也有点驼了。他对着我笑的时候,我突然有种想哭的感觉。想起有一年下大雪,他去学校接我。他嫌我穿得单薄,不由分说就把自己的棉袄脱下来裹在我身上。路上的沟坎被大雪封平了,我不小心踏进一个坑里,半截身子都被埋进去了。他将我捞出来,顺势提起来扛在肩上往家走。大雪漫天,天地间晃动着我们兄妹俩,那情景我一辈子也忘不掉。我踢腾着要下来,怕他累着,他反而跑起来。不知触碰到哪根神经,我咯咯咯咯笑起来。他不知我为什么笑,却也跟着笑起来,越笑越止不住。他把我放下来,我们俩索性一边打着雪仗,一边大喊大叫大笑着往家跑。我表哥一向讷言,那天仿佛是被压抑得太久,需要来一次宣泄。毕竟是两个小孩子啊,生活的困窘过早让我们成熟到沉默。我们就那样疯着,笑着,闹着跑了一路。他笑起来的样子很生动,与平日里闷闷的模样大不一样,像是两个人。他只穿一件单褂子,却大汗蒸腾,头顶上都冒出烟来。那时他多健壮啊!

想着这些,我扭头去看他的脸。他要是笑的时候,模样仍是周正好看。而他却闷着,无端地露出几分悲苦。

我说:"哥,你还好吧?"

"挺好的呀!"他回过头来,又那样看着我笑了笑。

"咱家那闺女现在咋样?"

"去找她妈去了,在那边成了家。偶尔回来一趟,看看奶奶。"

他看看我。

"只要孩子过得好就行。"我也看看他。

可能是天有点冷,他笑了一下,嘴巴略微有点僵硬。

"哥!"我停下来,也希望他停下来,说几句话,或者拉拉他的胳膊。可是他还低着头慢慢往前走。

我心里有种说不出来的难受,眼睛湿润了。

我们回到家的时候,大姐已经做好饭了,一个肉丝炒红辣椒,一个木耳海米炒白菜丝。主食是一盘素煎包,底子煎得焦黄。还有一盆紫菜蛋花汤,黑黑黄黄的热汤上,细细地撒着一撮青蒜苗末儿,看颜色就觉得好喝。我们家的人都有天生的好厨艺,再怎么简单的饭菜,也能做得像模像样。但说实话,招待远方的客人的确有点寒酸了。

大姐夫看看菜,看看我,又看看大姐。大姐解下围裙扔在椅背上,用手捶着腰说:"我们眼下比不得三妹,山珍海味人家顿顿吃。小户人家就这样,从小就在一个锅里捞稀稠,她啥不知道?"

我连忙说:"是是是,我现在吃得很少,减肥呢。"

大姐夫拍了一下手说:"哎呀忘了!我早上起来专门给三妹买的她爱吃的烧鸡和合记牛肉还在冰箱里呢!"

我心里一热。大姐却有点嗔怒地瞪他一眼说:"那你还不赶紧拿出来!"

我也好几年没回来了。大姐虽然也比过去老了，但她吃得胖，看起来满面红光，好像跟大姐夫不是一代人。吃饭的时候，大姐跟我郑重地说起父亲墓地的事儿，她说母亲已经给她打过电话了，让她出十万块钱。

我故作轻松地说："要说这事儿早就应该办了，老是让咱爸挪来挪去，连个固定的地儿都没有，也不合适。"

"这事儿是不是你的主意？"大姐瞪着我问。她跟母亲一样，从小到大都用这种口气跟我和二姐说话。

大姐夫低头给我夹了两块牛肉，又给我盛了一碗汤。虽然他没抬头，但我知道他在小心地听着。

"不是谁的主意，关键是这事儿应该办了。"我也明显感觉到大姐的话里有情绪，便努力显出不在乎的样子，"妈跟我和小妹商量，我们都同意了。"

"反正我是拿不出来这么多钱！"大姐忽然涨红了脸，眼里竟然涌出泪来。她把筷子拍在桌子上，索性捂着脸哽咽着哭了起来："我们比不得你，十万块钱跟拔根毫毛一样。老大老二生孩子的生孩子，上学的上学，都是些造粪机器，睁开眼睛就只管要钱，四处都是用钱的地儿。我和你姐夫都不干了，你们觉得我会屙钱啊？"

"大姐。"我看着她，一时不知道说什么好。她用"你们"这个词儿，更是让我觉得刺心，好像我们是合着伙儿来勒索她似的。什么时候母亲被划到我的阵营里来了？我和母亲，能是"我们"吗？

"三妹轻易不回来，你不会好好说话啊？"大姐夫想劝她。

"你出去！"她不容分说地尖声向大姐夫吼道，然后用手指了指门口。

我怕大姐夫尴尬，说："您先出去吧姐夫，没事，我跟大姐说说话。"

大姐夫出去了。大姐从座位上站起来，又一屁股坐在沙发上。她忘记了沙发上都是孩子的衣服，又像烧着了似的跳起来，换到另一个沙发上，用手拍着沙发扶手说："用钱的时候才想起来我是她闺女了。那时候咱弟弟卖房子，卖给人家要十六万，卖给我，她非撺掇着要十七万。你想想，我还是她亲闺女吗？"

大姐说的这事儿确实是母亲干的。当时弟弟在开封开饭店正缺钱，准备把这里的老房子卖了，对外要价是十六万。大姐知道了想要，来跟母亲说，意思是看能否再便宜点儿。母亲不晓得大姐知道底价，好像还很偏向大姐似的，把价格说到十七万，大姐气得脸都白了，房子也没买。虽然当时一万块钱不是个小数目，但事情已经过去这么多年了，她还在为这事儿较着劲。

"还有你！"她忽然用手点着我，对我怒目而视，"你这样干，有意思吗？你以为我不知道是吧？"

"我？"我一脸无辜地看着她，"我怎么了？"

"你怎么了？你知道为什么从小到大我和妈都不喜欢你吗？你心里藏的东西太深！你明知道这个事儿办不成，至少不是这么办的。我、你二姐，还有咱弟弟，谁会拿出十万块钱来？可你为什么还非要撺掇妈给我们都打电话呢？你这就是为了看她的笑话！你就是想证明给她看：这事儿别人都靠不住，最后还得靠你！这个家都得靠你！"

我的头好像受到重重一击，有点眩晕的感觉。她说的也不完全是错的，开始我的确就是想让母亲看看每个孩子的态度。她一辈子说一不二，也该清醒清醒了，该让她为她的自负难受一下。但后来也的确是母亲的态度变了，她说让儿女各自尽孝心，也是事实。我满脸委屈地说："大姐，这事儿真不是我提议的，是咱妈说让每个儿女都为爸尽点儿孝心。你别想多了。"

大姐的口气也慢慢缓和了下来，但吐出来的话却更狠："三妹，你用顺从来抵抗她，你用孝顺来折磨她，你以为我们都看不懂是吧？你这样做不嫌累吗？她都多大岁数的人了，你还耍她，不放过她？再说了，"她冷笑一声，"她现在想要我们对咱爸尽孝心了，当时你们小不知道，可我能不清楚父亲是受了什么样的羞辱才跑去投河的吗？她就是这样指着父亲的头，"大姐的指头几乎戳到我脸上，"她那天说，你要是有一点囊气，就扎河里死了算了！"

她看着我惊愕的表情，放缓了语气："当然，她也没想让父亲真的去死，只是图骂着痛快。可父亲却真的死了。父亲死了，死得那样难看，她落了一滴眼泪吗？家里死一只羊都比父亲死了更让她伤心！"

她一口气说了这么多，突然就安静了，似乎痛快了一下。

我心中波浪滔天，恨不得放声大哭一场。但我脸上依然平静。我说：

"大姐，我记得父亲出走那天我们几个挤在一张铺上睡觉，你是看见了还是亲耳听到了妈那样骂过爸？"

大姐脸红起来："还用亲眼所见吗？全镇子里的人都知道。"

可能大姐夫听见屋子里声音小了，便推门进来了。我把大姐重新拉到餐桌边，把她的筷子捡起来擦了擦递给她，笑着安慰她说："大姐，这事儿咱们几个还要商量着来。如果你现在真拿不出钱来，我先替你出了。"她不说话，大姐夫也不敢说话。我继续说："现在我就是这样想的，就是想着把父亲的墓地买了，赶紧结束这件事儿。本来我已经考虑好了，这次回来处理我的房子，反正卖房子的钱我也用不着，就先给咱爸买块墓地，等你们以后宽裕了再说！"

"你们想买你们买，别说替我垫上的事儿！"大姐的火一下子又蹿了上来，"咱爸活了半辈子就是个笑话！他还没让咱们家人的脸丢尽？好意思去占几十万一块的墓地？人死了就是死了，埋啥样他还能知道咋的？况且这能改变他带给咱们家的耻辱吗？"

"大姐！"我的情绪再也控制不住了，站了起来。她怎么可以这样说自己的父亲？过去我是没忘记，但也没记住什么。"咱爸已经死了几十年，他是什么样都不重要了，重要的是他给了我们几个生命。你只记着他带给我们的耻辱？你倒说说，咱爸到底带给咱们家什么耻辱？"

"那还用说？"她的嘴张了张，却并没说出什么来。

大姐夫连忙拉我坐下，用乞求的目光看着我。我心一软，真的有点可怜他，于是就不再说什么了。

大姐一直没再动筷子，我和大姐夫也没动。屋子里的空气像凝固了似的，浓得化不开，让人喘不过气来。又坐了一会儿，我站起来，从行李箱里掏出一堆给新生儿买的礼物，还有红包装着的两万块钱，放在客厅的桌子上。本来还想说点儿什么，但脑子里一片空白。

我甩上门，直接从楼梯走了下去。快到一楼的时候，大姐夫才气喘吁吁地撵了下来。我莫名其妙地对大姐夫说："哥，过日子不是靠忍的，她要一直难为你，该打就得打。男人不能软弱，软过了头就是窝囊，别像咱爸！"我哭了，大姐夫也流泪了。

4

关于父亲，我只听二姨只言片语地说起过。那时她已经是胃癌晚期了，我负担了全部治疗费用。可她做了胃切除手术后，受不了化疗的折磨，坚决拒绝继续治疗，回到家里养病。

人常常就是这样，你对他非常好的人，他未必会回报你的好；而对你有恩的人，你也未必能报答得了人家的恩情。我觉得我对二姨就是这样，除了每年打几个电话，回到郑州的时候去看看她。所谓看看她，无非就是给一点钱，拼命让她接受，几乎就是强迫了，为着让自己安心。我曾想接她到深圳跟我住，我母亲坚决反对："她又不是没有儿子，你接她来算什么？再说了，还有你二姨夫，总不见得他也跟着来。"我母亲的话说得咄咄逼人。这倒不是阻止我接她来的原因，我主要是害怕她过来，母亲那脾气，会让她整天心不落地。其实我心里很清楚，二姨那样责己的人，哪肯真的来呢？

我从来没有专门为二姨回来过，更没有在家陪伴过她。我不能放弃最后陪她的机会了。我丢下手头的工作，专门从深圳赶回来陪她，不管需要多长时间。

她已经消瘦得不成样子了，但精神还算好，经常断断续续地跟我聊过去的事情，我姥爷，我母亲。"你妈这一辈子，也不容易。"我二姨一辈子都不会说自己的好，更不会说别人的不好。

我给二姨熬小米粥，做手擀面，蒸鸡蛋羹，就像我小时候她喂我一样喂她。她吃不了几口，只是神情快乐了一点。她催我回深圳，却拉着我的手一刻不肯松开。她依赖我，就像个小女孩。她没有闺女，我大姐肯定是指望不上。我哥有时回来看看，也只是看看，待不了多长时间，我姐的电话就会追过来。

我二姨夫比我妈小好几岁，却也老得不成样子了。虽然身体没什么大毛病，但也说不上好，不是这儿疼就是那儿痒。他费力地照顾老伴，老两口相依为命。我真担心，我二姨不在了他怎么办呢？想想他那时候一口气抱着我走了十几里路，气都不带喘的。人，没几年好日子，就像二姨说的那样。

　　傍晚会有一段安静的时光，太阳落下去了，天还很亮。我扶二姨坐到院子里的躺椅上，看着倦鸟归巢，天一点一点地暗下来。啪的一声，一片梧桐叶子落下来，像是一头栽倒在地上。有一种锐痛刺进身体的某一处。隔壁邻居家有小孩在哭，是个口齿伶俐的女孩，也就五六岁的样子。她的哭闹里带着娇嗔，正是拥有全世界的年纪，那般理直气壮。我想到了我的女儿，她也是这样。哭起来无凭无据无法无天，感情竟然可以宣泄到如此畅快，哪是我们可以想象的啊！他们这一代人，生出来就含着金汤匙，享受万般宠爱。不过，总有那么一天她也会像我一样，坐在老人跟前，眼睁睁地看着亲人们一个个离开，却又无能为力。

　　我握着二姨的手，一个关节一个关节轻轻摩挲，有时候我们不知道怎么的就说起了我父亲。我没有打断她，也没有专门问过父亲的事情。我在她的叙述里慢慢地、小心翼翼地还原我的父亲，真害怕稍微多用一点儿力，父亲就消失了。但后来我发现，其实我的努力完全是徒劳的。在二姨的嘴里，我的父亲是一个矛盾体。有时候他是那样善良，踩死只蚂蚁都心疼，对人和气，甚至还有些儒雅。有时候他又是那么懒惰、颓废，让人哀其不幸怒其不争。在我母亲眼里，这些都还不是最重要的，母亲最恨的是他贪吃。听不得别人家里来客，他会在人家门前转几遍，变着法子也要去帮厨。那时正逢困难时期，谁家也不想多管一个人的饭。虽然他总能用简单的食材做出蛮像样的饭菜，但他不请自来还是让人家觉得是个笑话。遇到谁家有红白喜事，他就更不把自己当外人，不等请就提着菜刀找上门去。我大姐所说的耻辱，估计就是这个形象的父亲吧。除此之外，我还真不知道父亲曾经给我们家带来过什么耻辱。

　　其实，每个人都经不起认真打量，谁都有不堪的时候。只是，父亲遇到母亲，就像油遇到了水，妖怪遇到了孙悟空，她总是让我父亲现形。我有时候会走神，觉得现在的大姐夫，就好似当年的父亲。好端端一个体面男人，愣被大姐弄得一脸困顿。幸亏现在过的是好日子，吃穿用度不用忧心，大姐夫还不至于像父亲那样被羞辱。

　　"唉，你爸啊！"二姨说起我爸时候的表情，有时候看起来过于认真，反而让我觉得很陌生。她说的每句话也像是经过深思熟虑，字斟句酌的,这更是让我心里疑窦重重,好像她故意在回避着什么。所以她说的时候,我一字不落地听着,总是沉默以对,等她慢慢地表达完,生怕漏掉一个细节。"他算是生错了地儿,一辈子没跟人红过脸,也从来没见他说过别人的不是。"

"村里人都说他是个热心人,待人又得体。"二姨夫补充道。

而有时候她又会说:"你爸确实是烂泥扶不上墙,也指望不上他。你妈一个人拉扯一大家子也真够苦的。如果不是他太那个,你想想你妈会那样对他吗?"

我问二姨关于我父亲留下食谱的事儿。这事儿过去在镇子远近传得神乎其神,说我爷爷家曾经有一本秘传的食谱,传给了我父亲,我父亲又传给了我二姐。父亲活着的时候私下教过的几个徒弟开的饭店,都说是我父亲秘传的手艺。而且我家姐弟几个都开饭馆,也都有几个拿手菜。

二姨夫说:"怪了,我整天和他在一起,从来没听说过他留下过什么食谱,更没听说过他教过任何一个徒弟。"

我记得我曾经就这事儿问过我二姐。她说,父亲死前确实到学校给她送过一个本子,那本子上也确实写的都是做菜的事儿,是父亲自己写的,但她没有仔细看。父亲死后她珍藏着这本子,有一天却发现本子不翼而飞。

一直到二姨去世后,她说的父亲"那个",我才多少明白一点儿是什么意思。在我拼缀起来的有关父母的图景里,父母这桩婚姻,两个当事人都不大愿意,完全是我爷爷强行拉郎配一手造成的。

我父亲生于中医世家,家庭条件优裕,从小到大都是衣来伸手饭来张口,没受过任何委屈。可我父亲除了会念书,其他心思全用在吃上了,常常偷我爷爷的药材炖鸡煮鸭。他卤的猪头肉能香一条街,做年食也样样在行。开始我爷爷看他聪明,对他寄予厚望,后来看他只在意庖厨,非常失望。但打也打了,骂也骂了,儿子却终是不上进,最后索性由他去了。好在那时候爷爷家丰衣足食,也不在乎父亲糟蹋一点儿食材和药材。父亲尽着性子痛痛快快当了几年"少爷厨子"。

而我母亲虽然是个女孩子,但从小就被我姥爷送进了学校,成为县中为数不多的女学生。她学校未念到毕业,解放了,我姥爷被政府当作恶霸镇压。说起我姥爷,他的故事可以拍一部电影,肯定还得是加长版。他出身优裕，自幼聪慧过人，过目不忘，完全可以考个好功名。但他志不在此，特别喜欢《东周列国志》里的人物，义字当先。他在乡里更爱出头逞强，喜欢当老大，仗着家里有钱，既喜欢仗义疏财，也热衷于抑富济贫。有人对他感激涕零，也有人对他恨之入骨。我姥爷被枪毙那一天，传说跪了一街筒子人，求政府手下留情，都是受过他恩惠的人。

我母亲自小就随父亲的性子，敢作敢为，倒也是个自立自强的主儿。父亲被镇压，她一点儿也不觉得羞愧，竟然指挥着愿意帮忙的人给爹爹办理了丧事，像送别一个正常人一样，丧礼办得有鼻子有眼儿。平日里出出进进，她腰板挺得直直的，小小年纪，家里家外都能独当一面，在全镇子上也算是响当当的女汉子。我爷爷为此格外看好她，这桩婚事是过去爷爷和姥爷商量过的，所以尽管两个当事人都不满意，爷爷还是拿当年和我姥爷的约定镇着他们，逼迫他们结了婚。大概在我爷爷的世界观里，说过一次的话，就是诺言。

按照当时的形势，我爷爷的家财和他在当地的影响，也足以被划个地主富农。好在上天眷顾他，让他在我姥爷被枪毙后不多久竟然无疾而终。我父母结婚的时候，家里的财产大部分被充了公，只给他们留下了两间破房子和必要的生活用品。

开始母亲还把对未来的希望寄托在父亲身上，想着他出身大家，见过世面，应该有主见、有魄力，两个人齐心协力挑起生活的担子，没有什么过不去的。她哪里会想到，父亲眼高手低，说起来头头是道，干起事情来百无一用。所以家里的事情，渐渐地都要由母亲来做主。

后来我大姐出生，家里的日子过得更加紧巴。刚好有一个机会，外地的几个客商要去武汉贩药材，不知道怎么打听到我父亲懂这个，就找到他让他帮帮忙，一起去一趟武汉。母亲想着这是个好机会，就把自己千辛万苦攒的一点儿钱拿出来，把自己的金戒指都卖了，让他跟着人家去武汉长长见识。

临行前，母亲一夜未睡，帮他收拾路上用的东西，还缝了一条腰带，把钱夹在里面。

天还未亮，母亲就擀好面条，把我父亲喊起床。

面条里放了细细的姜丝、葱花、麻油，还卧了几个荷包蛋。

"人家说这面越拉扯越长，"母亲用少有的温柔口气说，"人在外面，得想着家里。一定多长个心眼儿，不能光顾吃喝。要把人家的生意照顾好，咱们自己也赚点儿。"

"这你就放心吧！"父亲胸有成竹地说。

吃过饭，母亲提着包袱，一直把父亲送到路口，看着他和那几个客商会合，直到看不见他们人影了才回去。

还是十几岁的时候，我父亲曾经跟着他的父亲我的爷爷去过武汉。我姥爷那一次也去了，他们是到武汉三镇拜访湖北的几个朋友，在那里好住了几日，天天吃香喝辣，坐着朋友的汽车到处游逛。那真是一个光怪陆离的世界，景美人美，吃的也美。尤其是武汉的小吃，让父亲乐不思蜀，大饱了口福。

父亲跟着那帮客商搭火车走到汉口已经是第二天傍晚了，他们草草吃了碗面就找地儿休息，准备第二天一早去药材市场。毕竟人家是来贩药材，不是来胡吃海喝的。但父亲被心里的馋虫勾着，哪里睡得着？看看一帮人睡了，他自己又溜到江边的小吃摊上一家一家地品味。吃到高兴处，也学旁边的人买了米酒大碗来喝。谁知道那酒喝着好喝，但后劲大，等他想站起来的时候，已经醉得东倒西歪了。好不容易找到住宿的旅馆，天已经快大亮了。他倒在床上昏睡了三天三夜。同去的人喊他不醒，见他不是个做事的人，也不再管他，把他身上的钱财洗劫一空，一去不回头。按后来母亲的说法，人家没把他扔到长江里喂鱼，已经算是万幸了。

三天后父亲才醒来，看看身无分文的自己，一时间没了主意。后来他把自己身上值钱的东西都抵给旅馆才得以脱身，靠沿途要饭走回来的。母亲看见他蓬头垢面、衣衫不整地回来，只道是他被人偷了，不但没责怪他，反而还千方百计安慰他说，你不知道外面的险恶，第一次出去没经验，慢慢就学会小心了。

二姐和我出生后，家里的日子更难了。母亲找到我舅舅借了点儿钱，安排父亲去城里买一台缝纫机。她在城里上学的时候跟人学过一点儿缝纫，想把这个手艺捡起来挣点钱补贴家用。谁知道他去城里转了一圈，买了一辆三轮车回来了。

母亲看他煞有介事地骑着三轮车回来，样子看起来很是滑稽可笑，就耐着性子问他:"让你去买缝纫机,你怎么买个这东西回来?"

"这东西?这东西好啊!"父亲从三轮车上跳下来,像得胜回朝的将军,一边轻轻抚摸着三轮车座子,一边眉飞色舞地跟母亲说,"我去供销社问了,缝纫机要票,没有票人家不卖。这个不要票,这多好啊!多实用啊!给人拉点东西,既不用什么手艺,又自由自在,而且男女都能干。缝纫机就你自己能用,我不能在家闲着吧?"

母亲不但没生气,还就着这事儿,逢人便夸奖他有眼光,有头脑。

开始一段还真不错,给人家拉货送东西挣了点儿钱。父亲每天见了钱,都完好地交给母亲。可巧有一天,他给饭铺子送菜,卸货的时候看见大厨正在做菜。他一时技痒,讪笑着凑过去说:"老弟,要不我帮你干一会儿?"

大厨斜睨他一眼,说:"老兄,还是好好送货吧!这活儿哪是你干的?"

父亲便去找掌柜的。掌柜的也听说过我爸,只知道他过去老是给人家帮忙,但没听说他在饭店做过,便对我爸说:"老兄,今天不行,这可开不得玩笑,外面好几桌客人等着上菜呢!"

父亲说:"不误事的,不误事的。"说罢就去菜案边站着。大厨正想看看他的笑话,便把刀顺过来,刀把子递给我父亲。

我父亲接过刀,神情立马肃穆起来。他挽了挽袖子,并未急着下手,而是一边用磨刀棍细细地磨着刀,一边认真地看着面前点菜的单子,仔细盘算了一下,才开始切菜。也未见他有大动作,只见菜刀贴着案板,像小鸡啄食似的不停地动着。不一会儿工夫,他面前就规规整整摆满了肉丝、肉丁、肉片和花红柳绿的各种配菜。案上的东西准备齐了之后,他才开始开火、架锅、烧油。在父亲的操持下,一时之间只见勺子翻飞,碗盘叮当。平时蔫不拉唧的父亲,好像突然间换了一个人,简直像个音乐演奏家,把各种乐器调拨得如行云流水,荡气回肠,一会儿便让老板和大厨看傻了。

"我的天!"老板不禁拍掌,兴奋地喊道。

没多长时间,客人的菜全部做好了,菜案干干净净,锅灶也利利落落。这让掌柜的和大厨看得心服口服,半天才回过神来。掌柜的本来就是个二把刀，靠糊弄过路的赚几个钱。找的大厨也是一般的厨子，只能应付个粗茶淡饭而已。

"今天真是开眼了，想不到咱这里还有这样的高手！"掌柜的不住嘴地赞叹道，"人家多少有点手艺都去考厨师了，您咋没去呢？"

父亲就不能听到人家表扬他做菜好，这是他最高兴的事儿。他乘兴把大厨喊到跟前，把做菜的方法和火候一一讲给他，让他照着做。掌柜的也高兴，觉得我父亲实诚。待客人走了之后，让他拣拿手的做了几个菜，跟大厨三个人在外面坐了。

掌柜的说："今天算是遇到高人了。不知道能不能请大哥委屈到我这小铺子里，算给小弟我帮帮忙。"

大厨也在旁边，不住口地喊我父亲："师父，师父。"

我父亲说："很抱歉，这个我做不了。"他知道如果要跟母亲提到这个，母亲肯定会跟他拼命。

"价钱您只管提。"掌柜的说。

"不是钱的问题。"父亲说。

掌柜的无奈，只好劝我爸喝酒。三个人喝干了两瓶烧酒。父亲喝了酒，仍和上次一样，头晕眼花。掌柜的要找人送他，他大大咧咧地说没事儿。两个人把他扶到三轮车上，他骑了不多远，便一头栽到沟里，肋骨立时断了两根。

家里没钱，母亲只好把三轮车卖了，卖车的钱还不够治病的。母亲虽然脾气不好，但大事上总还是明白事理，人都这样了，她反而不再苛责，尽心给父亲治病。特别对于父亲喝酒，虽然坏了两次事儿，但母亲并没有过分责怪他。她觉得一个男人不吸烟，再不喝酒，就更没一点汉子气了。她偶尔说起我姥爷，一顿喝一斤酒，一点醉态都没有，说话滴水不漏，那叫一个威风！

但是出了两次事儿以后，父亲便滴酒不沾了。

看着他一个大男人整天无所事事，母亲暗自着急。想着他自小背过汤头歌，多少也懂点医术，于是就去托了镇上的一个人，让给他找点事儿干。这个人曾经是她爹的跑腿儿，和她家的人关系很好，过去她爹也常常带他在家里吃饭。她爹被镇压了，这个人却因为在政府里有关系，被树成受欺压的劳苦大众典型，后来竟然当了干部。但他人倒不坏，当了干部之后对我们家还是比较宽容的，至少没有落井下石。我母亲去求他，他二话没说，就安排我父亲到镇上一个兽医站当临时工。要说这真是有点儿乱点鸳鸯谱，兽医跟人医毕竟是两码事儿。好在我父亲还懂点儿中草药，安排到兽医站，如果他愿意好好干，也说不定真的能干好。

但他去了不到半年就被开除回来了，还背了三十块钱的罚款。那时候的三十块钱，够一个家庭吃一年半载的。事情的经过是这样的：有个生产队的一头驴生病，已经病得走不成路了，用拖拉机拉到兽医站。那天刚好我父亲值班，看了看这头驴后，他说已经没有治疗的意义了。不知道他是想展示一下自己的手艺还是可惜这头驴，他提议大伙儿凑点儿钱把驴买下来。五块钱买了一头病驴，杀了之后他配了煮肉的汤料，然后亲自下手卤了一锅驴肉，兽医站的人每人都分了一份。

后来不知为什么被镇上知道了，说是破坏人民公社生产资料，要追究兽医站的责任。兽医站的领导把责任一股脑推到我父亲一个人头上，他被开除不说，还罚了三十块钱。

不过他那次出事儿以后，卤煮驴肉便成为镇子上的一道地方名吃，一直到现在都经久不衰。还有就是，我父亲会做饭的名声也传出去了。

为了这件事儿，我母亲大病了一场，好久都没迈出过家门。身体好了之后，她性格像变了个人似的，脾气暴躁得简直像炮仗，遇火就着，对父亲再也没有任何温情。从此之后，我们家再也没人敢在她面前说到吃的话题。没人在后面督促着，父亲也不再出门找事儿干了，天天浑浑噩噩混日子。后来发展到母亲在家里不管怎么对待他，他都跟木头人一样，装作没听见。

父亲死后，有一次母亲跟二姨哭诉道："如果他能出去拼一拼，就是把家里所有东西都输光，我也不会责怪他一句，他也不枉活一场！"

二姨说："人各有命，就像你说的，我嫁了一个杀猪的，不照样得过日子吗？"

说起二姨夫，母亲总是不屑一顾，她觉得好歹我爸也是个少爷出身。"不过，他一个大男人，天天在家里混吃等死，活着就是丢人。就这你还说我家的孩子教育得好，教育得好。好什么好？不都跟他一样，一窝子饿死鬼托生的！"

我二姨夫在我二姨病逝后的第七天死于心肺衰竭。我回到深圳还没来得及喘气，又飞回了郑州，帮哥哥处理后事。

在我母亲嘴里，二姨夫一辈子都只是个杀猪的，是个没丁点儿出息的人。可这个杀猪匠和我二姨恩爱一辈子——可能也称不上恩爱吧，平淡夫妻，一辈子没吵过嘴，但也没爱得死去活来过；从没大富大贵过，可也从不缺衣少食，相依相伴过了一生。二姨缺少我母亲的志向，从不巴望自己的丈夫或者儿子能出人头地。他们两个相依为命，都活到八十多岁。

对于他们的去世，母亲并未表示出过多伤心，该做什么还做什么。只是说到二姨的时候，她会说："要说不该啊，她比我身体好嘛！"或者说："她这一辈子，过得也不值。"对二姨夫的死，她没有任何态度，问都没问过，自然没人知道她心里是怎么想的。我想，她不至于对食品站那档子事儿还耿耿于怀吧？

5

二姐是在孤独中长大的孩子，在我们家，她虽然比我处境好一些，但也不怎么讨母亲喜欢。为什么就我们俩不讨母亲喜欢呢？虽然我们从来没在一起说起过这个事儿，但是各自心里都有数。二姐贪吃，而且性子懒散。这是母亲最受不了的。而至于我，母亲说得更难听，她说我从长相到性格，特别像我父亲。有一次忘记因为什么事儿，她跟大姐说起我，她说："你三妹要是再长了胡子，活脱脱就是你爸又从黄河滩爬回来了！"

在我们家，二姐长得最漂亮，就是不爱说话，是我们村有名的冷美人儿。我父亲最喜欢的也是二姐，暗地里夸奖这个闺女像个大户人家的孩子。二姐说，她不像我们几个深受母亲的控制，时时处处孤立父亲。她不但不讨厌父亲，甚至还有点儿喜欢他。他从来不打骂孩子，大小事儿说一句狠话都很少。她说她喜欢父亲看她时的目光，眼睛柔软得跟兔子一样。打记事起她就喜欢腻着父亲，整半天整半天地拱在父亲怀里自个儿玩。父亲偶尔会给她讲些个故事，猫姑姑的鱼汤之类的，反正都跟吃有关。猫姑姑给小猫做鱼汤，新鲜的鱼放上几朵蘑菇，再加上葱、姜……煮出白浓浓的汤，那个好喝啊，把小猫的肚皮都撑破了。每次故事还没讲完，二姐的口水都流出来了。母亲嫌二姐贪吃，也可能与这有关吧。

我母亲不喜欢二姐的另一个原因，就是她脾气特别倔，自己不愿意干的事情，怎么说都不行，打骂也没用。有一次，她嫌母亲用我大姐的旧衣服给她改做的棉袄太难看，不愿意穿，母亲就把棉袄从她身上扒拉下来扔在地上，说不愿意穿就别穿！大冬天的，她硬是穿着一件单衣去上学，回来冻得感冒了好几天。

不过，说她贪吃还真有点儿冤枉她，我觉得她只是好吃，最多是会吃而已。在吃的问题上她比较挑剔，喜欢吃的东西一定要吃够，不喜欢吃的东西，宁愿饿着肚子也不吃。本来在我们家"吃"就是一个最大的贬义词，是一种恶，而她不但贪吃，还把倔劲儿用在吃上，这让母亲更加愤怒。一个人对吃这么讲究，还有什么救？所以母亲刻意要在家里创造一种以吃为耻的氛围，并把这种观念深深地种植在我们的骨子里：贪吃的人都不是什么好人，都不会有什么出息。

我们对于父亲的疏离就跟母亲的这种教导有关。一直到现在，我们也避免在母亲面前谈论吃。虽然都开饭店，但是在家里闭口不谈饭店的事儿。母亲不管在任何时候、任何情况下，都绝对不会去我们开的任何一家饭店吃饭。

二姐是我们家唯一的一个读书读出功名的人，这让母亲以吃为耻的文化受到很大的冲击。收到录取通知，二姐也不向她报喜，把通知书关在抽屉里，一句话都没有。其实母亲早已经听说了，但她不说，母亲也不问。她曾经向我大姐抱怨道，知道是个不孝顺的，翅膀长硬了还不知道会咋着呢！所以二姐考上学，本来是给家里挣足了面子，应该在村里放一场电影祝贺一下，但有人提起这事儿，母亲一口回绝了。二姐走的时候她也没送，一早就下地干活去了。

我借了一辆自行车，把二姐送到了市内的学校。

二姐财会专科学校毕业后，分配到区政府上班。她漂亮，又有文凭，一上班就被区里一个副书记看上了，想娶回家当儿媳妇。副书记找了个中间人，就是原来跟着我姥爷，后来在镇子上当干部，给我爸安排过工作的那个人。他来找我母亲，刚刚说明来意，我母亲便说："其他人说这事儿，我不一定答应。要是您说了，我信！"

母亲跟二姐说这门婚事的时候，带着几分得意，好像她立了好大的功。"看看人家的那个家，若不是不讲出身成分了，人家能看上咱？"

让母亲想不到的是，二姐死活不答应。她知道那个副书记的儿子是个混世魔王，打架斗殴不说，多少女孩都被他糟蹋过。

对二姐的拒绝，母亲眼睛都没抬，说："年轻人，哪个不浑上几年？看人家那家庭，父母哪会不操心？结了婚就好了。"我二姐说："人家家好，和我有什么关系？我是跟人过，不是跟他的家庭过。谁想嫁谁嫁，反正不是我！"

母亲气得站起来，指着二姐半天说不出话来。后来看见二姐往外走，她在后面跳着脚说："从小到大你都哭丧着个脸，等着我死是吧？人，说一句就得算一句！我已经答应过人家了，你要不答应，要么你离开这个家，要么我死。你看着办吧！"

二姐二话不说，收拾了几件简单的衣服，头也不回地走了。

就是那一次，那一年的阴历七月二十六日下午，母亲又一次气得犯了病，一头栽倒在沙发上，口吐白沫，人事不省。后来拉到医院抢救了半天，虽然并没有生命危险，但还是把我们吓得不轻。

最终二姐还是屈服了。

本来就是硬撮合的婚姻，再加上性格差异那么大，结婚以后两个人完全过不到一起。书记的儿子不务正业，天天泡在歌厅酒吧，经常是十天半月我二姐都见不到一次他的人影。但我二姐从来没回家诉过苦，跟任何人都没提过这事儿。后来还是我母亲看着不对劲，结婚几年了也没孩子。找人一打听，两个人基本没在一起住。母亲把二姐找回去问她，这些事儿为什么不跟她说。

二姐说："不想说。"

母亲说："那就立马跟他离婚！"

二姐说："不想离。"

母亲说："你说不离就不离了？"

我母亲实在咽不下这口气，到书记家跳着脚骂了几次。人家那家也不是任人撒泼的地方，立刻催着儿子离了婚。本以为我们家还会闹，我母亲却一句话没再说。我二姐净身出户，带着自己的衣服就走了。

二姐离婚后，那家人倒是有点后悔，毕竟自己家的儿子什么样他们比谁都清楚。二姐与他结婚几年，从不吵闹，也没向家里提过任何要求，在单位更是低调内敛，踏实得像颗螺丝钉。穷人家也能教养出这般又懂事又有尊严的孩子，他们觉得很难得。

他们再找那个中间人来说合，被母亲一口回绝了。

二姐离婚后也没有回娘家住，而是住在区里给的一间单身宿舍里，像是什么事儿都不曾发生过，安安静静地过自己的日子。二姐后来又找的这个人也是她的同学，原来在西北当兵，执行任务的时候腿被冻坏了，是立过军功的。后来转业到地方上，安排在镇政府办公室工作。在学校的时候二姐倒没有怎么在意他，记不得他什么样子了。但现在他毕竟是当过兵的人，受过部队的训练，总是把自己收拾得整整齐齐，腰杆挺得笔直，办事利利索索，走路的时候如果不仔细看，完全看不出腿是受过伤的。二姐知道他的伤情有多重，他能坚持这个姿态，需要怎样的毅力啊！

这个人也很同情二姐的不幸，总是不动声色地帮助她。毕竟她的前公公还干着领导，虽然人家丝毫没有难为她，却很少有人敢和二姐走得近。势利是人的本能，她也不怪谁。可大家的冷淡和明显的距离感，让后来的二姐夫感到不快，他就是那个时候走近二姐的。

二人相处久了，日久生情。他向我二姐求婚的时候，我二姐就提了一个条件，要求两个人同时辞职，不再看人家的脸子了。

他二话不说，先打了辞职报告。

母亲听说了这事，跟二姐闹得要死要活的。一家子人都上不了台面，好不容易出了这么一个体面人，说不干就不干了。又要找二姐的同学去闹，被我二姐呵斥住了："辞职是我自己的事儿，也是我要求他辞职的，你找人家说什么理？"

我母亲说："不是因为他你会辞职？"

我二姐说："我结婚是你选择的，离婚也是你定的。难道你还想让我再来一遍吗？"

我母亲气得三天不吃饭，病得一个月起不了床。

二姐他们两个人辞掉工作结了婚，在他们居住的村（那会儿已经叫社区）东边盘下了一个餐馆，主卖卤煮驴肉和牛羊肉类的食品。周围的人都说二姐的卤肉好吃，传说是我父亲给她秘传过食谱，她得过我父亲手把手的真传。每当有人问起他俩的时候，他们都矢口否认。这让人家越发觉得这传说是真的，而且添油加醋，越传越神。

后来我问她，她告诉过我，父亲确实给过她一个做菜的笔记本。她一直藏在家里，不知怎么的，那个本子不见了。我二姐找我母亲讨要，我母亲死不承认，说她没拿。二姐这种性格，倔起来谁也没办法，天天追着母亲要。后来把母亲逼急了，母亲说："你说是我拿了，就是我拿了。我塞到灶火里烧了！"二姐更急，说："那是我爸留给我的，你凭什么烧了？"母亲劈脸给她一巴掌，把二姐打得一头撞在门上，头上立马鼓起了个大包。母亲说："我凭什么烧了？就凭我不想让你们成精！一个两个都成馋嘴精了！"

对于二姐的再婚，后来母亲再也没有干涉。可是她辞了公务员开饭店，真是让母亲吐了一回血，一下子老了好几岁，一个人关着门叹气："学还不是白上，真随了你那死鬼爹。原本我就说她哪来的恁大福气，到底是盛不住啊！"

母亲一次也没去过我二姐的店，经过那条街都绕着走。逢年节走娘家，我二姐绝不带自己饭店的食品，带的都是超市里买的礼物。

也真让我母亲说着了，也许是遗传基因的作用，也许父亲留下菜谱这件事儿在我们心里深深地扎下了根，要不我们姐弟几个怎么不约而同都选择了开饭店呢？

二姐他们的饭店开了几年，生意很不错，也赚了一些钱。她却一路瘦下去，而且一直没生孩子。二姐夫拉着她去医院检查，结果发现患了甲状腺肿瘤，已经有癌变了。虽然手术做得还不错，而且三个疗程的化疗做下来，二姐的身体并没有很大反应，头发也没掉，但二姐夫还是不放心，经常要拉着她去全国各地的大医院找专家。二姐想着刚好趁着这个机会，也可以给二姐夫治疗治疗他的伤腿。于是两个人一合计，就把饭店转让给别人，老房子也卖了，买了一辆旅行车，天天跑着求医问药。最近我联系了她两次，他们一次是在北京，一次是在天津，直到我要走的前一天他们才赶回来。

本来我在郑州东来顺火锅店定了个房间，二姐喜欢吃涮羊肉。可是无论怎么说她就是不出去吃饭，我只好让火锅店把东西打包送到她家里来。

　　那天我到她家的时候，他们正在整理大包小包的中药，屋子里弥漫着一股药香。因为是逆光，或者是心理作用，我看着她瘦得像个影子一样坐在那里，禁不住一阵心酸。我屁股还没坐稳，她就说起母亲打电话安排父亲墓地的事儿，说早就该好好办了。然后，她手朝里面指了指，对二姐夫说："你去把东西拿过来给三妹吧！"

　　二姐夫站起来的时候，我才拿眼睛去打量他。他也比过去瘦了，但精神头很好。他身上有一股正气，因此看起来哪里都大方端正，和二姐很是般配。关键是两个人相敬如宾，日子过得很称心。不过到底上了岁数，能看出来腿走着还是多少有点不利索。他回到里屋，拿过来一个用报纸包着的大纸包，在沙发上打开一看，里面是十捆百元钞票。

　　"这是十万块钱。"二姐夫指了指那钱，然后怕烫着似的缩回手，两只手来回搓着。

　　我"哦"了一声，站起来走过去，把纸包重新包好，放在二姐面前的桌子上。我说："二姐，姐夫，这个事儿你们不要管了，先抓紧时间看病。二姐，尤其是你，谁不知道你现在过的什么日子？这几年你们俩看病估计把家里的钱都折腾得差不多了。即使你们要出这笔钱，我也先替你们垫上，以后再说好不好？"

　　"那怎么行？"二姐生气地瞪着我，"谁也代替不了我，你也知道父亲跟我最亲。"说着她的眼圈红了，低下了头。

　　"我知道。等你们缓过劲儿来再说吧！我这次来不是要钱的，就是过来看看你们。一直想让你们去深圳住一段时间，你们总是害怕给我添麻烦。都是一家人，能有什么麻烦呢？"我的眼泪也流了出来，在我们家，我跟二姐最好，"而且我跟大姐也说好了，我的房子卖了，钱也不存了，先把坟地买了，把咱爸安置好，以后再说好吧？"

　　二姐低着头没说话，也没再推让。

　　我怎么会不知道父亲对二姐最亲呢？在我们家，唯一能跟父亲说话聊天的只有二姐。二姐跟我说过，父亲出走的那天下午，曾经专门到学校来找她。那时她还在上中学，他在学校门口旁边等着她放学出来。那时是秋天了，他一个人瑟缩着站在离校门口很远的地方，害怕人家看见他。二姐出来没看见父亲，只顾低着头跟在其他学生后面往前走。后来她感觉有人在旁边跟着她，扭头发现了父亲，也不知道他已经等多长时间了。但周围都是同学，她也不好意思喊他，那时候的学生都怕家长到学校来，让同学们看到笑话。女儿在前面走，父亲就远远地跟在他们后面，直到周围没人了，二姐才停下来。

父亲从怀里掏出一个夹了肉的馒头递给二姐。馒头里的肉夹得很厚，一闻就是父亲的卤料的味道。那是他从人家酒席上带过来的，包馒头的纸油汪汪的。二姐接过来，感觉还热乎乎的。

两个人站在那里，父亲看着瘦小的女儿三下五除二就把一个大馒头吞进肚里，意犹未尽。父亲的眼圈却登时红了，一脸的惭愧，那神情好像是在说："妞，爸没本事，要是你生在过去，想吃什么爸都给你做。"

俩人还没说几句话，远处又过来几个同学。二姐急得想走开，害怕被同学撞见。

"二姐，我想给你说个事儿，"父亲从怀里掏出一个红塑料皮本子递给二姐，"这个你放起来……"

那几个学生走得越来越近，二姐匆忙接了，没等父亲把话说完便扭头跑开了。

那是父亲和他的孩子说的最后的话，至于他还想说什么，永远也无从知晓了。

二姐说，她和父亲分开后就开始后悔了，以后很多年里，她一直为这件事情后悔，不仅仅是因为后来他死了。她说，当时她就非常伤心，一个寒瑟的父亲，特地来看女儿，她就那样把他撂开不管了。她应该让他把话说完，可当时没想那么多，只是觉得以后还有机会。

"谁知道，再也没有机会了！"二姐每次说到这里，都会哭一次。

二姐讲了这一段故事之后，我曾经跟她讨论过这么一个问题：如果父亲不是自杀，他为什么要跑那么远去学校找你，交给你那个笔记本？在家里完全有足够的时间，也有很多机会啊！可见对于自己的死，他是有预见的。至于那天夜里跟母亲发生的争吵，最多是促使他下决心的一个因素。说母亲逼死了父亲，完全是无中生有的臆测。

二姐长长地叹了口气，说："咱们家那环境，还容得下他吗？"然后又摇摇头说，"别想了，都过去了！"

火锅使二姐家的温度升高了，她的新家还没开通暖气，空调功率太小。二姐解开围巾，脱了外套，我看到了她脖子上手术留下的疤痕。现在的外科技术好，倒是做得细细的不太明显。我站起来，把我脖子里的珍珠项链取下来要给她戴上，装饰一下，刚好能遮住一部分痕迹。二姐坚决不要，使劲和我推让，脸涨得紫红，脖子上的疤痕变得更红了。二姐夫说："三妹真心给你的，你要再推让就生分了，留下吧！你也从没给自己买过一件首饰。"我眼圈又红了，我那里有一大盒子珠宝玉器。看看我身上的衣饰，再看看她，同是一个母亲生的，命运却有着巨大的差别。

我说："这珠子不值几个钱。二姐是个美人，戴在她身上就是比我戴着好看。"

那是我年前刚买的南洋珍珠，十毫米的金珠，我知道我要是说出来价钱，抵死她也不会要。

我对二姐夫说，该去给二姐添几样像样的衣服了，女人打扮得漂漂亮亮，运气都会跟着好起来。

二姐夫以军人的认真口吻说道："是的，年前年后我催她七次了！这几年病着，她心都懒了。"

我笑了笑说："二姐，你过的是自己的日子，干吗总是跟谁赌气似的？"

她有心结，父亲的死，以及母亲对她的干涉，一直都没有化解，沉积在她的心底。但我知道，谁都无法说服她，除非她自己走出来。

二姐这才不再推让了。她把珠子在脖子上转了一圈，问二姐夫："好看吗？"二姐夫笑了笑，点点头说："三妹说得很对，人就得打扮，看着精神。明天就去买新衣服，咱好马得配好鞍。"

二姐的情绪也轻松多了，对我说："三妹，现在咱妈最离不开的就是你了，你也够心累的。"

我笑了，说："天底下谁会信啊？她不是离不开我，是离不开小妹。"

"信不信由你。"二姐本来也想笑，但没笑出来。她下意识地摸了一下脖子上的刀口："我最了解她，你别看她说什么，要看她做什么。她就是嘴硬。她为什么自打去了深圳一趟也不回来？"

然后她拿起我的手压在她手上，认真地说："别跟咱妈计较了，她一辈子就那样。她一直跟我过不去，更跟你过不去。我吧，生性就这样子。那时她可能觉得或许你能有点出息，能吃苦，也能忍。她就是怕你像咱爸，太没心劲儿了！你什么都不要，都不争取，她是恨铁不成钢。她最崇拜咱姥爷，就怕自己的孩子像咱爸。"

我的泪涌上来，努力把它压了下去。但是仔细想想，二姐的话也让我不舒服。她怎么也会像大姐一样，看得出来我在跟母亲计较？这话从大姐嘴里说出来我还受得了，从她嘴里说出来我很难接受。不过话又说回来，我不是也一直觉得二姐心里在跟母亲计较吗？

但我不能跟她辩解。虽然我无论如何也改变不了她母亲也是我母亲这样一个事实，但母亲从小到大这样对待我，总得有一个理由吧？我始终痛苦的不是她这样对我，而是她为什么这样对我。

但是我说的却是：

"她那样子对咱爸，我这些年也一直在想，咱爸又有哪里做错了呢？说咱爸给咱们家带来耻辱，连大姐也这样说。咱爸到底给咱们家带来什么耻辱？"

"那要看怎么说了，每个人看问题的角度不一样。"二姐若有所思地说，"算了，反正都过去了。"

二姐这话，让我更是难受，莫非她也曾经认为父亲给我们家带来过耻辱？

"我不认为咱爸给咱们家带来过什么耻辱，而且如果没有咱爸，咱们几个会开饭店吗？"我心里空落落的，有一种坍塌般的悲凉，"有些事情可以过去，有些事情永远都过不去。我现在每琢磨出一道菜，都会想，我这菜就是做给爸看的，就是想让他满意！咱妈整天讨嫌他，说他嘴馋，他要是活着，我就让他吃个够，龙肝凤胆我都给他买！"

一句话说得我们姐儿俩的眼圈都红了。我们不敢看对方，眼睛盯着咕嘟咕嘟冒热气的火锅。后来还是二姐夫添菜，我们才结束了这难挨的沉默。

吃过饭，我们又说了一会儿话。临走的时候，我给二姐放到桌子上五万块钱，说让她和姐夫看病用。她也没有推让。

第二天我回深圳是坐的飞机，我急着赶回去看看母亲的病情。大姐夫把我送到机场，二姐和二姐夫也赶到机场送我。二姐还收拾了一包东西，说都是母亲爱吃的咸菜什么的，让我带回去。我把东西塞进行李箱里，回到深圳才发现咸菜下面整整齐齐压着十五万块钱。

但是那串珍珠项链她留下了。

6

最早起步的时候，我花十几万块钱给自己在郑州买了套房子。一来那时候郑州的房子便宜，与深圳比起来像买白菜似的；二来是怕钱握在手里不牢靠，说到底更是为了让自己安心，万一哪天外面的路走不通了，自己总是个有家的人。

回到我自己的房子里，才觉得是真正回到了郑州，而不是像走在梦境里，飘忽得惶惶不可终日。有时候我不想受任何人打扰，就关掉手机，静静地坐在空荡荡的房子里想那些过去的事情。历史正汹涌而来，我像坐着时光之船，一点一点地穿越历史的激流，与自己的过往擦肩而过时，即使是伤痛也变成了甜蜜。

我想起了母亲。跟母亲在一起生活了几十年，我也没弄明白她。她的性格非常古怪，或者说非常奇特。我常常想，即使我父亲是一个上进的人，能达到母亲所要求的高度和标准吗？母亲最羡慕的人就是我们家邻居周四常，父父子子都是走的仕途，里里外外都风风光光。而我们呢？母亲觉得一家子都是卖饭的，挣再多钱，也是从人家嘴头子里抠出来的，怎么说得起嘴？一粒老鼠屎坏一锅汤，都是我爸把儿女带到歪路上去了。

二姨说，母亲的性格最像我姥爷。我姥爷最后被枪毙，也不是作了多大的恶，而是他眼睛太尖、嘴巴太利。他是镇上的摆事老大，谁家父子兄弟分家，闹三天打断胳膊腿都扯不清，着人请他来，他穿着长袍拄着拐棍往人家堂屋里一坐，三下两下就把家当给分了。虽然他处事公道，大家也都相信他，但毕竟事到临头，有满意的有不满意的，反正满意不满意都得听他的，一句都不敢抱怨。一个镇子就这么大，谁敢保证今后没事儿求到他门下？不过话又说回来，在熟人社会里，让人敬着却又让人怕着，终不是啥好事儿。

我从一开始就知道在这个家里母亲最不喜欢的是我。但她从来没说过我有哪一点不好，也许她是整个儿不喜欢我，也许是我没有一点儿讨人喜欢的地方吧。小时候我在家里就是干活最多的一个，她像从来没看见一样。其实，哪个孩子不渴望疼爱呢？我越是刻意迎合，她对我的反感越甚。莫非仅仅因为我在长相上像父亲？这无论如何说不过去，毕竟我性格不像父亲，也并不贪吃。

开始母亲最喜欢的就是大姐一人，说她不但漂亮，也会说话，办事也有胆儿，拿得起放得下。后来有了我弟弟，她的心思大部分就放在我弟弟身上了。但相对我们姊妹几个而言，她还是偏向大姐。没儿子的时候，她希望在女儿中培养一个男儿。有了儿子，她觉得找到了希望，殊不知真正性格像我父亲的就是我弟弟。但她不承认，也不允许我们任何人这样说。

父亲去世后，二姨曾经跟我说过，母亲找人算卦，人家告诉她我命里克父母，父亲去世就是因为我妨的。一直到今天，我和母亲从未亲近过。她和妹妹在一起，看电视都挤在一张单人沙发上，出门手牵着手。我哪怕靠近她一点，都能明显感觉到她身体的抗拒。

唉，她究竟是害怕我什么呢？以她的性格，我不相信她是害怕我真的会妨死她。

整个成长期我都非常自卑，为自己给父母带来厄运而惴惴不安，因此在她面前就更加局促，到后来说话也变得结结巴巴的。母亲说我长大了是个会使心眼的人，整天低着头，说话哼哼唧唧的像蚊子叫。

"抬头婆子低头汉！整天低着头，心里有啥见不得人的事儿？"母亲说。

母亲的情绪感染了大姐，或者说，大姐觉得她可以代替母亲。家里除了母亲，大姐就是当家人，父亲对这个家庭的影响几乎可以忽略不计。在这种环境下，家里的粗重活自然都是我的，洗衣服，做饭，打扫院子。我干活多，出错就多，经常被母亲责骂。我记得有一年冬天，快过年了，气温特别低。我提着一篮子衣服去河里洗。河上空旷无人，就我一个，棒槌敲打着衣服，声音传出老远。我并不觉得委屈，干活儿似乎天经地义。即使这样的日子没有尽头，能让我待在这个家里我就很满足了。我常常在书上看到"忧愁"二字，可忧愁是富贵人家的事情，我没有权利忧愁，我只是盼着母亲让我上学。我拼命地干活儿，好让母亲满意。

那天洗完之后，可能是蹲的时间太长了，站起来的时候一头栽倒在地上。两只手本来就冻得都是口子，地上的砂和石子儿都钻到伤口里，让我疼出了眼泪。寂寞的旷野里，天那么高远，我那么渺小。

我要是栽倒在河里呢？我要被水冲跑了又有谁会拉我一把？也许死了会更好些，我父亲不会就是这样想的吧？

我吓得哭了起来，对着一河的水哇哇哇地号叫："啊——啊——啊——爹呀，妈呀，二姨呀，二姨夫呀……"

在家里我不敢哭，掉滴眼泪都不容许。母亲心情不好时，碰巧我干的活她又不满意，她就会拧我，但只是拧我的胳膊、屁股。大姐也会拧我。她拧我的时候不说话，只是死劲儿掐我的脸。母亲也骂我："我还没死呢，你给谁哭丧？"偶尔她心情好些，便会笑话我："瞧瞧，自己倒会惯自己，我们家出了个小姐！"

我每次委屈得受不了了，就会跑去二姨家。我哭二姨也哭，她说，哭出来就好了，小孩子老憋屈着会落下病的。

那天在河边哭完，回家我也没跟母亲说，自己跑到卫生室让医生把石子儿拣出来，包扎一下就过去了。直到我结了婚，在老公的哄劝下，又做了一次手术，才把里面的最后一颗小石子儿拿了出来。那剩下的一颗石子儿，在我肉里疼了多少年？

估计我母亲从来就没想过，我那会儿还是个小孩子，而且是个十三四岁的小女孩。

在二姨家，我的身体和情绪都慢慢恢复了。读完小学，有一天母亲突然来到二姨家，说要把我带回去。二姨和二姨夫都很吃惊，说孩子在这儿好好的，你这是干什么？母亲不耐烦地朝他们摆着手说："闺女是我生的，我也没说过要把她送给你们。你儿子也大了，你们家就两间小房子，男大女大的，一个屋里住着不方便。她杵在你们家里，净是碍事儿。"母亲说完，瞪我一眼命令说："站在这里干啥？还不赶紧去收拾你的东西！"

我靠着二姨站着,看着母亲凶狠的样子,腿都是软的。但我怕她跟二姨闹,便嗫嚅着说:"我马上就去收拾。"

她朝我不耐烦地摆摆手说:"那就赶紧去吧!"

二姨跟着我来到里屋,一边帮我收拾东西,一边流泪。二姨夫蹲在门口,一根接一根抽烟。表哥那天出去了,不知道是有事儿,还是故意躲出去了。不过即使他在,肯定也不敢说什么。

我跟着母亲回了家。原来是家里添了弟弟妹妹后,她腾不出手干家务活儿了。她见我身体好了,觉得让我回来好歹多个帮手。那时候大姐在她面前还吃香,霸道凶狠,啥事都推给小的。二姐本来就倔,不大听她使唤,一天到晚捧本书,心不在焉地干点活儿她也看不上。二姐也没少挨打。母亲说:"随她那死鬼爹,啥都别想指望。"

快开学的时候,我跟母亲说我要上学。母亲吃惊地看着我说:"你也要上学?你大姐、二姐都上,你再上,莫非要把我拆骨卖肉?"

我说:"妈,我保证一边上学一边干活儿,绝对不在家吃闲饭。"

"不上了!"她对于我敢还嘴,更加恼羞成怒。

过了好久,她看见我一直站在那里没动,口气有点儿软了,说:"你这样的死脑筋,上也是白上。你先把家里的活儿干好,以后再说吧!"

我不再乞求她,我知道跟她说软话没用,只有把事儿做好才有可能改变她的想法。所以我每天五点多起床,晚上十点多才睡,把家里的事儿理得头头是道。我再提出上学的时候,她没有阻拦。

我初中毕业后,顺利地考上了高中。那天趁她在家做针线,我蹭到她跟前,跟她说我要上高中。

"不上!"她抬头斜了我一眼,就低下头去。父亲活着的时候,有时尽管她说话不好听,但还讲理。父亲不在之后,她的脾气变得更加暴戾,说话就跟放小刀子似的。

我站在她跟前,磨磨蹭蹭不走。

"你就是在这里扎根儿,也不能再上了!"

我依然站在那里。她干完手里的活儿,看都没看我一眼,噔噔噔地从我身旁走出去了,脸色阴沉得像要下雨一样。

这次看来是真不让我上了。

我想到了二姨。我不想她还能想谁呢？趁母亲不在家，我去找二姨。到了二姨家已经快中午了，我看到二姨夫和哥正在吃饭。二姨不在，二姨夫说她去舅舅家了。说话间，哥已经给我盛好了饭。在我吃饭的时候，哥说："你二姨明天才能回来，你要是有急事，我骑车载你去，或者我把她喊回来。"我想了想说："如果二姨在那边没有急事的话，还是把她喊回来吧，我有点儿急事，在咱们家说方便些。"我在二姨家里，说话就口齿利落，像换了个人。

我哥饭都没吃完，放下手里的碗，推着自行车就走了。

二姨半下午回来了。我一直站在门口等她。她看见我，眼圈先红了。还没待她进屋，我扑通给她跪下了，抱着她的腿哭着说："二姨，您救救我吧，我想上学！"

"你妈又不让你上学了？"二姨蹲下来，抱住我的腰，"我明天就去给她说。她要是不同意，我供养你！"

说话间，我哥也从外面进来了。我们四个人坐在屋子里，你看看我，我看看你，好像谁都没勇气再提这个话题。大家心里都明白，二姨去见我妈也于事无补。后来还是我哥打破了沉默，我哥说："这样吧，明天我去给大姨说，你上学，我去替你干活儿。"

"那肯定不行！"我脱口而出。我知道，二姨二姨夫身体都不好，这个家离不开他，我不能再拖累这个家庭。

"没事儿，"我哥说，"就这么着！"

我知道母亲的性格，我哥这样说也只能是安慰我而已。

我跑来二姨家，也只不过是哭一场，发泄发泄罢了。二姨能有什么办法呢？

吃过饭，我提出要回去，二姨也没再留我。她一直在哭，她知道自己斗不过我母亲，让我哥骑车把我往回送。我们一路无话，但好像又说了一路的话。我知道他说的什么，他肯定也知道我说的什么。

到了村口，我哥把我放下，连看都没看我一眼就折转头往回走，根本没提去找我母亲的事儿。我猜他肯定在哭。我看着他走远了，突然间又泪流不止。我喊道："哥！"可能是因为迎着风他没听见，或者他听见了不敢停下来，只顾低头骑着车走了。

我停了好大一会儿，拐上另外一条路。那条路直通黄河花园口桥，桥下就是黄河最深的地方。我走到黄河边，想着过往的一切，万念俱灰。前无目标，后无退路，还不如一死了之，免得牵累这么多人。我不是怕母亲的脸子，而是看不得二姨一家人的眼泪。

我还想到了我的父亲，他肯定也是怀着我这种绝望的心情，纵身跳入黄河的。父亲会洑水，我也会。既然黄河能带走父亲，也一定能带走我。

一想到父亲，我不但没有伤心，反而有一种说不出来的高兴。

月亮升起来了，把河滩照得恍如白昼。我沉着坚定，一步一步朝河边走去。河边是茂密的香蒲，我扒开香蒲往前走。前面有两只栖息的水鸟突然受到了惊吓，扑棱棱飞起来，就在我头顶上盘旋。我继续朝前走，眼前出现了一只鸟巢，像一个精致的手工编织的小篮子，那么小巧，那么温暖，挂在香蒲杆上。我走过去，看见鸟巢里有两只刚刚出生的水鸟，还有几只鸟蛋。在月光下，鸟蛋发出异样的光，好像通体晶莹剔透。我看着那两个幼小的生命，毛茸茸的，张着小嘴叫着。我站住了，犹豫起来，多么温馨幸福的一家啊！我不能打扰它们的生活。我折回头，慢慢往岸上走去。

在我抬头寻找那两只老鸟的时候，突然看到了远处的城市。在夜色里，它离我是如此之近，灯火此起彼伏，照亮了半边天空。虽然在这里长大，可我从来没有这样认真地打量过她，尤其是没有看过她深夜里的面容。平时她僵硬的、阔大的钢筋水泥身躯，在夜里突然显得柔软起来，像起伏的山峦。她那明明灭灭的灯火，多像生命的律动。是的，她像有生命似的看着我，温柔地眨着眼睛。她在召唤我。我为什么不走向她？这难道不是一条比死亡更宽阔、更诱人的道路吗？

我的心一阵疼痛，一阵温暖。就这样死去，我不甘心。我要走进城市，我要感受城市。虽然我并不知道外面的世界等待我的将会是什么，但至少它会给我自由，让我自己能够决定活不活，以及怎么活。

我没有明确的志向，我甚至没有梦想，我追逐的是一个可以远远离开家的地方，越远越好。

后来的事实也证明了，没什么，真的没什么。我一个身单力薄的女孩子，随着建筑大军进入城市，而且直接去了深圳。那不是一道窄门，她所给我的生命的力量，比父母给我的更坚实，也更坚定。

说真的，从离开家的那一天起，我已经下定了决心，不管混成什么样，我决不会再回家。

7

父亲还在的时候，我二姨夫在郊区食品公司上班。那时候食品公司还属于国有，基本上所有的副食品都由国家垄断，不允许私人经营。其实说到底，二姨夫就是个杀猪的。这也是最让母亲看不起的地方，所以二姨夫很少到我家来。我母亲要是去他家也不搭理他，如果她偶尔去二姨家，碰巧只有二姨夫一人在家，母亲会扭头便走。她只跟我二姨说话。

二姨夫在食品公司负责杀猪、分割猪肉，最后还要处理猪骨头。认识他的人都说，杀猪匠可是个肥差，给个大队书记也不换。当时这活儿也确实是个肥差。看到他从街上走过，很多人都露出钦羡的目光。他浑身上下散发着猪油的香气，满脸油光。在那个吃不饱的年代里，他不但能吃上肉，还能喝上肉汤，确实让人羡慕不已。

他之所以能吃肉喝汤，就是因为当时猪骨头也是国有财产，不能随便丢弃，要卖到废品收购站。收购站就在食品公司隔壁，但食品公司得把猪骨头处理干净才能交给收购站。这就是二姨夫能吃肉喝汤的根源。最后一道工序，是他负责把剔剩下的骨头放在大锅里煮，以便把骨头上的肉剔除干净。所以，他和食品公司的其他工作人员吃肉喝汤不但是权利，还是责任。

那时候物质生活匮乏，卖和买都凭票。一个人一月二两肉票，所以也不是天天杀猪，老百姓一年都吃不上几次猪肉，有时候十天半月才杀一回。每当杀完猪之后，食品公司的人就蜂拥而上，围着几口大锅啃骨头喝汤。有时候啃不完，还能从骨头上剔下一些肉来，被他们揣在身上偷着带回家。

刚刚开始的时候，二姨夫可怜我父亲，赶上哪次杀猪多了就会偷偷地把我父亲带进去吃喝一顿。那是我父亲最快活的日子，他总是早早地去，帮我姨夫打打下手。熬汤的活儿他争着抢着就做利索了，啃一次骨头会让他高兴好几天。后来去得多了，他跟食品公司的人也熟络了，就不再偷偷摸摸，而是大摇大摆地去了。

有一次煮肉，父亲又是早早地过去。这次他带了一包自己配好的几味中草药，趁二姨夫没注意扔在汤锅里。肉还没煮好，香气已经溢满了半条街。食品公司主任跑过来，问我二姨夫是怎么回事儿。二姨夫只顾在烧锅后面低着头干活，也没太在意，就跟主任说："没怎么啊，怎么了？"

主任说："你鼻子让蛆堵住啦？还没闻见香味儿？"

话还没说完，副主任带着公司的好几个职工跑过来，都是奔着这香味儿来的。

二姨夫疑惑地看看我父亲。父亲也红了脸，嘿嘿地笑着说："也没什么，就是在药铺弄了几味中药放进去。你们放心喝，滋补壮阳，保证可以让老婆满意。"对于他而言，说出这样的话等于是冷笑话。食品站主任也没笑，他神情严肃地训斥道："这是吃的东西，你敢乱弹琴，不要命了？"说完，他却实在禁不住那馋人的香味儿，舀了一勺汤递给副主任。副主任刚一喝进口就笑靥如花，说："是真好喝！"副主任又舀了一勺递给主任。

主任吹了吹，把一勺汤全部喝下去了，然后闭着眼，一脸的陶醉，向我父亲伸出大拇指说："想不到你还有这个绝活儿！"

父亲得意地搓着手，嘿嘿地笑，那意思好像是说，我也不是白来吃肉的。

后来每逢杀猪的日子，主任都让我二姨夫喊上我父亲。二姨夫也不好到我家去，就站在我家门口附近等。后来我父亲掐好日子，有时候二姨夫还没上班，他就在路上等着他。

过了一段时间，食品公司主任说，你老是这样来不合适，万一人家说句闲话，我顶不住。这样吧，你读书多，每次你到食品站来，也不说是为了吃喝，你给大家说说书里的故事，算是咱们公司的理论学习夜校吧！

父亲听见这话，高兴得了不得，毕竟这是他的强项。每当吃饱喝足，他就坐在那里给大家说故事，从《水浒传》《三国演义》到《烈火金刚》，他讲得头头是道，高兴了甚至来一段"三言二拍"里的荤段子，让人听得合不拢嘴。大伙儿听得入了迷，恨不得彻夜不让他走，他常常会说到凌晨才回家。食品站的主任总结说："过去人家说书中自有颜如玉，书中自有黄金屋,现在应该加上一句,书中自有猪肉汤啊!"

这次父亲听了没得意,显出尴尬的神色,讪讪地笑着说:"也是,也算是。"

那一天恰逢下大雨,雨水把我们家的后墙给冲垮了,眼看着房子摇摇欲坠。母亲让我和二姐去找父亲,我们赶到食品公司,看到他坐在一圈人中间,眉飞色舞地说着什么,周围的人轰然大笑。昏黄的灯光照着他油乎乎的嘴和黏腻腻的头发,活脱脱一个电影里汉奸的形象。我跟二姐羞得简直想找个地缝钻进去,互相推脱着,谁都不肯进去喊他。我们捂着耳朵面朝着墙,既不敢看也不敢听,直等到他讲完一段,二姐才让我过去喊他出来说话。二姨夫也跟着出来了,听了我们说的消息,俩人慌了神,说,你们先回去,我们马上再带几个人一起去看看。临走二姨夫还没忘记把用塑料袋装的省下来的一点碎肉递给我二姐。

我和二姐刚刚走出食品公司的大门,就看见母亲怒气冲冲风风火火地赶过来。她也没打伞,浑身淋得精湿。湿衣服像绳子一样缠着母亲,让她看起来像个水生动物。她一眼就看见二姐手里的塑料袋,不由分说,劈手夺下来,拿着那个袋子就冲进食品公司院子里。我和二姐在后面小跑才能撵上她。她进了院子后,刚好与父亲和二姨夫他们一群人迎头碰上。她吼了一声冲向我父亲,把那包碎肉劈头盖脸地朝他砸去,碎肉和汤汤水水顺着我父亲的头发往下滴落。我二姨夫过来劝阻,我母亲一口痰吐在他脸上,然后也不管我们,扬长而去。

那是母亲第一次在有外人的场合没给父亲留脸面。

8

在深圳稳定下来之后,我回了一趟郑州,临行前专门去香港给母亲和姐妹们买了大包小包的东西。那时候母亲跟妹妹住在一起,我到郑州的时候,妹妹没在家,跟着单位的人一起出去旅游了。妹妹本来想让她也跟着一块儿去,她说跑不动,就留在家里。她这些年跟我妹妹几乎没有分开过一天。她依赖她,确切地说是控制她。

我总觉得妹妹离婚是与母亲有直接关系的。这桩婚姻原本是母亲给定下来的。妹夫是个公务员,人长得体面,工作也体面。母亲的确比较满意,她自己也出去说,几个孩子里面这是她最满意的婚事。但妹妹结婚后,她几乎寸步不离地跟他们在一起生活。我妹妹心大,是个马大哈脾气,妹夫也是个有心胸的人,平日里小两口言来语去的,说了什么彼此并不在意。毕竟感情好,两个人有时候开起玩笑来也是不怎么讲分寸。当妈的听了,却觉得这里那里都不对劲。有时候女婿无意中说点儿什么,她不等我妹妹开口,直接就接上去了,弄得女婿甚是尴尬。对于女儿,她更是任意指责,只要不高兴了,非要说出口来不可。

　　慢慢地,两口子之间就出现了罅隙。但我妹妹是个没心没肺的性格,大大咧咧的不当回事,也从不拿老公当外人。有时候明知道母亲没理,却还是站在母亲这一边跟老公斗气,哭了闹了,就觉得没事了。时间长了,妹夫夹在两个人中间确实不好过,但他始终忍气吞声,觉得忍忍就过去了。可他的忍让换来的却是母亲变本加厉的控制。有一次单位提拔了几个人,没有妹夫。他回来向我妹妹发了几句牢骚,说了,心里的结也就解了。谁知我妹妹又学给了母亲。我母亲找了个机会,就仔细地盘问妹夫,一边问一边横加指责。本来单位的事儿就够烦心的,回家还要再受丈母娘一遍羞辱,这把妹夫平日压下去的怨气激起来了。实在是忍无可忍,他分明不是在跟一个人过日子,而是在与两个人做斗争。于是,他就跟我妹妹摊牌说:"咱妈光在家里管管我也就算了,现在她连我工作的事儿也想管,这日子能过下去吗?"妹妹又拿这话去吓唬母亲。谁知母亲根本不吃这一套,她说:"不知道好歹的东西!乡下孩子,住我们的房,吃我们的饭,我们娘儿俩把他伺候得像爷一样,家务活儿没让他碰过一指头,凭啥还这么仗势?他说过不下去,那你就拿话撑着他!想怎么着都行,看看谁后悔!"

　　妹妹觉得母亲说得也有道理,就拿硬话撑住了妹夫。

　　婚最终还是离了,我母亲等着人家后悔,可很快那边就又结了婚。刚离婚那会儿,我妹妹哭了一阵子。后来自己也觉得没了丈夫更舒适点,不用在意谁谁的感觉了,想睡就睡想起就起,妆不用化衣服也不用挑拣,饭想怎么吃妈就给怎么做,也挺好的。妹妹年轻貌美,在银行工作,收入不算差,离婚后给她介绍对象的也不少。我妈看了总是挑肥拣瘦不满意,她也懒得跟我妈理论,反正妈说好就好,说不行就不行,她没意见。她的口头禅就是，不操闲心，简简单单地生活，只要快快活活就成。只要不让她自己想事儿，处处让妈当家做主，她图个省心。反正我妹妹省心了，我妈就开心了。这世上如此般配的母女，说出来还真没几个人相信。

这次母亲不愿意跟着妹妹出去旅游也是有原因的。她曾经跟着出去玩过，和一群年轻人在一起，开始大家都客气着，可她还跟在家一样，什么事儿由着自己说了算。时间长了，大家就觉得老太太有点儿过分了。人家不驳她的面子，可也不理她那么多。出来玩带个老人，两边都很尴尬。她渐渐觉得大家都对她不敬，大家说话时故意递眼色，她插不上话，心里非常失落，旅游还没结束，就气鼓鼓地让妹妹带着她回来了。后来我妹妹出去玩，她十有八九都反对，这次见妹妹实在要去，就赌气说懒得动，自己在家待着。

我赶到妹妹家已经很晚了，当天晚上也没说那么多，洗洗就睡了。第二天我睁开眼，已经快九点了。我听见客厅里有动静，便走过去，看见她正在翻我带的东西。我脸也没洗，就赶紧过去帮忙。

她低着头翻拣东西，看见我进来，一脸的尴尬。

"你这都是在市场上捡的货底子吧？"她说。

我笑着说："那可不是！这都是我去香港买的，因为怕不好带，我把包装盒都扔了。"

"哼！"她拿起一台欧姆龙血压计扔在床上，"在咱们这里地摊上，十块钱就买了。"

我耐心地说："妈，您不懂，那是专门给您买的，日本原装的，要一千多。"

"这也是给我的？"她拿起一打丝光袜子，当时比较时兴这个，"这能是人穿的？跟葱皮儿似的。"

"这是给妹妹买的。"我打开最大的那个包袱，"这是我给您买的几件衣服，您试试合适不。"

她扭头看了看，不屑地说："不试，看着就不行。"然后拍了拍自己身上的衣服，"看看你妹给我买的衣服，哪儿哪儿都是合身的。布料还厚，穿着沉甸甸的。"

我笑了笑，拿起一件马甲给她披上，说："衣服可不是料子越厚就越好。这个您还是先试试看吧！"

"咦？你啥意思？你是说你妹妹买的东西不好？"她好似遇到蛇一样拨开我拿衣服的手，"不行！我不喜欢这不长不短的东西！"

"这个呢？"我把一件毛料外套往她身上披，"这是法国进口的，牌子货。"

她一把推开我，转身就往自己的房间里面走。

"我不需要你孝顺，我不要你的东西，也不会穿你买的东西！"她说。

我感觉到自己体内有一枚炸弹爆炸了，累积了几十年的能量一下子爆发出来。我冲过去，一把抓住她后面的脖领子，想把她拉回来。她一边往前挣，一边拿手往后面推我。但我毕竟比她力气大，强行把她拉回来按在沙发上，低声叫道："我看你试不试！我看你试不试！"一边说，一边就往她身上套那件外套。她拼命挣扎，但是一言不发，咬着牙跟我对峙。但毕竟是那么大年龄的人了，很快她就不反抗了。

我们俩都斜靠在沙发上喘着粗气，愤怒地看着对方。

她忽然现出软弱的神情，几乎用乞求的口气跟我说："今天这事儿，不管到啥时候，不管对谁，都不要说出去。说出去我只有死！好吗？"

我没理她，猛地站起来，走到卫生间用冷水冲了半天脸。我出来看见她很平静地坐在沙发上，冷冷地看着我。她那种眼神我是第一次看到，是一种深入骨髓的厌恶。我不禁一阵发冷。

"你回来就回来，买这些大包小包的东西干什么？就是为了让邻居看见，说你对我孝顺、对我好？"她的眼睛里突然流出了眼泪，这是我第一次见她流泪。父亲死的时候她只是干号几嗓子，并没有落泪。"你太有心眼了。你对我好？真对我好吗？"她的眼泪越过脸上的沟沟壑壑，那脸是黑褐色的泥土一样的颜色。在这块土地上，我从来没感受到过温暖。"你这样子做给别人看，还不是为了报复我？小时候我对你不好，你偏对我好，看我老脸往哪儿搁？你就想这样子让我羞愧死是吧？"

我也冷冷地看着她，一句话都没再说，但是心里突然有一种极大的、恶作剧般的满足。我觉得我平生第一次在她面前占了上风。

第二天我就回了深圳。我和她单独住在同一套房子里，觉得那三室一厅的房子还是太小了，压抑得我时时刻刻都想爆炸。

9

关于父亲是被母亲逼死的说法为什么在我们镇子上不胫而走,到现在也没闹明白。其实我们家也没人真正去追究过原因。一来也没外人在我们跟前说起过,二来母亲对这种说法压根儿没当回事,甚至连嗤之以鼻都算不上。二姨倒是跟我说起过,她的说法还有一定的合理性。她说:"人家也不是说你妈逼死了你爸,而是说你爸受不了你妈对他的态度,自己投河死了。"

态度?我估计这个词二姨不知道在心里斟酌过多少次,但我听了心还是往下一沉。这么多年我们要么是从未想起过,要么是忘记了或者刻意回避,在母亲营造的家庭氛围里,我们的"态度"在哪里?如果父亲真是被"态度"逼死的,那么这"态度"里,有多少是我们的成分?难道这些事情可以一股脑都怪在母亲一个人身上吗?

然而,想了一下我还是说:"听说会水的人,投河是淹不死的,所以他们死的话也不会选择去投河。是不是我爸真的是去打鱼被河水卷走了呢?"

"真不好说。"二姨轻轻地叹了口气,"那谁说得了呢?到底河跟河不一样啊,人家都说黄河是面善心恶,长江是面恶心善。我没去过长江,黄河每年淹死那么多人,有几个不是会水的?"

我说:"我爸跟他们不一样,他懂得黄河的水性,差不多每次下大雨或者发水,都要去黄河打鱼。"

二姨说:"常在河边走,哪有不湿鞋?我约莫着那是你爸的命。"

在村人眼里,我父亲是一个非常幽默风趣、知书达理,而且相当有生活情趣的人。打兔子钓鱼,套野猪网鸟,还会讲故事,简直无所不通。更重要的是他的一手好菜,哪怕是一根白萝卜到他手里,都能做得跟别人不一样。毕竟他是大家庭出来的,吃过见过那么多,而且读过很多书,背过汤头歌,懂中草药。

我记得父亲在的时候还是大集体,没有包产到户,我们郊区人还靠种地过日子。有一次在田里干活儿,他到田边的沟里解手,发现了一个兔子窝。于是他又喊了几个人，从窝口开始刨土，然后他把耳朵贴近土地，听了一会儿，拿着铁锹朝地下插去。在他插下去的地方把土刨开，果然锹下有只兔子。父亲没用一滴水，把一只兔子剥得干干净净，然后跑着到周围采集了一些野草野花什么的塞进兔子肚子里，放在火上烤。那个香味儿弄得大伙儿也没心思干活儿了，到处跑着找兔子窝。后来我父亲还为此在生产队的大会上做了检讨。

那时候的生活已经渐渐有了起色，村里谁家有红白喜事总是请我父亲帮忙。我父亲忙活一天，可以得几个馒头、一盆抹桌子菜。我们家的生活虽然好了一点儿，肉还是吃不起。这总比父亲游手好闲强得多。母亲尽管厌烦得不得了，开始极力反对，后来到底管不了。父亲倔强起来，母亲也没办法。于是她只好睁一只眼闭一只眼，只当没看见，反正她是从来不会吃一口的。

有一次，母亲回我舅舅家走亲戚去了。刚好我家的一只羊被生产队的拖拉机撞倒了，流了很多血。眼看着奄奄一息快没命了，父亲趁着羊死之前，就把它杀了。其实羊很小，也很瘦。我爸用羊骨头烩了一锅菜，把好点儿的羊肉都给母亲留着，等着她回来再吃。

饭做好后，全家人正准备吃，我妈从姥姥家回来了。看见我们围着桌子等着吃饭，便问我大姐道："哪里弄的肉这是？"大姐说："我爸把家里的羊给宰了。"她并没有告诉母亲，说羊被撞着了。也可能是故意不说，也可能是还没来得及说。母亲一听这话，二话不说就折返到厨房拿了一把菜刀出来，要去砍我父亲。父亲赶紧逃到西边屋子里，从里面顶住门。母亲拿着菜刀，一刀一刀剁在门上。她一句也不叫喊，害怕邻居们听见。后来菜刀深深陷进门板，她实在没力气拔出来，才算作罢。

可等母亲回到堂屋，我们已经把桌子上的菜吃得差不多了。母亲气得把桌子一把掀翻了，瘫坐在地上，一左一右地扇自己的脸。

10

刚到深圳的时候，我在建筑公司的工地上打小工。其实小工是最累的，搬砖、和灰、清理建筑垃圾什么的，都是小工的活儿。那种累是说不出来的，也不是劳动强度有多大，而是消磨你的耐力。所以多年之后有人问我那会儿累不累，我真不知道该怎么说，只能说记不得了，也许是真的想不起来。很多时候做梦都还是在搬砖，或者和灰。攀上脚手架，一脚踩空，我从上面掉下来了。正奇怪着摔这么狠怎么会不疼，恰好就醒过来了，一身都是湿淋淋的汗水。

那天是下班后的休息时间，男的都打牌喝酒去了。天气晴好，蓝天白云。我坐在简易宿舍门口看书。有个穿着休闲装，长得黑黑胖胖的大个子男人领着条狗在工地上转。他已经从我跟前走过去了，又转回来，走到我的跟前问："你是在这里干吗的？"

"哪里？"我疑惑地指了指前面的工地，"这里？"

他认真地看着我，点了点头。

我说："我是工地上的工人。"

他吃惊地看着我说："我们工地上有这么小的工人？"

我白了他一眼说："个子小不少干活儿，我都干一年了。"

我看看他，也不知道他是谁，听他说话口气蛮大的。我低下头继续看书。

"你多大了，闺女？"他没走，停下来站在我跟前。

"十八了。"我说。为了到这里打工，我多报了三岁。虽然我瘦了点儿，但个子不算矮。

"你有十八？"他准备扭头走了，又拐了回来，也不跟我商量就把我手里的书拿过去。那是一本《高中数学》，他看着快被我翻烂的书页和我在上面记的笔记。

"这上面都是你写的？"他的声音温和得让我难受。长这么大，从来没遇到过有人这么温柔地跟我说话，再加上刚才那么没有礼貌，我有点不快。而且他的河南信阳话让我听起来有点儿困难，但出于礼貌，我还是认真地点点头。

然后他放下书，一声不吭地走了。

大概过了三天吧，工头突然通知我去公司财务科报到。到了财务科上班以后我才知道，那天跟我说话的是公司老板，怪不得他说话口气那么大。他是怜悯我，他的女儿跟我差不多大小，因为神经衰弱，经常头疼，不能到学校上课，就请老师在家里教她。患个头疼就能请老师在家上学？反正有钱人就是任性。

老板安排我在财务科当了记账员。过去工地上的工友们看见我都阴阳怪气的，不知道我走了谁的门子。连我自己都觉得不可思议，运气来得太意外了。记账员的工作与做小工有天壤之别，相当于建筑公司的白领。在这里，我又打起了上学的主意。我一边工作，一边报考了电大。课程对我来说并不是很难，数学我能考满分。我不明白这么容易的题，有的学生为什么愣是学不会。上电大时，我是最优秀的学生。

老板的女儿叫任小瑜，我们是在我到财务科上班一年后才认识的。那天财务科长通知我说，下午下班后不要走，老板和老板娘要请我吃饭。当时我很诧异，我一个黄毛丫头，人家老板凭啥请我吃饭，而且还带着夫人！

下班之后，科长把我领到职工食堂里面的小餐厅，把我介绍给老板就出去了。我看到老板和一个中年妇女在屋子里坐着喝茶，我站在门口手足无措。老板和那女的见我进来，都站了起来，热情地跟我握手让我坐下。坐下之后，我才弄明白这个妇女是老板娘。她并不像是影视剧里的当家夫人，她们一个个耀眼而且霸道，一副高高在上、不食人间烟火的样子。而眼前这个女人看起来面目良善，模样周正耐看，但打扮得非常朴素，甚至还没有我们财务科的年轻员工打扮得入时。平时老板穿衣服也不十分讲究，那一次见他我还以为他是工地的工头之类的。

正说话间，一个女孩子推门进来了。她穿着一身运动装，理了一头短发，瘦得像根棍儿。皮肤是那种不健康的苍白，嘴唇也没有血色，但人看起来温和恬静，倒是个好孩子的面相。

"爸，"她走到我旁边拉了把椅子，"这就是你跟我说的爱学习的姐姐吧？"

老板摸了摸自己的头，不好意思地咧着大嘴憨厚地笑了。

他们三口热情地述说着，开始因为紧张，我不知道他们在说什么，听了好一会儿才弄清楚是怎么回事儿。原来老板家里有个保姆兼家庭教师，现在人家结婚走了，他想让我接替这个角色。

我一口回绝了，我说我还是想上班。

"你看这样好不好,"老板娘讨好似的看着我,"你半天上班,半天陪小瑜学习。至于家务,我另找人。"

"好吧好吧姐姐!"那女孩拉着我的胳膊摇晃着,"你这么小就出来打工,还能考上电大,肯定有一肚子故事!我爸爸天天在家夸你。我一个人在家好难挨,我想让你陪着我一起学习!"

"她叫任小瑜,"老板娘怜爱地看着女儿,"从小被娇惯坏了,不懂事,恳请你能带带她。"

老板也看着我,说:"先委屈你试试吧,也不勉强,不行了再说。"

我看着一家三口诚恳的样子,勉强答应了。那时候我对富人没有一点儿好感,也是多年受仇富教育的结果。

任小瑜果然是个好孩子,虽然生在富贵之家,可一点儿都不骄横,还特别有善心。有一天学习完,我们一起出去散步,在小区外面看见一个孩子,面前摆个牌子,上面写着:"我饿了,实在走不回家了。请好心人给我十块钱。"她马上就从口袋里掏出十块钱给那个孩子。回去的时候我问她:"万一是个骗子呢?"

她站住,认真地看着我说:"万一不是呢?"

我看着她,看着明亮的天空和宽阔无边的草地,看着远处的高楼和身旁盘根错节的老榕树,看着树上树下快乐的鸟儿在啁啾,我的眼睛润润的。纵使我是铁石心肠,也很难不被这样一个冰清玉洁的女孩打动。这一世界的好都属于她。我也已经长大了,明白了很多事理。我不能责怪父母生下了我,但也不能不说,是自己投错了胎。家庭环境对一个人的性情影响太大了!

并非我天生不是个嫉恨人的人,我是被这一家人的善感化了。我在小瑜身上,不,从他们这个家庭中也学会了很多东西,那是在我那个家庭根本体会不到的。那种亲人之间的爱和默契,那种充满善意的做事风格,那种待人处事的谦恭,都对我以后的人生产生了极大的影响。在他们家,我对财富、对富人有了全新的认识。穷不一定都是好,富也不一定就天然地带着恶。

小瑜长得瘦弱,却是一个超级爱吃的家伙,也真是会吃。学习期间,基本上每周她都要带我去几个好吃的地方,从日本料理到墨西哥烤肉,从杭帮菜到川湘菜，从海鲜到笨鸡笨鸭，基本上没重样过。但让她想不到的是，只要吃完她爱吃的菜，回来我都能试着给她做出来。她喜欢吃川菜馆的麻辣小鲍鱼，每个礼拜都要去吃。偌大的一盘红辣椒碎，里面埋着可怜的几只小鲍鱼，一盘菜几百块，差不多是我半个月的工资。我拉着她去鱼市上转，鲜活的小鲍鱼十块钱一只。我们买了十几只，另外买了葱姜，还有新鲜的青花椒和小红尖椒。我回家用刷子将鲍鱼洗净，放在开水中烫一下，取出完整的鲍鱼肉，切片。锅里放一点橄榄油，先将鲍鱼片爆一下，加入葱姜和新鲜的红辣椒和青花椒。鲍鱼本身带鲜，不要任何调味品，只需一点生抽和黄酒。做出来之后看着就让人馋涎欲滴，小瑜一口气吃了半盘，老板和老板娘也连称鲜美、好吃。

做菜我这么无师自通，自己也感到很吃惊。虽然我很小就开始做饭，但都是萝卜白菜家常便饭，鸡鱼肉蛋都很少做，像海鲜什么的过去见都没见过。莫非我们家族真有会做菜的基因？

有一年过中秋节，老板要在家里请几个好朋友吃饭。任小瑜提议由我来做菜，她的这个提议立即得到了老板和老板娘的赞同。这就是这家人的风格，倒不是他们认为我能做好，而是觉得不该当着孩子的面驳我的面子。那天我和小瑜亲自跑到市场上买菜，把我们最喜欢吃的菜列了个菜谱，做了十几道菜。那真是我最得意的一次，菜还没上完，就把参加宴请的人的味蕾征服了，都交口称赞，问是在哪个高级饭店请的专业厨师。小瑜得意地把我这个半大妮子介绍给大家的时候，几位客人都惊呆了。

这样过了两年，小瑜的成绩上去了，我也拿到了电大会计学专业的本科毕业证。接着我还想考会计师，任小瑜也要去加拿大留学了。我完成了任务，也算报答了恩情，准备离开这个家。临走的那一天吃过晚饭，我正准备回去休息，老板却招呼我留下了，说要给我谈件事儿。

"我们公司的餐厅，是我最头疼的事情。"老板开门见山地对我说，"换了好几任厨师，大家还是不满意。除非中午实在没有办法了，才有一些人在这儿凑合着吃一顿。公司想接待客人，菜总是不让人满意，弄得很没面子。有些中层干部和员工请朋友吃饭，大家宁愿舍近求远出去，也不在咱们自己的餐厅吃。这么大个公司，餐厅都弄不成个样儿，公司补贴很多，还连年亏损。"

我认真地听他说，没有插话。

"我的想法是，让你把这个餐厅管起来。"老板说。

我很吃惊，这可比不得在家里烧几道家常菜。况且我仅仅是一个小小的记账员，没有任何领导经验。但我也不想一口回绝，不就是做饭吗？我思考了一会儿才说："请您给我几天时间，我考虑考虑再说好吗？"

我长成了一个大姑娘，我有了自己的想法。

我私下里考察了一下，觉得餐厅的问题可以归纳为三个。第一个问题是，主管负责制会造成主管与厨师之间的矛盾，没有厨师负责制合理；第二个问题是，我们公司大部分员工是北方人，而请的厨师都是当地的南方人，菜品和口味方面南北方相差太大；第三个问题是，北方人晚上喜欢吃面条或者喝粥，而这些东西南方厨师根本不会做，或者做不好。

在送任小瑜去机场的路上，我把我的想法跟老板讲了。我说："咱们这个餐厅，位置特别好，周围基本上都是市场和公司总部，想吃点好的要跑好远。如果我们做好了，公司的员工吃饭不但可以不花一分钱，餐厅还能挣钱。无非就是在公司临街的地方调整出几间房子给餐厅，需要朝外开个大点儿的门脸。"

然后我说出了我的决定："我不想当这个主管。我想承包这个餐厅，我先试三个月，若是能成，除了我们的员工免费吃饭，我再给公司每月上交五万元利润，算是房租。"

我说的是五万元，不是五百也不是五千。我被自己吓了一跳。对于做餐饮，我骨子里有一股子狂野。

老板还没答话，老板娘就激动地拍了一下车座扶手，说："这个也算我一份儿。反正小瑜走了，我在家也没事儿！"

老板微笑着点了点头，又摇摇头说："果真，我没看走眼啊！"

然后他侧过身问我："听小瑜说你爸自己写过菜谱，难不成真给你们留下过秘传绝技？"

我不知什么时候竟然给小瑜说起过我的父亲。但老板此时此地说起他，让某种情绪击中了我。我有点发抖，不知道是激动还是伤感。

我意味深长地回答道："是啊！"

11

我想说说我的爱情。

有人说穷人不配拥有爱情，毕竟贫贱夫妻百事哀。这也是我从父母和我的那些穷亲戚身上看到过的。再美好的初见，也终是会被日子的窘困弄得千疮百孔。在我开始创业的那几年，拒绝过许多真真假假的求爱者。一晃我就过了三十岁，任小瑜的妈妈给我介绍过不下十个人，我并不是没看上，是压根儿就没认真看过，心不在此。我一个人在深圳，唯一能待得住的地方就是小瑜家，叔叔阿姨两口子是真心待我好。小瑜一直在国外，每次假期回来我们俩都黏在一起，几乎没分开过。小瑜真是又懂事又孝顺，在国外也时刻惦记着爸爸妈妈，每次打电话都让我多去家里陪他们。我一有空就会去，反正我一个人也没什么事儿，真是把他们家当成自己的家了。我每次去都顺便在超市买些菜，亲自动手做给他们吃。阿姨常常开玩笑说："丫头，咱们家小瑜要是个男孩，我就让她娶你。你和这个家天生有缘分。"

小瑜当然不会娶我，她嫁了个美国老公。她那边欢天喜地，四处晒旅行照，这边爸妈哭得稀里哗啦的。就这么一个女儿，却远嫁到大洋彼岸。当时我也觉得嫁个外国人，心里无论如何都过不去。我打电话问她："你是不是吃错药了？你那么百依百顺的一个人，怎么在婚姻大事上不听听叔叔阿姨的意见呢？"

"你怎么这么糊涂呢？"她一边嘻嘻笑着，一边特别认真地跟我说话，"一码归一码，孝顺是孝顺，那是我应该做的；可婚姻是我自己的事儿，我不能让任何人替我做主。况且，我父母并没有阻拦我，一直说尊重我自己的选择啊。"

我的心一阵疼痛，想想姐姐和妹妹的婚姻，我对婚姻有一种本能的抗拒和恐惧，之所以一直不找对象，恐怕也和这个有关系。

每当叔叔阿姨心里因想女儿而伤感的时候，我就劝他们说，还不如移民到美国，索性跟着小瑜他们一起生活算了。叔叔说，他的公司离不开，如果他走了，从河南老家拉出来的这几百号人怎么办？况且他一口西餐都咽不下去。阿姨也说，她一句英语都不会，跟个外国女婿生活在一起，她根本无法接受。

那些日子我怕他们伤心，去家里的次数更多了。我去他们家以后一直拿着家里的钥匙，小瑜出国的时候我想还给他们，阿姨还把我说了一通："你也想走啊？小瑜不要我们了，你也想抛弃我们？"他们完全把我当成自己的女儿了。我出入自由，我交代保姆买什么菜做什么饭，我管制叔叔抽烟喝酒，带阿姨去做护理去上瑜伽课，一副当家做主的样子。不了解的人还以为我是任老板的另一个女儿。阿姨听人这么说，也从来不反驳，反而得意地看着我，一脸的幸福模样。我不得不说，我命好，开始闯世界就遇到这么一家人，并不是每个人都能如我这般幸运。

叔叔总是担心阿姨想女儿会想出病来，就让她每隔一段时间去美国看看小瑜。没跟他们在一起生活的时候，他们这样的人是另一个世界的人，和我的家庭截然不同。他们原本也是基层小公务员出身，夫妻俩辞了工作一起闯天下，同甘共苦，相濡以沫，一步一步熬到今天。与他们相处多年，从未见他们发生过大的口角。有时候叔叔因为工作不顺心，回家说话声音高一点，阿姨就连哄带劝地安慰他。阿姨不喜欢叔叔喝酒，逢他喝醉也生气，但生气也只是嗔怪："你不爱惜自己的身体，你老了病了我可不伺候你！"叔叔就笑道："那还不好办？到时候我就找个年轻漂亮的伺候，你可别不乐意。"阿姨说："估计你不敢，你找一个试试？我不说话，你闺女估计就会收拾好你。"叔叔说："我怎么会怕一个毛丫头？我是怕你不要我，上哪儿再找一个亲手给我擀面条蒸馒头的女人？"

我觉得他们就像孩子一样，还保留着童心。这样从不斗心眼，对所有人都坦诚相待的两口子，怎么能把企业做得这么大？可又如何能不把企业做得这么大？这对我后来的企业管理也是一个深深的触动。

他们斗嘴的时候若是我在，我就假装愤怒地提出抗议："秀恩爱等我不在的时候秀，别忘了家里还有一个大龄女青年。"我总能在合适的时候逗得他们哈哈大笑，我们合该是一家人。

真的！

就是那次，叔叔和阿姨又一起去看小瑜，我奉命看家。家里还养着小瑜的宝贝狗任小白和任小白的女儿小小白。任小白是一只白色的泰迪犬，已经十四岁了，走路都有点蹒跚，得有专人伺候。阿姨不在家，我就是狗保姆。

叔叔阿姨刚走不久，家里就来了客人。

我正打扫卫生，听见有人按门铃。我打开门，看见一个一脸傻笑的人站在门口。小小白大声地抗议着，不想让生人进门。那人却开口便叫："小瑜姐！"

来的人是个毛头小子，长相嘛，乍一看一般般，仔细一看更加一般般。个头倒是不矮，怎么着也得有一米八往上。这么高大的个子，却一脸稚气，带着一副镜片有银圆大小的圆饼眼镜，看起来很搞笑。

我被这个人的傻气逗笑了："你什么眼神，凭我这五大三粗的样子，你哪只眼看见我是你小瑜姐了？"

"那你是谁？"他把头伸进门里寻找。

"我是你小瑜姐的朋友，不行吗？"

我把他让到沙发上，给他倒了水，便上楼给小瑜打了个电话。小瑜那里是半夜，她睡意蒙眬地听我说完，在电话里哈哈大笑，说："他就是我给你讲过的那个傻呆。"我在这边也哈哈大笑，"傻呆"的故事我听得可不少。我问小瑜："我该怎么安置他？"小瑜说："你怎么安置任小白，就怎么安置他得了！给他找个睡觉的地方，一天三顿饭管饱。出门脖子上挂个牌，写上咱家地址和你的电话号码，别万一走丢了回不来。"

这人是任小瑜的表弟，阿姨的亲侄子。阿姨姓乔，她侄子叫乔大桥。小瑜给这个表弟取绰号为"傻呆"。傻呆也不是十分傻，是他们老家的高考状元，清华大学建筑系学生，今年硕士毕业。假期结束他就要去美国读博，已经被美国康奈尔大学风景园林专业录取。小瑜说，她这个表弟除了会学习，情商是个零，一句囫囵话都说不好。谁要是问他长大干什么，他就回答，学习。要是问他有什么爱好，他仍是回答，学习。他在清华读了六年，北京城都没转过来。小瑜曾问他清华大学校园有什么特色，他直接给她发来一张校园的鸟瞰图，然后又发了一大堆评论文章。再问他，他就说学校哪哪儿有几棵百年老树。再问仍旧说不明白，好像他在清华只待了六天，而不是六年。

"不知道这样一个傻呆，是怎么考上康奈尔大学风景园林专业的。这个专业一直是康奈尔大学的优势,别说在美国,就是在世界范围内都算得上前列了。"小瑜说。

也别说,看看那瓶底儿似的眼镜就知道为什么了。

家里多了一个人,让我很有压力,下了班还得想着给他弄饭。但他在家里待了两天我就放松了。乔大桥比任小白娘儿俩还省心,给啥吃啥。到了饭点儿,我做饭,他就规规矩矩地坐在餐桌边等着,两手放在膝盖上,等着我端给他吃。菜做好了,若是我忘了放碟子和筷子,他也不说话,就坐在那里一直等着。我的天!这真是弄个油饼挂脖子上都不知道转圈吃的主儿。有一次我有个应酬,给他打电话说晚会儿再吃饭。一直到我回来,他就坐在餐桌边傻等着。我赶紧给他做了个蔬菜沙拉,下了一碗水饺,他呼呼啦啦就吃完了。我问他:"沙拉好吃吗?"他回答:"好吃。"我收拾碗碟时发现,洗的蔬菜全部吃了,旁边小碟子里的沙拉酱动都没动。我哭笑不得,笑话道:"傻呆,你吃的是原味蔬菜。"

从那以后我就和小瑜一样称呼他傻呆,他随即就答应了,一点抗议的意思都没有。

我比乔大桥大七岁,在他跟前却像个妈。我带着他理发,进理发店时像个流浪汉,出来时就变成了一个少爷。我看他打扮得三不整四不齐的,就领他去买衣服。我挑什么他就穿什么,我是设计师,他就是我的模特。从服装店出来,就像换了个人,精精神神一个帅哥。

我给了傻呆一把钥匙,上班时我告诉他看书累了就出去转转。他也很听话,看一会儿书就到隔壁的市民广场晃悠一圈。那天我回来,他告诉我今天转了十一圈,走了三万多步。我说那好吧,今天犒劳你,咱们出去吃吧!他立马站起身,在门口等着我带他出去吃饭。在路上,我给他讲各种菜的味道和特色,他看着我,嗯嗯嗯地答应着。我以为他对这些不感兴趣,便说:

"人活着,不懂吃还有什么意思?"

"是的,可也不一定!"他认真地回答我,这是他第一次敢于反驳我。

"好吧,傻呆,"我像对待小孩子那样拍着他的肩膀,"你倒是给我说说,有什么意思?"

他脸红了,低下头,没有说话。

我的头发是轻烫一下披在肩上的，做饭时怕碍事，就随便弄个什么挽一下。有一天我给傻呆煎牛排忘了弄头发，低头的时候头发挡住了眼睛。我正要用手理一下，头发忽然被身后的一双手拢起来。我知道是傻呆，也没太在意，只是感觉他用个什么东西给我别了一下。吃完饭我去清洗时才发现，头上别着一个水钻的发卡。我最不擅长的就是弄头发，不是披着就是绑着，被他这么拢起来别上一个头饰，一张脸都变得闪闪发光。我跑出去问傻呆："你这东西哪来的？"他一脸诚实地回答："在商场买的。"

"你自己？去商场了？为什么想起买这个？"

"你的头发总是披着，我觉得拢起来更好看，更显气质。"

"好看？气质？"天哪，这是傻呆在说话吗？

接下来还有更多的意外。他会突然买一本书说："送给你的。"

"为什么要送我这本书？"简·奥斯丁的《傲慢与偏见》，小瑜推荐给我读过。

"你很像她。"

"谁？"

"伊丽莎白。"

"咦？傻呆啊傻呆，你是说我像伊丽莎白小甜瓜吧？皮糙肉厚是吧？"我说完哈哈大笑。

"有啥好笑的，"他沮丧地看着我，"我是认真的。"

"说你是个傻呆一点儿都没冤枉你！我哪里有一点儿伊丽莎白的影子？莫非哪里还有达西等着你老姐我是吧？"

我调侃了几句，脸色突然就凝重起来。某种伤感的情绪蔓延开来，我脸上肯定出现了类似忧伤的神情，也许那一会儿真的像迷茫时的伊丽莎白。

"你会有的。你很好，非常好。"

我看见了他镜片后的眼睛，纯净得像一只羔羊。

我把书还给他，突然无厘头地烦恼起来，懒懒地把他扔在客厅里，独自走了。我的突然翻脸让他不知所措。接下来的几天我都对他爱搭不理的，我做好饭会命令他自己去端盘子，自己摆碗筷。他吃完了我又凶他，让他自己收拾。他真的去洗，我又劈手夺过来。我被一种前所未有的情绪控制了，一种深藏在心底，连自己都不知道的烦恼和喜悦。

我在黑夜里拧自己的脸。我这是在干什么？我面对的只是一个孩子，一个傻呆。

我给自己冲了个冷水淋浴，在镜子里，我甩甩头发让自己恢复精神。一切又恢复了原状，我恢复成一个大姐，一个小母亲。我忘记说了，傻呆三岁就没了母亲。他母亲说是进城购物时走失的，二十年没有消息。有人猜测她死了，又有人说被人贩子卖到山窝子里了。母亲失踪两年后被法院宣布死亡，父亲又娶了后母，生了两个妹妹。傻呆是跟着祖母长大的，他读书的费用全是姑姑，也就是小瑜的妈妈出的。

闲暇时间，我又开始带着傻呆四处游走。我们去植物园，他拽一根草茎，三下两下就拧成一个戒指，捧着递给我。那么大的手，托着一点小小的戒指，真是憨态可掬。我抬眼看他的脸，一脸孩子气的傻笑。我们去看电影，他一下子变成另一个人，他会告诉我电影的来龙去脉，原著是谁，人物故事的合理或不合理，演员哪一点没表现到位，等等。他熟悉那么多演员，包括国外的，好像都跟他是哥们儿似的。莫非他什么都懂得，却装傻充愣欺骗我们？

好在他就要离开了，他要去遥远的美国。我们，或许一辈子都不会再见面了。

果然我没猜错。傻呆真不傻，他去美国后开始对我全方位展示他的霹雳手段，一天一封邮件，狂轰滥炸。我不知道他从哪儿弄到的我的邮箱，他并没有问我要过。傻呆的爱情炽烈到足以把我融化。我知道我们之间的差距有多大，年龄、文化以及阶级，每一项都足以让我窒息。所以我一直拒绝，绝望地等待着他苏醒。他开窍了，说不定哪一天就会和小瑜一样宣布婚讯，娶个洋妞也说不准。

这样痛苦地煎熬了三年，我瘦了，瘦得像根麻秆一样。瘦了之后也变白了。我不是矫情，我真的忧郁了，是那种来自心底的掩不住的哀伤。他们说我的气质越来越像一个大企业家。的确，我的生意越来越好，我变得越来越高级，离原来的我也越来越远。

这一天终于到来了，傻呆告诉我他提前毕业了。他发来穿着博士服的照片。那一刻我有点儿迷糊，不是说要五年才能毕业吗，怎么三年就毕业了？也太牛了吧！

照片上，他长大了许多，肩宽了，像一个成熟的男人了。他张开双臂，像个外国人一样对我歪着头笑着，那笑容我是那么熟悉。我多想扑进去，那个怀抱是我日思夜想的。我想爱他，好好爱！

傻呆说，美国给了他工作的机会。

我回复他，好啊，你有才华，那边的空间可以让你更好地施展。

傻呆说，我要你也过来，嫁给我。美国的中国餐也有很大的市场。

我毫不犹豫地告诉他，我不会去的！离开中国，我做出来的仅仅是食物而已，不管挣多少钱都不会成为我的事业。我并不明白我为什么这样说，我是爱我的国家吗？还是爱差不多被我遗忘的家乡？我已经走得太远了。

我告诉他，忘记我吧！找个合适的姑娘成家立业。

我好久没再收到他的任何消息，我昏睡了两天，觉得一切都过去了。也许根本没来，也不该来。我要求自己把一切都放下，毕竟长痛不如短痛。

一个月后，阿姨打电话让我回家一趟，说有要事。我连忙放下手头的工作赶回家去，进门就看见了笑嘻嘻的傻呆。那一刻，我如遭雷击。阿姨说："大桥把什么都告诉我了，他要娶你。"

"我？"我也顾不得面前是阿姨，泪流满面，泣不成声。

"好孩子，这几年你一直都心事重重，你该早点儿告诉我。"

我呆呆地站着，哽咽着说："阿姨，这不合适。"

"再没这么合适的了，傻孩子！他不娶你娶谁呢！往后啊，该改口叫姑姑了。"阿姨过来拉住我的手说。

我和傻呆第二天就去办理了结婚手续。傻呆把工作签到了深圳的一家设计院。办完手续，我们默默走到办事处对面的公园里，好像一切才刚刚开始，又好像一辈子的话语都已经说完。他说："你去哪儿我就跟到哪儿，我是你永不割舍的一部分。"

我看看他，把手递给他。这是我们第一次手拉手。他把我揽在怀里，我把头抵在他的胸口说：

"傻呆，我也是。"

傻呆说："你是我生命中最重要的人。"

我说:"傻呆,你是我的全部。"

说完,我忽然颤抖起来,泪流满面。我拿着他的手放在我泪湿的脸上,轻声说道:"阿呆,阿呆,掐我的脸,我要疼!我不是在做梦吧?"

然后我就伏在他怀里痛痛快快地纵声哭出来。有生以来,我这是第一次这么痛痛快快地哭,那声音盖过了周围的一切。我的眼泪鼻涕濡湿了他的新衬衫,我哭花了自己精心勾描的脸。我把我这些年的眼泪都攒着,就是为了哭给他,一个傻呆,我的阿呆!

在傻呆面前,我彻底地打开了我自己。多年郁结在心底的东西,一层层地揭开,我的家庭,我的母亲,甚至我父亲的死。我说:"阿呆,一直以来我都是赌着一口气过来的。我也不清楚赌什么,反正是放不下。"

傻呆抚着我的后背,深情地说:"没事亲爱的,你会放下的。"

"会吗?"我在黑夜里大睁着眼睛。

不过,我终于相信了这个世界上是有爱情的。我的父母不懂得,我的兄弟姐妹不懂得,但我懂得了。

12

这次回来,本来我不再想找弟弟说安葬父亲的事儿,我知道说了也是白说,我弟媳妇那一关就过不了,到时候不但拿不到钱,还会惹一肚子气。但母亲既然已经给他打了电话,说这钱要他们拿,我不见就是我没走到,到时候两边都会怪罪我。

这次母亲对父亲的事儿这么上心,我和妹妹猜了很多次,都猜不出来她的心思。是不是跟她这两次生病有关?也许她觉得自己也快走到了生命尽头,见面时要对父亲有所交代?

但母亲并不是那样的人,她一生都不肯示弱。

到弟弟那里去我还要了却一桩心愿,我想去看看他们那里的派出所所长。我曾经托人家办过兄弟媳妇的一桩事儿,办完之后一直没有时间去感谢。

弟弟算是弟媳家的入赘女婿。我们姐弟几个的婚姻,除了我的还算顺当,其他的扯起来都有点儿长。当年弟媳的父亲在我们村子边上开了一个超市，弟媳也跟着父母过来读书，刚好跟我弟弟在一个班。弟媳长得虽然不是太漂亮，但被娇养的孩子不一样，气质独特，且能歌善舞，自幼学得一手好琵琶。弟弟一门心思迷上了她，可是人家根本没把我弟弟放在眼里，她喜欢的是我们这个城中村村主任的儿子。高中一毕业，两个人就大操大办结了婚。

那时候城市化刚刚开始，村里大拆大建，政府和开发商都要征地，所以村主任是个肥差，恐怕也借机敛了不少钱。村主任的儿子买了一辆大路虎，天天跟开个坦克似的到处显摆。有次他拉着父母去朋友家喝酒，回来的时候被前面的一辆破手扶拖拉机挡住了路，路虎发挥不了威力，无论怎么按喇叭，前面始终不让路。那天他们都喝了不少酒，情绪极度亢奋，再加上有点儿生气，他大着舌头问父亲："老大，今天让您破费点儿小钱吧？"他父亲眼睛都没睁开，大大咧咧地说："小子，你看着办吧！"他一脚油门轰到底朝拖拉机冲去。本以为他这么好的车，对付一辆破手扶拖拉机根本不是事儿，没承想拖拉机被撞飞了，车斗里拉的几十根钢筋借着惯性冲出来，有几根从路虎的挡风玻璃上直插进来，他父子两个被穿个透心凉，当场就死了。

那时候我未来的弟媳刚刚生了一个儿子，正是在家里颐指气使作威作福的时刻。可是这突如其来的打击，让这个家顷刻之间支离破碎。婆婆虽然伤得不重，但精神却差不多崩溃了，家里什么事儿也管不了，亲戚过来连偷带拿，弄得一个家乌烟瘴气。弟媳本来就是贪图人家的家业，可房本上没一处写的是自己的名字。更难以接受的打击来了，婆婆失去了丈夫，失去了儿子，她再也不能失去孙子，于是开始霸着孙子不让儿媳妇碰，后来干脆抱着孩子藏起来不见面了。

弟媳被这突如其来的变故弄得晕头转向，天天脸不洗头不梳，病得要死不能活，父母只好把她接回娘家。恰好那会儿我们村子拆迁，把他们的超市也给拆了，她父母又带着她回了老家开封。

我弟弟觉得这是天赐良机，一而再再而三地追到人家家里，捧着大金戒指求婚，非要给人家当上门女婿不可。对这送上门来的好事，人家还能说什么呢？弟媳收拾得花枝招展的，应下了这门婚事，二话不说就去办了结婚手续。老两口生有一儿一女，儿子结婚后另过了，跟前就这么一个闺女。他们高兴得不得了，直喊我弟弟活菩萨。他们觉得是我弟弟救了他家闺女，救了他们一家子人。

这事儿把我母亲气得要死要活的，但是没用。说来也怪了，母亲对我们几个姊妹从来都是斩钉截铁，不允许还嘴，唯独对自己的儿子，从来没敢说过一句硬话。但这次我母亲开始还是拼命阻拦了，要死要活的。我弟弟说："我就是要娶这个人，你要是敢逼我，我立马去投黄河，让你们家断子绝孙！"

母亲吓得脸色都变了，她知道我弟弟不会凫水。

母亲的重男轻女是摆在桌面上的。自从我们家有了弟弟之后，她就再也没有把我们姊妹几个看在眼里，全世界就只有她的儿子，好吃的好穿的都是他的。但弟弟是扶不上墙的烂泥，虽然也不干什么坏事，就是混吃混喝，没囊气，更没什么志气。有一次，我二姐说，他就是我父亲的翻版。这话被我母亲听到了，一巴掌扇到二姐脸上，五个指印几天都没下去。她死都不愿意承认自己的儿子像他爹，更不会允许自家人这样说。

弟媳他们那个镇子离开封中心城区很近，现在已经成了市经济开发区。说来也怪，不管我弟弟以前做事如何荒唐，自打和弟媳结了婚，突然就上路了。夫妻俩在镇上开了一家饭店，开始是我弟弟亲自掌勺，硬是把饭店一铲子一铲子炒出名气来了。后来他培养了几个徒弟，又招了大厨，生意慢慢做大了。开封是个古都，古迹颇多，尽管不火爆，可来看古城的人也常年络绎不绝。几年下来，夫妻俩临街盘了几间门面房，接连生了两个闺女，一高兴后面又买了几亩地盖了个小院，日子过得相当滋润。

我母亲一直没认这个儿媳妇，这也是她这么多年不愿意回河南的一个原因。我妹妹有时候逗她："你不认儿媳妇，总不会孙女也不认吧？"我母亲说："我这一辈子就厌烦闺女。"我母亲就是这样，她后半辈子都是吃闺女的、住闺女的，但是要让她从心里认可闺女，那可真是不容易。

去年弟媳的娘家侄子想去当兵，但这孩子在当地名声太坏，品行差，打架斗殴是家常便饭，是派出所的"常客"，所以派出所死活不给盖章。弟媳不知道怎么打听到我跟派出所所长的老婆是小学同学，关系很好。其实，我们过去许多年并不来往，只是近几年我成了家乡的名人，她来深圳旅游找我，是我接待的，她很是感激，关系就热络起来了。

弟媳便让弟弟给我打电话。我拒绝了，说这事儿不好管，让人家为难的事儿我开不了口。弟媳自个儿给我打了电话，还没张口就先哇哇大哭，说她娘八十多岁了，就这么一个孙子，不把他安置好，老娘会死不瞑目。对于这个半路冒出来的弟媳，我不知道该怎么拒绝，也知道如果拒绝了她，我弟弟会面临怎样的处境。于是万般无奈之下，就给派出所所长的老婆打了电话。所长的老婆倒是干脆利索，她在电话里说："这不是个事儿，你谁都不要找了，这事儿你妹子我说了算！咱们办事处就是走一个兵，也是你这亲戚的！"

果真人家把这事儿利利索索给办了。

那天去看弟弟他们，因为带的东西多，我让大姐夫开车跟我一起去。现在郑州和开封已经实现了一体化，道路非常好走，我们早早就到了他们家。弟弟已经明显发福了，还谢顶得厉害，那个中年油腻的样子猛一看真像我父亲。但认真打量，跟我父亲还是相差甚远。我父亲骨子里有一种尊贵，那是别人触碰不得的，虽然历经岁月的削磨，但依然坚硬；而我的弟弟则缺少这种东西，他是一味地软。我母亲不承认儿子像父亲，我倒是觉得弟弟不配像父亲。

弟媳则打扮得光鲜亮丽，乍看起来比我弟弟小好几岁，其实她比我弟弟还大两岁。弟媳一副志得意满的样子，一见面没有寒暄几句，就高门大嗓地说着他们现在的一切，刚刚从云南买回来的红木家具啦，在云南茶山上订制的老树普洱茶啦，刚刚去日本旅游买回来的衣服啦。反正绕过来绕过去，就是闭口不提父亲墓地的事儿。

在我脑海里浮现的，还是我们过去的家庭。我想起父亲和母亲，难免有一阵心酸。看着我油腻不堪的弟弟，禁不住总是想到在昏黄的灯光下说书的父亲。

说了一阵子话之后，我给派出所所长的老婆打了电话，说中午我请他们吃饭。人家也挺给面子的，我放下电话不久，两口子就带着几个关系不错的干警过来了。中午喝得很是高兴，两口子也很会办事，所长夫人给我带了礼物，场面弄得热热闹闹，给足了面子。弟弟弟媳也很高兴，我弟弟亲自掌勺，上的都是店里的高端拿手菜。我们几个轮番敬酒，大家尽兴而归。

吃完饭，我送走客人，去了趟洗手间。从洗手间出来，发现人都回后面院子里去了，只有大姐夫站在门口等我。我正要出去，却被服务员拦住了，说让我到款台结账。我愣了一下，笑着说："你弄错了，我是你们老板的姐姐，今天是你们老板请客。"服务员也笑着说："老板娘刚才专门交代了，说是您请来的客人，这账她让您结。"见我又愣了一下，服务员说："我听老板娘说，您是深圳回来的大富翁，这点小钱算什么啊？您不知道老板娘的脾气，这两千九百二十块钱如果您不拿出来，得从我的工资里扣。"

我笑了笑，赶紧从包里抽出三千块钱给她，说："多出来的算是小费，我们深圳都兴这个。"服务员立时脸笑得开了花一样，说："姐可真有气质，和我们老板娘比起来，您是牡丹，她也就是朵西兰花。"说完自己先捂着嘴笑歪了脸。

出了门，我看见大姐夫已经坐在车里了，知道他为刚才的事儿不高兴。我拉开车门，把他喊下来，小声说："哥，算了，这种事儿一介意，反而显得我们小气，让咱弟弟也下不来台。"

他长叹了口气，跟着我回到后面院子里，坐下来喝了一阵子他们的古树普洱茶，又和弟弟弟媳说了半天话。弟弟说："姐，你轻易不回河南，走时想带点啥？我给你买去。"弟媳不等我谦让就抢着说："深圳什么没有，人家咋会稀罕咱这些不入流的东西？"弟弟闷了一会儿，站起来又坐下，终还是起身去院子里翻出一袋子晒干的草叶子，说："这是我们秋天在黄河滩挖的蒲公英，沙地里长的，连着根拔出来晒干的。这个熬水喝，消炎效果非常好。咱妈爱嗓子发炎，不用吃药，拿这煮水喝一天就好了。"弟媳也赶忙说："对对对，蒲公英可是个好东西，特别是黄河滩上的，纯野生，听说还有降三高的作用呢！"

关于父亲的墓地问题，他们一字没提，我更不想再提起。

车子走到半道，弟弟突然发来一条微信：三姐，我挺想咱妈的，她要是愿意回来住一阵子，我去郑州陪她。

我回复道：好的！想想过于程式化，便把感叹号删了，在后面加了一个愉快的笑脸。

我离开的那一天，大姐夫送我，二姐和二姐夫后来也赶了过来。在机场托运完行李，到了安检口跟大家告别的时候，大姐夫递给我一个用旧了的小化妆包，说是大姐让交给我的，我随手放在了手提包里。在飞机的头等舱安置好之后，我带着强烈的好奇打开那个小包，里面一层一层地用餐巾纸包裹着一卷硬硬的东西。一共包了五层，打开之后，一个红皮笔记本的塑料封面里，夹着一个自制的小本子。纸质相当低劣，但剪裁得很整齐，顶头用白线极精细地缝合在一起。白线已经泛黄了，被手指摸过的地方也形成了灰黑色的霉斑。仔细辨认，缝起来的地方还露着"兽医站处方笺"的暗红色字迹。

那一刻，我几乎魂飞魄散。平静了好一会儿，我才哆嗦着掀开小本子，扉页上写着《关于做菜的几种方法》——居然还用了书名号。一页页地翻下去，一共二十几页，每页一道菜，详细地记述了选材和制作方法。

这就是我们探寻了几十年的秘密，我父亲的菜谱。钢笔写成，漂亮的楷体，线条流畅优美、刚柔并济。

你可以想象我搂着那个本子，那种激动，那种癫狂，那种伤感，那种得意，简直是无法用语言描述出来的。我静静地等待着飞机倾斜着身子升到两千米、五千米、八千米、一万米的高空，它的爬高过程也是我的心情爬高的过程。等飞机平稳了，我镇定地站起来，把自己关进头等舱的卫生间里，哭了笑，笑了又哭，纸巾用了一大堆，脸上的妆容被冲得乱花残蕊。我索性用清水洗了个彻底，假面消失了，镜子里几乎是一张让我自己陌生的脸。我打量着这张脸，想起傻呆常常说的一句话：你不化妆的样子才是最好看的。真的是这样，说不上是清水出芙蓉，但确实很好看。我对着镜子，给了自己一个开心的笑脸。

13

回到深圳，我给母亲看了父亲的墓地购买合同。只是预付了定金，手续繁复得比买楼盘都不差，真正拿到墓地还得排队等到一年之后。这也就意味着父亲在入土之前，至少还得流浪一次。有人说现在的人生不起、活不起，也死不起，我算是信了。

母亲还没出院。她自己不愿意，说是要做完全部检查再说，反正现在国家给报销。我笑了，说："国家不报销，难道还不给你看病了？"

"那可说不定！"她总是喜欢嘴硬。关于大家凑钱购买墓地的事，她一句都不提。

我和医生商量了一下，医院保留床位，白天观察，人晚上回家住，第二天早晨再来。医生同意了。母亲也挺高兴，在这里住了几天，虽然住的是单间，可满楼道闹哄哄的，医生护士一会儿一趟，她根本睡不安生。病号饭有盐没味的，她估计也受了不少委屈。下床我妹妹给她穿鞋的时候，她提出想吃老家菜，说人一生病，就特别想念老家的味道。

我笑着说道："您和小妹天天在家不都是吃老家菜吗！"

她说："那不一样。"

我朝妹妹挤挤眼，依然笑着说："不行您换个口味，去我们的餐厅尝尝好不好？"

她也不答话，径直朝门外走去。

我开车带着她们跑了半天才找到一家好点儿的河南馆子，点了几个河南特色菜，有红烧鲤鱼、老豆腐蘸酱、炸八块，尤其是还有她喜欢吃的扒羊肉。开始上菜，她吃得很高兴。妹妹看她情绪不错，就特意多给她夹菜。后来等扒羊肉上来了，她把筷子放下，站起来趴在上面一边看一边拿鼻子吸溜吸溜闻着，然后摇摇头，扑通一声坐下了，脸色也阴沉起来。她用手指着盘子里的羊肉说："这菜不是这个做法嘛！要用肥肉，这瘦不拉唧的羊做不好。葱段也得用油炸黄，不能炒成这样黑不溜秋的！"

我和妹妹惊呆了，从小到大，这是她第一次说到菜，而且是我父亲最拿手的一道菜。我和妹妹相互看了几眼，谁都不知道该说什么。后来还是妹妹说："这是在深圳，能吃到这样做的羊肉已经不错了，就凑合着吃点儿吧，回家后我们姐儿俩亲自给你做。"

她要了一碗疙瘩汤，桌上的菜一口也没再动。吃完饭回家的时候，我们一路无话。最近一段时间，我觉得母亲的情绪确实很反常。

妹妹陪母亲住楼下，我和老公女儿住楼上。寒假还没有结束，老公带女儿去普吉岛玩了，屋子被保姆收拾得纤尘不染。回老家这几天，快把我累散架了，我把浴缸的水放满，想躺在里面舒舒服服泡个澡。

在我昏昏欲睡的时候，听到母亲和妹妹在下面说话——楼上楼下的浴室在同一个位置。母亲说："……要说你们姊妹兄弟几个，嫁的娶的就你三姐夫最好，人有学问，又懂得跟人亲。我们娘儿俩在人家这里一待这么多年，一个不喜欢的脸色都没有。"

"你不是说，住的是你自己闺女的房吗？"我听见妹妹哧哧地笑。

"别再胡说，再怎么说人家是一家人！女婿脸难看，我能吃得下饭？再说了，你的房子弄好几年了，要不是你姐夫不让搬，说住在一起热闹，我们娘儿俩……唉，我能不知道好歹？大桥这孩子，待人亲。"

"而且是真亲，我姐夫是不是真有点儿傻，跟谁都像没出五服一样，傻亲傻亲的。"妹妹又哧哧地笑起来。

母亲叹了一口气："我不是不想让你再找，是怕你找不到好人。你要是能遇着一个你三姐夫这样的，我死也瞑目了。"

我的眼睛湿润了，真是上岁数了，最近变得越来越爱哭。我们姊妹四个，只有我一个人的婚姻是自己做的主。母亲见到大桥后一直客客气气，不夸赞也不批评，从来没有态度。现在她这样评价大桥，其实也是对其他几个女儿的道歉。她实在太强势了。

母女二人沉默了一会儿。

后来我听到母亲说："……你爸啊，本事不大，气性不小。"母亲像是自言自语，也像是在对妹妹说。

父亲死的时候妹妹还小，对父亲一点儿印象都没有。平时我和姐姐说起父亲，她也很少插话。

"妈，我爸已经去世几十年了。"我听见水花哗啦哗啦响，估计是妹妹在给我妈搓背。母亲这些年一步也离不开妹妹，她也真是会伺候人。"妈，您快快活活过好自己的晚年，什么都别想了。"

"唉——"母亲长长地叹了口气，"要是能放下就好了！"

我不忍心再听下去，起来把窗户关严实，也没心情泡澡了。我浑身又疼又困，可躺在床上怎么都睡不着，父亲死时的情景老是在眼前晃来晃去。父亲的死像一个死结，纠缠了我们几十年，莫非母亲想把它解开吗？突然想起来，在我回郑州给父亲买墓地之前，她曾经对妹妹和我说过这样的话："不入土就不算安葬。你爸死了几十年没安葬，他不闹腾才怪！"这话是什么意思？到底是谁闹腾？怎么闹腾的？父亲肯定不会闹腾她，只有她自己闹腾自己，心里过不去这个坎儿罢了。

可是这道坎儿我也不敢往深处想，真不敢再想下去。

过得去吗？

过不去吗？

一股无以言表的杂乱而又清晰的疼痛浸透了身体的每一处。我们只有一个父亲，可是他已经死去了；而活着的，也是我们姐弟五个唯一的母亲啊！

母亲，我是恨着她的。可我恨了多少年就爱了多少年；恨有多深，爱就有多深。倏忽之间，她已经八十六岁了。我在黑暗中大睁着眼睛，任泪水濡湿枕头。我清晰地意识到，她离死亡越来越近了，这是我心底最恐惧的，要多恐惧有多恐惧。

我心里某些冷硬的东西在松动，好像沉积了几十年的冻土层在慢慢融化。尽管我不去想，可那些过往的日子突然雪片般地向我飞来，一层一层地落在我心底，令我百感交集。

下午在医院看妹妹给母亲穿鞋的时候，我突然想起一件事。我在郑州的老房子收拾东西的时候，看见母亲乱七八糟的衣服里面，还裹着一只纳好的鞋底子，只有那一只。当时我就猜想，另外一只是丢了，还是根本没纳出来？那只鞋底子很大，显然是父亲的。如果是父亲去世前纳的，为什么母亲还要一直保留着呢？

那只鞋底子虽然做工不是很精致，但明显看得出来，母亲还是下了很大功夫的。鞋底子纳得厚厚实实，针脚密密麻麻。它像有生命似的与我对望，一瞬间，我被感动得热泪盈眶。我想起二姨说过，家里再穷，母亲也会保证父亲出门必须穿戴得齐齐整整、干干净净，能有模有样地站在人前。母亲一针一线纳出来的那只鞋底子，曾经寄托过她多大的希望啊！

我拿起那只鞋底子，把它紧紧贴在脸上很久很久，感受着它的坚硬和温暖，然后把它放进我的包里。我想，等父亲入土的时候，我一定要把它跟父亲放在一起。

郑州的小房子我在售房网上挂出去了。可我没告诉任何人，在东区最好的地段北龙湖西岸，我买了一套带院子的洋房，两层带地下室，加在一起有四百多平方米。母亲要是想回郑州就让她回来住。她稀罕土地，深圳的楼顶上搁满了盆盆罐罐，里面种满了荆芥、玉米菜、薄荷、小茴香，都是她让我妹在网上买的家乡的菜种。一套带院子的房子会是母亲晚年最美好的期盼吧，可以让她任意栽花种菜。那里距开封也只有半个小时的车程，孩子们谁想陪她住谁就过来，反正房子足够大。

　　我待在郑州的这一段时间，抽空转了市区的各个地方。西区改造成了一个标准的绿城，拥挤却充满秩序。而庞大的郑东新区，高楼大厦之间，有阔大的开放式公园，处处草木葳蕤、生机勃勃。郑州，也许克隆了别的城市，但她长得像谁又如何呢？无论像谁，她毕竟是她自己，她有自己的核心文化，她有自己的发展逻辑。过去那个老郑州是回不来了，但是一个崭新的郑州依然是郑州。人在变，城市也在变。我父亲死去几十年了，不也一样在改变？

　　我的家乡，一切皆好，一切都会变得越来越好。当我们想着她好，想着让她好的时候，她怎么能不好呢？

　　我父亲将回到黄河岸边的邙山，他可以俯瞰河流的两岸。他老人家在另外一个世界，也一定改换了容颜，举止从容，坦然以对。

　　我估算了一下，这个眼下已经拥有一千万人的特大城市，按照国家中心城市的规划，还有两千万人的增长空间。虽然这个城市处处都是豫菜，但不具规模，没有完备的标准，也不成体系。这里的粤菜馆子也有几家，但做得不伦不类，更是不具规模。我要回到郑州来，我想研究开发豫菜体系。我还想把地道的粤菜搬回来，甚至想搞一个菜系融合工程。我设想用餐饮撬动一个有着巨大潜力的市场。面对这样的设想，母亲还会觉得做餐饮拿不出手吗？

　　我的父亲叫曹曾光，他生于黄河，死于黄河，最后也将葬于黄河岸边。他再也不是我们家的耻辱，我要完成的正是我父亲未竟的梦想。

　　　　　　　　　　　　　　　　　　原载《人民文学》2020年第6期

空山

1

易地扶贫搬迁动员会是在乡政府食堂召开的。

很多人是第一次参加这样边吃边开的会。到会的扶贫队长、村支书和村民代表坐了六满桌,脸上笑嘻嘻的,跟过节似的。厨灶间热气腾腾,陈劭东站在餐桌前讲话,声洪音亮,每个字都像是刚扒出火灰堆的山芋,烫手。

"安置点装修在扫尾,下月上旬——最好是本月底,山上的贫困户都搬新家!"他反复强调时间表,只能提前不能推后,这事他比谁都急,还有两个月,省里就要来考核验收,眼下脱贫攻坚是全县中心工作的中心,陈劭东这位乡党委书记、码市乡第一责任人,绝不允许关键节点掉链子。

陆续传菜上菜,原先的鸦雀无声开始松动,有人咽口水打饿嗝,或者小声点评菜品菜色。食堂的厨师是全乡办红白喜事的老厨子师傅，到县里最豪华的酒店当过大掌勺。他们很久没尝过他的手艺了。这两年提倡移风易俗，年轻人外出务工，很多的酒宴不办了，老师傅就被请进了食堂。一日三餐，平时吃工作餐的乡干部冲破顶就摆两桌，老师傅好不容易逮住这个大显身手的机会，忙乎了一通宵。

饭点到了，该动筷子但没人动，在等请客的人把话讲完，这是礼貌也是礼节。陈劭东在问："各位还有什么特殊的困难吗？"

无人回应，他又问了一次，石喊坪的黄旺生站起来说："陈书记呀，两个问题：碰到搬不动的钉子户怎么办？"说完他就坐下了，陈劭东盯着他，等他的第二个问题。

"没有了。"他又站起来，大家哄堂大笑。

按理说，易地搬迁是精准扶贫的好政策，按人头二十五平方米建房，面积有大有小，每户都只出一万元，一般是搬到集镇附近的安置点新居。此前县里花了大量人力摸底排查，搬迁对象也有好几项明确要求，现居地是深山石山边远高寒荒漠地区，交通水利电力教育医疗卫生条件薄弱，用一句通俗易懂的话说，就是"一方水土养不起一方人"地区的贫困户。

石喊坪村人多地少，村民多数散居山上，前年修了条公路上去，豆腐盘了肉价钱，出行看似便捷了点，但资源捆缚手脚，集体经济上不来，村民生活难有大改善。外人眼中，政府安置，从山上搬下来是件好事，求之不得，何况事先还有繁杂的资格审查、逐层评议等各项程序，入了名单也都是本人签字承诺过，黄旺生说的钉子户应该是不存在的。

有人交头接耳问到底是怎么回事，少数几个干部明白缘故的，知道黄旺生是踢皮球，给自己留后手。

手机响了，我走到食堂廊道上接电话，回头看了一眼陈劭东。他憋着张阴沉的脸，之前的兴奋不见了，脸上游移着憔悴和躁动。

电话是山上的彭老招打来的，瓮声瓮气，我使劲把手机贴在耳孔。他问我："有没有彭小亮的消息？"我说："老爹，已经在找了，等一等，不慌急。"彭老招没有像以前那样发脾气，而是低声哀求说："田乡长，快帮我找到彭小亮吧，我要死了，死了也闭不上眼啊。"我说："老爹，是不是身体不舒服？让村医去看看你吧，万一不行，就接到乡卫生院来？"他继续说着找儿子的事，最后用赌气的口吻威胁："我不下山，不搬家，哪里的医院也治不好，就死在老屋里好了。"

山上的通信基站说是全覆盖，信号其实差得很，电话蹿进咝咝嘈杂后就哑了。我再打过去，始终接不通。彭老招就是黄旺生说的钉子户，女儿死了，儿子失踪了，病痛缠身，靠点养老金和山林补贴生活。我决定，下午亲自去一趟彭老招家当面安抚。

走回食堂，听到陈劭东的声音陡然提高八度，做最后的总结："易地搬迁是全县脱贫摘帽的头号工程，没搬好，就是脱贫帮扶不到位，就是我们党的承诺没兑现。在座每个人都是党员干部，是县委县政府、乡党委政府的代言人，不仅要按时间搬迁到位，还要确保安全，安全底线谁都不能破，真正确保贫困户开开心心，到时我再请诸位吃庆功宴。"话音落下，掌声稀拉，大家迫不及待地举箸夹菜。

吃饭不喝酒，饭就吃得快。下午大家要各自回村落实具体工作，有的三嚼五吞嘴巴油一抹屁股一拍吃完就走人。我瞅着邻桌黄旺生放下筷子，就踅到陈劭东耳边说了彭老招打电话的事。他站起身，把黄旺生叫到一边，说："老黄，我们商量个事。"

听我复述完彭老招的电话内容，黄旺生指了指自己脑袋说："彭老倌这里有问题，犟得很！村里拿他没办法，还是要请你们多做做思想工作。"

陈劭东垮下脸："什么事都依靠我们，那要你们村干部摆造型呀？"

黄旺生不示弱："他满世界找儿子，我有什么办法，还不是要靠县里乡上出面。"

我插嘴道："不是没找，我正催着公安局那边。跑了几年没点音讯，不是喊找就找得到的。"

陈劭东突然像吃了枪药，说："一句话，他的思想工作做不通，真要出了问题，都得吃不了兜着走！"

"陈书记，话不要讲太硬，谁不想把好事办好？我一个小萝卜头，今天喊不干，明天就走了人。"这个退伍老兵受不了委屈，也火气冲冲的。

"我们别误解了陈书记的意思，彭老招本身有实际困难，心结打不开可以理解，我们多做做工作。"我看到气氛不对，出来打圆场，"人心都是肉长的，别的方面多关心，他真感动了，也就不会犟了。"

"省里来的干部到底水平高,会说话,不像我们这些大老粗,张嘴就不会拐弯,硬邦邦的。"黄旺生自嘲,然后迈出食堂,向大坪停车处走去。陈劭东摇头苦笑,回桌上继续扒他那碗刚吃了一半的饭。我跟在后面追出去,想跟黄旺生再聊几句,他当没看见,头也不回,发动摩托,加油门上坡,排气管冒出一股刺鼻的油烟,扭身就杀出了乡政府大院。

2

一个月前,我回到家乡永城县,挂了码市副乡长的虚职。有的地方离开后就没打算再回去的,奈何上天突然拎你出来,又遣回那个来处重新走一遭。省报的田记者摇身变成了田乡长。有人在背后亲热巴巴地打招呼。田乡长!起初我没适应过来,当作喊的别人,头都不回,意识到喊的是自己时,人家转身走老远了。人生又多了一个误会。

宣传系统选派省直新闻单位编辑记者挂职锻炼,搞过好几届了,每次选一个县蹲点,为期三个月。报社领导找我谈话,说这次去你的家乡,有没有想法?

照我的想法,从山里出来的,更愿意去一个湖区或是经济发达的地方,又要回去,心中并不乐意。但我刚在《新闻战线》杂志上发表了一篇文章,核心观点就是说新闻记者要增强脚力脑力眼力笔力,就要像爬山虎,既不断向上攀登,也要亲近脚下土地,多下基层走转改。文章给我戴了顶高帽子,让我颇有些骑虎难下。我心里更清楚领导的脾性,名义上是征求意见,实际上就已是不容推托。去年新班子调整后,人事改革刚完成,萝卜和坑都配好了,年纪大的老资历要坐镇版面也不愿折腾,年轻记者一线任务重,加之有的刚成家拖儿带女也走不开,我这种年过不惑,工作经历够资格,又不受重用的文化版记者就成了首当其冲的人选。

事实上我也没那么不情愿,甚至觉得能脱离报社三个月未尝不是件好事。我十五岁从永城考到市里读师范,后来保送师大到了省城,出来后就很少回去了。在县城中学当老师的父母退休后跟着我住到省城,老家亲戚原本不多,也悉数离开到了市里或是南方。去看看家乡的变化,采写几篇鲜活生动的扶贫稿子,这是领导的期许,也是党报记者的职业使命,不失为一件有意义的事。但我骨子里，这些年偶尔的返回，以及听闻农村种种变化，沉寂与衰落，"回不去的故乡"像个紧箍咒，翻来覆去就有了怯意。

有次北上广回来几个朋友在省城相聚，各有成就，衣冠楚楚，席间说起农村种种现象，有人对农民的劣根性大加鞭挞，有人感慨时代造化，贫富悬殊拉开新一轮城乡差距，也有人叹惋教育资源的不平衡，贫困地区的农家子弟如今想考上名牌高校几乎比登天还难。一场聚会变成了反思，几杯酒下去，以大城市人自居的语气傲慢者被人讥讽揶揄，你们往上数三代，哪位不是从农村出来？城市文明若不能反哺乡村，这样的畸形发展于一个国家又有何益处可谈？众人醉言相争，吵得斯文扫地，闹得不欢而散。

在永城停了一夜，晚饭后离见面会还有时间，我就去老街23号院走了走。离得不远，出宾馆步行十分钟。我在23号院出生、长大，考学出去后，家也搬离这里去了城东新区。院里有五幢六层小楼，原是教育供销系统的家属房，当年算建得早的小区，独门独户，名声在外，现在是灰墙破路，窄道狭梯，明日黄花，残年衰落。

和院子隔条大马路的南门市场，是县城最繁华的大市场，也最嘈杂混居。百货南杂批发一条长街，没有买不到的东西。前几年建了新市场，但人们仍喜欢来这里，几经整饬，街面比过去整洁，店铺门头也收拾得美观多了。县第三小学就藏在街里面，多年一直说搬却没搬，入读的多是政府公务员和商贩子弟。到了这个点，校门就被流动摊贩挤占，只剩一条窄窄的过道。我站在铁栅门外张望，教学楼格局依旧，教师旧宿舍翻盖了新楼，扎眼的是修了条绛红色塑胶跑道。门卫老头手持长扫帚走过来，怀疑地问我："是找人吗？"我心头一凛，找人？我曾经认识的人已经不在这里了。我摇摇头，说随便看看。他嘟囔一句："有什么好看的。"然后掉头走了，画大字般地继续清扫着门口的草坪。

县里高度重视这次挂职锻炼，四大家主要领导都出席了见面会。走进会场我就看到了曾经的初中语文老师王海平。印象中他古文功底好，《离骚》《论语》出口成诵，鲁迅的经典辞章也是信手拈来，我们好多同学选读文科与他的言传身教不无关系。他为人处世严谨务实，也懂得内外方圆，没听说有什么背景，但送完我们这一届，就调到了教育局办公室，后来又到县委办写材料,转到乡镇干了几年又回到教育局任职,现在是管文教卫的副县长。我们联系虽少,但有这个渊源,比常人要亲近许多。他紧紧握住了我的手,热络地说:"欢迎大记者回家啊,多为家乡发展献计出策、添砖加瓦!"

见面会有个议程是挂职代表发言,原先定的是领队和最年轻的省电视台记者。带队的宣传部新闻处干部说话刻板,重申的是老一套,即:每位编辑记者下乡的工作职责,对所在乡镇的每个村走访一遍,做好一次接访工作,联系一户困难户,组织或参加一次集中采访,撰写一篇体会文章,也要列席乡镇有关工作会议,协助做好当地突发事件的新闻应急和信息专报工作。省电视台记者是学播音的,字正腔圆,表态铿锵有力:向基层干部取经,吃苦耐劳,身体力行,帮助群众解难题,支实招,见成效。整个会议室都被她的表态声波震得嗡嗡响。

会议原本可以终了,主持会议的王海平却说再请省报来的田自力同志说几句。理由是:我是他教过的永城学生中的佼佼者,又是全省党报的资深记者,见多识广,对家乡这些年的变迁发展,必然深有感触。

临时被要求发言,推托不得,我也不习惯场面上那套话语,脑子里一紧张,仿佛一片空洞,脱口而出的却是鲁迅《故乡》的开头:"我冒着严寒,回到相隔二千余里,别了二十余年的故乡去。"我说,许多走出去的人,都会怀有鲁迅这般对故乡、对乡村的审视和剔骨见血般的热爱,因为故乡是我们的出生之地,是母亲流血之地,也是祖先埋葬之地,无论何时何地,受挫困苦,我们的故乡,我们的乡村,永远是游子的身体、心灵可以停驻的地方,也是重树信心再出发的地方。我说到乡村的当下处境,乡村一直是中国社会的一个巨大投影,我们可以看到生活最基本的伦理、秩序、情感和精神,如何回望、建设乡村,归根到底不能只站在一个维度之上,而要深层次地掘进。

天哪,我怎么了,由着个人的认知,慌不择言,居然还说出"掘进"这样的词。我把那些赞誉家乡变化的溢美之词,把要为脱贫攻坚挖掘典型浓墨重彩书写中国梦永城故事的话全忘在了脑后。话说完,掌声雷动,这让我颇感意外,心跳得更乱了,却觉得这次下乡也许真是有意义的。

散会后,王海平走过来和我告别,讲了几句工作生活有困难他来解决的客气话。我突然发现他两鬓发白,眼角皱纹层叠。时光从不饶过任何人啊。他说:"这次安排你去码市,有些偏远,生活上会艰苦些,所幸时间不长,克服一下。你的学长陈劭东点名要的你,这样也好,你们有个照应,一起干点实事。"我问:"劭东在下面干得还好不?"他说:"挺好的,就是有些耽搁了。三年前调整,本来可以到城关镇接位,在县城,接天线更近,很多基层干部求之不得,是他自己主动请缨去全县最贫困最偏僻的码市乡。开始有人称赞他是深谋远虑,镀镀金转一圈就回来了,现在贫困地区主职干部的人事一律冻结,不脱贫摘帽不调整提拔,有人就笑陈劭东打错了算盘走错了棋。"我们边说边往外走,他要上车了,笑着拍了拍我肩膀说:"不管怎样,都是未来砥柱啊!"我赔笑心想,人各有志吧,劭东从来都是有想法的人,我还蛮期待码市在他手上翻新变样。

3

次日上午,来接我的是乡宣传干事小姚。陈劭东周末在县委党校参加为期两天的脱贫攻坚乡镇书记的辅导班学习。小姚说明了缘由,就目视前方开车上路了。陈劭东派这个小伙子到省城给我送过土特产拜节,初次打交道就看得出他是那种谨言慎行的人,但后来听说他喜欢玩机车,挺出乎我的意料。路上,我问乡上一些事,问一句他答一句,很多地方不是说不清楚,就是答非所问。我失了兴致,就看着窗外的山景,倾听风中偶尔能捕捉到的几声鸟语。

环绕码市的是一座山,又是两座。这么说吧,山虽相连,又各有其名,一曰古婆山,一曰兜盘山。我把手机地图上的标示指给小姚看,他说,这边都习惯叫东边大岭西边大岭。去码市要在东西大岭间的山路上转上两个多小时。二十世纪九十年代,经码市的水路荒废,硬化拉通了一条低等级的公路,坑坑洼洼跑了好多年,跑一趟就颠簸得头昏脑涨,虽然修护呼声甚高,但苦于没资金来源。直到前两年借扶贫的交通项目实施,山路扩宽,平整如新。我隔着车窗拿手机拍重峦叠嶂,从视野开阔的地方看天空,太阳被裹在厚厚的云层里,像是有雨要来,转上几个弯,又看到云开雾散,光芒万丈。

我打了个盹，迷迷糊糊感觉快要到了。小姚刚好接完电话，见我醒了，说："陈书记来电话，刚接到通知，明天王县长要看码市的安置点，顺便走访几个贫困户，九点开完例会从乡政府出发，请您也参加。"

我说："扶贫工作事无巨细，乡干部都要亲力亲为，迎来送往，很忙吧？"

"有人说扶贫工作像个百宝箱，拿一件少一件，总也拿不尽。"小姚望着我咧嘴一笑，说，"乡镇干部压力很大，个个像上了发条，不在扶贫现场，就在去扶贫的路上。"

"注意安全！"车道急转弯，吓我一跳。小姚放缓速度，爬上陡坡，我的视线被一排粗壮的大樟树遮挡，待缓行一段再看到葱郁山岭，脑子里没了方向感，对东西大岭又失去了判断。

到了乡政府大院，小姚引我走进他们那栋二十世纪九十年代末建起的办公楼。楼层护栏外悬挂着醒目的红色黑体字标语，宣传的是社会主义核心价值观和美好生活的奋斗目标，院西墙的宣传栏张贴着林林总总与扶贫有关的政策文件，东侧是农村商业银行、邮政的房子，连同文化服务站、政务服务大厅，挤挤挨挨，院子陋旧狭小，但不失紧凑整洁。

码市乡拢共三十二名干部，借调到扶贫办和县直部门后，在岗的也就剩二十来位。办公楼上下四层，一二楼办公，四楼闲置成了储藏间。小姚给我收拾好了三楼靠西第二间，陈劭东住在最东边。房间不小，布置简单，有床铺书桌衣柜和两把漆面脱落的木椅，像个空空荡荡的"家"。

小姚帮我把简单的行李搬进屋，抱歉地说："将就将就，生活用品差什么到时说一声再添上。"我笑着说："没那么讲究，你们能住我也没问题。"陈劭东像是掐准了我刚安顿下来，打来电话慰问我的一路辛劳，说下午学习班结束，约了县直几家部门负责人商议安置点生活配套工程的事，晚上才回得来。"我争取早点回呀，我们借着月光喝一杯，给你接风洗尘！"他声音中的爽朗劲多少年也没变。

跟小姚去食堂吃午饭。因为是周日，有的"走读干部"还没回来。老师傅的柴火灶烧菜很香，我胃口大开，饭后决定独自到集镇上走一走消食。出政府大院上坡左拐步行五分钟，有一条五六米宽、八九百米长的街道，刚好容两辆小车通过，既是集市也是公路，乃全乡的经济活动集中地。逢农历一四七的日子赶闹子（赶集），山里村民蜂拥而至，估计交通会瞬间瘫痪。街两边不留缝隙地砌着房子，一楼清一色店铺，有的是木脚楼，有的后来改建成水泥两层房，屋里光线灰暗，像码放的两排黑匣子。两个挂牌的村卫生室相邻不到五十米，十米之外一个岔路口是乡卫生院，这样布局让我觉得可笑。我去过一些大乡镇，道路又宽又长，横平竖直，宾馆门窗装饰超市养生馆汽修家居，街边店面门头和县城没什么差异。眼下的这条码市老街，十来分钟就踏勘结束。没人在意午后出现在这里的一张新面孔。也许这几年下来扶贫检查的外人多了，人们也不在意那些路过的陌生者了。

毫无生机的乡镇。即将到来的三个月我将如何度过，只有等陈劭东亲口告诉我了。我坐在街角一块青麻石上，阳光穿过几面屋脊的三角地带，在眼前来回晃动。我眯眼打量身后的老街，二十年前到过此地的一幕若隐若现。那是我此前唯一的码市记忆，也是心底的一块隐痛。

那次是坐一辆客运班车过来的，路途颠簸，无比漫长。来的原因，是参加师范女同学彭余燕的葬礼。同龄人意外离去，十来位同学相约奔丧至此，忧郁的心情让行程变得沉闷滞重。二十世纪八九十年代，国家重视中专教育，师范工商财农林水医卫等专业的录取分很高，能考入的都是尖子生，很多家庭是冲着工作包分配走上这条求学路，农村学子还可转为城镇户口，他们就更是将之视为跳龙门的绝佳机会。

我和彭余燕是同一年考入，同班，她是码市学校考上的独苗，学习优异，长相素朴纯净，寡言少语，有点像那个年代日本殿堂级的女演员山口百惠。陈劭东是学长，高我们两届。刚入学不久的一次晚自习中，一个戴眼镜的高个子男生站在教室门口把我和彭余燕叫出去，定定地望着我们笑。素不相识，我有些纳闷。他自我介绍说了一大串头衔身份，最终目的是邀约我们参加文学社活动。他问我："知道为什么找你们吗？"我摇头。他说："我们是老乡，都是永城的。"彭余燕从头至尾脸颊红扑扑的，没有说一句话。陈劭东是学生会副主席，经常抛头露面，打过几次交道后，就主动带我们参加一些社团活动。文学书法绘画篮球，他都能露几手。我们常在广播里听到朗诵他的诗歌作品，在书法美术比赛获奖名单里找到他的名字，在每学期的校篮球联赛上看到他精准的三分篮远投。他走起路虎虎生风，回头率很高。我后来觉得他对彭余燕颇有好感，不过每次都会把我叫上，好像有我这个够亮的电灯泡才更安全。

陈劭东毕业那年，留市名额非常少，据说一个市干部子女占了他的指标，他赌气回了距永城不远的一所乡镇中学。现在回想，这对一个内心骄傲的人打击该有多大。分配失意，他因此和我们的书信联系很少。到了两年后我们毕业，师大有继续深造的保送生指标，我和彭余燕入围成了竞争对手，很多活动获奖的加分项，得益于陈劭东当年把我们引入社团参加竞赛打下的基础。后来彭余燕竟然主动退出，理由是家里条件差，父亲身体不好，弟弟年幼，她想早些参加工作。我没有悬念地被保送了，却很长一段时间开心不起来，就是因为彭余燕的放弃。学校给了她全市优秀毕业生的荣誉，还给永城县教育局出函推荐，她运气不错，进了县三小当老师。一个从山沟里考出来的女孩，留在县城教书，将来嫁在县城，这些都是按部就班要发生的，理所当然会是一种很不错的人生归宿。

那时的通讯方式虽有寻呼机、长途公用电话，但又贵又不方便，我和外界的联系方式主要是书信。师大期间我和彭余燕的书信往来并不密切，每学期两三封吧，逢年过节互寄写着祝福的明信片，彼此内心都隔着一道防护带。她在信里说得最多的是工作生活近况：当班主任，教语文，一周有十五节课，还带了写作兴趣班；住在学校宿舍里，宿舍前有一排又高又直的水杉，房子老旧，冬夜风吹得过道呜呜响，像有人穿着拖鞋跑来跑去；多数同事都是县城的，上完课就回家了，几个年轻同事开始恋爱约会；她正在参加高等教育自学考试，一个人待在宿舍偶尔会感到害怕。她只字未提过陈劭东，但我知道我的收信地址是他透露的。陈劭东写信只有一件事，让我帮着购买邮寄书籍和自考复习资料。他刻苦好学，说要以一个自学考上研究生的民办教师为榜样，早日离开那所偏居一隅的乡镇中学。我旁敲侧击要他主动联系照顾好她，想象过他们坐在空旷无人的校园角落或宿舍里埋头苦读的温馨场景。彭余燕说起幽深夜晚一个女孩子的害怕虽再正常不过，但我不解的是，陈劭东这时在哪里呢？有一次信末"顺颂安好"时，她不经意地提了一句，她在犹豫，做一个艰难的抉择，想回到码市学校当老师，那样离家近，能更好地照顾父母弟弟。我给她寄了一本战胜困境成为人生赢家的美国女作家海伦·凯勒的传记和自考论文复习资料，回信中语气坚决地劝她打消回乡的念头。我想也许她只是一时冲动，身边是不会有人赞成这样做的。

那时的懵懂和远离，慢慢会将任何虽美好但不在同一经纬度上的情感撕扯掉消磨光。后来我更是体悟到，于情感而言，时间是灭火器也是过滤器。各自安好尚且无事，突然听到彭余燕死去的消息，那一刻除了震惊诧异，也充满了拳打脚踢般的伤感和锥心刺骨的遗憾。

彭余燕自缢身亡，消息是在另一个县城教书的同学传来的。那时我正面临毕业，联系了几家单位准备面试。我站在校园一家报刊亭旁，给陈劭东打了十几个传呼留言，焦急地等待，他却直到第二天才把电话打到我们楼栋宿管那里，丢下一句留言："余燕离世，节哀顺变。"当时他若是站在我面前，我想我一定会狠揍他一顿。

消息像挤牙膏似的传来，自杀事件概括成一句话：彭余燕深夜在学校宿舍用长丝袜勒死了自己，次日没去教室上课，才被同事破门发现。我说我不相信，同学说我们都不相信，好端端地活着或者说一个正常人，是要遇到什么样的事才如此决绝赴死？进一步说，以双手之力勒死自己，怎么做得到？

县公安局最后下的定论还是自杀。封锁现场、排查问话、尸检化验，该履行的程序都走过了，找到的人证物证并不能证明死于他杀。我们那时分散各地，涉世不深，也没什么社会关系，对人情世态、办案破案都不谙其道，也没想到要组织起来去讨个明白的说法。"相信公安会把事实查清楚的。"一句互相安慰的话，等来的是不愿相信也得相信的结论。听说彭余燕的父母倒是去县公安局、教育局找过几次，但也只是安静地等在领导办公室门外，没有亲戚朋友帮着打横幅拦车鸣冤，也没有胡搅蛮缠讨要巨额经济赔偿。碰到这种事，单位都愿花钱速战速决，怕扩散影响。县教育局和学校工会找来家属，当面答应给一笔丧葬费之外的赔偿，她父亲说人没了，钱也不要了。教育局领导说这是正常补偿，是你们应该拿的，在结案书上签完字，保证今后不闹事，拿钱就可以走了。她父母清理了女儿的遗物，在乡干部的帮助下，把女儿遗体拉回去下葬。那已经是彭余燕死去半个多月后的事了。

出殡前一天，一帮同学相约从四面八方赶到码市。说是一帮，也不过十来位。我大清早从省城坐火车到市里，又赶到永城与同学会合。我用车站公用电话联系了陈劭东，他的声音听起来也很沮丧，说人已经死了，没有新证据，就只能依了公安的定论。我问他要不要去送彭余燕最后一程。他说正在等县委办的选调复试通知，第二天可能要去面试。这也是人生大事，我没有责怪他。他赶来车站，拿了一个信封，里面有一千块钱，差不多是他三个月的工资，让我亲手交到彭余燕家人手上。我手里捏着信封，看他匆匆转身离去，这算是对一段美好关系结束的祭奠吧。一位同学悄悄告诉我，他谈了个女朋友，她的父亲是一位县领导。我冷笑一声，没有丝毫惊讶，也未做任何评判。

车在山路上慢慢颠簸转悠，同学起初还说说话，后来整个车厢都昏昏欲睡。天空弥漫着蒙蒙细雾，山和树木模糊游移，我带着前所未有的麻木，希望车永远在模糊的视野中行进，不要停下来。

天擦黑的时候，终于到了石喊坪，热心的村民把我们迎进彭余燕家。房子破旧，堂屋窄小，棺材摆在中间，像停泊着一艘黑色巨轮。尸体在医院太平间停放了半个月，面貌早走形变样，我们进去完成祭拜仪式，赶在棺木钉死前看到了那张变得陌生的脸。四年前，我们在校园里，生龙活虎，无比热爱生活，向往美好未来，但突然以死亡的方式分别，从此阴阳相隔，我们心情复杂，比到码市的山路还要曲折幽深。

没想到的是，陈劭东深夜赶来了。冗长的道场仪式刚结束，停放棺材的堂屋里烛火摇动，墙上黑影碾压，他久久凝视着照片上被火光映亮的半张脸，眼泪无声掉落。

后半夜家属守灵，主事的要我们到附近村民家中休息，待天亮后送逝者上山下葬。我们把女生安顿好，几位男同学决定彻夜不眠。夜里有些寒凉，有人提议烧堆火，大家潜入黑暗中搜捡回一堆树枝，有人索性拖来一棵砍倒在山沟里的小树，我们在离彭家不远的空地上点燃了火。几个女生睡不着又回来了，火堆前顿时热闹起来。围着火，大家回忆往事，说起一次集体野炊的火是彭余燕燃起来的，有人说把火烧旺些，照亮她上路，让她以后走过的道路都有光亮和温暖。我心中的哀伤被火烘烤得硬邦邦的。记不得谁先说，看月亮升起来了。黑黢黢的山岭，清辉洒下，蒙上一层雾状的微光，山体也变得通透。

火光跃动,视线恍惚,山路上忽然看到有人影经过。女生胆小,喊大家去证实那个人影的真伪。有男同学举起火把往山路上探照,却发现什么也没有。一个女生哭泣起来,说那是彭余燕的魂魄吧,让她靠近我们吧,让她坐在我们中间吧,像往昔那样默默地倾听,而不是独自离去。夜色也被这个女生的悲哀感染了,所有人沉默着,抬头凝望月色溶溶的夜空,四面阒寂,只有树枝燃烧发出噼噼啪啪的声响。

陈劭东坐着不吭声,手中的烟一支接一支,我记得他以前是不抽烟的。后来他变魔术般地从随行包里掏出两瓶白酒,把瓶盖打开往夜空里一扔,男生轮流对着瓶口喝着辣舌割喉的祭奠之酒。那是一个对着青山赊月色的夜晚,是一段为生命的脆弱扼腕的青春时光。我们把酒无言,坐到晨光熹微。我醉眼迷离,好几次朝山路上张望,空空荡荡,奔赴另一个世界的身影再也没有出现。

那个夜晚过得格外缓慢,仿佛时间已经凝滞,连同火焰、呼吸与回忆。我知道,以后再也不会遇到这么漫长的夜晚了。

4

陈劭东从县里返回已是夜里十点了,他比我两年前看到的样子要略显发福,肚腹微微隆起。我暗中一笑,中年男人都逃不脱的命运呀,何况是在酒桌上摸爬滚打的乡镇干部。他开心地喊着我的名字,热情拥抱比他身材小一号的我。

"听说了你在见面会上的发言,说得好,故乡是回不去的,因为时间本身是回不去的。"

我不理他的夸赞,假装生气地说:"听说是你把我要到这穷乡僻壤,来看你施展抱负?"

"是你那位王老师泄的密吧?"他哈哈一笑,"大记者,就是要到这里来,才叫真正接地气。精准扶贫在这里发生的点滴变化,都应该写进历史的教科书。"

我不去接他的大道理,讥讽地说:"当初选这里你可没想到回不去的吧?"

"既来之，则安之，我没考虑那么多。"

"那说说你考虑的是什么？"

他把话题岔开，说："走，去我房间喝两杯。"

"算啦，我戒酒了，现在也不是青春年少伤春悲秋了。"

"破戒！不破不立。"他才不管我拒绝的理由，抓起我的手就走。

他的宿舍布局也很简单，比我的多一个书架一个储物柜。他摆桌子拿酒和熟食，我就到书架前巡视。我想看看当年被我当作偶像的学长还剩下多少精神追求。对他架子上的百来本藏书，我开始并不以为然。最上面一排是党员干部必读的理论书籍，但下面的三排书脊把我镇住了——都是与乡村建设和中国农村百年变革有关的民国大家著作和西方译著：梁漱溟晏阳初董时进李景汉傅葆琛陶行知，二十世纪二三十年代的一批有理想的乡建之子，也有美国明恩溥何天爵英国麦高温约·罗伯茨等中国文化研究者。我抽出几本，发现已摩挲发旧，且批注详细，看来都是反复读过的。

他把酒食摆好，拿出一瓶洋河梦之蓝。

"人生是灰色的，梦是蓝色的。"他扬了扬酒瓶，斟满两个小玻璃杯，"晚上请饭请酒，两条通村公路扩建三个安置点饮水工程，立项的扶贫项目，进度缓慢，像催债，人家欠你的，你还要低三下四去讨。"

"他们不履职，到时板子打他们身上。"

"没你说的这么简单，现在的考核都是一把手约谈，在你管辖的地盘上，老百姓的吃喝拉撒生老病死，哪一件都不是儿戏。"他端杯示意走一个。

"帝王将相，戏非儿戏，是这个理吧？"

"来，大记者，码市欢迎你！"杯中酒他一饮而尽。

我久不沾酒，两杯下去头有些晕乎。他酒量虽大，但脸上堆积着酒后的浮肿和奔波的疲累。他和我絮叨起乡镇的现状和症结、扶贫脱贫的艰辛，有一些现象与我平日所闻完全是相反的。勤的干，懒的站，不三不四瞎捣蛋。我知道基层工作复杂干部辛苦，但没想到有的艰难无异于徒手攀爬一面面陡岩峭壁。

我轻叹："你到码市，说说你的抱负吧。"他说："你待一段后再做评议吧。"我直言午后感受，让人无可惊喜。他说："你看到的是过去与现在，我们更多地是要去看未来。"我爽言直语："没有现在谈什么未来！况且你所说的未来是在这穷山瘦水，没有资源没有财力物力所能走到的未来，是你书架上那些失败的实践和理想的空中楼阁？"

他抬头看了一眼书架，仿佛那里藏着一个突然会跳出来的怪物。他说："这几年，我在琢磨'乡村建设'这四个字。它不简单是建设乡村，让乡村有个光鲜的外表，它是整个中国社会建设不可分割的有机组成，乡村走出贫困的根本是在建设而不只是一味输血。扶不起的阿斗，关键是阿斗要自己立起来。"他取下几本书，说到它们带给他的启示，"民国时期有数百上千的团体机构实验区都致力于乡村建设，除了我们熟悉的黄炎培的徐公桥实验、陶行知的晓庄模式，连阎锡山这位我们以为的'刽子手'军阀，也有很多改革乡村的设想，他的用民政治就是要'启民德、长民智、立民财'。还有外号'中国船王'的卢作孚，毛泽东曾说过的中国民族工业'四个不能忘的人'中交通运输业的那位大亨，就率先提出过乡村现代化的口号。你知道他的愿景是什么吗？是愿人人皆为园艺家，将世界造成花园一样。"

"我们难道只把这当作幼稚和失败？"他苦笑。

我看着眼前这位仿佛又回到师范生活年代的学长，激情四溢，如在社团活动现场般慷慨激昂，但台下坐着的已经不是当年追逐理想的我。我没有反驳或是打击他，那个他所说的自己立起来，在码市这个地方，有立得起的支撑和底座吗？我说："时间不早了，今晚到此为止吧。"

酒已喝完，话却并没说尽。这个夜猫子，我不坚决打断，也许他能滔滔不绝地借着酒兴说到天亮。他的房门洞开，我起身迎风，能看到对面隐约的山岚。我们没有回忆多年前那个喝酒送别彭余燕的月夜，也没有只言片语去怀念共同的故人。我突然看到桌上还摆着第三只酒杯，空杯见底，杯壁沾湿，地上有一片浅浅水渍，像一张模糊但似曾相识的面孔。

他跟跄着送我出门，我让他留步，赶紧洗漱休息。他的舌头打着卷："你来了，就是最好的支持。明天一起陪你的老师，看看山村的未来。"

5

下半夜落了场雨，把山林浇了个湿透。清早起来，黑色屋瓦油光发亮，几只长尾巴鸟在檐间雀跃，发出悦耳的欢鸣。空气润朗，沁人心脾，这感觉在城市是无法产生的。我深深呼吸，恨不能将身体装上个压缩机，把体内浊湿之气排空，把新鲜之气储存起来。日上山峦，浮光耀金，两面青山也如同梳洗过，墨绿、黛绿、葱绿、碧绿、水绿、豆绿、亮绿、嫩绿，我所能想到的描述绿色的词，似乎都能在山野间找到它的所在。我想起有一位师大同学毕业去了西藏支教，给当地牧民学校当义务老师，每天清早，眺望蓝天白云、草原雪山，看着孩子们的高原红，迎来第一缕曙光。乡野之所，大概这就是最美好的念想吧。

城乃防御，市乃开放，码市之名，从前因开放而得。过去这一带在人们嘴里叫码头铺，傍着一条穿山越岭的水流，叫冯河。陆路交通兴起之前，运输全在冯河上，山货洋货交易流通，商贸客商多会于此。据记载，码市四周虽是崇山峻岭，但地处湘粤桂交界，清咸丰年间就建集立市了。从冯河出发，水路经抵道州、永州，沿湘江入洞庭、通长江，然后水阔天高，就能去往武汉、南京、上海等地。来之前，我又翻阅了一本地方志，上面说过去冯河开阔，上游支流众多，从东边，有大量的杉松、竹木、茶叶、桐油、药材等山货在此聚散，往南的古道直通粤桂，丝绸海盐以及一些舶来品又多从这条水路转入内地。

一水缠绕，山就活了。但记载中的繁华时光已成过往和遗憾。三十年河东三十年河西。陆地运输越发快捷，如毛细血管的公路四通八达，冯河之上众星拱月般的水上口岸被抛弃了。加之水土流失，山洪滑坡，泥沙淤积，河床抬升，河水欠丰，山上林木禁止砍伐，无物可运，水运衰落，唯有在老人嘴里，落魄的码市还留着些许荣光。

深夜酒谈之后，我还真对陈劭东的所谓未来充满好奇。往事历历，时光销蚀一切爱恨情仇，但不会销毁。这位多年前我很尊重的学长，其形象地位已经随着彭余燕的离世坍塌了。那个晚上围坐于山火旁的一场痛饮，是对青春的祭奠，对生命的哀悼。他没有给我合理的解释，往后也没有，他有理由不说，我也不追问。罅隙横亘在我们之间，这也是这些年联系很少的原因。他攀上高枝，转圜于他的仕途，无可厚非，但他画的一张乡村建设的大饼，让我感到腹中之饥。麻木生活，物质想象，有光而不曾照见甚至早已忘记光的存在，我们转身，他说待他拂去光之上的遮蔽之物。

他来码市，真是要帮穷山里的人寻找光吗？又还能找到吗？

周一例会，陈劭东公事公办，很客气地做了介绍，算是让我和二十多位乡干部见面认识了。毕竟还要共事三个月，该走的程序不能少。例会还布置了一周的工作，小姚把清单打印好发放到各人面前。二十几项工作，密密麻麻，交错复杂，都事关扶贫的方方面面，饮水安全、教育保障、基本医疗、危房改造、易地搬迁等等，每一项后面都有责任人和主抓部门，打星号的是提醒本周完成，有三角号的是重中之重，画圆圈的是要迅速整改落实的。

上面千条线，下面一根针，政策最后落实到基层，就压到了乡镇、村一级干部的身上。没搞好，上面要批评，严重的要问责，下面落实的难度和实施操作的麻烦之多，因地而异，也因人而异。陈劭东讲话干练，废话很少，安排工作既观瞻大局也讲究落地，这些年的磨炼不是瞎折腾。我却不禁有些同情他，选择到这个最贫困的乡镇，也把自己困在了这里，才干激情能在时间里一直延续生长吗？

会议半小时后结束，乡干部分头忙碌。陈劭东把记录本合上塞进包里，招呼我："王县长快到了，我们一起去陪，看看安置点。"

拎起包我就跟着他噔噔下楼往外走。陈劭东还像读书时那样，步子迈得大走得快，小姚没给行程表，我不知道王海平下来具体要干些什么。大学毕业我考进报社做过几年的时政记者，与省里领导或是省直部门负责人下过乡，都是前呼后拥，浩浩荡荡。见到王海平孤身坐在副驾驶位置，我有些惊讶。

"您堂堂县领导下来视察，就这样轻车简从，不怕路上被打劫呀？"我故意打趣，活跃一下车内气氛。

"哈哈，有何可劫？他们要劫也只会劫劭东书记吧。"王海平说，"这两年下来检查扶贫，习惯了独来独往，不给下面添麻烦，也不给自己找麻烦。"

"人家要的是排场，偏生不怕的是麻烦。"

"那是人家的事，喜欢形式主义官僚主义，可不是我这个教书匠出身的半老头子追求的。"

王海平愉悦地回忆起当年教书时的几件小事，还把我那时的表现做了些美化。我没想到他记忆力如此之好，转入仕途，也就是凭着好记性和笔杆子上去的。劭东光听我们师生说话，也不插言，面色深沉，和昨晚见到的他完全是两种模样。

王海平把头往左一偏，盯着他看了几秒后说："劭东啊，人事上我说不了话，你到乡镇来就来，好端端地把婚离了，趴到这穷山沟里，是真不想上去了？你知道县里有些人的嘴，比刀子还锋利。人生机遇就那么几次，你不要搬起石头砸自己的脚。"

陈劭东离婚的事我略知一二。当年，他改弦易张，娶了县委副书记的女儿，这是他没有选择彭余燕的唯一理由。男人为了前程朝秦暮楚，前车太多，难断对错。早几年岳父退休，他们夫妻没过多久就协议离婚，没吵没闹，对外讲是感情不和，儿子归他，不过外公喜欢，又仍带在女方家中。去年他来省城做了一场老乡的饭局，我问过他，也是这个说辞。人多嘴杂，他没多说，分别后他却发了条短信过来：离婚是摆脱束缚，放飞自由的身心。

说到自由这个份上，都这个年代了，还有什么再去追究的。

朋友相处，点到为止，没有唯一标准。这也是我的原则。后来我再也没问过他。成年人别过得那么辛苦，尤其是对进出城堡的亘古命题，人人都有破狱而出就绝不再画地为牢的选择权。小县城最热衷传播桃色新闻，开始很多心怀鬼胎的人还议论着哪一方有猫腻，等着看一出好戏，但两人各自单着，既无绯闻也无实变，有时还一同带着孩子出现在好友的饭局上。陈劭东下派码市后，一心在山谷沟垄里忙碌，也乐得把儿子丢在岳父家。

不提这一团扯不清的麻，陈劭东故意岔开话题，以恭敬口吻向上级领导汇报，码市扶贫脱贫已经完成的工作、正在做的旅游项目以及存在的问题。从全乡到各村的贫困人口、逐年脱贫的数字到各项经济指标、惠农补贴，他熟稔于心，门儿清。王海平夸赞他对政策、数据的掌握和贫困状况的分析，微笑着"预测"："我们都看得到的，劭东把码市的扶贫差事办好了，未来是要进常委班子的。"

先去看的是易地搬迁安置点的建设。地点是陈劭东一个个亲自反复考量后选定的，与别的乡镇不可比，人家随便在集镇附近选一块空旷之地，水电路一并畅通，几十幢新房整齐排开，美观气派。码市自然条件受限，集镇往外扩捆手捆脚，又不能随意炸山拓地，要找到一大片平整土地来集中安置石喊坪村的百户搬迁人口谈何容易。搬太远，贫困户不乐意；住得太集中，山上独门独户住惯的人也不愿意。他最后想了一个方案，山村特色不丢，选了四处安置点，离集镇不远不近，尽量让一个村互相认识的贫困户住到一起。选址方案经过公示，逐一让村干部上门征求意见，获得全体贫困户的赞同通过。

  我们参观了正在装修扫尾的安置房，白墙青瓦，依山就势，连点成片，最小的五十平方米，最大的一百五十平方米。王海平对房屋设计和建设质量竖了大拇指，说，房子建好了，要想让人住得舒心，还必须考虑后续的帮扶措施，在劳动力转移就业上做文章，易地搬迁才有亮点。

  陈劭东似乎早等着谈到这个实际问题，介绍了已经准备落户的扶贫工厂计划，又神秘地把我们带到安置点不远处开垦出来的梯田边。他说："农民虽日出而作，日落难歇，但骨子里最需要的还是可以耕种的土地，没有土地他们心慌难眠。搬迁后，山上的房子要拆，山田也种不了，年轻的可以外出打工，年纪大的走不出去。我考虑就近开垦几块菜园子几分山田，让搬迁户心里不慌，这样生活才开心，好歹也是帮着他们做点实事吧。光靠政策补贴，脱贫不得其法，贫者不改心志，乡村振兴又何以为继呢？"

  走了几处安置点，恰好也有村民前来探看新家。王海平看得高兴，感慨赞许："扶贫要扶智，也要扶志，我看码市因地制宜的思路和做法很好，抓住了山村易地搬迁的牛鼻子。农民本是农村脱贫和振兴的根本力量，他们不积极参与，乡村建设就是白纸一张空话一句。"现场气氛热烈，王海平又说："我不能空手来，好比农民着急娶老婆，如果你却送本书，告诉他'书中自有颜如玉'，哪能这么糊弄？是这个理吧？"他的话逗得大家哈哈大笑起来。他承诺从分管的文体卫项目资金里给安置点支持，把文化健身医疗配套到位，村干部和村民看到领导送"红包"，一个劲鼓掌致谢，像是前途立马一片光明。

  看完安置点，王县长说想到石喊坪走访几个贫困户。看了两三户，这些家庭有的子女在外打工，有的孩子即将入学，都对搬迁充满期待。山路弯弯，山林茂密，西边大岭看似变化甚微，一家一户，依山就势建房盖屋，虽仍是靠山吃山，但相较过去，政府投入加大，生活基础大有改善。王海平坐在前面当导游，说他在码市出生，儿时看到的山长什么样，山中生活之苦，十几岁随当国有林场场长的父亲调动工作走出大山，这些年哪里变了样。我听着也颇为感慨。

过了午时返程，王海平在一个岔道口选了一条小路上行，路况差一点，堃过这道弯，前面才重上主路。我坐在车上转得晕乎，看着山林已不识，隐约记得多年前来过，但记忆被脑海中的橡皮擦擦去了。车停下来，王海平走进坐落在山坳中的一栋矮房子。房子有些年头了，是过去的大土坯砖堆砌起来的。屋檐黑瓦日晒风吹，雨淋露打，色泽变白，罅隙处长着斑驳苔藓。时间的刀斧之力，都刻在了坯砖上，有的地方裂开几道瘦长的缝隙，有的剥蚀之后残缺坑洼，仿佛一个长途跋涉的褴褛落魄者。

"这样的房子算不算危房？"王海平前后屋看看，皱着眉头问道。

"已经做了易地搬迁的安排，分了一套安置房。"村支书黄旺生及时赶到，躬身上前回答。

"谁说我要安置房？谁说我要搬家？"人未见声已闻，一个脸色酱黄的秃头矮个老者从屋里走出来。他右前额凹缺一角成G形，活像一个从大庙供台走下来的丑怪老罗汉。他的长相拨动了我的记忆之弦，我想起二十年前在葬礼上模模糊糊的一面之交，他是彭余燕的父亲。听说他头上的凹缺，是年轻时当排工留下的，差一点命都没了。到码市来的路上我曾想过，这一家人过得还好吗？没想到此时相见，却不敢相认。

"谁说我要搬到安置房去？"老人火气很旺。

王海平一愣。黄旺生上前一步，挡在老人面前，说："彭老招，县里领导来看看我们村，看扶贫好政策的落实，安置房就是政府的关心，你怎么又不搬了？"

"是你们要搬，我从来没说过要搬的。"

黄旺生脸色赭红，摆出一副杀猪佬的生气状，还想要争论一番。王海平拦住了他，问道："老爹，为什么不愿意搬？"

"我搬走了，我儿子就找不到家了。"

"你儿子怎么会找不到家呢？"

"他出门了，还没回来。"

这时从里屋走出来一位满头银发的老女人，正是彭余燕的母亲，高颧骨，皮肤黑里透红。当年女儿的噩耗传来，听说她一夜之间头发全白了。她满脸忧虑之色，扯着彭老招往屋里拖，他赖着不走，像个生气的孩子般嘟着嘴。两人就在自家门口当着外人的面僵持着。

王海平走进屋里，黄旺生跟进去叽叽咕咕介绍彭老招的家庭情况。儿子叫彭小亮，出门打工，回来过一趟，再次外出后就没音讯了。

"有几年了？去找过吗？"

"三四年了吧，这让他们去哪里找。到乡派出所报案，说是县里才有权限查什么身份证信息。"

"查过吗？乡里村里应该派干部帮一帮。"

黄旺生支支吾吾，他返回老女人面前，问最近有没有儿子的消息，老女人摇了摇头。

屋里光线很暗，飘着一股溲溺之气，王海平站到对门逆光的神龛位，看到墙上挂着一张褪色发黄的旧照片，严格意义上并不能算是逝者的遗照，而是一张放大的生活照——女孩穿一身长裙，侧身站在操场上，风把长发吹起，阳光在脸上映出淡淡的微笑。黄旺生在一旁说，那是彭老招的女儿，死了好多年了。

我也看清了二十年前的这张脸，此刻却非常陌生。我像一个失忆者慢慢召回记忆，脑海中如撞入一头小兽，慌乱，搐动。物是人非，山长水阔，触处思量遍。时光的灰旧与色彩的挥发，无法真正磨蚀这张青春的脸。我瞟了一眼陈劭东，他站在我们身后，神色黯然，仿佛丢了魂魄，身体骨骼撞击发出嘎吱声响。这声音，又像是从房子里每个人的身体里发出来的。

彭老招突然大叫一声，我们纷纷扭过头去，只见他抓着老女人的头发，拖着往几米开外的山路上甩去，嘴里骂道："都是你这死婆娘，把儿子赶跑了，不回来了，看你死了哪个人给你送终！"

老女人并不挣扎，顺着彭老招的力道和松开的手，弯身跳过屋门口的导水沟，站在路边上，把一头银发向上扬起来，跳大神般手舞足蹈起来。她往山下方向指了指，喊道："回来了，小亮回来喽！"随行者有人真的探出身子往山下望，什么也没有。

彭老招一屁股跌坐在一把矮凳椅上，抹着眼角说："老婆子，我对不住你呀！你跟我嫁到山沟里，愁吃愁穿，图个啥？现在快埋进土了，儿女都没了，你恨不恨我？你不恨我，我恨我自己啊……你披头散发干啥，快去捡柴烧火，家里来了客，我们杀鸡吃，吃鸡喝酒。"他靠着墙，受了委屈似的呜呜哭起来。老女人走过去怜爱地摸着那颗头发所剩无几的脑袋，又紧紧把他瑟瑟抖动的身体抱进怀里。

"死酒鬼！神经病！"黄旺生皱着眉头嘀咕道，又朝我们露出一副哭笑不得的表情。他对彭老招说："你也是经历过生死的人，凡事都要看开些。"

"我没死，我没有死过，死了就不是人了。"彭老招挣脱妻子的怀抱，理直气壮地回答。看到王海平跨出门槛，他一把抓住王海平的手，说："领导，你要帮我，你们要帮我找儿子。"

"好好好，我们帮你找。"王海平连忙应允，往后退着，像是怕他做什么出格举动。

彭老招放开他，又抓住我的手，把找儿子的请求重复了一遍。他的手粗糙得像把钢锯那样割手。我也唯有点头。老女人过来把他扯开，向我们道歉："老倌子过去放排脑袋受了伤，不清醒时就胡言乱语，莫见怪。"

"找个鬼，你们都是骗子。"彭老招喃喃低语，"一群骗子！"

王海平把陈劭东喊到身边，交代说："乡里还得派人与公安衔接，把彭小亮失踪的情况再调查一下。科技这么发达，交通住宿看病打工都要身份证信息，还找不到一个人？"陈劭东没有说话，表示默认。

这些年乡村的奇怪事件，的确真实地发生在身边。离奇出走，杳无影踪，只是其中一桩而已。乡邻多会议论彭家人丁不旺，命运如此，不可违逆。这个场合，我心情沉闷，不敢跟疯言疯语的彭老招相认，也许他压根不记得女儿有过这样一位同学。他这么疯疯癫癫，非常不好对付，有点像医学界也无解的"老年认知障碍"，大脑皮层结构功能发生了病变。后面我能帮得上什么呢？在省城时我曾汇过两次钱，但都退回来了，说是地址有误，查无此人。但那是我所能确定的地址，唯一可以解释的理由，是对方拒签了汇款单。后来我才知道，这个性格刚硬的老排工拒绝了所有的善意。

6

　　下山时，车内一阵沉默。我看着窗外，青山绿水，却遮不住悲催命运撞击彭老招一家的遍地狼藉。彭老招说话怪怪的，让我想起维特根斯坦说过，人是不会经历死的，凡是经历了死的都已经不是人了。彭老招肯定不知道，有位二十世纪颇具影响力的哲学家，也跟他说出了类似的话。我不知道王海平突然闯进彭家的缘由，他是码市的故人，彭老招的遭遇不会没听说过，也许还知道彭余燕与我们的关系。

　　王海平终于开口问话了："劭东，你对彭老招一家的情况很熟悉，经常来？"

　　陈劭东说："每次到石喊坪都会路过看一眼。彭小亮三年前外出打工，之后再没任何音信。两个老人基本丧失了劳动能力，过去吃低保，种了五分山田，建档立卡后有些养殖公益林补贴，乡里逢年过节发点特困补贴都能有份，勉强维持生活吧。问题是彭老招长期头疼脑热高血压，一年下来吃药的开销也不小。"

　　"黄旺生说你是该给的都给了，不该给的也都给了。"王海平说。

　　"什么叫该不该？"陈劭东说，"黄旺生在村干部里算是有能力的，但一张嘴像冰刀子，村里和他对着干的人都不饶。"

　　"有时做事要一碗水端平，至少要巧妙，这也是自我保护。"

　　我第一次见黄旺生，就看出他匪气重。很多村干部久居村里，手握资源家底厚实，唯上是从，对弱势群体却很霸道，这并不少见。

　　陈劭东说了彭老招和黄旺生之间的过节。早些年，农村有段时间风气不好，广东人跑来设流动赌场。黄旺生的小舅子是村会计，不争气，爱去赌。他从村部代管的养老金、村民各项补贴的存折上偷偷取了钱去赌。有村民知道这回事，上门讨要，他就发一点，年纪大的村民不知情，他就造表伪造签名蒙混过关，几年下来从中截留贪污了二十来万。钱呢，打牌输光了。村里人私下找他要钱，他嘴上答应得好，却一拖再拖。这事给彭老招知道了，他才不管什么猫腻，也不讲情面，先到村部闹，又跑到镇上告,还去找了县纪委。县里后来派人下来调查,一个大窟窿,加之以前发放现金、换存折抹下来的零头,总共有三十大几万。上面要追责,最后是黄旺生四处找人出面转圜,又替小舅子赔了钱,才免了牢狱之灾,但村会计是干不下去了。

小舅子违法乱纪有错在先,可黄家人对彭老招恨之入骨,视其为眼中钉,只是拔之不得。村民看到他傻不棱登,爱出头,以后捕风捉影听到一些村支两委和村干部暗地做的不公之事,就悄悄告之,怂恿他去闹。有些事换在别村就大化小小化了抹过去了,彭老招排工出身,是那种倔性子,几经争斗,与乡上村里的不少干部结了怨拉了仇恨。

陈劲东说:"人家嫌弃彭老招还来不及,哪会愿意去帮着找,都盼着彭小亮死在外面好看笑话。"

"那几年我在教育局,从县纪委通报上看到过,当时影响很大,全县后来搞了次大排查,教育部门也对教育补贴中一些发放不到位的情况搞了整改,没想到导火索是彭老招。"王海平说,"彭老招这个暴脾气年轻时就有,重情义,敢担当。说来话长,我老父亲还欠他一个人情。"

他这么说,我有些好奇,说道:"听说您父亲那时是国有林场的老场长,那个年代,林场权力很大的。"

他回头看了我一眼说:"你知道码市过去有名的连子排吧?"

"当然,我小时候还跟做木材生意的姑父去看过放排。"我说。

码市热闹红火的年代,最引人注目的一件事就是放排。那时秋冬季节砍伐的池杉、水松、香樟、山毛榉,都集中堆放到山上的水流边,等着涨春水。春水一来,木头就要扎排,一般三五根或者是八九根扎成一张木排,排头用四个竹篾编成的圈套固定好,中间钉上火熏水泡过的"肚带藤",朝溪流里一扔,顺水而下。小水路顺下来的木排都要在码市的老河咀汇集,然后由人拆散重新扎成连子排。老河咀一带的河床平缓开阔,陡峭的岩壁上有几棵大香樟遮荫,像撑开的遮阳伞,过去排工就在伞荫下做出一张张连子排。

连子排有公母之分,排工要先摆好平衡木,分四层摆放要运输的木材,第一层二十四根,逐层两根两根递减,扎成一节总计八十四根。此般编扎三节,第三节扎成凹形排尾,此为母排;第四节必须选粗壮的木材,排尾编扎成凸形,谓之公排,然后公母相对,连成一体。我姑父干什么都很执着,退休后口袋里常揣着一个速写本,走到哪里都勾勾画画,前两年回到冯河走了几天,凭记忆画了一组放连子排的图。我前不久去见他,他拿出画的连子排,与我一起回忆看放排的场面,心情特别激动。他一说我的记忆就活了,我们叫那些排工"排古佬",上路前,排古佬烧香磕头拜神,把随身行李丢在排中间的食宿工棚,暑天是赤膊短裤,天凉也只穿件短裈汗衫,全身冒着腾腾热气。

"人老了爱讲古,我父亲就是这样,我一回去看他,他就拖着给我讲林场往事,还自己写了些文章,将来都可以出本书了。"王海平说,"我给你们讲讲彭老招的故事吧。"

彭老招以前并不叫这个名字,这是他在河上的外号,"招"就是驾驭连子排的排工,前招掌控速度,后招负责方向。彭老招随身带着一根竹篙,那是从山上精挑细选的隔年毛竹,围径十五厘米,找铁匠打了一个铁箍固定在竹筼,久磨发亮。河上的排工都认得彭老招的这个"方向盘"。每到急流险湾,他的篙迅速下水,脚下踩实,手上发力,就着流势把木排方向打直,不然的话排头撞向水中石头,散排是小事,人被弹撞殒命才是大事。彭老招熟悉冯河每一段水域,排速管控有度,从未出过差错,久而久之在水上声名大噪。那时从码市放一次连子排,四到七天,时间从容,排古佬欢歌笑语。若是时间催得紧,有的生手宁可丢了这单生意,也不敢冒生命之险。水上放排性命攸关,也是把脑袋挂在裤腰带上的事,敢接的人才是真正的厉害角色。

有一年涨春水,国有林场急着放一次排,给出的薪酬是平时的三倍,但要在三天内送达。没人接单,平时牛皮哄哄的排古佬也怯场了。老场长灵机一动,摆酒请来了彭老招,给他戴高帽子,说这批木材是着急送去一所新学校做一批课桌椅,事关孩子们秋季入学及时开课,积德造福之举。几杯老酒下去,一直没吭声的彭老招撸起衣袖,答应帮老场长这个忙,但提出一个要求:依旧照过往的正常薪酬付,多的分文不取。老场长担心彭老招反悔,要先付定金。彭老招说,冯河上的排古佬说话算话,给公家办事打包票,但不打退堂鼓。

彭老招讲义气,不图利,一下传为美谈。开排那天,排古佬聚集在老河咀，杀鸡放鞭，唱起排工号子，河流上像过盛大的节日，河面上落满鞭炮碎屑，点点殷红，像是一条血河流淌。林场工人将上游蓄满水的石堰开闸，彭老招驾着连子排在众人雷鸣般的欢呼声中上路了。速度取决于时间，这次的速度自然要比以往快，至于快多少，当然是越快越好，但他还是非常小心稳重。过了最险的侵滩河、蛇友肚、刀脊岭，与他搭档的后招如释重负，吁了口气，放松了警惕。行到鲁鸡荡，后招大意，判断方向失误，斜里往前冲，眼看要搁浅滩头，彭老招赶紧减速，但还是擦着一块大石头，顺着水流的加速度惯性，连子排侧身空翻，彭老招拼命想调整好方向，但人被甩出去，头撞向岸上一棵树。后招没这么好运气，撞上石头，翻了几个滚，沉入水中，一股血泉浮上来，像墨团滴落，慢慢洇开在冯河这张流动的画纸上。

一九九三年，山里通公路，木材改陆运，也就是这年夏初，彭老招放排出了事故，用行话说是"翻了掌，沉了水"，虽幸免于难，但也从此告别放排，归山做回了农民。他那颗变了形的脑袋，凹塌处就是撞树受伤留下的印记。

王海平讲到这里，我推算了一下，那年彭余燕正在码市乡中学读初一。课堂上她被老师急急忙忙喊出来，懵懵懂懂回了家，一度以为父亲水上出事死了。彭老招活了过来，但家里的顶梁柱在那天就倒了。彭余燕的初中学业，其实是靠老场长暗中资助才完成的。

听完这段属于上一代人的冯河故事，陈劭东装作睡觉，我看到他眼角隐约有泪光闪动，终归是眼一睁，泪花就不见了。

我抓住副驾驶的后椅背，说："找彭小亮的任务，让我试试吧！"

7

乡上都知道来挂职的副乡长陪王县长走了趟石喊坪，下山后就要帮彭老招找儿子了。

有热心的乡干部借着来办公室走动，饭后散步时，给我讲彭小亮的事。这是个"闷葫芦"化生子，中考没考好，被乡里资助去读县职业中专。后来的事让人哭笑不得，入学前他被县城几个小痞子喊去玩牌，一夜输光了学费，也不吭声，干脆入了痞子群伙，只有要学费生活费的时候才回来，然后吊儿郎当地跟在彭老招的屁股后面，来找乡民政干部要补贴。这个在他人嘴中误入歧途的彭小亮与我记忆中的完全是两个人。我记得他的样子，是个不爱讲话、大眼睛的小男孩，在他姐姐的葬礼上，坐在角落里一动不动，供桌上的烛火快熄灭时，他就跑过去续香，给长眠灯里倒上油。时隔多年，记忆都会发黄变旧。他长得多高？胖还是瘦？是不是像那些出了门的年轻打工仔，把头发留长染一束黄毛？他失踪几年，码市在外打工的好心人起初也帮着留意问询过，但音信全无。他像蒸发了一样，跑到看不见的地方藏匿起来了。

远山尽翠，屋舍散落，像一串断了线的珠子，掉落大山深处。彭老招家从前是住在山脚下的，离集镇近，放排受伤后，说听不得赶闹子的哄吵声音，找村委会换了半山坳的一块空地安了家。我驾驶着小姚的川崎X300上山，这台机车号称"山路王子"，外观结实，动力强悍。有一段山路修在冯河水库上，去年修好的路，但防护栏还没到位，乡里给县公路局送过几次报告，不知压在哪个领导的抽屉里。有几处路基塌方，水泥路面发生位移，凹凸开裂。小姚再三提醒安全，一旦滑落山下，命都捡不回来。

彭老招在石喊坪是个独姓，势单力孤，不被待见，也跟他早些年爱找村委村干部的碴有关。那时基层管理松散，群众利益被村干部抓在手上，彭老招不管不顾，把黄旺生的小舅子告倒了，把低保分配不公的问题揭了盖，村委会要把几棵老树贱卖进城也被他誓死守住了。女儿死后，他那放排中捡回来的病之躯，干不了重活，年岁一增，愈加孱弱，成了村里的特困户。村干部虽几经变换，但都避而远之，好像他是村里的瘟神。

上山前，小姚帮我给黄旺生打了个电话，说在村部等着。乡干部聊起黄旺生，都说他是一个人精，在村里盘踞经营，不是沾亲带故，就是勾肩搭背。乡上也曾有意换个村支书。年轻力壮有点头脑的人跑到外面打工多赚钱，没人愿意出来挑这个重担，开了几次换届选举会，盘来转去，还是把黄旺生推了上来。我加速，川崎沿着山路盘旋而上，两旁的树一棵棵向后飞起来，像是与我竞赛似的，比赛谁跑得快。风灌进我耳朵里，混杂着摩托的嘶鸣，听不见别的声音，耳道里鼓胀轰鸣，像随时都要爆炸。

前两年上面拨专款，各村新建了办公用房，规范有序，气象一新。石喊坪也不例外。会议室长方桌上成摞码着装订好的资料名册，墙壁上张贴着各种规章制度。我环视一圈，村委会工作职责村民代表会议制度村干部廉洁自律规定村规民约村务公开驻村扶贫工作队职责，还有诸如文明创建星级文明户评比工作领导小组村尊老养老红白理事会道德评议会禁赌禁毒协会名单，眼花缭乱。挂在最中间的是一张彩色地图：石喊坪村脱贫攻坚作战图。

  黄旺生正在布置山林补贴具体数目的核准工作，见到我走进来，连忙放下手上的材料，满脸堆笑，端茶倒水，又指挥两名村干部抓紧去落实。到底是受过军事化训练的，说话办事，雷厉风行。

  屋里剩下我俩，我开门见山说了要找彭小亮的事。黄旺生迎客的笑容倏忽就消失了，像一只刚走出洞口的老鼠嗅到了猫打哈欠的气味。他说："你要找人，应该是去市县公安局，我可不会把他藏在村委会吧。"我说："支书误解了，我是来侧面了解些情况。"他说："彭小亮出去这么长时间，想问具体情况你也应该去找彭老招。"我说："他们家在村里不是新人，应该没有支书不知道的吧。"

  黄旺生那双眼睛闪过狡黠的光，挑了彭老招喝酒闹笑话的事讲。排古佬水上漂，都好喝酒，彭老招也不例外。赶闹子的时候，半斤白酒下去，醉眼蒙眬，见人就扑通跪下，抓着人家的衣袖裤角，问："你看见我儿子了吗？你知道彭小亮去哪里了吗？"有人闲着无聊看把戏一样，听他弯来绕去絮叨那些前言不搭后语的往事，也有人甩开他的手脱开身。他差不多赶场闹子就要喝次酒，喝到哪里就醉在哪里，醉在哪里就睡在哪里。黄旺生嗤笑，我却仿佛看到那个摇晃着大脑袋的矮瘦身影，歪倒在一家店铺门前，朝天张着嘴，涎水顺着胡子拉碴的下巴往下流到胸脯上，浸出一片湿渍。如果彭余燕活着，不知会有多心疼她的父亲。现在她的弟弟丢了，活不见人，死不见尸。凶多吉少，我的担忧多于侥幸。这些不幸降临到两个孤独的老人身上，余生身陷泥潭，淤积覆盖，越沉越深。

  "黄支书，您是石喊坪的一村之主，彭老招是石喊坪的村民，手心手背都是肉。他过去再怎么闹，也不是为一己私利。"我委婉地说。

  "排古佬脑壳摔得有问题，我对他有成见，但不跟他一般见识，我不是那种小肚鸡肠暗地搞阴谋诡计的人。"黄旺生不改当过兵的暴脾气，直来直去。他说起第一轮扶贫没评彭老招的原因，那是因为父子没分家，彭小亮在外面打工，彭老招说儿子一个月有两千多元工资，平均下来超过当时的贫困户标准，彭老招装清高，也不肯戴贫困户这个帽子。后来陈劭东上任后特意来村里，要复评补上去，说彭小亮出门打工没拿回来过一分钱，两口子病痛多，吃药开销大。"他头疼是活该，人在地上活，操心天上的事。陈劭东这么关心他，因为什么，你跟彭余燕是同学，心里明白。"

黄旺生说起彭老招，屁眼都是火，也不知他从哪里把我们几人的关系打听清楚了。我扑哧笑起来。他问："有什么好笑的？"我一本正经地说："关心每一个有实际困难的群众，是乡党委书记的分内责任，也是村支书的分内责任。如果眼下像彭老招的情况评不上贫困户，我看你这个村支书也是当到头了。"有些村干部油嘴滑舌，欺软怕硬，我一个过路客，也不想跟他太示弱。

黄旺生听了我的话并不生气，也乐呵呵地笑起来。我起身就走，他追出来喊道："田乡长，山路弯多，安全第一，小姚的车贵死人。"

从村部拐弯出来不到百米，路面撒了些细砂石，车轮打滑，所幸我以双脚撑住。"黄旺生乌鸦嘴！"我恨恨地骂道，抬头却看见左边一段坍塌的矮墙，墙内有一幢废旧的红砖房，周围杂草丛生，有一棵伸枝展叶的老树，上面挂着一块字迹模糊的木牌。一片葳郁的废墟。我好奇这是个什么地方，就把川崎停在路边，推开半爿破门进去，看清里面写着"栽百年树，读万卷书"八个字。一个办完事回来的村干部认出我，跑过来告诉我，以前这里是村小，办了好多年，教育布局调整后，山上的读书伢子都集中到山下的乡完小去了。这是棵什么树，我忘记问村干部就走了。回望一眼废弃的老村小，我心想，这就是那棵多亏彭老招的捍卫而侥幸没有死在进城路上的古树吧。

半路上，我看到一个小女孩背着粉色的双肩书包，走在一位老人身旁。她们是从山下上来，这个时间点正是放学归家的时候。我按响喇叭，和小女孩擦身而过，侧头看了一眼，女孩眉浓眼亮，脸圆鼻尖，长得很可爱。她像谁？像那个儿时的彭余燕。我警告自己，别再沉溺于那悲伤的过去了。

彭老招坐在门口抽烟，好像是专候着我的到来。变形的脑袋笼罩在烟雾中，如果有摄影家在场，保准能拍张可入展的艺术照。我记得上次见面他是没有抽烟的。也许是太孤独，他每天那么长时间地坐在这里，看着从家门口经过的路上出现的身影。他最想看到的身影，一个去了天上，另一个不知道去了哪里。

房檐很短，门前的导水沟是大麻石砌的，一米宽，两米多深。沟两岸搭着一块楠竹木板，雨水打湿后，隙缝处匍匐着青苔，脚踩上去有些湿滑，木板摇晃，发出吱呀的响声。他不记得我了，我说前天来过的，王县长和陈书记让我来帮着找彭小亮的。听说我要帮他找儿子，他半信半疑地盯着我，眼睛里充满焦虑和迫切。他问我叫什么名字，我说："我叫田自力，您叫我小田就可以。"我闻到空气中散开一股酒气。他端起脚旁的搪瓷杯抿了一口，说："自力，我给你倒杯酒。"我连忙摆手制止。彭老招的好酒之名看来不虚。

女人端杯出来，杯里飘着十几片山茶叶，我接过来，水是冷的。她说："山泉水，没烧开，山里的习惯，冷水泡茶慢慢浓。"我说："谢谢彭妈妈。"

彭老招进屋了，我端起他的酒杯问："老爹就这样干喝？"她愣了一下，无奈地说："喝了一辈子，戒不了。有时就看着墙上女儿的照片，枯喝，越喝越落泪，越难受越喝。"我的心像被重锤击打，第一次听到这样的喝酒方式，伤心回忆是他的下酒菜。

檐下突然飞过一只燕子，身形矫健，在屋里转一圈，又飞走了。她说："我女儿出生的那年春天，燕子来来去去筑了个窝。村小的代课老师给取的名字，说家有喜燕，就叫彭余燕，余是我的姓氏，大家都说名字取得好。彭小亮捣蛋，有一年把燕子窝给捅了，落了一头的灰屑，我生气呀，结结实实把他打了一顿。我从没打过他，那是唯一的一次。没想到的是，女儿那年死了。你说奇怪吧，就是这么巧合。后来我信了佛，天天烧香拜菩萨，求的是保佑天上的人与地上的人。"我听她说话，心生哀叹，人世间，不顺的事碰到一起，偶然就变成了执念。相信有个神在，有命运的差遣要降临，人们就丢了抗争，只剩下等待。

彭老招不知在里屋摸摸索索干什么，走出来时，手里攥着一张皱巴巴

的纸。他挥挥手,把纸铺平,递给我,纸上歪歪斜斜写着几行字:

寻人启事

彭小亮,男,二十七岁,码市乡石喊坪村人,身份证号……手机号码……

我把这张纸拍了照,看身份证的出生年月,彭余燕死的那年,彭小亮刚好七岁。我看看堂屋,光线暗淡,好像这个淘气的失踪者已经归来,就躲在角落里,屋中央桌上烛火快灭的时候,他就会跑出来。

我问道:"老爹,有小亮的照片吗?"

他摇头,叹气说:"原本有一张,到派出所报案留给他们,那帮狗日的后来说弄丢了。"

"家里有他的笔记或日记本没?"我试着拨了拨纸上的那串电话号码,明知道不会有结果,但还不死心,一定要听到那个女声用冰冷而明确的语气重复两遍才肯相信。

"哪还看得到一张纸,都给烧掉了。"彭老招气鼓鼓地说。彭小亮外出打工前,把读过的课本撕掉,烧了个精光。天生不是读书的料,跟他姐姐比,一个天一个地。其实他也是后来变的,彭余燕死了,他就变了。

彭余燕读书认真,成绩优异,在我们班是数一数二的,每学期都拿一等奖学金,这么想起她,都会觉得心疼可惜。她的死在彭小亮心里的打击有多大,也许被成人世界忽略了,导致的后果就是他的自暴自弃。我看着屋檐下往返进出的燕子,失魂落魄。

山路上鸦雀无声,风景静美,穿山风吹到身上,很是凉爽。导水沟东一丛西一丛长着茂密的矮刺槐,沟壁上爬满葛藤,不远处有一棵长青苔的枯树横卧着,一只拖着大尾巴的黄鼠狼迅疾穿过,钻进山缝消失了,只有树身轻轻在摇晃。若是不为世事绊累、物质忧愁,这般的山居生活,甚是叫人羡慕。如果不是那个不知去向的彭小亮,我也不会这么长时间坐在这幢老屋里。生活具体到柴米油盐,落实到生老病死,就失去了想象的美好,内心的艰涩外人是难以真正体悟的。来了就扛着吧,是好是歹日子都是要过下去的。彭老招在出生入死的浪尖中走过,他该是懂这个理的。

搪瓷杯里的茶叶散开手脚，茶水味道渐渐出来，我喝下一口，颇有喉吻润、破孤闷、搜枯肠之感。这是卢仝《七碗茶歌》中叙说的感觉，居然在一杯山泉泡的茶中偶遇了。彭妈妈起身续水，彭老招开始回忆彭小亮离家前的事。我说："老爹好好想想，越翔实越具体越好。"

彭老招说，彭小亮第一次外出打工从昆山回来，穿的衣服鞋子跟一年前出门时一模一样。那次回来后，他也很少出门，整天在床上睡，到饭点才起来。他越来越沉默，有时坐在屋后那口废井旁，有时站在山坡的水塔上抽烟，不知道在望什么想什么，还打开手机播放音乐，是那种又喊又叫的音乐，没一句听得懂。彭妈妈插嘴说，彭小亮读书没遇到好伴，被带坏了。她还蒙在鼓中，也许是不相信儿子会把学费生活费拿去打牌赌博。"过完年没出十五，他说还要出去打工，我们拦不住，只好讲在外面小心身体，注意安全。话讲多了，他不耐烦，只说要得要得，不要啰唆。"

"我是越来越觉得人老了就是个等死的废物，小亮这个豺狼子说得对，老了就不要啰唆了。外面的人讨厌你，儿子也嫌弃你。"彭老招垂下眼帘，嘀咕道，"父母恩深不可忘，禽有鸟来兽有羊。为人不将父母孝，枉为人来似豺狼。"他把头一偏，秃顶上的那片亮光消失了，脑袋凹塌的地方，像藏着一道深不见底的沟壑。

我陪着老人回想有关彭小亮的过往点滴。天色暗下来，我留下手机号码，叮嘱他们有事随时打我电话。他们眼巴巴地送我到路边，过导水沟的时候，我说这块隔板要换了，摔到沟里就麻烦了。我发动车，排气管冒出一溜刺鼻的青烟，不知过多久才会被山风吹散。

第二天我去乡派出所见了秦所长，一个因为生活作风问题被调整到码市的老警察。他来此地时间不长，显然无法和我正常交流这一起辖区内的人口失踪案。他把所里工作年限最长的警察大吴喊过来。大吴是本地人，又高又胖，两脚八字外撇，但每一步都走得敦实，听得到地板的震颤。

"山里居然能养出这么一位大胖子，你见过吗？"秦所长把烟点燃吸上，露出一口乌金牙。大吴不介意所长的玩笑，吐吐舌头扮个鬼脸，却很严肃警惕地看着我。

我说出彭小亮的名字，大吴就脱口而出："知道的，我知道。"

秦所长身子一正，把手指向他，说："你知道他下落啊？"

大吴咧嘴鼓腮，又扮了个鬼脸。"彭小亮的父亲隔一段时间就会来派出所打听有没有找到他儿子，不过，好像最近很久没来了。"他吐了吐舌头，说，"他不会是死了吧？"

"乌鸦嘴！"秦所长怒目一瞪，"现在是我们田乡长接手了一项扶贫工作，帮贫困户找儿子。"

大吴翻箱倒柜找档案去了，搬出一摞登记本，一页页翻看，嘴里念念有词："彭小亮几年不见人不露面，是得好好查一查了。"

秦所长陪我聊天，他在公安转的部门多，自诩经手和听闻的案子无奇不有，却说像这类案子是最头疼最无能为力的。没有办案经费和重要批示，谁接砸谁手上，甩都甩不脱。大吴找到的那页登记纸，寥寥百字，都是彭老招和彭小亮的基本信息，并没超出我所掌握的信息线索范围。看到我失望的样子，大吴也拧紧眉头，似乎要弥补这个亏欠，说："要不去找找南门酒坊的老板皮纸。他原名叫皮巨飞，是彭小亮在职专的同学，县城有名的混子。"

秦所长送我出门，剔着酱色牙垢，安慰我别着急，也可去县公安局找找管刑侦的赵登海，如果需要他可以帮着张罗请出来喝顿酒。我说："老赵肯定是要去找的，他欠我的太多了。"秦所长听我这话觉得理应有些渊源，想打听清楚，我冲他和站在身后的大吴扮了个鬼脸，他被尾烟呛得咳了几声，大吴捂嘴窃笑。

从乡派出所回来，我像我爱琢磨爱画画的姑父那样，画了一张与彭小亮有关的时间线路图：

码市（石喊坪）—昆山--码市（石喊坪）—苏州
2014年3月下旬第一次离家，打工所在地：昆山
2015年2月28日第二次离家，目的地：昆山？

苏州？（是他给家里的说法，半个月后，打回来过一个电话报平安。电话卡是他在昆山的移动代办点上的号，用的是自己的身份证，后来欠费停机。）

我打开手机上的高铁管家，研究了火车路线。从本市开往苏州只有一

趟普通火车（他需要前一天坐长途汽车赶到市里火车站附近某个小宾馆住宿），早上6点22分发车，次日凌晨4点02分到达，时长21小时40分钟，途经21个站，停车时间最长的是江西九江，41分钟，其次是南昌，25分钟，最短的如衡山、丰城、向塘、东至也有3分钟，到达南京后车次从双号改为了单号。这是虽耗时长但便捷的直达出行，票价也不贵，去苏浙一带的打工者大都会坐这趟车。当然他也可能选择别的交通方式，也可能在任何一站下车，如果临时改变主意的话。

失踪者游进茫茫人海，寻找者就像渔民驾着船到一个地方撒一次网。广撒网是对的，但不见得有效果。我对现在的科技和信息管理过分信赖，去县公安局之前，我打电话给表弟讲了找人的事，他在市公安局办公室。我问他有没有又好又快的办法，他却颇为惊讶地说："哥，你跑到那个乡旮旯干吗，跟自己过不去吗？"

我说："这话以后再说吧。你先帮我想想法子，怎么才能找到彭小亮？"

他说："哥，你知道咱国家一年有多少人失踪吗？有意无意，正常异常，活着的死去的。"很早之前我们讨论过社会新闻中那些离奇的失踪，有的逛超市进去就没出来，有的上了公交车就没见下车，有的妈妈转个身推车里的孩子就丢了……他的潜台词是，很多时候对于这种主动失踪不归的人，多半是找而无功，白费力气。他不想费力也不行，我还是坚决地把彭小亮的名字、身份证号及出走的大概时间地点发过去了。

信息我也发给了赵登海，永城的刑侦大队长。他很快回复："领导放心，抓好落实。"我说："油嘴不改！明天亲自去拜访老同学。"

赵登海和我是三年初中同学，他是那种飞天蜈蚣般的淘气角色，经常被老师罚面壁蹲马步，考试没少找我要小抄。人各有命，他父母在南门市场做点水产干货的生意，条件不差，花钱把他塞进了县城重点高中。他照旧调皮捣蛋，后来听说暗恋上班级成绩最好的女生，学习动力骤增，虽然为时有些晚，但那年碰到高校扩招，进了邻省一所公安专科学院。毕业后到乡派出所从户籍民警干起，治安、经侦干到刑侦，现在成了永城公安系统的一员大将。我到他办公室，除了一张摇晃的办公桌和几把椅子，空空荡荡，说像审讯室倒还更匹配。他见面不生分，不过第一句话也跟我表弟一个腔调，对我跑到码市挂个虚职有所不解。

"有的贫困村有多复杂你知道吗？光等政策没有对策，基层干部疲于应付各种检查，该干的正经事没时间干也不愿干。"他说话时，也露出满口烟垢牙，一股烟味能丝丝缕缕被你吸进鼻子里。他是老烟民了，读初一就偷偷抽上了，从校门口的不良商贩那里一根两根地买。那时我也被他怂恿着抽过几次，呛得厉害，闭着嘴不敢跟人说话，怕被家人发现。"玩一支，还没培养出来呀？"他大拇指朝烟盒底一弹，露出烟嘴递给我，然后示范捏破里面的爆珠。

受权限所囿，赵登海查到的彭小亮在近两年都没有用身份证登记的记录。我问他可否再把时间拉长一些，他说，必须有正式报案立案，向省局市局申报，申报不难，就是手续复杂时间拖得久。我说："彭老招不是在乡派出所立了案吗？"他说："那帮庸人，立了案也没看到记录，估计是口头问询，登记了一下，不然系统里不会查不到正式的立案记录。"

"农村这样的情况不少，公安一年不知要碰到多少报案的，人离家了，搞几年，没音信，有的又突然回来了，也有的不回来了。"赵登海举了几个例子安慰我，这不光是年轻人打工出去不回了，还有已经生儿育女的中年人，因为婚姻破裂不堪忍受农村贫困等种种原因，把孩子甩给老人女人，自己玩消失，无影无踪。

"那些不回来的，大多会是什么情况？"

"死在外面了呗。"赵登海所说的死有两层含义：一是躲在外面不露脸，其实活得好好的；一是真正地死了，悄悄地死了。

"但死也要有个对证吧。"

"不要钻牛角尖了，死无对证你懂吧，就是死无对证。"

8

我把寻找彭小亮的事在"挂友"群发布后，群里炸了锅。

挂友是我们这些下乡编辑记者之间的昵称。挂职绝不能"挂着职位不干实质工作"，干工作就会有困惑，大家就常在群里交流见闻心得，互相释疑解惑。电视台的挂友说，她走访的村里也有类似情况，丈夫离家出走十几年了，听说是在东北搞了个临时组合，妻子当没有这个丈夫，把孩子拉扯大，子女也当没有这个父亲。我说，彭小亮未婚，不存在逃离家庭的可能。晚报跑社会线的老孟参与过多次公安报道，有一种职业敏感，说，彭小亮失踪也许跟他姐姐多年前的死有关，比如发现姐姐并非自杀，寻凶复仇的他又被杀了，两个案子要并在一起查。有人反驳，二十年前发生的案子，姑且不说当地公安定性准确与否，有多少证据还保存又是否保存完好，没有证据佐证成立，一切都可以编撰虚构，公安会打自己的脸吗。老孟说，此一时彼一时，现在的DNA检验技术已经成熟，只要当年现场勘查细致，哪怕一个烟头一根头发，也能追根溯源。挂友们上纲上线，刀光剑影，枪打炮轰，把近些年曝光的办案腐败的事拿出来争论，我悄悄地设置了免打扰，任他们吵闹不休。

  老孟的话提醒了我，彭余燕自杀案的不合理之处，我跟赵登海在电话里说了。一个在县城工作的年轻女老师，职业稳定，教学业务能力强，没有什么精神方面的疾病，自杀的理由是什么呢？无缘无故地赴死，而且是用丝袜把自己活活勒死，那要下多大的决心。公安当年就真的没查到一点线索，或是怀疑过他杀？这个搞刑侦的公安当年还没毕业，案子后来也几乎无人提及，他听我条分缕析，未置可否，也不妄下论断。

  过了几天去县委宣传部开会，会后我去南门市场找到了皮巨飞的酒坊。这个人的体形更像他的外号"皮纸"，又矮又瘦，像张风一吹就飘起来的纸。结算完一单生意，他那双阴鸷的眼睛盯着我上下打量一番。

  "你知道他为什么躲起来吗？"

  我摇头，说："他家里的情况你也知道，没点音信，都急着找他。"

  皮纸说了一大通旧事，炫耀当年彭小亮来县职专读书跟他结拜兄弟后，自己是多么照顾袒护他。"我的家就是他的家，哪次到县城不是在我家住着，在外面打架惹祸，都要我找人收拾残局。"他摁灭烟头，"这家伙倒好，出去没挣钱，不知上了谁的当，借了网贷，利滚利，要还两万多块，没钱还，就玩失踪了。"

  让皮纸尤为愤怒的是，彭小亮在网贷登记的紧急联系人是他，追债追到他头上，手机突然涌进上百条骚扰信息，电话响个不断，里面的人恶言威胁，他不得不把手机卡注销，重新换了号码。"那些人电话吓唬我，可笑，我是吓大的？"皮纸睨视我一眼，说，"我等他们来，来了还要不要回去？这钱不是我欠的，凭什么找我！"

如果网贷属实的话，那彭小亮的失踪就有了理由。"可他躲到哪里去了呢？"我让皮纸帮着分析。

又来了生意，他大声呵斥在一旁玩手机游戏的小青年去接待。那小青年长得胖墩墩的，不情愿地站起身，两只眼睛还盯着手机屏幕。"无药可救！"皮纸咬牙切齿地骂道。

皮纸打开手机万年历，翻看一会儿，说："彭小亮大概是二〇一五年二月底出的门，说要去昆山一家电子厂。半年后给我打过几个电话，邀我一起去天津做点生意，稳赚不赔。我说卖酒生意刚有起色，去不了，他就说能不能借点钱，我说四处借的钱投到酒坊了，就给了他当年也在南门做过生意的一个叫老糟的人的电话。听说老糟在江浙混得不错，想搭个线让他们认识。我哪里会明白，他是上了传销的套，到处在骗人入伙。后来，网贷的追我，我打他电话，早停机了，我一怒之下，就再也没联系过他。"

"问过老糟吗？"

"人家号码早换了，联系不上了。"

市局的权限大，表弟回复我的情况，证实了皮巨飞所言不虚。二〇一五年三月一日，也就是彭小亮离家外出第二天，他在市里火车站附近的菊花台招待所住过两晚，但后面再没有记录。我问表弟怎么看，他说，这表明彭小亮有极大可能是选择坐火车离开的，或是与同伴一起离开。那时还没搞人脸识别，查得不严，普通火车还有不少黄牛倒票，也存在用他人身份证购票的可能，假身份证和遗失的真证件特别多，路边花几十块钱就能随便买到。我很懊恼，我们现在需要的是确定，不是可能。

表弟说，可以确定的是，彭小亮入了个人征信失踪者名单，借过两笔网贷，一万一千块钱，从没还过。他安慰我："也许，他失踪只是为了躲债。"我安慰自己，如果只是钱的问题，就还有补救的余地。

我又去找了一次赵登海。下了班，他请我吃永城的特色炖肠子、街边店，两碟卤拼、爆炒花蛤、椒盐带鱼、蒜蓉西兰花。我假装愤懑，把好吃的都点上。最该讲证据的公安，居然跟我讲死无对证，我就赖上你了。他不急不恼，把酒满上，先自罚三杯。

言归正传，我把从表弟和皮巨飞那里得到的信息反馈给他，他答应把彭小亮录入人口失踪信息库里，这样一旦异地公安有发现，就会上报到信息中心。他提醒我，即使是这样，也不过是大海捞针，不要抱太大希望。我把老孟的那套DNA查案的说辞搬出来，他一个劲摇头。他特意调阅了彭余燕案的档案，说没发现什么明显的问题，自杀原因主要还是归结为本人精神压力过大。他不经意地说，有点奇怪，资料中有一份县三小校长李路明的笔录，里面居然缺了一页。

"是不是有什么问题？"我急切地问。

"做笔录的警察去年患肝硬化去世了。"赵登海一笑，"这又是一个死无对证。"他跟我解释，这种定性的历史案子要重新启动调查很难，不经上面特批，没有关键证据指向案子有重大误判，他们不可能抽人去查。至于DNA检测，实验室是很成熟了，但实践中真没这么简单。

赵登海给我浇了一瓢冷水。

我像是看到一个水下漩涡，旋转速度渐渐加快，真相似乎就躲在一个若隐若现又不可触及的角落。我说："如果彭余燕案真的出了错，也许这是一次最好的机会，我回永城就是天意。麻烦你帮我打听一下那个校长的住址，我去拜访一下他。"

赵登海见我说得如此坚决，说道："这个小事没问题，还有一个人，你有兴趣也可以去问一问。"他欲言又止，我问是谁。他略加沉思后说："我们的老师王海平，当时是县教育局副局长，也接受了问询。""为什么会问询他？"他耸了耸肩说："可能也就是一次正常的问询，因为毕竟是教育系统的老师死了，总要有领导出个面。也许他早忘记这茬事了。这事你自己决定吧，我这两天要出差办个案。"

我明白他不好露面，不然又会闹个小道消息满天飞。我说："他俩都让我去拜访吧。"

9

中午开完动员会，下午接待下乡查看施工进度的交通局领导，晚上入户走访。陈劭东是越忙碌精神头越好，回来后敲门，喊我陪他喝一杯。前些天他连轴出差，跑申报排古佬非遗的事，创意是以老河咀为据点，重新打出排古佬民俗这张牌，引进旅游投资，开发冯河漂流。这也是码市的一件大事，其间我也帮着到省市发改、文化、旅游部门跑了一趟，找了个老领导支持，一路绿灯，胜利在望。

如果要我评分的话，他在码市的工作真是够深入务实的。毕竟底子太薄基础太弱，万丈高楼平地起，要从洼地建高楼，谈何容易。有时很晚我还能听到陈劭东房间里的电话声，不是汇报沟通，就是部署布置，上传下达，吃透精神，找那个最能发力的平衡点在哪里。我还真的很同情这个陀螺，也佩服他的拼命劲。

他的床头摊开着一本五百多页的《小镇喧嚣》，是我前不久推荐的。这书原是一个博士做的论文，揭了基层某些真相，像著名的社会学著作《金翼》，用讲故事的方式，抖出来的是乡镇基层政权、村级组织和农民的博弈共生，是不可多得的乡村"深度描写"。没想到我随口说了一下，他就马上找到了这本书。我翻了一下，他看得很认真，做了不少批注。他说："读迟了，不早推荐给我，我可是在基层这种复杂的互动中吃过不少亏了。"我说："早读了，就能处理好和黄旺生之流村干部的关系？不见得吧。"他呵呵一笑，说："对黄旺生不能一棒子打死。乡村在某个发展阶段少不了这样的实干者，表面上我们认为他有点给自己和亲友谋利——当然这是绝对不能鼓励的，但我们要想，谋利获利的一方，也是身在底层的老百姓。"

我说到黄旺生今天在食堂甩了脸子，陈劭东劝慰我："心底宽睡得好吃得香，请你喝酒，就当是替村干部赔礼道歉吧。"他把酒倒满，桌上又摆了第三只杯子，斟了三分之一的酒。他双手持杯，神情严肃，酒洒到地上，飘过一缕清香。

我端杯，说："敬彭余燕的？"

他一饮而尽，拍着胸口，声音发颤："这里一直压着一块石头，好多年了。"

我说："我也敬敬天上的老同学。"然后将杯中酒洒一半在地上，喝完另一半。

"你到码市来，也是为了她，想赎罪？"

"罪如果能赎，就不叫罪了。"

"这么多年过去了，你可以说说你们当年发生过什么吗？"我想起了彭余燕下葬前的那个夜晚，山林野外，月色灼心，火焰把酒焙热，把泪烤干，他对我只字未提；后来几年像没有了这么个朋友，无音无讯；再往后他身份变了，陪领导去省城公干，邀乡友聚首，也只是酒店歌厅足浴城，酒肉穿肠，声色丛中过而已。我们像从来没有和彭余燕交集过。我有时怨恨，认为他一定是做了伤害她感情的事，也海阔天空地想过放他一马，他不是故意伤害，有理由做自己的情感选择，但在这件事情上，他缄默，我就视之为有罪，就不会谅解。

陈劭东何等聪明，他怎会不知道我心中的轻蔑与敌意，他在装糊涂。我们都在装糊涂。看见的不说，看不见的暗中对垒。这也是我们身处的人际世界，有人在给玫瑰画上钢盔铠甲，也有人在给绵羊戴上眼罩嘴套。

"自力，我有时真觉得是我害死了彭余燕。"他说起她毕业后那两年，两人亦师亦友，读书复习考试，都觉得年轻，路还漫长，从没说过感情上的事。后来，一个亲戚把他介绍给了县委副书记的女儿，一切因此发生了改变。他不甘心当一辈子教书匠，吃粉笔灰，但现实中命运的一丁点改变都充满坎坷艰辛。他有意疏远她，希望时间冲淡感情，各自安好。他选择了一条捷径，后来才知道，这世上哪有真正的捷径。他如此忏悔，我心一软，一股激流冲走心底残存的那点怨恨。

"我没向她解释过。"他落了泪，呜呜哭起来，"真没想到她会自杀。我从来都没有梦见过她，我一直等着她在梦中跟我说，不是我杀了她。"

我们都喝醉了。我倒在床上就睡着了，无论手摸到哪个方向，都像碰到了芒刺。又做了一个奇怪的梦，去石喊坪的山路又宽又平，我骑着机车像风一样奔跑，到了半山，我被眼前的景象惊呆了，成片成片又高又壮的稻穗左摇右摆，秋涌千重浪，稻熟遍地黄。我知道我是做梦了，这么美的金秋，在石喊坪是从来看不到的。我不愿醒来，绕着田垄不停地奔跑起来。

10

我拿到赵登海发来的地址，老街23号院。没想到李路明也住这个院子，真是巧了。周末大清早陈劭东回城，我跟他的车同行。上午十点，我敲开门，李路明正端着一碗绿黏黏的荞麦面筋，嘴里嚼得吭哧响。

"都说人老了睡眠少，我五点半起来打一个小时太极，吃了豆腐脑老馒头，面食养胃，老残胃了，又到河边公园唱了半部京剧《我正在城楼观山景》，回来洗漱一把，坐在沙发上眯了个回笼觉。你这来得正巧，这属于加餐。"他拿筷头敲了敲碗沿。

李路明是个话痨。

等他说完，我说明来意。他拍拍脑门子，惊讶地说："你不是干维修的小张呀，我这老眼昏花，把你认错了，对不起。"

"没事。您家里什么坏了？看我有没有办法。"我问道。

"电脑跑得越来越慢，比我这糟老头还老迈。小张是我过去的学生，答应帮我修好的。"他笑嘻嘻地说。

"让我试试。"我知道这都是电脑用久之后的小问题，运行速度慢，把一些平时用不着的软件卸载，杀个毒，轻装上阵就好了。我打开设置程序倒腾了半个多小时，大功告成。李路明重启电脑，欣喜地朝我竖了竖大拇指。他拍拍屏幕说："看电影听戏曲还炒炒股，业余生活都靠它了。"我说："老有所乐，您才真是会过日子的人。"

一来一去，一唠一嗑，我俩像地下党员对上暗号，话就顺藤摸瓜地拉扯出来了。

我说："您当了那么多年校长，培养了那么多好老师，好老师又教育了那么多优秀学生，您是真正的桃李满天下。"

李路明笑了，说："这话在过去，我当耳边风，现在哄老人，我爱听。"

我呵呵一笑，他还挺直率的。我说起彭余燕：当了几年老师，后来出了意外，那是我们同学中成绩最优秀的一位，这些年同学们都还怀念她。我担心他会有顾忌、抵触，不愿旧事重提，边说边警惕地观察他的表情。他听我说完，眼神怔怔地看着我。

他搬把椅子坐到我对面，说："小彭是我一块永远的心病啊，这些年我可从没忘记她。你是小彭的同学，是她的故交，我跟你说说，当是我们对小彭的一场追思吧。"

他站起来走到书柜前抽出一本书本大小的相册，把一九九七年至一九九九年教师节的合影翻出来,指给我看彭余燕站在哪儿。坐在中间的他精神抖擞,满面春风。

毕竟过去二十年了,李路明说起往事,又深情又忧伤。

全县大概就我当校长的年头最长,我喜欢校园,喜欢教育,喜欢和老师孩子们在一起。课间活动那些吵闹声在我耳中是最优美的旋律。当校长也就像当家长,把每一位青年老师都当成自己的孩子,谈对象成家生娃我都操心,做过媒人,成过几对,没有散了的。我想小彭是山里的,没亲没友,人勤心善,工作认真优秀,我得帮她找个好归宿吧。有次开会,有领导开教育局王副局长的玩笑,说他丧妻一年多也可以找个人帮着带孩子了。他年富力强,该腾出时间干事业,将来还要往上攀的。我就动了心思,想把小彭介绍过去。你也别说这是拉郎配,都改革开放好些年了,年龄不是问题,感情可以培养的嘛。

我呢,先去试探着问了问王局长,他嘴上说感谢关心,以后再看吧,我担心他是嫌弃小彭的家境。后来局里下来年终检查,我让小彭上了堂公开课,还参加了青年教师代表座谈发言。走的时候,我旁敲侧击问王局长,他一个劲夸我治校有方,青年教师队伍带得好,要总结经验推广。我也开心呀,他明着是表扬我,暗中是中意小彭。他同意了,我就准备做小彭的思想工作了。

我一个大老爷们儿突然问个年轻女孩子要不要嫁给死了老婆的领导,恐怕有些不妥,考虑到这个因素,我把管工会的副校长找来,刚好是个女的,由她向小彭打探比较合适。副校长问过话后,告诉我小彭目前没有谈对象的打算,她正在准备高等教育自学考试的论文写作和答辩。我就说我没看错,平时当班主任教学任务那么重,晚上还坚持学习,才三四年工夫就快拿到本科毕业证了。但也不能因为工作进步就不考虑个人问题是吧,我想再缓几天亲自出马。机会属于有准备的人,错过了就没有了,后悔都来不及。

有次开完年终总结会,小彭评上了全县优秀受到表彰,大家向她祝贺,她脸红了,眼睛笑弯了。我想,趁着她高兴时说这事可能有戏。散会后我叫她到办公室,先迂回问了家里情况,她当时显得有些不安,说急着回去看父母。我就顺着她的回答说，有没有想过把父母接到县城来。她说暂时没考虑，也不具备条件。我说，条件都是自己创造的，抓住了机会，条件可能就像清早睁眼，过夜的花都盛开了。

没想到小彭不假思索地拒绝了我。至于是什么原因，我也想知道呀，是不是已经有了男朋友只是没公开，或者是看不上，肯定是有个原因的。她脸都憋红了，像个气球，我真担心再追问下去，气球就要爆了。

她走了，一路小跑，像是怕我再把她喊回来。这些年轻老师我都是当作自己的孩子，你说是不是又好气又好笑？

没想到，过完春节开学前几天，她一本正经地给我递了份报告。我打开一看，是请调报告，理由是就近照顾父母。从来都是乡下老师削尖脑袋找尽关系往上调，还没有主动放弃往下走的，这个傻姑娘，把我气得不行。她还很严肃地说，是经过深思熟虑的，父母也同意她的决定。我说你父母一辈子就待在山坳里，从来就没有过这山望见那山高，真是坐井观天、鼠目寸光。我寻思，是不是把她介绍给王局长的事引起的不良反应。她坚持说父亲年纪大了，以前受过伤，县城离家太远，照顾不到。她的态度很坚决，我就说那先缓一缓吧，你再好好考虑一下，我也要跟教育局人事处报告，你是正规分配来的编制老师，要调动手续复杂得很，不是说调就能走的。她听我这么说，就答应了先完成这个学期的工作，但务必请学校尽快与局里沟通，尽快批准回复。

这事不知怎么传了出去，外面对小彭起了流言，我还担心她受影响，但那个学期看不出她工作中带着什么不良情绪。报告我也递上去了，不过是直接交给了王局长。没想到，那个学期还没结束，她自杀了。公安来调查，我把这些事说了，公安问过话，王局长就把我叫去了，让我不要把做介绍的事说出去。我也明白，原本没什么，就当大家开个玩笑，但发生了这种意外，传出去影响不好，尤其是听说他要接局长位子的关键时刻。我只好如实汇报了我怎么和公安说的。他眉头紧锁，半晌没讲话，然后把我带到县公安局找了管刑侦的副局长，他们都是县直单位的领导，彼此都熟。我把事情原本经过说了，那副局长把办案的公安叫来，两边一核对，说没问题。为了避免造成不必要的传播影响，他们要我在学校做好老师的思想工作，不要猜测散播未经证实的言论。这事让我紧张了大半年，我尽很大努力向局里多争取了些补偿，但小彭的父亲竟然拒绝了。你说这一家人多奇怪吧。

事后我想，这也不奇怪，一个穷山村里的人，最大的念想不就是下一代走出大山吗，这么优秀的女儿不明不白死了，怎么能不万念俱灰，万事皆空。

那段日子我忐忑不安，学校和社会上流言四起。有的说小彭平时沉默寡言，独来独往，不太合群，闷头读书读坏了脑子，要从县城调到乡下去，这是典型的抑郁症；有的说她还有狂想症、花痴，一心想找有权势的男人嫁，竟然连死了老婆又大十几岁的领导也打主意；也有人传出来，她暗中谈了一个男朋友，又和领导绊上了，正好被男朋友撞上，羞愧自杀；还有的说她被老街的流氓混混看上了，因为拒绝惹怒对方被谋杀的……

各种说辞都有，你说我能不忧心忡忡吗？但嘴巴长在别人身上，我又有什么办法。我隔天在学校行政会教师会上强调，不要以讹传讹，要等公安的结果。结论最后定性是自杀，又有人背后议论纷纷，说公安没本事，破不了案，只能出这么个自杀的结论糊弄家属。现场我进去过的，看不出异常情况，整整齐齐，干干净净。没有线索，公安不定性自杀，难道还要从路边随便抓个人说成他杀？

说了这么多话，李路明才想到去倒杯水。"唉，时间过了这么久，你一问起这事，却又像昨天才发生的。"

我说："您真的没有怀疑过？彭余燕就真的是自杀？"

"人一时糊涂吧，像中了魔。年轻人，涉世不深，遇到点难处困结，一下子没想开。这也是自我安慰吧，但我这心里想到这事就难受。后来逢七月半，我们家烧亡灵包，我都会烧些给她，希望她在那边过得好。"他停顿一下，眼睛红了，抹去眼角两团湿黄的眼眵。

我从老街23号院走出来，走进熙攘的人流。人们表情各异，擦肩走过。如果事情真像李校长说的，是流言，是外界的困扰，那彭余燕就不是自杀，而是他杀。这些人里面，有多少是当年的"杀人凶手"？她是被他们的嘴杀死的。每张嘴，都是一把刀。

正当我在老街上怅然若失，不知道该干什么的时候，王海平回复信息，说他正在参加县委中心组扩大学习，晚上不离开的话，请我去家中吃饭。

我回头再看一眼院子里的两棵老银杏，秋冬之交，树叶飘落，满地金黄。李路明送我下楼的时候，差点趔趄摔倒，叹息道，人的记忆啊，就是一直在丢失一些东西。衰老的人更可悲，丢了再去捡起来，总把过去当作未来等待。

11

王海平没有住在政府机关大院，而是在环境优美的绿谷小区。我按照他发来的地址找过去，顺道买了些新鲜车厘子和藏蜜瓜。师母开的门，这是一个很干练的中年女人，年轻的时候应该风姿绰约。她见到我非常热情，冲着屋里喊："老王，客人来了。"我没想到，竟然是他亲自下厨。

"来的是贵客，我也才能享受老王的厨艺，这是托大记者的福。"师母笑得很甜蜜。

我谦笑："太热情了，我是县长的学生，不敢当。"

饭菜上桌，王县长为我又破了一次例，拿出私藏的一瓶茅台，说："家常便饭，喝杯好酒，锦上添花。"

师母假装生气，嗔怪道："已经戒了的酒说喝又喝上了。"

"小酌小酌。自力毕业多少年，第一次上我们家，喝点酒才有记忆。"王海平像个孩子般撒娇，"报告领导，喝完这顿，立行立改。"

老夫少妻，相敬如宾，让人嫉妒地秀恩爱。当年，王海平妻子患病离世，他单了几年才找了这位比他年轻十几岁的夫人。虽说那时尚未晋升县领导，还只是在教育局局长的任上，但仍有不少人在背后指手画脚——差不多两代人了啊。

没想到他真有一手好厨艺，食材地道，真正的永城土味。酒喝下小半瓶，师母礼貌撤退，进房间看电视去了。

王海平和我东扯西聊，突然问道："今天过来是有什么事吗？"

"来看看老师，纯属叙旧。"

"平时你要回来，是县里的座上宾，要请吃个饭还轮不到我呢。"

"现在最金贵的就是吃家宴，我是受宠若惊呀。"

他摆摆手，开心一笑，像是想起什么，问我："帮彭老招找人的事情，有什么进展吗？"

我简单说了一下县公安局的调查情况，借机说，彭小亮失踪立案，到时还要请县长出马与管公安的领导说一说。他说这个没问题，又自言自语："失踪这么久，就怕有什么意外吧……"

"当年彭余燕之死，不明不白，公安定了就定了，也没人帮彭老招讨个说法，往深里追究。我第一次见彭小亮，就是他姐姐下葬那天，他还是个刚读书的小孩。"

王海平皱着眉，一声不吭，身体不易察觉地轻微抖动。他说："彭老招脾性倔强，教育局和学校拿了些钱做人道补偿，当时也是一笔不小的数目，他当场就拒绝了。"

名正言顺的补偿款，彭老招不要，这真是一个拧巴的人。谁遇上这种无力挽回的事，都会以扭曲的心态接受这笔钱，不管多少和来源，人死不能复生，这些都是该得的。那两年有了女儿的资助，他们家的生活状况才慢慢好转，对于孝顺上进的彭余燕而言，她的美好生活，决定了一家人的未来。在石喊坪村人眼中彭余燕的跳龙门，他们因嫉妒而掘开的深沟，因为她的死去被填平了，而且上面有了一座隆起的坟堆。

话说到这份上，我就把"天窗"打开了："当年彭余燕死的时候，您是在教育局吧？"

夜深人静，王海平送我下楼，楼道灯光在他脸上跳来跳去，而身体像被黑暗一口吞噬了。他说："你让赵登海用点心思去查，彭小亮是彭老招老两口的精神支柱。"

"嗯，老师还有什么要说的吗？"我心中明白，也许离开码市前也不会有结果。

"没有了。希望今晚说的话，你能替我保守秘密，我们一家都亏欠彭老招的。"这个曾经骄傲的男人眼中，突然就看不到神采飞扬的光了。他把秘密丢给我，秘密多一个人分担的时候，原本保守秘密的人会变得轻松吗？但今晚，我知道，他可以睡个好觉了。

彭余燕请调码市学校的报告，王海平压在了办公桌上的玻璃台板下。

台板下还压着一份局机关通讯录、一张中国地图，以及他青年时代英姿勃发的一张生活照，背景就是我中学母校的教学楼。这张照片至今仍挂在他的书房墙上，是岁月之痕，生活见证，回忆的温暖慰藉。

王海平与彭余燕单独见过一次。全县教育要搞"两基两全"摸底和达标自查，他忙得脚不着地。那天下乡督学回来，刚进办公室，门就被咚咚敲开了，是彭余燕来了。他对她印象不错，年轻、漂亮、文静，待人接物得体大方。妻子病逝后，不乏热心的亲友牵线搭桥，暗中也见过几位，总是不尽如人意。宁缺毋滥，他也就以随缘、忙碌来搪塞亲友的好心。彭余燕是个例外，他承认自己动了心，面对她时有了紧张、慌乱，还有些身体发热。要是回到青年时代，他心想无论如何都是要大胆追求一次的，拒绝、失败又有何顾忌呢？但现在的身份、家庭现状、交际圈子还有将来的上升空间，令他不得不谨慎对待自己的第二次婚姻。牵一发而动全身。而且他托人打听了彭余燕的家庭，没想到她父亲彭老招与他父亲在冯河上打过一次"要命"的交道。最关键的是，彭余燕似乎并没有强烈的想法。

山环水绕的关系，让他有了太多顾虑。他把请调报告压下来，初衷还是想让她再冷静冷静，也是为了她好。一个正规的师范生，全市的优秀毕业生，业务能手，一时冲动，太可惜了。他是想过要找她好好谈一次，但平时公务太忙，没找到合适的时机。这次她主动找上门，他又没想好要怎么开口。

彭余燕坦言去意已决，请王局长说服李路明校长，理由是家中父母需要照顾，农村的基础教育也需要像她这样的年轻老师。她慷慨陈词，显然是做了充分准备才来的。他内心更加对她生出敬佩之意，差点就要改变主意，甚至想在下次的全县教师大会上推她做学习的榜样。不恋城市恋乡村，扎根教育无怨悔，这是多么纯朴崇高的思想。他嘴里却说，再认真考虑一下，县城的基础教育也需要像她这样的好老师。

彭余燕离开的时候，他起身相送，她主动与他握手告别。那是一双温暖柔软的手，但他还是感受到了指肚上的硬茧。她跟他说的最后一句话是："理解万岁！"

王海平说："我做梦也没想到，彭余燕来见我的一周之后，竟然自杀了。她以这种方式离开世界，令我始料未及。"得到消息的那天晚上，他惶恐不安，眼前总浮现出她来找他的情景，"对她的死，我负有不可推卸的责任。"

"事实就是如此。"他说，"时隔多年，世事变迁，也没有什么不可放下的了。她那双大眼睛，总是在一个角落看着我，过去我想方设法要躲开，现在也不怕了。我去找这双眼睛时，她反而不见了。"

我问他带着李路明到公安局去是怎么回事。他说："你不知道，那时组织部已经找我谈过一次话，局长要调动，这个位置可能会由我来接班。我便找了公安局的党校同学。当然这件事他们也调查了，与我没有直接关系，不能因为别人开个玩笑就认定是我导致的吧，但人言可畏，县城的人事争斗错综复杂，我们还是想把事情压在箱底。最后，你不知道，那次调整还是没考虑我，过了三年我才升到局长的位置。凡事都是命，如果不踏空，现在也许我早进了常委班子。当时人事落定，我反而轻松了，这也是我该得的惩罚吧。"

12

排古佬的非遗申报，进展超出想象。省歌舞团下来一位编导，根据永城文化工作者收集的排工号子，增加了民间传说，准备排演一部河流实景剧，需要几个活着的老排工露脸。这也是陈劭东出的点子。在冯河上游拦坝蓄水，竹筏载客，两岸沿途布景，夜间灯光造型，让人回归到原始生活方式和历史记忆之中。他让我亲自登门，请彭老招出山，白天在家赋闲，晚上装扮演出。老爹不松口，说彭小亮不回家，他哪里也不去。另几位老排工也像约好一样，说彭老招不答应，他们也不会出来。

易地搬迁正式启动了，山野喧响，搬迁户兴高采烈，鸣鞭放炮。陈劭东手忙脚乱，只恨分身乏术。他带着几个分管国土农业的干部，像一支勘测队，在安置点四处搜寻，想多找出一些适宜耕种的田地。

"搬了新家，田园不能丢。农民有那么一片微小但是属于自己的土地，才会生活得心安理得。"陈劭东反复强调这个观点。他的设想是充分利用安置点附近的山地资源。他要像小王子一样，在百废待兴的安置点找到一朵献给搬迁贫困户的玫瑰花。

我又去了趟彭老招家，买了些米油猪肉。他坐在檐下的长条凳上，看着偶尔从山路上经过的人，每天的生活从不改变。看见我来了，他欠身起立，算是打个招呼。我把东西搬进里屋，只见彭妈妈刚跪拜完菩萨，瓷杯里插着三炷香，烟袅袅升起，房间里的腐朽气息疏淡，像一片干涸的河床被水流冲刷出斑斑点点的绿意。

我走进里屋把东西放好，灯光微弱，像一团飞雪散入冰天雪地就消失了。我转身看到床帐后有一团亮堂堂的光。好奇心驱使我走近几步，闻到一丝淡淡的油漆味，看清之后，我心中大骇，是一具黑寿材。彭老招每天夜里就睡在棺材旁边。这虽是乡下许多老人的习惯，但我感觉到脊梁阵阵发冷。我快步走出来，不经意看到墙上的照片，平常不走到跟前是无法看清往昔那张脸的，但与彭余燕的目光相撞，心中那块痂又震颤发疼了。跨到门外，看到檐下的阳光，怦怦的心跳才慢慢安定。如果她活着，这一家人绝不会落到这步田地吧。

彭老招示意我落座喝茶，盯得我发怵。他说，在冯河上放排的时候，有一次夜路歇停在侵滩河。一个女人在岸边生了很大的一堆火，蹿起一人多高，开始有很多人围着，后来人慢慢散去了。他走过去看了看，是女人的儿子玩水淹死了，浑身乌青冰冷。女人的丈夫也是排工，死在冯河里。她抱着儿子，腾出另一只手添柴，等了一夜，孩子也没有暖和过来。

我想，彭老招是又想儿子了吧。寻找没有结果，却知晓了彭余燕死前发生的一些事情，但又能说明什么呢？现实的不幸和生命的脆弱，总在这片大地上以不同的方式重复上演。

"半个多月后，我听说那女人也死了，跟着丈夫孩子去了。"彭老招眼神迷离，"人死如灯灭。你说这人生在世，有的人是不是就像夜露，天亮就没了？"

他继续与我唠叨冯河上的一些旧事，我只是静静地听着。他是在用他人的哀伤来疗治自己的哀伤。他的思绪又乱了，说这几天晚上老看到彭余燕站在床前，微笑地望着他，不开口，他问她看到弟弟没有，她就哗啦啦地流泪了，哭得伤心欲绝。他说："你知道吗，她非常疼爱这个弟弟的。"

陈劭东叮嘱我，彭老招搬家的事不要急，哪怕最后一个搬都行，先由着他的心性，我的任务就是多上门做做感化工作，依黄旺生的脾性，去了只会引起反感坏事。我知道是这个理，陈劭东心里的着急我也明白。去彭老招家我倒不是嫌累，可每去一次就想起命运悲催的这一家，想起两个老人未来日子怎么过。每次去只是坐着说话，直到准备离开，也没说到搬家的事情上去。

来一次，说说话，喝完几杯冷水茶，我才告辞下山。彭老招打着酒嗝说："你这就走啊，我讲古还没完呢。"

"我转转山，车一飙就上来了，以后没事也常来的。"我指指停在路边的黑色川崎，小姚这辆私家摩托成了我的巡山坐骑。

"他们都开始搬了吧？"

"嗯，有的户开始搬了，毕竟是新房子，住着要舒服些。"

"跟陈书记说说吧，我这把老骨头，就死在老屋里好了，新房子还可以照顾一下别的人。"

"老爹，您说这话就过了。房子户头是您的，以后彭小亮回来，也就是他的，别人抢不走，这一点是严格按照政策来的。"

老女人走出来，递给我一包晒干的山茶叶，说："老头子呀，莫为难他们啦，我们老了住哪里都是住，该搬的时候我们就搬吧。"

"不急的，等老爹考虑好了，我和劭东到时来给您搬家。"我跨上摩托，举起手中的那一小包茶叶，"冷水泡茶慢慢浓。老爹，多谢啦！"

13

挂友老孟很热心，给我打气，把那些各地多年积案旧案的侦破案例发给我。他神神道道地说："破案要循着逻辑，又要超越逻辑。一件事，你牵挂它，它也会回报你。"我整日胡思乱想，夜里失眠就发信息打电话骚扰赵登海。他那边也有了一些进展：彭小亮的失踪立了案，对那几个过去与他混团伙的社会青年进行走访，网贷之事属实，近几年却都断了联系，经分析极有可能是加入传销组织，被他们控制了；又请了几个老刑侦和技术员，对彭余燕卷宗中的笔录、细节、证据和现场收集的指纹、脚印等物证进行传阅和会商，试图发现疑点，但年代久远，暂时没有明显的突破。

有天午后，闲着无事，小姚在养护他的川崎。我每次骑它上山下村，吹着风,听着歌,飞速前进,大概也是挂职生活中难忘的一种记忆。小姚听我赞美川崎,喜滋滋的,又说起驾驶家中那辆哈雷的拉风感觉。他父亲开矿起家,买了几处加油站,却不愿儿子承继生意,一定要他当公务员。我想起黄旺生说这车贵死人,问起价格,小姚狡黠一笑,说换台高配的国产小车绰绰有余。我故作惊讶,然后哈哈一笑,心想大概每次我上山他就心神不宁,担心伤了他的坐骑。

去县里开会的陈劭东突然打电话过来,语气火急,让我赶紧去趟石喊坪。我猜是发生了突发事件,问怎么啦,他说:"彭老招摔伤了,黄旺生已经送他下山去乡卫生院。你去接一趟彭妈妈,千万注意安全。"

我跨上川崎出发,山路无人,加速疾驰,像是要飞起来。途中,遇到彭妈妈正在山路上孑然急行。我扶她上了车,不敢加速,她坐在后座,浑身发抖,紧紧抱着我的腰,嘴里催促着:"快一点!快一点!"

彭老招下午坐在屋檐下发怔,不知是突然滚跌还是走在木板上滑落,摔到那条又深又陡的导水沟里了。彭妈妈从屋里出来,没看到人,前后转了一圈,喊他的名字也无人应答。她以为他到山路上溜达去了,并没在意,就坐在檐下望,隐约听到细微的呻吟声,走到沟沿一看,彭老招趴在刺槐丛中,头破血流,奄奄一息。

路过的黄旺生费了九牛二虎之力才把彭老招从沟里顶出来。他给劭东打电话报告之后,就把半昏迷的彭老招绑在自己身上,骑摩托送往乡卫生院。我们赶到的时候,他正坐在卫生院大厅的条椅上抽烟,浑身湿漉漉的,衣服上沾满斑斑血迹。一个年轻医生提醒他,墙上贴着禁止吸烟的标志,他一脚把烟头踩熄,说:"老子都快虚脱了,抽支烟缓缓神,你们赶紧去救人吧。"

医生给彭老招清理了创口,伤口的血渍还在慢慢往外渗,他奇怪的脑袋又胀大了一号。彭妈妈抓着他的手,哭着喊他的名字,他哼哼叽叽地躺在那里,已经不认识人了。卫生院三位值班医生商议怎么处理彭老招的伤,B超结果显示脾脏轻微破裂,腹腔有内出血,要住院休养一阵。戴眼镜的院长走出来,告诉我,老人失血过多,送他来的老黄说他们血型相同,主动输了三百毫升血。

坏事变好事。半个多月后彭老招出院的时候,直接搬进了安置点的新房。住院期间,他当着陈劭东的面答应了搬家。当天,我和几个乡干部开了一辆皮卡,把彭老招那点旧家当搬下了山。陈劭东悄悄跟我说,留下黑棺材,若把它搬到新房,太不吉利了。我没事就去医院,主动陪老爹回忆排古佬的往事,说起乡里的旅游项目和非遗申报的顺利,还特别提到河流实景剧需要他这样的场外指导。他竟然答应了下次去排演现场,看他们演得像不像。

出院当天,陈劭东陪着彭老招去看安置点附近的菜地和山田,已经请人翻耕过,都是黑土肥田。黄旺生发了话,石喊坪搬迁户人人都少不了,但彭老招优先。他让医生和我们所有人保守一个秘密,不要告诉彭老招输血的事。"我希望他好好活着,不然我的血白献了。"

两个冤家最后以这种方式和解,谁都没有想到。

码市的易地搬迁得到县扶贫办的通报表扬,亮点是因地制宜,巧妙解决了搬迁贫困户的菜园子问题。县里开会交流经验,陈劭东找借口请了假,让分管搬迁的副镇长去发言。他驾驶着川崎,带着我在山上跑。虽然还是那条山路,但感觉比以往任何时候都要空旷清寂。摩托的轰响、鸟叫虫鸣、风声水响,在山里绵长而细密地回荡。他开车比我还疯狂,沿路惊起林中数不尽的飞鸟。

来到彭老招的老房子时,门是锁着的,屋檐下放着两把没有搬走的旧凳椅,好像主人只是暂时离开了这里。我和陈劭东坐在屋檐下,像彭老招平常那样,看着变得无限悠长的山路,一个人影都没有,万籁俱寂。手机响了,是赵登海的短信,我突然紧张起来,他没事是不会主动发信息的。

我紧紧攥着手机,手心出汗,害怕漏掉信息里的每一个字。赵登海说:水落石出!

我和陈劭东当即赶往县城,王海平也先一步在会议室等候我们的到来。

永城一个专案组协查广东一起入室抢劫杀人案时,主犯为了立功,交代了过往案子中的几个同犯,其中一个叫老糟的流窜犯,有次酒后说多年前在永城曾经杀过一名女教师。赵登海火速秘密出发,奔赴邻省,抓住了还在睡梦中的老糟。他像是早就知道并在等待这一天的到来。审讯开始,身上挂了几条人命的老糟一股脑儿说出了犯下的案子,其中就包括二十年前杀害了彭余燕。

二十年前，老糟在南门市场租房做过一段时间的瓜果生意，碰到那年雨水多，瓜果晚熟，毁烂又多，生意折了本，又和姘头闹翻，手头欠了点债，债主三天两头上门催要。他动了歪心思，两次成功入室盗窃，可惜的是收获不大。有天夜里他喝了酒从后门翻进学校，想去教师宿舍捞点钱，见到只有年轻的彭余燕一人在屋里就起了歹心。他当时是想用晾在门外的丝袜把她勒晕，没想到她挣扎得厉害，心里慌乱使多了劲，把人勒死了。他的酒也醒了，抽屉钱包没翻动，伪造了自杀现场后就离开了。第二天他谎称亲人病故，托人把租房退了，潜逃回老家安心做了几年酒店保安，又辗转混迹东北、河北、河南，到沪上开出租，到苏州昆山跑货运，平时少不了喝酒赌钱斗殴，也干过两票大的抢劫绑架。每次顺利脱身，就躲到老家避风头。有次喝醉了酒，几个在场者炫耀过去的经历，他就说了永城杀人事件的经过，还把公安的断案嘲讽了一番。

赵登海讲完案子的情况，我们都沉默了很久。这多么像是一个编撰的故事，二十年了，还是落在老孟猜测的窠臼里。我想，还是老孟说得对，凡事你牵挂它，它也会回报你。只是这样的回报，似乎来得太迟，我们也并不希望它的发生和到来。

老糟被带到现场指认的那天，南门市场挤得水泄不通。皮巨飞挤在人群中，远远地冲着被公安铐住手脚的老糟喊道："你见到彭小亮了吗？"

老糟似乎回了头，但表情麻木，动作僵滞，没有做出任何回答。铁案铁证，老糟剩下的时间就是等着死刑的宣判和执行了。

巧合的是，老糟杀人案尘埃落定之时，天津的公安、工商联合查处端掉了一处近年最大的传销团伙窝点，解救出的被扣押人质名单中就有彭小亮。那边传来的照片上，彭小亮耷拉着头，眼神无力，枯瘦如柴，几乎没了人形。他入伙后骗不来亲友，没有业绩贡献，一个多月前想逃跑，和传销头目发生冲突，被打折了一条腿。两地公安对接后，天津那边答应安排他治疗一段时间后再通知永城派人接回。陈劭东对我说："到时我俩一起接彭小亮回家。"

赵登海特意来了一趟码市，让我陪着去安置点彭老招家。我拒绝了，我不想亲眼看见两位老人的悲伤绝望。但他们的表现让人意外，从头到尾都很安静地听着案情结果通报，嘴里的嘀咕听不太清，好像是说，为什么不早些破案？赵登海告诉我这些，又说起离开时彭老招反复追问，彭小亮这个豺狼子真的还活着？

"他的眼泪都快掉下来了，也许他以为儿子早就死在外面了。"赵登海问我，"他为什么说彭小亮是个豺狼子？"

我不知该如何回答，却示意他看看西边大岭，几分钟前，天空中突然出现了一抹灿烂的云彩。

14

又到一年寒露时，挂职结束离开前，我又上了一趟山。从彭老招的老房子再往上步行两百米，那片竹林里有彭余燕的坟葬。昨夜下过一场小雨，泥土翻松湿润，弯弯的山道格外幽邃，脚底发出的每一点响动，都能在空旷山野溅起涟漪般的回声。风卷着些寒凉，我点燃纸钱香烛，微蜷着身体，坐在那块据说是彭小亮凿磨成方凳的石头上。看着茕茕孑立的坟堆，微微摇摆的烛火，我的心里空空荡荡。我把从县城买回来的一盏长明灯插进坟顶，摁下开关，莲花灯里发出烟火形状的光亮，整片竹林立时变得暖和起来。

我起身，朝着这片竹林深深鞠了一躬，竹叶晃动，报我以风声。

天澄云淡，风吹空山，我深深吸纳一口，然后放声大喊，仿佛要把胸中的虚无喊出来。"噢——噢——"耳旁的回响，像排浪般从远而近，推搡着笨拙地奔跑过来。下山走了很久，我向身后回望，有一道亮光像是从天而降，照映着山、路、林、屋舍，一切变得透明，如同魔术师扯去遮盖的红布，大山到处都长满毛茸茸的光芒。

原载《十月》2020年第3期

刘汀

何秀竹的生活战斗

1

对自己被踢出家长沟通群这件事，何秀竹早有预感。

当她冲动地把多多的成绩单发到群里，而且@了所有人之后——尽管她不是群主，@无效——她就知道自己肯定要惹众怒。但是何秀竹必须这么干，也只能这么干。多多上学期期末成绩大爆发，考了年级第五、班级第一，而且有两科满分，这无疑是老母亲最骄傲、最值得炫耀的事。收到老师发过来的电子成绩单时，她正跟丈夫马勋吵架。起因是何秀竹想再给多多报一个英文戏剧班，而马勋坚决反对。一开始，何秀竹发挥自己语速快而且善于重叠咏叹的本事，把马勋顶得节节败退。十五年的婚姻生活，早已让何秀竹和马勋之间的话语方式形成了固定套路，每一次交谈，最后都会落入同一个叙述循环里：不管是谁第一个聊起某件事，另一个立刻提出不同意见，接着试图用举例子或仅凭感叹词和语气词驳倒对方。到了第二阶段，何秀竹的火气燃烧到顶点，开始竹筒爆豆子、暑天下雹子一样朝敌军扔炸弹，一阵噼里啪啦、轰轰隆隆，马勋被炸得哑口无言，满脸死灰色。最后，何秀竹嫣然一笑，说，真理不辩不明，道理不讲不清；马勋做一个长长的深呼吸，耸耸肩，无奈地笑笑，说，真理常常掌握在弱者手里。

这一次的战役眼看就要按照常规套路结束，马勋突然拿出一摞A4纸，上面密密麻麻，有文字有图片。何秀竹好奇地接过来看了看，原来是马勋处心积虑搜集的有关反对孩子报课外班的各种文章，作者的名头一个个都很响，从著名教育专家到哈佛女孩她妈。说实话，她正打算宜将剩勇追穷寇呢，哪想到从来都是小米加步枪的马勋扔出个原子弹来。何秀竹战斗经验丰富，她不怕原子弹，就算你扔的是原子弹加上氢弹她也不怕，只是扔得这么突然，她毫无准备，有点儿招架不住。毕竟，何秀竹此前大部分争吵得胜是源于她事实上的胜利——多多的数学成绩是不是提高了？所以报数学班很有必要。多多参加英语演讲比赛是不是得奖了？所以英语补课不能少……现在她面对的那一摞纸里摆出的也是事实，而且是超级事实，她没法用多多的事实去反驳哈佛耶鲁和马云马化腾的事实。

不过，多多的事实毕竟更相关一些。就在何秀竹准备忍气吞声高挂免战牌，让对手暂且攻下一座城池，等到合适时机再反攻时，手机微信叮咚一下响了。她拿起手机，本意是借此转移话题，把失败化于无形，让敌人来不及品尝胜利果实就转战其他战场。微信里跳出一张成绩单截图，多多班级第一、年级第五、两科满分，比期中考试进步了一大截；更关键的是，图片下面老师还附带了一句话："多多妈妈，你们的补课成效显著，再接再厉，再创辉煌。"

何秀竹从脚跟底下泛起一种最后时刻翻盘甚至起死回生的酸爽感，微微一笑，把手机递给马勋，下巴颏一扬。马勋看了两眼，很快像上千米高空熄了火的热气球，先瘪了，继而急速下坠，最终的命运当然是球毁人亡。为了这一次战斗，他准备了两个多月时间，还咨询了三四个家有小儿女的同事，本意是想给儿子争取更多的自由玩乐权利，没想到最后却被儿子自己给打败了。看到多多这么好的成绩，他心里五味杂陈，不知该高兴还是伤心。

马勋已经记不清是从哪一天开始，自己在家里的话语权就被悄然剥夺了。说剥夺也不准确，像是海边堆起来的沙堡，不知不觉、潮起潮落间，堡没了，只剩下一堆细沙。刚谈恋爱那会儿，何秀竹跟她的名字很像，文秀如竹，有风轻轻摇动，无风静静伫立；骨子里很较劲，但做事很温和。就连结婚时挑婚纱这种女人最在意的事，何秀竹最后都心甘情愿地遵从了马勋的建议：她喜欢一套蕾丝花的，但马勋说这个看上去档次太低了，给她选了一件模特穿起来很高级，可她穿起来有点不伦不类的婚纱。他俩去吃饭，从来都是马勋说吃什么就吃什么，尽管何秀竹吃不了辣，他们还是常去川菜湘菜馆，点一堆剁椒鱼头辣子鸡。如果非要找一个自己沦陷的时间点，只能是从何秀竹怀上多多算起，这小家伙在她妈肚子里还没黄豆大，就已经成了家里的话语中心。或者再腹黑点儿想，何秀竹并不是真的愿意那么听马勋的话，她一直在等绝地反击的机会，她是一个隐忍的战略大师，非常清楚在什么时候采用什么战术。马勋一次次在微小的战役中取得胜利，某种程度上不过是何秀竹的战略撤退，诱敌深入腹地，然后一举歼灭。

多多协助何秀竹掌控了家里大大小小的事，但凡马勋有不同意见，多多就会作为一个无解的杀手锏出现，他只能乖乖听令。当然更重要的一点是，何秀竹确实比马勋能干、会生活，多年的摸爬滚打让她深谙如今社会的游戏规则，对每一件事都能冷静客观地分析，然后找出最适合他们的那条路。比如买房，马勋最开始考虑去天通苑买一套大房子，住起来宽敞舒适，可何秀竹坚持在四环内买，而且必须是一公里生活圈：一公里之内，有地铁站、医院、幼儿园、小学、商场。他们现在住在五十平方米的小房子里也习惯了，如果这会儿让马勋从天通苑上下班，每天花三个小时坐地铁公交，打死他也不愿意。再比如，多多三岁时上的幼儿园，何秀竹就在儿子的不情愿和马勋的反对声中，给他报了好几个课外班。然后幼升小，多多竟然凭借弹钢琴拿到了重点班的最后一个名额——这年头，弹钢琴算什么特长呢？可人家多多除了钢琴，英文也很溜，重点班的班主任恰好是英语老师。

没错，我们可以说何秀竹是一个生活家，每天最多的心思都是用于怎么在有限的资源和可能之下，过好眼下和未来几十年的生活。对她来说，从一睁眼的早餐到晚上睡觉前的晚安都是战斗，都不能输，输也必须是战略上的撤退而不是溃败。两个人的工资和奖金，何秀竹都做了详细的规划，她细分的Excel表让学计算机的马勋都搞不太清楚，比如家庭支出这一项下面就有十三小项，不多的理财产品又分了五种，长线短线、保底不保底、基金股票，月月做预算，月月做结算，结余怎么花，亏空怎么补，复杂程度不亚于一个大公司的预算结算业务。马勋觉得，只要给何秀竹一个支点，她的确可以撬起地球，要是从政，至少能当个管经济的副总理。

这个阶段，所有战役的重点当然是多多。

何秀竹之所以把多多的成绩单发到家长群里，还@了其他人，让别人也晒晒成绩单，不只是为了显示自己孩子有多优秀——她当然知道这么做让人讨厌。何秀竹其实是为了曲线救国，这个"国"是她自己个儿。她手机里有几十个群，其中有关多多班级、学校、老师、课外班的就有十二个，从整体上来看，多多只在其中的七个群里算是第一梯队，在三个群里是差生，两个群里是中等生。最近课外班形势比较严峻，中等生退步为差生，五个群亮红灯了：奥数、绘画、小提琴、机器人、口才演讲，各有各的问题，各有各的状况。何秀竹接连受到暴击而无处发泄，她必须找一个靠得住的出口，就是这时候，多多的期末成绩单成了她收复失地的大杀器，管他呢，先投出去再说。

何秀竹没办法不把多多的成绩看得这么重，因为有自己的人生在那里做参照，她深刻地知道，对普通人来说，学习不好就没有尊严，就没有好出路。社会发展到现在，吃饱饭已经不是难事了，难的是能轻松愉悦地吃饱饭，还能想吃什么吃什么。人人都说，学习不重要，活得快乐最重要，可你满大街去问问，那些刚刚温饱、感个冒都不舍得买一盒清热颗粒的人，能快乐吗？就算要烦恼，也得是那种成功的烦恼、甜蜜的负担，因为你永远有退路有出路，而不是绝路。何秀竹用自己几十年的人生证明，绝大多数人天分都差不多，差的就是吃没吃苦。

二〇一九年的春节，何秀竹打破了她跟马勋结婚后形成的一个惯例，不再一年一家地回老家过年，而是留在北京。留守的目的，不是要过个京味年，而是要把多多的课外班重整河山。经过前一段时间全面系统的调查研究，她发现自己在这件事上走了错路、弯路。错误不在于报的课外班太多，而在于没有对课外班报名进行有针对性的设计。何秀竹跟绝大部分家长一样，选业内口碑最好的补习机构，选补习机构里的名师，但是忽略了另外一点，那就是对同是课外班的学生的选择。最近她才慢慢琢磨明白，仅仅把课外班当成查漏补缺、提高成绩的地方，实在太可惜了，这些课外班还有其他很多用处。

"我得下一盘大棋。"何秀竹挥舞着菜刀，一边剁冻得硬邦邦的土鸡，一边跟马勋说。

为了更好地开展工作，何秀竹重新加入了家长群。这个家长群的群主并不是班主任，也不是常年班级第一的孩子的家长，而是一个班里最有钱的孩子的母亲，大家都叫她黄太太。黄太太是全职妈妈，生了孩子之后就没上班，她老公是一个大公司的独立董事，家里资产过亿。这所区重点小学去年规定，教师不能建家长群，更不能在群里发通知——可问题是老师有很多事情要通知，怎么办呢，只能把通知发给一个家长，再让这个家长在群里发给其他家长。黄太太现在扮演的就是这个二传手角色。

开学第一天，何秀竹就被教育了。她以为开学嘛，就是去送孩子上学，办手续，领教材。可还没进校门她就发现，学校门口的马路拥堵不堪，豪车无数，不亚于国际车展。等进了班级，那些家长们女的花枝招展挎着名牌包，男的一身西装夹着公文包，互相递名片、扫微信、留电话，敢情这可不只是开学报到，还是一个大型社交场所。黄太太声音尖细，皮肤白腻，头发烫着时髦卷，一进屋就自来熟地跟所有人打招呼："哎呀，今天紫外线好强哟。"

黄太太本来就建了一个家长群，但最初只有七个人，群名叫七仙女。这七个人都跟她是一个小区的，孩子们幼儿园就在一起上，划片的小学也是同一个。开学那天，何秀竹知道了有这么个群，就想加入进去。对于何秀竹这种单纯因为学区房名额搬来，住着几十平方米小房子的人，黄太太一开始不想接收，但何秀竹自有她的办法。人不好打交道，她就走狗道。黄太太养狗，每天把孩子送到学校之后，必牵着狗出来跑步，有时候是狗牵着她跑步。何秀竹不养狗，但她知道搞定了狗，也就搞定了狗主人。何秀竹见黄太太的狗是一只纯种柯基，于是通过查资料和跑到宠物医院去咨询，把这种狗的习性搞得门儿清，连它喜欢什么颜色、什么味道都掌握了。何秀竹也在同一时间去跑步，穿黄颜色的运动衣，喷了恰到好处的香水，那只狗果然对这个总是路过的人心生好感。何秀竹趁机夸狗，然后假装偶然地提起两家的孩子在一个班，继而把黄太太的儿子一通夸，侧重点是夸黄太太教育得好，两个人在这一点上迅速达成了共识。有了这个基础，一切就都水到渠成了。过了一段时间，她看似无意地跟黄太太说，学校不让老师建群，但班里其实应该有一个家长群，这样方便大家互相交流。黄太太便说自己建了一个群，何秀竹就说，这个群其实应该扩大，把所有家长都拉进来。黄太太觉得这违背了自己的初衷，有点儿犹豫。何秀竹说，你看孩子们在班里排名竞争，其实也是家长们的竞争，我知道你家里有钱，但学校毕竟主要看成绩不看收入。还有就是，看家长对老师和学校的影响力，咱们是群众，你这个群主如果能影响到一个班级的家长，也就等于是在一定程度上影响学校和班级，这对你家孩子有好处啊。三说两说，黄太太心动了，然后两个人就把所有家长都拉到了群里。

这个群后来做了两件事，让黄太太觉得这个决定做对了。第一件事是，有一年春游，学校安排的线路非常无聊，他们就在家长群里商议家长们出钱自己安排，当然一切都不违反学校的规定，结果这次春游效果极好。有一个家长在报社当记者，趁机报道了一下学校的自然教育，校长很高兴，老在家长会上举这个例子。还有一次，家长们群策群力，把国内一位非常著名的作家请到了班里做讲座，结果这个作家人气太高了，一个班级的讲座最后成了全年级学生都参与的文化活动，让学校趁机上了一下热搜，全校都很高兴。

可是时间长了，何秀竹的一些做法却让黄太太有点儿不满，她后来想想，很多事都是别人出主意，自己执行，何秀竹好像是垂帘听政的慈禧，自己仿佛是光绪帝，于是趁着那次何秀竹显摆多多成绩，把她给踢了出去。黄太太本来想，何秀竹来跟自己服个软，再把她拉回来，就说不小心误删。哪承想，何秀竹一直没动静，她又不好意思主动去问，两个人一直这么尬着。就算在小区或学校碰见了，她们还是如常地点点头，聊聊孩子说说狗，不谈这个事。

一直到大年初二，何秀竹借着拜年的机会约了黄太太。拜年当然是幌子,何秀竹是带着自己的一整套计划约黄太太的。黄太太在咖啡厅里正襟危坐,想矜持几分钟,可是何秀竹的计划说完,就问了她一句,你参不参加?这就跟问全中国的女人参不参加双十一疯狂购物一样,黄太太想都没想就说,必须参加。她心里挺佩服何秀竹的,觉得她真是有想法,而且有执行力,这一点自己赶不上,那就只能跟着走。接下来,何秀竹回群又成了顺理成章的事。

"当头炮打得不错。"何秀竹跟马勋说。第一颗棋子动起来了,这盘棋也就活了。

何秀竹和黄太太先是跟班级前十名的家长单独做了沟通,统计了他们都报了什么班,都在哪个机构、哪个时间段上课。统计完心中有数了,两个数学最好的孩子报的奥数班(有时候不叫奥数班),跟多多是同一个机构,但是不同班;另两个报英语班的不是同一个机构,但反馈很好,主要好在他们那里的外教是真正来自英美国家的,而不是像很多英语培训机构那样,找的都是印度、多米尼加等其他国家的老师,多多得转过去。另一个方面,何秀竹对多多现有的课外班同学和家长做了一个统计分析,她发现,虽然都是同一个补习班,但孩子们和家庭的情况差别很大,她要做的就是有针对性地优化多多周围的同学。何秀竹和黄太太通过各种方法跟这些补习班的孩子家长取得了联系,他们有的是企业高管,有的是大学教授,有的是政府公务员(处级以上)。何秀竹单独建了一个群,表明了自己的态度:我们应该强强联合,既让孩子们互相学习互相促进,也使他们在这里结交将来可以资源整合、互相合作的人脉。何秀竹说,我们花了大价钱、费了大力气进入重点小学,并不只是为了高质量的教学水平,更是为孩子的将来选择同学圈、朋友圈;在培训机构里也是一样,你的孩子跟什么水准的同学一起学习,决定了他将来是什么样的格局、视野和资源,因此我们必须好好利用这一点。何秀竹的想法得到了几乎全部家长的认同,然后大家就开始调整上课时间,争取把所有人凑到一个课外班里。

大年初六,新年度补习班第一天开课,看着多多跟小伙伴们走进教室,何秀竹终于松了口气,这盘大棋算是步入正轨了。参与的家长都很满意,每个人都得到了相应的配置。何秀竹更满意——在所有这些人里,她可是资源最差的一个,多多不是超级学霸,她跟马勋顶多是小中产,既没有商业资源,也没有行政资源,但是最后多多却跟所有这些人的孩子平起平坐,获得了同样的学习机会。

趁着多多在上课,何秀竹和马勋坐在新中关的一家餐厅里吃晚餐,难得的二人世界。何秀竹要了一瓶红酒,一边摇晃着杯子醒酒,一边得意地跟马勋说:"咋样?你老婆厉害吧,服不服?"马勋五体投地,赶紧举杯说:"心服口服,向伟大的老婆大人致敬。"

玻璃杯碰玻璃杯的声音清脆悠扬,叮当如山中泉水,在何秀竹听来,宛如又一场战斗的凯旋之音。

2

二十五年前,她十六岁,即将初中毕业。

她成绩不错,但因为生活的地方太偏僻了,根本不了解社会状况,她和她的家人、老师、同学都不知道,那个年月,中国高等教育即将迎来大发展,教育市场化和扩招政策呼之欲出。在他们家乡那儿,人们还都说,读中专好啊,上三年学,国家包分配,毕业就挣钱,一辈子铁饭碗。这句话是对那些想读高中考大学的人说的。他们还接着说,考大学得先读三年高中,绝大部分人都考不上,就算考上了,毕业了高不成低不就,反而找不到工作。这两句话她听了许多遍,但她自小的愿望就是考大学。她第一天去村里的小学上学,背着母亲用破旧衣服碎片给她缝的花书包,书包带有点儿长,一走路就啪嗒啪嗒拍屁股。她喜欢这种声响,每一声啪嗒里,都有书本纸页摩擦的细微声,一听到这个,她就开心,觉得自己能飞起来。村里的大人看见,都问:"秀竹上学去啊?"她骄傲地昂起小脑袋:"嗯,我要考大学。"大人们都笑,觉得一个孩子还真敢想,那时候他们十里八乡只有一个大学生,还是二十年前的。说多了,再加上她确实从一年级开始就始终是第一名,人们也不免嘀咕,这小丫头,将来没准儿真能考上大学。毕竟,多年前那个唯一的大学生就出在他们家的院子,那家人搬走了,她父母结婚时没地方住,买了那几间没人要的土坯房。

从小学到初中,她所向披靡,成绩一直保持在班级前三,经常是第一名。等到了初二,班里突然来了几个转校生,听说还是从大城市来的,因为父母工作的原因，暂时到这里借读一年。那时候，乡镇的初中刚开始普及英语教育，何秀竹他们的英语老师就是个中师毕业生，一口英语听起来满是山东腔，读课文像英文版的山东快板。但新来的几个学生，张嘴就是美国音，人家甚至能用小录音机直接听英文歌，边听边唱，还能做很多高难度的舞蹈动作。多年后她才反应过来，他们听的是迈克尔·杰克逊，全世界都有名。再一考试，她的排名一下子落到了班级的第五。她不服气，起早贪黑学习，可最后还是比人家差几分。有那么几次，拿到成绩单，看着那微弱但永远无法消除的差距，她挺悲哀的。吃得比人家差、穿得比人家差，她都能接受，可成绩比人家差，她心里头不服气。但有什么办法呢？除了更加努力，她什么也做不了。

好在初三下学期不久，这几个人就都走了，何秀竹又回到了班级前三名。期中考试一过，就要报考了，班主任在班会上跟同学们说，班级前三名就俩选择：第一个是考中专，三年毕业，毕业就是国家干部，一辈子不愁；第二个就是考高中，读三年，不一定考得上大学，考上了，不一定能有工作。班级前十名，就看你能不能超常发挥，碰碰运气。剩下的同学，想参加的就考一下，给自己留个念想，不想参加的就别浪费报名费了。

她想都没想，说自己报高中。班主任说："别着急，好好考虑考虑，这么大的事更得跟家里商量一下。"

那个周末，她步行二十里回家，肩上背着大书包，包里是一摞卷子和瘪了的干粮袋。此前她每周六下午回来，周日下午返校。返校时带着一口袋母亲蒸的饹面馒头，还有一罐子咸菜，这是她三天的口粮。另外三天用粮票在食堂吃，也主要是买馒头和咸菜。

到家时太阳落山了，为了省电，屋里还没亮灯，父亲和母亲正摸黑在地桌旁吃饭。不用看，只听父亲嘴里咀嚼的声音，何秀竹就知道他们吃的又是小米饭就咸萝卜。家里的面，主要给她和弟弟吃。母亲永远把小米饭做得黏黏糊糊，吃到嘴里吧唧响。好在她特别会腌菜，不管什么蔬菜，只要让母亲细细致致地用水氽了，再给她足够的盐，她就能腌得特别好吃。黄瓜翠绿，萝卜清爽，白菜脆生，芥菜叶子有淡淡草香味。腌黄瓜在全家人的牙齿中咯吱咯吱响着，把黏糊糊的小米饭顺利送到胃里去。

"秀竹你咋回来了？"

母亲看到她，有点吃惊。何秀竹两周没回家了，她说初三下学期，学习任务重，二十里路走来走去太耗时间。前两周，她的干粮和咸菜都是同村的一个同学给捎去的。

"饿了吧？快吃饭吧。"父亲说着，放下了碗，嘴里仍然是咯吱咯吱声。

"我不饿，"她说，"我还剩一个馒头呢，路上吃了。"

弟弟的碗空着，里面剩下不少饭粒，一看就是匆忙吃完，跑出去找伙伴们玩了。

她知道，不晓得她要回家，母亲只做了三个人的饭，她吃的话，父亲就吃不饱了。

父亲坚持让她吃，她只好接过大半碗黄澄澄的饭，往嘴里缓慢地扒拉。

父亲找出烟口袋，把已经成了末子的烟叶揉进烟袋锅里，划了火柴点着，吸一口，吐出一股浓烟来。

这样的场景，几乎每一次她回家时都要重复一遍。接下来的台词也永远不变，但是每次说，她都像是第一次那么紧张和窘迫。

"又要交啥钱？"父亲小心翼翼地说，好像特别怕从她嘴里冒出一个他完全无法承担的数字。

资料费、伙食费、住宿费、报名费……她也小心翼翼地报出名目和数额。虽然她不是他的亲生女儿，可她念书从来没让他们操过心，而且每年都拿回红红黄黄的奖状，有时还有奖品。可每一次跟父亲讨钱时，她依然有种说不出的羞耻感，仿佛她讨这一点儿钱，是要去干什么见不得人的事。她知道这都是因为穷，因为她家的特殊情况。那些有钱人不会理解，穷人仅有的那点儿自尊，并不是针对他们的，而是针对自己最亲近的人。弟弟从来不这样，他每次跟父亲要钱，像是来讨债的债主。爸，学杂费一百三十，你给我一百五十。爸，报名费四十二，凑个整，五十吧。弟弟成绩也很好，所以父亲大多数时候都满足了他，尽管母亲老是念叨不该多给他。她有几次看见弟弟和他的狐朋狗友们偷偷躲在牛圈里抽烟，而且是有过滤嘴的香烟，父亲这辈子都没抽过几次的。可是她不想去揭穿弟弟，她觉得他能享有这种奢侈的禁忌，是对自己亏欠的平衡。她也想跟有钱的女孩子一样，买漂亮的裙子，抹最贵的雪花膏，甚至打个耳洞，戴上亮莹莹的水晶耳环。但这不可能，所以她愿意让弟弟在一定程度上替自己去实现这奢侈的放纵。她要把眼光放远一点，她知道只要自己考上好大学、找到好工作，这一切都能在后半生慢慢补偿回来。

"就五十块钱报名费。"她说，"我回来是因为老师让跟家长商量，报考中专还是高中。"

拾掇碗筷的母亲停下了手脚，父亲嘴里含着一口烟，半天才吐出来，那些烟雾在他脸上的皱纹里久久不散。他们心里当然清楚，她一门心思考大学，但还是问："你自己咋想的？"

她说："我就是想读高中，将来考大学。"

母亲重新坐在小板凳上，父亲又使劲儿吸一口烟，但那袋烟已经在他们沉默的空当里燃烧殆尽，他只吸了一嘴的烟油子味。父亲开始在凳子腿上磕烟袋，把里面的灰烬磕出来，烟油子味立刻扩散开了。

他放下烟袋，看着何秀竹说："秀竹，咱们家现在是这样：你弟弟出生时住院的钱，是从你三爷家借的，还了这么多年，还欠两千。家里有一头牛，种地全靠它，卖了就得喝西北风。地呢，一共十三亩半，十亩山坡地，你也知道，收不了多少粮食，收了也卖不了多少钱。我想出去搞副业，找个工地打工，可你妈一个人在家里又忙不过来。我打听过了，读中专没学费，有的学校每个月还有七八十的补助呢，读高中三年的学费得好几千，还怕考不上大学，这钱就白花了。你弟弟也初一了，将来让他考高中吧。你是老大，又是女孩子，将来能有个工作，嫁个好人家，也就行了。"

这些话，父亲不说她也清楚，她甚至也知道自己最后的选择是什么。但她总要挣扎一下才甘心，这是她注定要溃败的一场战斗，可是她必须放一枪，哪怕只是朝虚空放一枪也行。她嗯了一声，把脸埋在了那只瓷碗里，眼泪落在了黏糊糊的小米饭上，让那坨饭看起来像是糨糊。她不能对眼前这个自己叫作"爸爸"的人要求更多，作为一个重组家庭中的父亲，他对她甚至比很多亲生父亲对自己的儿女还好。她永远都会记得，母亲带着她第一次走进这个家门时，这个男人往她的手里塞他从山上采来的野果子，脸上笑着。野果子红彤彤，他的脸也笑得红红的，她那时虽是个孩子，也能感觉到他的真诚、和善。为了这个家，他真是起早贪黑，像牛一样干活，也像牛一样整日闷着头，他唯一的放松就是抽几袋烟。下午的那些话，是这么多年他跟她说过的最多的话了。她们来了一年后，弟弟出生，他也并没有对自己生分。有几次，她夜里醒来，听见隔壁屋子里的父母还没睡着，在有一句没一句地聊天。母亲说："老何，真是谢谢你呀。"父亲说："啥？"母亲说："你对秀竹跟亲闺女一样，她是个好命。"父亲说："这有什么啊，秀竹是个好孩子，我养了这么多年，就算是养小猫小狗也有感情了，何况是人呢？"然后她听见一些窸窸窣窣的声音，她知道他们悄悄地钻到了一个被窝里。她赶紧命令自己睡着，睡着，快睡着，可是却越来越清醒。她只好把头蒙进被子里，再用手捂住耳朵。她并不太清楚父母到底在干吗，但她却知道，那一定是一件不该被其他人听见的事。

　　第二天一大早，她匆匆赶回学校，还是带着母亲蒸的馒头和咸菜，再就是五十块钱报名费。其实她一夜没睡，她想了很多可能的回旋余地。她想，如果能够从哪里借到钱，自己读完高中，将来再还也行；又想要不要先去打一年工，挣到钱了，再回来读书；如果有人给她留住读大学的机会，她能为他做任何事，任何事，不打折扣的。太阳光从窗帘缝里照射进来，她知道第二天到底是来了。天还黑着的时候，父亲和母亲就起床了，他们轻手轻脚的。父亲说，让她多睡会儿，等下还得走几十里路。他们走出屋子。她躺在床上，脑海里被父亲和母亲的身影填满：父亲在给那头牛添最后一遍草料，喂水；母亲烧火，和面，蒸馒头。闻到蒸锅里散发出来的面香味，她终于不再去幻想读高中的事儿了，她清楚，自己此刻的命运，就像蒸锅里的馒头，已不再可能变成其他形状。

　　她报考了中专，那是二十世纪九十年代中期最后几批中专生之一了。考试发挥正常，成绩出来后不久，她被离家几百公里的北方矿业专科学校录取。收到通知书时，全家人都很兴奋，她虽然因为没能读高中、上大学而遗憾，但自己十几年的书毕竟没白读，心中也是感到安慰的。父亲想请亲戚朋友吃饭庆祝，被她拒绝了，她怕人家说他们是为了份子钱。她对村里的人没有什么深切的情感，不管是亲戚还是邻居。就像她上学第一天就笃定自己将来要考大学一样，她也很早就知道自己肯定要离开这个地方。

十六年来，她在此生活，可每天想的都是其他地方，现在，那张离开的车票拿到手了，她又怎么能在这里欠下一河滩的人情？

可是最后，父亲还是经不住亲朋们的询问：你养了这么多年的外姓女儿，就不能让你风光一回？父亲心里不甘，只是不愿意强迫她，想算了，却是母亲觉得应该办一场，也让人们知道，何秀竹是懂得感恩的。似乎就是这次请客之后，父亲和她在村人眼里才变成了真正的父女。父亲端着烟袋逡巡在村子的广场上，人们常常会问，老何，你家姑娘考的啥学校？是一个啥矿业学校，通知上说了，三年毕业，将来包分配的。离村子一百多里的地方有一座金矿，是整个县里最有钱的地方，人们对矿业的所有想象都是从那里来的。何秀竹的一个表哥就在这个矿上，做最底层的矿工，每个月都能有五百多元的收入，过年过节回来走亲戚，总是给大人发过滤嘴香烟，给孩子们一大把水果糖。何秀竹去读矿业学校，那将来肯定不是下井工人，是坐办公室的，噼里啪啦打着算盘，稀里哗啦看着报纸，每个月还发洗衣粉、卫生纸，过年过节发大桶的植物油、鸡蛋。将来呢，再找一个矿上的老公，双职工家庭，那得是啥生活啊？从这些想象和村里人七嘴八舌的假设中，老何得到了一种满足，连从肺部咳出来的烟雾都多了一种清凉之感，他弯曲了几十年的颈背，也稍微挺直了些。

她坐在村后的谷子地里，那些大穗的谷子正从青转黄，她握着它们，沉甸甸的，心里说不上喜悦，也说不上伤感。她觉得自己完成了一个大任务，不满意，但能接受。就像这满地的庄稼，长得这么好，可从小的生活早就教会了她，几亩地的谷子也换不来一台电视机，换不来一辆三轮车。粮食这东西，没有的时候，命一样金贵，够吃的时候，就不值钱。

但这毕竟是她生命里的一个秋天，她还是会憧憬读书生活和读书后的工作。她想无论如何，自己算是从泥土里把扎得最深的那条根拔了出来。最大的可能是，她会成为某座矿的一个正式职工，有能每天洗澡的宿舍，有工资奖金，如果努力并且运气好的话，她还可能是在矿务局坐办公室的那种。花花绿绿的裙子、香喷喷的雪花膏、打着蝴蝶结的发卡都在向她招手，只不过不是现在，现在她唯一可以马上实现的就是打两个耳洞。这个本来也不急切，有了耳洞她也没什么可戴的。但是那天，母亲悄悄把她叫到里屋，递给她一个灰色的小木盒。她打开一看，里面竟然是一对翡翠耳坠。因为年深日久,翡翠有些暗淡了,可那深沉的绿色里,仍然闪着它的价值。何秀竹惊喜不已。

母亲说,这是她姥姥给她的,也就是何秀竹的太姥姥给的。太姥姥家里当年是个不大不小的地主,有不少珍贵首饰,"文革"的时候破四旧,绝大多数毁掉了。太姥姥冒着危险,偷偷给每个子女留了一件小首饰。这件东西,母亲本来是想留给将来的儿媳妇的,但因为何秀竹放弃高中读中专,母亲总觉得对不起她,就瞒着父亲和弟弟,给了她。

有了它,她再也等不及去打耳洞了。有钱的话,可以去镇上的理发店,有专门打耳洞的项目,一个耳洞十块,两个就是二十。但村里的女人都不会花这个钱,她们有自己的办法。从赤脚医生那里借一点儿酒精,用棉花蘸了给耳垂消消毒,把缝衣针在烛火上烤到发红,再从米缸里找两粒米,放在耳垂的两边不停地揉搓,米粒会把耳垂的皮肉挤薄,而且由于持续的揉搓,这一块会因为失血而感到麻木。这时,再用最快的速度把烧红的缝衣针穿过耳垂,在轻微的灼痛中,一个耳洞就成了。为了让耳洞不因皮肉愈合而封闭,她们会找一根细细的小笤帚棍或小树枝穿进去,直到这个细小的耳洞真正形成。当然有失败的,有的是伤口发炎,不得不去医院里打针输液,还有的就是几天后耳洞长死了,把那根小棍裹进了肉里,就只能再撕心裂肺地生生拔出来,也还是要去医院。

她很幸运,除了伤口处稍微有点炎症发红,没出现其他情况。一周后,她的两个耳洞已经可以戴耳坠了。在镇子的长途汽车站,开往学校所在小城的长途车发车后,她从背包的最底层找出那对翡翠耳环,戴在了耳朵上,那种轻微的下坠感,让她获得了特殊的满足。从此之后,她何秀竹再也不是一个单纯的农村女孩,她是一个中专生了,一个戴着翡翠耳坠的中专生。

3

何秀竹又做梦了。

在梦里,她跟镜子里的自己说话,她说什么,镜中人就说什么,像一个复读机器人。时间久了,何秀竹忍不住发怒大喊,镜中人竟然燃烧起来，烈火中发出咯咯咯鸡叫一样的笑声。何秀竹颤抖着醒来，身边的马勋迷迷糊糊中知道她又做噩梦了，只是握了握她的手，翻个身继续睡去。他已经习惯了。

第一次做这个梦是什么时候？就是跟马勋确定关系那年。研究生二年级，有同学组织大家去五台山徒步加露营，他俩都报了名。两个人同级不同系，有几门公共课一起上，彼此都脸熟，但没怎么说过话。谈恋爱之后，他们细细回想，似乎有几次课堂上挨着坐过，马勋还借过何秀竹的笔，但交往也仅限于课堂。那时他们都没想过，两个人后来会成为一家人。

一路上山很顺利，到了五台山的大殿上，正赶上僧人做法事，不知道是在超度什么人还是常规法事。阵仗不大，但看起来严肃规整。一个僧人在香炉前，一边焚烧用黄纸写的祭文，一边大声念着经。看了这一幕，何秀竹突然脸色发白，双腿虚软，就在即将瘫坐在地的一刹那，一双手扶住了她。是她旁边的马勋。

"你怎么了？"马勋问。

"没事，"她说，"可能是有点低血糖，虚脱，歇一会儿就好了。"

他扶着她到旁边的台阶坐下，把水壶递给她。

她喝了两口水，说："我没事了，你去看吧。"

马勋恍然大悟般说："我知道了，你肯定是身体……明白，我给你弄点儿热水去。"

几分钟后，马勋不知从何处弄来半杯热水，兑在她的水壶里，水变得温热而不烫。她猛喝了几口，感觉好些了。何秀竹知道马勋是以为她大姨妈来了，她也不去说破，其实自己之所以如此，是猛然间想起了她最不愿意想的事。

考研那两年，她租不起北京的房子，只能躲在老家复习功课。父母不理解，既然拿到了同等学力的本科文凭，完全可以在县城里找个工作养活自己，干吗还非要考研？就算读了研究生，毕业后不是也一样要找工作吗？而且，那会儿因为多年的扩招政策，研究生的工作比本科生还难找。何秀竹跟父母吵了一架，说当年要不是他们逼着她读中专，自己也不用绕这么远的弯路了。吵完了，她又心虚、愧疚，考中专说到底还是自己的决定，父母并没有真的"逼她"，是她自己逼自己。后来，父母知道打消不了她的想法，就想着换个方式，催她找对象结婚。他们三番五次地给她介绍镇子上的小伙子，创造机会让她和他们相中的人见面。为了能继续留在家里复习，何秀竹每一次都去配合演出，但一见面就告诉对方，她是不会结婚的，来这儿只是为了让家人放心。时间一久，家里人反而更担心了，因为在县城开修理铺的弟弟回来告诉父母，他有一个同学离家出走了，原因是，她是同性恋，跟父母坦白了自己的性取向，父母接受不了，她无奈之下离家出走，至今下落不明。

　　她对弟弟十分失望。她当时读中专的另一个想法，就是觉得将来弟弟会读高中，然后上大学，替自己完成这个梦想。可弟弟到了高中之后，跟镇上的一群同学混在一起，整天看录像、打台球，根本无心学习。他最后连高考都没参加，毕业了就在镇子上开了个摩托车维修部，勉强混口饭吃，对象谈了两三个，最后都没成。弟弟有意无意地说，她不结婚，他就谈不成对象。

　　弟弟本来是当闲谈说起，不想听者有意，母亲私下里问弟弟，同性恋是啥样？弟弟说，没什么，看着跟其他人一样，就是男的不喜欢女的喜欢男的，女的不喜欢男的喜欢女的。她妈听了，捂住了胸口。他们不敢跟她当面提这个事，但是私下开小会，越说越觉得她像同性恋，想着该怎么办。

　　打听来打听去，终于从一个亲戚那里听到一个办法。在当地，流传着一个叫泰山奶奶的神灵，可以帮人免除灾祸。人们还说，可以去泰山奶奶那里换人，用一个新的人把旧的人换走，这样原来那些问题就都没有了。这些事，何秀竹一直被蒙在鼓里。

　　端午节刚过，天气开始热起来。何秀竹正在院子里的树下背单词，一阵咯咯咯的鸡鸣推开了院门，父亲拎着一只芦花母鸡走进来。母亲听见鸡叫，急匆匆自里屋奔出，瞧见父亲便说："回来了？问准了没有啊，是不是头窝鸡蛋孵出来的老母鸡，还有蛋茬开了吧？"

　　"问了，"父亲说，"她二娘说这只老母鸡她记得最清楚，前年夏天孵出来的，头窝鸡蛋，刚入伏就出窝了。昨天开的蛋茬，这不是第一个蛋刚下出来，还热乎着。"父亲另一只手里是一个白白的鸡蛋。

　　"抓鸡干吗？要来客人？咱们家不是有鸡吗？"她合上书问。

父亲看了她一眼，又看母亲，欲言又止，努努嘴，让母亲说。

母亲把手在围裙上搓了搓，说："秀竹啊，我跟你爸商量了，想去泰山奶奶那里给你换个人。"

她的头嗡的一下，眼前恍惚。她听说过这种事。那还是她小时候，村里有一个酒鬼，每天都喝得醉醺醺，躺倒在马路上，狗撒一身尿都醒不过来。后来，他家里人就带他去泰山奶奶那里换了一个人，回来后，他滴酒不沾，性情大变，整个人都木木的，很少说话。她记得很清楚，换人之前，不喝酒的时候，他很会唱快板讲笑话，很受小孩子们的欢迎。换了人之后，他只会直愣愣盯着人看，看得人心里发毛。何秀竹生出一种隐隐的恐惧，读书这么多年，她当然不相信什么换了人的说法，可童年时村人大变样的事实和各种传说，还是让她不由自主地感到害怕。

"我不去，"她说，"我好好的，干吗要去换个人。"

父亲走上前，瞪着她："你必须去。你要不去，我绑也把你绑去。"父亲很少如此决绝地跟她说话，她第一次觉得，这个男人的隐忍里藏着些坚硬的东西。

那只鸡被父亲拎着翅膀，两只爪子在空中弹抓着，但是毫无所获，豆子大的眼睛，警觉而绝望地看着何秀竹。她发现鸡的眼睛竟然这么亮、这么黑，像两颗珠子。小时候家里杀鸡，她总是跟弟弟抢着吃鸡眼睛，据说吃了这个，就不会得近视眼，而且看书过目不忘。煮熟的鸡眼睛是灰白色的，其实不好吃，像是面粉做的小豌豆。现在，她觉得自己吃过的所有鸡眼睛都变成了黑色，一颗颗密密麻麻挤在一起看着她。

她发出了一声尖叫，但是脚没有动。不知为什么，她觉得自己双腿没有知觉，不听使唤了。她一动也动不了。

母亲走过来说："秀竹，这只鸡就是你的替身妹妹，你得给她起个名字。"

"我不要，我不要替身妹妹，我就要我自己。"她嘟囔着。

"做好这件事，我们就不再拦着你复读考研了。"父亲说。

何秀竹听了心里一动，她知道自己在家的这段时间，他们也承受着压力。

"好，你们说话算话。"何秀竹说。

她给这只鸡起名何翠竹。

下午的时候，何秀竹遵从母亲的嘱咐，换了一身素净的衣服，跟着父母去了村东的元君庙。那里供奉着泰山奶奶，全称"东岳泰山天仙玉女碧霞元君"。小时候，每逢年节或泰山奶奶的诞辰，他们也经常到这庙里来玩，看大人们烧香磕头，祈祷平安。何秀竹从未想过，自己有一天会跟泰山奶奶发生这么复杂的联系。

跟他们一起来的，还有那只老母鸡——何翠竹。这会儿，何翠竹被关在藤条扎的笼子里，依然瞪着黑亮的眼睛，不时叫两声，咯咯，咯咯。它不知道自己成了一个女人的替身。

父亲母亲都在泰山奶奶像前跪下，让何秀竹也跪下，磕头上香。父亲起身，把何翠竹捉出来，另一只手里多了一把刀。他把何翠竹按在地上时，何秀竹也浑身哆嗦，尽管她知道那只是一只鸡。从小到大，她不知道看见过多少次父亲杀鸡了，可这一会儿，何秀竹突然有点担心那只鸡真的是自己的替身妹妹，是一个有着魂魄的人。但是她说不出话，也动不了，眼看着父亲手起刀落，剁掉了鸡头，一股黑色的血从鸡脖子的断口处喷涌而出，溅在她的白鞋子上。何翠竹的两只黑爪子，仍然在弹抓着，但很快彻底伸直了。父亲放下何翠竹，从兜里掏出一张写满字的黄表纸来，开始念，念完掏出火柴，把纸烧了。他的声音出奇地大，像变了一个人，从此之后，这个场景就扎根在何秀竹头脑里了。

回到家，母亲把整只鸡用铁锅煮了，除了一点儿盐，没放任何其他调料。何翠竹被一只大瓷碗端上桌子，摆在何秀竹的面前。

"吃了它，"母亲说，"一点儿都别剩，全吃了。"

鸡肉虽不太老，但炖的时间不长，而且因为没有放什么作料，有一种鸡毛水般的腥味。何秀竹硬着头皮撕咬那只鸡，撕咬着已经被煮熟的何翠竹。母亲说，吃完了，她就能是一个全新的人了，那个有着某些说不清的毛病的何秀竹，会跟着死去的何翠竹一起消失。

这件事，除了家里人，何秀竹再没让任何人知晓。吃了那只鸡之后，她状态一直不太好，神情恍惚，导致那一年考试英语发挥失常。拿到成绩时，何秀竹才仿佛被泼了冷水一样清醒过来：神仙也靠不住，她最后能靠的还是自己个儿。何秀竹打算再复习一年，这一回，她心态平和，埋头苦干不问前程，终于考上了矿大的研究生。她读研时回想起来，有时候会觉得那一次换人确实有用。当然，她并不是说自己变了一个人，而是通过那次事件和它的后果，她确实放下了某些东西，重新认识了自己，后来成为她性格里最核心的一些元素，就是在那段时间，一点点地在她身体里生根发芽的。

只是那只鸡被剁掉头的样子，元君庙里香火缭绕的阴暗氛围，那种燃烧的黄表纸和香烛的味道，父亲变了调的声音，一直深深地潜伏在她的心底。此后的很多年，她不进任何庙宇，不关心任何佛事，当然更不吃鸡肉。她以为这一切只要埋得够深够久，就能被生活本身降解，至少不会再次出现。这一次徒步五台山，出发前何秀竹心里有过犹豫，但最终还是决定要去。她觉得自己已经今非昔比了，想看看给这段记忆打造的笼子是不是足够坚韧。

按照行程，他们并没有在山上停留，而是连夜下山。走到半路，天降大雨，山路湿滑，有几个背包落到了悬崖之下。他们无奈找了一处略可以遮风避雨的山洞，燃起一堆火过夜。有几顶帐篷遗失了，他们几个人只能挤在最大的一个帐篷里，好在帐篷够大，能装下他们瑟瑟发抖的身体。

夜里雨停了，竟有猫头鹰的叫声从不远处传来。或许是这叫声进入了已经睡着的何秀竹的耳朵，把她层层叠叠藏起的记忆唤醒，于是她看见了镜子、镜子里的另一个自己和燃烧的火焰，听见了黑眼珠发出的咯咯声。那是何翠竹，一个长着鸡脑袋的人，重复着她说的每一句话和所有的动作，她本来就是她的替身嘛。何翠竹问她："何秀竹，这么多年，你过得怎样了？你还记得我吗？我是你的替身妹妹何翠竹啊。""你想干什么？"她颤抖着问何翠竹。"我什么也不干，"何翠竹说，"我就是想你了，想看看你过得怎么样。你过得很好啊，可是我在受苦，我在替你受苦，你知道吗？"何翠竹说着话，就燃烧起来，她的眼珠越变越小，越变越黑。

何秀竹从噩梦中惊醒，发现自己的手被旁边伸过来的一只手握着，是马勋。他们之间隔着一堆背包。两个人都醒了，透过帐篷的缝隙，他们能看见山洞外雨后的天空湛蓝无比。彻底的雨过天晴，晨雾和光亮达成完美的和谐。看了看手机，凌晨五点钟，太阳就要升起了，因为是在山上，有一线金色的阳光已经穿云过雾而来。

"做噩梦了吧？要不出去走一下？"马勋小声说。

何秀竹点点头，她不敢再睡，也不可能睡着了。

他们坐在一块大石头上，晨曦渐渐显露，她第一次知道，阳光并不是突然而来的。其实从很早很早的时候，它们就在来的路上，这一路遥远而漫长，要经过许许多多的星星和虚无，要穿过厚厚的云层，要从海岸和山脉越过，最后才照到人们的脸上。让人感到高兴的是，尽管走了这么远的路，第一缕光仍然是明亮而欢快的，她的心也渐渐浮出回忆和噩梦的水面。马勋的手再次悄悄伸了过来，握住她的手，她没有动。何秀竹能感觉到，他的手虽然瘦，但有一种淡淡的温暖和坚定。她转头看马勋，马勋则仍在看那颗刚刚露出光芒的太阳。突然有钟声从远处的庙宇中传来，声音空旷悠远，和光一样并没有疲惫之态。他们就这样恋爱了。

从梦里醒来，何秀竹看见马勋已经起床，厨房里有动静，他应该是在做早餐。自从孩子上小学，马勋就每天起来做早餐，然后再去上班。他有做饭的天赋，很多东西，在馆子吃过，回家琢磨琢磨就能做出来，味道一点儿不差。刚结婚那会儿，她就被他的手艺给拴住了，怀孕的时候更是。他还自己做了一本菜谱，打印出来足足有几百页厚。生完多多，何秀竹体重达到一百四十斤。马勋倒是没有嫌弃她胖了，但是她自己接受不了这件事。以前的衣服都穿不了，她天天感慨，马勋就说："咱们再买新的呗。"她说："我叫啥名？"马勋愣了一下说："胖又不影响脑子，自己啥名还能忘了，何秀竹啊。"她就说："那你说，有我这么粗的'秀竹'吗？就算为了配得上这个名字，我也得把这身肉减下去。"

她真是一个说到做到的人，因为她现在很信奉网上的那句话：你如果连自己的体重都控制不了，怎么还能幻想着控制自己的人生？多少年来，她早已经习惯了以一种战斗的姿态面对所有事，不管是文斗还是武斗，不管是公开斗还是暗地斗，不管是跟别人斗还是跟自己斗，战斗，取得胜利，或者撤退等着将来取得胜利，就是她多年来唯一遵循的逻辑。那么，这身肥肉就是她的敌人。从孩子百天开始，她就坚持走路上班。从家到单位，大概有五公里，她要走一个小时左右，为了实现这一点，她需要比坐公交早起半个小时。对她来说，压缩时间，也就是压缩肉体。

看看手机，已经六点半了，何秀竹得起来战斗了。

前天下午，马勋带着多多在小区附近的球场打球，上篮时碰倒了一个老大爷，结果被老大爷给讹上了。老头躺在医院里不出来，张口就要二十万。马勋一直自责，觉得确实是自己的责任，但何秀竹去医院看老头时发现了破绽。那是个小医院，医生跟老头一家人都很熟，他们说话时，何秀竹听到了一句"这次待几天"，老头说"看情况"。她早就听说，现在碰瓷的人可不止是在路上，有很多老人在公园或球场上碰瓷。何秀竹今天得去几个地方，比如老头住的小区、篮球场、医院，好好调查一下他。马勋对这件事懊恼不已，但对何秀竹来说，这不是什么大事，只要让她找到证据——她相信她一定能找到证据，事情就很好办，她甚至还能反过来起诉他们诈骗。一想到这里，何秀竹心里生出一些兴奋感，她喜欢这种状态。

4

二十世纪九十年代中期，北方矿业专科学校几十年辉煌历程正发出最后的光芒。这所身处东北小城的专科学校，在七八十年代曾经很红火，据说当时国家的好几个大矿都是这里的毕业生发现的，这里的一个老教授还成了院士。那些年，它录取了很多优秀的中专生，但进入九十年代，随着综合性大学的发展，随着高校的市场化，随着整个国家产业的大升级，它也跟很多中等专科学校一样，走过了自己最好的时期。

这些情况，是何秀竹到了学校之后才慢慢了解到的。

从老家的镇子到北方矿业专科学校所在的小城，有一辆长途汽车，每天下午五点发车，第二天清晨五点左右到，路上会休息一个小时。她独自一人，拎着自己的行李和五百块钱，踏上了求学路。可能是因为远行的紧张，也可能是因为她从未坐过封闭的长途客车，车刚一启动她就开始晕车，头晕目眩、恶心，但是什么也吐不出来，只能干呕。她靠拼命喝水来压制自己的不适，脸色很快就变得蜡黄。过了几个小时，等感觉终于舒服点时，又开始尿急，但汽车行驶在高速路上，还不到服务区，显然不可能停车，她只好忍着。她第一次发现憋尿竟然是这么痛苦的事。

车窗外黑漆漆一片，只有偶尔对面来车时车灯的光一闪而过。她不知道自己离家多远了，在陌生的黑夜中，她心里有种如释重负的失落感，未来虽然不如期许，但未来毕竟来了，又轻松又伤感，又激动又彷徨。

九月份的东北，清晨已经有了很深的凉意。汽车停在一个半旧半新的车站，地上铺的砖大部分已经被车轮轧碎，坑坑洼洼的。一些老房子墙上贴的瓷砖已经破败，刚刚盖起来的两层小楼瓷砖还没贴上去，通体是水泥灰。走出车门的一刻，她被凉风吹得打了个哆嗦，那种凉好像是融化成空气的冰棍，带着微甜的气息，一直从口腔顺着呼吸到了肺泡里。她跺了跺发麻的双脚，搓了搓手，抬头见东方露出金色的光晕，但太阳还没有升起，朝霞仍被薄薄厚厚的云彩挡着，天空如此冷艳、清冽。

这是平原，和她之前所在的山区不同，使劲看去，能看到很远很远处模糊的村庄。黑色的土地上升起淡淡的雾气，氤氲中，小城里早起的清洁工、卖早点的人，已经开始了一天的劳作。乘客都走光了，长途车也进站停车，只有她还站在马路边上。一个清洁工拿着扫帚，哗啦哗啦地从她脚边扫过，丝毫不管飞扬的尘土落在她放在地上的背包上。

太阳嗖的一下，从黑色的大地下跃到空中，阳光把一切都照到了，也照在了她身上，只是同时给了她一个长而模糊的影子。这一刻，她有点儿想家。

报到后，她才发现这里并没有比老家的镇子繁华多少。虽然不繁华的镇子她也没去过几次，但她知道那里有十几栋四五层高的楼房，还有就是街边每隔十几米就有一个小商店或小吃店。镇上的女孩子骑的都是女士自行车，不像他们村里，不管什么人，骑的都是那种高大的二八式自行车，因为结实牢靠，方便载人和各种东西。

她不太清楚从车站到学校该怎么坐公交车，而且这个时间公交车还没发车，于是拎着行李去一家刚刚打开门，还没把眼角的眼屎擦干净的包子铺老板那里问。

老板把眼屎掐下来，看了看，仿佛那里面藏着他什么时候遗忘的一枚硬币，又用中指弹到了门玻璃上，然后顺着中指的方向说："沿着这条路往西走，看见一个红绿灯，左拐，再走十分钟就到了。"

她谢过了包子铺老板，步行去学校。路上，她遇见一个同样背着行李的男孩，他走在路左边，她走在路右边。他看见她，仿佛特别吃惊。一开始，她以为他们并不同路，但是在红绿灯那里左拐之后，他们仍然走在同一条路上。他不断地看她，她被看得心里有些害怕。等两人都站在了北方矿业专科学校的牌子下，还是何秀竹先开了口："你，也是来学校报到的？"男孩点点头，她这才略微放心了。男孩说："你什么专业？"她说："通知书上写的是焊接技术与自动化。""我是测绘专业，二年级了。"男孩说，"能……告诉我名字吗？"

"哦，我叫何秀竹。"听他说是师兄，她放下了戒备。

"我叫肖扬。"

太早了，报到工作还没开始，肖扬把她领进一间教室，让她先休息会儿。教室里已经坐了十几个人，有男有女，都在抱着碗喝豆浆。学校食堂提供了一大桶热豆浆，还有酸菜馅包子。她打了一碗豆浆，拿了两个包子，坐在一张空课桌旁吃起来。肖扬走出教室时，又认真地看了看她。

宿舍是八人间，四张铁架子床，靠窗有一张桌子，桌上的黄漆早已大部分剥落，露出牛皮癣一样的木质纹理。还不是木质，是那些菜汤、茶水、汗液等所有人类生活留下的痕迹。屋子里有一股霉味，因为在她们入住之前，为了防止夏季雨水倒灌，已经两个月没开窗子了。甫一进门，她还以为进了老家冬天储藏土豆和白菜的地窖，那种微微的发霉气息袭击着她的鼻腔，让她接连打了十几个喷嚏。她是第一个到的，坐在满是灰尘的木板床上发了好一会儿愣，一抬头看见了靠窗的上铺栏杆上贴着自己的名字——何秀竹。

但是到了晚上，所有人都到齐，花花绿绿的被子褥子铺好，红红绿绿的暖壶脸盆摆了满地，叽叽喳喳口音各异的说话声飘在空中，这间宿舍和这所学校就一瞬间活了过来。这些刚刚认识的朋友，分享着各自从老家带来的土特产，略带羞涩但是热烈地相约一起去食堂吃饭，很快就熟络起来。到了食堂，她一下发现自己尴尬了，别人都拿了饭盒，就她没有。原来当时和录取通知书一起寄来的，还有一张入学须知，上面介绍了入学的各种注意事项，她看得匆忙，没注意到学校食堂不提供餐具，需要自备。好在她还算机灵，看见食堂里免费汤那里摆满了空碗，是给喝汤的同学准备的，她走过去，拿了两只碗，到窗口买了一个馒头、一碗白菜炖豆腐。

这里还是用饭票菜票，五百块钱交了学杂费，买了脸盆暖瓶，所剩不多了，伙食补助要等一个月之后才发，她就买了一百块钱菜票、五十块钱米票，要靠它们撑一个月。

学校的生活新鲜而刻板，她按时上课下课做作业，按时起床睡觉进操作间，很快就适应了。一切都按部就班，唯一的意外是，半年后，她的身体开始疯狂地发育。读初中时，因为伙食差，也因为学习累，她一直瘦瘦小小，面色土灰。到了中专后，每个月都有伙食补助，不但能吃饱，甚至还可以隔三岔五改善一下，营养上来了。再加上她热衷参加各种体育活动，排球队、篮球队、长跑队，她都报名。她骨子里喜欢那种竞争的感觉，但从小就有的自卑感又让她不太善于出头露面，不敢去竞选学生会或者社团干部，所以这些体育项目成了竞争的最好方式。特别是排球，她灵活敏捷，打自由人位置，一度成了校队的替补队员。到二年级开学的时候，她的身高已经蹿到了一米六，体重达到了一百斤。更关键的是，她的乳房不再是瘪瘪的了，而是像打足了气的排球一样鼓胀起来。还有她的臀部，穿瘦一点的裤子，就会非常翘。为了不让自己的乳房在略显瘦小的衣服包裹下过于坚挺，她不得不买小号的乳罩，好把它们收住。这常常造成她胸闷憋气，而她又经常运动，打完一场球或跑完三千米之后，她就要跑进厕所的隔间里，抻着胳膊解开身后的内衣扣子，那对乳房会火山喷发一样喷涌出来。她大口大口地喘一会儿气，享受着身体放松的快感，等快上课或快回宿舍时，再重新把扣子扣上。时间久了，她的心脏承受了不该有的压力，以致在二年级下学期发生了一次骤停，被同学抬到校医院去做心电图。心律不齐，医生严肃地告诉她，如果再不注意，心脏会出大问题。她吓得够呛，从那之后，她忽然想开了，不愿意再束缚自己的身体，敞开了让它们去生长，去放松。真是奇怪，小心翼翼裹着的时候，她的乳房、她的臀部，都在拼命地扩张，可放开了，它们反而消停了，变得越来越紧致。

她开始明白，身体有它自己的心思，你无法左右它。该它长的时候，什么力量也阻止不了；该它美的时候，什么衣服也遮挡不住。既然阻止不了遮挡不住，那不如就尽情地去展示。这一年，她已满十七岁，在伙伴们的熏陶下，开始渐渐懂得了美，也明白了自己作为一个少女，跟男性之间、跟其他年龄段的女性之间的巨大差异。当然，就在发现自己身体的一瞬间，她也发现了自己和同宿舍同学的很多不同：她们的胸罩和内裤是蕾丝花边的，而她的是棉线的；她们的裙子露着光洁的肩膀和锁骨，甚至能看到乳房的轮廓，裙摆至少都是膝盖往上，而她仅有的两条裙子都是有袖的，长到脚踝，颜色单调；她们的头发烫了各种卷，有的还染了颜色，而她永远用一根橡皮筋扎着马尾辫。更重要的是，她发现她们都谈了男朋友。

她下铺的胡杏儿，已经分手过三个男朋友了，现在她又看上了班里的同学孙君。据说，孙君的爸爸是当地一个矿务局的副局长，他毕业就能直接进矿务局，两年副科，三年正科，将来甚至可能是处级。胡杏儿常常在宿舍里摆弄一件大衣，说是貂皮的，上一个男朋友送给她的，分手时想要回去，她没有给。她跟那个数控技术专业的师兄说，你前前后后亲了我五百四十七次，一次一块钱也要五百多，我留一件衣服是应该的。还是十月天，虽然身处北方，天气也只是凉，还没那么冷，但胡杏儿也会穿着那大衣去上课。教室里人多，通风也差，胡杏儿很快就会一身大汗，然后散发出一种动物皮毛的臭味。胡杏儿骄傲地说，貂皮太保暖了，都是这种味。旁边的人也就信了，毕竟大家都没见过真正的貂皮。

熄灯后，何秀竹躺在床上，脑海里闪现过班里的男孩子，甚至隔壁班的男生或师兄师弟们的身影。他们都没令她动心。真奇怪，其中有几个长得很好，高而白净，很像那个年代电视剧里的英俊少年，但完全激不起她的爱意。若干年后，当何秀竹只能通过爱意来勉强说服自己接受丈夫的性需求的时候，她会想起这些年月，也才会在生命的对比中明白，这些男生激不起的不是爱意，而是性的冲动。他们哪怕是赤裸着身体站在她面前，她也只能感觉到某种羞耻和尴尬，而不是欲望。只有那些强壮勇武，并且眼神中带着坚毅神情的人，才会让她心动。比如，那个教田野调查课的老师。他已经四十岁了，听说当年曾是地质大学的高才生，研究生毕业后留校，但因为一件见不得人的事件被告发，不得已到了这个专科学校来任教。老天仿佛是故意的，他也姓何，学生们都叫他何教授。

她和同学们许多次看见何教授游荡在学校的体育场，他的身体可以在单杠、双杠上翻滚，即使隔着衣服，你也能感觉到那些肌肉绷紧的形状。

特别是夏天，男生们大都穿着白色或蓝色的条纹背心，下身是运动短裤，露出的肌肉让被遮掩的部分变得充满神秘和想象空间。这种想象让她的脑海里迸发电焊操作时的绚烂火花，仿佛真有一把电焊枪在点击她的心，让每一次绚丽都留下一个伤疤。女同学们窃窃私语，说何教授当年一定是因为不正经被下放的。为什么呢？因为大家看到他的身体，就是想跟他不正经啊。可是这个何教授，永远面色严肃，从来不对任何人笑。他上课的时候，写一手板板正正的板书，每行字都直得能当尺子，每个字的大小都完全一样。他给他们画田野调查的地形图，从来不用辅助工具，总是随手就成，要山是山，要水有水。她被他的身体和冷酷所吸引，觉得他心里蕴藏着巨大的不为人知的故事，这个故事的真相可能会震惊世人。只是，她从未单独跟他说过一句话。有时候，他们会在运动场上碰见，他旁若无人地在器械上锻炼，而她的排球打得常常心猿意马，偷偷瞄着他的身影，接连被对手扣过来的球砸中。有人会大喊，何秀竹，你魂儿哪儿去啦？她想，也许他知道自己偷看，但是不揭穿，也毫不在意。

　　她真正的朋友是肖扬，那个报到时碰到的师兄。他是学生会的副主席，但在这个小学校，学生会也没什么权力，副主席也不是什么响亮的名头。肖扬只不过是组织各级的学生搞一些活动，组织各种技能大赛，或者邀请一些校外老师来做讲座。他们第二次遇见是在食堂里。那个月，因为大姨妈来得凶猛，她买的卫生巾不够了，有一天就用卫生纸解决，但是卫生纸不卫生，导致身体发炎，她又跑到医院去看病，买消炎药，把零花钱一下子花完了。补助还没发下来，她好几天都是打了少而素的饭菜，不好意思跟舍友们一起坐。她们熟络之后不久，就经常一起吃饭，把所有的菜都摆在桌上，每个人都能尝到不一样的菜品。

　　她坐在角落里，他直接坐到了她的对面，还把一个鸡腿夹给她。她感到羞愧，甚至觉得受到了侮辱，赶紧给他夹回去。在两人的推让之中，那个鸡腿掉在了地上，然后被一个路过的同学踩了一脚，鸡腿惨不忍睹，那个同学也摔了个跟头。肖扬似乎知道她生活的窘迫，学校里有勤工助学的机会，主要是在食堂帮厨或清扫校园，他总是给她留一个名额。她不想接受这无端的好意，可又需要那点儿钱来补贴自己慢慢增长的日常开销，所以每一次都是在纠结之后去了。只要有空，他就会帮她一起干，削土豆、择菜，清理落叶和大风刮来的杂物。

不久之后，同学们都发现肖扬对她的关心已经超出了一个师兄对师妹的关心，当然就顺理成章地猜测他喜欢她。她也这么觉得，只是肖扬始终没有表白，也就让她没有拒绝的机会，她总不能主动去问吧。她感念肖扬的所有帮助，对他有别人没有的亲切感，可这不是男女之间的喜欢。

有一次，拿到补贴，她提出请肖扬吃饭，肖扬答应了。两个人约在校外的小饭馆里，她点了鸡肉和蔬菜，还有一小瓶二锅头。肖扬进来，看见了酒，说："你会喝酒？"她摇摇头说："不会，我给你点的。"她知道肖扬喝酒，甚至有点儿爱喝酒，有好几次，她看见他摇晃着从校外回来，神情落寞。他失恋了吗？但是也没有看见他有女朋友啊，更何况他生活里接触最多的女生就是她，所有人都传言他在追求她。难道是因为她？

肖扬倒了一杯酒，说："女孩子不喝酒好。"他自己喝起来，一口菜都没有吃。她给他夹鸡腿，他又给她夹回来，她再夹给他，说："吃吧，要不又掉了。"他们想起了那个被踩得惨不忍睹的鸡腿，笑了起来。他把那瓶酒喝完，已经醉了。这时候，她觉得自己可以问出那句话了。但是，没有等她问，肖扬自己讲起了这件事。

肖扬说："小竹，你……你知道吗，你长得特别像我妹妹。"

何秀竹心想，这是什么话？要用这么老套的话来追求我或者做什么吗？

肖扬说："真的。"他拿出钱包，打开，里面有一张旧照片，照片上的女孩子真的有点像何秀竹。

她吃了一惊，说："你妹妹？"

肖扬点点头："双胞胎妹妹。"

"那这个孩子呢？你们的弟弟？"

照片上的女孩子，怀里抱着一个婴儿。

"不，"他痛苦地摇摇头，说，"是我的外甥，我妹妹的孩子。"

她惊讶得张大了嘴巴。

肖扬告诉她，几年前，他在镇子上读初中，有一天夜里，妹妹去给他送吃的，回去的路上被同村的一个年轻人强奸了，还怀了孕。那个坏小子是他的小学同学，那天晚上，他跟一群小混混在镇子上的录像厅看了黄色录像，回去的路上碰见了肖扬的妹妹。这个家伙精虫上脑，又喝了酒，就干了坏事。肖扬主张去公安局报案，把那个家伙抓起来，但是他的父母不同意，怕丢人，怕被村里人笑话。后来，眼看着妹妹的肚子大起来，有人给他们出了个主意，让他去那个同学家里说，只要结婚，就不去告发他。那个干了坏事的年轻人一直躲在外地，他的父母接受了这个提议，把他找回来，办了个简单的婚礼。他们还不到法定的结婚年龄，领不了结婚证，但在农村，只要办婚礼了，也就算结婚了，证可以以后补。婚礼前一天晚上，他去找那个小学同学，狠狠地打了他一拳。婚礼后几个月，妹妹就生了一个男孩，因为没有结婚证，上不了户口。

他一直觉得是自己害了妹妹，可又没有赎罪的办法，他甚至不敢回去见她。所以，那天开学，他看到跟妹妹长得有点像的何秀竹，就忍不住要去帮她，保护她，仿佛这样自己就能好受一点儿。

她听得落泪，却不知道该怎么安慰肖扬，只好又跟老板要了一瓶酒，给他和自己各倒了一杯。她一饮而尽，说："事情已经这样了，你好好念书，好好毕业，将来再找机会报答你妹妹吧。"

他们两个互相搀扶着回到学校里，在楼下分别时，肖扬把她头上的一枚粉色头花摘了下来。

"你干吗？"她问。

"给我吧，"肖扬说，"我妹有个一模一样的。"

她没说话。

这之后，她对他有了一种怜惜之情，他们互相帮衬，像一对真正的兄妹那样。她与他之间的情谊，是她在几年的中专生活里最珍贵的情感。肖扬早一年毕业了，在他的努力下，回到了老家的一个地质局上班，那样他可以照顾到家里人，特别是妹妹。他那个妹夫，本性难移，根本不上班，整天和一群狐朋狗友在镇子上游荡，喝酒打架，常常进派出所。他走得特别匆忙，他们甚至没有正式告别，只有他留下的一封简短的信。他就这样从她生活里消失了，再没有任何信息。她常常会想起肖扬，想起他喝酒和痛哭的样子。

他的信很短，最后一句话写的是："秀竹，谢谢你，让我多了一个妹妹。"

5

何秀竹在拥挤的地铁里奋力护着自己已经隆起的肚子。她怀孕三个月了，看起来还没有那么像孕妇，而是更像一个发胖的女人。何秀竹腹部的妊娠纹像一条条细长的蜈蚣，从肚脐隐隐约约一直延伸到了下体。它们第一次出现的时候，何秀竹有些慌乱，趁着产检时咨询大夫，得知大部分女性都会有妊娠纹，有的在生完孩子之后很久才能消去，极少数会一辈子带着。回到家，何秀竹一直暗暗担心自己是那个极少数，她在网上搜索相关图片，看得心惊肉跳。有的女性生完小孩，妊娠纹像八十岁老人的皱纹，层层叠叠，如果再加上一条剖宫产的切口伤痕，简直惨不忍睹。

对长相平凡的何秀竹来说，她一直引以为傲的就是自己身材的匀称丰满，这与她常年坚持不懈的锻炼有关。自结婚后，因为马勋的手艺好，总在家吃饭，她体重长了不少，但体脂率控制得一直不错，特别是她的小腹和腰，虽然还不到有马甲线的地步，但平滑、紧致、光洁。马勋每一次跟她求爱，都是一只手从她的小腹抚摸，然后向下延伸，再滑回小腹，又向上伸展，如此反复几次，最后停留在腹部的肌肤上。因为手掌的摩擦，她腹部的肌肉微微绷紧，那里就像是沙漠里无风时寂静的沙丘，形成了一种天然而美的弧度。完事之后，他们并排躺着，马勋的手还是会停留在那儿，经过沙暴的沙丘形成了全新的弧度，而轻微的汗又像清晨的露珠一样让它略带湿润。更何况，激情的余绪会从她身体的最底层一波一波向上泛起，沙丘以肉眼不太容易察觉的幅度起伏着，那是两个人情爱生活中最美好的时刻。

何秀竹极度担心自己的妊娠纹会像一场天翻地覆的狂风，把她的沙丘吹得面目全非，为此，她考虑过去做孕期瑜伽，但按照她的习惯，做之前又是查各种资料，发现利弊难断，后来也不了了之了。自从怀孕，她再也没和马勋有过性生活。

何秀竹要去金融街的中国银行办理贷款业务，中介约的是九点，他们要跟房主在那儿谈好贷款的事。这事，马勋跟她意见不同。何秀竹坚持就是砸锅卖铁，也一定要买一套学区房，哪怕不是最好的学校，也得是海淀区的重点。为此，他们不得不把回龙观的那套房子卖掉，用卖房的钱先把第一笔贷款还了，剩下的付首付，再贷款买新房子。自从怀孕开始，何秀竹就在折腾这件事，她几乎把海淀区所有数得着的小学附近的小区都考察遍了。有段时间，她骑一辆电动自行车，每天中午一下班就去看房，饿了就随便在路边吃个灌饼或者汉堡。一个月后，何秀竹给马勋看了一份详细的Excel表，那上面条分缕析地列着主要学校对应的主要小区、小区配置、小学对应的初中和高中、平均房价。每套房子，何秀竹都综合性地打了星，最高五星。马勋看了说："你真行，你应该去当房产中介。"何秀竹说："买哪套？"马勋说："那肯定五星的啊，这还用说。"何秀竹冷笑一声说："我也想买五星的，但你得看钱啊，就咱们那点儿钱，拼死了够得上一套四星的，还得是个小两居。"马勋说："那怎么办？"

何秀竹摸了摸自己那时还没有鼓起来的肚皮说："马勋，你不知道我小时候念个书有多难，我绝不能让咱们孩子也这么难，我必须想办法，至少也得上一个四星学校。"

在中国银行总部大楼，跟着中介，何秀竹和房东按流程把贷款协议签好，一切还算顺利。接下来，就等网签结束，他们把首付付了，银行放贷，他们再去房管局过户。可是就在这个节骨眼上，房东联系不上了，发短信不回，打电话不接，连中介也找不到他。何秀竹心里犯嘀咕，她在家里跟马勋翻看各种合同，一条一条跟网上的模板对照，没发现什么大的漏洞。马勋扯出一张房东的身份证复印件来，说："我们查查这个人，不会是个骗子吧。"

两人打开电脑，输入房东名字，很容易就查到了，而且还不是个普通老百姓，是一个非常有名的国企的总裁助理。何秀竹说："这人不可能是骗子。"马勋说："就算是骗子，也不会只骗几万块钱定金吧，何况这还有中介呢。"俩人一头雾水，继续给房东打电话，还是不通。这时候，何秀竹脑子里突然蹦出一条新闻，似乎跟这件事有关系，但她记不清到底是哪天看到的新闻了。

何秀竹说："你别说话。"

马勋一愣："我没说话啊。"

何秀竹做了个不耐烦的手势，回忆自己这几天看到的东西，那条新闻就在脑海里飘浮，可她就是看不清也抓不着。何秀竹急得不行，拿出手机来，查找自己的上网记录，翻了半个月的记录，没有。她想起，这条新闻是在单位看的，就跟马勋说："马上走，去我单位。"

马勋说："这大半夜的，去干吗？"

何秀竹说："很重要，别问了。走。"

俩人穿衣服出门，打了车去何秀竹办公室。她现在是《地质研究》杂志的编外编辑。何秀竹开了电脑，继续查找自己的上网记录，鼠标在七天前的一条新闻那里停住了。新闻写的是，那个特别有名的国企一把手被"双规"了。何秀竹眼前忽然一暗，身子一晃，歪在马勋身上。

马勋吓一跳，说："你怎么了，不舒服？"

何秀竹缓了口气说："老公，有麻烦了。"

"到底咋了？"

"你看新闻。"

马勋看了看，说："这跟咱们有啥关系？"

何秀竹说："你想想啊，这个公司一把手被'双规'了，房东是他的助理，他也可能被'双规'啊。他要是被'双规'了，他的财产就会被冻结，房子怎么可能过户啊。还有，咱们刚跟他签完了贷款合同，他进监狱了，我们又没法撤销合同，被扔在半路上了，而咱们回龙观的房子却必须马上过户给买房子的人。按照这房价增长的速度，几年后他财产解冻了，咱还买得起房吗？"

马勋听了，也是一晕。但他不敢再刺激何秀竹，赶紧说："没事老婆，哪儿就那么寸呢。你歇会儿，喝口水，我再查查。"马勋坐在电脑前，搜索和这个公司还有房东有关的一切新闻，越查越觉得何秀竹的预感可能会变成真的。

结婚这么多年，马勋从没见过何秀竹的情绪如此低落过。她一直像一个战士，永远充满斗志，永远在执行自己的战略战术，从来没有过度慌乱。但这一次，何秀竹发现自己对面的敌人可能是看不见的意外，是她无论如何也没法对抗的事情，没法再淡定了。

马勋关了电脑，扶起她说："咱们先回去吧，我觉得没事，没那么巧。"

两人回到家里，躺在床上，一开始都睡不着，但谁也不知该说什么。这件事，一说起来就像是被投掷到真空里，飘浮、失重、没着没落。两人也都不太敢动，过了一会儿，还是马勋先睡着了，甚至打起了呼噜。何秀竹听着他的呼噜声，心里压抑烦躁，她想把他叫醒，出这么大事，你还有心思睡觉？可是叫醒之后又能怎么样呢？什么都改变不了，搞不好还要吵一架。再说，这件事从头到尾都是何秀竹在张罗，每个决定都是何秀竹做的，也怪不到马勋头上。

何秀竹起身下地，到卫生间坐在马桶上，她感到下体有液体在流动，可是没有小便，是血。何秀竹狠狠地咬住了嘴唇，心里不断告诉自己，不要着急，不要焦虑，不要再无谓地加重负担，冷静，深呼吸。她清理了一下，尝试着站起来，疼痛似乎并不严重，血也没有继续流淌。还好，她想，叫救护车的话动静太大了，还是出去打车吧。可是，她还要走回卧室去喊醒马勋，跟他解释这个情况，看他震惊和慌乱。何秀竹一边考虑着，一边走向客厅，所有病历本、社保卡、以前产检的资料都放在一个整理袋里，她准确地找到那个抽屉，拿出整理袋，然后开始穿衣服。

那时候，网约车还不流行，她缓慢地下楼，走到小区门口，等出租车。很幸运，几分钟就有一辆出租车过来了，司机停车后，车窗摇下一条缝，问去哪儿。何秀竹知道，这种行为表明路途短的话他有可能拒载，就赶紧说："我去妇幼保健院，师傅，我给你加十块钱。"司机把车窗全摇下来，看了看她，说："上来吧。"何秀竹上了车。

路上，司机好事地问："这么晚去医院，你老公怎么不陪你？"何秀竹这时候出奇地冷静，回他说："哦，我刚给他发短信，说上车了，他在医院门口等我。"司机不再说话。何秀竹又想，马勋半夜醒来发现自己不在，肯定会急坏的，得给他发个信息，可是发什么呢？说自己去医院了？他同样会着急。后来只发了一条："老公，我出来透透气，一会儿就回，不用来找我。"

转机来自中介小曹。何秀竹躺在医院妇产科的床上，一个值班医生给她做检查。手机叮咚一声，她拿出来看了一下，是小曹发来的微信，说："姐，房东回来了，他这段时间出国了，所以手机才打不通。约好下周二去银行和房管局办手续。"何秀竹忍不住惊呼了一声，把医生吓了一跳，怎么了？何秀竹挥舞着手机说："没事大夫，我有点兴奋。"

大夫说："有点出血，问题不大，不过最近必须注意不要运动，保持情绪稳定，再稳定一段时间。别太兴奋啊，就算中了几千万彩票，你也得冷静。"

何秀竹拼命点头。

何秀竹回家的时候，发现马勋还没醒。她躺在了马勋的身边，他的手伸过来，碰了碰她的胳膊，又缩了回去。何秀竹拿过马勋的手机，把自己发的那条微信删掉了。事情解决，一切都回到正轨，又折腾了大半夜，但是她这会儿一点儿都不困。窗帘上，有她最喜欢的变形金刚动画图案，卡通版的。买窗帘的时候，马勋选了一款有竹子图案的，说跟何秀竹的名字搭。何秀竹说："我是大熊猫，竹子我就喜欢吃，不喜欢看。"她喜欢变形金刚，不光是因为小时候看动画片的记忆，更是因为她觉得那些汽车人才是自己的偶像，他们身体坚硬而灵活，内心坚硬而柔软，就像她读中专时自己焊的那个变形金刚。这个十多斤重的作品，多年来一直跟着她兜兜转转，从没有离开过。此刻，它就在小客厅的窗台上，每次她回家都能看见它。她是按照擎天柱的样子焊的。"汽车人，变形。"她常常暗暗跟自己说这句台词。

何秀竹又起来，走到客厅，用纸巾擦拭变形金刚。多年来，经过她不断的擦拭和打磨，它已经变得光滑，甚至发着微光。何秀竹曾想过去喷漆，但后来作罢，她更喜欢它本来的样子，那些点焊接口处的疤瘌，那种钢铁本身所具有的沉重冰凉的手感，是他们共享的心灵秘密。擎天柱提醒着她过去所经历的一切，那些少年岁月里的艰难和甜蜜，那些奋斗日子里的辛苦和收获。在每一个生活最困顿的时刻，何秀竹都会在内心听见它说："去战斗吧，去战斗吧，不管你遇见的是什么。"

没有人知道，它才是她生活中的定海神针。

6

在北方矿业专科学校的三年里，她们二十个女孩子跟另外三十个男孩子一起，每周有两天去操作间里电焊、打磨各种钢铁。当然也有设计课，但设计的主要是最简单的螺丝、扳手，学着画图，到钢厂去浇筑模型，然后还是拿回操作间去打磨。第一个星期，她的手磨了十几个水疱，只能让同学用缝衣针挑破了，涂点碘伏消毒。等到一个学期结束，十六岁的她手上已经有一层厚厚的老茧。放寒假回家，她帮母亲揉面，母亲见了她的手大吃一惊，说："你不是去念书的吗，这手上的茧子咋比我的还厚？"她苦笑一下说："我这手没毁掉就不错了。"

学习生活尽管枯燥平淡，可毕竟是年轻人，常常会有些莫名的快乐。她和同学们经常自己用电焊焊一些小玩意，奇形怪状的扳手、钢筋做的栅栏、不锈钢管杯子，等等。他们小时候都看过动画片《变形金刚》，家里没有电视，她只能偶尔在邻居家的电视上看几集。她最喜欢里面的擎天柱。上中专后，她收集了很多变形金刚的贴画，贴满自己的背包、文具盒、工具箱。她尝试着用厂子里废弃的边角料自己焊了一个变形金刚，焊完了再用砂纸细细打磨，把所有的铁锈磨掉。何秀竹还从小店里买来各种颜料，把自己的擎天柱涂抹得花花绿绿，看起来很像那么回事，但后来她又用小刀把那些漆全部刮掉了。她把擎天柱摆在自己的床头，每当看见它，就会感到浑身充满了力量。她会想起电视里的那种机械的声音："地球人……我们来自赛博坦星球……"这件作品，她认为自己会留一辈子，将来传给儿子，传给孙子。

读到三年级，这群年轻人年纪最小的也满十八岁了，一夜之间变成了成年人。在这之前，他们谈恋爱还是偷偷摸摸的，学校里的老师、辅导员都知道，但只是睁一只眼闭一只眼，只要不在公开场合过于亲密，都不太管。一到三年级，学校里的情侣开始公开成双入对，课堂上挨着坐，食堂里一起吃饭。甚至有时候，他们还会互相去彼此的宿舍串门，当然留宿是不可能的。宿舍里，恋爱谈得最疯狂的还是胡杏儿。她长得漂亮，天生有一种妖媚，特别是她的眼睛，总带着一种楚楚可怜的神态，很能激起男生的保护欲。她看你的时候，你会觉得很可爱，但剥开可爱的糖衣，里面包裹着的其实是诱惑。她也知道自己漂亮，更清楚这种漂亮能为自己带来什么。刚开学不久，她就和一个学生会的师兄好上了，那个师兄常常站在宿舍楼外的一个钻探机雕塑下等她。她从窗口看见了师兄，但并不马上下去，哪怕她那会儿已经换好了衣服，准备好了一切。她总是让他等几分钟，不长也不短，既不会消耗掉男生的耐心，又要让他觉得这等待是极其值得的。她走出宿舍楼门口，也不急着冲过去，而是看着他微笑。他会主动走过来，明明是她迟到了，明明等一下他们出去还要绕过那个雕塑。

然后呢，过了几个月，在雕塑旁等她的人就换了。何秀竹她们就问："杏儿，你俩咋分了？"胡杏儿说："不合适呗。""咋不合适？"胡杏儿就说："我觉得他太大男子主义了。"大家就惊呼："他还大男子主义？在你面前跟条听话的小狗一样。"

这个年代的这个地方，这个年纪的大部分中专生还不太知道性爱是怎么回事，他们只是模糊地觉得，只要跟男人睡觉，就是性爱，就是最刺激也最禁忌、最羞赧也最甜蜜的事。即便这些想法，她们也大都是从电视和言情小说里听来看来的。

后来，有一天胡杏儿晚饭时偷偷跟何秀竹说："秀竹姐，我求你件事。"

胡杏儿说自己晚上要出去，可能会回来很晚，那时候学校的大门已经关了，她只能翻墙。而墙头很高，特别是学校院子里这边，必须得有人接应她一下。前一段时间，学校知道很多同学夜不归宿，出了硬性规定，超过晚上八点进出的，一律不给开门。何秀竹好奇到底是什么样的事情吸引着胡杏儿往外跑，她想拒绝她，可是胡杏儿好看的杏仁眼里充满了祈求，她摇动着何秀竹的胳膊，小奶猫一样哼哼唧唧。何秀竹说："谁知道你几点回来啊，我也不能一直在院子里等着。"胡杏儿说："十二点半，我一准儿回来。"何秀竹心里忽然想起个事来，说："你是不是跑出去看录像了，看……那种录像？"胡杏儿愣了一下，咬了咬嘴唇说："也是也不是。我早就不看录像了，我找了个外校的男朋友，他只能晚上出来见面。"何秀竹看着胡杏儿，说："你胆子可真大。"

何秀竹真正答应胡杏儿的缘由，她自己不愿意承认，其实是她对胡杏儿爱情生活的好奇，或者说是她对男女之间的感情的好奇，她想知道一个女人到底该如何跟一个男人发生"关系"：既是情感关系，又是那种关系。在她的身边，如果说有谁能给她一些启示，也只有胡杏儿。

那天晚上，天气凉爽宜人，何秀竹十一点就从宿舍偷偷跑出来，在她跟胡杏儿商量好的接应点等着。一直等到凌晨一点钟，才听到轻轻敲墙的声音，还有胡杏儿浅浅的叫声："秀竹姐，秀竹姐，你在吗？"

何秀竹故意沉默了好一阵，等到胡杏儿的声音变得着急，甚至带点哭腔了，她才答应了一声。

过了一会儿，外面一阵响动，胡杏儿披头散发地爬上了墙头，何秀竹伸手扶住她的腿，她慢慢出溜下来。刚一落地，胡杏儿就搂住了何秀竹，呜呜哭起来。

"你哭什么啊？"何秀竹说。

胡杏儿说："姐，我……我今天接吻了。"

何秀竹惊愣了一下，说："接吻？"

"嗯，就是……亲嘴，我跟小刚哥。"

两人没有直接回去，而是悄悄坐在了小花园的长椅上。

何秀竹忍了半天还是问出来："杏儿，接吻，什么感觉？"

胡杏儿说："我说不好，就是……你吃过棉花糖吗？"何秀竹摇摇头。胡杏儿说："糖你总吃过吧，棉花糖就是棉花一样的糖，特别软。接吻，就好像是把天底下最好吃的棉花糖塞满嘴，甜软香，等着它一点一点地融化，然后顺着嗓子，落到你心里。"

何秀竹哼了一声说："那干吗不买糖吃去。"

胡杏儿也哼了一声说："不一样。"可是很快，她的陶醉陡然间变成了委屈，又啜泣起来。

"你到底咋回事啊，哭哭笑笑的。"

胡杏儿说："接吻特别特别好，可……可……我没想到刚哥还想……"

"啥？"

"他还想干别的。"

何秀竹终于明白了胡杏儿的意思，说："你是说睡觉？你不是已经跟好几个男的睡过了，你还怕啥？"

胡杏儿听了，眼睛立刻睁大了，高声喊着："谁说的？谁造的谣？谁这么不要脸？"

何秀竹没想到她反应这么大，立刻说："我也是听她们瞎说的。"

但是这一晚之后不久，学校里开始公开流传胡杏儿跟很多人睡过觉的传言，说她跟好几个男的一起睡。胡杏儿气愤地找何秀竹理论，问是不是她传的谣言。何秀竹当然否认，但胡杏儿认定就是她，从此之后跟她日渐疏远，甚至在教室或走廊里碰到，也一定要哼一声，翻个白眼。何秀竹本想再好好解释，但胡杏儿始终不给她机会，而且，尽管传言甚嚣尘上，但胡杏儿仍然是最受男生们欢迎的女孩，并不影响她的恋爱。

再后来，何秀竹发现，宿舍里的八个人除了自己，其他人都有男朋友了。有几个还是一夜之间冒出来的。只有她没有。但也不能说她没有喜欢的对象，比如何教授。她对身边的那些同学始终没多大感觉，只有何教授让她萌动了少女之心。当然，她是不会有任何行动的，这至多算是暗恋。同宿舍有一个文学青年，常常从图书馆借来琼瑶、亦舒等人的言情小说来看，有时候还会声情并茂地给她们念上几段。她知道很多学生喜欢上老师的爱情故事，比如那本《窗外》。可是，她觉得自己跟何教授之间与故事里的人不同，不是吗，她怎么可能说出那些文艺而肉麻的话呢？他也不可能含情脉脉地对着她吟诗作赋。她当然还无力分析出，自己对何教授的情感，不过是一种模糊而懵懂的少女怀春，春天来了，不是这朵花先开，就是那棵草先长，何教授只不过刚好是第一棵在她眼里开花的而已。

可是，在这样一个半封闭式的学校里，在这个萧瑟的北方小城中，四季和世界的其他地方一样，花开了就有可能被授粉，最后结出半熟不熟的果子。他们总是会在教室、操场、食堂里遇到，如果其中的一个人又总是创造机会去遇到的话，那概率就更高了。从各种各样的嘴巴里，她听说了他的许多事。比如，他的老婆也是学校的员工，在食堂里做红案，挥舞着砍刀剁猪肉或者萝卜。有一次，她听一个同学说，他其实三十岁才结婚。他是怎么结婚的呢？据说，那个彪悍的女人看上了他，把他叫到自己的宿舍里，锁上了门，不让他出去，两天之后，这个本来很坚决的男人被这个更强悍的女人摆平了。据说，事后他还哭了，她安慰他说，哭什么，我会好好照顾你的。有时候，她忍不住借助这些传言想象了那样的场景。他哭了，是因为委屈吗？总之，他通过一种奇特的方式缴械投降，从此成了她合法的俘虏。他们快速地结婚、生孩子，变成和其他人一样的家庭。据说，就是从那天起，何教授开始十年如一日地锻炼身体。在小城和学校里，没有标准的健身房，他大多数时候都是流连于操场和学校教职工宿舍楼前的运动器材上。

她看着他在单杠上大回环旋转，一圈又一圈，像个体操运动员。

他不会晕吗？她想。

他当然会晕。又一次，她有意无意地从单杠旁路过，他旋转了之后跳下来，身体摇晃着摔倒了。她赶过去扶他，叫着："何教授，何教授。"他用手指指自己的胸口，她看着那健硕的肌肉和皮肤上细密的汗珠，不知什么意思。忽然间，她明白了，他以为自己穿着外套，他指的是衣服口袋。她转头看见他的衣服挂在旁边一根双杠的杆上，快速过去扯下来，从口袋里掏出一个小药瓶，在他眼前晃了晃。他点点头，伸出两根手指。她明白了，是两颗药。她掏出药，喂到他嘴里，又从自己的包里拿出水杯，递到他嘴边。

吃下药之后十几秒钟，他的脸色慢慢恢复正常，呼吸也渐渐平稳，然后慢慢站了起来。他的身体仍然摇晃，但扶住了单杠的铁杆。

"谢谢你。"他说。

何秀竹说："您别客气。"

她又看见了他的身体，背心下的肌肉此刻是松弛的，但他还没反应过来自己没穿上衣。她递给他，他慌忙地接过去，穿上，却不小心穿反了，然后不得不脱下来，重新穿。

"你……"她问了半句话。

他一听就明白了，说："我心脏有点问题，有时候会犯病，随身带着丹参滴丸。今天真是多亏了你，要不……我就交待了。"

"身体不好，你怎么还这么大运动量啊。"

他没说话。她一下想起了听到的那些传言，赶紧又补充说："何老师经常跑野外，身体确实需要锻炼。"

他们略带尴尬地告别了。告别之前，他问她宿舍电话是多少，她告诉他了。

此后，他们和之前一样在那些场合遇到，彼此间多了一些亲近和熟悉，但也只是点点头，随口说几句闲话，并没有特别的交流。在食堂里，她许多次看见他的妻子，她应该有一米七五的个头，体重至少两百斤，有时候到前厅值班，站在窗口给学生打饭。对学生们来说，她是一个慷慨的人，不会像很多食堂大师傅那样总是把勺子里的肉抖掉，她会盛得满满的。所以大家看见她在窗口里，都愿意排在这个窗口买饭。她对何秀竹跟对别的同学一样热情，那张又圆又肥的脸上，露出过分亲切的微笑，粗声大嗓地说："就要二两饭？你看你瘦的，年轻人长身体，得多吃饭啊。"她盛到她饭盒里的饭足足有三两。

怀揣秘密的日子，似乎比其他时刻更有生活的滋味。她有时候会走神，想一些跟何教授有关的事情。她有段日子没看见他了，听说这几个月，他带学生去野外做田野调查。他们去的是贵州的一个山区，那里探测到一个镍矿，储量很大。这学期末，她们毕业的前半年，也要出去实地考察。他会是带队老师吗？她怀着期待问自己。

7

二十世纪九十年代末，国家重工业发展很快，水涨船高，各个地方的小钢厂、小矿场、小锻造厂像雨后的蘑菇一样，一圈一圈地往外冒。有些干不下去黄了，但很快会有更多的小厂子挂上牌子，开动机器。特别是国有企业下岗潮过后，不少在国有大厂干不下去的人，都拼上家底，自己去创业办厂。尽管在三年的时间里，她努力学习，认真操练，成绩很不错，但最后并没有去到自己理想的矿务局或大型国企，而是进了一个总共一百多人的小厂子。

去厂子前，她回了趟家。那天晚上，家里的空气闷得能拧成绳子。全家人都不约而同地暗暗想起，如果当初她没有考中专，而是考了高中，会怎么样。因为前几天，当年村里的第一个大学生偶然回乡来，到原来住的地方追忆过去，聊天中提起，听说何秀竹竟然去读了中专，大为不解。他跟她父亲母亲说，将来是大学生的天下，中专生只能当个技术工人。她也知道，父亲刚从镇上的医院回来，医生给他诊断了，说是有糖尿病，空腹血糖二十多，最好每天打胰岛素。何老头看着那张单子，半夜没想明白，他大半辈子吃的糖还不到半斤，怎么就得了糖尿病？这病不该是那些整天吃大米饭拌白糖的人得的吗？每天打胰岛素，开玩笑，他哪里有这个钱。对他来说，得病就是命，跟村里的其他人一样，到医院去检查，给这个命起一个看不太懂的医学名字，然后回到家里跟它一起活到死。她觉得自己这也是命。人人都有自己的命，就看你认不认。

第一天去厂子里报到，后勤的人给她发了一套工服，蓝灰色的，布料粗糙，肥厚宽大。穿上之后，她就不再是一个年轻的女孩子，而是一个女工。他们工段就她一个女工，主要负责把前一个工序组装好的锤子、钳子或各种小零部件打磨光滑，没有一点儿技术含量。这种活，她在学校就干得熟门熟路，适应起来没什么难度。宿舍也还是集体宿舍，跟学校不一样的是，三个人住，有一台十四英寸的彩色电视机，画面总是飘着雪花，但也能看。公用浴室和厕所在走廊的一头，食堂就在宿舍楼的一楼。

刚进厂子那段时间，她迷惘而空虚。一周上六天班，而且是三班倒，回宿舍已经特别累了。她偶然在电影频道看了卓别林的《摩登时代》，电影里的人因为整天拧螺丝，下班之后还保持着那种动作，她心里就想，自己和这个人太像了。这么一想，那颗仍然算是少女的心便忍不住感到一丝酸楚和凄苦。如果再赶上来例假，肚子疼得撕心裂肺，又不好跟工友们提。流水线的活一个萝卜一个坑，少了一环，整个生产线都得出问题，只要没倒下，他们谁也不敢请假。有一次，她来例假，量特别大，一天要跑四五回厕所，结果被工长当众批评。她回去哭了半夜，枕巾几乎能拧出眼泪来。第二天早晨，她看着镜子里红肿的双眼，有点生气，自己什么时候变得这么脆弱了，动不动就流眼泪？可那段时间她就是这么敏感，眼窝子好像突然变浅了，盛不住一滴眼泪。

周围的一切都这么漠然而不可更改，有吃有喝，但就是没什么激情。身体和意识沉闷了一段时间后，就蠢蠢欲动，想从其他方面寻找喘息的机会，像她当年对待自己的乳房一样。这一次，她选来选去，选择了爱情，或者说是爱情选择了她。她和隔壁工段的小胡之间那段交往，到底算是爱情，还是两个同病相怜的人的抱团取暖？等到多年后结婚生子，她回想起这段往事来，都没法下一个准确的定义。但是她得承认，两个人的交往拯救了她在厂子里的生活，倘若不是小胡，她也许会抑郁，也许会因为一个不小心留下残疾。

他们开始于厂子里的一次事故。

那年冬天，厂子接了个急活，让他们在半个月内赶制出五千个零件，所有人都半个月无休，每天加班到晚上八点多。小胡是电焊工，因为太过劳累，焊东西的时候不小心打了瞌睡，电焊枪直接点燃了旁边的一根电线。她离那里不远，冷静地拉了电闸，才没引起更大的事故。但是因为突然断电，造成了在流水线上的二百个零件全部报废。她没有说出小胡的事，只说是因为赶工用电量太大，电线过热引起短路。

过后，小胡请她到厂子外的小店里吃饭，表示感谢。那天小胡跟她说，其实他视力不太好，不适合干电焊工，招工的时候他给体检的医生塞了红包才通过的。在厂子里，电焊工因为技术要求比较高，工资也高些。她就说："你这样太危险了，搞不好将来眼睛会瞎的。"小胡说："我也担心。"她说："你还是转岗吧。"小胡给她夹菜，把她面前的碗堆得满满的。

不久之后，他们变得熟络，开始在食堂里坐在一个桌子上吃饭，偶尔到厂子外的小路上走走。还有的时候，小胡骑自行车驮着她，到城区去买东西。她会帮小胡缝一下剐坏的衣服，小胡老家寄来风干牛肉，也会特意给她留一份。小胡是一个天生乐观的人，不管什么时候都嘻嘻哈哈，什么样的日子都不觉得苦，都能找出乐趣来。比如，他跟她表白的那天，送的礼物就是他自己用废旧铁丝焊的一颗心，足足有五公斤沉。他把那颗铁心放在桌子上时，发出了沉重的咚咚声，惊得她半天合不上嘴巴。他常常出人意料，她喜欢跟他在一块儿，只是，她总感觉缺少最重要的那种冲动，好像一道特别好吃的菜里，缺了最关键的调味剂。菜能吃，可就是不够好吃，欲望仍然在最深处蠢蠢欲动。然而，摆在她餐盘里的这已经是最好的一道菜了，于是，她收下那颗心，把它摆放在自己床头，跟擎天柱一起。后来，她发现那颗心最好的用处是摆小花盆，她就在一起去集市的时候买了四五种花。花盆是她自己做的，根据那颗心的形状，用铁丝焊在上面。那些年，周华健的《花心》也还流行，这个装饰就被工友们命名为"花心"，一时传为美谈。

第二年夏天，同宿舍的工友一个结婚搬了出去，另一个去上海看病，要好几个月才回来，小胡就经常来看她。晚上的时候，两个人把饭从食堂打回来，在宿舍里吃，她还偶尔用小电饭煲煮点汤什么的。吃过饭，小胡会抢着刷碗，让她歪在被子上翻看《故事会》和《今古传奇》。一切收拾停当，小胡会有点儿不舍地告别，她当然能看出他眼神里的意思。他想留下来，他想跟她过夜，毕竟是二十岁的身体，荷尔蒙分泌旺盛，一个身体急需靠近另一个身体，一颗心也想在另一颗心那里找到安慰。但她总是假装看不见，她还没产生足够突破心理防线的冲动。他身上没有肌肉。

直到有一个周末，三伏天，温度快四十摄氏度了，小胡大中午的从外面回来，拎着一个西瓜。他顶着太阳骑摩托去城区，买了一个冰镇的西瓜回来，西瓜身上裹着一层水珠。她正在午睡，浑身是汗，那台不住摇头的小电扇根本不解决问题。她还是起来给他打开了门，她睡衣的领子很低，他一下就能看见她的上半个乳房，它们这时已经彻底成熟了。他把西瓜放在桌子上，一转身，没想到那个西瓜很圆，自己滚落到地上，摔得七零八落。本来有着八分困意的她被西瓜碎裂的声音彻底惊醒，他们开始蹲在地上捡还能吃的瓜瓤往嘴里塞。黑色的水泥地上，红色的西瓜汁液流淌，翠绿的瓜皮小船一样漂在浅红色的海洋里。好像是她第一个把一块瓜皮扣在他脸上。"人家都说瓜皮特别美容。"她说着，自己的脸上也被扣了一块，一种腻腻的凉爽。两人一瞬间玩开了，身上脸上都涂抹着甜甜的西瓜汁。天气太热了，很快那些凉爽就变成一种甜腻的温热，嗅到了气息的苍蝇开始嗡嗡嗡围着他们飞。冲动就在这样的瞬间迸发了，而且是她先开始的。她舔了他的脸，那上面西瓜汁和汗液混合在一起的甜咸味道，让她瞬间产生了冲动。他也开始舔她。她感到了另一种热，是从身体内部侵袭过来的，几秒钟的时间就淹没了她的每个毛孔，外界的热再也感受不到。

他们只有过这一次。

她没有感受到所谓的快乐，他好像也没有，只是因为燥热引起的发泄，发泄本身是痛快的。结束后，闷热的确消退了很多，但是因为太过匆忙，他们身上的西瓜残液沾染到了床单上，跟她身体流的血混在一起，很难区分出来。等他穿好衣服离开，她就把被单褥单全部扯下，用它们把地上的西瓜汁擦掉，然后去水房里彻彻底底地清洗了一遍。

她把床单晒在院子里的晾衣绳上，偏西的太阳仍然明亮灼热，她和阳光之间即使隔着两层床单，仍然能感到刺眼。就是在这个时候，离开这里的念头开始从她心里滋生。她甚至产生了一点儿羞愧，想不通自己怎么会在这里待了这么久。她记起自己小时候，有一次脚底踩了狗屎，然后就在那里呜呜哭，就是想不起来赶紧把脏东西蹭掉。她特别恨自己这一点，遇见任何不好的事的第一反应永远不是去解决它，而是哭或者情绪低落。所以，她决定这一次不给自己留这个时间，走，马上，今天，立刻。

当然不可能这么快离开，父母她可以不在乎，未来还没想过，最大的问题是小胡。自从那一次之后，他已经信心满满地开始考虑结婚的事了。在他想来，一个谈了这么久的女朋友，已经有过这么一次亲密接触，接下来一切都是顺理成章的事了。他们身边所有的人都是这样的。他不知道，也不可能理解，恰恰是这一次亲密接触唤醒了她。是身体上的羞耻感，唤醒了何秀竹心里的羞耻感。他正准备跟她提结婚，而她已经决定了跟他分手。

何秀竹没想到，这个嘻嘻哈哈的小胡竟然会策划出一场声势浩大的求婚。

那天是礼拜天，他们休息。平时的各种机器声、电焊声、打磨声全都停歇了，整个厂区陷入每周一天的安静。工人们到公共浴池里洗洗涮涮，换上鲜艳的衣服去逛街、看电影。宿舍楼下平日里停满的自行车、摩托车，被人骑走了十之七八。厂子就在城区边上，骑车十分钟就能到商业街附近，那里有商场、电影院、服装店、市医院，还有各种餐馆。

何秀竹这天也想去看电影，王家卫的新电影《花样年华》上映。工人们其实对王家卫不感兴趣，他们感兴趣的是张曼玉和梁朝伟，这两个在很多香港录像片里都能看到的人，才是吸引他们的根本原因。更重要的是，他们从收音机和晚报得知，那是一部爱情片。对年轻人来说，去电影院当然要去看爱情片。何秀竹跟小胡提这事的时候，本以为小胡会毫不犹豫地答应，但很意外，小胡说他今天有事，不能进城，还让何秀竹也别进城。何秀竹问他什么事，小胡却说没什么事。她当然能看出他的一些拼命压抑的局促，好像知道一个秘密，但忍住不说。何秀竹的原计划是，看完电影之后，如果时机合适，就跟他摊牌。

何秀竹没有听小胡的，自己骑自行车去了城区。在电影院门口，她看着一对又一对的年轻人进进出出，心里怪怪的。其实，她想约小胡看《花样年华》，是因为她知道那是一个关于分手的故事。她还没有想好怎么去说，或者说，她决心要离开，但还没想好到底怎么去跟小胡讲。何秀竹要离开，但这个决定不仅仅关乎爱情，更关乎她的不甘心：我就这么过一辈子了？这有什么意思？其实她哪里知道什么是有意思的，就是感到不满足,感到不对,一切的一切都不够准确,全都似是而非。何秀竹早就感觉到了这一点,可到了现在才承认。

从带她的隋师傅那里,何秀竹清清楚楚地看到了将来的生活可能。隋师傅毕业后到工厂,嫁给了一个同事,然后一生都没有离开过,她自己对此颇为满足。可是何秀竹不行啊,一辈子困在工厂和操作间里,跟一辈子待在农村种田有什么区别?现在,她攒了一点点积蓄了,心里有了底,一时半会儿不会饿死。她想,回到老家去,从最开始出发的地方再一次开始,从自己的轨道被改道的地方再一次开足马力;甚至,回到更早更早的时刻,她第一天上学的路上,跟每个遇到的人都说,我要考大学。

何秀竹一个人看了《花样年华》,记住了那句最经典的台词:"如果有多一张船票,你会不会跟我一起走?"她并不是一个绝情的人,她想把这句话说给小胡听,虽然她内心深处知道他的答案必然是否定的。但是,梁朝伟又何尝不知道张曼玉的答案呢?他还是要问,她也要问。从电影院出来,她去一家面馆吃了碗面,然后骑车回厂子。

一路上,她骑得飞快,似乎是在用呼呼过耳的风声把心底的噪音遮挡住。路两边人影幢幢,父母、弟弟、何教授电影胶片一样从她脑海里掠过,那些留在她意识深处的声音飘忽不定,但听到它们时的感觉和引起的反应,却又在心里真切无比。她听到了汽笛声,仿佛离开的船真的要起航了。她没坐过船,这汽笛声是从电视和电影中来的。那条大船啊,泰坦尼克号一样巨大的船,螺旋桨已经开始转动,卷起漩涡,把冰冷的水切割成白色的浪花。她从远远的码头上跑过来,纵身一跃⋯⋯

她去宿舍,宿舍没人。给男工宿舍打电话找小胡,宿管大爷说电话没人接。何秀竹有些纳闷,不知道小胡干什么去了。她一路上准备好的那些话不能再等了,今天不说,明天就会被软化许多,就要继续拖下去,她拖不起了。何秀竹已经想明白,他们之间的那一次狂热性爱,其实是自己安慰他也安慰自己的一个举动。这时候,何秀竹听见一粒石子敲击玻璃的声音,她打开窗子,探出头去,看见一个工友在楼下。

"干吗?"她问。

"快点去厂子的大礼堂,小胡出事了。"他急切地说。

何秀竹愣了一下,能出什么事?而且,她敏感地注意到了工友的表情里隐藏的笑意，特别像一个恶作剧的人的表情。但她还是下楼，跟着他去大礼堂。

没有开灯，礼堂里有一种窸窸窣窣的安静。她有点儿忐忑，被工友拉拽着带到了主席台上，正踌躇间，突然礼堂的灯全部亮起来。突如其来的光芒让她有一瞬间失明了，不是那种什么都看不见的黑暗，而是什么都看不见的光明。等她终于从灯光里看见面前跪着一个人时，还有点儿恍惚，以为是幻觉。那个人抬起头，是小胡，他穿着西装，抱着一束花，说："秀竹，嫁给我吧。"

他是在求婚。然后，礼堂里的座位上突然冒出十几个工友，大声起哄说："嫁给他，嫁给他！"

"你在干吗？"她问。

小胡愣了一下说："傻瓜，我在向你求婚啊。"

"你疯了吧。"她说。

根据电影和电视剧里的情节，这时候她应该激动甚至捂住脸哭泣，然后拼命点头，然后他们亲吻，然后所有人欢呼，然后去厂区附近的小饭馆吃饭喝酒庆祝。可是，她不能这么做，这会把两个人都拖入黏稠的西瓜汁液一样的深渊。

小胡看她始终没有答应，站了起来，把花塞到她怀里说："你不愿意？"

何秀竹摇摇头。

"那就是愿意？"

何秀竹又摇摇头。

她此刻没办法解释清楚自己的想法，只好说了句对不起，然后转身跑掉了。

所有人愣在身后，她只听见小胡声嘶力竭地喊了一声："为什么？"

冲进宿舍里，何秀竹倒在床上，可是呼吸急促，心里憋闷，感觉很不舒服，又站起来，满屋子里走。何秀竹无所适从，直到她看到那个变形金刚，把它抓在手里，心里突然定了下来，慢慢地，呼吸也变平缓了。她长长地吐出一口气，似乎要把所有的愤懑和无力都吐出体外。过了一会儿，何秀竹的内心轻松起来，毕竟这个决定是早早就埋藏在心里的，只不过是以一种完全想不到的方式告诉了对方。她没想到小胡今天不去看电影，竟然是在准备求婚。早晨的时候，她看到了他眼睛里有种隐藏秘密的兴奋感，还以为他要跟朋友去打游戏或者打牌喝酒。

晚上，整个厂区都听说了这件事，大家议论纷纷。在这个小小的王国里，所有人都认识，所有事都是大家的事，平时缺少谈资的人们，终于有了可以好好谈谈的故事。其实，大部分人既奇怪于小胡怎么突然搞了这么一出，也惊讶于何秀竹竟然没有答应。特别是那些女工，她们打心眼里觉得小胡的做法很浪漫，如果是自己，一定会被感动的。

何秀竹是不是喜欢上别人了？她们猜测。

"不可能吧，她整天在厂子里，我们都看得见，除了小胡，没有哪个男的找过她呀。"有人马上反对这个猜测。

"那你说是为什么？"

"不晓得，我就是觉得何秀竹可能跟咱们有点儿不一样。"

她们有人烫了头发，有人端着脸盆去浴池洗澡，有人洗积攒了一周的内衣，小心翼翼地不让何秀竹听到她们的谈话。这种所有人一起分享一个八卦消息的感觉真是令人激动。

男工那边呢，几乎所有的单身工友都在一个酒馆里喝酒。包间是早就定好的，原本是为了求婚成功庆祝用的，现在成了小胡借酒消愁的地方。他的朋友和工友们在陪他喝酒，他们都觉得他应该多喝点，喝醉，一个男人的脸被丢在地上踩了一脚，除了喝醉还能做什么？总不能去打何秀竹吧，毕竟人家有权利不接受你的求婚。每个人都跟小胡碰杯，不说话，或者只说兄弟，都在酒里了。什么都在酒里了呢？理解？支持？同情？笑话？一切的一切，反正都在了，你自己去品味吧。小胡喝了很多酒，他是被工友抬回宿舍去的。有好几次，他几乎要吐出来了，但硬生生地压了下去。他不想吐，他就是想沉浸在醉酒的难受中，似乎这样就可以稀释心里的痛苦。

第二天，何秀竹按时去上工，她从没旷过一天工、请过一天假。

走进车间时，所有人都轻轻抬头看了她一眼，然后迅速低下，继续开工的准备。检查机器，换手套，戴口罩，看进度表……他们闭着眼睛也能流畅地进行。何秀竹一夜没睡，但此刻一点儿都不困，她已经彻底想通了，一切已经发生的事情，都不必去纠结，她必须按照自己的计划退回出发点，好再次往前走。

繁重而单调重复的工作，很快把所有人带进呆滞和空白中，没有人有空想七想八，都盯着手里的活儿。临近十一点的时候，有人冲进了他们车间，在机器的轰鸣中大声喊："何秀竹，何秀竹，快点，小胡出事了！"何秀竹听到了喊声，但是她以为那是昨天的记忆在作祟，直到那个人冲到她身边，一把拉住她的胳膊。

他变形的脸和带着惊恐的眼睛，以及变调的喊声都在表达一件事——小胡出事了！

何秀竹突然感觉到了自己的心跳，怦怦怦怦，像厂子里有时用重达几吨的铁锤锻造某些零件那种声响，砰砰砰砰。她的第一反应是小胡可能寻短见了。

他们冲出车间，到了厂子大院里，正好看见有人扶着小胡从他的车间里出来。他的左手包着一件衣服，衣服上滴着血，另一个人拎着一个塑料袋，塑料袋里是四根手指。因为失了血，那些手指的皮肤变得很白，像他们用的白色橡胶手套。厂子里的一辆车开了过来，众人喊着说快快，去医院。不知道谁推了一把，何秀竹不由自主地跟着上了车。

在车上，小胡闭着眼睛，呻吟着，忍受着剧痛。何秀竹像坐在一排钉子上，她想回头看一眼小胡，可是不敢，她怕看见他苍白的脸，尤其是那四根手指头。刚才碰见的一瞬间，她看到他眼睛里那种带着委屈的恨，像铁扦子一样扎她的眼睛。

小胡的手指有三根接上了，但那根食指因为伤口处骨头碎裂严重，已经无法再接上。何秀竹被厂里安排在医院里照顾他，这是她一生里最艰难的日子。她最不想面对的就是小胡，可是又要每天面对他。护士比较忙的时候，要给他解开绷带，换药，她就会看见那四根肿胀的手指和那根不存在的食指。自始至终，小胡没有跟她说过一句话，他毕竟还有一只手是完好无损的，大部分生活都可以自理，他不需要也不愿意求助于她。

几个月后，小胡出院。事故调查报告也出来了，小胡因为前一夜宿醉，属于违反规定醉酒上工，迷迷糊糊把手伸进了切割器里，导致了惨剧发生。由于是个人原因，厂里不给他算工伤，只是报销了医药费，没给任何赔偿。而所有人都知道，小胡喝醉酒是因为何秀竹拒绝了他的求婚，所以，人人心里都把她当成罪魁祸首。何秀竹也充满愧疚，但并不悔恨，她取出自己所有的钱给小胡，小胡不要，他只拿回了自己送给她的那颗铁心。想想真好笑，一颗铁做的心，仿佛在嘲笑他们，铁被焐得再热，时间久了也是得凉下来。

两人同一天离开厂子，小胡属于被变相辞退，而何秀竹是主动离开。在汽车站的候车大厅里，他的车是下午三点，她的是三点半，一个往南一个往北。临上车，小胡终于说："秀竹，我不怪你，真的。"何秀竹不知道该和他说什么，他不怪她，她也不觉得自己该为此负责，可是她必定要一辈子背负这件事。毕竟他们在一起过，毕竟两个人赤身裸体地纠缠过，在她的感情生活里，他处在一个极其特别的位置。不是爱和不爱，不是性和欲望，是什么呢？好像他们彼此互为各自手里的产品，他制造了她的一部分，她也制造了他的一部分，然后他们终将被送往另一个流水线去完善，再然后组装到完全不同的机器上，再然后去远方的工厂里，迎接截然不同的人生。

8

何秀竹抱着一盆吊兰，手里还拎着一盆仙客来和一盆富贵竹，敲开了兰草花卉店的门。花卉店的萧姑娘正在给一盆花剪枝，她从浓烈的香气里抬起头，看见何秀竹有点儿惊讶。这已经是这个月何秀竹第三次抱着花来她这里了。

"又有问题？"萧姑娘问。

何秀竹把三盆花小心地放好，说："你说也怪了，我都是按照你教给我的方法浇水施肥晒太阳，这花怎么就老是蔫蔫的，半死不活，还有一盆都快烂根了。"

萧姑娘放下手里的剪刀，起身，仔细看何秀竹的三盆花，的确一棵棵都长得不太旺盛，那盆吊兰明显快枯了，富贵竹的根已经有了腐烂迹象。她用手指拈了一小撮花盆里的土，凑到鼻子底下闻了闻，有一股过于潮湿的腐烂味道。

"这还是浇水浇多了啊。"萧姑娘说。

"不可能,我还是上周五浇的水呢,后来我就出差了,昨天回来一看,花就这样了。"

"那是不是你老公或你家儿子给浇水了?"

"那就更不可能了,我家这俩货一个基因,对花草完全不感兴趣,在他们眼里,这玩意没法跟鸡翅羊肉串比,就算给钱让他们给你浇水,他们都懒得干。"

萧姑娘听了,又细细看了看几盆花,说:"真是奇怪了。"

何秀竹说:"你再帮我看看,这半年我养的花怎么老是死呢,难道是家里风水不对?"

萧姑娘扑哧一下乐了,说:"何姐,要不你先把这几盆放我这儿几天,我给你养养,等活过来,你再搬回去。"

何秀竹说:"那可太好了,你不知道,这段时间为了这些花,我都快抑郁了。"说着,何秀竹从包里掏出一套还塑封着的化妆品,塞到萧姑娘手里说,这是我朋友出国帮我带的,说是很多明星都用这个牌子。

萧姑娘当然是一如既往地拒绝,何秀竹当然是一如既往地坚决要送,结果当然是萧姑娘一如既往地拗不过何秀竹。两人一番推让,弄得气喘吁吁,在暖湿的花房里出了一层细汗。萧姑娘说:"好吧好吧我收了。"何秀竹说:"妹妹,我想喝你泡的茶了。"

萧姑娘笑了,说:"我就知道没有白拿的好处。"何秀竹也笑。

两人洗了手,坐到里间一个茶海旁,萧姑娘动作熟练地泡了一泡武夷山岩茶,边喝边谈论各自身边的事。

何秀竹认识萧姑娘,何秀竹还认识开咖啡店的王姑娘、开素食馆的苏姑娘、做保险的杨姑娘、美容院的宋姑娘。这么说吧,何秀竹生活的各个圈子里,都有她认识的姑娘或小伙子,有的是姐妹,有的是兄弟。何秀竹自己也不知道从什么时候起,开始把各行各业的人都认识了。但凡在生活、工作上有一点儿交集的,她都不会当成擦肩而过的陌生人,而是像当一辈子的朋友那样去结识。比如,儿子多多从幼儿园到小学所有同班同学的家长,她都认识,连多多课外班的同伴家长她也认识很多。当然了,何秀竹也并非所有人都加微信、联络,她有着自己的考察标准,这个标准就是，只有在她的生活或者儿子多多的生活中具有可能性的人，她才会留意。何秀竹的手机通讯录和微信通讯录分了很多个组，有幼儿园家长组、小学家长组、补习班家长组、生活组、医疗组，所以，在她的生活里，不管发生任何事情，她都能第一时间联络上一个专业人士，进行咨询。比如，前一阵多多要报一个舞蹈班，她前前后后考察了不下十个，可都是各有优缺点，没有比较突出的。就在拿不定主意的时候，她听说多多的同学晓雪报了天之舞舞蹈班，立马就给多多报了。原因很简单，晓雪的妈妈是舞蹈学院的老师，虽然她是做行政的，不跳舞，但平时会接触到各式各样的舞蹈专业人士，她选的班一定是最可靠的。

每当很多人跟何秀竹说，所谓的学区房其实毫无必要，教育还是要靠孩子的兴趣，或者说宁当鸡头不做凤尾，何秀竹就在心里鄙夷地想：鼠目寸光。还在怀孕时她就做好了规划，幼儿园小学初中高中，能进多好的学校就上多好的学校，教学质量先不说，就算孩子是全班倒数第一又怎样，更重要的是他长大后，他的同学都是什么人。你满世界去看看，那些当官的、赚大钱的，各行各业的顶尖专业人士，到底是重点学校出身的多，还是普通学校出身的多？答案很明显。择校择校，择的是你从小到大的朋友圈，是你将来的资源圈。想明白这一点，何秀竹宁可在四环里住一套蜗居，也不去郊区住别墅。就算都是学而思的补习班，四环内的和五环外的教师水平也差着不少呢。

在萧姑娘那儿喝了几泡茶，身体透了透汗，舒服多了，她一看时间差不多了，起身开车去接儿子。多多今年五年级了，马上要小升初，正是要劲儿的时候。从学校出来，吃口饭，还得赶紧去新中关的英语补习班，没时间复习，只能路上让多多自己复习一下。

车到知春路那儿，堵住了。要是平时，堵个七八分钟也就过去了，可今天不知怎么回事，半个小时竟然纹丝未动。何秀竹看了看时间，还有二十分钟多多就下课了，看样子自己不可能及时赶到，就给马勋打电话。马勋现在在中关村的一家公司上班，这会儿赶过去，完全来得及，可马勋的电话始终无人接听。这条路越来越堵，汽车喇叭嘀嘀嘀叫成一团，何秀竹越来越着急。马勋的电话很少打不通，偏偏赶在今天这个节骨眼上不通，真是奇了怪了。何秀竹对马勋死了心，冷静片刻，想好了对策：先给班主任小于发了个微信，告诉她等会儿放学，让多多跟他同学小雅的妈妈黄太太走。然后给黄太太发微信，让她顺便接一下多多。黄太太是全职妈妈，从来不会迟到，而且小雅和多多在一起上英语补习班。十几秒之后，黄太太发来信息，说没问题，新中关见。何秀竹这才放下心来，打开了车载音响找歌，看到了班得瑞的《寂静森林》，手指点了一下，舒缓的音乐屏蔽了车外的噪音。你堵你的车，我听我的歌，能奈我何？

晚上，从补习班回到家，已经接近八点。多多想吃麦当劳，本来何秀竹不想给他吃，但想到今天自己没能及时赶去接他，心里有点儿愧疚，就给他要了一份麦当劳的鸡腿堡套餐，还有两个鸡翅一包薯条。多多听了欢天喜地，跟妈妈保证说，他今天一定认真做作业。

汉堡是马勋拿回来的，他在楼下碰到了麦当劳的配送员。

刚进门，马勋就把汉堡往桌子上一丢，没好气地说："你就给孩子吃这个？"

何秀竹本来就对他今天没接电话有气，这会儿又被他指责，也气鼓鼓地说："你管得着吗？我儿子，我愿意给他吃啥就吃啥。"

何秀竹已经闻到了，马勋喝了酒，而且还不少。她看着马勋微红的眼睛、有些摇晃的身体，还有他醉酒后夸张的脸，心里一字一顿地告诉自己，别吵，孩子在家呢。何秀竹起身，把麦当劳送到正在写作业的儿子房间，让他赶紧吃，吃完写作业。

马勋坐在沙发上，打开了电视机，电视里正放着《甄嬛传》。何秀竹觉得今天马勋有点儿怪，平时他没这么嚣张，尤其是喝完酒之后，总是小心翼翼的。何秀竹对马勋出去应酬或跟朋友聚会的时间做了规定，每周一到两次，每月不超过五次。马勋反抗过，但何秀竹用儿子多多把他反抗的气焰全部灭掉了。

马勋说："老婆，我出去应酬或跟朋友聚聚，也不全是为了我自己。我多交朋友，多积累资源，将来有一天是要自己创业的，我都是为了你们娘儿俩。"

何秀竹说："你说到点儿上了。我相信你出去不会乱搞，顶多是喝完酒到歌厅里去唱唱歌，是吧？马勋，你要真为我们娘儿俩着想，第一条就是保护好自己的身体，为多多健康工作五十年。就算你不给儿子留几千万资产、十几套房子，你也得保证老了不会生大病，不会瘫痪在床上让人伺候，这才是你这个当爹的最该做的。"

从结婚开始，何秀竹就给自己和马勋买了保险，每年两个人的保费要两万多。孩子出生之后，又加了一份，一年将近三万块钱。马勋挺反对这件事的，他觉得与其把钱存在不靠谱的保险公司，还不如拿出来创业、投资，钱生钱。另外，虽然说按照他们现在的收入，三万不算太多，但何秀竹对马勋的说法让他心里别扭。何秀竹说："你如果不能健康工作五十年，就算生病，也得从病里掏出点儿钱来。"马勋气急了，说："你钻钱眼里去了？你也不怕卡死在里面。"何秀竹倒不生气，说："我就是想让自己跟孩子的生活有个保障，所以必须事事想在前面，我可不能让任何意外事故影响到多多的成长。"

马勋并不是标准的IT男，他属于半路出家。本科时，他读的是北京航空航天大学数学系，辅修了计算机，后来发现计算机比数学有意思，但是考本校计算机系差了几分，被调剂到了地质大学。他觉得数学太枯燥了，而且绝大部分人根本成不了数学家，就算成了数学家，也一辈子登不上那几座最高的山峰。他不希望自己跟其他人一样，在数学的半山腰晃荡一生。计算机的好处是，只要你掌握了最新的技术，你就能对它进行应用。这有点儿像弹钢琴和拉小提琴，钢琴嘛，你只要手指头按对了黑白键，出来的音八九不离十，可小提琴不一样，全凭细微的乐感来表演。在计算机领域，他也知道自己不是顶尖的，甚至连第一梯队都进不去，至多是一个比较有能力的"码农"。赶上这些年中国互联网的大发展，他这种比较早进入的程序员，积累了一定的基础，只要身体熬得住，收入还是不菲的。

对于创业，马勋并不是这两年才动心，他在读研究生时就跟两个同学一起写过一个程序，专门帮学生找自习室。读书时，学校里教学资源紧张，而且很多学院为了赚外快，在晚上或周末开展社会办学，什么老年大学啦，中学生培训啦，教师培训啦，把本来就紧张的自习室抢占了不少。为了占个座儿，很多同学都要早晨五六点起来去图书馆排队。

马勋和宿舍的两个同学也深受其苦，后来他们发现学院路其实有七八所高校，有几个离得比较近，他们在网上把每个学校的排课表都下载了，然后用大数据分析出每天哪个学校的哪个教室没有课，能容纳多少人。很多同学受益于这个软件,有一阵,学院路几乎有百分之二十的学生都使用这个软件。马勋和合伙人满心憧憬,觉得自己就算当不了比尔·盖茨、扎克伯格,也能在互联网行业占有一席之地。但世事难料,马勋和另一个合伙人有技术,可是不懂经营和法律,公司被第三个人注册为法人,他直接把软件卖给了互联网大鳄,自己卷着一千万跑到了硅谷。马勋最后成了自己公司的码农,他一气之下退出。

这之后,毕业,工作,他又许多次在撸串的酒桌上说出豪言壮语:老子一定还会杀回互联网,以后的中国互联网就是三驾马车,马云马化腾马勋!其实他还真有点儿前瞻性,只不过执行力差,而且对自己的前瞻性没有任何判断。比如,网约车刚开始的时候,马勋就说这个将来一定有大市场;网络医疗还没开始,他就到处说,将来很多小毛病根本不用跑医院,只要在网上咨询就可以了,没过多久,春雨医生就上线了。每一次,他都能嗅到互联网发展的讯息,每一次他都晚半步,刚好错过。

这一切,他都压抑在心里。说良心话,何秀竹是一个好妻子,能干,顾家,这个家庭大大小小的事,几乎都是她操心,马勋是个甩手掌柜。就连买房子生孩子上学这些大事,也都是何秀竹拿的主意,而且最后证明这些主意都拿得对。比如这套学区房,如果不是何秀竹干脆利落出手,只过半年,价码就涨了百分之十,他们就买不起了。何秀竹是他们家的话事人,可她又不是那种靠强势和胡搅蛮缠当家的人,她比男人还讲道理。马勋最怕的就是她的道理,一件周末到底要不要上培训班的小事,何秀竹可以花一个月时间来搜集信息、整理、规划,马勋提出的任何反对意见,都能被她提前想好的理由堵死。有时候,马勋觉得像活在一个真空实验室之中,自己是小白鼠,何秀竹是温柔而变态的科学家,她并不给他试药,只是让他在她的规划下平稳生活。可马勋希望有点儿意外,有点儿随意性。比如出去吃饭,何秀竹会提前想好去哪家餐厅,甚至想好了菜谱和坐哪张桌子,但马勋会对那些没去过的或新开的餐馆感兴趣,总想去尝试尝试。这对何秀竹来说就是挑战,她讨厌这种随性的意外,觉得任何计划外的事都隐含着危险。

何秀竹喜欢花,马勋其实也喜欢花,但他喜欢不开花的花,比如仙人掌、多肉植物之类。搬进新房子后,他曾经养过几盆,但很快都被何秀竹淘汰了。对何秀竹来说，不开花的就不叫花。用她的话说就是：是花你就得开，是树你就得栽。何秀竹把花摆在家里的每个地方，马勋常常笨手笨脚地打翻她的花盆，这时候何秀竹不会发火，但是会让他坐在沙发上，她就这么盯着他看，看得他心里发毛。何秀竹说："我不需要你干活，没事你就在沙发上看电视，或者到电脑前打游戏，就是别乱动，你一乱动我的花就得遭殃。"

渐渐地，马勋把对何秀竹的不满都发泄到了那些花身上。他在网上看到一条新闻，说一个人如果每天跟一朵花说脏话，咒骂它，它很快就会枯萎。一个人在家的时候，马勋会对着每一朵盛开的花骂娘，用最恶毒的语言诅咒它们烂掉。发泄完了，他感到一种不安的放松感。最开始，是放松感强烈，但慢慢地就会觉得不安更强烈。在他又一次打翻某盆花的时候，他会恍惚，分不清自己到底是无意的还是有意的。

那些花继续活着，继续盛开，丝毫没有受他恶语的影响。甚至，看起来他的诅咒反而滋养了它们。终于有一天，他无法再对这一切忍受下去，他担心自己因此疯掉。他开始动手了，给花浇水、施肥、晒太阳，只不过是按照它们的习性反着来的。所以，何秀竹的那些花渐渐腐烂枯萎，她当然不知道是自己的丈夫在偷偷地、温柔地杀死它们。这是他仅有的对妻子的报复。常常，何秀竹带孩子去补习班，他在家里给那些花施以营养的毒药，然后去厨房炖他们喜欢吃的牛排、猪手、羊肉。他觉得这个时刻做出的饭菜是最香的，因为自己心里那点恶毒已经释放出去了，留下的都是对妻子儿子的爱意。

他不想承认的是，自己内心最底层的不安正在渐渐降低温度，变成一种寒意，甚至是冰冷。他知道，这件事如果不及时停止，早晚会被何秀竹发现的。

何秀竹本想对喝醉的马勋家法伺候，却被一个加她微信的陌生人打扰了。那个人的头像是一枚头花，何秀竹对这枚头花有种熟悉感。她正回忆时，看到了那个人加好友的留言："秀竹姐，我是肖扬的妹妹，肖莉。"

何秀竹一瞬间想起很多事：读中专第一天就遇到的那个温暖的男孩，他们曾经那么亲密。真是奇怪，自从他毕业回到老家之后，两个人竟然彻底断了联系。有许多次，何秀竹都想去问问他的联系方式，但后来都作罢，她特别担心他过得不好，担心他被自己沉重的内心负罪感压倒。她几乎已经忘记这个人了。

何秀竹通过了肖莉的好友申请。

肖莉说，她送儿子来北京上学，想见她一面。

何秀竹说好，问她儿子在哪个学校，她找一个方便的地方碰头。两个人最后约在肖莉儿子学校附近的小饭馆。

第二天傍晚，何秀竹打车过去，很远就看见了饭馆的招牌。她走进去，一眼就认出了那个曾经和自己很像的女人。她安静地坐着，完全看不出早年曾遭受过伤痛。她们握手，互相笑笑，然后面对面坐下。肖莉说她点了几个菜，不知道何秀竹喜不喜欢吃。何秀竹说都行的，主要是见见面。

何秀竹细细看着肖莉，她发现肖莉还是跟自己有点像，不是容貌，是神情，只有微微的一点像，但就是这么一点，也足够了。怪不得那时候肖扬第一眼看见自己就会愣住。

肖莉把那枚头花摆在了桌上。

"肖扬呢？他怎么样？"何秀竹问。

肖莉没有说话，而是拉开旁边一只包的拉链，从里面拿出一张报纸，递给何秀竹。何秀竹注意到，那只包是个很著名的牌子，不便宜，心里想，看来她这些年过得不错。

何秀竹接过报纸，刚一展开，就立刻在头版的大照片上看见了肖扬的脸。他的头发花白，戴着手铐，站在法庭的审判席上，但是眼神里并没有一般的罪犯那种颓废、悔恨和落寞，反而是平静的，好像自己对这个结局不但早已知晓，甚至是安之若素。何秀竹的心狠狠地疼了一下，这种疼像条细线一样从心脏一路沿着血管游走到全身，最后整个身体都被这细微的疼痛刺激得有些麻木了。大标题上写着：××县国土资源局副局长肖扬严重违纪被"双规"。

何秀竹合上了报纸，她不想看审判的细节，或者他犯罪的细节，这些已毫无意义。

肖莉说："我去看我哥，他跟我说，让我一定想办法找到你，把这个带给你。我打听了很久，都没有你的消息，还是我儿子通过网络查到了你的联系方式。"

何秀竹忽然涌出眼泪，她从来没有如此难过过，连自己最艰难的岁月里都没有。她回想起他们最后的分别，仿佛从那一刻起，他就早早地预定了自己的结局。

"他还说了什么？"何秀竹问，她把那枚头花拿过来，使劲握着。

肖莉摇摇头说："他没别的话，只是让我把这个带给你。"

何秀竹说："我记得他说，你也有一个一模一样的头花。"

肖莉又摇摇头，说："没有，这是他毕业回家的时候给我的，我戴了好多年，后来他又要了回去。"

何秀竹愣住了。

肖莉说："秀竹，谢谢你。我哥说他一点也不后悔，他做了自己想做的事，而且做成了，他心里再也不难受了。"

何秀竹哽咽着问："所以你……这些年你过得还好吧？"

肖莉点点头说："我挺好。我哥回去不久，我就离婚了，也谈不上离婚，因为我们连结婚证都没有。后来再也没结，我一个人把孩子养大，都读大学了。也不是一个人，我哥也没结婚，他一直在帮我，他最后……也是因为我。我觉得特别对不起他……"

肖莉说不下去了，其实也无须再说，两人开始长时间但并不尴尬的沉默。她们各自想着心事，在无形中，她们的心事仿佛在空气里互相交融了。

服务员一盘一盘上着菜，但是她们一筷子都没动。何秀竹看见满桌的菜中，竟然有两种是鸡腿，她的眼泪几乎掉下来，狠狠地抹了一把眼睛，跟吧台招手，让他们把店里最好的酒拿一瓶来。过了一会儿，服务员拿来一瓶茅台，问她确定要开吗。

何秀竹点头，自己拿过酒瓶，打开，把酒倒进三个杯子里。

何秀竹说："姐，我们跟肖扬哥喝一杯吧。"

她们碰杯，干杯。真是好酒，一点儿都感觉不到辣，只有灼烧感从口舌一路向下，烧热到胃部。

分别时，黄昏即将消逝，黑夜来临，街上灯光闪烁。在地铁站口，何秀竹跟肖莉拥抱了一下，两个人的脸交错的一瞬间，何秀竹忽然想清楚了她们到底哪里像。她记起了，肖莉特别像她梦中出现的何翠竹。

9

一九九九年的三月,北方下了一场十年未见的春雪。

那场雪很大,大到很多人家的屋门都被积雪堵住了,人们不得不打碎玻璃,掏一个雪洞才能出门。院子里的雪有一米深,大地白茫茫,天空却灰沉沉。雪后的第二天,太阳高照,天气陡然升温,那场雪就迅速融化,整个世界都变得冰冷泥泞。

他们就在这样的雪后黄昏,到了毕业实习的基地吉林省珲春市小南岔矿区。这里地处中朝俄边界,是吉林省最靠东北的一个市区,隶属于延边朝鲜族自治州。三百多年前,中俄《尼布楚条约》里的那个尼布楚,就离珲春很近。没上过高中的何秀竹当然不知道这段历史,但是在中专这几年,她在图书馆里看了很多武侠小说。金庸的小说《鹿鼎记》也写到了这段历史,在小说里,小混混、小流氓韦小宝,在这里跟俄罗斯的女子有过露水姻缘。对年轻的何秀竹、胡杏儿她们来说,这种遥远的跨国情缘,是一种奇怪的浪漫,因为这里面包含着刺激性的禁忌。所以,当得知这次田野实习的地点是珲春时,她们都有种莫名的亲切感。

雪水打湿了他们的鞋子和裤脚,他们知道这里的寒冷,但没有想象过会遭受一场春雪带来的湿,鞋子浸泡在泥水里,微风吹过,整只脚都是麻木的。学生们拼命跺着脚,好让自己暖和一点儿,但常常是溅起了更多的泥水。除了寒冷和偶尔走过说朝鲜语的朝鲜族人,黄昏时的珲春跟他们上学的小城没有多大分别。

他们住进了这个边塞小城的招待所。招待所房间不多,学生们住六人间,老师们是双人间。晚上,何教授带大家去一家朝鲜族饭馆吃牛尾汤饭。朝鲜族用餐有自己的规矩,牛尾汤上来之前,先上来七八个小碟子,碟子里是各种各样的泡菜,看着红辣辣的,但吃起来主要是咸酸味。他们尝了几口,都不太适应。主食上来了,每人一份牛尾汤、一份白米饭,热气腾腾。这时候再去吃泡菜,就觉得特别对味儿了。胡杏儿喝了一口,皱起眉头,说牛尾汤有腥味,不想吃,何秀竹把自己带的一个面包给了她。自从那次事件之后,两个人的关系冷淡了很多,但这次出行,在火车上,胡杏儿却主动坐到了她的旁边，亲热地挎着她的胳膊，好像两个人从没有隔阂一样。

孙君突然站起来说："何老师，咱们喝点儿酒吧，好歹出来一回，天又这么冷，喝点酒暖和暖和。"

何教授连忙摆手说："不行不行，学校有规定，出来实习绝对不能喝酒。"

孙君说："可实习明天周一才正式开始，今天还是周末呢，属于假期时间，是不是啊同学们？"

男同学立刻跟着起哄："对对对，现在是星期天，学校管不着。"

孙君一听有人支持，立刻来了劲儿，跟老板喊："来两瓶白酒，要当地的啊。"

饭馆的老板一听，马上从柜台那儿拎了两瓶"红旗河"过来。何教授把烫嘴的牛尾汤咽下去，再想阻止已经来不及，孙君和另一个男同学已经用牙齿把酒瓶盖给起开了。他们找了几个杯子，给每人倒了一点酒。其实何教授也馋酒，在家里老婆控制着不让他喝，他只有出差或带学生出来实习的时候，才躲在房间里偷着喝点。

孙君递了一杯给何教授："何老师，请与民同乐。"

何教授接过杯子说："行吧，你们都打开了，那就喝点儿吧，不过一定不能多喝，更不能喝多。"

可是一群十八九岁的年轻人，遇见酒就跟猫遇见了鱼一样，想不喝多也难。几杯酒下肚，劲儿上来了，大家开始挽起袖子划拳行酒令。一开始，女同学还很矜持，不敢喝，过了一会儿甚至比男同学还放得开。只有何秀竹没喝，每次她都是把杯子端起来，在嘴唇上碰碰，然后就放下，人多杂乱，也没人注意她。她旁边的胡杏儿很快就有了醉意，眼睛老是盯着孙君，很快坐到他旁边去了。老何呢，手里夹着一支烟，被年轻人这种热气腾腾的热闹所感染，在烟雾中似乎看到了自己读大学时的样子。他的青春，曾经也是如此喧闹而充满激情。学生们唱起了歌，老何不断地独自端起酒杯，他不吃菜，下酒的就是这群人的歌声喊声，是他所依稀回想起来的过去。在他的斜对面，整场唯一清醒的何秀竹悄悄看着他。

从小饭馆里出来时，这群人身上都带着热气，好几个小伙子甚至把外套脱了下来。他们就这么互相搀扶着,走在珲春的大街上,无惧泥泞的街道和料峭的春寒,说着胡话,唱着醉歌。清醒的何秀竹看着他们,心里头有点羡慕,也有点疏离。她刚才其实也想喝酒的,但她一直被何教授所吸引,害怕自己喝醉了,说出什么不该说的话,或者做出不合适的举动。她知道自己酒量浅,不敢尝试。孙君他们喝的那种高度白酒,估计两小杯她就得醉。那年她考上中专,请亲戚朋友到家里吃饭,父亲带着她挨桌给七大姑八大姨和街坊邻居敬酒,她每次抿一抿,可抿多了,也醉。那天客人们还没散尽,她就醉了,当着大家的面背起了课文里的古诗:"黄河远上白云间,一片孤城万仞山。"母亲和弟弟把她强行拉到屋里,让她休息,可她还是喊叫着:"劝君更尽一杯酒,西出阳关无故人。"第二天,她带着头痛醒来,感到丢人和惭愧,可回忆起自己昨天的所作所为,又感到一种舒坦。她在炕上翻来覆去,终于想明白这种舒坦从哪儿来了。其实,在她心里,对自己没有读高中还是有遗憾的,但这遗憾没有任何地方和机会可以去说。这次醉酒,反而让她发泄出来了。

从那之后,她再没有喝过酒。

今天她也抿了一点儿,不算多,但已足够让她有微微的醉意。这点酒意明显不太够,她还能清清楚楚地感觉到自己仍然在隐藏和压抑什么,那身体里要溢出来的东西,被无形的盖子盖着,这是一种柔软但无限的膨胀。她看见何教授走在队伍的最后面,他没唱歌,但嘴里哼着什么。她故意落后,跟他几乎并排了,听见他哼的其实是戏曲,可不知道是什么戏,也听不清词。几乎每一秒钟,她都想跟他说话。不知为何,如果是在学校,如果是任何其他的时间和地方,她都敢于跟他聊聊天,可就是今天此刻,就是这酒意微薄却并不充足的状态下,她的内心充满了忐忑。或者说,她绝不会承认自己是喜欢何教授的,这跟胡杏儿与孙君,或者其他人的那种所谓爱没有任何相同点。可是,她到底为什么想要跟他说话,又想要看着他呢?

他是她的老师,是比她大几十岁的一个男人。哦,对了,他是男人,这是最根本的一点。如果说每一个怀春的少女身边都会有一个人激发她最初的幻想,那何教授可能就是她命定的那个开关。

回到宾馆里,她拿着脸盆去公共水房洗脸,冷水让她体会到自己的身体到底有多么热，也让她渐渐从半迷狂的状态里清醒过来。她回房间时，又在走廊里碰见了何教授，他跌跌撞撞冲进了水房。她听见他的呕吐声和呻吟。她在水房的门口来来回回地走，但是不敢进去。楼道里的灯突然灭了，可能是停电了，她在黑暗中一动不敢动。

过了一会儿，灯又亮起，何教授抹着嘴角的涎水，摇晃着走出来，衣服上沾着食物残渣，刚好跟她碰个对面。

他们谁都没说话，擦肩而过，回了各自的房间。

暖气还没停，屋子里很热，再加上人多，女孩子睡前又都要洗洗涮涮，暖气片上搭了一张旧报纸，晾着她们的内衣。温热的暖气把衣服里的水分蒸腾出来，混合着她们的雪花膏、护手霜的味道，构成一种脂粉气、女人气。她在这湿润的香气里躺倒在床上，闭着眼睛，脑子里有许多凌乱的片段闪回。突然，她张开眼睛，看向胡杏儿的床铺，空的，她根本就没回来。

她不知道胡杏儿去哪儿了，自从那次事件之后，她们基本上没说过话。来时的火车上，胡杏儿主动过来示好，她也只是恰当地回应，两个人都不去聊过去，但关于未来又没什么共同话题。她感到遗憾，胡杏儿曾经是她最好的朋友，就因为一句无根的谣言，两个人成了陌路。从那之后，胡杏儿变得"规矩"了很多，极少在深夜回来了。但是这半年大家都能看出来，她一反被人追的常态，开始对孙君上心了，总是往他身边凑。

所有人都在这温热湿润的气氛中睡去了，那些青春的身体，经过了酒精不同程度的麻醉，还有坐了一天车的疲惫，徜徉在暖意中，感到放松和舒服。但是，凌晨三点时一阵刺耳的玻璃碎裂之声惊醒了整个招待所的人。窗子陆续亮起，人们迷迷糊糊地起身，问发生了什么事，然后是噔噔下楼的声音，再接着有人大声喊："跳楼啦，有人跳楼了。"

跳楼的是胡杏儿，她正躺在泥泞的地上哀号，她的腿摔断了。

实习的第一天，就出了一件大事。

那天晚上喝完酒，大家都回了自己的房间，但胡杏儿和孙君却进了另一个房间。那是走廊尽头的一个房间，住客出去办事，服务员打扫完没锁门，房门虚掩着。两人走上楼道的时候，本来就昏黄的灯光，因为突然停电完全黑了下来。就在黑暗中，胡杏儿的手搂住了孙君的脖子，还把孙君的手塞到了自己的衣服里。两人开始从热切变得疯狂，他们身体靠着的一个房间门开了，两人顺势进去。他们停止动作，以为会惊醒屋子里的人，但是静了十几秒都没有任何响动，孙君借着窗口透进来的微光看见，这是一个四人间，四张床铺上都没有人。他们又开始了自己的动作……

激情退却后，两人感到了惬意和疲惫，加上酒精的作用，竟然相拥着睡着了。半夜时，住客回来却打不开门，拼命敲，两人惊醒了。慌乱中，他们想跳窗子逃走，可是孙君胆小，不敢跳，却一把把胡杏儿推了下去。

胡杏儿在冰凉的泥水中躺了半个小时，嗓子都号哑了，才被姗姗来迟的救护车拉走。

这件事之后，他们的实习被临时取消，全体人员两天后就回到了学校，包括腿上带着夹板的胡杏儿。何教授因为带队饮酒，而且出了这么大的恶性事故，被学校处分。孙君和胡杏儿留校察看。有了处分，他们将来毕业分配也会受到影响。半个月后，学校换了个老师，带着他们在附近的一个小地方实习了一个星期，算是完成了任务。

最后的半年过得兵荒马乱，所有人都在想方设法分配到好一点的单位，矿务局、地质局、专科学校等等。何秀竹三年来成绩优秀，表现良好，她信心满满，觉得自己能进东河市的矿务局，成为正式的国家工作人员。但等派遣证下来的时候，却发现根本不是矿务局，她竟然被分到了一个小机械厂。这个机械厂跟她的专业不完全对口，而且不算是国有单位，属于半私企，效益一般，偏远，没人愿意去，导致名额招不满，学校才把何秀竹塞进去的。

她去找领导问情况，领导只告诉她，上面就是这么安排的，至于她向往的矿务局名额，已经填上了别人的名字。

10

从厂子离开那天，正是她二十岁的生日。

并不是她非要挑这么个日子矫情，她原来的计划是要早一周走的，但是每年到生日那天，厂子里会发一张蛋糕券，她要等这张券，好带一个蛋糕回去。何秀竹第一次吃奶油蛋糕，就是到厂子的第一年，用工会主席发给她的蛋糕券买的。

她坐在长途车上，挎着一个黑皮包，捧着一盒奶油蛋糕，生怕颠簸的车把蛋糕颠碎了。她知道，这一次回去，如果告知父母自己辞掉了工作，他们一定会很恼怒。她要从各种细节上去消灭这些恼怒的小火苗，不让自己因此被烤焦。给她底气的，是黑皮包里层的五千块钱，这是她两年多来攒下的全部积蓄。何秀竹从邮政储蓄银行取出这笔钱时，心跳剧烈。她回到宿舍，关上门一张一张地数，越数越平静，她甚至忍不住跟自己说了一句："其实你早就有这个心思了。"何秀竹这才恍然大悟，当第一个月拿到工资，到邮局去给父亲汇钱时，她鬼使神差地从四百块钱里抽出了一百，只汇走了三百，其实就已经在无意识中为今天做着准备了。

两年多来，她一点一点地积攒着对未来生活的保障，小心翼翼地守着这点儿钱，不让它们被感冒、月经不调和各种应酬消耗掉。她知道，如果这笔钱的数额不够让她安心，她就得在这里忍耐下去，继续这平常无奇却又安稳的日子。

在小城生活的岁月，敏感的她看到一家又一家小商店涌出，那些卖零食日用服装的不说，就连五金店都遍地开花。厂子里的效益也可见出端倪，这些年房地产、汽车行业发展越来越快，相关的五金制造跟着水涨船高。他们是个小厂子，做不了大件，但那些装修用的门窗折页、汽车门把手、修车的扳手这一类小东西，订单一年比一年多。何秀竹想回到镇子上开一家五金店，她基本摸透了进货的渠道，只要有货源，销量问题不大。去年春节回去，她就听留在老家的初中同学说，县政府跟秦皇岛一家大的地产公司签订了战略合作协议，县上所有的商品房都由他们来建。她还看到以前空荡荡的马路上，小汽车越来越多。这一切都在暗示她，开一家店最好的时机到了。

何秀竹最大的困难是家里，是生病的父亲和母亲。只有搞定了他们，她才能安心地把这家店开起来。回家之前，何秀竹给村里的赤脚医生打了个电话，让他转告父亲，自己两天后坐长途车回家。

何秀竹从长途车上下来，胳膊因为长时间捧着蛋糕，已经麻了，只能请司机帮她把行李从底箱里拎出来。她站在村头，没有看见来接她的父亲，这里空荡荡的，连一条狗、一只鸡都没有。难道赤脚医生没有传话给家里吗？就算父亲不来，母亲或弟弟也应该来呀。她小心地把蛋糕盒放在一块石头上，缓慢地活动着胳膊，血液流到已经很长时间缺血的臂膀，她双手的知觉慢慢恢复。何秀竹深吸几口气，闻到了猪粪、鸡屎的味道，一瞬间就回到了家乡——这两种东西，她小时候要背着粪篓来拾，沤好了之后给母亲去施给园子里的茄子辣椒。

　　何秀竹背上所有的行李和包裹，然后拼尽全力才让双手空出来，艰难地捧起那个包装盒已经略微变形的蛋糕，往家的方向走。她能感觉到，盒子里的蛋糕在长途奔袭之后，已经不再完整，但她不敢打开看，她还抱着幻想，不停地告诉自己没事，蛋糕变形了也是蛋糕，依然美味。

　　是邻居家的小孩子帮何秀竹开了院子的门，又冲进去大声喊："何大爷，我姐回来了。"屋子里有一个沉闷的应答声，但并没有人出来。何秀竹的心一沉。

　　走进屋里，何秀竹看见父亲躺卧在床上，母亲端着一碗药在喂他。她连忙把蛋糕放下，凑过去问："我爸怎么了？"

　　父亲有些歉意地看看她，说："没事，老毛病，这几天又犯病了。说是要去接你的，可就是起不来，你妈也不敢离家。"

　　何秀竹接过母亲手里的药碗，去给父亲喂药。

　　一直沉默的母亲空出了手，狠狠地拍了自己的大腿一下，突然大声咒骂起来："这小瘪犊子，怎么就这么能折腾啊！你爸这病就是他给气的，他把我们俩都气死得了。"

　　何秀竹说："到底怎么回事？"

　　是弟弟何秀山闯祸了。

　　去年秋天，何秀山压线进了镇上的高中，因为这个，何秀竹还专门给他寄了一套运动服、一双假的耐克运动鞋，花了将近一百块钱。但何秀山到了镇子上之后，跟同学里的一群好玩好闹的人交上了朋友，那群人大都是家在镇子上或矿上的，家庭情况好，常常一起跑出去打台球、看录像、喝酒。何秀山没钱，又想跟人家一起玩，就只能鞍前马后当小弟、跑腿，打架的时候冲在最前面，下手最狠。他就靠这种方式赢得了这群人的认可，让他跟着蹭吃蹭喝蹭录像看。何秀山为了显示自己的仗义，跑到学校外的小卖店去赊烟赊酒，欠了不少钱。等商店老板找他找不见，追到了家里，父亲母亲才知道儿子在学校干的这些事，只能东拼西凑把账结了。父亲要收拾何秀山，可没打到儿子，却被他一甩手摔了个跟头，犯了心脏病。

这还没完。何秀山不敢回家，整天躲在镇子上学校旁边的出租房里。那间小房子，是他同学租的，这两个同学家在一百多里外的矿山，住不惯宿舍，就合伙租了一间房子。前两天晚上，何秀山跟他们一起躺在被窝里抽烟，烟头没掐灭，引发了大火。刚好隔壁的人下夜班回来，看见着火了，把他们喊醒，几个人逃了出来，可火势却难以控制，两间房子全被烧了。本来这事三个人都有份，但另两个人都一口咬定烟头是何秀山扔的，而何秀山竟然为了所谓的"哥们儿义气"，自己承担下了所有的责任。

何秀山被派出所带走了，老何就躺在床上再也没起来。

听了弟弟的事，何秀竹脑袋晕乎乎的，她不相信这些都是当年跟在自己屁股后面，整天姐姐姐姐喊着，因为怕做噩梦而不敢睡觉的弟弟何秀山干的。那时候，他是多么胆小而羞怯啊，即便是最熟悉的亲戚来家里，让他喊人，他也总是低着头轻轻地喊一声。何秀竹还记得，两个人一起去田里捡麦穗和豆子，麦芒把他的小手划得到处都是细微的伤痕，他就用这双手捧着金黄的麦穗递给她："姐姐，姐姐，你看我捡的麦穗多大啊。"捡豆子时，他用自己稚嫩的手翻开土块，一颗豆一颗豆地凑成一小捧，还是递给她："姐姐，姐姐，好多豆子啊。"豆子也是金黄的，他的手却黑乎乎的，指甲里蓄满了泥土。

如果说何秀竹对自己的出身和故乡有什么怀恋和温情的话，一大半都来自弟弟。从小父母在忙地里的活儿，大都是她拖拖拉拉地带着弟弟。自从她读中专后，他们就分开了，一开始还会每个月通几封信，后来书信渐少，而她也似乎要刻意跟自己的过去保持距离，连带着对弟弟的事也不那么关心了。她写信，也只是问问学习怎么样、吃得怎么样，从来没想过他长到了青春期，开始叛逆了，开始结交各种各样的朋友并受他们影响。其实，弟弟很小时偷偷抽烟的样子，已经露出了将来的苗头。何秀竹这时候才发现，弟弟其实早就已经不是那个捧着豆子和麦穗的孩子了，他现在手里拎着酒瓶子，嘴里叼着烟，对一切都满不在乎。作为一个早熟的女孩，何秀竹当然也在自己的青春期见过那些"混社会"的男同学，甚至在一大部分女孩子的心里，他们染着颜色的头发、流里流气的穿着和满嘴的脏话，还带着一种特殊的魅力。她哪里会想到弟弟也会变成这样。

安顿好父亲，何秀竹就去路上拦车。等了好半天，才有一辆农用四轮车开过来，何秀竹赶紧拦住，问师傅到不到镇子上。开车的是一个四十多岁的男人，从隔壁村来，刚好要去镇子上拉猪饲料。何秀竹爬上车斗，扶着栏杆颠颠簸簸到了镇子上。她先找了部公用电话，给自己在镇政府上班的初中同学孙鱼打了个电话。孙鱼跟她做过一个学期的同桌，因为长得特别像一条鱼，得了这个外号。他初中毕业去读了中师，毕业后回镇子上的中学教书，两年后调到了教育局，也算是在政府系统了。

孙鱼的眼睛比念书的时候更鼓了，嘴也变得更大，见了何秀竹，嘻嘻哈哈说："啥时候回来的？也不说一声，给你接风啊。"他一开口，何秀竹就闻到了他嘴里浓重的口臭味，混合着他吃的大蒜的味道，简直令人作呕。她强行压住恶心的感觉，笑着说："老同学，我有事麻烦你。"

何秀竹刚把秀山的情况一提，孙鱼就摆手说："他是你弟啊？他这个事现在轰动全县了，好在火最后被控制住了，也没有人伤亡，要不更麻烦。"何秀竹说："老同学，你一定得帮帮忙，看能不能请派出所先把人放出来，他还是个孩子，再说这也不是刑事犯罪。"孙鱼说："这样，我先打个电话问问。"

孙鱼拿起电话，嗯嗯啊啊了半天，放下电话跟何秀竹说："秀竹，这个事说大不大，人家房东也不想为难孩子，就是把损失赔偿了就行了，这是民事纠纷。派出所拘留秀山，也不会超过二十四个小时。现在我带你去领人，但你必须在一周之内把钱赔给人家。"

"谢谢谢谢。"何秀竹连忙表示感谢。

孙鱼带着何秀竹去派出所，就在政府大院后边，走路不到十分钟。一个民警把何秀山领了出来，他头发蓬乱，满脸烟灰泥垢，可见进去之后脸都没洗一把。何秀山看见姐姐，眼神里怯懦又雀跃，他知道救自己的人来了，也知道姐姐肯定会骂他。他凑到何秀竹身边，何秀竹举起手想给他一巴掌，可他这一会儿的眼神，像极了小时候做错事的样子，让她忍不住心头一软，手只是轻轻落在他脸上。

"脸都不洗一下吗？还是自己知道没脸见人？"

"姐——"何秀山小声地喊了一句,眼泪在眼睛里打转。

何秀竹带弟弟出来,又跟孙鱼道谢,说请他去吃个饭。孙鱼说:"老同学别客气,举手之劳,好好教育教育你弟弟,别再闯祸了。"出了政府大院,何秀山拉拉姐姐的袖子说:"我饿了。"何秀竹就带他去旁边一家面馆,他呼噜呼噜吃了两碗茄丁打卤面,摸着鼓起来的肚子说:"终于吃了顿饱饭。"

为了平息这件事,何秀竹把自己准备开店的钱都赔给了房东。她别无选择,父母没钱,弟弟更没钱,硬拖着不给人家说不过去,闹到法院里,更难收场。当何秀竹把用手绢包着的五千块钱递给房东,又从房东手里接过一张几厘米宽的收条时,差点哭出来。她那家五金店,她计划了好几年的事业,竟然还没开始就结束了。但是她没有为这个伤感太长时间,她知道,只要你活着,总会有什么事来折腾你,反正躲也躲不过,只能硬着头皮往上冲。

如果说这件事有什么好处,那就是何秀竹终于不用为辞职的事在父母面前小心翼翼了,无论如何,她搭上了自己的全部身家,摆平了弟弟闯的祸,父亲和母亲再也没理由去数落她。但是何秀竹自己得想这件事,五金店开不成,她干什么呢?

何秀竹干了很多事。她借了点儿钱,跟着一个堂姐去临沂进服装,然后到大街上摆摊卖。这事有赚头,但辛苦,而且很快各类商场商店都知道了进货渠道,争相效仿,她们的利润就越来越低。她还跑去矿山应聘,结果人家现在至少要大学专科,她这种中专学历完全不考虑。她跑到市里去考了一次公务员,成绩不错,可面试的时候铩羽而归,有关系的、比她更年轻的人,拿到了那份工作。何秀竹几乎尝试了所有能尝试的路,都没能走通,但是她仍然坚信前面有一条路在等着自己。就算前面是东墙西墙南墙北墙四面铜墙铁壁,她也会闭着眼睛撞上去。不撞南墙不回头,撞破南墙也许就活过来了。

"置之死地而后生。"那段时间,何秀竹的脑海里一直翻滚着从《读者》上看到的这句话,可她总是弄不明白是怎么个死法,又是怎么个活法。直到一次她在深夜惊醒,再也没能睡着,就这样看着整个世界一点一点从黑暗走到清晨。阳光照进房间的一刹那,何秀竹知道自己该干吗了,她要从头来过，从她当年初中毕业时选择中专那一刻来过。她要回到那个命运之轨被扳歪的时刻，再做一次选择和努力。命，如果有的话，她也只认自己拼过全力的命。

何秀竹再次出门了。

这一回，她去了市里，花了一年时间，一边打工一边念书，在夜大拿到了同等学力的本科文凭。但这不是终点，何秀竹的目标是考研，她要去大城市读研究生。现在，何秀竹面前已经没有任何迷障，她身后更是空若无物，什么都不去想，只管去做就是了。她坚信，自己可以做到。"世上本没有了路，只要你不停地在一个地方走，早晚能走出一条路来。"这句话，也是从杂志上看到的，不是原话，何秀竹改了后半句。

11

她最隐秘的那部分，是跟任何人都不会说的，连她自己都只是在极其必要的时候才想起。她更愿意什么也不想地去享受那种快乐，混杂着意淫和想象的快乐，令她又开心又悲哀。她的开心在于，那是她全部人生的唯一例外；她的悲哀也在于，她明确地知晓这一生最大的放纵也不过如此了。她像一个心无旁骛地在沙场上征战若干年的战士，回到阔别已久的家乡，只能通过杀掉一只鸡、一只兔子来品尝鲜血。她如此努力所争取的，不过是她既不是女儿、母亲、妻子，也不是单位的谁谁谁、某某人的闺密之类，她仿佛躺卧在阔大的海面之上，任由自己缓缓沉入海底。

但她总会在即将窒息的一刻浮上水面。

Hery的手指轻柔地划过她的头皮，她感到自己的身体在微微颤抖，头皮是酥麻的，像是每一个细胞都被最合适的阳光、空气、温度唤醒了，正伸展着自己。

"力度怎么样，姐？"

Hery带着南方口音的普通话，沿着水痕钻进她的耳朵，顺着耳道一直蔓延到鼓膜。鼓膜在轻微的潮湿中微微颤动，她也随即发出轻轻的一声"嗯"。这不是对Hery的应答，而是一个女人对自己的感叹。她不想从刚才的想象和体验中出来，这个彻底忘掉家庭和社会的瞬间是多么美妙，这个灵魂赤裸的瞬间多么让人陶醉。Hery的声音再次有些不合时宜地响起："姐，今天就洗个头吗，不剪一下？要不烫个离子烫吧？"

结束了，她得回到现实里，那个每次给她做干洗的洗头小弟，真正感兴趣的是推销贵宾卡，是让她在店里烫发、染发、美容，他对她本身丝毫不感兴趣。她不在乎他感不感兴趣，每周一次，她都会到理发店去做干洗，这个习惯她保持了有两年了。

两年前，一个电话把她的前半生扎了个针眼，何秀竹绷了几十年的那股劲儿，就这么一点一点地放掉了。电话是胡杏儿托人打来的。自从中专毕业后，何秀竹跟胡杏儿再也没有联系过。对方电话里说，让她去东河市。何秀竹记得，当年自己曾有机会分配到那里，但后来名额给了其他人。

何秀竹是在东河市的医院里见到胡杏儿的。胡杏儿得病了，癌症，已经做了大半年的化疗，但效果不明显，癌症转移到很多器官，医生说活不过三个月了。看着脸色苍白、头发掉光的胡杏儿，何秀竹号啕大哭。她的眼泪既是给这个读书时最好朋友的，也是给自己这些年所经受的一切的。很长一段时间以来，她觉得自己是世界上最惨的人，可现在面对着胡杏儿，她发现自己仍然是幸运的那一个。胡杏儿身体很虚弱，她真的不行了。她有一个未婚夫，不是孙君，是她单位的同事，自她生病后一直不离不弃地照顾她。胡杏儿的未婚夫对何秀竹说："她一定要见到你，有些话，一定要在死之前说。"

病房里只剩下何秀竹跟胡杏儿，她握着她的手，那双手仿佛没有骨头，是一团融化的肉，何秀竹几乎无法从这双手里感觉到她还活着。胡杏儿断断续续地告诉了她当年毕业分配的事。

"对不起，秀竹，是我占了你矿务局的名额，现在这可能是我的报应。"

原来，当年分配时，胡杏儿怀了孙君的孩子，但是孙君并不想跟她结婚。他和她在一起，就是为了身体上的满足。孙君让她把孩子打掉。胡杏儿知道自己不可能收服这个浪子，就以此为条件，让孙君找他父亲，帮她安排工作，她不能赔了感情最后什么都没剩下。孙君的父亲通过暗箱操作，把本来要给何秀竹的矿务局名额转给了胡杏儿。在那个年代，这不是多难的事。

胡杏儿依约打掉了孩子。当她得知自己抢走的是何秀竹的名额时，曾有过短暂的挣扎，可她不敢也不愿意放弃，她觉得自己比何秀竹更需要这份工作，更需要这个保障。这么多年来，她一直心怀愧疚。她一直通过各种方式关注着何秀竹，每一次何秀竹换了地方，她总是第一时间想办法找到她的联系方式，可是她一次也没有联系过她。她不知道自己该怎么说，该如何面对昔日的朋友。到现在，她命不久矣之时，这件事再也不能拖下去了。她于是央求那个无条件爱她的未婚夫，帮她联系上了何秀竹。

何秀竹听得震惊不已，她脑海里有千万个疑问在翻滚，可那些疑问在已经不可更改的一切面前又是如此虚无缥缈。她感到自己深陷困境，胡杏儿即将死去，她又能对曾经的掠夺怎么样呢？所以，她既没有办法对胡杏儿说出原谅的话，也说不出安慰的话，只能握着她软绵绵的手流泪。

何秀竹没有马上返回，一直陪胡杏儿走到最后。她们见面之后，胡杏儿也只是多活了五天。一个阴雨天里，何秀竹跟她的未婚夫一起，把那个瘦到只有六七十斤的身体送到了火葬场，看着她化成烟火和灰烬。

回北京的火车上，何秀竹翻来覆去地想自己这些年的日子，想那些在她生活里来来去去的人，想命运的乖张和残忍。如果那时候她如愿去了矿务局，人生肯定跟现在完全不同。然而生活里没有如果，也幸好，没有如果。她忽然明白了什么是无常，也看清了眼下自己面前的路——很宽，甚至有好几条可以选择，但现在，她会选最多人走的那条。

从火车站回家，遭遇了大堵车，她实在等不及了，直接拎着行李箱下车往回走。离小区还有两站地左右，她低头赶路，却被一个少年拦住。原来街边是一家新开的理发店，门口旋转的花灯影影绰绰。少年站在光影里，顶多十八岁的样子，拿着一摞宣传单，用很小的声音问过路的人办不办卡，现在可以打七折。她也收到了一张宣传单，正要跟平时一样随手扔掉的时候，她看见了他的眼睛。那是一双初出茅庐，还没有被生活磨炼过的眼睛，带着一丝可怜巴巴的祈求，可她又在这祈求里看见了某种隐秘的倔强，仿佛是整个湖面结冰时在中心留下的一小片波纹。他有一张婴儿般光洁的脸，俊俏、白净，特别是他的鼻子，那是她在男人的脸上见过的最漂亮的鼻子。

她鬼使神差地问："你们这儿能做干洗吗？"

他立刻活跃起来，说："有的，干洗、美容、保养，什么都有，而且新店开业，打七折。办卡储值一万元以上，终身半价，特别划算。"她说："我想做个干洗，而且就让你洗，做得好了，我就办卡。"他愣了一下，说："我……我现在只负责发传单，我……"

"那就算了。"她说。她转身离去的一瞬间还在想，自己这是疯了吗？可还没有等想法全部闪现，就听见身后的声音："姐，那咱们去店里吧，我给你洗。"她已无法再走。她走了太多年了，终于找到一个停下的理由。

后来她知道，如果这一个月他再没有业绩，很可能会被炒鱿鱼，她是他能抓住的最后一根稻草。他们走进装修豪华的理发店，店内到处是镜子，把人照得恍恍惚惚。音响里外国歌手声嘶力竭地唱着，好像所有人都被这个时代遗弃了。他跟门口那个化着精致妆容的经理小声说了些什么，经理点了点头，他放下手中的东西，走到她面前说，您要存包吗？她反问他："你说呢？"他脸红了一下，说："姐你跟我来。"

他把她引导到干洗区，躺在一张柔软舒服的椅子上，脖颈下的凹槽让她沉重的颈椎感到一种轻松。他拿了洗头液，挤在自己的手心，双手揉搓出泡沫，然后涂抹在她头发上。她闭着眼睛，但能感觉到自己的头发缝隙被泡沫充满，整个头仿佛漂浮在水中。他的手指伸进了她头发里，梳理揉搓，海面开始翻滚着温柔的浪花。她心里跟马勋、跟生活梗着的那股劲突然松懈，眼泪唰的一下就流了出来，他并没看见，还以为是水龙头溅上的水。后来，他们又去洗发区清理了泡沫，再回到干洗区的躺椅上，他给她捏额头和耳廓，然后用一根棉签采耳。他把棉签一头的棉花扯得细细长长，轻轻伸进她的耳洞，似乎是他隔着口罩的呼吸钻了进去。她身体微微抖动了一下，然后感到了极其熨帖的舒服。她仿佛睡着了，但能感受到他轻盈而小心的动作。她的耳朵里什么也没有，她的头发也不脏。她这会儿觉得，人长头发和耳朵，就是为了做这些的。

离开时，她办了一张一万元的贵宾卡，刷卡的那一刻，她看见这个少年的眼神里再也不全是怯懦了，而是多了一种兴奋。他把她送到门口，热情地开门，说："姐您慢点儿，您常来。"她走下台阶，又听见他喊了一声："我是25号小源。"

她一身轻松地回到家里，马勋正在沙发上打游戏，见她推门进来，有些茫然。这次出门前，她跟马勋吵了一架，他没想到她这么快就回来了，也没想到她开门关门的声音如此正常，而不是以前吵架时的猛烈摔打，而且她还拎着两个外卖盒。她把装着三文鱼寿司的餐盒放在茶几上说："我吃过了。"说完就进了卫生间。里面很快响起来淋浴的声音，一切都仿佛跟其他日子毫无不同。他愣神的刹那，游戏里的那个他丢掉了一条命，他赶紧重新集中注意力，再次端起了冲锋枪。

她在卫生间里，把刚刚洗过的头发又冲洗了好久。刚才脱衣服的时候，她羞赧地发现内裤是湿的，她恍然间醒悟，之前在洗头的时候，自己的身体竟然涌起了潮汐。本来她不打算洗头的，但现在，似乎不洗就留下了某种罪恶的证据。温热的水冲击着她的头皮，那个少年的手指触碰的感觉从身体里涌现出来，继续冲击着她的感官。借着温热的水，她尽情地流了一会儿眼泪，但是她此刻并不悲伤，也不难过，她忽然发现自己以前所纠结的很多事情都是庸人自扰。她总是以一种别扭的姿态去对抗，搞得辛苦疲乏，但只要换个姿势，一切似乎都很简单。

从此之后，她每周都会到那家理发店去做干洗，有时也剪一下头发或者烫发；干洗的话，总是找那个25号叫小源的少年。他们渐渐熟络起来，她眼看着他的青涩洋葱皮一样一层层褪去，露出本性的另一面。他的手指在她的头发里，再也不是最初的小心翼翼，而是驾轻就熟的老练。她依然能感觉到放松和舒适，可再也体验不出原来的战栗感了。他会跟她说自己交了个女朋友，每天晚上十点多下班，他们一起骑自行车一个小时回到西山附近的出租房里。

"路上好安静啊，"他说，"有几段还特别黑，我摔倒过一次，把手都磕破了。"

她脑海里忍不住想，啊，他有女朋友了，还住在一起，他们肯定……她总是被自己的这些想法吓一跳，忍不住扭动一下身子，想用身体来掩饰心里不堪的想象。他已经不再注意她的这些细微动作，对他来说，她跟其他来洗头的人毫无两样。他还说自己是家里的老小，上面有三个姐姐，说她特别像他大姐。她听了，心里很不舒服，但又知道这毫无理由。她有次曾亲耳听到，他跟另一个来做美容的女人说，她像他的大姐。他可能并没有那么多姐姐，甚至一个都没有，连小源这个名字也是进店之后才起的。

总体来说，她在工作里、家庭里遇见什么不太顺心的事，第一时间都会到这里做个干洗，她沉溺在这种合情合理的陌生亲密接触中。她不喜欢去洗脚城捏脚或做什么SPA之类的，虽然那里也有好看的男技师。她只是渴望有一双温柔的手穿过头发。一年多后，小源已经不再是洗头小弟，而是这家店里的一线理发师，他的头发有时候是直的有时候是卷的，有时候是红的有时候是黄的。他熟练地操着剪刀和吹风机，跟所有的女客户谈笑风生，她用自己上百次洗头，目送他从一个少年变成一个男人。她能想象，过不了多久，他就会跟马勋或她单位的那些男人一样了。但是无所谓，她已经找到了生活之路，她已经学会了改变形体去穿过奇形怪状的人体森林。这张卡里还有三千多块钱，她转让给了一个朋友，然后到另外一家办了新卡，因为那里有新来的少年，也能做干洗，她也只需要做个干洗。

两年的时间，她换了三家店，现在是第四家。

其实，三天前她刚来过一次，本来要等下周再过来。但晚饭时无意间发现的一件事，让她心情低落到了极点，她必须出来放松一下。

把多多送到家附近的课外班，她回去收拾了一下屋子。她拎着在阳台晒好的水去浇花时，发现每个花盆里都是湿润的，有的甚至还滴着水。她记得清清楚楚，自己这几天并没浇水。那只能是马勋浇的。但是，自己专门晾晒的水一点没少，这只能说明，马勋是用其他水浇的。他怎么会突然给花浇起水来了呢？

有一个想法突如其来，让她自己也感到害怕：他，会不会是故意要弄死我的花？这个念头一出来，她浑身战栗，如果这时候马勋在家，她可能会吃了他。她坐下，开始翻两个人的聊天记录，除了日常的吃饭买东西接送孩子之类的信息，没什么奇怪之处。她闭着眼睛回想自己每次浇花的情形，似乎花盆总是湿的，还有些不能多接触阳光的花，总是出现在阳台上。之前，她都以为是自己忘记搬回来了，现在想来，也有可能是马勋故意搬过去的。她还想起，自己去花店里咨询时，店主几次都说那些花按照方法养，是绝不会死的，可是它们都死了。

她颤抖着拿起手机，要给马勋打电话，但是又在电话接通之前挂断了。她发了条微信给他："没事，不小心摁到了。"这一会儿，她冷静了些，她想到自己也有过许多不能让马勋知道的小心思。比如，多多两岁时，有一阵马勋的父母过来住，她悄悄实行的冰山政策。她对公婆没什么意见，双方属于最常见的关系，不亲密但也没什么矛盾，她的意见是对马勋的。他们在这儿住了一个月，她对公婆都是笑脸相迎，嘘寒问暖，但对马勋始终冷若冰山。

还有，她和马勋之间的性生活，也是她掌握着主动权。曾经有过一段时间，她的欲望比较强烈，几乎每周至少要两三次。那时候她还没生孩子，年轻，荷尔蒙旺盛，但是马勋和所有男人一样，已经过了那个新鲜刺激的阶段，对身边人有了初步的审美疲劳，他大都是打卡完成任务。但是自从她怀孕之后，他们就很少再做爱。生完孩子之后，她身体的激素发生变化，对于男女之事越来越淡，相反马勋因为长期的禁欲，又变得需求旺盛起来。她掌控着性生活的节奏，一切都是按照她的时间点来的，以至于很多次，马勋为了一次求欢，会干干净净地洗半个小时澡，甚至喷点香水，奴颜婢膝地钻进她的被子里。她感到他的可怜，所以满足了他。她并不担心马勋会出去乱搞，他没有那个胆量，并不是说因为她他不敢去，而是他本身就没有胆量。他是一个危机感很重的人，不相信洗头房里的女孩子身体健康，也不相信他们说的警察绝对不会来查，他深深地害怕偶然性的噩运落在自己头上，特别是前几年爆出来一些热点事件之后。

她想起来和马勋之间的那些温情，都是极其细碎的，但在她的心里扎下了根，缓慢地被日常生活浇灌着。它们长不成大树，可是架不住犹如青草蔓延，日积月累，就把大部分空间都侵占了。比如，她生多多的时候，二十多个小时还没生下来，马勋不停地劝她说："剖吧，剖吧。"可是她坚持要自己生，她觉得这是对自己的考验。等第二天终于把孩子生下来，医生跟她说："你老公不错。你知道吗？进产房前他跟我说，万一有什么事，一定要先保大人。"她听了心里顿时热腾腾的，这让她有点儿意外。还比如，他知道她宝贝那个铁做的变形金刚，某一年的生日，便特地找朋友在一家厂子里仿制了一个，说万一那个丢了，还有个备份。这俩铁疙瘩都摆在客厅的窗台上，背靠着那扇窄小的窗子。

何秀竹已经想通了，婚姻里总会有各种各样的暗战，但是最好不要挑明，一旦挑明，暗战就变成了宣战。所以，她不打算跟马勋说花的事了，但是她会找个合适的时机提醒他，让他知道自己已经发现了他的猫腻，并且，非常大度地原谅了他的任性。不是吗？一旦你把男人的这种抗争当成孩子般的任性，他们在你的眼里也就跟孩子一个等级了。

　　Hery是个九〇后，其实比她之前见过的所有洗头小弟都大胆，他常常会低低地俯身，嘴唇几乎就在女客人的耳边，轻轻地说："姐，水温怎么样，舒服吗？"他像现在同样年纪的年轻人一样，善于这种暧昧，但其实并不想也不会跟任何客人发生实质性的越界，他们徜徉在这种道德边缘，以此为乐。他的呼吸钻进了她耳朵里，又麻又痒，她忍不住耸了下肩。他的手滑到了她的脖颈那里，轻轻地揉捏着，似乎就要钻进去，却蝴蝶般飘然闪开，给她留下徒然的渴望和失落的空荡，尽管她已经准备好了在他深入时低声制止。

　　这二十分钟的时间里，她已经想好了接下来的应对策略。一味地进攻只会适得其反，杀敌一千自损八百的事，她干不起了。毕竟，她的目的不是压倒马勋，而是让这个家更美好，让自己活得更幸福。

　　晚上，马勋回到家时会发现一地狼藉，到处都是花的尸体。她会把所有的花都拔掉，花盆里的土和肥料全部清理。马勋会大吃一惊，问她怎么回事。她将告诉他，也许他说的是对的，她就不适合养花，她跟花相克，与其养死，还不如直接毁掉。他心里会产生内疚，然后劝说她，哪有什么相克不相克，都是偶然现象。她会问，老公，你说我还能养花吗？我是不是就不该有自己喜欢的东西啊？他肯定会说，当然能养啊，没事，咱们换一批新花来养，这回肯定行。

　　他们家里还会绿植葱郁、鲜花盛开的，她确信；而且这些花再也不会轻易枯萎了，她也确信。

原载《十月》2020年第4期

海棠花开

第一章

  赵家兄弟是一对双胞胎兄弟，也是一对邻居，他们共同居住在京城海淀区的一座小四合院。

  小四合院紧邻某大学校园，是京城典型的那种院子：坐北朝南，中轴对称，卧砖到顶，起脊瓦房。北房三间，正房居中，左右两侧各有一间耳房。东西厢房各两间，南房三间。院的大门开在正南方向的东侧，不与正房相对。据说这是根据八卦的方位，正房坐北为坎宅，如做坎宅，必须开巽门，"巽"者是东南方向，相传在东南方向开门财源不竭，金钱流畅，所以要做"坎宅巽门"为好。

  小四合院的主人是否财源不竭、金钱流畅，暂且不表。院里的环境却是怡人的：院内宽敞，庭院中莳花置石，东西对称各长出一棵枝叶茂盛的海棠，树冠已直追房顶。中央石凳之上摆放着数盆石榴盆景。紧挨盆景的南侧，是一口酱色大陶瓷缸，缸里养有金鱼数尾，寓意吉利。此刻透过水面，可见缸里的金鱼正在清澈的水里悠然自得，优哉游哉，好不惬意。

总而言之，这小四合院无论结构还是院内环境，都是十分理想的。相对封闭的院宅，对外只有一个巽门，关起门来自成天地，挡住了院外的嘈杂与热闹。院内空间开阔，绿树掩映，草木葳蕤，鲜花芬芳，生机盎然。这怡人美好的院内生活空间，好比一座露天的大起居室，把天地拉近人心，也难怪古往今来为老北京人所喜爱。假若是一家人独居四合院，在里面和和美美，其乐融融，不亦快哉！

小四合院原本确是一家独住，也就是赵家，但那是赵家前辈赵老太爷和赵老太太。赵老太爷是毗邻这座四合院的那所知名大学的历史系教授，赵老太太则是纯粹的家庭妇女。民国初年，赵老太爷靠着自己的勤奋，用十几年的积蓄置下这座小四合院，夫妇俩春风得意地住进了院里，开始安居乐业，并勤勤恳恳地进行着生殖繁衍的伟业。虽然四合院里像世俗惯例那样种着石榴，象征着多子多福全家团聚，虽然赵老太爷那时还是年富力强的赵教授，对自己年轻的妻子恩爱有加亲热无比，可瘦小的赵老太太那时候肚子就是不怎么争气，她先后怀了四胎，可要么中途流产，要么孩子生下来不久夭折。及至第四胎，夫妻俩从一开始便如履薄冰，小心翼翼，还问诊中医大师，百般调理细心保胎，费尽周折历尽艰辛，总算大功告成，而且不生则已，一生就是一对双胞胎，也就是眼下这座小四合院的主人大赵和小赵。虽说名字一开始便被当初的赵老太爷和赵老太太叫作大赵小赵，但事实上这对赵家兄弟可是实打实同一天从同一个娘胎里钻出来的，前后只相差不到半个时辰。先从娘胎挤出来的那位被称为大赵，后出来的自然就成了小赵。

赵家的四合院里同样按北方风俗种着两棵海棠，而且两棵海棠也长得蓬蓬勃勃、枝繁叶茂。海棠是北京人祖祖辈辈最爱在四合院中栽种的风水植物，取其一年花开四季的喜庆，象征着家庭和和美美。

可人不遂树愿，不知怎么的，赵家的这对兄弟自打离开娘胎便成了冤家。打小的时候，兄弟俩不停打闹甚至打架，碰到好吃的好玩的，他俩总是争先恐后，你争我夺，互不相让。并非赵教授夫妇疏于教养，孩子还小的时候夫妇俩就教导这对双胞胎儿子背《三字经》、读《弟子规》，还不知多少次地给这对双胞胎儿子讲孔融让梨、孟母三迁、头悬梁锥刺股的故事，向他们传递仁义礼智信、温良恭俭让的千年美德，教导他们要相亲相爱、互助互让，要把心思用到学习上。而赵家兄弟就像顽石两枚，《三字经》背是能背，《弟子规》读是读了，仁义礼智信、温良恭俭让这些道理，兄弟俩也都懂，可一旦遇到具体事情，甚至只是生活琐事，兄弟俩该不让还是不让，该打的时候还是要打。赵教授夫妇为此可谓伤透了心，苦恼不已。研究并教授了数十年历史的赵教授始终也没闹明白：莫非"人不为己，天诛地灭"真是人的天性、宇宙的绝对真理？

赵教授况且如此，本就没太多文化的赵教授夫人对此更是无可奈何了。每每见到这对兄弟打架，原本性情温和的赵夫人只得急急地抓起赵教授上课时用的教鞭，以打代教，边打边教训。她打大的便对大的说："你大没大样，你就不知道这世上的人大的都要让着小的吗？"她打小的便对小的嚷："他是你哥，你怎么就不知道要尊重你哥？"

对于母亲的管教，兄弟俩谁都不买账，也不服气。大赵据理力争："我怎么是大的了，我和他同岁，怎么就得让着他了？"小赵则如此反唇相讥："我与他同岁，他怎么就成哥了，他都没个好样，我尊重他个屁呀！"兄弟俩轮番说出的话，时常让赵夫人目瞪口呆，举着的教鞭无力地垂下来，接着是唉声叹气，暗自抹泪。静夜里，与丈夫赵教授同床共枕时，她时常私下抱怨："真气死我了，早知生的是一对孽种，还不如不生呢！"这时候赵教授却一如既往正痴迷于妻子雪白光滑迷人的胴体，一边贪婪地爱抚，一边哼哼唧唧安慰妻子说："别担心……毕竟……他俩还小，或许……长大了……懂事了，也就好了。"

日出日落，月缺月圆。

十几年的时间，说长则长，说短则短。转瞬间，赵家这对双胞胎兄弟很快就长大了。长大的这对兄弟，虽然数年间先后在同一所小学、同一所中学上学，可无论是上学还是放学，他们从来都井水不犯河水，各走各的，从不结伴而行。即便上学时在父母的督促下一同走出家门，但出了家门他俩也是各走各的，几乎形同陌路。放学回到家里，也同样如此。

时值新中国建立之初，为了解决城市中的就业问题，中央从二十世纪五十年代中期就开始动员、组织，将城市中的年轻人移居农村，尤其是在边远的农村地区建立农场。早在一九五三年，《人民日报》就发表社论：《组织高校毕业生参加农业生产劳动》。一九五五年，毛泽东又发出号召："农村是一个广阔的天地，在那里是可以大有作为的。"这句话，成为后来知识青年上山下乡的响亮口号。当然，这是后话。

还说赵家兄弟。

一九五五年，大赵小赵已满十八岁，高中刚刚毕业。原本赵教授夫妇是希望两个儿子能上大学的，无奈赵家这对双胞胎兄弟生性顽劣，调皮好耍，无心向学，半点也没有遗传赵教授一生淡泊明志、潜心学问的基因。俩人的学习成绩一直不上不下，尽管勉强也考上了高中，但高中阶段成绩在班里排名时常倒数第一。眼看两个儿子学习不可救药，上大学无望，又值伟大领袖毛泽东主席发出号召之时，赵教授便萌生了将两个儿子都送去农村锻炼、接受贫下中农再教育的念头，并寄希望于两人在广阔天地能有所作为。但赵教授的想法，只得到赵夫人一半的赞同和支持。也就是说，赵夫人同意丈夫将儿子送到农村锻炼，但她不同意两个都送，只同意送一个。赵夫人的理由也比较充分：两个儿子都送走了，身边无任何子女，无异于断子绝孙，家不像家，夫妻俩孤零零住这么个四合院，日夜空荡荡的，你不觉得瘆得慌？再说万一咱俩有个三长两短，找个人跑腿照应都困难。赵夫人的这种理由、此种担心，让赵教授一下无话可说，心想毕竟是赵家女主人，想得比我周到。于是他冲夫人竖起拇指，点头赞同。可两个儿子只送走一个，手心手背都是肉，送谁不送谁，夫妇俩思前想后，进退两难，反复商量依然未果。于是想出了一个相对公平，却并非两全其美的办法：抓阄。

对于父母的打算，赵家的两个儿子刚开始都抵触，都拒绝，但赵教授开了个严肃的家庭会议，拿出给学生授课时的那种本事和劲头，动之以情，晓之以理。赵教授说："并非我不想让你们俩上大学，可就你们俩目前的成绩，你们能保证考得上吗？哼，别给我丢人了！可考不上大学，你们留在家里能干什么？坐吃山空吗？哼，门都没有，要知道你们都满十八岁，已经是成人啦！你们想留在城里就业？哼，没那么容易，不然毛主席为什么要号召知识青年到农村去？再说了，你俩虽然都已满十八岁，法律规定已经是成人，但你们都撒泡尿照照自己，你们俩像成人吗？哼，整天斤斤计较，打打闹闹，谁都不肯让谁，谁都看着谁不顺眼，你们哪里还像是一个教授家庭的儿子？哼，你们俩不嫌丢人，我都感觉自己这张教授的老脸被你们彻底撕烂了！既然你们俩打小水火不容、势不两立，而且屡教不改，我同你们的妈商量好了，干脆将你俩拆开，家里只能留下一人，另一人到农村去锻炼。毛主席都说了，农村是一个广阔的天地，在那里也可以大有作为。既然如此，你们两个，送一个到农村锻炼我看没有什么不好！"

教授父亲的这一席话，像一块高处落下的大石，一下子重重地压在大赵小赵的心头。他俩都不敢直视平常温和此刻却异常威严的父亲，纷纷将目光投向母亲，传递出少有的求助信号。但此刻的母亲表情严肃，心如铁石。未等哥儿俩开口，母亲便说："你爸刚才说的这番话，也是我想说的，我俩昨晚都商量好了。考虑到平时你俩水火不相容，谁也不让谁，我同你爸商定了一个相对公平的办法：抓阄。你爸已经写好了两张纸条，一张写着'去'，另一张写着'留'，谁抓到'去'的这张纸条，谁就得尽快到居委会报名，到农村去锻炼。"

母亲的这番话，仿佛平地惊雷，轰然撞击着大赵小赵的心房，哥儿俩内心霎时翻江倒海。外表看他们却是傻了眼，直愣愣的，你看看我，我看看你，惊得好半天说不出话来。之后，大赵率先打破沉默，他带着挑衅的目光冲弟弟小赵说："怎么，你害怕了，尿了？"小赵眼冒怒火，吼道："你才害怕，你才尿呢！你敢不敢现在抓阄？"俩人叫起板来，倒也让赵教授夫妇俩心头一直悬着的那块石头稍稍落地，原本他们还担心这对孽子犯浑，连阄都拒绝抓呢！

两人抓阄的结果：写着"去"字的纸条，不偏不倚，恰恰被大赵抓着了。打开纸条的那一刻，大赵如遭电击。他两眼发直，久久地盯着那个硕大的"去"字，白纸黑字，确确实实。他不停地眨巴着眼睛，看了又看，瞧了又瞧，怎么也不敢相信，心仿佛被一根丝线扯痛了，一直往下沉，耳边这时候却冷不丁响起小赵幸灾乐祸的笑声。此刻的小赵，正手舞足蹈，趾高气扬，一脸坏笑，而且越笑越开心。挑衅和嘲弄的目光，也像支支射出的箭，投射到大赵沉郁的脸上，让大赵感觉痛入骨髓，内心的怒火像即将爆发的火山。在场的赵教授夫妇正欲呵斥制止小赵的放肆，大赵却已经抢先一步，闪电般举起手重重地掴了小赵一记耳光，转过身撒腿便跑，瞬间消失得无影无踪……

日去夜来，赵家的小四合院随着夜幕的降临重归平静。白天发生的风波虽也在赵教授夫妇的安抚下平息，但赵家这对双胞胎兄弟结下的梁子，从此刻骨铭心。

尽管心存不甘，大赵最终还是自认倒霉，也多少带着不当狗熊不让小赵嘲笑的自尊，独自前去街道居委会报名，几天后又独自背起背包同他的几位同学一起去了湖北黄冈农村。离家那天，原本赵教授夫妇准备前往车站送行，但大赵去意决绝，走出家门时竟不道别，甚至都不回头看自己的父母一眼，只甩下一个长长的背影。那一刻，赵教授夫妇的心也被那个渐行渐远的背影扯痛了，那痛久久不能消散。

更让赵教授疼痛的是，大赵此去湖北，除了刚到黄冈涨渡湖农场时来了封信，此后音讯稀少，甚至数年都不回家。这让赵教授夫妇时常牵肠挂肚，愁肠百结。夜深人静之时，夫妇俩时常惦念着远在湖北的大儿子，也时常感慨养儿就是养白眼狼，简直就是自讨苦吃，甚至怀疑自己前世是否造了孽，怎么生了这对不省心的孽子。抱怨归抱怨，赵教授还是在夫人的催促下，每月给远在湖北黄冈的大儿子大赵写信，信的内容无非是嘘寒问暖，问儿子是否缺衣少食，每天都在做什么，劳动量大不大，干活累不累。当然也免不了谆谆教诲，规劝儿子一定要想开些，要胸怀祖国放眼世界，要让自己在艰苦的劳动中磨炼意志、增长才干，不断成长。尽管父亲是苦口婆心，每次在信末落款处还都郑重其事署上了夫妇俩的名字，而且每月至少写一封，月月如是，雷打不动，但大儿子大赵却心冷如铁，总是爱理不理。大赵每年至多回一两封信，每次回信都是惜墨如金，寥寥数语，口气不咸不淡，而且内容大都千篇一律，无非是"我没事，不累，过得去，挺好"之类应付了事，甚至连半句反过来问候父母的言语都没有。如此，导致做父母的更是像热锅上的蚂蚁，时常坐也不是站也不是，甚至导致赵教授做学问写文章时三心二意，在课堂上讲课也时常心神不定，讲着讲着出现思维不畅甚至脑子短路。直至大赵离家的第五个年头，赵教授实在坐不住了，夫妇俩利用寒假时间，冒着刺骨严寒，长途跋涉来到湖北黄冈的涨渡湖农场。

好不容易七绕八拐，沿途四处打听，总算见到日思夜想的大儿子时，一切都完全出乎赵教授夫妇意料：大赵已经变成五大三粗的汉子，蓬乱的头发，疲惫却不乏神采的目光，黝黑的脸上胡子拉碴，一身已洗得发白且沾染泥土的蓝色粗布衫，使他看上去已是活脱脱一个地地道道的农民。不仅如此，大赵已经成家，媳妇是与他同年来到这个涨渡湖农场的武汉女子，而且他们俩已经有了一个儿子！

赵教授夫妇被农场的热心同事引进大赵家时，大赵一家三口正围坐在家里一张简陋的圆桌上吃晚饭。见到门外来人，而且是多年不见的父母，原本已经站起身的大赵瞬间像触了电一样木在屋里，两腮被还未下咽的食物撑得鼓鼓的，两只疲惫的眼傻傻地看着自己的亲生父母，那样子像极了一只正吃着东西却被突然吓着了的蛤蟆。他的妻子见状，同样像触了电，仿佛大赵身上的电流瞬间又传导到她身上。

当看到自己的亲生父母双双站在门口，早已老泪纵横时，大赵才在同事的招呼下慌慌地回过神来，叫了声爸妈，说："你们怎么来了？"边说边招呼父母赶快进屋。他们一家三代就这样在一阵手忙脚乱和唏嘘感慨的叹息声中，悲喜交加地团聚了……

第二章

转眼就到了公元二十世纪的一九七七年。

那一年，国家恢复了高考制度。大赵的两个儿子双双从湖北的黄冈中学考到了北京，而且大儿子上了清华大学，小儿子上了北京大学。兄弟俩只相差一岁，小儿子是赵教授夫妇那年到湖北黄冈看望大赵之后的第二年出生的。

赵家第三代的两个男丁，一下子双双考上了北京的名校，这从天而降的大喜事让赵教授夫妇喜上眉梢，乐得合不拢嘴。无论是在自家的四合院里还是在院外遇上邻居街坊，抑或在自己工作的大学里见到同事，赵教授几乎逢人就传递喜讯，逢人就津津乐道，内心那压不住的喜悦，像春天回暖的大地上的杂草，呼呼疯长。私下里，赵教授夫妇感慨说赵家这回是祖上显灵，后继有人了。

大赵的两个儿子，大的叫赵争气，小的叫赵争光。人如其名，事实证明大赵这两个儿子的名字不仅起得好，而且起得高明。大赵的两个儿子虽然生在农场、长在农村，而且上学时也赶上"文革"，学校半学半农，学生时常被组织到农场或农村支援生产、参加劳动，接受再教育，可天生勤奋好学，似乎从娘胎里就开始体谅父亲，深知父亲在赵家曾经遭受的委屈，他们要为父亲争气，为父亲争光。从小学到高中，他们屡屡用优异的成绩为父亲赢回了荣誉，博得了周围人的羡慕与赞誉。他们不仅在学校学习成绩优异，课余时间还痴迷看书。虽然那时候他们也找不到什么像样的书，但只要见到书他们都从不放弃，甚至在学校偶尔见到《人民日报》《光明日报》《红旗》杂志的两报一刊社论，也都像铁屑遇到磁铁一样被吸引住。至于文学书籍，带着"文革"鲜明烙印的什么《朝霞》《千重浪》《春潮》之类，像样一点的像浩然的《金光大道》《艳阳天》《西沙儿女》，更像样一点的像《青春之歌》《烈火金刚》《野火春风斗古城》《红旗谱》《红岩》等，虽然只有寥寥数本，多数还都是好不容易从学校或农场的图书室借来的，但每借到一本，兄弟俩都如获至宝，如饥似渴，你看完给我，我看完给你，每本都反复看好几遍，以至有些小说的章节他们都能背诵下来。如此这般，日积月累，潜移默化，兄弟俩便沐浴在知识的雨露之中，如春天的禾苗般天天成长。谁都没有想到，及至高中将近毕业，兄弟俩都顺风顺水撞上了大好运，赶上了"文革"结束、国家恢复高考。一九七七年，哥哥赵争气刚好是应届高中毕业生，不早不晚，顺理成章赶上恢复高考后的第一届考试，而且一考即考出了高分，上了清华。此事一时间在大赵所在的涨渡湖农场如春雷炸响，轰隆隆造成了轰动，见到大赵及大赵家人的人，无不竖起大拇指。尽管如此，大赵及家人却很低调，对所有夸奖和祝贺他们的人都只是礼貌地回报笑容，道声感谢。内心当然是跟抹了蜜似的，那种甜丝丝美滋滋的感觉，如春风拂面、甘露沁心，久久不能消逝。然而，好事远未停息，仅仅过了半年，比哥哥低一个年级的弟弟赵争光参加高考，再度奏凯，一举考上了北大。这事一如地震，不仅在他们生活的涨渡湖农场，还在他们前后左右方圆数十公里的黄冈地区乃至整个湖北省都造成了轰动，而且经久不息。不仅黄冈的媒体，就连《湖北日报》和《长江日报》都分别做了专题报道，赵家兄弟和赵家父母一下子成了湖北炙手可热的新闻人物，风光无限。他们一家人所到之处，见到的都是羡慕的目光……

俗话说，祸不单行，福无双至。可福无双至这话，放到大赵一家身上却并不灵验。在大赵的两个儿子双双考上北京名校的同时，因为落实政策，大赵也得以离开湖北黄冈涨渡湖农场，携妻带儿荣归故里，一家四口回到了北京。这对大赵一家来说，不仅是双喜临门，而是喜事接连不断了。

经历了之前的骨肉分离和亲情磨难，大赵一家的回归对赵老太爷和赵老太太来说，简直是喜从天降。眼见大儿子大儿媳和先后考上名校的两个孙子荣归故里，赵老太爷和赵老太太别提有多高兴了。他们脸上的笑容就如春天盛开的花朵，收，收不回，关，关不住，满脸的舒心和甜蜜一如冒出的山泉，由里往外汩汩溢出。

赵家全家破镜重圆，而且如今是三代同堂、人丁兴旺，赵家的小四合院又热闹起来。

自大赵抓阄不得已下乡到了湖北农村，留在赵教授夫妇身边的小赵开始是洋洋自得倍觉庆幸，冷静下来之后却也思虑着自己的前程。思虑再三，他心有不甘地报名参加了高考，但无奈成绩太差，被他父亲赵教授不幸言中，他铩羽而归，名落孙山。幸好他还勉强拿到了高中毕业证书，凭着这张证书，小赵幸运地考进了北京第二纺织厂，当了一名机械维修工。那时候的工人老大哥地位可是了得，所以小赵也跟着沾了光，无形中被抬高了身价。无论是在家里还是走在大街上，小赵浑身都像打了鸡血，神采奕奕，趾高气扬。工作不久，他也开始恋爱，女方叫丁秀芝，是本厂的一名纺织工，父母是本厂的第一代工人，丁秀芝算是纺织厂的"纺二代"。小赵与丁秀芝的结合，虽不算门当户对，但毕竟是同厂同事，也算珠联璧合，何况两人是自由恋爱，自打认识开始就眉来眼去、情投意合。对小赵的这桩婚事，赵教授夫妇虽然像对小赵的前程那样心存不甘，但也无可奈何，只能顺其自然，随他去。所以结婚的时候，赵教授夫妇不置可否，只对小赵说你的终身大事，你自己定，好与坏你自己掂量，将来也别怨我们。这种表态，虽然不是明确支持，却也算默认，这已经让小赵大喜过望，如获至宝。小赵将消息告诉丁秀芝后，两人相拥亲吻，如胶似漆。激情过后，俩人又月下盟誓，定下终身。当小赵领着自己的恋人前来拜见赵教授夫妇时，见丁秀芝慈眉善目、温顺可人的样子，赵教授和赵夫人倒也满心欢喜，当面答应了小赵结婚的请求。

婚后，小赵夫妇住在四合院东边的两间厢房。而后的几年，他们生育了一儿一女，而且儿子和女儿只相差两岁，非常理想的儿女双全，这点比大赵清一色的两个儿子按说更为理想。可人算不如天算，小赵的这一儿一女虽然乖巧懂事，也都孝顺，但学习上却继承了小赵天性的愚钝，从小学到中学，成绩在班里总是丝线挑豆腐，无论如何也提不起来。虽然兄妹俩也都报名参加了高考，却像他们的父亲一样铩羽而归。那时候，大赵的两个儿子早已经是清华和北大的高才生，他们比小赵的儿子和女儿都大了几岁。侄子赵争气和赵争光考上大学的风光曾经那么强烈地刺激了小赵的神经，如今儿子和女儿双双落榜，身为父亲的小赵并不甘心。尽管儿子和女儿无意复读再考，但小赵还是逼迫他们分别复读了一年，只是一年之后依然无果而终。这样的结局，令原本心存不甘的小赵心灰意冷，可又别无他法，只好偃旗息鼓，收兵认命。当然，这是后话。

还说当初大赵一家荣归北京的事。

大赵在湖北农村时，小赵留在北京的父母身边，与丁秀芝结婚之后生儿育女，赵家小四合院里的石榴终于见证了四合院的主人后继有人。赵教授夫妇先后将四合院东边的两间厢房和南边的一间倒座房分给了小赵一家，小赵和丁秀芝夫妇独住一间，他们的儿女长大之后各住一间。小赵的儿子叫赵一丁，女儿叫赵一秀，名字各取母亲姓名中的一个字。这两个名字让外人一听便啧啧称赞，就连爷爷赵教授也不由得竖起大拇指，对儿子小赵说你书读得不怎么样，给儿女起名字倒有一套。小赵听罢面露得意之色，说那是与秀芝一起反复商量过的。赵教授当然是明白人，他自然看出小赵与丁秀芝的感情是鱼水相依，不同一般，这倒也让赵教授夫妇颇觉欣慰。小赵和丁秀芝恩爱有加，既是和睦家庭的缘分，也是长辈们难得的福音。天下做父母的，谁也不希望看到儿子儿媳同床异梦，整天在家里打打闹闹。

既然小赵一家已经住了东厢房的两间和南房的一间，大赵一家回京之后，自然而然就住到西厢房的两间和南房的另一间了。南房剩下的另一间当作公用。北房的三间，则一直由赵教授夫妇居住，正房用作客厅，东房用作卧室，西房用作书房。

大赵一家的回归，让赵家的小四合院人丁兴旺，从过去的相对冷清一下子变得热闹、红火起来。赵教授忽然发现，四合院里的石榴似乎结出了更多的果实，饱满的石榴果在阳光的照射下红彤彤的，一个个像眉开眼笑的孩子。四合院里的海棠似乎也长得比以前茂盛，那数不清的果实也像调皮的小精灵，从茂密的枝叶中争先恐后地探出脑袋，在晴朗的阳光下冲四合院的主人们挤眉弄眼。赵家的四合院确实迎来了有史以来最热闹、最兴盛的时光。

大赵一家刚从湖北迁回北京的那天，赵教授夫妇兴奋得像双双打了鸡血，在四合院里进进出出忙前忙后，四下张罗大呼小叫，帮助招呼着让大赵一家将衣服杂物一一归位。当晚还破天荒预订了距离自家四合院不远的全聚德烤鸭店，一家三代十口人欢欢喜喜热热闹闹在一起团聚了。这也是赵教授一家三代史无前例的一次大团圆。在这样一家价格不菲的餐厅团圆，买单的自然是赵教授本人，他也乐得。能够让自己的子孙在全聚德这家连名字都富有意义的高档餐厅团团圆圆，赵教授夫妇已经是求之不得，甚至可以说有些感恩戴德，之前他们老两口还有些忐忑不安，担心大赵小赵至今还心存芥蒂，不给面子呢。

要说芥蒂，大赵和小赵心里还是存着的。毕竟打小多少年一直打打闹闹、水火不容。毕竟两人在谁留城谁去农村的人生关头，忽然间有了天壤之别。毕竟决定命运分野的那一刻，小赵还挨了大赵一记响亮的耳光。这种刻骨铭心的记忆，怎么可能一下子烟消云散呢？

但即便如此，事情毕竟已经过去了二十几年，大赵小赵不仅已长大成人，还都已经成为年轻一代的父亲，他们各自的孩子如今的年龄甚至比当初他们自己打闹时的年龄都要大。无论如何，岁月的尘埃已或多或少拂走了兄弟俩内心的不少怨气。更何况他们共同的父亲赵教授迄今还都是赵家的一家之主，虽日渐苍老，但毕竟老树粗枝，根依然深，叶依然茂，威严也依然存在，底下大小不一的小树虽然多少年来蓬蓬勃勃生长，但依然离不开赵教授这棵大树的庇护。不说别的，单就住房这一条，他们还不都离不开赵教授当初倾囊置下的这座四合院？

大赵举家从湖北迁回北京之前，赵教授夫妇就已经有言在先。老两口将小赵夫妇叫到自己跟前，再三叮嘱小赵千万别记仇，过去的事就千万不要再提了。还说，过去你们是小孩子不懂事，现在你不仅早就是大人，早就成家立业，孩子也都快长大成人，念在骨肉亲情的分上，可千万别闹出什么幺蛾子来丢咱们赵家祖宗的脸。何况你们也已经为人父母，要为孩子树立个好榜样，可千万别让一丁和一秀像你们哥儿俩那样反目成仇。赵教授说这一番话的时候，表情严肃，态度诚恳，动之以情，晓之以理，显然说的都是掏心窝的话。赵教授的夫人也心事重重，在一边附和着丈夫，时不时敲着边鼓。总而言之，她与丈夫同心同德，满心希望自己的两个儿子从此言归于好。

好在小赵毕竟早已不是过去的小赵，已是年过半百的人了，对于哥哥的到来，虽然不能说已经心无芥蒂，却也理解老父老母的一片苦心，识大体、顾大局的事，他还是能够做到的。所以面对老父老母的再三叮嘱，小赵拍着胸脯说："爸、妈，你们尽可放心，我不会给你们添堵。"小赵的媳妇丁秀芝听罢更是扑哧一笑，说："爸、妈，你们可真逗，我以为是什么大事呢，原来就这么芝麻大点的事，哪叫事嘛！大哥他们一家好不容易从湖北农村回来，我和小赵是举双手欢迎啊，怎么可能出现您二老担心的事情呢？"

话说到这个分上，赵教授老两口就像刚相互搀扶着走完了一座独木桥，那颗悬至嗓子眼的心总算回落到原处。

大赵一家回到赵家四合院，小赵见面时先是一愣，但这一愣也不过是一两秒钟，表情很快松弛下来，讪讪地笑。虽然他没有开口叫哥，却也快步迎上前去帮大赵一家招呼着搬行李。

直到晚上，赵家三代人在全聚德吃饭的时候，赵教授夫妇端坐在雅间的正座，大赵小赵两家分列左右两侧，男男女女十个人将一张大圆桌围了个圆圆满满。酒席开始之后，大赵和小赵两家人之间虽然谈不上亲密无间热热闹闹，可也算得上和睦相处，劝酒和搛菜也都是礼尚往来，说话也是蜻蜓点水，该说的说，不该说的绝对不说。对于过去，大赵小赵可以说彼此都心照不宣，都小心翼翼地维护着赵教授夫妇所在意的面子。至少，赵教授和夫人原先担心的事并没有在全聚德的饭桌上出现，这让赵教授夫妇欣慰不已。

此后的许多年，大赵和小赵两兄弟虽然与父亲同住在一个四合院，但都各有各的家室，各自的四口之家一日三餐都是各顾各的，自家做饭自家吃。大赵小赵倒是约定，父母年纪大了，不能让他们自己做饭，让二老在两家轮换吃，每家吃一周。这主意是小赵率先提出来的，大赵听罢当即同意，兄弟俩一拍即合，这几乎是二人有史以来第一次意见一致。兄弟俩还一起到二老房间，郑重其事说了此事，二老听罢彼此对视了一下，赵教授当即表态赞同，赵教授的夫人则不置可否，不置可否就是随你。赵夫人是中国典型的家庭妇女，嫁鸡随鸡嫁狗随狗，自打她嫁给了赵教授，许多时候，尤其是拿大主意的时候，她都是无条件服从丈夫的。不过赵老太太提出，吃饭主要是晚餐吧，你们和你们的媳妇都各自要上班，早上匆匆忙忙，中午又不回来，我看早餐和午餐就免了吧。对呀！还是赵老太太考虑得周到，她毕竟是一家之主妇，赵家父子三人听罢都觉得在理，不约而同表示赞同。

赵家兄弟让老父老母每周轮流吃晚餐的安排，不但体现出各自对父母的责任与孝心，让赵老太太省去了每日操持晚餐的烦琐，更主要的是让赵家的四合院和谐起来。

星辰轮转，日月更替。历经月复一月、年复一年的阳光和雨露，赵家四合院的海棠长得更加葳蕤茂盛了。

平日里，赵教授夫妇虽然每家一周在大赵小赵家里轮流吃晚饭，但早餐和午饭，老两口还是要张罗着自己做的。好在他们的早餐和午饭一般都比较简单：早餐无非是米粥馒头就咸菜，外加每人一个鸡蛋，偶尔买点面包和牛奶换换口味；午饭则时常是煮面条，有时候会到外面的小吃店买点现成的包子或饺子。至于晚餐到谁家吃、吃什么、吃得好还是不好，老两口从不计较也从不比较，他们在意的是难得两个儿子和儿媳都有这种孝心，愿意让他们老两口一起吃。从某种意义上讲，他们吃的是心情而非食物。

逢年过节，赵教授则依旧要张罗着到外面餐厅团圆，去得最多的也还是离家不远的著名餐厅全聚德。赵教授每次张罗，大赵小赵一家也都响应配合，只不过每次聚餐团圆，兄弟俩谁都从未主动提出买单，或者两家轮流买单，仿佛老父亲主动张罗大团圆就理应由老父亲买单似的。所以每次团聚，无论大赵还是小赵还是他们各自的家人，男男女女谁都吃得心安理得。

赵家这种相安无事、逢年过节聚会的局面，一直持续到赵教授去世的时候为止。

第三章

赵教授是在公元二十世纪的一九八九年夏天突发心梗去世的，享年八十岁。

赵教授的去世，让赵教授的夫人赵老太太像一夜间遭了霜打的瓜藤，满脸衰败，忽然间苍老了不少。尽管赵老太太的儿子大赵和小赵依然遵循着老规矩，每周轮换着让老太太到家里吃晚饭，但因为遭受生离死别的打击，赵老太太的身体已经大不如前。走路已步履蹒跚的她，已经不能再像从前那样到外面买东西了，因为白天大赵和小赵两家人都要上班，老太太的早餐和午餐便成了问题。

小赵于是向大赵提出，老太太轮到在谁家吃饭就由谁解决老太太的早餐和午餐，大赵点头同意。

事虽已定下来，双方也征得赵老太太的同意，按约定每周轮换一次，让赵老太太到自己家吃晚饭，每天上班前也都为赵老太太准备早餐和午餐，可兄弟俩的经济条件不一样，对母亲的感情也是有区别的。

小赵通过抓阄幸运地躲过下放农村，进了北京第二纺织厂当机修工，又结识了"纺二代"丁秀芝，双双成为那个时期人人羡慕的工人阶级。那个年代虽然全社会物资短缺，但身为工人且是双职工的他们优先享受着凭票供应的首都市民生活，虽然不算富足，但相比在湖北农村的大赵，他们的粮食、肉蛋和日化等基本生活品，可以说样样都不缺。尽管星移斗转，日月轮换，他们所在的纺织厂在改革开放和商品经济的大潮中宣告破产，被一家外资企业兼并改造成一家汽车制造企业，但幸运的是工厂变换门户并未砸破小赵和丁秀芝夫妻的饭碗。原本就是机械维修工的小赵被企业的控股方留下来，被培训、改造成了汽车装配工。长相白净、做事干练、性格开朗的丁秀芝则被留下来干销售。这样一来，小赵夫妻俩不仅没有因纺织厂被兼并而下岗、断了生计，反倒是塞翁失马，夫妻两个人的工资收入比原来还增加了一倍。他们的一儿一女，虽然没有考上大学，却也已经就业。儿子赵一丁刚开始受聘于一家医药企业做销售，没干几年就与人合伙开了一家药店，虽然还没有挣到大钱，但他一个人的月收入比他父母俩人每月的工资总和还高。女儿赵一秀呢，职高毕业后进了卫校，如今是协和医院的一名护士，工资也高于她父母中的任何一人。

大赵因为待在农村二十余年，青春献给广阔农村的同时也牺牲了原本可能留在首都北京的大好年华，岁月的刻刀将他这位北京青年雕刻成了湖北农村一个地地道道的农民。他皮肤黝黑，皱纹密布，手脚粗糙，言谈举止粗鲁随意，就连说话都带着浓重的湖北腔。他的媳妇胡素丽是位典型的武汉女子，性格火暴，行事泼辣，嗓门洪亮，办事待人都风风火火。家里的大事小事，大赵都得让她三分，基本上是胡素丽说了算。与小赵相比，大赵的青春年华牺牲了太多太多，要说没半点委屈那是假的。内心深处，他觉得这个世界亏欠他太多太多，父母、弟弟，甚至整个北京，都亏欠了他。幸好上天是公平的，在他心如死灰的时候，他的两个儿子为他大大地争了口气，为他长了脸面，让他不仅成为黄冈地区乃至湖北人人羡慕的新闻人物，而且在他们赵家也成为赵老头子赵教授津津乐道、光宗耀祖的样板。他更没有想到，他两个儿子先后考上清华和北大的同时，自己又赶上国家落实政策，回到了原籍首都北京，原本多少有些自卑的他，感觉自己的腰杆骤然间挺直了。回到北京与弟弟小赵同住一个四合院，虽然不敢过于趾高气扬，暗地里却也时常感到底气十足，走起路来都感觉腰板空前笔直，脚下虎虎生风，说话的声调也提升了不少。只是略感遗憾的是，虽然他和妻子赶上落实政策回到了北京，政府也给安排了工作，可并不理想。大赵被分配到邮电局当邮递员，他媳妇则被安排在一家国营百货商店当勤杂工。夫妻俩的工作不仅辛苦，收入也相对微薄，加上两个儿子都在上大学需要费用，一家人的经济时常捉襟见肘。幸好那时候上大学的费用和生活开销还不是很大，更主要的是小赵的两个儿子赵争光和赵争气学习都非常争气也非常争光,他们每学期在各自的学校都能获得奖学金,本科毕业还先后以优异的成绩被选派到美国留学。当然这是后话,先按下不表。

还说赵老太太继续每周轮换着在大赵和小赵家吃饭的事。

小赵向哥哥大赵提议母亲轮到在谁家吃晚饭时,早餐和午餐也得管,大赵也同意。早餐放哪家当然都不成问题,因为他们各自的家人上班前也得吃早餐,无非是请母亲过来一起吃或将早点送到母亲那里。问题是午餐,因为谁家的人白天都要上班,四合院里只留下赵老太太,解决的办法是要么上班前给赵老太太备好饭菜,中午让赵老太太自己加热即可食用,要么中午赶回家给赵老太太现做。但后者难度较大,可能性也很小,因为偌大的北京可不像中小城市,路远不说,每个人中午一般也就一个多小时的休息时间,匆匆赶回家去为老太太做午饭根本不现实,唯一可行的选择是上班前为老太太备好午饭。

矛盾恰恰就出在为老太太备饭上。既然已经约定,无论是大赵还是小赵,午饭都会为老太太备的,但备什么饭,让老太太中午吃什么,一是凭本心,二是凭家庭经济实力。

小赵家每天上班前给老太太备的午饭,要么是饺子、包子,要么是鸡蛋炒饭或肉饼,外加一碗小米粥,还时常送一个香蕉或一个苹果。大赵家呢,午饭时常只给老太太备一个花卷或馒头,外加一碟咸菜或一小碗前一天晚餐的剩菜,有时候也给老太太留下一碗粥或米饭,菜依然是咸菜或剩菜,没有鸡蛋更没有香蕉和苹果。

开始的时候大赵和大赵彼此并不知道,赵老太太也并不言语,两个儿子送来什么她吃什么。尽管时间长了老太太心里的那杆秤已经称出她自己在两个儿子心中的不同分量,但她并不埋怨,更不想说出来。保持赵家四合院里的和谐与相安无事,让自己平平安安清清静静度完为期不多的余生,是赵老太太现在最大的心愿。再说大赵一家为她备的午饭不如小赵一家,老太太尽可能往经济方面的原因想,毕竟她也知道大儿子一家的经济条件眼下确实是不如小儿子的。即便大儿子真的是故意对母亲吝啬,甚至是有意报复、虐待(其实这一点老太太想都不敢想),老太太也准备默默承受。因为当初将大儿子送到湖北农村的事,赵老太太至今还是心存内疚的。

赵老太太不计较甚至不在意，并不意味着矛盾就会永久封存。

那天中午，小赵因外出办事路过家门口，顺便回家看母亲，发现母亲正满脸愁容，一点一点地就着咸菜啃馒头，心痛之余，胸中不由得燃起怒火。

他问母亲："我哥每天中午都给您准备这样的饭吗？"

此刻母亲嘴里刚咬下一口馒头，见小儿子一脸惊诧，她停下咀嚼，鼓着腮帮，睁大浑浊的眼睛像一头被惊吓的老牛一样望着小儿子，开始是点头，紧接着像摇着拨浪鼓一样不停摇头，边摇边慌慌地说："没、没……"

小赵一把夺过母亲手中的馒头，大声嚷："您别吃了！"言毕，不由分说转身将馒头扔到厨房的垃圾桶里，回头对母亲说："您等等，我给您煮饺子。"母亲却举手拦住他："不用不用，你忙你的，我凑合着吃点得了。再说我只是今天中午吃的馒头，你哥他们早上走得匆忙……"言下之意，往日他们送的并不是馒头和咸菜。

母亲还没说完，小赵便打断她："得了得了，您别哄我。吃馒头不是不可以，但得有菜啊，都什么年代了，怎么能让您老人家啃干馒头就咸菜?！"小赵说完，果真回到自己家里，仅仅用了十几分钟就端来一盘热腾腾的三鲜饺子，那是他从冰箱里拿出来的速冻饺子。

小赵本想当即打电话质问哥哥大赵的，想了想却还是忍住了。

第二天中午，他利用休息时间专程到家里探看究竟，结果发现母亲午饭还是就着咸菜啃干馒头。小赵这下火了，这火像地龙一样呼地从他的胸中蹿了出来，怎么压都压不住。他像一团火球瞬间闯回自己家，急匆匆地往大赵的单位办公室拨打电话（那时候还没有手机），恰好是中午休息的大赵接的电话。

一听是大赵的声音，小赵就脱口质问："哥，你到底是不是咱妈生的？你就天天中午让老太太啃干馒头就咸菜？"

毫无准备的大赵冷不丁挨了一闷棍，愣了一会儿才支吾着回应："我……我不知道啊，午饭都是胡素丽——"或许他忽然意识到说漏了嘴，转而停顿了一下，改口说，"哎哎，我倒要问你，吃馒头就咸菜怎么了？你是不是以为你家多挣了几个臭钱就能在老子面前显摆，有啥了不起？再说了，晚上我们再让咱妈吃好点不就行了吗？"

听哥如此狡辩，小赵更是火冒三丈："得了吧你！谁不知道你们一家的德行，抠抠搜搜还满嘴谎言，你这样对待咱们家老太太，就不怕遭世上人戳脊梁骨？！"说完小赵狠狠地将话筒扣了，那股气像是狠狠砸在大赵身上。

小赵虽然是在四合院的东厢房给大赵打电话，但声如响雷，震得原本静谧的四合院几近山摇地动，仿佛刚刚经历过一场地震。他的母亲赵老太太当然听得一清二楚。他回到母亲的房间，只见母亲正捂着胸口，苦着脸边咳嗽边责怪小赵："儿子，你……你怎么能……责怪你哥，午饭……又不是你哥送的……咳……咳……"

小赵仍没好气地说："我知道不是他送的，他干吗不自己送而让他老婆送？再说了，我不相信他自己送就能够送出什么花样来！"

虽然还在不住咳嗽，但赵老太太还是使出九牛二虎之力冲儿子嚷嚷："你——别管……我都这把老骨头了，吃……吃什么不都是一样？"

小赵却寸步不让："我就是要管！"

这天晚上，赵家的人都陆续回到了四合院。小赵将大赵约到自己房间，劈头就问："哥，说好了咱们两家每周一换轮流照顾妈吃饭，可我连续两天中午回家，却发现老太太总是馒头就咸菜，这也太寒碜了吧，你这样对待自己亲妈也不怕遭天谴？！"

大赵明知是自己老婆胡素丽做得有些过分，此刻见小赵眼睛喷火，胸中的火苗也被点燃了："你小子竟然回家监督我家给老太太送什么饭？我问你，咱妈的饭这周该你管吗？你管得着吗？该你管饭的时候我监督你了吗？老子还没监督你呢，你倒监督起老子来了？！"

小赵反击："你想监督尽管监督，我让咱妈吃什么你可以去问咱妈。你要是养不起咱妈管不起她吃饭，就直说好了，别抠抠搜搜尽干伤天害理的事！"

大赵明知理亏，却也不甘心认输："你别得了便宜还卖乖，你不就是靠撞大运留在北京比老子多挣几个臭钱吗，有啥了不起的？三十年河东三十年河西，等着瞧，往后还不知道谁比谁更有钱呢！"

大赵的话也不是没道理，他的青春年华在农村耽误了二十余年，经济上眼下当然没法跟小赵比，可他的两个儿子都先后考上清华北大了，虽然现在还未毕业尚未挣钱，但谁都知道他们前途无量，挣钱是早晚的事。

小赵还真被大赵这句话噎住了，干瞪着眼支支吾吾半天，像一枚哑火的鞭炮，最后怒不可遏蹦出一句："你……混蛋！"

大赵也不甘示弱："你才混蛋呢！"

两人不欢而散。

兄弟俩的吵架声惊动了赵家所有的人，大家都围拢过来，好几双眼睛争先恐后地向他俩投来惊诧的目光。赵老太太此刻正倚在四合院正房的门框上望着自己的两个儿子，心如死灰，目光呆滞，泪水涟涟。

当晚，赵老太太在自己的房间服下了大量安眠药，自此一觉不醒。

第四章

赵老太太的死，也让她的两个儿子大赵和小赵的关系更加水火不容。

首先是对母亲的死互相埋怨，彼此推卸责任，甚至是在护送母亲去殡仪馆火化的路上还大吵大闹。惹得殡仪馆正开车的司机都看不下去，开口怒道："我说你们哥儿俩到底有完没完啊，也不看看现在是啥时候啥场合，吵什么吵？你家老太太都让你们给气死了，你们还不依不饶不让她老人家灵魂安生？你们就不怕让世上的人戳脊梁骨？哼，你们不嫌丢人我都嫌丢人，说实话我现在都替你们感到脸红，替你们家老人感到痛心！"

要放在平时，脾气火爆的赵家两兄弟岂能容忍一个外人如此指责？可此刻面对司机劈头盖脸的痛斥，兄弟俩竟然一时变成了哑巴，尽管嘴唇已气得像汽车发动机一样呼呼颤抖，双双都只见眼睛喷火，却不见嘴唇发射子弹。许是丧事当前，面对母亲的亡灵，他们只好忍气吞声默默赶路，总算熬到将母亲的灵车送进了殡仪馆。

在选择什么档次的骨灰盒上，兄弟俩又出现了分歧。大赵要买普通且经济实惠的，两三千元就可以买到的那种，理由是人死入土，再好的骨灰盒最终都会跟人一起腐化成泥，没必要铺张浪费。小赵则要买高档的，说母亲在世时辛苦了一辈子，死后应当让她有个像样的居所享福安魂，随便打发那是不肖子孙才会干的缺德事。

俩人针尖对麦芒,争执不下,各不相让。

大赵最后甩下一句:"你非要买你就买,反正我没钱!"说完将脸扭向一边。

小赵鼻翼一提,轻蔑地剜他一眼,呛出一句:"哼,这才是你要说的实话,而不是你冠冕堂皇说的什么浪费还是不浪费的问题!我知道你没钱,没钱就直说得了,干吗编出那么多理由?"言毕,他不由分说,自作主张买了一个价值一万元的紫檀木骨灰盒。

那一刻,大赵感觉羞愧难当,恨不得找个地缝钻入地里。卖骨灰盒的是位年轻漂亮的女收银员,一双忽闪忽闪的大眼睛此刻像照妖镜,一会儿照照小赵,一会儿又照照大赵。大赵感觉她投射来的目光像支支暗箭,让他无处逃遁。他天生就是好色的男人,从来不怕气势汹汹的男人,但他怕漂亮女人那刀剑一样的目光,因为漂亮女人的目光会让他尊严扫地。

买紫檀木的骨灰盒是小赵拍板的,钱自然是小赵垫付了。一路上大赵的心里却七上八下敲起了鼓,反复琢磨着这钱自己最终到底该不该分摊。分摊吧,他心有不甘,感觉自己是被小赵绑架了。不分摊吧,又觉得对不起母亲,毕竟自己与小赵一样是从同一个娘胎里钻出来的。不分摊肯定是不孝,九泉之下的父母恐怕会死不瞑目,没准儿还会时不时于夜深人静的时候找回家来讨说法。一想到母亲阴魂会来缠身,大赵不寒而栗,感觉浑身直起鸡皮疙瘩。他对小赵自作主张执意花大价钱为母亲购买紫檀木骨灰盒一事更加耿耿于怀了,仿佛小赵强行让他吞下了一只死苍蝇,很恶心。于是,他对小赵恨得牙痒痒,拳头捏得咯吱咯吱响,恨不得挥拳将小赵的脑袋揍个稀巴烂。无奈母亲刚刚去世,此刻他眼前浮现母亲的音容,仿佛母亲正用冰冷的目光注视着他,审视着他的一举一动,威严的目光咄咄逼人。大赵一激灵,理智像警钟骤然敲响,一次次提醒着他:丧事当前,还是要以大局为重,万万不可闹出幺蛾子来。他咬紧牙关,一次又一次强迫自己忍住,再忍住,但他无法控制住情绪的外露。在与小赵一起上山安放母亲骨灰盒的路上,他一路铁青着脸,气哼哼的,却啥话都不说,只顾嚓嚓走路,像一团生着气的铁疙瘩。

他们一同上山,准备将母亲与早几年去世的父亲合葬在一起。

人死为大。传统的中国人特别看重自家先人灵魂的居所,也即风水,认为好风水不仅能为仙逝的先人安放灵魂,还能福荫后代。当初父亲去世的时候,大赵和小赵遵父亲生前之嘱提前为父母亲选择并购买了一处墓地,位置不错。墓地位于西山一处向阳的山坡,四周草木葱茏,前方视野开阔,山下还有一潭波光粼粼的湖水。虽然墓地价格不菲,当初购买时花了十万块,可眼下同样位置的墓地已经翻了一番,涨到了二十万块。当初购买这块墓地的时候,大赵和小赵其实也是有分歧的。大赵认为墓地太贵,提议再多看几处地方,看看有无位置也不错但价格相对便宜的再说。但小赵根本听不进去,执意选定这一处,而且拍了照片和视频带回家让母亲过目,母亲看后很满意,说就定下这地方吧,钱我和你爸出。老太太声音不大,却语气坚决,一锤定音。何况钱是二老出的,大赵无话可说,一颗悬着的心也就随之放了下来。但类似的事接二连三,已经让小赵打心眼里瞧不起大赵了。在小赵心目中,农村回来的大赵鼠目寸光,斤斤计较,抠抠搜搜,没半点北京爷们儿应有的气概。

安放完母亲的骨灰,兄弟俩协商着分割父母的遗产。

父母的存款还有五万块,刚好一分为二,大赵和小赵每人分了两万五千块。分钱的时候,大赵一反常态,主动将五千元拍到桌子上,一脸豪气地说:"这是分摊母亲骨灰盒的钱,买骨灰盒的一万块钱,你我每人出五千!"大赵的举动大出小赵意料,他眨巴着眼睛,反复打量着大赵,多少有些不相信,心想莫非太阳从西边出来了?于是他将大赵拍到桌子上的五千元推回去,说:"别价,紫檀木骨灰盒是我执意要买的,钱我出,你甭管了。"不料大赵顶他:"母亲不是你一个人的母亲,也是我的母亲,你想让我以后不得安生吗?!"大赵咆哮着,一脸的凶神恶煞,倒将小赵一家伙镇住了。小赵只好鸣金收兵,摇着头嘿嘿讪笑,连声说好。此刻的大赵则目光炯炯,豪气万丈,仿佛感到自己有生以来总算干了一件扬眉吐气、惊天动地的大事。

分完了母亲那五万元存款,剩下的只有房子和家什。四合院里的东西厢房各两间,还有南房三间中的各一间,父母在世时已经分别给了大赵和小赵。

余下的是北房三间——正房居中,左右两侧各有一间耳房,还有南房

（倒座房）中间的那一间，总共四间。这四间房到底该怎么分？

小赵的意见是，北房的那三间，东西耳房每家分一间，中间的正房和南房的那间留作公用，正房作公共客厅，亲戚来了或各家有朋友来了，可在正房招待亲戚或朋友，南房的那间依然共用于堆放杂物。小赵的这个意见不无道理，毕竟是四合院，两家先前已分到的东西厢房都不适合招待客人，唯北面的正房可作客厅，父母在世时本来就是将正房当客厅的。

但大赵不同意这个意见。他寻思着父母一走，他们赵家已经没有什么亲戚来往，姨姑舅妗叔叔伯伯都已经作古；第二代的堂哥堂弟表姐表妹之类，有的在国外有的在外地，北京这边一个没有；父母的朋友旧交之类也不可能来往了。再说自己待在农村二十多年，少年时代的玩伴早已经失去联系，二十多年间结识的要好朋友都在湖北黄冈农村，返京后新结识的朋友几乎没有。同事倒是有好多个，可自己与他们的关系一直不咸不淡，平时虽也说说笑笑打打闹闹，但纯粹就是工作关系，下了班都井水不犯河水，各走各的路，各自回家温炕搂媳妇去了，压根就不会有谁下了班吆喝着一起聚聚，再说即使聚也不可能拉到家里来。大赵左思右想，越想越觉得自己家里实在是不需要再招待什么亲戚朋友，越想越觉得小赵的理由说得冠冕堂皇，其实纯粹是为自家打着小算盘——谁不知道他小赵生性开朗豪爽，大大咧咧爱热闹喜交往啊。没有下过乡的他在北京混了几十年，狐朋狗友一大堆，他想将正房留作公用客厅，不就等于就他一个人用吗？想得倒美！大赵内心恨恨骂道，嘴角一撇，不由得浮出一丝轻蔑，还不乏得意，仿佛一眼看穿了小赵的心思。只是他并不点破，只是坚持反对："那不行，没必要！再说了，现在交朋友谁还带到家里来呀，还不都找家餐厅或茶馆。"话一出口，他便有些后悔，因为他一直囊中羞涩，到餐厅或茶馆与朋友聚会对他来说目前还是太奢侈了，他消费不起。但他知道那些消费得起的人早已经不再在家里招待客人或请朋友到家里聚会，他羡慕他们，渴望着有朝一日也能有实力赶上他们的消费水平，与他们一样。说这话他有些后悔，是因为与小赵协商购买母亲骨灰盒的时候他说过他没钱，仅仅过去几天他说话就改了口风，变得有钱了？他怕小赵抓住他的把柄，瞧不起他。

小赵果然机警，像猫抓老鼠一样瞬间便捕到了大赵的心思，两只眼睛像鹰隼一样向大赵射来锐利的光芒，嘴角也浮现轻蔑的微笑。只是他也没有戳穿大赵，说出的话也并未让大赵担心与难堪，只是口气喷着火焰，像开机关枪："哼，你不同意？可正房只有一间，你说怎么分，莫非咱们两家一家分半间，再打上隔断？"

大赵听罢，松了口气。大赵说："当然不是将正房一分为二，我的意见是将正房分给一家，南面的那间公用的倒座房分给另一家。"

小赵紧追不舍："那我问你，咱们两家谁得正房，谁又得南边的倒座房？"

大赵清了清嗓子，脸上立时现出兄长的威严。他竭力控制着自己的情绪，口气也缓和下来，以兄长的口吻说："我说小赵，你是我弟，我是你哥，都是一对父母所生。俗话说长兄如父，如今咱们的父母都已经不在，家里的事按说应该由我做主，至少应该主要是听我的，对吧？虽然咱俩兄弟几十年，可你一次都没有听过我的，这要是让外人知道了可有些说不过去呀。那么这一次，你就听我的吧，而且我只要你听我一次，这可以吧？"

小赵满脸疑惑，搞不清大赵葫芦里面到底卖的什么药，内心既猜疑又在不断抵抗。大赵说得头头是道，让不知情的外人听着蛮像真的，可小赵心里却从来就没认为大赵是自己的哥哥。但他还是耐着性子说："哼，那得看你到底是啥主意，主意公不公道！"

大赵说："那行，你听我说。想当初父母让咱俩中的一个去农村，我是家里老大，我顾全大局，听从咱爸咱妈的指令去了农村对吧？而且一去就是二十几年，我做出的牺牲、吃过的苦和吃过的亏你都没经历过，对吧？你想没想过，你没去农村，是占了大大的便宜，你留在北京找了满意的工作，又成家立业，二十多年来方方面面都过得比我滋润，这你得承认吧？"

小赵听完对方这番话，一脸不屑："哼，你可说清楚了，你去农村是主动去的吗？不是抓阄抓到的吗？别说的比唱的好听，净往自个儿脸上贴金！"

大赵说："那行，算我倒霉，抓阄去的农村。那我在农村吃了二十年的苦，这你不否认吧？不管咋说，我是替咱们赵家去的农村，我要是拒绝听咱爸咱妈的话，坚决不去，那不还得轮到你去？我既然替咱们赵家去了，我吃的苦和亏怎么说也得补偿吧？法院错判的案子国家不也得赔偿？大至国家，小至每个家庭，道理都是一样的。依我说，咱们这个四合院，北边的正房该分给我，南边那间原本公用的倒座房给你……"

大赵话音未落，小赵就像不小心踩了炭火一样跳将起来，双目像被点燃的火炮喷着火舌。他挥舞着手臂，气急败坏地冲大赵大吼："你想得倒美！听好了，你去农村可是抓阄去的，谁让你同意抓阄了！那只能说你运气不好，自认倒霉吧！君子一言驷马难追，现在吃后悔药有啥用？再说了，你自个儿抓阄抓着的，你到农村吃的苦关我屁事，我留城过得滋润不滋润又关你屁事，是吃你的还是欠你的了？"小赵越说越激动，脑门青筋突出，眼睛刀光剑影寒光闪闪。

原本抱着希望的大赵仿佛劈头盖脸挨了一阵耳光，脸上红通通热辣辣的。此刻他浑身像极了被点燃的火球，体温在急剧攀升，双拳攥得越来越紧，眼看着随时就要爆炸、出击。而小赵也毫不示弱，双眼咄咄逼人，双拳的骨节也捏得咯咯作响，随时准备反击。

一场兄弟之间的肉搏眼看一触即发，幸好兄弟俩的怒吼声一时惊动了各自的家人。凑巧的是今天正好是周末，大赵的两个儿子赵争气和赵争光刚好从北大和清华双双回到家，一进大门便闻讯将正在海棠树下剑拔弩张的父辈兄弟拉开。双方的家人这时候也七嘴八舌纷纷围了上来，无论是媳妇、儿子还是女儿，都在竭尽全力劝阻，努力平息着眼前这场赵家内部亲人之间的激烈争吵，最终将大赵和小赵连拉带拽强行架回了各自家里。

大赵被两个儿子架回自己家，依然怒气难消，鼻翼像急促拉拽的风箱起起伏伏，呼哧呼哧。两个儿子赵争气和赵争光知趣地围到他的身边，不停地劝释安慰，希望父亲尽快平息内心的怒气。兄弟俩都搞不明白父亲因何如此，竟然与他们的叔叔差点儿打起来。待父亲怒气渐息，他们才逐渐弄明白缘由。毕竟是读了清华北大的，各自都喝了一肚子墨水，也都知书达理。听罢父亲大赵的诉说，俩人不约而同劝父亲不必生气，有话好好说，不必与叔叔一般见识。再说分房的事应该与叔叔商量着来，能分到大的正房就要正房，分不到正房，南边那间倒座房也不是不行。他们的理由是，房子呀金钱呀什么的，说到底都是些身外之物，生不带来死不带去，何苦为此争个你死我活，既伤了亲情也伤了元气。这世间身体很重要，而亲情也不可或缺，再怎么说叔叔还是叔叔，与老爸您是同胞兄弟，都是爷爷奶奶的亲生儿子，即使打断骨头也还连着筋呢，何必煮豆燃萁，相煎太急？

两个儿子在身边左一句右一句地开导着、劝释着，坐在沙发上的大赵左瞅一眼右瞅一眼，像看着他俩唱双簧。他觉得两个儿子的话虽然都不无道理，可他实在是不甘心。内心深处，他一直认为自己在赵家是个倒霉蛋，赵家吃的苦遭的罪全都让他一个人背了，赵家亏欠他大赵的实在是太多太多。既然如此，那间正房作为补偿分给他大赵是天经地义，有何不妥？想到这儿，他那颗已经花白的脑袋摇得像拨浪鼓，口中念念有词："不行，绝对不行，我就得要那间正房！"

大儿子赵争气看他犯犟，改变了原本一味开导的策略，索性将他："爸，你老坚持要分那间正房，可叔叔那边要是坚持不同意，那你怎么办，莫非真要同他打架，拼个你死我活、头破血流？哼，要是真闹到那个地步，你就一定能得到那间正房吗？我看未必。要真那样，恐怕咱家和叔叔他们一家就将闹得像巴勒斯坦和以色列，没完没了地打下去，从此永无宁日。可你觉得真要闹到那样的地步，值得吗？有好结局吗？"

这一番话像一团塞进嘴里的棉花，将父亲噎住了。大赵气哼哼干瞪着眼，嗫嚅着，支支吾吾，半晌说不出话来。

赵争气见自己的话有了效果，趁热打铁，缓了缓口气继续说："爸，你都活大半辈子了，应该是活得比我们明白，凡事要想开点，想长远点，千万不要意气用事。古人说，小不忍则乱大谋。当初你去农村，吃苦不假，可话说回来，当初要不去农村，你能认识我妈吗？能有我争气和我弟弟争光这两个儿子吗？我俩一个清华，另一个北大，够意思了吧？即使放在全国，这样的家庭恐怕也没几个是不是？在这一点上，叔叔他们家再怎么说都比不上咱家吧？所以古人还有另一句话，塞翁失马，焉知非福。这世界上的事呀，不都是一成不变的，有时候坏事能变成好事，好事也能变成坏事，就看当事人怎么把握、怎么对待了。更何况，我和争光毕业后前途如何，恐怕是秃子头上的虱子——明摆着。我们将来会住洋房，开豪车，会让您和我妈整天吃香喝辣，日子肯定会比叔叔他们家滋润得多。所以，您完全没必要纠结眼下分的是大房间还是小房间，您和我妈眼下只管平平安安、健健康康过好每一天,往后的日子长着呢。我敢保证,你们肯定会有享不完的福!"

不愧是清华高才生,赵争气的这番话像及时药,更是对症药,让大赵听了很受用,内心的怒气像风暴卷过的湖面,渐渐平息下来,脸上的不悦也渐渐消失得无影无踪。

小儿子赵争光这时也添砖加瓦:"爸,您快消消气,我哥刚才说的话也是我想说的话,咱们真的没必要计较眼前利益、得失,凡事真的要想长远些。俗话说,留得青山在,不怕没柴烧。这不,我和我哥又给您和我妈带喜报回来啦。"说着他从背回的双肩包里取出一个白色信封,递给父亲。大赵接过信封,又抽出信封里面的信笺,左看右看,左右摇头,满脸疑惑,因为信封和信笺上的字像狡猾的蚯蚓,曲里拐弯,虽正冲他嬉皮笑脸、挤眉弄眼,可他一个都不认识,一点也看不懂。

他将疑惑的目光投向大儿子,大儿子笑而不语。

不仅如此,大儿子又递来另一个信封。大赵瞅瞅信封,又抽出信封里面的信笺,与小儿子刚才的那个信封一模一样,写的全是外文,让大赵一头雾水。大赵抖着两个完全看不懂的信封,拧着眉冲两个儿子喊:"这——这到底是咋回事?这上面……写的都是些啥玩意呀?"

两个儿子哈哈大笑。他们的笑声惊动了母亲胡素丽,胡素丽此刻抓着一条抹布边擦手边一串碎步靠了过来。

见母亲也来了,大儿子赵争气这才揭开谜底:"爸,妈,我和争光双双被美国的名校录取啦!争光要去的学校是约翰斯·霍普金斯大学,我要读的是麻省理工学院,两所大学在美国甚至在全世界可都是响当当的名校!"

大赵和胡素丽听罢,你看看我,我看看你,不停眨巴着眼睛,活像刚挨了雨淋的一对公鸡母鸡,有些不敢相信。夫妻俩又望了望身边的两个儿子,忽然间高兴得像中了彩票,两张涨红的脸瞬间流光溢彩,忍不住仰天大笑,哈哈,哈哈,哈哈哈哈……

他俩的笑声很快感染了两个儿子,两个儿子也终于开怀大笑。他们一家人爆出的笑声清脆悦耳,像奔腾的潮水浪花飞溅、四下漫溢……

待屋里回归平静,大赵一拍大腿,脸上愁容重现,一边翻着白眼一边说:"不对不对,咱们白欢喜一场。"他将目光投向妻子,而后又在两个儿子之间来回逡巡,一脸焦急与愁苦。

母子仨不明所以,齐声问:"咋啦?"

大赵望了望两个儿子,说:"你们俩都出国留学,咱家哪儿来的钱呀?"

两个儿子胸有成竹,相视而笑。大儿子赵争气说:"爸,您放一百个心,虽然是美国的名校,但我俩都是公派,费用都由国家出。再说这两所学校都设有高额奖学金,如果学习成绩好,每学年还会有数千美元到上万美元的奖励!"

赵争气的这番话,让父母顿时像吃了定心丸。大赵和胡素丽大眼瞪小眼,顿时又乐开了花。

回想起今天与对面小赵发生的冲突,联想到小赵那一儿一女当初连大学都没考上的现实,大赵内心忽然升起一种莫名的快感。此刻他腾地从椅子上弹了起来,疯疯癫癫地跑出门外,在海棠树下大声冲小赵家那边仰天大笑大喊:"哈哈,哈哈,我儿子争气和争光双双考上了美国名校,马上就要到美国留学喽!哈哈哈……"

大赵的笑声和喊叫声在院子里震天响,惊飞了海棠树上的一群麻雀,震落了海棠树上的几片黄叶。妻子胡素丽和儿子赵争气赵争光惊愕地望着他。可大赵却发现对面东厢房小赵家始终没有动静,仿佛一群斗败的乌龟,将脑袋都缩回到甲壳里。纵然如此,大赵内心还是涌起一阵阵从未有过的快感,感觉像是解了多少年来的心头之恨,仿佛他自己刚刚狠狠扇了小赵一耳光似的。

赵争气和赵争光即将公派出国留学的事给大赵一家注入了喜气,让他们一家人连日喜上眉梢,那种难以言说的喜悦与笑容,像涂抹在他们一家每个人脸上的美容霜,久久不散。然而与小赵一家分割父母房产的事,依然像压在大赵心头上的一块石头,让他久久不能释怀。

眼看父亲还为此事发愁,大儿子赵争气又劝起了父亲:"爸,依我说,这事没啥可发愁的,想简单了可以很快了断,可要想复杂了你会没完没了被纠缠住,何苦呢!"

大赵望着儿子,不明所以,问:"你说怎么个简单法,又怎么个复杂法？"

赵争气说："嘻，那不是秃子头上的虱子，明摆着吗！你要简单，就别老想着一定要分到北边那间正房不可，干脆让给叔叔他们，或者最不济就公平一点，与叔叔抓阄，抓到什么就是什么，谁都别后悔。可你要是老觉得自己这辈子吃亏，非要争那间正房，叔叔家又不让，那就得跟叔叔他们吵闹下去，没完没了，永无宁日。可真要闹到那个地步，您觉得日子能过得舒心吗？哼，我看恰恰相反，早晚您都得憋出病来！"

大赵听儿子这么一说，忽然像触电一样愣在那里，半天说不出话。

妻子胡素丽闻声而来，她边解下围裙边接过话茬："依我看哪，争气的话也对，要不咱们就同对门一起抓阄，趁争气争光还没离家出国，尽早把这事了断了。不然真要把你憋出病来，我可伺候不起！"

妻子这番话更是让大赵听罢一头雾水，满脸狐疑。他不明白平素泼辣强势的妻子此时怎么也认尿了，心想莫非她真的是怕老子会憋出什么病来？可人家胡素丽一脸严肃，半点也不像是跟他开玩笑，他与她对视的目光于是败下阵来。只听大赵"唉"的一声，抱着头低声叹起气来。

小儿子赵争光这时又顺水推舟，再次劝起了父亲："爸，我哥说得对，别跟我叔叔他们较真了，趁我和哥还没走，你最好快刀斩乱麻，尽快将分房子的事了断，免得我们走后你们还在这事上惹出什么幺蛾子来。到那时候我俩可都不在家，远水救不了近火，帮不上您。"

话说到这个份上，大赵已经无路可退。再说他越琢磨越觉得家里人无论谁说的都很在理，他已经无力反驳。这么一想，他觉得只好接受大儿子赵争气的建议，选择与小赵他们一家以抓阄的方式分房。唯一让他不甘心也不放心的是，他没想到当初决定自己去不去农村的方式，这次又不得不派上用场。俗话说风水轮流转，这次倒霉的不会还是我大赵吧？不过很快，他又否定了内心刚刚浮现的那丝侥幸。他想抓阄抓阄，撞的就是大运，成败与否、吃亏还是占便宜，机会从来都是均等的。有了二十几年前那次抓阄的经历和在湖北农村吃过的苦，他对自己的运气已经不那么自信。只是纵然如此，他也已别无选择，只好硬着头皮再撞一次大运了。

令大赵没想到的是，老天竟然还是公平的。他与同胞弟弟小赵抓阄的结果，北边的正房不偏不倚刚好被他抓到了。打开阄签的那一刻，他双手哆嗦，眼睛和嘴巴瞬间都张得老大，有些不敢相信。待定神再看，这才尖叫起来，连蹦带跳奔向站在一旁的妻子，那种得意与兴奋，使他整个儿看上去像一串被点燃后丢在四合院里正噼啪燃烧跳跃的鞭炮。

第五章

大赵与小赵分割完赵家四合院的房产之后，大赵的两个儿子赵争气和赵争光离家出国了，赵家的四合院终于平静下来。

赵家院子里的海棠树和石榴树长得更旺更欢实了。

花季到来的时候，粉红的海棠花、鲜红的石榴花竞相开放，争妍斗艳，将赵家的院子装扮得生机勃勃、春意盎然。待到夏季，海棠和石榴的枝头都渐渐结出了果实。进入秋天，那些果实便逐渐露出颜色，海棠果小巧玲珑，黄中透红；石榴果大腹便便，绿中浮胭，宛若刚刚化完妆的戏子脸蛋。或黄或绿，却终究显红的两种果实，一如驻守在院子里的一对同胞兄弟，春去秋来，和睦相处，生死相依，不离不弃。年复一年，年年如是。它们的生长与存在，像极了院子里一对忠实的卫士，似乎在守护着这座四合院的第一代主人赵老爷子当初栽种下它们时的愿望与诺言。

赵争气和赵争光刚出国那阵，大赵家里明显渐趋安静，毕竟一下子少了两个人。以往纵然平日大赵的两个儿子都在北大和清华上学，而且都住在学校，但毕竟每逢周末都会像小鸟归巢般飞回家来，争先恐后与父母说着学校的各种趣闻逸事，那种热闹与欢乐，时常让大赵夫妻俩心满意足，内心深处萦绕着温馨与甜蜜。如今两个儿子远走高飞、双双去美国名校留学，虽然给大赵两口子大大争了气、争了光，可往日的欢乐与热闹仿佛也被儿子们带走了，这让大赵两口子多少感觉到了落寞。

为了不让安静与寂寞过多地占据儿子们离家后留下的真空，下班后或节假日，大赵两口子开始尽可能地张罗着找些节目打发寂寞时光。比方说，过去从不打牌下棋的他俩开始打牌下棋，玩跑得快或斗地主，用象棋驾驭车马炮捉对厮杀，或摆出军棋指挥起千军万马，水平不高也不论输赢，图的就是个乐和热闹。他们时常玩得热火朝天各不相让，玩得大呼小叫不亦乐乎，欢呼声欢笑声此起彼伏飞出门外，惹得对面东厢房的小赵一家探头探脑，往这边张望。

自打大赵和小赵通过抓阄分割完父母遗留的存款与房产，兄弟俩就"鸡犬之声相闻，老死不相往来"，几乎谁也不搭理谁，更从未互相串门。甚至每天在院里碰面也是视而不见，进进出出在院门口遇见也只是嗯嗯哼哼，用鼻音打招呼或似有若无地点头示意，反正是从不正面打招呼，更不会称兄道弟。就连妯娌之间、伯侄之间也是如此。总之，他们两家人虽不是反目成仇，但至少是进入了冰河期。虽然住在同一个院子，但两家人基本上是井水不犯河水，各过各的日子。

从抓完阄的那一刻起，没有分到正房的小赵虽然多少也感觉到了遗憾，心态倒还是正常的。抓阄本来就是他一开始就想到的方式，抓到也好没抓到也好，靠的就是自己的手气，抓不到也没有什么可抱怨的。男子汉大丈夫，应该拿得起放得下，抠抠搜搜婆婆妈妈，不是他小赵的性格和做派。再说当初他与大赵二选一抓阄去农村，他小赵已经捡了便宜，世间的好事不可能老让给他一个人，他相信老天是公平的。所以没有分到正房，小赵虽然惋惜，但心态是平衡的，他不会怨恨谁。要说还有什么让他内心不那么痛快，那就是他越来越感觉到他的哥哥大赵比以前更加斤斤计较、不近情理，仿佛去过农村之后谁都欠着他钱似的，反正他明显感觉到大赵身上时时透着一股莫名的怨气。而在大赵抓阄幸运地抓到正房之后，他的那种得意忘形乃至幸灾乐祸，让小赵内心像爬进了一群蚂蚁一样，怎么都有点儿硌硬，不舒服。原本小赵估摸着，如果大赵好说好商量，北边的正房就别分割，作为公用客厅迎来送往招待客人或朋友，那多好！真要那样，赵家兄弟之间也还算有个牵连，甚至逢年过节也没准儿还能张罗着两家在客厅里一块儿聚聚。这下可好，父母的财产都分割干净了，兄弟之间的关系也已经名存实亡。

大赵呢，自打分到了正房，他多少年来埋藏在内心深处的委屈和被亏欠的心理，或多或少得到了一些补偿。重要的是他家还双喜临门，不仅如愿抓到了正房，两个儿子还双双被公派到美国名校留学，而且还用不着他大赵操心费用，这让大赵不能不大喜过望，觉得真的是风水轮流转。他心想自己倒霉了这么多年，委屈了这么多年，坏日子总算熬到头了。眼看着就将苦尽甘来,那难以自禁的喜悦,就像被开采后汹涌而出的泉水——挡,挡不住,堵,堵不回,只能任由它汩汩地往外流淌。这种压抑已久的情绪和发泄,倒也像极了感冒发烧服药之后排出的冷汗与恶气,让他日渐轻松舒心起来。以往在湖北农村久驱不散的阴云,也从他那张粗糙黝黑的脸上逐渐消失。

这不,就连他从湖北娶回来的老婆胡素丽,也发现以前沉默寡言的丈夫,眼下竟然时不时会边打牌下棋边情不自禁地哼起小调,什么"洪湖水呀浪呀嘛浪打浪",什么"小小竹排江中游,巍巍青山两岸走"等等,反正是没头没脑,逮着什么唱什么,也没有什么来由,高兴了就都哼几句。这样的情形逐渐多起来,也渐渐感染了妻子胡素丽。只要大赵开了个头,还没哼几句,胡素丽就不由自主跟着他的调调哼起来,真正是夫唱妇随了。到了后来,胡素丽高兴时竟会抢到丈夫前头,率先哼起歌来,什么"十五的月亮升上了天空哟",什么"哥哥你走西口,小妹妹我实在难留"等等,反正也是没头没脑,逮着什么唱什么,也没有什么来由,高兴了就都哼几句。同样,只要胡素丽起个头,大赵也跟着唱。大赵家时常飘出的歌声,透着主人压抑不住的快乐,却也让小赵一家人感觉到反常,心里或多或少有那么一点儿不舒服。尤其是小赵,有那么一阵子,只要一听到对面传来的歌声,他就烦躁不安,无论对方唱得如何,他都感觉像是在哭丧,听着浑身都起鸡皮疙瘩,可又无法发作,只能恨得牙痒痒,内心直骂大赵无耻、臭显摆!

对于小赵一家人的感受,大赵和胡素丽压根就不理会。夫妻俩还是高兴了就唱,就哼起小调,几乎日日如是,仿佛天天都在过节。更让小赵一家人难以容忍的是,大赵和胡素丽不仅在对面厢房唱,周末和节假日还跑到北边正房唱,而且不是小声哼唱,而是扯开嗓门大声吊起了嗓子,什么"我们走在大路上",什么"幸福的花儿心中开放",什么"美酒飘香歌声飞,朋友啊请你干一杯"等等,反正都是些开心的歌,甜蜜的歌,幸福的歌,得意忘形的歌。夫妻俩纯粹是自娱自乐,嗓子都不怎么样,甚至有时还唱得跑了调,可他俩却唱得很投入,很忘情。歌声腾空而起,在院子里震荡、回旋,时常还惊飞了原本在海棠树上休憩或正嬉戏的麻雀,更惊动了小赵他们一家人。

那天是周六上午，大赵夫妻俩闲来无事，又到北边的正房喝茶唱歌。歌声正响彻院子之时，小赵怒气冲冲地闯进来，大喝一声："你们到底有完没完，整天鬼哭狼嚎的也不嫌闹心，吵死人了你们知不知道？！"

歌声戛然而止，夫妻俩原本的兴奋像断了电的电视机突然黑屏，尴尬的笑容瞬间定格在脸上，让人感觉他俩此刻是皮笑肉不笑。但这种表情仅仅停留了不到两秒钟，待到他俩回过神来，发现是小赵时，大赵气不打一处来："嚯，吃枪药了吧你，没看这儿是老子的地盘吗，我爱怎么唱就怎么唱，管得着吗你？！"

小赵声如洪钟："没错，这是你的地盘，可你们的声音吵到地盘外了。正房外这个院子不全是你的地盘吧，你不觉得这是扰民吗？你们再这么吵闹，我可就要报警了！"

一听"报警"二字，原本还想争辩的大赵瞬间泄气了，一个"你"字停在半空，后面准备好的那串子弹突然哑火了，只靠仍睁圆了的双目向对方喷着怒气。

也许这时候意识到理亏，抑或意识到眼下两个儿子都不在身边，他们只能单打独斗，平素遇事寸土必争的胡素丽此时竟然扯了扯大赵的衣角，示意他鸣金收兵。夫妻俩只是用扭曲了的眼神继续发泄着对小赵的不满，关上正房房门，悻悻地返回自家的厢房……

有了此次冲突，两家的关系进一步坠入低谷。虽然同住一个院子，进出同一个大门，甚至共同享用着院子里的海棠树和石榴树给他们带来的美景和绿荫，就连院子里的那缸金鱼也还是他们两家共有的，但平日里的生活，依然如楚汉关系，隔河相望，却互不理睬。院子里的卫生，也是各人自扫门前雪，虽然没有楚汉界线的划分，但打扫的时候却都是铁路警察，各管一段。各家的大事喜事，当然也不会互相禀报。就连大赵的两个儿子赵争气和赵争光留学结束双双逾期不归，被国内原本的接收单位除名之后留在美国工作，小赵的儿子赵一丁娶媳妇和女儿赵一秀出嫁，两家都互不知情，当然也就互不上门祝贺。每年清明节上山为父母亲扫墓、祭拜，兄弟俩也从不相约，都是各走各的。有时候在父母亲的墓地相遇，兄弟俩也依然像平素那样形同陌路，至多是看到谁先在父母亲墓前祭拜，另一个就远远地躲在一边等候，直到先到的祭拜完毕离去，等候的才接踵而至。

要说赵家兄弟谁家过得更加快乐、幸福，恐怕是如人饮水，冷暖自知。

论家境，早先经济拮据的大赵由于两个留美的儿子已经功成名就，如今在美国每人都有二三十万美元的年薪，不仅双双成家立业，生活过得富足，也让大赵一家鸟枪换炮，今非昔比。过去，大赵家过日子是掐着手指左右盘算，每周想沾点荤都如履薄冰，唯恐当月的那点儿工资不小心又花超了，以至于他们家里的每日三餐，多数时候除了素菜还是素菜，而且大都是大路货，无非是土豆白菜胡萝卜之类，油水也少得可怜。而今，大赵夫妇可都是瘦乞丐摇身变成胖和尚，挺胸凸肚，要多阔绰有多阔绰。每日三餐，肉蛋奶早已是俗物，即便吃也肯定是挑最好的最贵的。比如，猪肉专挑土猪肉或黑猪肉，羊肉是非新疆内蒙古的不吃，昂贵的日本牛肉则时常成为他俩的首选。极品海鲜也隔三岔五成为夫妻俩餐桌上的美味，什么蓝鳍金枪鱼、澳洲龙虾、加拿大熟冻北极虾、法国贝隆生蚝、阿拉斯加帝王蟹……过去想都不敢想的水果，如今在大赵家里不仅日日不缺，他们还专门挑稀罕的、进口的、好吃且又价钱不菲的。国内的水果如攀枝花芒果、海南玫珑蜜瓜、仙居东魁杨梅、苏州东山白玉枇杷，国外的像泰国的山竹、美国的车厘子、新西兰的奇异果、菲律宾的椰子和鳄梨、塔吉克斯坦的柠檬、埃及的椰枣、巴拿马的菠萝、墨西哥的香蕉、西班牙的鲜食葡萄、哥伦比亚的鳄梨、阿根廷的樱桃……可谓花样繁多，应有尽有，想吃什么夫妻俩就买什么，三天两头变换花样吃。实际上这些东西，刚开始的时候大赵和胡素丽是舍不得买的，以前穷惯了的他们，忽然间变得如此大手大脚花钱，山珍海味，胡吃海喝，内心多少有些惴惴不安，感觉这样下去简直是在犯罪。但两个儿子回国探亲的时候，不断地劝自己的父母："爸、妈，咱们家过去穷，肠胃长时间受了委屈，如今应当想方设法补回来。你们想吃什么就尽管买，咱们家如今不缺钱，你们要花多少我们给你们寄多少，千万别再委屈了自己。要不然你们就跟我们到美国去，帮我们带带孩子、照看家。"儿子们的这番话，让做父母的像寒冬里喝下一盅温过的绍兴黄酒，温暖、舒畅、浑身气血贯通，内心温暖如春，以至于夜里入睡前老两口还心满意足喋喋不休地在枕边嘀咕，咱们这两个儿子啊，不仅书念得好，还这么孝顺，真是苍天有眼哪！说这话的时候，老两口又不由自主地回想起当初在湖北黄冈农场的那些苦日子，并由此感慨不已。

大赵和胡素梅倒是也跟着儿子们去过一趟美国。

大儿子赵争气在旧金山，是某电器公司的技术主管。小儿子赵争光在洛杉矶，是一家生物研究所的研究员。两个儿子在美国都拥有自己的别墅，还都有独立的花园、草坪和泳池。让大赵和胡素梅说不清该骄傲还是该后悔的是，这哥儿俩不知是事先有约，抑或打赌比赛着谁比谁更有本事，竟然都娶了个美国媳妇，并且都是先斩后奏。纵然大赵和胡素丽早就有言在先，再三提醒哥儿俩千万别找外国女人，并且在写信或通电话时，话里话外时不时打探着哥儿俩婚恋的蛛丝马迹，可这哥儿俩谈恋爱都像地下工作者，从来都对父母三缄其口。待到某一天，哥儿俩来了个突然袭击，带回两个金发蓝眼的外国女人，进家门的时候还都笑盈盈、甜滋滋地分别用半生不熟的中文大大方方地叫了一声——爸、妈！大赵和胡素丽又惊又喜，哭笑不得，老两口一时竟然紧张得手足无措，惊喜之后脸上浮起愁云。敏感的小儿子赵争光见状，嬉皮笑脸地站出来为二老解围："爸、妈，你们愁个啥？美国鬼子不是一直欺负咱们中国吗？你们看，我和我哥直捣美国老巢，一人掳回一个美国女人做老婆，这不等于为咱们中国人出了气、争了光吗？你们俩应该高兴才是啊！"

一句话逗得哥哥赵争气哈哈大笑，笑声像导火索点燃了一屋子的人，就连两个听不懂中文的美国媳妇也憨憨傻笑。大赵和胡素丽夫妇也笑，只是笑得都不大自然，脸上的肌肉半笑半僵，有些皮笑肉不笑的意思。

赵争气见状，收敛住笑继续开导："爸、妈，不瞒你们说，我和争光刚到美国不久就谈恋爱了。安娜是我的同班同学，莉莎是争光的同班同学。美国女孩性格都开朗、热情、大方，而且都长得丰满漂亮，安娜和莉莎都是一开始就主动向我们哥儿俩发动情感战的。换句话说，她们俩都是主动送上门来的！哈哈，哈哈哈……"

母亲听罢，拿眼狠狠剜他们哥儿俩，一人剜了一眼，没好气道："哼，脸皮真厚！当初你们出国我最担心的事就是你们俩学坏，现在果真是学坏了……"

大赵却笑呵呵地说："行啦行啦，他们哥儿俩都已经将生米煮成熟饭，还有啥可发愁的，咱们就等着抱洋娃娃孙子吧。"

一句话逗得一家人又欢乐起来。两个原本看着中国婆家人忽笑忽愁不知所以的美国媳妇，终于也开心地跟着笑了。

没过多久，大赵和胡素丽夫妇果然到美国抱洋娃娃了。大儿子赵争气生的是女儿，小儿子赵争光生的是儿子。这一男一女的两个混血洋娃娃，刚开始的时候曾让大赵和胡素丽见了都兴奋不已，争先恐后抱在怀里亲个不停，没想到两个美国媳妇见状都不约而同地满脸不高兴，一把从大赵夫妇怀里抢过孩子一通叽里咕噜地抱怨，弄得中国爷爷和中国奶奶一头雾水，搞不清两个美国媳妇到底是怎么了。

这样的经历，第一次是在旧金山的大儿子赵争气家。大赵问儿子你的美国老婆到底怎么回事，赵争气有些尴尬，不知该怎么回答。再问，赵争气也只是遮遮掩掩一个劲说没事没事，然后又扭过头去开心地逗着老婆和孩子，这让大赵和胡素丽原本悬着的心放了下来，以为真的没事。

待到第二次到了洛杉矶的小儿子赵争光家，见到洋孙子暗黄色的头发、黑亮黑亮的眼睛、粉嘟嘟鲜嫩得几乎能捏出水来的一张娃娃脸，做了奶奶的胡素丽不由分说从莉莎怀里抱过来就习惯性地使劲亲，像母鸡啄食般地亲。不料莉莎像被火烫着了一样惊呼一声，一把从中国婆婆怀里夺下孩子，大呼小叫地抱到一边，急急火火地从茶几上拿了一张餐巾纸不停地擦，然后又取了一张消毒湿纸巾不停地擦拭，像担心沾了病毒似的。虽然语言不通，但胡素丽这位中国婆婆再傻，也已经从莉莎这位美国媳妇的行为中看出端倪，莉莎明显是在嫌弃她脏。胡素丽刚一进门时的满心欢喜和高涨情绪，像被忽然间浇了冰水，内心都快结了冰坨。眼见母亲的脸色忽然间由晴转阴，机敏的儿子讪讪地笑着安抚母亲："妈，都怨我事先没提醒您，美国人讲卫生，一般都不让大人用脸去蹭孩子，尤其是不让用嘴去亲孩子。"

大赵这才恍然大悟，连声说难怪难怪，我们在你哥那儿也遇到同样的事儿，也同样遭到你嫂子安娜的反对。然后他又拍打着妻子胡素丽的肩膀安慰说："算啦算啦，咱们这是少见多怪，从现在起咱俩就入乡随俗吧。再说了，莉莎这也是为了咱们的孙子好，这么小的孩子抵抗力差，要是万一真的染上细菌得个什么病，不就糟了？"反正父子俩对胡素丽连哄带劝的，总算平息了风波。

然而，胡素丽并未从此长记性。没过几天，风波再起，并且在家掀起了不大不小的风暴。

那天傍晚，赵争光和莉莎下班回家，莉莎无意间发现中国婆婆将嘴里嚼过的东西用勺子接住，然后又喂进孩子嘴里。莉莎像疯了一样冲了过去，一把将中国婆婆手中的勺子打落在地，抱起孩子呱啦呱啦地一通喊叫，眼里喷着怒火，那样子像极了一头发怒护犊的母狮。大赵和胡素丽一时惊得目瞪口呆，都不知道眼前这位美国媳妇到底在叫什么。但从莉莎母狮般咆哮的表情中，这对中国公婆大致也能猜出几分，都明白眼下这位美国媳妇肯定是不满意了，生气了。更让胡素丽糟心的是，儿子赵争光这回没再像上一次那样安抚她，甚至还站到莉莎一边埋怨她："哎呀妈，你也真是的，那么不注意，那么不讲卫生，我不是跟你说过美国人特别在意讲卫生吗？"

胡素丽一听，气不打一处来："儿子，你听好了，小时候妈可就是这样喂你和你哥的。你们别动不动就用卫生这两个字吓唬人，当初我就是这样一口一口地喂你们，你们不也长得好好的吗？你们不也长大了吗？不仅长大，你和你哥学习成绩从来都是顶呱呱的，不仅考上清华北大，还到美国留学来了。怎么着？当初妈要不是这么喂你们，你们还不一定能有今天呢，哼！"胡素丽满眼委屈与不满，恨不得像赵争光小时候那样挥手教训他。

赵争光据理力争："哎呀妈，那是过去，那是在中国湖北农村！可这里是美国，是美国的洛杉矶。美国是发达国家，美国人的生活方式与咱们过去不一样！你也该知道老话说'入乡随俗'，咱们现在是在美国的地盘上生活，咱们就尊重美国人的习惯可以吗？"赵争光说这话的时候，急得直跺脚，恨不得捶胸顿足，言语恳切得近乎恳求，将心窝子掏给母亲看的心都有了。

胡素丽见儿子这个样子，一时语塞，只能干瞪着眼，眨巴着眼睛，而后双掌一拍，像一个泄气的皮球不住地叹气。

大赵赶紧出来打圆场："好啦好啦，儿子说得对，入乡随俗入乡随俗。从现在开始咱们注意点儿不就行了？"

胡素丽虽然不再说什么，却还是一脸的委屈，甚至还悄悄抹起了眼泪。她也有理由感到委屈。儿子儿媳一整天在外上班，她和大赵辛辛苦苦帮他们带孩子，不仅擦桌拖地搞卫生，还炒菜做饭，里里外外忙碌了一整天。眼看着儿子儿媳还没回家，她怕孙子饿了，赶紧先弄了点饭菜喂孙子，不料却换来美国儿媳的一顿奚落，她能不感到委屈吗？

风波虽然过去，但接下来的日子，胡素丽并未感觉到快乐。虽然住着儿子在美国买的大别墅，屋内宽敞堂皇，屋外风景如画，吃的喝的不仅应有尽有，还净是昂贵高级的食品，可日子长了，大赵和胡素丽吃着这些高级食品却味同嚼蜡，以至于渐渐丧失了食欲。最难受的是，儿子和儿媳每天早出晚归，到公司上班，剩下大赵和胡素丽夫妻俩带着一个两岁多的孙子，除了在屋里及室外自家花园里活动，外面他们便不敢再越雷池半步。一是因为语言不通，周围又没有其他华人；二是美国治安不好，规矩又多，抢劫凶杀的事也时有发生。儿子每天上班前都再三告诫父母千万不要外出。开始的时候，大赵和胡素丽对住美国别墅的生活还觉得新鲜、新奇，甚至还有几分得意、满足，儿子的告诫也全都遵守，可久而久之，他俩便日渐感觉到生活的单调、寂寞，甚至有一种如坐牢狱、度日如年的感觉。

更让大赵和胡素丽难受的是，自打上次因胡素丽喂孩子与儿媳发生冲突，莉莎这位美国儿媳再也没了第一次在中国见面时的那种热情与笑容，回家除了一句面无表情机械式的"哈喽"，便只顾陪伴儿子叽里咕噜地嬉戏逗乐。在孩子面前，她脸上的笑容和表情总是风生水起摇曳多姿，要多生动有多生动。可只要停下来面对中国公婆，莉莎便面无表情，那生动的音容瞬间无影无踪，仿佛是彩色的电视画面突然遭遇断电。中国公婆在这位美国儿媳面前，仿佛可有可无，形同陌路。但有时也不尽然，因为莉莎吃起胡素丽做的中国饭菜，总是高兴得眉飞色舞手舞足蹈，可一旦吃完放下碗勺，她生动的表情又恢复原样，甚至连句谢谢都没有。儿子赵争光看出母亲的不悦，倒是哄骗母亲说莉莎在饭桌上吃得高兴，一个劲夸妈的饭菜做得好，还要我对你们说声谢谢，只是你们俩听不懂罢了。胡素丽听罢即训斥儿子："你别红口白牙净说瞎话，她要是真感谢我，她那眼神能不对着我？我能看不懂？你以为我是三岁小孩，那么好哄骗啊？"

儿子被一语戳穿，只好嘿嘿讪笑，一脸尴尬。

表面上看，大赵和胡素丽虽然享受着荣华富贵，也享受着祖孙三代同堂的天伦之乐，可内心的孤独感如同春天拔节的春笋般与日俱增，直拱得他俩的内心惴惴不安，以至于有一天晚上睡觉前，大赵和胡素丽将儿子赵争光叫到他们房间，提出要回国。

这消息对赵争光来说如同一声惊雷冷不丁在他耳边炸响，他不停地眨巴着眼睛，然后惊叫："什么，不会吧，你们有没有搞错？"他顿了一下，视线在父母之间来回逡巡，接着说，"你们让我和我哥从小就好好读书，不就是盼望着咱家改变生活境况，过上像样一点的生活吗？如今我和我哥好不容易将你们接到美国，不愁吃不愁穿，还住上了大别墅，可以说要什么有什么，还能享受天伦之乐。这样的日子多少人想都不敢想，你们却要回国，这不成笑话了吗？"

见妻子胡素丽沉默不语，大赵说话了。大赵说："争光啊，你说得没错，这里的条件是很好，可我和你妈还是不习惯。你们白天上班，我们整天关在屋里哪儿也去不了，要朋友没朋友，要亲戚没亲戚，甚至连个能说中国话的邻居都找不到，实在是闷得慌。再说我和你妈在你们这儿已经住了一段时间，也该回国看看了。"

儿子说："实话实说吧，你们是不是觉得莉莎对你们不好？要是这样，你们就到旧金山我哥那边去住上一阵，住到你们不愿意住了再回我们这儿来。反正是两边轮流住，回国的事我看还是算了吧。再说你们都这么大年纪了，现在回到中国，我和我哥却都在美国，相隔万里，中间还隔着个太平洋，万一要是有个感冒发烧或其他的什么病痛，我们连去看望你们都困难，更不用说照顾了。"

胡素丽争辩道："这个你们甭管！我和你爸虽然年纪大了，但腿脚还麻利，不会有事的。再说你别净往坏处想，要是整天都往坏处想，自己吓唬自己，整天都担惊受怕，那还让不让人活了？"

儿子见自己的父母都这么固执，说我说不动你们，那我给我哥打电话，我让我哥来说。话音一落他便拨打了赵争气的手机。

电话立马就打通了，赵争光将父母执意要回国的事跟哥哥赵争气说了一遍。赵争气让争光将手机交给母亲胡素丽，叽里咕噜说了一通，无非是劝母亲和父亲别回去，或者到旧金山那边去住一阵。但胡素丽去意已定，口气坚决，刀枪不入。最后她几乎是带着哭腔说："我们在美国已经住这么久了，实在是太寂寞。你们要是让我和你爸在美国再住些日子，非得给憋死。你们就让我们回国透透气、散散心吧，我们实在是有些受不了啦！"

话说到这个份上，兄弟俩都没招了，只好顺了父母的意，给他们订了回国机票。

第六章

回到北京的第一天晚上，大赵和胡素丽就高兴得像刑满获释的罪犯，晚上竟然不约而同想重温旧梦。说不清是谁先起意、谁先动手动脚的，反正夫妻俩洗完澡脱衣上床时，两人便着了魔似的，磁铁一样双双粘到了一起。虽然性事再也找不回年轻时的激烈亢奋、山呼海啸，转而成了小心翼翼、步履维艰，可同样是缠绵悱恻、轻语呢喃。这是一种久违了的感觉，一如当年在湖北黄冈农场新婚燕尔之时。待到激情过去，他们款款深情地回望了一眼对方，心满意足躺回床上大口喘气之时，都惊异于自己这把年纪竟然还有如此炽烈的欲望与潜能，以至于大赵情不自禁地伸手在胡素丽脸上反复摩挲，两人又深情对视，高兴得像孩子一样开心地笑。

从美国回到北京四合院家中的大赵和胡素丽，仿佛一对被放飞的小鸟，心情又一天天舒畅起来。尽管他俩与对面的同胞弟弟小赵一家依然形同陌路，互不往来，朋友和原来的同事也少得可怜，可他们的感觉还是如同从颠簸的空中航班回落到沉稳的大地，浑身都感到安全与踏实，并且实实在在体悟到"在家千日好，出门一时难"的人生古训，感觉到北京四合院中的家才是他们真正的家，在美国再好，住得再豪华，那也是儿子他们的。

心情一好，闲来无事的夫妻俩又开始重操旧业，打牌、下棋、唱歌，反正是变换着花样玩，怎么高兴怎么玩。当然，最高兴的时候还是扯开嗓门哼起歌儿。不过，有了上次与对面小赵吵架的教训，他们不得不控制着声音，不敢大声唱，更不敢放声唱。即便如此，他们也已经自得其乐，并且乐此不疲。

因为父母回国，远在大洋彼岸的儿子赵争气和赵争光多少有些愧疚，但更多的是牵挂。唯一能补偿的是更多地给父母寄钱，兄弟俩轮流寄。不是每月寄，而是每个季度寄。过去一个季度寄两千美金，现在加倍，寄四千美金，当然这都是兄弟俩事先商量好的。他们都觉得父母没在身边，寄钱是唯一的安慰。寄了钱，还不忘三天两头打来越洋电话，叮嘱父母想吃什么就吃什么，想买什么就买什么，千万不要节俭省钱，时代不同了，他们现在不缺钱。他们还劝父母到家政公司请个保姆，别再自己干活忙家务了，请保姆的费用甭担心，他们寄……要说大赵的两个儿子不孝顺，那肯定是冤枉了他们、委屈了他们。虽然身处大洋彼岸，天天忙着事业，可只要一闲下来，他们都惦记着远在中国的父母，能想到的事他们都叮嘱了，能尽的孝他们都尽了。大赵和胡素丽对儿子们是没有埋怨的，儿子们的叮嘱他们也都尽可能记在心里、尽可能都做了。比如说吃喝穿用，他们俩确实已经今非昔比，早已经不再节俭了。鱼肉蛋奶，山珍海味，各色时令水果，各种各样的零食、点心，真的是要什么有什么。北京市场有的他们几乎都有，甚至北京市场都没有的，儿子们也隔着太平洋为他们网购。就连昂贵的茅台酒，大赵也是一箱接一箱地往回买。大赵天生好酒，一次喝个半斤八两的不成问题。可他以前买不起酒，茅台想都不敢想。现在买得起了，大赵便报复性地买回来喝，他想将过去喝不起的酒、吃不起的大鱼大肉一天天给补回来。胡素丽原本不会喝酒，现在大赵天天喝，茅台的酒香慢慢诱惑了她。刚开始她抿一口就龇牙咧嘴，摇头晃脑地一个劲喊辣，一边还用手掌不停地为吐出的舌头扇着凉风驱辣。后来她便慢慢适应了，大口喝下的茅台再也没觉得辣而是觉得香，以至于酒量如今都可以与大赵分庭抗礼。这让大赵很是兴奋，因为他终于有了酒友。有了酒友，喝酒才更香，不然从古至今怎么有独饮苦酒一说？所以对于大赵和胡素丽夫妇来说，如今过的是贵族的生活、神仙般的日子，只要他们想吃想喝，天天都可以过年，日日都可以饕餮大餐。

　　至于儿子们说的请保姆一事，大赵和胡素丽一致拒绝。他们的理由是现在自己生活还能自理，干吗要请保姆？再说家里冷不丁住进个外人，碍手碍脚不说，万一保姆手脚不干净怎么办，那岂不等于引狼入室？所以不能请，绝不能请。这就是他们夫妻俩的共同想法。

只是他们不知道古人早有告诫："人无远虑，必有近忧。"甚至连今人的俗语都忘记了："花无百日红，人无千日好。"这不，人世间的忧患像雾像雨又像风，说来就来了。

那天晚上，大赵和胡素丽像往日一样，正在餐桌上胡吃海喝，酒酣饭饱之时，大赵最后的一口酒刚刚下肚，就感觉到浑身忽然间像着了火，有一股火苗自他内心深处热辣辣往上蹿，直烧至他的脑门。大赵只觉得自己的脑门轰隆一声，像被火龙捅开了一样，一阵锥心的剧痛像炸响的鞭炮击穿了他的脑壳乃至全身。瞬间他一阵昏眩，而后重重地摔倒在地。

只听胡素丽一声惊叫，惊天动地……

第七章

却说同一座四合院里，住在大赵对面东厢房的小赵一家。

名叫小赵，其实已经年过八旬，他媳妇丁秀芝也只比他小三岁，他们都已经退休二十余年。退休之前，小赵的职业是汽车装配工，丁秀芝干汽车销售。当初在纺织厂，俩人差点成为下岗工人，幸好他们运气不错，咸鱼翻身活了下来，工资还出乎意料地比原先高。虽然高也高不到哪儿去，放在北京这地儿是比上不足比下有余，但他俩都已经心满意足，工作也更加卖力。由此也顺风顺水，一直干到了退休，如今每人每月领着社保发放的三四千元工资，不多不少，他俩也不怨天尤人，很知足。用小赵的话说："够吃够喝，行啦。"

俗话说，知足常乐。小赵和妻子丁秀芝就是。

退了休的小赵和丁秀芝忽然间闲了下来，每月还分别领着社保发的三四千元工资，整天乐呵呵的，仿佛每月那三四千元的工资是天上掉下来的馅饼，白给似的。

小赵除了与他的冤家同胞兄弟大赵见面时脸无表情，无论是在家里还是走出四合院，他逢人就端着笑脸，笑眯眯的，甚至见了陌生人都是一脸和善，仿佛满世界的人都是他的好朋友。

他的妻子丁秀芝也是。也不知道是小赵将笑传染给了丁秀芝，还是丁秀芝将笑传染给了小赵，反正丁秀芝整天也端着笑脸，甜甜地笑，像一朵四季不败的花。那笑从她那风韵犹存的脸上荡漾开来，宛若春风拂面，飘着花香，很是可人，谁见了都不由得心生好感。也难怪当初她所在的纺织厂被兼并之后，新老板会一眼看上她，让她去干销售，她那张笑盈盈的脸其实就是最好的销售名片。

爱笑的人天生就有好人缘。

记得刚刚退休那阵，好几个哥们儿拉小赵入伙合开汽车修理店，另有几个哥们儿介绍他到不同品牌的4S店当汽车修理工。六十出头的小赵虽然已经退休，但精力依然旺盛，自觉浑身还有使不完的劲儿，当然也不甘心就这么闲下来。哥们儿的热情招呼，正合他意。

他最终选择到4S店当汽车修理工。这事他是与媳妇丁秀芝反复合计过的。与人合伙开修理店可能会挣得多些，但需要投入资本，他自己需要出资十几万。那时候，十几万元对别人来说可能算不上什么，但对小赵来说则几乎要砸锅卖铁、倾尽家资，家里一点存余没有，心能不慌吗？何况开汽车修理店，经营还存在风险，妻子丁秀芝听了也坚决反对。如此这般，他便到了离家不远的一家4S店打工，每月能挣四五千元的工资。虽然付出的代价是他每天都得早出晚归、出力流汗，还带回一身油渍，但他干得高兴，每天都乐呵呵的，将笑脸也一并带回了家。

小赵也喜欢喝酒。虽然他喝不起茅台，可他不羡慕也不稀罕，长年累月，二锅头与他一路相伴，早已经成了他的最爱。偶尔参加朋友聚会，喝了茅台五粮液国窖1573之类的高档酒，他反而会不习惯，感觉不对口味。这也不奇怪，就如同有的人习惯了抽劣质烟，抽起来津津有味，偶尔抽高档烟反觉得不对劲。因而，二锅头是小赵除媳妇丁秀芝之外的唯一一个"情人"。自打娶了丁秀芝，他从未对第二个女人产生过兴趣，他认定只有丁秀芝才能给他一个温馨舒适的家，才能给他踏实的感觉。

丁秀芝退休后，也曾有朋友介绍她到一些公司或单位当临时工，返聘谋一份工作，像小赵一样多挣一份薪水，但遭到小赵反对。其实丁秀芝是五十五岁退休，比小赵还早了五年，论身体和精力，依然像秋天开出的寿菊，蓬勃着呢，鲜艳着呢。可小赵却怜香惜玉，说你干脆先轻松几年吧，过几年你要当了奶奶，想轻松门都没有了。丁秀芝听了，爱意绵绵地瞥了一眼丈夫，心暖暖的，有一股温热的柔情在胸中漫过。她觉得丈夫说得在理，心想丈夫每天早出晚归，假若自己也找份临时工在外忙碌，谁来照顾丈夫、照顾家呀。这么一想，她果真就放弃了，专心待在家里，却并不闲着。白天的时候，他早早起床为丈夫和儿女们准备早餐，洗洗涮涮，打扫收拾。收拾完卫生，再到附近早市或超市采购，回来的时候，日头也已近当午了。午饭后再睡上一觉，起了床洗把脸，烧水沏茶，再擦擦屋里边边角角的灰尘，清理屋里屋外的垃圾，不一会儿又该准备晚饭了。原本以为退了休有大把时间的丁秀芝，却忽然间感觉时间滑溜溜的，像永远抓不住的泥鳅，稍不小心便不知不觉溜走了。

好在丁秀芝也有成就感。与退休前相比，他们家收拾得利利索索，天天都是窗明几净，床铺桌椅甚至是地面也几乎一尘不染。晚餐更是令全家人赞不绝口，夫妻俩和儿女的四口之家，通常是四菜一汤的标配：一荤一素，另两个是半荤半素。虽然食材都很普通，荤的无非是鸡鸭鱼肉之类，素的是白菜土豆青椒胡萝卜之类，但丁秀芝心灵手巧，硬是将普通食材烹出了花样，炒出了别样的味道，咸甜香辣搭配有致，煎炒焖煮应对有方，加上那份一日一花样的例汤，每天的晚餐都让全家人吃得啧啧称赞、心满意足。最满足的当然是丁秀芝的丈夫小赵，这普通的四菜一汤配上他心爱的二锅头小酒，虽然每次都喝得不多，一般仅二至三两，却似乎有神仙般的感觉。每每放下碗筷，他便会边剔着牙边打着香嗝，对媳妇丁秀芝竖起大拇指，连声说："舒服，舒服，真舒服！"边说边用蒙眬的醉眼向媳妇传递出绵绵爱意。丁秀芝听了，自然十分受用，脸上向丈夫回报的红晕和笑意，让全家人都感觉如沐春风。后来儿子赵一丁娶回了媳妇，女儿赵一秀出嫁，次年家里还添丁加口，有了孙子和外孙女，小赵家这股沁人心脾的春风不仅不曾消失，还愈发明显与热烈。

小赵的儿子赵一丁的媳妇孟小兰是他中学的同学，虽然也没有考上大学，但幼师毕业后在中关村的一家机关幼儿园当幼教，性格温和，能歌善舞，不仅在幼儿园里是顶呱呱的业务骨干，在家里还是相夫教子的一把好手。每天下班回家，她总是主动帮助婆婆丁秀芝操持家务，粗活累活抢着干，还在婆婆的引导下虚心学习，将婆婆长年累月练就的一手好菜一一学到了手，色香味几乎毫厘不差。这让公公婆婆和丈夫赵一丁乐得合不拢嘴，庆幸家里的厨艺有了传人，全家人的口福眼看着将会享用不尽。不仅如此，孟小兰在家里敬老爱幼，时不时给公公小赵带回来二锅头，给婆婆带回来稻香村点心。自打结了婚，丈夫赵一丁的衣服和鞋子都是孟小兰为之量身定制，每年公公婆婆生日或春节来临，也都是孟小兰张罗着为老人添置新衣，时常让二老高兴得合不拢嘴。作为年轻母亲，孟小兰对自己儿子赵小孟更是关爱备至、呵护有加。吃喝穿戴，学习教育，陪学陪玩，无一没有孟小兰的影子。闲暇的时候，孟小兰还会教儿子唱歌跳舞，在爷爷奶奶面前表演节目。这让小赵三代同堂的家庭时常其乐融融，欢声不断。

相比起赵家四合院对面西厢房大赵一家孤零零的落寞，逢年过节，抑或周末，赵家四合院的东厢房时常是迎来送往，热闹非凡，欢声笑语时断时续。小赵的女儿赵一秀总会带着丈夫陈景涛和女儿陈婷婷回娘家看望父母，每次都是大包小包带来各色水果、点心或保健品。陈景涛是协和医院的眼科医生，赵一秀是到协和医院当护士半年之后，因工作关系与其结识并相恋结婚的。他们的女儿陈婷婷已经八岁，比赵一丁的儿子小两岁，正上小学三年级。

三代同堂，一家八口，又有两个相差仅两岁的孩子嬉戏追逐，在爷爷奶奶家相聚自然是热热闹闹，每次见面都欢欢喜喜、说说笑笑，并且在一起共进午餐或晚餐。但无论是午餐还是晚餐，都是婆婆丁秀芝、女儿赵一秀、儿媳孟小兰团结协作的结果。老话说，三个女人一台戏。小赵家的这三位女人，每每在一阵锅碗瓢盆交响曲和嘻嘻哈哈的笑声中，不知不觉就会变魔术般做出一桌热腾腾香喷喷的饭菜。

虽然四合院北边原本可以当客厅与大赵共用的正房已经分给了大赵，小赵一家也懒得向大赵开口借用，但他们自有办法。天气寒冷或刮风下雨之时，一家八口时常是围坐在北边的东耳房里，虽然挤了点，氛围却也更热闹，也更亲切了。一俟春暖花开、风和日丽之时，他们则将桌椅搬到院子东侧，于楚汉界河的东厢房这边，围坐在海棠树下吃吃喝喝，把酒言欢，说说笑笑，一时间更是反衬出西厢房里大赵那边空巢家庭的孤寂与落寞。这种景况，时常让躲在屋里时不时偷窥的大赵和胡素丽不乏羡慕，也心生嫉妒。他们唯一能找到心理补偿的，便是每逢预见对面小赵一家要聚会时，便提前购买更优质的山珍海味或稀有的高档食材，做出香味更诱人的饭菜。有时候甚至在烹煎烧炒时，故意用锅铲将炒锅敲碰得叮咣作响，甚至用扇子将出锅的肉香或菜香对着门口往东边使劲扇，唯恐小赵那边闻不到这边的香味……

第八章

那天，是小赵一家周末照例团圆的日子，女儿女婿和外孙女也都来了。晚上，小赵一家三代同堂，八个人圆圆满满围坐在北面的东耳房吃喝得正欢，忽然听闻院子西南侧的西厢房那边传出一声惊叫，桌上的人像被突然按下暂停键，纷纷睁大眼睛竖起耳朵探听动静。一些人鼓胀的腮帮子停止了蠕动，另一些人举着的筷子或勺子停在半空，大家都在猜测到底发生了什么。院子西南侧那边的惊呼声却一阵紧似一阵，女婿陈景涛和女儿赵一秀双双放下碗筷想起身去探个究竟，不料却遭到一家之主小赵的制止。老头子不停地挥着手示意大家坐下，说人家没准儿是唱歌或演戏呢。这么说大伙儿倒也觉得在理，因为大赵和胡素丽时常扯开嗓子唱歌唱戏，自娱自乐。女儿和女婿刚要坐下，准备重新入席，那边的惊呼声更高更紧了，而且还带着哭腔，一点儿都不像是在唱歌或唱戏。大人们这回本能地放下碗筷，从椅子上弹了起来，纷纷冲出耳房冲向院子，循着惊叫声冲到了西厢房。最先赶到的是小赵的儿子赵一丁和女婿陈景涛，其他人随后也都纷纷赶到。

眼前的情景让大伙儿大吃一惊：胡素丽正抱着摔倒在地的老伴一边连呼带叫，一边不停地摇着他的脑袋。此刻，倒在地上的大赵脑袋歪斜，嘴角流着口水，左手还不停地抽搐。职业的敏感让陈景涛迅速俯下身来检查大赵的心脏、鼻息和眼睛，接着大声呼叫妻子赵一秀赶紧打120急救电话。其他人也都急得手足无措，内心怦怦狂跳，像擂着一面面大鼓，惴惴不安地祈盼着救护车能尽快到来。

大赵很快被送到协和医院，检查的结果是急性脑溢血，需要住院治疗。但谁都知道协和医院住院床位紧张，一般情况下是很难马上住进去的。幸好赵一秀和丈夫陈景涛是协和医院的护士和医生，是他俩帮助联系协调才使大赵很快入住。负责抢救的医生告诉胡素丽，幸亏抢救及时，否则你家老头子恐怕就没命了。联想到丈夫被送进医院抢救和住院的过程，胡素丽内心不由得阵阵愧疚，一股久违的暖流从胸间掠过，她感觉到坚硬的内心忽然间融化了，变暖了，变软了……

大赵在协和医院整整住了两个月。经过神经内科专家的精心治疗，大赵虽然保住了性命，却再也无法站立起来。他左脚和左手乏力，站站不住，举举不起。假若扶着他站起来，他也只能用上右腿和右手，左脚和左手只能半吊着，看上去像被严寒拷打过的黄瓜，蔫蔫地垂挂着。更糟糕的是，他的脸、眼和嘴严重歪斜，难以闭合的嘴巴时不时淌出口水，仿佛一个接近枯竭而被遗弃了的泉眼。

大赵虽然出院，但身体严重偏瘫。只有老两口相依为命的家庭，忽然间就像被压上了一座大山，让原本生性要强的胡素丽感觉快透不过气来。虽然这个家有两个儿子，还是学业出色如今事业有成的儿子，可他俩如今都远在万里之外、太平洋彼岸的美国，远水解不了近渴。家里突发事故的时候，两个儿子叫叫不来，帮帮不上。他们家倒是不缺钱，甚至可以说最不缺的就是钱，可钱再多也长不出胳臂大腿，更不会直接忙前跑后听你使唤照顾你。这次大赵送医院急救并且安排了住院，假若不是他的同胞兄弟不计前嫌让儿子、女儿和女婿帮忙，胡素丽就算有三头六臂，纵然腰缠万贯，也只能像一只无头苍蝇，胡飞乱窜，理不出头绪，找不到方向。面对偏瘫的丈夫，如今的胡素丽感叹人生最重要的还是亲情与健康，只恨自己的两个儿子不在身边，长期以来两个出色的儿子为她带来的骄傲和优越感也正在土崩瓦解。她甚至设想，假如当初两个儿子留下一个在身边，哪怕只是北京市一个没上过大学、地位卑微的普通职工，那自己的家庭将会是多么完美。

获悉父亲生病住院的消息，大赵的两个儿子赵争气和赵争光虽然请了假从大洋彼岸赶回了家，却都姗姗来迟。他俩在家里待了十天，每天除了到医院看望父亲，说一些开导安慰的话，并无更多的作用。最大的贡献是每人又带回了两万元美元。有了钱，他们雇了最好的护工照顾父亲，而且一下子雇了两个，轮流值班照顾父亲，一男一女。男护工安排在晚上，女护工则负责白天。赵争气和赵争光哥儿俩都出手大方，每个护工每天都给了四百元护工费，比一般的市场价高出近一倍，弄得知道消息的其他护工既羡慕又嫉妒。即便如此，赵争气和赵争光还一再鼓励那两个护工："你们俩可得好好干，一定要照顾好我们的父亲，要是能让父亲满意，我们还会另加奖励。"这番话让两个护工听起来很受用，都庆幸自己今生今世遇上了出手阔绰的大款。然而在赵争气和赵争光看来，相比美国，每天每人给的这四百元护工费，已经是便宜了一半，所以即便再奖励一些也没什么，再说他们哥儿俩确实不缺这点钱。

相聚的时间毕竟短暂，赵争气赵争光的十天假期转眼间便成为过去。他们俩在美国的工作都异常忙碌，而且各自都是工作团队的业务骨干，科研的每个业务环节还异常紧密，缺了某个环节他们的业务几乎就无法正常进行下去，所以赵争气和赵争光各自的公司都在催促他们尽快返美上班。

离开北京的前一天晚上，赵争气和赵争光破天荒毕恭毕敬到对面的东厢房去拜会叔叔小赵和婶婶丁秀芝，嘴巴都像抹了蜜一样叔叔婶婶地叫得异常亲切，一个劲感谢叔叔婶婶一家对自己父亲的照顾和对母亲的帮助。哥儿俩的到来让小赵一家人大出意料，刚开始一家人的表情无异于见到了外星人来访，无论男女老少，个个异常惊讶，之后都冷冰冰地向这哥儿俩投去审视的目光，有些爱答不理的。随着那哥儿俩的不断表白，小赵一家人的表情渐渐由冷变暖，微微化解了疑惑，流露出了善意。只有被称为叔叔的一家之主小赵一直沉默不语，面无表情，脸如岩石，老头子只顾低着头吧嗒吧嗒地抽烟。只听赵争气继续说："叔叔婶婶，你们都是我们的长辈，肯定知道血浓于水这句话。其实在中国农村还有一句话，叫作姑舅亲，辈辈亲，打断骨头连着筋。可在我们看来，叔叔婶婶也一样亲，甚至比姑舅更亲。再怎么说，叔叔和我爸是同胞兄弟，你们都是爷爷奶奶所生，是血脉相通、骨肉相连的亲兄弟，世间再没有比这种关系更亲的了，要不然怎么会有打架亲兄弟，上阵父子兵一说？以前我爸同叔叔有一些矛盾与冲突，作为晚辈我们一直都有些费解，也不便说什么。但无论如何，我爸肯定有做得不对的地方，请叔叔和婶婶多多担待，我们代表我爸向叔叔婶婶道歉，并恳求叔叔原谅。说句锥心的话，我爸这辈子都快过完了，莫非叔叔和我爸还要把矛盾、误解甚至怨恨带到下辈子不成？真要那样，肯定会成为人间最大的不幸！真要那样，爷爷奶奶九泉之下恐怕也会死不瞑目！真要那样，我们做晚辈的以后哪里有脸回来寻宗认祖？真要那样，我们在世人面前恐怕只有打掉牙往肚子里咽的份，难道叔叔和婶婶愿意看到这样的人间悲剧吗？"

说完这番话，赵争气还将手中一个鼓囊囊的信封放到叔叔和婶婶跟前的桌上，说："叔叔婶婶，我和争光这么多年在国外，回来得少，也还从来没有孝敬过你们。这是我们的一点心意，再次感谢我们不在时叔叔婶婶一家对我爸我妈的帮助。明天我们哥儿俩就要回美国了，以后还请叔叔婶婶继续担待，多多包涵！"言毕，赵争气和赵争光双双下跪，举手作揖，然后不由分说转身离去。他们的这番举动与肺腑之言，让小赵一家人如遭电击，大觉意外，一个个像木桩一样愣在那里，都感觉刚才像是做了一场梦。待他们都从梦中醒来，丁秀芝才急急打开赵争气兄弟俩留下的那个鼓囊囊的信封，发现里面装着整整五万元人民币。

五万元在小赵一家人看来，不是一个小数目。但这笔钱的到来，既像一个烫手的山芋，也如一颗石子突然扔进他们原本平静生活的湖里，在每个人心中激起了不大不小的波澜。

最先有反应的是一家之主小赵："这是要干吗呢，莫非太阳从西边出来了？赶快给他们退回去！"

老伴丁秀芝一脸犯难："是应该退回去。可人家兄弟俩刚才的一番话，说得入情入理，看得出是真心实意。现在就这么直愣愣地送回去，人家的脸上能挂得住？"

老头子说："有啥挂不住的？他们早干吗去了，这时候才知道亲情的重要？哼，假情假意，我呸！"说着，还狠狠地掐灭了手中的烟蒂，像是将所有的怨恨都发泄到烟蒂上了。

这时候儿子赵一丁却站出来说："爸，我看人家哥儿俩这次专程上门来，说的话情真意切，句句实在，而且也很在理。虽然他们确实可能是被迫无奈才上门说这番话的，可俗话说伸手不打笑脸人，得饶人处且饶人。这世界上的人，没有谁一辈子都是一顺百顺的，总会在某个时候有不如意甚至遭遇天灾人祸的时候，能互相帮衬最好，不能帮衬，最起码也要与人为善。何况您和我伯伯确实是最亲最亲的骨肉兄弟呢，我觉得赵争光的话一点没错。再说了，从前您就怨恨伯伯，甚至怨恨他们一家，以至于还不让我们与赵争气和赵争光兄弟来往。其实大伙儿都有骨肉亲情，又同住在爷爷奶奶留下的这座四合院，平时进进出出的低头不见抬头见，可就因为您同伯伯小时候结下的恩怨，导致咱们一家与他们一直闹矛盾，难道您不觉得别扭与寒碜？难道您非得让我们晚辈也将你们之间从前的恩怨一直继续下去？说实在的，这要让外人知道了，恐怕都会看咱们赵家的笑话，要我说这纯粹是在辱没咱们赵家祖宗的脸面。爷爷奶奶要是知道咱们今天仍是这个样子，九泉之下真的会死不瞑目！"

赵一丁这番话，让身为父亲的小赵犹如醍醐灌顶，可又心有不甘，气哼哼地干瞪眼，张口想反驳什么，可那抖动的嘴唇老半天没发出声响，喉结滑了几个来回，喉咙里那股眼看就冲口而出的气流最终却仍像打哑了的气枪，刺溜一声被噎住了。老头子不是不想反驳，而是觉得儿子的话理直气壮，威力强大，而且入情入理，无可辩驳。尤其是一想到九泉之下的父亲和母亲，他原本坚硬的内心忽然间柔软下来。他已经无力反驳，只是哼了一声，将气哼哼的脸扭向一边，噘着嘴有些不情愿地叹气。

这时候，一边正在帮着儿子整理衣服的儿媳孟小兰也说话了："爸，您甭生气，生气伤身体，得不偿失，何必呢。我觉得我妈和一丁说的话不是没道理，人家哥儿俩毕竟都是上了名校、如今在美国事业有成的人，刚才在咱们家说的那番话真的是入情入理，而且看样子说得也很诚恳，咱们最好就别再纠缠过去的那点恩怨了，说起来真的没啥大到永远解决不了的矛盾。再说了，咱家的东东将来长大了，没准儿也会考到美国去留学呢，是不是东东？"孟小兰说着笑呵呵地逗起了儿子。

不料儿子还真很乖巧地配合，朗声说是，还转身冲爷爷喊："爷爷，我长大了也要到美国留学，去找在美国的两位伯伯，您同意吗？"他稚嫩的脸转向爷爷，一脸天真，一脸无邪，一脸纯洁，乌黑的瞳仁在眼眶里滴溜溜地转着，期待着爷爷的回答。他可爱的样子，让大人们忍俊不禁，一家人忽然都爆发出爽朗的笑声。

赵争气和赵争光兄弟回到西厢房不到半个时辰，赵一丁和孟小兰代表小赵一家到四合院的西厢房来了。他俩的到来也让大赵一家大感意外，胡素丽有些手忙脚乱，虽然也热情地招呼着赵一丁夫妻俩进屋坐，但身体却忘记让开，挡住了大半个门框，只顾讪讪地笑，多少有些尴尬。

赵争气和赵争光闻声迎了出来，招呼赵一丁夫妇进屋，胡素丽这才意识到要让开身子。

进了屋，赵一丁夫妇并未坐下，而是关切地问："伯伯的身体好些没有？现在感觉怎样？何时能够出院？"胡素丽赶忙回答："还行，这两天他吃饭、睡觉都还凑合，就是身子再也站不起来，什么都需要别人照顾了。唉，太遭罪了，往后出了院可怎么办呢。"

赵争光说："妈你别太担心，待我爸出院咱们请保姆照顾。如果一个不够咱们再请一个，两个一起照顾，应该够了吧？"

胡素丽道："你倒是说得轻松！人再多，哪有自己的子女在身边好？明天你们哥儿俩又要回美国，天高地远的，家里有啥事都指望不上，我能不担心吗？当初真不该让你们哥儿俩都走那么远！"说完，她抹起了眼泪。

赵一丁赶忙安慰道："伯母，您别担心，争气争光都已经在美国那边扎根，这已是事实，只能面对。只要家里请来保姆照顾伯伯，问题还是可以解决的。再说了，我们一家人都在对面，近在咫尺，有啥事您就招呼一声，我们可以帮忙照应。"说完，他将手中那个鼓囊囊的信封完璧归赵，放在桌子上，对赵争光说："争光，你们的心意我们一家领了，但钱不能收，谢谢啦！"

赵争气正要上前推辞，赵一丁却拦住了他："争气，我和我爸我妈都商量过了，这钱绝不能收。你们放心走吧，伯伯伯母这边有我们帮助照应呢。俗话说远亲不如近邻，咱们两家不仅有骨肉亲情，又是近邻，伯伯伯母这边有啥紧要事尽管招呼，我们不会坐视不管的，这点你们尽可放心。"说完，他伸出手来，同赵争气和赵争光握了握。赵争气和赵争光同时感受到这位堂弟手中传递来的力量，这力量分明让他们感受到了对方的真心与实意。这让哥儿俩不由得深深感动，他们回应赵一丁的是更加有力的握手，母亲这时也走过来向赵一丁千恩万谢。

屋里的气氛一时间异常动人，就连站在一边的孟小兰也触景生情，心里一热，感觉到眼眶里有温热的泪水涌出……

尾声

赵争气和赵争光回美国之后的第五天,他们的父亲大赵出院了。出院手续是大赵的侄女,也即大赵的同胞弟弟小赵那位在北京协和医院当护士的女儿赵一秀忙前跑后帮助办理的。赵一秀的哥哥还特意请了假到医院帮忙接伯伯大赵回家。

大赵虽然出院了,但身体严重偏瘫。他出院是叫了救护车才送回来的,赵一丁用力将伯伯抱下了救护车,才回到了赵家的四合院,也让大赵坐上了家里事先买回来的轮椅。前一天,赵一丁的母亲丁秀芝还陪着胡素丽一起到附近的家政公司请了保姆,而且果真一下子请了两个,包吃包住,每人月工资六千。再之前的一天,赵一丁还帮助伯母胡素丽张罗着从外面请来了水泥工,先是将西厢房的一个门槛拆了,又在西厢房外的台阶与天井连接处用石块水泥修了个通往院落的斜坡,以方便保姆每天推着轮椅让伯伯进出院子活动。

经历了治病求医和出院的风波,赵家的四合院总算又平静下来,并且逐渐进入新的生活轨道。

西厢房的大赵再也站不起来,除了晚上睡觉,白天便被安顿在轮椅上,与轮椅终日相伴,甚至还得穿上纸尿裤,被保姆推进推出,在西厢房和四合院的院子里来回活动。大赵既无法喝酒,也无法再唱歌了,就连说话都很少,有时候甚至终日沉默寡言。这也难怪,经历了病魔的打击,他大伤元气,身体偏瘫,面部歪斜,说话口齿不清而且还动不动淌着口水,能捡回条命已属万幸。苟延残喘的他,每天坐在轮椅上被保姆推进推出,像极了一个活着的木偶。年过八旬的他,余生唯一的任务,就是一分一秒地消磨时光、打发日子。

胡素丽请来的两个保姆,一个负责照顾丈夫大赵,另一个负责买菜做饭洗衣打扫卫生。比起之前大赵没生病家里也还没请保姆的日子,胡素丽倒是从烦琐的家务中解放了。她每天所要做的事,就是监督两个保姆的工作,看管住自己的家尤其是家里的钱柜。两个儿子以前寄的钱以及这次他们回国看望父亲留下的钱,都被胡素丽牢牢地锁在她卧室的钱柜里,钱柜的钥匙被她用细棉绳穿起来挂到脖子上，睡觉的时候都不放心摘。在她眼里，请了两个保姆等于请了两个潜伏在家里的贼，说不定哪天就会乘她不备偷走钱柜里的钱。所以她每天都提心吊胆，每天都一次次提醒自己一定要看紧些，再紧些。她只是在需要用钱的时候才一个人悄悄躲进卧室，反锁上房门，摘下脖子上的钥匙悄悄打开钱柜，估摸着将要花掉的数额，取出一点，又取出一点。不仅如此，每天让保姆去市场买菜，回来时她都要嘱咐保姆记账。稍有变化的是，胡素丽同对面小赵一家的关系，已经不是水火不容、老死不相往来了。每天见面，无论是见到对方家的哪位，她都会堆起笑脸主动打招呼，甚至有时候还会嘱咐保姆多买些菜回来，匀一些送到对方家。有时候网购了高档的肉类海鲜，或四时高档水果，她也会送些给丁秀芝。而丁秀芝从开始的推辞到后来盛情难却渐渐接受，也使她们妯娌之间的关系渐渐融洽起来。当然，丁秀芝一家也投桃报李，每天都会在闲下来的时候，到西厢房来看望大赵，嘘寒问暖，再三交代胡素丽，让她有啥事就言语一声。即便只是简短的客套问候，也会让胡素丽心生感激，继而感叹人活在世上，最珍贵的还真是亲情。

冬去春来，转眼间就到了公元二〇二〇年。

二〇二〇，谐音爱你爱你，年轻人和浪漫情人最喜欢的数字。大家以为，这一年将会是最好运最浪漫并且最幸福的年景。

不料春节未到，一种罕见的新型冠状病毒袭击中国武汉，迅速蔓延全国。封城、隔离成为充斥媒体的字眼，口罩成了流行品和人们须臾不能离开的救命稻草。本该是举国喜庆、万家欢乐的春节，无数人却只能待在家里抵御病毒、守护生命。就连北京赵家的四合院，也都没了往日的自在。赵家人无论老少，遑论男女，即便在院子里活动也都纷纷戴上了口罩。

春节前，胡素丽请来照顾大赵的两个保姆早早提出要回老家过春节。这要求分别从两位保姆的口中云淡风轻地提出来，却将胡素丽吓得不轻，心想真要让两个保姆都回家了，剩下自己和残疾的老伴，那可怎么办？这么一想，胡素丽整整一个晚上都在床上"烙饼"，担心与忧愁像驱赶不走的恶魔一阵阵袭来，让她无论如何都睡不着。

第二天一早，早饭都未吃，胡素丽就将两个保姆叫到自己跟前，郑重其事地对她们说："春节你们都别回家了，我给你们加工资，每人给加两千元，比国家规定的三倍工资还高，你们看怎么样？"

姓肖的保姆脑袋瞬时摇得像拨浪鼓："那可不行，我都整整一年没回家了！我家上有老下有小，再说我母亲身体又不好，春节不管怎么说我都得回去看看。"

姓李的保姆则说："我也不行。我女儿今年高考，天天都盼着我回去。我要是不回去肯定会影响她的情绪，也肯定会影响她的高考。"

两位保姆的话像两个上了子弹正冲她而来的枪口，让胡素丽更加心惊肉跳。胡素丽故作镇定，脸上堆起了笑容，讨好地说："你们回家的心情我能够理解，可我家里也有实际困难，你们要都走了，我一个人确实难以应付。你们俩再好好想想，不回家不仅省了路费和旅途奔波劳累，十几天的时间还额外多挣两千块钱，不错了。如果你们觉得加两千元少，我再考虑加点，反正钱的事好商量。"

姓肖的保姆说："不是加钱不加钱的问题，无论如何我都得回去，不回去我老公可饶不了我，弄不好都可能跟我闹离婚。今天我就得去买火车票。"

姓李的说："我也是……"

胡素丽抢白道："你们总不能今天同时去买火车票吧？"

姓肖和姓李的保姆这下倒是被问住了，大概都明白确实不能都在今天同时去买火车票。她们商量的结果是，姓肖的今天去，姓李的明天再去。

两个保姆都将要回家过春节的事，突然间像一团乱麻塞进胡素丽心里，让她感觉内心异常压抑，呼吸急促，难受得快要喘不过气来。冥冥之中，她似乎预感到大事不妙，厄运将至。

姓肖的保姆早饭后果真请假外出购买火车票去了。她走前，胡素丽还不断劝说着，说春节的火车票哪有那么容易买，即使排一天队你也不一定能买上。但姓肖的保姆回家心切，拿出不撞南墙不回头的架势，任凭胡素丽怎么劝说都不改变主意。

没办法，姓肖的保姆前脚一走，胡素丽便苦口婆心地劝起了姓李的保姆，说小李你还是别回去了。让小肖今年回家，你明年再回，或者等你女儿考上大学时你再回。我给你加一个月工资，这个月给你发一万两千块。你想想，春节你回去不但要花路费，要长途奔波跋涉，回到家没准儿还分散你女儿的精力。你不回去，让她专心学习，还能多挣六千元。不说别的，即便你女儿考上大学，不还得准备一笔钱供她上学？等她考上大学你再回去，一家人欢欢喜喜一块儿庆贺，不也很好吗？"

这下姓李的保姆纠结了：春节到底是回还是不回？从内心里讲，她一百个想回家。她同样离开家整整一年了，谁不想家呢？再说她很想念女儿，也想念老公，还有家里的老人。可不回去能多挣一个月工资，那六千元对她来说太有诱惑力了。何况主人说得不错，女儿考上大学也需要钱呀，自己春节不回家能多挣六千块钱，待女儿考上大学自己再回去确实是更加划算呀。这么一想，姓李的保姆动心了，她准备答应胡素丽的要求，春节不回家。但姓李的保姆也要面子，她对胡素丽说："这样吧，我本来也想家，想得要命，尤其是特别想我女儿。可我又想，春节我和小肖要是真的都走了，你这里怎么办呀，肯定照应不过来。那我还是先不走了吧，等暑假我女儿高考结束，我再回去。"

这话说得熨帖，让胡素丽一直悬着的心总算放了下来。她高兴得像个孩子似的双手一拍，连蹦带跳地说这就对啦，这就对啦！姓李的保姆忽然发现，自打她进他们家，胡素丽还从来没笑得如此灿烂。

虽然姓李的保姆留下了，但胡素丽仍高兴不起来。2020年这个春节，甚至整个春天，她过得异常沉闷、压抑。整天闷在家里不说，电视上手机上传播的信息，每天除了疫情就是疫情，几乎人人都被病毒吓得半死，谁都担惊受怕谨小慎微，谁都时刻戴着口罩，买回酒精、泡腾片、84消毒液、洗手液、消毒纸巾等各种消毒用品。电视和微信上每天都在发布世界各地新冠病毒的新增感染人数和新增死亡人数。人如蝼蚁，生命从来没有像现在这样如此脆弱、渺小。胡素丽忽然觉得，人生也就这么回事，来去匆匆，何必争个你输我赢，何必争个你死我活。联想到老伴和自己过去那么多年与对面小赵一家寸土不让地斗气，不由得心生悔意，惭愧和自责忽然像潮水般阵阵袭来。趁保姆不在身边的时候，她陪着大赵，悄悄凑近老伴耳边，将憋在心里的这种感觉告诉老伴，边说边发着感慨。不料老伴啥话不说，听罢却禁不住老泪纵横，放声痛哭。

熬过了三月，四月悄悄来临。

经历了两个多月的全国动员、全民抗击，中国的形势日渐平稳，外国的疫情却此起彼伏、风高浪急。美国的疫情更是惊心动魄,连续数天新增病例以两三万计,累计总数远远超过世界各国。这让胡素丽每天都担惊受怕,每天都坐卧不安,每天都牵挂着大洋彼岸的两个儿子以及他们的媳妇、孩子。幸好如今有微信,胡素丽每天都要跟两个儿子在微信上视频通话,说说话,看看他们的样子。但因为时差,也因为两个儿子都很忙,能说话的时间并不多,往往说不了几句便被两个儿子率先挂断了。后来连续几天,胡素丽的微信只能联系上大儿子赵争气,而小儿子赵争光却不管怎么努力都再也联系不上了。胡素丽只好问大儿子赵争气为什么联系不上争光。赵争气沉默片刻,接着告诉母亲:"争光这段时间被研究所安排参加抗疫工作,隔离封闭,正与众多同事紧锣密鼓研究抗击新型冠状病毒的疫苗,没日没夜加班,没时间也没机会与您视频。不过他平安无事,妈您尽可以放心。"

其实,赵争气没敢告诉母亲真实情况。但他在微信上悄悄告诉了堂弟赵一丁:弟弟赵争光十天前不幸感染了新冠病毒,因病人太多住不进医院,已于一周前去世。赵争气感叹说:"危难时刻,才明白人生在世,其实什么都不重要,生命和亲情最最重要。假若危难时刻亲人能在一起守望相助,那该有多好!"他向赵一丁坦陈,自己十分想念祖国,想念北京的亲人,尤其是十分挂念年迈的父亲和母亲。眼看着如今祖国日新月异的发展,真后悔当初留学结束没回到北京的父母身边工作。眼下自己在美国已经拖家带口,而且眼看着明年就到了退休年龄,再想回祖国效力也已经不现实。赵争气还感慨道,如果说祖国是一艘巨轮,他感觉自己如今就像一个被抛进汪洋大海的弃儿,面对来势迅猛、日渐汹涌的疫情,随时都有被风浪吞没的危险。要是自己这次万一也躲不过病毒袭击,像弟弟赵争光一样不幸客死异国他乡,那这辈子可就再也见不到北京的父母和亲人了呀,想想真是可怕!赵争气还说:"今生只活一次,来生再无可能。活了几十年,如今我才算活明白了:人活着,要珍惜每一分钟,珍惜身边的每一份亲情。我们不是花草,凋谢了还能再开,干枯了还有来年。我们的生命只有一次,失去了,不会再有;闭眼了,不会再醒来。三千繁华,弹指刹那,百年之后,不过一捧黄沙。所以如今我深深体会到,人活着的时候,要善待每一个人,因为没有下辈子。只可惜人生苦短,过去的已经一去不返。人生所有的遗憾和后悔，都将成为无法医治的痛。身在美国，遥望家乡，思念父母和亲人，此时此刻，我只能徒叹奈何！"赵争气在微信里的这段话后面跟着的是三个泪流满面的表情。末了他再三嘱咐赵一丁，千万别告诉母亲赵争光已经去世的消息，并且拜托赵一丁尽可能多去关心照顾父亲和母亲，日后若他还有机会回国，一定重谢。

　　赵一丁看完赵争气的微信，身边仿佛炸响一声惊雷，无比震惊、震撼，内心瞬间也翻江倒海，电闪雷鸣。他万万没料到世事如此莫测，生命如此脆弱、不堪一击。他忽然感觉到自己刚才像做了一场噩梦，内心不由得涌起阵阵悲哀，温热的泪水禁不住从他的眼眶汹涌而出，不停地往下流淌。他赶紧从衣兜里掏出纸巾，慌慌地擦拭，唯恐父母亲看到。

　　四月的天气异常晴朗，北京的气温也渐渐回暖。

　　赵家四合院里的海棠花如约绽放。粉红的海棠花一朵朵、一簇簇，眉开眼笑，争妍斗艳，在早晨的阳光映照下如妙龄女子，婀娜多姿，流光溢彩。麻雀们依然无忧无虑地在开着海棠花的枝叶间开心追逐，来回穿梭，尽情嬉闹。往年，院子里这样的季节，这样的景象，会让大赵和胡素丽老两口看得入迷，看得忘情，看得心花怒放，仿佛自己此时此刻比嬉闹的麻雀还要快乐。可今年此时，胡素丽陪着坐在轮椅上的老伴观看着海棠树上嬉闹追逐的麻雀，内心却如黑云压城，感觉异常阴沉与压抑。此时此刻的他们，思绪已经飞到大洋彼岸，他们无比强烈地思念和牵挂着远在大洋彼岸的两个儿子。一想起早晨电视机里传来美国新冠病毒感染者一天里又陡然新增了两三万例的消息，老两口的心又像被什么重重撞了一次，思念和牵挂无形中又增加了一分。此刻他们心中想的是，争气和争光现在要是在自己的身边，那该有多好啊！

　　想着想着，老两口已禁不住泪流满面……

原载《青年作家》2020年第10期

床上的陈清

一 窗户

窗户朝南面开了两扇,下方横着两道不锈钢条防止有人跌落,但这对陈清没有意义。

从春节起往来高干病房的人就一下子少了,消毒水的味道却比平日浓了几倍。以前在医院里靠戴不戴口罩就可以分辨出是否医护人员,现在已经不行了,每个人都用白色或者淡蓝色的口罩把脸捂住一半,剩两只眼警觉地留在外面,一听到有人咳嗽,马上就往旁边退去几步。新冠疫情虽然在这座城病例不多,但紧张程度是一样的。

陈清躺在病床上,瘦得像根木棍,肉没了,皮直接贴住骨头,二者面积相差太大,如同一面大旗蒙在一枚小硬币上,皮只能皱巴巴地蜷起,无序地挤来挤去,挤出很多长短不一的纵横线条。其实身上那些皮怎么皱法并不能一眼看清，他罩着宽大的蓝白条子病号服，长裤长袖。但不是还有手掌吗？胳膊一东一西被拉成一条直线，手腕被两只长丝袜绑在床左右侧栏上，手掌便像两个展品，赫然摆在床的两边，朝天张开。左手背上还插着留置针，营养液和药液每天从早到晚都是从留置针缓缓输入体内的，吊在半空中的药瓶仿佛是陈清的心脏，输液管则是血管。

这一年他八十九岁，已经在1803病房躺了三年多。

三年前的七月十八日，一场台风刚走，太阳报复性地变得格外烈。南方夏季的太阳烈不算新鲜事，但小区恰好停电，就让人气都没法喘了，汗从肉里使劲往外钻，亮晶晶地在皮外蒙着，像涂了一层胶似的又潮又黏。说起来陈清并不是个怕热的人，怕热怎么吃得了摄影这碗饭？抱着几架大机子，太阳底下一站半天，对他根本不在话下。但那都是以前，以前可以，不等于现在也行。通知八点停电，俞小静早上草草吃点东西，七点半就出门去陈珊家了。她没空调不行。喊陈清一起去，陈清说一会儿他要去工作室。

工作室在城南的码头附近。近一百年前这座城围绕着码头建起很多厂房、造船公司、货运公司、搬运公司以及茶、米、布等各种商行，算是繁荣过。后来汽车火车飞机取代船运，码头就荒了，房子不断易主，瓦破墙塌，路面的青石板也被人撬光，一下雨到处是淤泥，每一脚踩下都吱吱响。陈清的工作室就在这里，是货运公司一间破败的房子，不大，七十平方米左右。二十世纪五十年代初他来这里租下房子时，被很多人嘲笑，但他租房不是为了房子，除了俞小静外，真实原因他从未对别人说过。其实连俞小静都未必具体了解，他没详说，没必要说。九十年代恰好市里兴起旧城保护，政府投资进行修复，弄成吸引游客的文创街区，以低租金邀很多名家挂牌入驻，这间房子就顺势继续租给陈清，门外挂起一块木牌，写着"陈清摄影工作室"。里面其实只存些以前拍的老底片，得空时陈清会过去整一整。

但最终他却没有去成。

在床上躺到十点多，起来后他觉得浑身哪里都不对头，每一根骨头都有说不出的酸软，一点劲都没有，他不想动了。

事实上到那天为止陈清还是正常人，至少是正常的老人，虽然膝关节不太好，那也仅是退行性的问题，最多不那么利索，却并不影响行走。至于饮食，他真是胃口太好了，什么都不挑，任何东西入口都津津有味。所以八十六岁对于他这样一个享受离休待遇的人而言，还不一定看得到生命的尽头。

中午他想再去床上躺躺。早上俞小静走时已经把家里所有窗户都开了，这会儿他又去把每一扇窗都推到最大。其实再大也没用，太缺风了，风好像一下子缩到哪里睡大觉去了。

他住的新闻小区是单位福利房。二十世纪八十年代末，省新闻出版部门把一片都只有二三层高的苏式旧办公楼拆了，先临街建起上班用的二十层大楼，楼后面余出来的那片空地，就建起五幢品字形职工住宅楼，每幢十层高，内部消化，算福利房。陈清是画报社创社者之一，职称正高，拿到的房子在七楼，三房两厅两卫。原先没有安电梯，爬楼梯吃力，前几年在楼梯位加装了电梯，哧溜一下就能上来，虽然楼房外观变难看，人却活得一下子顺当了。往往就是这样，中看的大多违背人性，总之未必中用。

他弯起身子，把头探出窗户，像狗伸舌头一样试图散个热，马上烫着似的猛地缩回。刚才嗡的一下，声音轻而迅捷，电流般从脚底蹿向后脑勺，整个人仿佛被重重甩向空中，眼前一白，一下子模糊不清了。这座楼每层两米八高，加上一楼下面的架空层，从窗户到地面不过二十米多一点，这么点高度都能让抱着相机爬高钻低一辈子的人这样？

他用手扶住窗框，闭上眼静立一会儿——究竟立了多久心里并没数。楼好像在晃，地震了？这一带的地动不动就震一震玩，不算稀奇事了，他没多想，当然也想不了。脑子似乎开了小差，壳还在他脖子上原地安着，魂却已经溜到半空中，过一会儿似乎又慢慢钻进体内，眼皮终于可以微微睁开。他吸口气，吸得仍然不畅，鼻孔像塞着什么异物。这种感觉以前有没有过？想不起来，应该没有，肯定没有。他又呆立一会儿，然后抬起两臂，缓缓向前伸出，像两根竹竿直直地戳在肚子前，然后慢慢提起腿，他以为提得非常有力了，事实上腿根本没离地，塑料拖鞋整个底都压在木地板上，一下一下地摩擦，噗噗噗响，响了很久，他才终于站到餐桌后面的备餐台前。

药，这是他唯一的反应。他有很多药，药盒子在桌面垒出一片高高低低的小型群山。他勾着头看它们，好半天一直看着，他忘了为什么要过来，自己跟它们之间又有什么关系。

后来他终于想起来了，原来是过来吃它们的，他得吃药。

吃什么？他的手松松地横向拉过，它们马上像被强拆的房子，哗啦啦往下掉，一点都看不出重量，砸在桌子上，却发出奇怪的尖利声响，好像非常委屈。一直以来他都很少吃药，能不吃就不吃，整张嘴没有一处不竭力排斥着药，哪怕是补药。那些白色、蓝色、朱红色的药片从牙齿到舌头到喉咙，像孙猴子师徒取经路过火焰山、女儿国、通天河，总得遭些难，翻滚好几次。他的头仰得跟天空平行，仿佛吃的是天花板和白云，然后左右甩几下，让药震荡入喉，再一口口灌水，反复几次，才能把它们冲进胃里。凡药三分毒，这话他是认可的，身体也争气，除了血压血脂偏高，其他也没什么大毛病。平时去医院，医生会给他开出一些补钙、降脂降糖、安神镇定以及B族C族之类的维生素，还有降血压的氯沙坦钾片，拿回来大部分都撂到桌子上。可是现在他找不到哪盒是氯沙坦钾。

应该问问阿贵。阿贵是家里的保姆，平时都是阿贵帮他拿药，他接过，转身就悄悄丢掉。

电话机就在备餐台上，跟药盒们并排站在一起。他拿起话筒，之前阿贵设了一键拨号，说好有急事可以叫他。他当时觉得多余，能有什么急事？不料就用上了。按下，通了，但没人接。再拨，还是没有接。他喘着气，仿佛站在悬崖上，脚打着颤，使不上力，胳膊更不听使唤，柳枝般摇过来摇过去。俞小静也许知道？可他却想不起俞小静的手机号了。正想再给阿贵拨一个，手却突然一松，话筒滑出掌心，往下坠去，没坠透，吊在一半，一圈圈像冷烫过的电线顿时爆发出惊人的弹性，跳起，荡开，咚咚咚撞到桌子的前挡板上。

他伸长手向下探，想把话筒抓起，整个人却斜斜地向后歪去。眨眨眼，视线是虚的。再眨，看到卧室里的床。从备餐台去卧室，不过三四米远。

他要好好睡一觉了。他想躺上床，歇一会儿也许就会好。

所有的力气都集中到两条腿上，挪一步，再一步，挪到第三步或第五步时，脚尖竟钩到另一只脚的脚后跟上了。他趔趄几步，向前扑倒，两个巴掌拍到地板上，发出一道又长又响的咕噜噜声——这提醒陈清自己是人，人有腹部，腹部里那些"月"字偏旁的器官即使塞满屎尿残渣废料，也无法把他变成一个实心物体。

应该躺了很久，具体多久不知道。他动动胳膊，再动肚子、胸、腿，都很沉，但还能慢慢欠起身子。这一摔好像还帮了他，一抬头，原来已经到了床旁。他伸出手抓牢床单，然后像从井中吊水般，把自己整个人缓缓往上提。终于上半身高过床铺一截了，他把这一截猛地向前一折，脚再蹬几下，就横到两米宽的大床上了。铺着棕垫的床微微荡了荡，又很快安静。俞小静对床没要求，能睡就行，陈清却有。刚搬进新房时，买的是弹簧床，俗称席梦思，太软，腰腿都不舒服。换，一次，两次，最后换成弹簧外正反面都铺一层硬棕的，既有弹性，又有硬度，整个人扑上去，床荡几下，马上就稳住了。

床跟陈清已经很熟，躺上去，他心里安定了很多。以前他曾在床上弄出过很多故事，其实别人也一样，人间绝大部分故事都跟床有关。他出生是在一张嵌着象牙雕花的楠木拔步床上，那床是母亲从娘家带来的，精致得全城没有第二张。后来床哪去了？不知道，那年从上海回到这座城，家空了，人走光了，床也不见了。这么多年他好像已经把那床忘了，现在它忽然清晰地立在那里，围栏和垂柱上的雕花都伸手可触，连横楣上麒麟、凤凰、牡丹的镂刻透雕，都电影镜头般缓缓拉过去。

手机就在枕头边，昨晚忘了充电，电量将耗尽的提示音不时嘀地响一声。他瞥过一眼，觉得需要做点事，这事跟手机有关，但他想不起究竟是什么，脑子里填满雾一样的东西，竟一点缝隙都没有。不知过了多久，手机响了，响了好几次。他睁大眼看着亮起来的屏幕，都像从街头走过，看到商店里正播放广告的电视，很热闹，但跟自己无关。终于有几秒钟，他突然觉得有关了，于是伸出手，伸了很久，却够不着，就算了，不伸了。接下去手机好像又响了几次，然后仿佛生气，再也不响。只是门响了，进来的是妻子俞小静和女儿陈珊，她们推开门，尖叫起来。

接下去120来了，他进了医院。

二　俞小静

俞小静有捉奸在床的天赋。

陈清跟别的女人眉来眼去或长或短的微妙过程，似乎都没有入俞小静的法眼，这客观上形成一种鼓励与支持的姿态。故事于是在暧昧中稳健向前推进，终于推到床上，俞小静就神仙般十次会出现七八次。

十次和七八次只是虚数，细算起来一共三次。对于一场婚姻来说，三次也已经太多，但很奇怪，俞小静却一次都没提出过离婚。每次站在横有两具裸体的床前，俞小静多数时候仍能保持优雅的身段。她头很小，颈很长，背极薄，这是吃舞蹈饭的人所必备的，但因为离虎背熊腰太远，明显不适合动武。她也很少流眼泪，越是这时候越不知道泪去哪里了。她抿着嘴，像在抵挡谁把吃着的东西突然强行塞给她。虽然名字叫"静"，也不可能总是这么静态。如果她把双臂团在胸前，胯往旁一歪，背和颈仍然是挺直的，如同舞台上某个瞬间的造型，往往意味着后面会立即跟来一串大动作。她说："哼。"她又说："哼哼。"声音是从鼻腔深处轻轻推出来的。然后她把一条腿往上一抬，抬向天空，另一条腿仍直直戳在地面，整个人宛若一把直立的剑，接下去她的脚后跟很可能猛地向下砸，砸向任何一处都只在眨眼之间。至于手臂，既可能蛇一般灵活扭动，也可以如鞭子远远抽过来。

每次陈清都哧溜一下从被窝里翻出来，立在她一米之内，双臂伸直，腿张开，形成一个白花花的"大"字。按习惯，在"哼"过之后，俞小静的眼珠子会微微一转，视线在空中画出一条抛物线，然后落在附近某个物体上，有碗是碗，有锅是锅，甚至有刀是刀，总之它们会迅速由静止转成剧烈的动态——先是到俞小静手中，再向床上扑去。

这是她的床，她一点都不喜欢床。

从五岁那年母亲把她送进俄罗斯人索考尔斯基开在上海茂名路上的舞蹈学校学芭蕾起，她就习惯了动，每天围绕把杆，一遍遍和着音乐"开，绷，直"，押着自己身体往柔软轻盈的方向奔跑。她不喜欢睡眠，也不太需要，入夜后身体好像只是勉强借给床用一用，然后就匆匆讨回来。她记得母亲以前就是这样。别人睡不多会精神乏力，终日苍白着脸阴郁得快死过去，她们却正相反，似乎少睡就赚到了，长时间撑着的双眼皮又快活又精神地吧嗒吧嗒颤动，与嘻嘻哈哈的笑声配合在一起，手脚动得像跳上岸的鱼。总之睡眠她们都不稀罕，连对床也没兴趣，这应该是潜伏在血液里的基因。每天拿出三分之一时间躺在床上人事不知，到底是谁发明和推广的？原始人如果每天也得睡八小时，根本来不及进化，早就在梦乡中被野兽吞进肚子了。

所以她一开始就无法理解为什么陈清需要那么多睡眠。在睡与非睡之间，陈清好像安装着一条流畅的拉链，呼的一下拉上，就闪电般坠到梦里去了，可以睡十小时，也可以睡十五小时。但他退休前入睡的时间并不多，一个勤快的摄影记者是不可能有太多时间把自己放在床上的。最好的光线都出现在清晨和傍晚，而那些眨眼即逝的瞬间，都需要他提前背着相机、镜头、三脚架翻山越岭去长时间蹲守。

只要不外出，他就会一下子成为床的一部分，醒了也舍不得离开，靠在上面看书，或者一张张翻来覆去查看新冲洗出来的照片。老说电影是遗憾的艺术，其实所有的艺术都是，在陈清看来每张照片在快门按下的瞬间，命运就决定了。如果速度、光圈以及取景的角度是那样而不是这样呢？他琢磨的就是这个。

很多动物不是动起来才可爱，狗或猫懒洋洋横卧时，反而更招人怜爱。但床上多出一个女人，什么都变了。

并不是所有女人都能在同一张床上，看到同一个男人跟不同的女人胴体。除了直接摊在床上的，另有一些难辨是非的传闻起伏，报社的、电视台，甚至地县文化馆爱好摄影的女青年。陈清胃口太好了，不挑不拣，似乎吞得下所有桃花杏花李花莫名其妙的花。巅峰是珠子那次，珠子黑得像在炭堆里滚过的身体从被窝翻出来时，俞小静惊愕得张大嘴，久久回不过神来。

纵观俞小静的捉奸史，甚至在结婚初期，其震惊与暴怒的程度都远没有超过珠子这次。珠子那年二十二岁，比陈清小十三岁，比俞小静小十岁。年纪是次要的，站在那里珠子比俞小静矮一个头——当然身高也是次要的，甚至五官都不重要。那重要的是什么？是横贯在肢体甚至眼神间的气韵。五官、脸形、身高都是娘胎里带来的，属于每个人之后，既可以点石成金也可能把好牌打烂，就好比提前备好的食材，拿到手后怎么盘活它们才是最考验人的。好厨子会把普通的东西弄得色香味俱全，普通的厨子会把好东西炖成一锅烂菜。落实到俞小静和珠子身上，就是前者与后者的差距。也就是说珠子其实五官并不差，虽然黑，鼻子也短，额头凸，眼窝内凹，但凹的深处眼睛像沉在两个水洼里，眼皮褶子显得格外深，仿佛特地用刀子划上去的。她初来时，俞小静眼睛定定地落在她脸上，说："你怎么有点像东南亚那边的人？"

珠子脸一下子红了，说："我奶奶是菲律宾人。"

俞小静第一次看到脸红居然会使黑皮肤像烤红薯似的，一点点油亮起来。红只是一个概念，正被黑更浓重地淹没，肉眼看不出来，却能清晰分辨。

"咦，"坐在一边的陈清也好奇上了，问，"你不是北溪那边的人吗？"

珠子点点头，她娘家婆家都是北溪的。北溪是城郊北面半山上一个不大的村子，还没通公路，出来得走两个多小时山路。她爷爷那一辈要走更久，爷爷离开家，去了南洋，落脚菲律宾宿务，娶了当地女孩。二十世纪三十年代中期她父亲回国上学，后来兵荒马乱，就逃回北溪，只打算暂时避一避，最终却早早病逝，再也没去成菲律宾。在北溪长大的珠子十八岁就嫁给本村人，结婚四年，一直没怀孕，她是被丈夫打得逃出来的。

俞小静不能理解自己这样柔软修长的身体，活脱脱摆在床上可以无限循环享用，可是陈清却把珠子这样的身体也摆到同一张床上跟她并列了。胸口那里有一百面铜锣连天敲响，她细嚼一下，嚼出屈辱。对男人她一直了解不多。父亲是谁？不知道。上海百乐门当红舞女，就是她母亲，母亲混迹于男人中，家中却没有男人。以前母亲说过："一世太短了，骚气在女人身上停留的时间更短，脸上多一根皱纹，就会让男人减一分兴致。"她当时还小，没听明白，等到跟陈清结婚了，才一下子回过神来。

捉奸在床像生活花絮一样到来，她必须像常人一样生过气之后，又迅速不像常人那样持续生气。她太忙了，每天的练功和排成品舞，已经把自己练成一摊水，即使歇下来，脑子里也是音乐和舞谱交错浮现。肢体上的每一块肉时时都想以松弛、倦怠和肥厚来强调自己的存在,她宛若守疆将士,必须专注地与之抗衡,其他事大多都风一样转眼过去了。

但珠子那么黑,黑得她眼前一黑,就忘不掉了。

即便再不喜欢的床,她也不愿意被其他女人躺上去呀。

陈清个子一米七四,不算高,但作为这座南方城市长大的人,又不算矮。并且因为长期背着相机四处行走,他的胳膊大腿比常人更坚硬几分。每次他赤裸着这样结实的胳膊和大腿从被窝里冲出来,直接挡在俞小静面前,其实是为床上的另一个人挡住可能到来的袭击。他对迎面而来的任何东西都不躲不闪,头挺起,胸口向前,脸上连羞愧之色都来不及泛起。

"小静,错在我,是我……"话出口后,他会及时把脸向后一侧,说:"快走!"这话则是对床上已瑟瑟发抖的那个人说的,声音短促,像是命令,却分明带着保护的意味。

俞小静的怒气往往会因此急速往上跳一级。她眼珠子转一圈,如果周围仅剩桌子、电视这些她拿不动的东西,她就会吸一口气,把脚向后一勾,一只黑皮鞋霎时就蝙蝠似的拔地而起,飞过她的后脑勺和头顶,然后顺着额头到胸前。她伸手一接,鞋托在了掌心,垂下眼皮,仿佛打算看一看鞋的模样,却突然一个后甩,臂和鞋都到了半空,然后一侧身,扭动腰,跨出腿,鞋迅速就到了陈清脸上或者腹上、腿上,不是一下,而是噼噼啪啪左无数下又右无数下,时长依她当天体力而定。

打人都打得像表演,这真是舞蹈演员最致命的硬伤。

陈清嘴咧开,仿佛在笑,表示出应有的讨好。他眼不大,但细长,是弧线很好的半月形,下方两道卧蚕清晰浮起,就是不笑时其实也已经像在笑了,再认真笑起,露出两排整齐的大白牙,脸上马上呈现一种犹如他乡遇故知的喜庆。如果床上那人已经顺利离开,他就长吁一口气,用手拨一拨变得蓬乱的长发,整个人一松,身子挺起,站得更直了,好像在享受这场体罚。等到脸肿了,皮破了,东一个西一个红印子上下密布,俞小静也累得双手乏力了。捉奸在床原来也是体力活,她长年累月地练功并不是为了应付这样的场面。

接下去俞小静总会消失几天,也不需要陈清找或者求,不超过一周,她又没事人一样回来。就是在这样反反复复中,陈尹、陈萼、陈珊三个女儿接连出生。如果不是因为珠子，说不定还会再生出一长串的陈是、陈伍、陈溜、陈柒。

陈珊出生时，陈清托人雇来的保姆，就是珠子。

珠子之后，俞小静的肚子再也没有大起来过。她的肚子本来也不是用来装胎儿的，那里得紧致、柔软、有弹性、充满力量。被撑大三次，已经是极限，每次她都得费很大力气，加倍，加三四倍苦练，才能让它重新回到最初的状态。

珠子一来，整个家一下子就显得宽大了一圈，她从早到晚手都不停，走路带着小跑，洗完擦，擦完煮，煮完缝，仿佛掘开一个井，事情水一样没完没了地往外冒，但都只冒向她，俞小静和陈清都很清闲，什么事都不用管。俞小静曾经对珠子非常好，是那种感激多于喜欢的好。一个外人来家里，不仅把陈珊照顾得白胖健康，做家务也这么尽心，同样的菜每天不一样的煮法，毛衣破了用同色毛线补得毫无痕迹，诸如此类。俞小静带珠子看妇科医生，查过，没问题。俞小静说让你丈夫来看病吧。珠子摇头，眼泪就出来了。俞小静那时想，挺可怜的，就多留她几年吧。

结果却把珠子留到了陈清床上。

珠子在时，俞小静以为自己马上就会重新登台，她穿起塑料薄膜缝制的带勒口的衣裤练功，已经把怀孕坐月子肥起来的肉都化成汗流走了。重新瘦下来，她仍然背极薄，腹扁平，可以像燕子那么轻盈地舞动。那年她还不大，才三十出头，这是专业舞者在舞台上的最后时光，她必须抓牢，再绽放一次。可是珠子一走，她却突然不能再登台。不是珠子害的，但她后来心里一直相信，冥冥中二者必定存在什么说不清的因果。

功继续练，她用十余年的时光等待。但她没有等到，就像一台突然静止的演出，金丝绒幕布闭合得紧紧的，永远不再开启。四十五岁生日那天，她把所有的练功服装全部打包收起，她不会再练，不需要练了。但仅仅一个月，她又站到把杆前，是陈清把她拉回来的。陈清把自己的腿也架上去，装模作样压几下。这一个月她每天丢魂似的坐立不安，是不是让陈清看着烦呢？除了跳舞以外，她确实不知能做什么。

陈清说："练吧练吧，为什么一定要上台呢？当锻炼身体，每天稍微动一动不是也挺好？"

陈清又说："以前练那么狠，一下子歇下来，身体不适应，容易病倒的啊。"

哪想到最终陈清却比她先倒下。那天陈清被送进医院，从救护车上抬下来时，已经没有知觉。这家医院离新闻小区不过三五百米，走几分钟就可以到达。之前陈清很少来，他讨厌医院，不料在浓密的夜色中，他却像只进屠宰场的牲口一样，被一辆闪着红光一路尖叫的救护车送了进来。

医生拉开他眼皮时，他的眼眶里只剩下白，白得像团炸裂的棉花。

三　陈珊

陈珊出生还不满一个月，晚上就跟珠子睡了，她对吸到嘴里的乳头有时有奶水有时没奶水、有时是黑有时是白，非常无法理解。珠子把她抱在怀里时，常常把脸埋在她头发里长久吸着，或者像检查机器零件，用嘴唇在她的手、脚、脸上一遍遍地蹭。她的唇不是红的，偏紫，接近于酱色，而且饱满丰厚，上下两片合在一起，就像把一个黑黑的小屁股横过来举在那里。

陈珊长得跟陈清一模一样，大额头，高颧骨，腮帮外鼓，鼻子长而挺，整个脸形有一种粗犷的坚硬，但半月眼也跟陈清相似，看上去永远处于笑的状态，连哭都像笑，又一下子让脸柔和了下来。女儿像父亲天经地义，但她上面的两个姐姐陈尹和陈萼五官却更多与俞小静相似，小脸，尖下巴，眼梢上吊，眼皮略肿厚，嘴偏大，唇却很薄，唇形起伏有致，唇角上翘。原先一直以为演员在舞台上需要做表情，不知不觉俞小静就把嘴笑大了，直到陈尹、陈萼一模一样的嘴摆在那儿，才知道其实是天生的。三姐妹唯一相同的是头发，每一根都是卷曲的，一圈圈打着旋，如果不用皮筋紧紧扎住，就满头炸开，蓬得像顶着一堆木刨花。

陈萼比陈尹小两岁，陈珊比陈萼小三岁。陈萼之后俞小静本来没打算再生，但又怀孕了，一天拖一天没去成医院人流科，索性就生下来。

如果不是陈珊，珠子就不会来。

珠子的事发生时，陈珊还懵懂着，不清楚发生在床上的这一切意味着什么。那天她一大早就跟俞小静去剧团，团里已不再排练演出，人都不知去向，四面墙上安着大玻璃和把杆的排练厅空旷得像飞机场。陈珊那年三岁零五个月，按俞小静的想法，陈珊的第一个目标是上海舞蹈学校，然后是上海芭蕾舞团。陈尹和陈萼脸像她，身材却复制了陈清，上下半身接近均等，腿肚子圆滚滚地鼓起，屁股早早就开始挂肉。只有陈珊除了脸外，身材比例基本复制了俞小静，长颈长臂长腿，而且脚弓高，臂肘关节小。用尺子量了一下，上半身从臀线到第三颈椎骨比臀线到脚底短十三厘米——不要小瞧这个细节，四肢短是亚洲人的死穴，不纤不细，不修不长，基本功再好，在台上仍然是蛤蟆跳。

俞小静要自己带，她相信陈珊可以练出来。陈珊每天哭着不想动，俞小静还是每天把她拉到练功房。音乐、把杆和优质的地板，这里全是现成的。她自己先练两套基训动作，陈珊则站到把杆前，提踵或压腿、下腰，总之把身体活动开。

那天刚练一阵，陈珊就喊肚子痛。俞小静瞪她一眼，让她继续。陈珊继续不下去，蹲到地上，又一屁股坐下。噗的一声响，地板上很快就有黄色的水渍漾开，臭味也荡起。"肚子痛，很痛啊。"练功房旁边有盥洗室，四月初，天还是微凉，没有热水，也管不了那么多，只能脱下裤子，潦草擦洗一下，然后回家吧。

结果回家就捉奸在床了。

俞小静吼叫着往床上扔东西时，陈珊就站在门旁。她当时还没有美丑的判断，只是觉得眼前的一切很陌生。俞小静逼她训练时也常动手，但从来不是这样，整个人像只炸药包，轰的一下炸开。每次俞小静手刚举起，她总是先竭尽全力尖叫起来，能躲就躲，能跑就跑，可是陈清却站着一动不动，只有俞小静动作向下时，他才把胳膊往下猛地一伸，双掌交叉遮在两腿根中央。刚才陈珊已经看到，那里奇怪地多出一团皱巴巴的肉，随着身子晃来晃去。

当时陈珊正被裤裆里没有清洗干净的秽物弄得很不舒服，鼻子一吸一吸，吸进去的都是屎的气味。一个人居然能把这么臭的东西藏在肚子里，这真是令三岁多的陈珊非常震惊的一件事。路上她本来想到家后问一问珠子这究竟是什么道理，但一进门，家里就成这样了。三个大人都没把她纳入视线，她肚子又开始痛，咕噜咕噜叫着，屁股眼里不时叭叭排出不同声响的屁，臭气在屋里飘动。

珠子从被窝里蜷着身子爬下床，腿抖得像两条猫尾巴。她跟陈清一样也光溜溜的，身子从上到下的黑，如果咧开嘴，牙会闪出一道白光。但这时她抿紧嘴，用双臂护着鼓得像两只小篮球的乳房，低着头，齐耳短发盖住半边脸。

陈珊嘴巴动了动，似乎想喊珠子一声。在剧团练功房盥洗室里，俞小静并没帮她洗干净，这不是俞小静擅长的事。陈珊本能地觉得应该让珠子帮她重新洗一洗，然后换上干净的裤子。

珠子从旁边跑过时，陈珊扭头看着那两瓣晃来晃去的真屁股。没有错，这时候它们的形状确实像竖起来再放大的嘴唇。

他们住的这间房子，是画报社的宿舍，原本只是长条形的一个大开间，用木板隔出前后两间，后面摆着一张大床，是陈清和俞小静的，前面摆张一米二宽的高低学生床，底下归陈珊和珠子，顶上的留给陈尹和陈萼。她俩在乡下那个叫芬姐的保姆家里，偶尔才回来住一两晚。

珠子那天穿好衣服就急急往外走，陈珊以为她只是出门倒垃圾或者买菜。她看到掩上门那一瞬，珠子眼睛里有一道光重重地扑到她脸上。她向前几步，想跟珠子一起出去，珠子却触电似的猛地拉上门，然后就消失在门后，再也没有回来。

当天床空了，夜里陈珊小小的身子第一次独自放在上面，跟躺在望不到边的野地里一样，冷飕飕的风四面八方灌来。后来身体慢慢大了，床才渐渐变满起来，但床上再也没有那么结实热乎的皮肉了。家里不再请保姆，不会请了，家务顿时成为问题。懒得做家务，这一点俞小静和陈清是一致的，有过珠子之后，他们就更懒得做了。家里一下子纷乱起来，地面全是灰，脏衣服堆成一团，饭不是煮焦就是没煮熟，菜太咸或者忘了放盐。

这些问题最后是陈珊解决的。仿佛珠子附了体，陈珊不觉得跳舞有意思，却整天津津有味地洗衣做饭擦地板，连炒菜都迅速展示出独特的天赋。俞小静很愿意这些事都被陈珊做掉，她自己反正不想动手。但陈珊家务做得太投入了，却一直不能以同样的投入来练舞。

一进入小学陈珊就被校宣传队招去，三天两头脸蛋化着红扑扑的彩妆上台，每次都占据中心位，独舞跳过《北风吹》，群舞跳过《我编斗笠送红军》《洗衣歌》《草原英雄小姐妹》之类，从芭蕾到各族人民都演示过一遍，掌声噼里啪啦响。但去考上海舞蹈学校，每次她都过了初试，后面的二试、三试、总复试都没有下文。按俞小静的意思，必须再去上海，一直去，但陈珊不去了，她自己报考了省艺校。录取通知书接到后，她递给俞小静看。俞小静整个人往下一佝，顿时矮了一截，然后用尽力气，双掌重重扭到一起，把通知书捏成一团，摔向窗外。

陈珊没说什么，只是出门捡回通知书，自己去了艺校，成为舞蹈班的一员，之后留校，当了三十多年教师。艺校分给她一套房，搬出去住后每周回来一次，就是做卫生，彻底地清洁一次，再多煮几样菜放到冰箱里。

那天她开车来新闻小区，刚到大门口，保安队长就拦下她，说："陈老师，你妈让我找的保姆过两天就来，以后你就不用这么辛苦了。"

陈珊一怔。这么多年，"保姆"是家里的大忌，俞小静居然又要找了？她有点不信，进门就问了俞小静。俞小静说："你总有一天做不动的，还是找一个吧。队长说可以帮忙在他村里找个男的。"

第三天傍晚，俞小静打电话让陈珊过去，一起看看保姆怎么样。陈珊到达小区门口时，保安队长正站在铁闸门旁，已经等得有点不耐烦。"怎么才来？人家已经到了很久了。"说着他转过身，往保安室门口指了指，"就是他，阿贵。"

天已经黑了，保安室精亮的LED灯光打出来。他个子不高，黝黑，几乎见不到一根头发，都贴着头皮剃掉了，看上去脑袋光溜溜的，倒显得格外干净。停好车，陈珊就把阿贵带上楼了，四个人在长条形餐桌的两边坐定。

"一直做这个职业吗？"俞小静问。

阿贵有点紧张，头勾着，眼闪来闪去不知该看谁。"呃……不是，以前做其他的。"

"其他什么？"

"在工地打墙挑砖扛水泥，还有刷油漆、跑长途货运……"

"会开车？"俞小静很意外。

阿贵点点头。

"早成家了吧？"

阿贵点点头，说："儿子十五岁，读初中了。"

"为什么要转行做保姆？"这是陈珊问的。她的意思是，阿贵年纪虽然偏大，但看着还有一大把劲，挣钱应该不难。

阿贵嘴唇动了动，眼睛转向陈清，好一阵才开口："陈老师，我来，其实也是想向您学怎么拍照片。"

陈珊看了俞小静一眼，两人脸上都有愕然之色。

陈清也没想到，问："你怎么知道我是干摄影的？"

阿贵说："市里学摄影的人都知道您啊，您以前那么有名，网上有很多您的作品，还有生活照片，一搜，都有……"

陈珊问："你是来学拍照片的？"

阿贵怔一下，马上连连摆手说："噢，做卫生煮饭我都会，我只是想顺便向陈老师学习。我刚买了部相机，是尼康D5，店里还让我配了定焦、长焦和变焦镜头，可是我不会用……"

陈清很意外，问："D5？你买的？"

阿贵点点头。

陈清说："不会用怎么买这么专业的机子？"

阿贵羞涩地笑起来，说："我想学……"

陈清慢慢坐直了，看着阿贵。陈清的态度显然鼓励了阿贵，他掏出身份证摆到桌上，陈珊瞄一眼，发现阿贵的年纪比看上去要小，一九六七年出生的，比她还小四岁。她看看俞小静，俞小静说："那就先来试试吧。"

陈珊长长吁一口气，吁完马上一惊，原来她骨子里并不喜欢做家务。谁会真正喜欢呢？从小到大，她孜孜不倦地洗洗涮涮，没完没了地煮炒煎，即使搬出去住了，仍要每周买一堆菜回来，连轴转地忙上一天，其实不过是把自己扮成珠子的替代品。珠子因她而来，那天又是因为她肚子疼弄脏裤子，俞小静带她提前回家，才闹出事来。

陈清和俞小静都盯着她，他们或许心里早就明白？

过了几天她打电话问阿贵怎么样，俞小静说阿贵已经正式上班了，每天上午来。

陈珊问："为什么只上午来？"

俞小静说："他自己有房子，不住我们这儿。哎呀他居然还有小车，每天开车来上班,绝不绝?只上半天班,下午他要出去拍照。半天把一天的饭菜都煮好了,卫生也做过了,完全够了,这样最好。"

陈珊跟阿贵互加了微信,朋友圈里他会不时晒出花鸟、山水的照片,有时晒的是他自己的照片,海边、江边、山地,他握着大相机,开着车,穿摄影马甲、大黄靴,戴墨镜和宽檐遮阳帽,乍一看,与专业人士并没有任何区别。偶尔也出现陈清,陈清在看书或者看镜头,显然是阿贵用手机拍的。"我师父陈清老师。"他这么写。

那天小区停电,太热了,俞小静一大早就去了陈珊家。陈珊觉得陈清也应该一起来,俞小静说:"他要去工作室。"

晚饭前,俞小静给陈清发微信问来电了没有,陈清没回。

吃过晚饭再发,还是没回,便拨了家里的电话,忙音。拨他手机,通了,一直没人接,接着又关机。

陈珊忽然有点不安,问:"阿贵今天在吗?"

俞小静说:"不是停电吗,今天我让阿贵别来了。他很高兴啊,说一大早要去湿地拍鸟。"

这时手机响了,是阿贵。陈珊接起,阿贵说:"你爸……"紧接着是一声古怪的巨响,然后就没有声音了。

陈珊马上下楼,开上车,和俞小静一起去新闻小区。开门,再开灯,看见陈清躺在床上,头歪向一边。陈珊打了120,救护车来了,把陈清送进医院。一阵忙乱检查和抢救之后,陈清还是没有了意识。在病床上他已经躺了三年多。

四 陈尹和陈萼

陈尹和陈萼小时候的经历很相似,出生不久,就被送到郊区平田村芬姐的家里,先是陈尹,接着是陈萼。芬姐生有三个儿子,最小的那个三个多月大时正准备断奶,陈尹去了,接过奶头,又吸了四个月。陈萼再去时,奶水早没了,芬姐用米糊喂,也喂得白白胖胖。从市区到平田村没有直达公交,得转两趟车、坐一次船,再走上半小时才能到。起先陈清骑自行车带俞小静去过几次,后来就不再去,去了也没意思,陈尹陈萼已经不认他们了，根本不让抱，一抱就哭得死爹死妈似的，小脸涨得紫红，脚蹬手舞，身子扭得像泥鳅。什么都会习惯的，知道她们在芬姐家没问题，不看也就不看了，但工钱会如期通过邮局汇去，一般两个月汇一次。收到钱，芬姐会让大儿子写封信，说说陈尹陈萼的情况。陈尹五岁、陈萼三岁那年春节，芬姐把她们送到城里，本来打算让她们在家里住些天，过完寒假再回去，但当天芬姐走时，陈尹陈萼也一起走了。那次陈清多少是震惊了，陈尹陈萼一看芬姐要离去，一人抱住一条腿，用的是那种鱼死网破的狠劲。芬姐一开始狠下心执意迈开腿，那两人就挂在她腿上在地上拖。走几步，芬姐终于也哭了，蹲下，把两姐妹抱住，在她们脸上擦地板似的一寸寸吻过，本来是要吻掉泪，结果自己的泪也涌出来，沾到了她们脸上。

陈清看看俞小静，俞小静也正皱眉看他。他明白了，如果芬姐真走掉，接下来他和俞小静都对付不了留下来的陈尹和陈萼。"要不，她们还是去你家吧……"他的话音还没落，就见地上的三张脸唰地同时仰向他，像溺水者捞着稻草，连芬姐也一下子就笑了。

当晚做完爱，陈清从俞小静身上下来，收拾好，叹了口气。黑暗中两人很久没说话，但都知道对方没睡着。最后是陈清先开口："看来得把她们接回来了。"他说得游移不定，自己都没多大把握。

俞小静问："为什么要接回来？"

陈清说："你都看到了，不接回来她们快不是我们女儿了。"

俞小静身子一侧，转到一边去了，说："都已经生下来了还能不是？不是就不是吧，当初根本就不该生，劳民伤财，害得我两次中断上舞台。"

陈清说："以前我们没时间带，现在她们慢慢大了，好歹可以进幼儿园了……"

俞小静说："这就算大？幼儿园还是屁点大好吗？"

陈清就不知再说什么了。并非所有女人都有母性，有些人天生就没有。他自己父性多吗？也没多少，白天看到陈尹陈萼哭的样子，他也头皮一麻。另外他推测芬姐也不一定舍得两人被接回来。第三个儿子在肚子里才五个月，芬姐的丈夫上山砍柴，被毒蛇咬，来不及治，死了。一个寡妇靠种地养三个儿子，日子可想而知。陈清给的工钱，虽然不多，好歹是现钱。这事就这样拖下去了，拖到陈尹要上高中、陈萼要上初中了，有天芬姐突然来了，沉着脸说："尹和蕚，她们必须回来了！"

那时家已经搬到码头那边的工作室，俞小静去歌舞团图书馆上班，只有陈清在。芬姐站在门外，短发，黑长裤，白底蓝细花棉衬衫，看上去像一块刚洗过晒干的杉木板，清爽、舒适，有着可信赖的淡淡香气。当初介绍人说起芬姐时，"干净"这两个字被反复提了又提。陈清去她家看过，房子是那种老式的木板和三合土筑的大厝，已经破旧，但到处被洗刷得发白，所有东西都规矩有序，连门口的稻草，都一捆捆整齐地垒着，随时会齐步走似的。

陈清招呼她进来，一肚子都是诧异。之前芬姐从来没到过工作室，她居然能找到，而且脸上的神情也不轻松，出事了？

果然，是陈尹出了事。

芬姐的第三个儿子小名叫安安，比陈尹大三四个月，却高一个头。上面两个哥哥个子比安安更高，但陈尹整天只跟在安安旁边，好吃的藏着给他，动不动就在他的肩、胳膊、脑袋上推一下蹭一下，总之哪里都想推都想蹭。

"什么意思？"陈清一时没回过神。

芬姐叹口气，说："我是舍不得她们回来的，但看来必须回了。这事也不是一天两天了，我一直防着，但已经防不住了。你还没明白吗？尹尹太早开窍了，她看上了安安……"

"看上了？"陈清一下子提高了声音。陈尹才多大？刚刚十五岁啊。

芬姐停下，眼睛躲闪几下，看向窗外。那里一棵白玉兰树正开着花，花不少，但大多被肥大的叶片掩藏在身后，只有风吹进时，花香才一阵阵跟进来，气味幽雅。"不怕你生气，"她伸出舌尖舔了舔唇，"你的传闻我也听到一些……"

"嗯？"陈清警觉地看着她。

芬姐说："就是女人方面……尹尹和蕚蕚是你们的女儿没错，但我也当是我自己的。对不起，之前我其实一直担心她们会被你带坏，所以一拖再拖，拖到现在是没法再拖下去了。尹尹一天天长大，她平时话少，但胆子挺大的，做事有狠劲。说实话，我这三个儿子中安安心性最不好……是不好，那狗脾气一上来就山崩地裂，他配不上尹尹的……你能明白这

· 411 ·

种心情吗？"

陈清沉默了一会儿，慢慢点点头。

芬姐说："那就好。你们在城里先帮她们找好学校，马上放假了，村里的中学差，回城里上学，用这个理由她们想得通——当然也是事实。我那三个儿子只能在村中学混下去，这是没办法的，但尹尹和萼萼不能混，她们得回来。"

陈清说："城里的学校其实也乱，都闹哄哄的，哪有上什么课……"

芬姐打断他："再乱也有好教室和好老师。村里全是民办教师，他们自己都没弄明白该教什么哩。"

陈清抬起手腕看了看，他戴着一块钟山表，他把表摘下，往芬姐面前推去。

芬姐一下子坐直，绷紧身子问："这是干什么？"

陈清笑笑，有点难为情，说："真不知怎么报答你……这个你留着，万一手头紧，卖了……"

芬姐马上站起来，拿起表，上前一步，放到陈清面前："你不能这样，这样不好。"

陈清说："这些年，我们给你的工钱真是太少了……"

芬姐说："够了，多两张嘴而已，但她们却给我很多快乐。她们真的……也是我心头的肉啊。"

陈清猛地低下头，鼻子一酸，眼睛潮了，他很久没有这样过了。今天的两件事都是他没有想到的：第一是陈尹，一直觉得她还是小孩，居然情窦已经开了；第二是芬姐，她哪像个半个字都不认识的农妇啊。

十五岁的陈尹和十三岁的陈萼终于从平田村回到城里，住进码头附近的工作室。两人各带了两套夏装和一套冬衣回来，都是芬姐亲手缝的。陈珊的床旁，加了一张床给陈尹陈萼睡。开头一个多月工作室里天天都是哭声，过了一阵渐渐转为夜里的低泣，两人躺在床上，抱在一起，蒙住被子呜咽。第二天起来眼睛都肿肿的，黑着脸既不跟陈清说话，也不跟俞小静说话。至于跟陈珊，那得看心情，有时说，有时不说。

三个姐妹就有一种分为两个国家的感觉，陈尹、陈萼为一方，独来独往的陈珊是另一方。有时陈珊主动讨好，压低嗓子柔弱地喊："姐姐……"陈尹与陈荨对看一眼,食指互相指着对方,一个说:"她叫你。"另一个也说:"她叫你哩。"然后两手互相拍打着,咯咯咯一直笑到捧着肚子蹲在地上。有那么好笑吗?陈珊看着她们,手指在胸前胡乱搓着,眼泪慢慢往上爬,爬到眼眶,她连忙转过身,走掉。

后面还在笑,仍然笑。

陈清看出问题了,有天把陈尹、陈荨叫到工作室外的空地上。白玉兰树和树下的石桌石凳,都是当年货运公司留下的。三人坐下,陈清看着她们,有一瞬突然恍惚了一下。这不活脱脱两个年轻时的俞小静吗?眼眉鼻唇都是直接复制粘贴啊。"我想跟你们谈谈你们的妈妈。"他是这么开口的。

陈尹陈荨对看一眼,接下去按正常逻辑,她们应该把视线转回来,看着他。她们却并没有,而是非常整齐地把头一低,定定地看着桌面。桌面是一块带花斑的秀石打磨出来的,淡淡的蟹青色,青中泛着隐约的灰,有几片白玉兰花瓣落在上面,新旧参差,有些还保持着水润的象牙色,有的已经枯得蜷起,变成焦糖色。

她们不看过来,陈清也要开口,他说:"你们的妈妈曾是一名非常出色的舞蹈演员……"

"厉害!"陈尹突然说,声音突兀得像从远处甩来的一块瓦片。

陈荨点点头,马上也脆亮地附和一句:"天下第一!"

陈清没有理会,保持住刚才的节奏,说:"一个跳舞的,当初肯生孩子就很不容易了……"

陈尹说:"孩子是你弄的,又不是我们。"

陈清说:"她要不生就没你们……"

陈荨说:"没有就没有,谁想有?"

陈尹说:"就是!"

静默了几秒,陈清鼻孔重重吸进一口气,又蹑手蹑脚悄悄呼出。喉咙有点痒,像有几只蚂蚁正急速爬着,最终他还是连咽几下口水,忍住不咳,然后继续往下说。

"每个人都有短处的,她是真不会做家务带孩子。你们不知道当时是一种什么情况,你们哭,她更哭,家里整天跟一锅粥似的,呼啦呼啦地不得安生。陈尹你生下来时她才多大？二十四岁。当然当时这也不算小了，但别人是别人，她饭经常煮不熟，菜炒得太咸太甜没个谱，奶水也没有，而且一练功，她就整天不回家，也喂不了奶。不送到保姆家，你们怕都会被饿死。但她肯定是爱你们的，我也一样，不管怎么说你们都是我们的女儿……"

陈尹和陈萼对视一眼，齐声"哼"了一下，同时嘴角一歪，做出笑的样子。

陈清心头短促地紧了一下，其实是某种程度的惊悚。说到底他对这两个女儿了解都不多，陈萼泼辣些，脑快嘴更快，陈尹不吭不哼，唇大多时候是紧闭的，但突然来一两句，都直戳要害，利得可以杀人。

陈清一下子没了说话的欲望。陈尹、陈萼也不说，低着头，先是用指甲在桌面上没有目的地划来划去，又不约而同把花瓣抓在拇指与食指上，毫无目的地转着。她们的手跟陈珊不同，陈珊的手指又细又长，她们的却偏肥厚了，因为肥显得更白，血管泛着青，一根根清晰地纵横。陈清盯着她们的手看，他觉得陌生，这种皮肉是从他身上蔓延出来的？

高中毕业后陈尹去了一家国营农场插队，两年后陈萼也插队了，去的是一个山区小村，离农场十几里地。她们离去后，双方都松了一口气。世上人这么多，阳关道和独木桥别交叉到一起搅来搅去就相安无事，彼此还能觉出对方的好，一旦拢到同一个屋檐下，抬头低头每天擦肩碰脸，该难受的，会无一例外全部难受一遍。相处舒服至关重要，不舒服了，就尽量隔得远一点，空间就是最好的篱笆。

1977年陈尹和陈萼同时参加高考，一个考上工艺美术学校，中专，一个考上清华大学，本科。接到录取通知书那天，也同时接到芬姐的死讯，肺癌。

陈清和俞小静很少为一件事一起出行过，那次倒是去了，还把陈珊也叫上，而陈尹和陈萼在芬姐病危时就已经提前赶去。倒是熟门熟路了，从公共汽车上下来，然后坐船，再走一段路，进了村，离芬姐家还很远，就听到熟悉的号叫。这么尖利高亢的哭声，只有陈尹和陈萼加在一起才能制造得出来。女声二重哭？音质太天衣无缝地糅合在一起了。

芬姐的三个儿子只剩下两个在场，询问之后才知道，最小的那个安安，在陈尹陈萼回城的那一年，把班上同学一只眼睛打瞎，判了十一年，正在少管所里。陈清心里咯噔一下，马上条件反射地用眼角余光瞄陈尹。安安差点成了陈尹的丈夫、他的女婿啊。此时陈尹和陈萼都披着麻衣，头上戴着孝帽。芬姐的两个亲生儿子穿这些很正常，陈尹、陈萼也穿，果然是把芬姐当亲妈了。尸体入棺时，陈尹和陈萼一起跟跄着扑过去，直接趴在芬姐身上，脸几乎贴在那张苍白失色的死人脸上，凄厉嘶哑地哭，脚不停地跺，青蛙般蹦跳。相比较之下，那两个只是眼眶含泪的亲儿子反倒像外人。

印象中之前陈尹、陈萼两人也是跟着俞小静芬姐长芬姐短地喊着的，这时候，扑在棺材上喊的却是妈。"妈……妈醒来，妈你不能不管我们了啊……"

震惊总是说来就来。陈尹出生不到二十天就送到芬姐怀里，陈萼是满月后送的，回到家时陈尹十五岁，陈萼十三岁，陈清和俞小静都知道这两人跟芬姐好，只是没想到好成这样。十多年中两人在芬姐家怎么过的，他们都忽略了。

俞小静的脸已经黑得像颗手雷。来吊唁当然不能有欢颜，但陈清还是伺机小心贴近，在她耳边轻声提醒："算了，别管她们。"

说完，他心里突然一动，想自己以后要是也得肺癌死了，或者其他什么病，比如心梗、脑梗之类的，陈尹、陈萼，还有陈珊，她们会是什么反应？

事实上最终谁也没见到陈尹和陈萼的反应，陈清中风送进医院躺了三年，最后又死在医院时，陈尹和陈萼都在国外，她们没有回来。

六　珠子

珠子站在那里，像立着一个泛着油光的大油桶，这是陈清对她的第一印象。也就是说一开始陈清并没有把她当成女人，而是当成一个普通物体，直到她开口说话。"老爷。"她这么喊陈清。喊俞小静也很老式："大太太。"声音很低，是那种曲里拐弯的低，像在嗓子里跋涉过很长的路，才缓缓挤出来。俞小静对这个称呼很不满，都这时候了，外面口号标语已经满街都是，怎么还"太太"长"太太"短的，而且是"大"，难道下面还有二太太、三太太、五太太、十太太？她让珠子改口叫"静姐"。至于对陈清，珠子一直没改口，反正不会有机会在外人面前叫，就是在家里，也很少喊。她来是照顾刚出生的陈珊，兼做饭和打扫卫生，这些事都跟陈清没什么关系。吃饭时盛好饭菜端上，吃好了她收拾了碗筷就走，几天不说一句话是常有的事。

俞小静跟她接触的时间也不多，生下陈珊后，俞小静恨不得马上断奶，但奶水真是多得哗哗哗地横溢。她的乳房一直没发育起来，练舞的人哪个愿意胸前膨出两团大肉，挂在那里颤颤地动？其实身上所有的肉都是俞小静的大敌，胸、臀、腿、胳膊、肚子等地方哪怕多长出一两，都跟喜马拉雅山隆高一厘米一样，是件大事。生陈尹、陈萼时，瘪瘪的小乳房不出意料地缺奶，很好，至少俞小静自己觉得好，所以两个女儿转身送往芬姐家喂养就理所当然。到了陈珊，乳房仍然瘪，却不知那根管道突然接通奶库了，只要一个奶头被含住，另一个就立即涌出奶水，不用一条毛巾堵住，前襟就湿成像刚泡过水。

家里顿时奶味十足，每一样东西都附着奶的腥味。俞小静一喂奶，陈清就一路小跑凑过来看。如果他手里还提着相机，端起来就打算抓拍。俞小静马上脸一沉，骂道："滚，滚一边去！"边骂边掉转身，把衣襟往下狠狠一扯，霍地站起。

站在一旁的珠子就笑笑，把陈珊接过去。陈珊如果还没吃饱，就会在她胸前拱着，双手乱抓，她也仍然低头笑着，好像很享受这一刻。她跟俞小静最大的不同就是胸，那里很醒目地往外隆。她身高一米五出头，体重一百三十多斤，其中至少十来斤重量是来自乳房，另二十斤重量来自屁股。仿佛被谁从头顶重重拍打过，她身子顿时往下一矮，上上下下的肉都堆到这两个地方了，这使她前凸后撅，才能保持住身体的平衡。这么厚实的胸和屁股，看着就是生养的好材料，却生不了，偏偏俞小静这样瘪胸小屁股的根本不想生，却一个接一个。

勉强哺乳了一个月，俞小静就找中医开了两剂回乳药喝下。坐月子坐胖了一大圈，她整天站在镜子前眼泪汪汪地左看右看，然后每天早早去团里练功，晚上很迟才回到家。即便在家里，她也动不动就把一条腿抬上墙，身子向前压，纸片似的紧贴住墙；或者把两条腿左一条右一条悬空劈开，挂到两把椅子上，裆下沉，往地面上贴，这时候就不是一字马，而是V字马了。甚至正说着话，她突然手掌交叉，胳膊举过头顶，用力向后拉，再把腿向后猛然一踢，手钩住膝，整个人就像一把钻，定定地戳在那里。家中所有横向的硬物，桌子、床靠、窗台等都被她看上了，腿随时架上去，上身前俯或侧拉，或者手搭上，提踵，扬臂，甩腿。

陈清见怪不怪了，珠子却不一样，每次都被惊得瞪大眼睛，眼眶里露出很多精亮的白，嘴唇则不时噘成"O"形，张得很大，却是无声的。俞小静说："不行，我太胖了！"珠子摇摇头，笑起来。俞小静又说："太糟了，我肌肉都硬了。"珠子还是笑着摇摇头。有一次珠子来了兴致，学着俞小静的样子叉开腿，结果人还没下去五分之一，脸就皱成一团，然后把身子往旁边一歪，"哎呀呀"连喊几声倒在地上了。俞小静说："珠子，你不是吃这碗饭的啊。"珠子很服气地点点头，一直笑，笑起来时，她厚厚的唇像被忽然撑开的洞口，咧得非常大，露出两排异常整齐的牙齿，白光一闪，仿佛是掩埋在洞里的宝藏忽然探出头来。

陈清给珠子拍过很多照片，有时用120机子，有时用135机子。她在做饭，她在拖地，她在洗衣服，她抱着陈珊……全是抓拍，大多数时候珠子并未发现，发现了也仅是咧嘴一笑，并不在意，也从不向陈清讨照片。用的全是黑白胶卷，珠子的唇齿成为构图的重点，胸腰臀则是另一个重点。冲洗放大也是陈清自己动手，工作室那边其实就是他的暗房，窗户挂着黑布帘，屋里吊一盏罩着红布的暗灯。拉紧帘子，他浸在幽幽红光中，一点点看着珠子从显影液中慢慢浮起来。

珠子劳动着的样子被定格下来，照片上过画报，也参加过省里的摄影展。有次画报要送展菲律宾，主题是中菲民间友谊，珠子的照片因此上了一个对开的通版，错落排了七张大小不一的黑白照。画报出刊后，陈清顺手带了两本回来，俞小静翻了翻，猛地"哇"了一声，转身就递给珠子。珠子习惯性地瞪大眼，张大嘴，半天才回过神来。俞小静说："啧啧啧，珠子，你都上画报了！"

陈清明显感觉到俞小静这句话说到后面，尾音黯淡了下来。果然，俞小静侧过头盯着陈清，说："我只上过三张照片。"

"三张吗?"陈清已经想不起来了。

俞小静说:"剧团刚成立时排《红绸舞》,你拍了两张我领舞时的造型,一张是'大射燕',这样……"她双手在胸前一抹,左臂拉直,右臂曲起,侧过身,右脚后翘,立住,"还有一个是'掀身探海'……"一边说着一边把上身往前一俯,两臂张大,右腿向后翘起。直起身子时她皱起眉看着陈清,问:"记得吗?"

陈清眨几下眼皮,他不记得。

俞小静说:"跳孔雀舞时,你拍了一张我三道弯的造型。"她把身体向下一曲,右脚跐起点地,左胯推出,两手拇指和其他四指张成直角,一手前推,一手压在左胯边,头侧仰。"这样!"她强调了一下。

陈清摇头,他是真记不起了。

"还有一张哩。"俞小静把右腿向后一踢,双臂向后抡,腿和臂在空中迅速触碰一下,然后还原,站直,摊了摊手说:"你抓拍了《宝莲灯》里的这个动作,也忘了?"

这个陈清记得,舞剧《宝莲灯》是前几年的事,团里排新剧,把中央实验歌剧院的《宝莲灯》复制上演,俞小静没日没夜把自己练瘦,好不容易才争来三圣母A角。上演时全城轰动,画报要报道,让陈清特地去拍了一组剧照。画报社每个摄影记者都有对口分工的,文化艺术这块儿原本不归陈清。何况剧照太假了,他一直喜欢拍纪录性的写实照片。

这事过去几天之后,珠子开口向陈清讨这本画报。陈清正坐着喝茶,顺手往桌上指了指,说可以,拿去吧。珠子小跑过去,拿起画报,看了看,贴到胸前,侧过脸瞥一眼陈清,笑起来。陈清说:"拍了三十四张哩,你喜欢的话,回头送你一套。"珠子说:"喜欢,我喜欢……"声音突然像被什么噎住,她低下头,又一扭身跑开了。

陈清后来一直没弄明白自己究竟是不是从这一刻开始把她当女人看了。

她没有节没有假,北溪不回,婆家没有一个人知道她在哪里,娘家的父母都去世了,上面本来有个哥哥,前几年考上大学却政审不过关没去成,想不开自杀了。她没有家了,就把这里当成家。三个主人,陈珊自然是最重要的,接下来最初第二位是俞小静,慢慢地陈清上升了,终于升到即将超越陈珊时，俞小静捉奸在床了。

俞小静冲他吼叫时，陈清一句话都没答，答不了。他心里的疑问其实也正一波波地涌来。珠子有异样，他很早就知道。俞小静早出晚归，陈珊还小，他只要在家，珠子不时会站在灶旁、门边、脸盆前看他。他如果恰好也看过去，珠子就猛地头一低一侧闪开了。有一次珠子端上一碗面，再把筷子递过来，他接过筷子时，手背忽然一热，是珠子的小拇指快速从上面划过。无意吗？当然不可能。还有几次珠子洗着洗着衣服，就停下，双手揪着男衬衫的衣领或前襟，低着头久久地看。他一个老看镜头的人，不可能漏过这些，但他完全没有想到有一天真会跟她躺到被窝里。那天怎么发生的已经完全想不起了，反正不是做戏，上床前浑身都在燃烧，整个人热腾腾的宛若刚揭盖的蒸笼，光凌空照耀，从头顶直灌脚底。以前每一次跟其他女人都是如此，霎时一切都退远了，只剩下男人与女人、雄性与雌性。生命在这个瞬间真实而简单，跟喝醉了酒一样，不能自控。但俞小静出现了，俞小静一出现他就醒了过来。

他不辩解，不想说跟珠子就一次，唯一的一次。这种事一次跟多次只是数量的不同而已。他也不承诺以后不再犯，承诺也没用。以前哪次发生之后不悔断肠子？没有用，春风吹又生。

那天后他再也没看到珠子。从被窝里光溜溜地出来，跑去自己房间穿好衣服，珠子就走了。她的东西都原封不动，消失的只有那本画报和那叠他冲洗了送她的黑白照片。

躺在医院病床上，陈清脑中曾有一团黑色的影子闪过，闪过而已，还来不及看清，就消失了。他病了，中风了，就是珠子再那么肉滚滚地立在床前，他又能怎么样呢？

七 舞台

舞台的魔力在于，它置于现实里，被聚光灯一打，立即凌空凸到尘世外，所有的动作、表情甚至呼吸都被提炼或浓缩，刹那就是一世。俞小静平时总是心不在焉，三天两头丢东西，背包也是放哪儿转身就忘了。丢就丢了，她也不一定急着找，转眼可能连丢东西这件事都丢到脑后了。她也不太打扮，头发在头顶胡乱扎个髻，衣服皱巴巴的也穿得出去，但一化妆，从侧幕往台上跨出第一步，就像通了电，整个人霎时一变，每个毛孔都在发光。一直到生陈珊前，立圆快速转上二三十圈她都不喘，最简单的一个撩步都能把台下人的魂勾出来。团里再年轻的女孩，都跳不出她那股从骨头里渗出来的滋味。

但珠子走后第三天，团里却招呼都不打，突然指定另一个人领舞。群舞行吗？也不行，连为了庆祝什么节日临时排的欢呼舞也没有她了。

她每天还是一大早就起来，然后搬张小凳子坐在一角，人蜷成一团，巴掌托腮，盯着挂在墙上的粉缎芭蕾舞鞋一直看。那是她以前穿过的，十五岁以前，后来脚大了，再也穿不进去，也没机会穿，就挂到墙上，长长的缎带打个蝴蝶结，两只弓形的鞋像两颗成熟的瓜果垂悬着。从五岁到十五岁，她一双脚被芭蕾舞鞋磨出一道道伤，脚指甲翻了、裂了，血渗出来，但她每天还是把脚一次次往里塞。

来这座城后，芭蕾跳不成了，但秧歌也行啊，民族舞更没问题。她的体态、软开度以及控制身体的能力是结结实实用汗水垒了十年的，提、沉、冲、移、靠对她来说哪有什么难度？即使蒙古舞、新疆舞以前从未碰过，但摊开舞谱看几眼，音乐一起，她就能把柔臂、硬肩、板腰做得像地道的蒙古族人，把脖子扭得胜过真正的新疆姑娘。舍不得芭蕾，毕竟还有舞台。可是舞台却突然拒绝了她。

珠子的事她还过不去，这次真的跟以往不同，以往那些女的她不认识或者不熟，珠子是摆在眼前的，是保姆。珠子不主动走，她也一定要赶。陈珊已经三岁多，原本早就应该不用保姆。芬姐那里还要付笔工钱，虽然钱的事芬姐从不开口，就是迟些寄，她也不催，给不给都无所谓似的，但毕竟得寄。家里开销虽还不是问题，陈清不时总能神秘地拿出一笔钱来，但毕竟也不宽裕了。留着珠子是她想偷懒，她三顿饭吃得少，从小就不敢放开吃，胃就一直没撑大，装不下多少东西，但陈清和陈珊毕竟有两张嘴。陈清不挑食，可多可少可咸可淡，他心思也没在这上面，但陈珊需要。珠子在，家里俞小静就不用操任何心，哪知最终却必须操起床上的心。

陈珊一直喊珠子"珠珠"。珠子消失后的前三天，陈珊早晨眼睛一睁开，头左右转转就眼泪汪汪地喊："珠珠，珠珠！"天黑下来后又哭着要出去找。"珠珠去哪里了?"她问俞小静,也问陈清。去哪里了?谁知道呢!俞小静相信珠子不可能再出现了。但珠子在这里三年多,每天不停地擦擦洗洗,每一个碗、每一件衣服,甚至木板墙上每一条纹路,都曾被她的手抚过。

那几天陈清很少在家,他突然复制了俞小静以前的作息,总是天还没亮就出门,大半夜才会回。是去见珠子?俞小静的脑海里闪过这个念头,但她不拦也不问。那天站在床前拼尽全力地吼叫之后,家里一下子安静下来,非常静,除了陈珊的声音,再没有其他。陈清不说话,俞小静更不说,包括剧团里发生的事,她也咽到肚子里。

一周后陈清从外面回来时,像进来一个陌生人,齐脖子根的卷曲长发不见了,换成与普通人一样的规矩短发。以前长发是他的命根子,头可断血可流,长发一根都不能剪,突然剪了,是怀念珠子还是因珠子之事警诫自己?俞小静眼皮抬了抬,又垂下。

陈清走到俞小静面前,仿佛什么都没发生,笑眯眯地说:"我们搬家吧。搬到码头那边,工作室已经整理好,买了几件简单的家具,够用了,这边把衣服带上就行,其他的都不用搬。"

工作室完全变了,不再是暗房,每个窗上的帘子都已撤掉,玻璃上贴了棉纸。地面原先就铺有上好的红色方砖,清洗过,粘在上面的污泥都刷掉了,干净得宛若平放着一块块年糕。做饭的灶子放在门外,屋里原先的杂物都不见了,左边的两个角落架起两张床,仅有的一张桌子和一个小柜子也都挤在左边,右边则空出一大半,是真正的空,没有放置任何东西,只是墙上多出一根两米左右的木棍,做工极差,刨得凹凸不平,两头用铁条固定到墙上……把杆?俞小静扭头看着陈清,这是几天来她第一次正眼打量他。

陈清仍是笑,说:"一米二高,行吗?我去你团里练功房量了一下,你们的把杆就是这么高。地面破了几个小窟窿,我也都补上了。弄了很久,手太笨了。以后你可以在这里练功,也可以当它是舞台……"

俞小静眼皮垂下,目光落在他手上:左手食指裹着纱布,有血渍隐约透出。她一下子掉转头,就是这个瞬间一串泪溢了出来。

她后来真的在这里练功,不仅早晚,只要空下来,随时把猫爪软底鞋换上，让陈珊也一起练。地太硬了，一开始也涩，腾跳时她小心控制落地，旋转的节奏也稍稍放缓。聊胜于无吧，日子至少可以往下过。她以为这不过是一个短暂的过渡，真正的舞台和练功房仍然在前边等着，天黑几次再亮几次，就可以重返舞台了。不料一家人从工作室搬出来，却是二十四年后的事，而舞台仍然在远处，越来越远。画报社按职称分福利房，陈清在新建起的新闻小区拿到一套一百三十平方米的单元房，装修好，住了进去。装修方案是陈清跟施工队谈的，三十多平方米的客厅没有沙发，也没有其他家具，它完全空着，只在墙上安了一根杏黄色的标准把杆。

搬进来那天，一切收拾妥后，俞小静慢慢走到把杆前。杆上方已经装好了一个挂钩，她踮起脚伸长双臂把那双粉缎芭蕾舞鞋挂上，然后侧身站着，把右手搭在杆上，再搁上右腿，下巴上扬，左手上举，掌内兜，上身向右脚尖侧去，一下，两下，然后用左掌抓牢右脚尖，定住片刻。一会儿放下右腿，站直了，脸先是视八点，接着左腿后抬，左手打开，上身直立。从背后看，几乎看不出年龄，颈仍直而长，肩背臂都薄，腹部也扁平，连发型都未变，还是在后脑勺盘个髻。状态确实还在，至少身体的开度和柔软度都还好，但有用吗？团里一切正常了，没有人再对她不好，当然也没有好。领导已经换过几茬，演员更是，一张张新面孔没有一个是她认识的。这一年她五十七岁了，没有哪个舞台会留给五十七岁的舞者。

那天陈珊也在，她一只胳膊横在腹前，另一只手托在下巴上，脚习惯性八字打开，站一旁定定地看着，什么都没说。陈清则举着相机跑来跑去，从不同角度拍着照，快门的声响在屋内连成一片。

珠子之后，俞小静再也没捉过奸。工作室的床太小了，先是陈珊越来越大，床搬到屋子的右边角落，各自拉起布帘子，之后陈尹陈萼从芬姐家回来，在陈珊的床边又多摆了一张。这样，中间练功的地方一下子缩小了。陈清就把他们的床换了一张，从一米五宽换成一米二宽的，每晚蜷着身子躺在上面，俞小静倒无所谓，但陈清肯定睡不好。

现在他们终于躺在一张一米八的大床上了，真大啊，像一艘新鲜的船。搬进新房当天晚上，没有开灯，一切都是模糊的。俞小静问："当时你全家去台湾，你为什么不一起走？"

陈清可能没想到俞小静突然这么问，静默片刻才说："我那时正在上海读书呢。"

俞小静说："他们不催你回来？"

陈清说："催了，电报一封接一封。"

俞小静说："如果你那时听他们的，从上海赶回来……"

陈清叹了口气，说："这事几十年来我也想过很多次。如果我回来，跟着父母和两个姐姐一个妹妹一起去台湾，就不会遇到你，你也不至于受牵连被赶下舞台。这个……太内疚了。你天赋那么好，那么喜欢跳舞，付出那么多汗水……真的很抱歉，这么多年，这句话一直在嘴边，我都说不出口……"

俞小静说："不是，也不全是因为你。其实还跟我母亲有关……都是命吧。我最心酸的就是这个，有天赋没用，多喜欢多努力也没用，平白无故一个浪突然打过来，就被吞掉了，一点余地都没有。好在都过去了，终于都不是个事了。前几年过来那么多台湾的东西，家里的三用机，我们戴的手表，做衣服的布，用的伞，说不定哪件就是你父母或者姐妹生产的。今年台湾那边还刚成立了海峡交流基金会，两岸反正已经跟以前不一样了。"

一道黑影在床上方闪过，是俞小静的腿。她把一条腿举起，在空中画出长长的弧线，脚尖就顶到枕头后面的床板上，膝盖贴紧脸，定住几秒，放下，换成另一条腿，这样反反复复几次。夜色之中，近三十年的时光仿佛一动不动。结婚的当晚她就这样，从未停止过，仿佛是睡前的必要仪式，做过了，就是宣布他们可以正式去睡了。

第二天起来俞小静说自己做了一个怪梦。

陈清问："是什么？"

俞小静说："不是太吉利，一定要说吗？"

陈清点点头。

俞小静眉头皱了皱，说："梦见在树林里走，树很多，到处都是，那种高得望不见顶的树。我低头找路，地上却铺着一张你的脸，好大好大的脸，眼还在动，眼慢慢裂开，裂成两个洞，一股股血从洞口涌出来……"

"然后呢？"陈清催她往下说。

俞小静说:"然后我就醒了。"

陈清笑笑,抿抿嘴。他没说,自己昨晚其实也做了一个噩梦:他赤裸着躺在床上,对,就是这张床,像一艘新鲜的船。但他人却不新鲜,而是焦化了,变成一条烤干的鱼,而且越变越小,小成薄薄的丁香鱼。他想动,动不了;想喊,喊不出。

后来这一切果然发生了,他突发脑中风,躺到床上,动不了,也喊不出声。

八 二十三年前

二十三年前陈尹在北京举办了第一场个人漆画展,规模不大,但影响不小。她给陈清、俞小静、陈珊买了机票,酒店房间也是她订的。

以前陈尹文化课成绩一直不好,高考前拼命学了,也只考进工艺美术学校。在校时成绩平平,却干了件轰动的事:发狂倒追教历史的班主任姜和平。姜和平是北京人,后来辞职回北京办画廊,陈尹就跟去了。这次给陈尹办画展的就是姜和平。漆画是什么呢?就是在特制的木板上,以大漆为材料,用蛋壳、金属、瓦灰等东西镶嵌、涂抹出图案,然后再一层层打磨、推光、揩清。按姜和平的说法,漆画对温度、湿度要求高,其实并不适合北方。"陈尹的工作室放在你们家那边更好哩。"姜和平说到这里咳了一声,好像被什么噎住了,然后又笑起来。他比陈尹大九岁,个子瘦小,看上去似乎比陈尹都矮。当年陈尹第一次带他回家时,陈清和俞小静脸都黑了。真的丑,五官没有一个是正常的,牙齿外突,鼻头奇大,眼睛缝着,太阳穴内陷,一切都远远超出舞蹈和摄影的审美底线。但陈尹坚决要嫁,断绝父女母女关系也要嫁,就嫁了。倒不是断绝关系能吓得住谁,本来这层关系就没多少,陈清考虑的是,十天可以不说一句话的陈尹,未必那么容易嫁得出去。她长得虽然还行,但眼光不行,习惯性倒追的第一个男人是芬姐的儿子安安,相比较之下姜和平好歹大学毕业,长得是难看,也不是毫无优点,至少能说会道这点摆在那里,上下五千年随口就来,京片子又好听,说到激昂处,别人不论笑不笑,他自己先呵呵呵放声大笑。再丑的人笑起来时都顺眼了很多。

"工作室放在你们家……"陈清暗暗琢磨着这句话。老实说，他知道陈尹在工艺美术学校学的是漆画，却根本不知道她怎么学、学到什么地步，陈尹自己也从来不说。首先她很少回家，到了北京后就更少回，即使回了也一直闭紧嘴。姜和平下海挣了钱。姜和平开了家文化公司帮名家卖字卖画。姜和平前年把儿子送去英国读中学。姜和平买了块地建起陈尹漆画工作室。这些断断续续传来的消息都表明陈尹在北京日子过得不错，不必担心。

没有料到的是居然办起画展了，场面还挺大，画也好，比想象的好太多了。

画展上午十点开幕，展厅里挂着一百六十幅画，色调以红、黑、金为主，大的一人多高，小的长宽不过一尺左右，内容很参差：抽象的看不懂，但站在每一幅前面，都让人神经颤颤的，随时会被吸进去似的；具象的如民居、树木、山川、星夜、荒原、佛像，也都怪怪的，说不出来的怪，跟以前看多了的水墨、油画的感觉完全不一样。砖石、道路、树木居然可以用蛋壳贴出这么有立体感的纹理，陈清是第一次知道。他扭头看看站在旁边的俞小静，她脸上也满是惊讶，那种想掩饰住却还是从每个毛孔往外钻出来的吃惊。

陈珊能跳舞，陈蓴考上清华，又去美国留学，三个女儿中他们一直以为最平庸的就是陈尹了，没想到陈尹艺术表现力这么好。

来宾很多，看上去都是姜和平请来的。陈尹和姜和平得陪客人，就派手下人带着陈清三个在展厅走走。那是一个年轻女孩，个子不高，圆脸，娇小得像中学生。她说："我叫李莉，在公司做了两年会计。"

三人跟在李莉背后在展厅里慢慢走着，每幅画李莉都很熟悉，哪年做的，做了多久，用了什么材料，最终用几号砂纸打磨，又推光揩清了几遍等等，无论怎么问，都答得上。"你也做漆画吗？"陈清好奇了。李莉脸微微一红，头先往旁边一歪，再摇一摇："哪能呢！这个太难了，我一点儿都不懂，都是听来的。"

这时他们走到那幅至少两米高的大画前，停下，仰头看着。其实一进展厅就看到它了，挂在展台的中央。画面很洁净，黑底，是那种泛着珠宝般光泽的墨黑，衬着一位中年女人的半身像，白衬衫黑长裤，利索的齐肩短发，肤色泛白，又隐隐有光，脸仰视前方，眼皮微垂，唇微启，仿佛在笑，五官与肢体却清晰地布满忧伤。

恰好此时姜和平陪着七八个胸前别着红绢花的人走来，都是请来的嘉宾。陈尹也在，今天本来她应该是主角，却一直往后缩，开幕式时麦克风递过去，她也摆着手一句话不说。姜和平嘻嘻哈哈地撑场面时，她站在旁边抿着嘴笑，眼始终盯着他，仿佛她不过是姜和平的小配角。

李莉往一旁闪了闪，后退几步，顺势把胳膊举起，示意陈清他们三人也避开，把位置腾出来。

这群人也在这幅画前停下，他们显然对漆画也所知不多，左右问着。姜和平答得很细，指着画里的白衬衫，说是蛋壳贴出来的，脸是用日本银箔捣碎后敷的，头发是螺钿切条粘贴再罩黑漆打磨，诸如此类。他胖了点，没有先前那种寒酸气了，腰杆子像是已经被钱撑了起来。以前陈清老是怕自己变肥，一肥就会油腻，现在他从姜和平身上看到了相反的效果。瘦并不见得都跟仙风道骨画等号，有些男人正是身上有点肉了，才能把猥琐气覆盖住。

有人用指尖在画面上轻轻抚过，说："哇，这功夫下得真细啊。"又上前一步，俯身看了看贴在画旁的标签，直起身子，问，"题目叫'芬姐'？噢，这幅怎么没标出一平尺多少钱？"

姜和平侧过头看着陈尹，陈尹静默片刻，笑笑，轻声说："这幅是非卖品，它不卖。"

"为什么？芬姐——有什么深意吗？"

"她是我母亲。"

"噢！"那些人喊了一声。

姜和平说："不仅不卖，这次画展结束后，她还要挂到家里的客厅哩。"

"噢！"那些人又喊了一声。

陈尹那句话声音不大，但站在旁边的陈清、俞小静和陈珊都听到了。三个人没有交流，眼珠子都不转动，陈清和陈珊也都不把眼瞟向俞小静，仿佛一瞟就会把尴尬放大。李莉双手搭在小腹上，嘴咧着，笑得安静而喜气，这会儿才转过头，看着陈清，小声问："芬姐，你们认识吧？"

陈清一愣，没有答，头也没点。

刚才他已经觉得这幅画里的女人眼熟，只是没有往深处想。看画展总是这样，展厅里这么挤，人纵横走动，墙上则是花花绿绿这么多画，谁一口吞下成山的营养能一下子消化掉？似乎每幅都认真看了，最后却大多糊成一片。

陈尹居然为芬姐弄出这么大一幅画，她说芬姐是她母亲。

接下去继续在展厅里走来走去时，陈清情绪就散了。画仍看，但看的都是内容——是否也画了他、俞小静或者陈珊、陈萼？没有，都没有。

陈萼已经去美国十几年了，嫁给了美国人，她的三个混血儿从未带回来过，陈清只看到过照片。她也把芬姐当母亲吗？按小时候她与陈尹的关系，陈清以为这次陈萼肯定会专程回国，居然没有，说太忙了，没时间。但她托人订购了一个花篮，这会儿就摆在展厅的门口。

重新转到芬姐的那幅画前时，远远看到陈尹仍在那里，正被两个中年男人一左一右围住拍照。一开始他们是站着，扭头看看，怕挡住画，又蹲下拍几张。这时候的陈尹一点都不拘谨，手搭住两个男人，很亲昵地环住对方的脖子，虽也不多说话，但笑得很放松，甚至有几个蹦跳的动作。

陈清看看李莉，显然李莉也不知道那两个男人是谁，脸上微微有一层惊讶。

姜和平正拿着相机给他们拍照，突然看到陈清，扬起手大声喊："哎呀，那才是专业摄影师哩。爸，过来过来，帮忙拍一下。"

陈清迟疑着，最终还是上前。姜和平递过的是佳能傻瓜机，整个画报社没有人用这种机器，陈清也没用过。但也难不住他，他把眼睛贴近取景框，拍下一张，又拍了两张。就是在按下快门的瞬间，他突然捕捉到那两个男人与画里芬姐脸部特征的相似处。

姜和平凑近了说："爸、妈、珊珊，来，介绍一下，这是陈尹的哥哥，对，就是芬姐的儿子。他们赶今天早上的第一趟航班来的。"

年长的那个中年男人合掌躬两下腰说："抱歉抱歉，迟到了，太对不起我妹了。"

另一个也附和道："是啊是啊，昨天来就好了，偏偏昨天有事走不开。"

陈尹马上说:"没事,你们能来就够了。"

两个男人都把巴掌伸给陈清,陈清握过,说:"以前我们见过。"

"啊,见过?什么时候?"

陈清说:"好多年前了,最后一次应该是……"

陈尹插嘴:"就是我妈死的那次。"

兄弟俩都回过神来,夸张地点点头。那次他们没记住陈清和俞小静很正常,毕竟死了妈,这么大一件事,到处乱哄哄的,哪记得住陌生面孔。其实更早以前陈清也去过他们家几次,但那时他们都还小,他也年轻,不过二十多岁,满头长长的乌发一圈圈卷曲着,也没戴眼镜,骑一辆老旧的二八飞鸽自行车。后来他就很少去了,陈尹陈蓴回城里读书后,更不会再去。

"咦,怎么只来了两个,不是还有一个吗?"这是俞小静问的。一个上午她一直不怎么开口,突然一问,大家都愣住了,兄弟俩互相看一眼,笑了笑。

陈清注意到陈尹的脸色也涩了一下。她三十九岁了,穿一套紫红连衣裙,脖子粗大,背厚实,小腹那里也微微隆起,整个人已经处于发福的前夜,但还好,站在姜和平旁边仍然称得上是一朵牛粪上的鲜花。有记者过来采访她,她连连摆手推脱。姜和平说:"去吧去吧,宣传一下是必要的。"边说边捏住她胳膊往旁边屋子拉,同时招呼记者一起去。他的意思是大厅里太吵了。

他们离去后,芬姐的大儿子靠过来,巴掌拢住嘴,解释了最小那个弟弟没来的原因。周围确实太吵了,把他断断续续的话拼接起来,大致还是听明白了:出狱了,没工作,到处打零工,很自卑,不敢来。"他们以前不是差一点……"

陈清瞥俞小静一眼,想起来了,陈尹恋上过芬姐的小儿子安安。如果当年真嫁给他了,陈尹哪还会有今天的画展?陈清点点头,长吁了一口气。芬姐不自私,她没有护着儿子,这一点连很多学识渊博的女人都不一定做到。陈尹画了她,她值得画啊。

当天晚上俞小静就执意要回,陈珊也说要走。她们在北京这两天心情都不好,不好得各不相同而已。"这次不该来。"这话俞小静小声重复说了三次。

陈尹没有挽留,叫人去民航售票处买了机票,姜和平开车送他们去机场。车子挤一挤坐得下的,但陈尹没有去挤。她送陈清几个出门,俞小静和陈珊一步就跨进车里,陈清迟一步,他看出陈尹有话要说。

"对不起,这次照顾不周。"

陈清摆摆手,他本来想拍拍陈尹的肩膀,手举起了,又猛然停住。所有亲昵的动作,他们之间从来没有发生过,都很不习惯。

陈尹说:"我的生活你都看到了。"

陈清"嗯"了一声。是啊,看得很清楚,挺好的。他转过脸时突然看到李莉正站在宾馆门口,双手还是交叉在小腹前,远远看着这边。发现陈清看她,她立即微微俯下身行礼。陈清连忙摆摆手,算是道个别了。

陈尹说:"要说理想,我当年的理想很简单,就是要比我妈强,不能嫁个你这样的丈夫……噢,抱歉!我也做不了她那样的女人,丈夫一次次出轨,她能一次次无所谓。还有,我也不能生一个我这样的子女……真的,我都做到了,你就放心吧。"

陈清低头钻进副驾驶座,那个瞬间,他腹底有股酸水往上冒,很难受,想呕。

在飞机上他就开始头晕,以为是劳累的缘故。回到家不怎么动,整天躺着,还是晕。只好去医院,查了血象,又反复测了血压,高压都超过一百五,医生说得开始吃降压药了,而且不能停,得每天坚持吃。陈清摇头,他说做不到每天吃药,对他来说这太难了。医生显然生气了,说:"不吃你就等着中风吧。"

果然最后就中风了,躺进医院。

九 三十年前

三十年前陈珊最后一次相过亲。她十几岁就有人追,但俞小静防得紧。女人一恋爱母态就出来,具体的体现就是乳房和屁股开始囤肉。迟点吧,跳上该上的那个舞台后再说。"你不能重复我,"俞小静说,"你得跳出来,往远处走。"

俞小静所说的远处指的是上海芭蕾舞团，事实上那地方已经离陈珊太远了。

陈珊对自己上的只是艺校并没有不满，以鸡头凤尾的理论而言，她甚至觉得挺幸运。在艺校她跟当年俞小静在歌舞团一样，位置没有其他人可以取代，除了独舞就是领舞，不会有其他的待遇。然后留校，带学生上基训课，挺圆满的。

她毕业时俞小静曾打算找团里领导，陈珊一听就嚷起来，她说："那地方欠你的，而且去了也只能混在群舞，我不去！"

俞小静说："再怎么样，我们团也是全省顶尖的。艺校能有什么出息？"

陈珊说："我不要出息，我要自在。"

不急着找对象也是为了自在，结婚有孩子的麻烦不是都摆在那里吗？一年一年拖下来，俞小静倒还好，陈清却坐不住了，开始打电话给老同事和老熟人，让他们帮忙物色。

那天在茶楼里见的人是中医院推拿科的医生。刚坐定，医生打量她，说："你太瘦了。"陈珊笑笑，没有答。她一米六九，身高与俞小静一样，却重了三斤，俞小静一百零二斤，她一百零五斤。长手长脚长颈，身体比例她从俞小静那里遗传得也很好，但小头小脸小骨架，俞小静却没有遗传给她。她头太大了，头围超过六十厘米，脸因此也大，所以俞小静在歌舞团跳主角，她只能在艺校跳。考上海舞蹈学校被拒应该也与此有关吧。练得再狠，脂肪全练干了，看上去仍是一颗肉肉的大脑袋。瘦吗？她不觉得。

医生把右手搁在桌上，弯起四指，翘着大拇指，然后定定看着陈珊。

陈珊也看他，再看他的大拇指，不明白是什么意思。

医生笑起来，似乎有点得意。他把大拇指左右摆动几下，说："有没有发现它特别粗大？"

陈珊的眉短促地皱一下，她已经想站起来走人了。这时候她感觉到口渴，端起茶杯把茶喝掉。茶不错，是街面上正流行的茉莉花茶，顺口，唇齿留香。喝了人家的茶，出于礼貌，她点了点头。医生说："这是每天推拿掐穴位弄出来的。以后不管成不成，我都可以帮你推拿。跳舞的人关节损伤在所难免。"

陈珊又喝掉一杯茶，重复说了一句谢谢。

医生好像受到鼓舞，索性把五指都张开，并往她这边伸了伸，说："你再看看我的无名指。"

巴掌真是厚实，红扑扑的，仿佛上过胭脂。他不仅大拇指粗大，每根指头都一样，肥厚得像用福尔马林泡过的，包括无名指。幸亏这不是我的手指，陈珊想。舞台其实是一个反人类的苛刻之地，跟地心引力斗，跟自身肌肉筋骨斗，甚至跟遗传基因斗，它不过是俞小静喜爱的，却不是她喜欢的。她从小被俞小静逼着往上面走，一点点向前，内心却一步步后撤。

"哎，看出什么了吗？"医生又问。

陈珊摇头。这个靠手吃饭的人，在玩一个无聊的游戏，她一点都不想再应付下去。她把包揪过来，正要站起，医生腰间嘀嘀嘀响起。他低头，把BP机取下，仔细看着上面，嘴角浮着一层不明就里的窃喜。

陈珊连忙说："你有事？那我们先这样吧。"

医生说："啊没事没事，有个领导约我明天晚上去他家给他老婆推拿，我不一定去的。"他把BP机重新挂到皮带上，然后再把手伸过来，说，"有没有发现我的无名指超长？刚看到一篇文章里说，男人无名指越长，其睾丸相对体积就越大，雄性激素含量也越高，产生精子的可能性也就越大……"

陈珊拿包的手一下子停住，脑中空白了几秒钟。这个话题太突兀了，用电闪雷鸣来形容都不为过。她迟疑了一下，还是开口问："你读到的是学术论文？"

医生索性把十个手指屏风般竖到胸前，说："不是不是，是报纸上看到的一篇小文摘。"

陈珊问："你的意思是——"

医生说："我的无名指这么长，睾丸肯定很大，精子当然也多。精子越多，以后你受孕的可能性就越大。虽然计划生育了，只能生一个，但一个也是需要无数个精子做后盾，才能优中选优，你说是不是？"

陈珊扑哧笑起来，同时也站起来。哪来的一个奇人啊，受教了。医生也站起来，问："要走了？我们不合适吗？"陈珊说："当然。"然后就快步出门。回到家她马上让陈清把手掌伸出来，这是她路上想到的。文摘上说的就一定没道理吗？必须找一个男人证实一下。陈清的手指柔软纤长细白，无论如何陈珊更愿意把身体交给这样的手。无名指确实长，超过食指一截，仅比中指短一小点。

陈清问："你干什么？"

陈珊盯了他半晌，还是笑。看来有些人犯一些错是命中注定的。她有点想把从陈清身上得到的印证告诉那个医生，一闪而过的念头罢了。医生的父亲也是画报社的，跟陈清以前是同事，也就是说介绍人某种程度上说就是陈清。一个无名指那么长的男人，给她介绍另一个无名指超长的男人，这事想想就有点滑稽。陈珊说："噢，你跟你同事回个话吧，他儿子我没兴趣。"那次珠子的事情发生后，她再没喊过陈清"爸爸"，一直以"噢"代替。不过一个称谓而已，看上去陈清也没介意。

顿一下陈珊又说："以后别给我介绍了，没用。今天是最后一次相亲，以后我不相了。"

"那你以后怎么办？"陈清腔调一下子难听起来。

陈珊说："不急，慢慢找，总会有合适的。"

他鼻孔重重吸吸，咽几下口水，说："合适二字，怎么下定义呢？只有天知道啊。不论男女，也许真的有最合适的那一个存在，可究竟在哪里？要同朝同代，同处于一个空间，还要有一个彼此看到的契机。可世界太大，一世太短，总是错位，其实很无奈的，不是想找就找得到。"

陈珊说："我等呗，遇得上就结，遇不上一个人过也没什么不好，总比两个不合适的凑在一起硬过好。万一嫁的是个着三不着两的男人呢，不知得受多少委屈，比如……算了，我还是不比如了吧。"

陈清脸色一黯，心里扭了一下，他听出她话里的意思了。三个女儿性情不一，嘴巴尖利却是一致的。

从那时起，十年过去，又十年过去，陈珊仍然是老样子。她搬出去住了，艺校分给她一套六十平方米的福利房，她住了一阵又自己在码头附近买了一套一百二十平方米的，福利房出租了，租金刚好可以抵按揭贷款。年纪越大，课时越少，渐渐就进入半退休状态，不需要每天赶去学校。她买了车，想吃想玩就自己带自己去。有天她一路按车载导航里林志玲的嗲声提示，把车开到北溪。虽然已经很多年家里都不会有人提到这个地名，但这两个字不时在她脑中柳絮般飘来飘去。

有点意外，村子比她想象的像样，路已经修进去了，可以通车，房子也不差，到处是新建起来的钢筋水泥楼房，她甚至在一些人家门口看到拉布拉多犬和英国短毛猫。只是人不多，四处很安静。她下车在路边站了一会儿，不知道自己来干什么。珠子多大了？也近八十了，还活着吗？还那么黑吗？还有厚厚的唇和屁股吗？

她没有向人打听，站了一会儿，看了一阵子，又重新上车，把村子能通车的路都绕一遍，然后走了。

那天省文化厅的人给她两张票，上海芭蕾舞团来商演，《天鹅湖》。她开车接俞小静一起去。公主，王子，斗恶魔，获幸福，一个浪漫也陈旧的故事。进场前陈珊去取了一份宣传册给俞小静，俞小静低头看了一会儿，突然说："以前，我跳这个位置。"

"以前？"陈珊没回过神。

俞小静点点头："小时候，在上海。"

"跳奥杰塔？"陈珊头凑过来。

俞小静手指在剧照上指了指，说："不是，跳白天鹅奥杰塔的是洋人，我只跳了群舞和插舞。这里，第二幕第三分曲中拱卫奥杰塔的众天鹅中的一个。"

陈珊嘴张了张，相当意外。俞小静小时候是什么时候？那么早上海居然就有《天鹅湖》了？俞小静看出她的疑问，说："我老师是俄罗斯的，夫妻俩三十年代来上海教芭蕾。"

陈珊"噢"了一声。接下来她就明白俞小静整个看演出的过程为什么会有那样的反应了：大幕一拉开，俞小静一直挺着背，双手抓牢前排靠背；中场休息时，灯一亮，陈珊就站起来去厕所，顺便买两瓶水带回来，递过去，俞小静摇头不接，眼珠子盯着闭拢的红丝绒幕布；全场结束，演员谢幕，大家都鼓掌站起来，俞小静仍坐着，脸上全是泪，看得出她已经用力忍了，泪还是一串串滚下来。

陈珊无声地长吁一口气。人的很多热爱，其实都是给自己套上枷锁，倾越多的情，套得就越沉重。陈珊要把俞小静送回家，车子开出剧院停车场，俞小静坐在副驾驶座上，一直转脸看窗外。外面灯光已经黯淡，一幢幢白天挺拔的楼房，这会儿都变得虚弱，黑乎乎地隐在晦暗中。"珊珊，"俞小静突然说，"上芭啊，我们的上芭啊……"

陈珊想，是你的上芭，不是我的上芭。但她闭紧唇，没有说出口。

俞小静说："我八九岁就能连续做'挥鞭转'了，就是第三幕，黑天鹅奥吉莉娅单脚立地快速三十几下的那个旋转。那是芭蕾最炫技的动作啊，学芭蕾的每个人都会憋着劲狠练。但我那时太小，腿部力量不够，主力腿支撑不足，提踵速度总是不够，动力腿前踢侧踢虽然都没问题，吸体时髋部水平稳定却一直不好。那时多么想练到三十秒内完成三十二次旋转，三十秒……可是后来我离开芭蕾，鞋挂到了墙上……"

陈珊愣一下，点了点头。肩和胸打开，主力腿撑地，动力腿悬空甩向十二点和三点方向后，迅速吸回，提踵，留头甩头旋转，一次又一次。芭蕾鞋挂在墙上，但几十年里俞小静穿软底鞋，不也一直在练，并且让陈珊也一起练吗？一开始陈珊手臂侧平举时老是比动力腿的踢出慢半拍，很难，协调不了，整个动作形不成一个弧形。但学会了，就不难了。她第一次转起来是什么时候？想不起来了，反正是在工作室的红砖地上，单足立地，双肩和动力腿同时打开，旋转，越来越快地旋转，仿佛小鸟长出了翅膀。如果不是俞小静太多的强迫，陈珊想，自己或许会对舞蹈生出正常的热爱。强迫过了，就逆反了。

俞小静说："真的不甘啊，如果能从头再来一次该多好。我……"

话断了，是被牙咬住的。陈珊把车往路边别了别，踩下刹车。不知该说什么，她就不说了。车没熄火，空调开着，轰鸣中细微的颤动从脚底缓缓蔓延到头顶。她抬起左臂，把手肘支在车窗上，巴掌托住脑袋，侧过脸看着俞小静，她已经很久没有这么近距离端详过这个被称作母亲的女人了。

长颈，扁平的肩背，白发，白得发亮，仍始终如一地在脑后盘个髻，袒露出宽大的额头。陈珊吸一口气，又缓缓吐掉。到这把年纪，俞小静仍保持这样的美感，不正是舞蹈所给予的回报吗？不甘可以理解，但谁甘呢？都必须承受。如同她，她现在仍然单身，那就继续单吧，无奈之下，只能继续无奈。

她重新发动了车子,她得把俞小静送回去。这座城不大,所有马路白天的拥挤都已经散去,像一个裹太多衣服的身体,从冬天跨入夏日,卸掉累赘,一下子轻松了下来。她不会想到后来还会有一天,也是这样的夜色中,旁边也坐着俞小静,她同样开车向着新闻小区驰去,推开门,发现陈清已经瘫倒在床上。脑中风抢救的黄金时间是六小时以内,可是陈清被送抵医院时,八个多小时已经过去,脑细胞已大面积坏死,肢体瘫痪,没有意识。

十　火车

火车从上海闸北火车站开出,是一九四九年七月十九日,离现在已经七十一年了。

那天是半夜集合去火车站的。迟睡或不睡对俞小静来说不是新鲜事,但坐火车是。她十五岁,第一次坐火车,第一次离开大上海。

身上的土黄色军服肥大得可以塞进两个人,皮带也太长了。两天前发服装时,中队长特地帮她在皮带上多戳出两个洞,这样腰总算被勒住了,细细小小的像鸭脖子。一个多月前上海解放的第二天,路上一下子就冒出很多穿军装的人,甚至不时有打着腰鼓扭着秧歌的队伍,欢乐得整条路仿佛都跟着舞动起来。黄色顿时成为最时髦的颜色,没想到眨眼间,她自己居然也穿上了。俞小静最麻烦的是帽子,头顶上盘个髻的长发要剪吗?试了试帽子,她头小,有髻也扣得下,只是顶上古怪地隆起一个包。她是不想剪的,从五岁起她就一直留这个发型,所有头发都简单地束起,盘到头顶,让前额完全裸露。但其他女孩都剪了,齐刷刷的短发拢在耳后,戴上帽子,马上就是一脸的英气。她犹豫了一阵,最终也剪了。头发是自己的,以后再留反正也不难。

五岁那年,她被母亲送到俄罗斯人索考尔斯基和他太太勃朗诺娃那里,跳芭蕾。母亲并不知道芭蕾是什么,勃朗诺娃正招学生,母亲就让俞小静去了,要是也能有勃朗诺娃一样的舞姿与体态,以后去百乐门肯定吃香。勃朗诺娃整天黑着脸训人,脖子要这样拉长,脚尖要这样绷直,但对她,勃朗诺娃却总是夸,从身材比例、舞台表现力到腿的力量、胯的软开度，甚至脚踝关节的柔韧灵活性，每一样都说好。"记住，你是天生吃这碗饭的，要一直跳下去！"这句话她说了很多次。

当然要跳，俞小静从来没想过不跳。

那天从兰心剧院出来，见路边很多人围成一圈，中间两张桌子，几个穿土黄色军装的人正坐在桌边急急写字。她喜欢热闹，舞台就是一个热闹的地方，下面坐的人越多她整个人就越兴奋。她凑过去，恰好旁边站着一个穿藏蓝色美式夹克装的高个儿男子，白净，戴副圆形黑框眼镜。

"这是干什么的呢？"俞小静问。那一瞬间她就是觉得这个人可以信任。

男子低头看着她，笑起来，嘴角清晰地现出两个小梨涡。男人有梨涡真是又奇怪又特别。"招文工团员。"说着，他突然脸一红。

俞小静问："市里招吗？"

男子说："不是，是外地。"

"外地？哪里？"俞小静越来越好奇。

男子说："跟着解放大军一起去南方。解放全中国，需要很多很多人才哩。我们要去南方，去支援那边。你也是来报名的？"

俞小静摇了摇头，说："不是，我哪儿都不去，我要在上海跳舞。"

男子说："文工团就是唱歌跳舞的。我也报名了，但我只会拉二胡，不知人家要不要。"

俞小静不解："为什么不要？"

男子说："这次想去的人太多了，不可能都去。"

"哎，你，来报名的吧？"是坐在桌子后面穿土黄色军装的中年女人在喊，见俞小静看她，马上举起手招呼着。

俞小静犹豫了一下，还是过去了。她站在桌子前，正回答着中年女人的问话，一扭头，看到旁边桌子前有个人正前倾着身子，双手撑在桌面上。第一眼没弄清男女，脸全埋在袋子般垂落的齐脖子长发中，像是烫过，一绺绺地卷曲着。听到声音，才知道是男的，是一口浓重的南方口音。看上去他有点着急，嗓门偏大了，手不停舞动。这次要去的地方就是他老家，他强调的就是这一点，他说虽然自己不会唱歌不会跳舞，但他会拍照。

俞小静从他胳肢窝往上望去，挂在脖子上的一架相机正悬在前襟，随着他用力地说话微微荡着。又长又卷的头发、相机、南方口音，这是她对陈清的最初印象。后来陈清解释说，卷发是母亲遗传的，他的两个姐姐一个妹妹也一样，全是一头刨花似的卷发；德国蔡司伊康折叠皮腔相机是父亲送的生日礼物，父亲开一家货运公司；南方口音是因为他家乡人说的都是方言，他这次南下，回到老家，完全可以给大家当翻译。

六月二十九日文工团的录取名单在《解放日报》上刊出来，有俞小静，也有卷头发的陈清。那个高个子的嘴角有两个小梨涡的戴眼镜男子，俞小静上下找了几次，都不知道哪个是他。那天在报名现场，卷头发的人看到俞小静，马上就凑过来，报了自己姓名，又问了俞小静名字，一点都不认生，仿佛已经认识一百年。俞小静返身，头转来转去在人群里找，却没有看到那个梨涡男孩。他不知去向了，她还不知道他的名字。

母亲不同意她离开上海。全中国哪里能跟上海比？居然去南蛮之地？一盏霓虹灯都没有不说，还蛇多蚊子老鼠多，怎么可能天天有舞跳？俞小静抿着嘴，她不相信母亲说的是真话。一直仿照美丽牌香烟上那个女人的发型和装扮的母亲，每天顶着一头大波浪头发，穿绸缎花旗袍，抹极艳的口红，看上去没有一丝乡下人的气息。但她确实是浙江乌镇那边的人，十岁才来上海，来了就进了百乐门，会唱歌，但不认得几个字，她去过的最南的南方不过是自己的老家。

家里只有两个人。母亲堵上门，把俞小静锁在屋里，但第三天凌晨俞小静还是从窗户爬了出去，随身带的东西中包括那双粉缎芭蕾舞鞋，然后去了黄浦江边的沪江大学。原来不仅有文工团，还有干部团、卫生队、警卫队，沪江装不下，复旦和大同中学还分走一些，合在一起两千多人。每个人都很高兴，笑声不断，俞小静很快也跟他们一样，开始用比平时大两倍的声音说话。出操或者开会学习时，她头常常不知不觉就转来转去，这样她就看到了那一头卷曲的长头发。

卷发和梨涡她更喜欢哪个？不知道，至少那时她没有想过。陈清出现时，那一刻她很欣喜。这么多人，她却一个都不认识，终于看到陈清，陈清不熟的脸，却是她在这里最熟的。

大学生很多，至少一半以上。陈清也是，他十八岁，在江夏大学读教育学，同时加入了校摄影社。跟书比起来，他更喜欢的是照相机。"你是哪所学校的？"陈清问。

俞小静摇头。几年前横浜桥那边建起上海市实验戏剧学院，分演员组、技术组和编导组招生，一起跳芭蕾的师姐好几个都去那里上学了，以后她可能也会去，但现在还没有，她哪所学校的都不是。陈清看着她，手在自己包里掏着，然后巴掌向前一伸，掌心里躺着一样东西：笔，黑色的派克笔。俞小静一怔，边后退边重重摆手。女人收男人东西，都会有代价的，这是母亲说的。笔的代价是什么她不知道，她只是不想要，也不需要，她平时消耗的是芭蕾舞鞋，三天两头磨破一双，而不是笔。

陈清没有一点勉强，收起笔，马上像笔是刚捡到的一样，嘴一咧，很高兴地笑了，把两排细白的牙齿充分露出来，牙缝间津津的口水泛出隐约的光。眼睛真特别啊，不大，但细长，弯出一道月牙儿，一笑就眯得更弯了。"到那里我就是东道主，那里有很多非常美味的小吃噢，我带你去。"他说。

俞小静点头，也把嘴尽量咧大笑起来。以前的日子是方方正正的，每天几点起床，练几小时功，排多久的舞，都相差不多地循环，她没有厌倦，也非常喜欢。突然变化说来就来了，她在喜欢中，又加进了更多的兴奋。就要和这么多年纪相仿的人一起，坐上从未坐过的火车，去从来没去过的南方，见到更多陌生的人，吃到很多美味小吃，真好。所有一切就像一把折扇，正在她眼前徐徐展开。

没想到火车一出上海就被炸了，两架从台湾飞来的飞机丢下炸药，砸中了火车头和文工团前一节车厢。俞小静坐在陈清后面一排，坐下没几秒，到处还都是声音，陈清就一下子睡过去了，头左一下右一下地晃。俞小静后来一直没弄清自己究竟是怎么飞出去的，沉睡中的陈清又是如何把半空中的她给抓牢，在摔落过程中再把自己的身体及时垫在下面。她昏迷的时间很短，或者谈不上昏迷，只是吓得一时没了知觉。醒来时眼前是黑的，各种声响灌进耳朵。她眨眨眼，慢慢回过神来，看清占据眼眶的是车厢顶。灯全灭了，车窗外其实已亮，但因为有雨，就亮得晦涩而隐约。她动一动身子，发现自己居然是仰面朝上，背上是软的，往下滑，滑到地板上，正好就与陈清打了个照面。他的脸被头发遮掉大半，眼从发缝露出来,还是弯弯的月牙儿,还有细细的白牙,额上却有一道清晰的血痕。"哈,你没事就好。"他说着,嘴猛一咧,露出更多的白牙。

那一刻俞小静想,自己这辈子肯定很难忘掉这个笑容了。

六年后在与陈清的简单婚礼上,她看到陈清脸上又布着一模一样的笑,柔软、善意、宠溺。它们像风中的海浪撞向岩石,瞬间就能吞没女人——后来俞小静才知道,不仅仅是她,其实还包括其他女人。

画报社腾出来给他们做新房的宿舍不到十五平方米,陈清却弄来一张大床,把房间占去大半。本来他是想弄一张拔步床,跟他出生时一模一样的床,有围栏,有垂柱,有床楣,有踏板。他说自己从小就睡大床,越大越舒服。出去读书,他忍了,结婚了就不想再忍,但城里已经买不到那样的雕花床了。

那天晚上他们一直在说话,说了大半夜。其实主要是陈清说,俞小静的生活都摆在面上,三言两语就说完了。陈清的不一样,他让俞小静有很多意外。

他说:"你记住,以后无论跟别的女人怎么样,从见到你的那一天起,这辈子我最爱的人肯定就是你了。"

他又说:"我家里以前是开货运公司的,我在上海时,他们打电报让我速回,我没回。终于回来时,他们等不及,已经坐船去了台湾。"

停了一会儿,他接着说:"走之前他们留了一封密信让人交给我……因为怕我生活无着落,他们在公司一间废弃的办公室埋了些厂条,大黄鱼、小黄鱼都有……算了,你知道了没什么好处。今天告诉你,是想让你放心。"

厂条就是金条,大黄鱼、小黄鱼指金条的大小,这些俞小静都懂。货运公司,办公室,陈清租下那个工作室原来就是为了金条。"确实有金条吗?"她问。陈清在黑暗中默默点了点头:"挖出来了,也重新藏好了。不能铺张地用,免得招惹麻烦,但钱反正不会成问题。以后我不会让你吃苦,其他的都交给我,你什么都不用问。"

俞小静轻轻"嗯"了一声,突然记起那个梨涡男子。他叫什么?如今在哪里?结婚了吗?娶什么样的女子为妻?一闪而过罢了,但确实闪了。那天她冷不丁就报名,是不是因为他,哪怕仅有一点点?擦肩而过,就风一样散去了。如果他也被录取，也登上火车，一起到达这座城市，跟她结婚的人仍然会是陈清吗？

她进了新成立的歌舞团，陈清去了新创刊的画报社，那么会拉二胡的梨涡男子要是来的话，又会去哪里？

王子齐格弗里德选妃那天，差一点就娶了黑天鹅奥吉莉娅，最终幸福还是归白天鹅奥杰塔所有。奥吉莉娅也是年轻美貌的女子，得而复失，所以要设计出"挥鞭转"这样剧烈的动作来表达内心的疼痛？错一步，就是一世。

那时候觉得未来又远又长，长得怎么都不会有尽头，可是尽头却眨眼就来了。腰硬了，腿僵了，满脸是皱纹，头发已经白透。而陈清，中风后他在医院那张病床上已经躺了三年多，情况越来越糟，已经再也无法把眼睛一眯，笑出可以吞没女人的细长月牙状了。

十一　现在

现在是晚上七点多，医生正在拆除绑在陈清身上的各种仪器。三年多来它们轮番跟陈清发生关系，但没有一次如此密集。几个医生都来了，护士也忙进忙出了两三个小时，最后心电监测仪还是发出"嘀——"的长叫，心电图显示出一条直线。

陈珊和俞小静一直站在病房外，脸上戴着淡蓝色的医用口罩。这时一个护士探出头，招了招手。陈珊一下子明白了，她伸手想扶住俞小静，俞小静一扭身，已经抢先一步跨出。

没有人说话，医生开始陆续往外走。穿一身蓝白条病号服的陈清安静地躺着，四肢整齐地摆出一个立正的姿势。太不真实了，陈珊站在床尾，努力不去看他的脸，仿佛不看，死亡的事实就可以不存在。她只是垂着眼皮盯着他的脚。真瘦啊，伸在宽大裤管外的小腿干枯得有一种坚硬感。这是她第一次见到父亲的脚指甲，居然这么厚，而且黄，四周浮着一层粉末状的白色，应该是死皮吧？之前她真的忽略了这个部位，她打量父亲的目光从来没有落到脚指甲上。

现在他要带着这些指甲一起走了。

她抬起头看向俞小静，俞小静站在床头，扯下口罩，脸俯着，不认识似的一直盯着陈清看，又伸出手，轻轻落到陈清脸颊，指尖从耳廓到耳垂再到嘴角，一路缓缓拂过，唇嚅动着，像颤动，又像在悄声说什么。跟陈珊一样，她没有哭，好像也忘记了需要哭。

在医院这个高干病房，陈清躺了三年零七个月，前面俞小静基本天天都来。春节后因为疫情，医院管控严了，俞小静年纪又大，不建议她来，有情况会及时通知。结果是这样的情况，陈清死了，再也没救回来。

几个穿着罩衫长裤的护士拉着一辆推车进来，其中一个对陈珊比画几下，意思是要送太平间了，让她们先离开。陈珊欠欠身子，对她微微鞠个躬致谢，然后过去，拉住俞小静的胳膊。"他解脱了，走吧。"俞小静很顺从地动了动身子，跟陈珊往门外走。突然咚的一声，俞小静的手碰到病床侧面挡板，她身子一震，双手猛地揪住挡板，整个身子软下去，趴到床沿上。她哭了，声音从头顶灌到脚底，钻进水泥地面，又从脚底蹿上，冲出头面扑向天花板。

陈珊的泪也是在这个瞬间猛然落下。护士对她使眼色，扬了扬手，她明白了，拉起俞小静往门外拖。很重。那么轻盈的俞小静，其实拖起来也是沉的。

在走廊上，护工小赖小跑着过来，贴在陈珊身边低声说："我今天一发现情况不对，马上就喊医生和通知你们了，一点都没耽误……"

陈珊对他点点头。小赖没问题，虽然吊儿郎当了一点，护理能力还是够的。她对小赖交代了一些事，又跟值班护士说了说，就开车带着俞小静先回去了。现在一切都靠她了。这一阵陈清其实就不太好，躺太久了，有并发症，肺部感染越来越严重，有一次高压降至六十以下，都没有了自主呼吸，还有一次血氧饱和度完全测不到。医生提醒她好多次了，要做好心理准备。她给陈尹、陈蓉都发了微信。春节前陈蓉曾说要带孩子回来看看，因为武汉疫情，她改签了机票，接着就断航了，想回也回不了。陈珊感觉到陈蓉其实并不是真想回来，断航似乎是帮了她。在电话里，陈蓉的语气是如释重负的。

而陈尹这时候正在墨尔本。十六年前就传出姜和平有外遇，陈尹不相信，直至有一天姜和平给她发了一张婴儿的照片，告诉她这是会计李莉给他生的儿子，就是那个圆脸、娇小得像中学生的李莉。接下去的日子陈尹不再画画，抗拒离婚和争夺财产成了她生活的全部内容。姜和平前些年已经在墨尔本也办了公司，还买了几幢大房子，派李莉在那边打理，然后李莉就在那里生下了儿子。临到春节时姜和平说是去上海出差，其实是飞去澳洲。陈尹一查手机定位，马上买了一张机票也飞过去了。她在电话里冲陈珊吼："你如果逼我回去，我也死给你看！"

陈珊不会逼她，逼也没用，航班同样没有了。人类已经可以去月球，还准备登陆火星，似乎无所不能，其实却脆弱得如此不堪一击。

那天晚上陈珊没有把俞小静送回新闻小区，而是回了她的家。她房子装修时只留了一间卧室，其余全部打通，弄成大开间，床铺也只有一张，但厅里放着一张大沙发。她让俞小静睡到床上了，沙发留给她。俞小静孩子似的听从了。躺到沙发上，陈珊没有睡，她拿出手机，在通讯录里翻找着，然后把一条信息发出去。

葬礼是在两天后举行，其实也谈不上什么礼，一条龙做丧葬生意的公司跟医院是长期合作的，他们按民俗走固定的程序，不需要家属操心。一切就绪，吊唁厅就设在太平间旁边，布满了鲜花和纸花圈。以前的老同事老朋友戴着口罩来，画报社一个副社长也代表单位来了，围着冰棺转一圈，鞠三个躬。把他们送出去时，副社长顺口提起一件事：三年多前画报社为纪念创刊七十周年，曾策划为在世的几个老摄影师各出版一本画册。创刊七十周年是去年的事，其他几个老摄影家的画册都出了，陈清当时躺在医院，就漏了他。俞小静看看陈珊，她们显然都是第一次知道这件事。俞小静马上说："去年他还活着，应该补出吧？钱我们自己出也行，但他以前拍的很多照片都存在社里，出画册你们也专业，麻烦出一本。是的，必须出！"

三月初天还是凉的，俞小静这会儿没穿外套，黑毛衣裹紧身子，黑裤子也是修身的。她八十六岁了，小腹还是平平的，腰身也在，脖子梗得又直又长，但还是明显跟往常不一样了，是背驼了，一下子松松地往下垮去，眼袋也浮肿着。从小到大，陈珊从没见过这样的俞小静，以往即使生病，她也是把背挺得直直的，仿佛那里布满钢筋。

在等殡仪馆来车时，陈珊把六千块钱装进红包递给小赖。平时工钱都是通过手机转账的，这个红包是额外的答谢，按当地习俗，这是应该的。小赖摆手推辞，陈珊把红包塞进他裤袋，正要转身走开，小赖突然问："你姐姐真不回了？"

陈珊站住，点了点头，她知道小赖问的是陈尹。

不住院，真不知道找护工有多麻烦，总是不如意，太笨太懒或者对病床上的人太不好。前面炒掉五个护工后，小赖是第六个，已经干了快一年。他是自己主动找来的，出示护工证，介绍自己在本院干了快二十年，哪个科的护理都很拿手。他不是吹牛，大部分医生护士跟他都熟，基本都认可他。另外，小赖没有结婚，护工没有家庭拖累算个大优点，可以二十四小时待在医院里。

他来后第三个月，陈珊又去了次北溪。在第一次去过之后，她其实后来又去过几次。珠子，她终于找到珠子了。那一年从床上下来，珠子就走了，回到丈夫家，很快发现怀孕，又被打过一顿后赶出家门。毫无疑问，胎儿是从城里带回去的。孩子没有流掉，最后在娘家生下，是个儿子。这件事全村上了年纪的人都知道，一开始人家还戒备着不说，陈珊多磨一磨，慢慢就吐出来了。

村里人不知道那儿子是珠子跟谁生的，但陈珊猜到了。

她找到城里一个相当高档的小区，敲开一户人家的门，来开门的就是珠子。她比以前更矮，但瘦了，就显得更黑。一见陈珊，她后退几步，用手捂住嘴，泪一下子流出。"珊啊……"她喊了一声。

阿贵坐在轮椅上，不再是光头，而是留起了长发，全部从耳两边垂下来，吊到肩膀上。他也是卷发，木刨花一样的卷发。胖了不少，两条腿像两坨肉棒子垂在椅子边沿，膝盖以下都没有了踪影。阿贵往珠子的方向努了努嘴，说："她每年都去你上学工作的地方找你，小学、中学、艺校都去，偷偷站在大门外等着，看到了就回来，没看到第二天再去。"

陈珊走过去，把珠子抱住。瘦小的珠子已经不是当年那种皮肉了，但温度是一样的。"珠珠！"她在心里重重喊一声，声音被咽在舌尖底下。

北溪村里的人说，以前珠子一直住在娘家。前几年菲律宾那边的亲戚突然拿着一本登有珠子照片的画报找来，分给她一大笔属于她父亲的遗产，她儿子用这钱在城里买下房子和车子，算发大财了。但珠子不肯一起住，直到她儿子有一天开车，追尾前面的大卡车，车头直接插进卡车的腹部，命是保住了，但两条小腿却没了。要照顾他，珠子才来城里。

车祸发生在从郊区回城里的路上。那天阿贵去湿地拍黑脸琵鹭，他把手机丢在车上，穿着防水裤涉入水中，在芦苇丛中蹲了一上午，琵鹭没来，竟意外拍到两只大凤头燕鸥。他没急着回，在岸边守到太阳落下，又拍到在晚霞中觅食的勺嘴鹬。回到车上，天已经黑了，拿起手机，才看到陈清家的座机来过电话。他回拨过去，忙音。过一会儿再拨，还是不行。拨陈清手机，没接，再拨，关机了。他打着火，开车往城里赶，车速很快，踩油门时不知不觉下脚就重了。路上他给俞小静打了电话，占线。他马上又拨了陈珊的，通了。他刚说了句"你爸"，忽然一声巨响，仿佛雷在当头炸开，然后两眼一黑，就什么都不知道了。

阿贵一下子就消失了，陈珊怎么打他电话他都不接，微信也拉黑了。陈珊去门口找保安队长，队长说其实不是他同村的，是阿贵找上门来，让他这么说的。队长想给自己推卸点责任，提醒道："保姆不是都会交给你们身份证复印吗？要不你报个警？"陈珊摇头。家里没东西丢失，责任不在阿贵。何况没有复印件，那天阿贵只把身份证摆在桌上让他们看，接下去应该让他复印一份留着的，但忘了。

后来才知道陈清住在楼上的高干病房，阿贵很早就知道，是珠子打听到的。

当然阿贵更早知道自己和陈清的关系，所以让保安队长介绍他去当保姆。

阿贵住院时的护工就是小赖。阿贵出院时，珠子让小赖去高干病房找1803病房的病人。按医院规定，刚来时他把一张自己的身份证复印件交给陈珊，一九五八年生，比陈珊大五岁，名字叫赖安。陈珊那时并不知道赖安就是芬姐的小儿子安安，赖安自己也不知道，但珠子知道。

陈清死后第二天，芬姐的大儿子和小儿子一起到医院来吊唁，一直在旁边帮忙的小赖才大吃一惊。而陈珊和俞小静也张大嘴，半天没回过神来。

这世界真是又小又逼仄。

按当地风俗，只有晚辈才能把死者送去火葬场，长辈和平辈去都不吉利。陈珊自己开车，跟住灵车，正要点火，副驾驶室门开了，俞小静执意要跟去。

殡仪馆比平时空寂多了，似乎在突如其来的疫情中，人吓得都不敢死了。灵车直接开到三号悼念厅前，不再悼念，是要从这里通往炉子。下了车一抬眼，陈珊看到柱子后有一架轮椅，坐在上面的是阿贵，推车的是珠子，他们旁边还站着一个高个子的男孩，一头卷发，眼细长，弯成月牙状。他们都黑衣黑裤，大半张脸藏在口罩内。陈珊一愣，看了俞小静一眼。俞小静应该没有注意到他们，一直低着头，脸上木然。陈珊走过去，她已经看到阿贵手里拿着一张纸，正对她招呼着。

是阿贵手写的保证书，很简单的两行字：陈清遗产分毫不要，完全放弃。署名是"陈小贵"，上面按了红手印。陈珊接过，刚要走，阿贵突然说："但我们……要求能否分一把骨灰，一小撮也行，我们想保存……"

陈珊眼睛一下子模糊了。她觉得这个不需要征求俞小静的意见，当然更不必等陈尹陈蓉同意，就点了点头。她看向那个男孩，又看看阿贵，问："你儿子？"

阿贵点头。

陈珊把口罩扯下，又重新拉上。她原来有一个侄子，本来很想看看他长什么样，结果摘的却是自己的口罩。

工人正把陈清从冰棺里抬出，放到推车上。车子要走时，俞小静小跑几步，将一支笔放到陈清耳旁。黑色派克笔，在沪江大学时陈清送过她，她没要。结婚前陈清再送，她收下了，藏了几十年。陈珊用胳膊搀住俞小静，俞小静的整个身子都在微微颤着。她们一起盯着推车，推车很窄，刚容得下一个身子。它慢慢被推向后门，陈清安稳地躺着，平静地接受了。

"这张床太小了，"俞小静突然说，说得非常小声，"他喜欢大床……"

陈珊心扭了一下，眼泪猛地涌出来。她转过头四下看，想找一找珠子、阿贵和那个男孩，但什么都没有，外面模糊一片，像罩着一层厚厚的磨砂玻璃。

原载《芳草》2020年第5期

我的清迈，我的邓丽君

1

阿格从坐上飞机那一刻起，耳畔就一次次地回响着温和甜美的曼妙歌声。那歌声如吴侬软语般婉转清澈，如雨如雾，如泣如诉。阿格依稀记得，那是从一台手摇唱机发出来的，手摇唱机带着一只古铜色的喇叭，从底座侧面插入一个手柄，使劲转动几十圈，贴着圆形红标签的黑色唱片便开始缓缓转动，曲柄唱针转一个身轻轻放在唱片上，那由庞大乐队伴奏的前奏就汩汩流淌出来。音乐起初是无力的、变调走音的，慢慢才转入正常，变得悦耳和顺畅。

波音737头等舱一共四个座位，大胖与建国坐一起，阿格一个人坐，他选择靠近走道的位子。阿格有恐高症，他拉下遮阳板，不敢去欣赏舷窗外飘浮的大片大片的流云飞彩。

步入中年以后，有一阵子阿格不敢坐飞机，与朋友聚会时闲聊，他怯生生地吐露自己的恐惧小秘密，岂料一桌的人都附和，竟然有那么多人怕坐飞机。当时有位研究《易经》的大师，很神秘地传授他的个人经验：从登上飞机那一刻起，闭上眼睛，不停地默诵阿弥陀佛，一直念到飞机降落为止。谁也不知道大师说得对不对，但估计谁下次坐飞机，都会试一试这个法子。

机票是建国在携程上订的。飞泰国航线的中型机居多，头等舱唯一的好处就是服务。脸上挂着迷人微笑的空姐不停地来倒水送毛巾，就餐时铺了餐垫，刀叉、餐巾一应俱全，中西餐搭配，还有红酒、水果，食物格外丰盛。

三个好友相约出游已约了半年，大胖希望去马尔代夫，建国和阿格都嫌太远，坐飞机的时间长，想想都累。建国说想去越南，唯独阿格提议去清迈。建国去过清迈，那次他是带着女友去的，当他讲述清迈的所见所闻时，阿格的眼睛里发出一道道神奇诡异的光。在阿格一而再再而三的坚持下，三人终于成行，说好所有的开支消费AA制。

阿格没有告诉两位朋友自己执意要去清迈的真实原因，这是一个秘密，藏在他内心深处许久的秘密。暗地里，阿格为这次出行做了详尽周密的准备：他去银行兑换了两万泰铢，从网上下载了清迈地图，把去各个景点的路线都研究了一遍，还储存了清迈当地警局的地址和电话。

建国拿着一本时尚杂志在翻阅，阿格的座位与建国间隔一条过道，时尚杂志上的一行黑体字吸引了阿格的目光：

著名导演李安正在筹拍电影《邓丽君传》

阿格转身一把抢过时尚杂志，眼睛直勾勾地盯着那条新闻看，建国僵在那里，一脸蒙，无奈地摇摇头，对阿格的举动甚为不解。时尚杂志上的黑体字标题下面这样写着：

> 李安筹拍《邓丽君传》的消息传出，没有引起太大波澜，似乎所有人都认同，李安是最合适的导演人选。拍摄筹备期之所以如此漫

长、慎重，是因为邓丽君早已成为神话。三千多首歌，四十年间的反复流传渗透，她已经成为中国人久远年代里心灵和精神的诠释者。

飞机降落在清迈国际机场，机身还在跑道上滑行，后面经济舱的人已经纷纷站起来拿行李，不管不顾地簇拥在两边的过道上。

阿格一动不动，手中紧紧攥着那本杂志。"哎，可以醒醒了，清迈到了！"建国用手掌在阿格的面孔前面上下滑动。

阿格缓过神来，见建国皱起眉头，一脸的不爽，阿格能够猜到他这位大学同学现在的想法。按建国的说法，飞机降落停稳，只要机舱的灯不全部打开，欧洲人是没有人会从座位上站起来的。建国毕业于国内名牌大学，工作几年后去了欧洲，现在是法国久居身份，愤世嫉俗，一谈起国人在国外的所作所为，满腔的愤懑。建国的抱怨说多了，大胖就会跟建国说："你那么看不惯国人，你去法国生活呀，干吗还要在国内烦心呢？"这话其实是揶揄，建国只能鼻子里出气，但又找不到顶回去的话。

建国的表情显示的是大人不记小人过。他的父亲是国内著名工程设计院的设计师，二十世纪九十年代末建国从国外回来开公司经商，倒卖过土地，代理过家具，做过演员经纪，没一笔生意挣钱，全靠父亲的设计费置换成十几套房子，来维持公司的经营。他父亲给多个房地产公司设计图纸，公司付不出设计费，就给一套房子。二〇一〇年以后，这十几套房子升值十倍，建国从此衣食无忧，关了公司，成了游手好闲的新上海小开。他不愿去法国，说在巴黎没有朋友，没有乐趣，可在国内这也看不惯那也看不惯。

三个人在转盘处提了行李，走出机场。

清迈的机场很小，与浦东机场无法比。快走到出口的地方，大胖突然不见了，阿格与建国回头一望，只见大胖宽阔的身板晃来晃去，在用中文写着"兑换"招牌的小亭子前踟蹰徘徊，眼睛圆睁，死死盯着牌价表。

建国拖着行李箱走过去，拍拍大胖的肩膀说："不要看了，清迈市区到处都有兑换处，机场的牌价肯定要比市区贵。"

大胖闻言，连忙拉起行李箱，转身扭着屁股随两人大步朝出口走去。出口人头攒动，建国掏出手机拨了一个号码，铃声响了，面对面站着的一个皮肤黝黑的女子拿起手机，建国马上反应过来，用手机指着她说："你就是惠子啊？"

导游惠子迎上来说："汪先生吗？我就是惠子。一路辛苦了！"惠子的中文带着浓重的广东口音，"车子停在那边，辛苦大家要走几步。"

惠子引领三人朝停车场走去。在一辆丰田面包车前，惠子用手背敲了敲司机座的车窗，车门打开，只见一个黑皮肤的泰国小伙子灵巧地跳下车，双手合十，笑眯眯地说："萨瓦迪卡！"小伙子说话间露出一口洁白的牙齿。

大胖大大咧咧上去，用力拍拍小伙子的肩膀，大着嗓门吼了一声："萨瓦迪卡！"大胖身材魁梧，声如洪钟，那泰国小伙子显然被他的举止吓了一跳，脸色微微有些发红。

建国在一旁觑觑阿格，把头摇得像拨浪鼓："你别这样好吗？这里是国外。"

"没事没事，他中国人见得多了。"惠子微笑着出来打圆场。这话听起来多少带一点讽刺。

"你看，惠子说没事。"大胖尴尬地说，"你们法国佬啊，就是规矩多！"

上车后惠子落座副驾驶位子，建国低头钻进后排，把前面两个座位让给阿格和大胖。建国随即系上安全带，用沪语硬邦邦地提醒两个同伴："系上安全带！"

"坐后排也要系安全带吗？"大胖大声问。

"要的要的，不然被警察逮到要罚款的。"惠子居然能听懂沪语，这让大胖很惊诧，他眨巴眨巴眼睛，嘴里支支吾吾，欲言又止。

面包车驶入一条小街，左拐右拐转了几个圈，开始沿着梅宾河边的宽道疾驶。路上的街景散发着一种旧时光的古典韵味，与车水马龙的现世境况形成很大的反差。穿梭流动的有红色的双条车，有飞驰的摩托车，还有来来往往的黄色敞篷摩托车。路上红绿灯很少，来往车辆的车速都很快，路况貌似有些凌乱，尘土在空中飞扬。

"梅宾河是清迈最大的一条河。"惠子转过头来，向客人介绍说。

"惠子小姐，那是什么车？"大胖指着满大街跑的敞篷车问道。

"那是嘟嘟车，你们这几天在清迈，出门的话就可以坐嘟嘟车，很便宜，不管去哪里，都是二十泰铢一个人。"惠子说。

面包车驶进拉提兰纳酒店门口的圆形花园，酒店坐落在兰纳河边，因而得名。惠子待面包车停稳后下车，她的那几位客人也纷纷下车提行李。进入庭院，迎面而来的是大屋顶的凉亭，屋檐下的铁皮风铃随风叮咚作响。通往凉亭的甬道铺了绛红色的地砖，两边是探头探脑的再力草及在微风中摇曳的倒挂金钟。庭院中央有个游泳池，碧水潋滟，几个度假的白人老外在水中嬉戏打闹。沿河是一排高大的热带树木，酒店的庭院掩映于一片灌木丛中，入口处有一个神龛，摆放着香炉和紫色的醋栗。醋栗是一种与佛教有关的花果，寓意平安和招财进宝。

在惠子的一路陪同下，三个人办好了入住手续。在酒店门口，惠子叮嘱明天九点吃完早餐，然后她来接大家去参观景点。

"明天我们去哪里？"阿格问道。

"双龙寺，素洁山。"惠子说。

"美萍酒店什么时候去？"阿格斜刺里冒出一句。

"后天。大后天我陪你们去金三角。"惠子答道。

阿格迟疑了片刻，吞吞吐吐地说："可不可以明天去美萍酒店啊？"

"可以呀，那就后天去双龙寺。"惠子微笑着，一副客随主便非常好说话的样子。

惠子说完，正准备与三人告辞，谁知大胖突然冲过来，冷不丁地问道："人妖呢，什么时候看人妖表演？"

"我会安排的，你们放心好了。"惠子笑吟吟地说。

"那泰国浴呢？"大胖不依不饶，故意夸张地问。

"这个嘛……要问我老公。"惠子朝面包车努努嘴，很自然地回答，没有任何障碍与神秘感。

"你对女人又没有什么兴趣，还关心这个？"建国咧着嘴带着一种不屑的神情朝大胖说。

大胖推开建国，冲着惠子大声嚷道："你说你老公？他在哪儿？"

"喏。"惠子朝面包车指了指，身体倚在车上的泰国司机小伙子笑嘻嘻站直了身体，竖起大拇指朝向自己的胸脯，意思是包在他身上。

"啊？他是你老公？"大胖简直不敢相信。那泰国小伙子长得很帅，皮肤黝黑，有点像刘德华，但看上去比惠子足足要小了十几岁。

2

美萍酒店的门口耸立着一棵大榕树，榕树的藤蔓像胳膊那么粗，它们缠绕延伸，自由生长，仿佛在诠释大自然的奥秘。松鼠爬在榕树的枝干上，一只只硕大无比，左顾右盼，丝毫不畏惧游客。

酒店大堂门口站着身着泰国传统服饰的侍者，他们双手合十，恭迎来宾。一排盛开的蝴蝶兰成为背景，洁白的花蕾雍容华贵，烘托热闹的气氛。大堂左侧竖立着一对鸟人铜像，大胖转着圈，围着铜像上上下下打量，惠子过来说鸟人铜像与泰国历史上的一段民间传说有关，她很耐心地讲着故事，但似乎也不甚了解泰国历史，只能语焉不详地说出一个大概，令大胖听得云里雾里。

建国挥挥手，显露出不耐烦的样子。惠子属于那种特别乖巧机敏的女人，很会察言观色，应该是职业熏陶使然，见客人对她的故事不感兴趣，立马刹车，领着大家来到酒店一楼餐厅。门票包含自助午餐，餐厅里游客如梭，人头攒动。惠子抢到一张桌子，她说她帮忙看着座位，让大家去拿食物。

早上建国与阿格睡到九点才起，没吃早餐，大胖习惯早起，把酒店周围转了个遍，用手机拍了酒店庭院和兰纳河边的植物照片，一条条全发在朋友圈里，收获不少点赞。坐在面包车上，他不停地夸奖兰纳酒店的免费早餐，摸着鼓起的腹部，一副满足的神态，似乎很为阿格和建国没能享用到美味的早餐而惋惜。

美萍酒店的自助餐比较简陋，只有一些三明治、泰式小点以及水果，即便如此，大胖还是拿回来两大盘堆成小山的食物。阿格端着的盘子里放了几块糕点和水果芭乐，一小碟糖拌红辣椒是用来蘸芭乐的；建国拿的是一片三明治和一杯清咖，他斜睨着大胖面前的"小山"，脸上满是讥讽地说："真是服了你。"

大胖不乐意了，眉头皱成一团纸。三人中大胖年龄最大，阿格最小，被比自己小得多的建国如此奚落,大胖非常不爽。他歪过头去朝阿格诉苦道:"又不是没付钱,吃自己的都要被骂,这是什么世道!"

惠子见状,赶紧说:"你们慢慢用,我在餐厅门口等着。"说完就径直离开了。

大胖三下两下消灭了面前的两座"小山",见建国还在慢悠悠地品酌咖啡,站起身说:"我先让座给别人,这样比较绅士吧?"说完大摇大摆走到了餐厅门口。其实他是烟瘾犯了,要去门口抽烟。

酒店门口一侧放着圆柱体的烟筒,几个烟民围成一圈吞云吐雾。大胖掏出一包中华烟,点着了猛吸一口。抬头看到前面有个国内来的小伙子在抽电子烟,大胖随即大声嚷嚷道:"哎哎,兄弟啊,泰国禁抽电子烟的,你不知道啊?抓住要罚款的!"

那小伙连忙拔出电子烟的白色烟蒂,扔进了烟筒。大胖从口袋里掏出中华烟,抖动一下,给小伙子递过来一支。小伙子接过烟,连声说谢谢。

建国和阿格走出餐厅,惠子正在大堂一侧教大胖泰语:"忽托卡布,意为对不起,泰语男性说的;女性说忽托卡。谢谢就是好布卡布。"

"好布卡布!"大胖双手合十,毕恭毕敬地朝两个朋友显摆。

惠子转身迎上来,招招手,引领大家来到一楼电梯口。电梯窄小,已有些老旧,电梯内的四壁都挂着邓丽君的照片和画报。惠子摁了按钮,电梯缓慢上升,发出迟滞的声响,一直到酒店顶楼十五层。电梯门打开,一位戴着领结穿着白衬衣的中年男人恭敬地候在电梯口,操着一口流利的中文说:"欢迎光临,我是比利,很高兴为大家服务。"

"你就是当年侍奉邓丽君的服务员比利?"阿格突然问。

"就是我。"比利笑吟吟地把众人引向大厅。面对电梯有个十几平方米的走廊大厅,摆着一张三人沙发和一个茶几,透过几扇绛红色木质窗户,正对美萍酒店的就是著名的素洁山,云山雾罩之中,双龙寺就隐藏其间。一眼望去,映入眼帘的景物里见不到一栋高大建筑,清迈,仿佛是一座拒绝高楼大厦的城市。它散发着一种迷人的原始气息,美丽的风景和植物遍布城市的每个角落。

"我们明天就去素洁山,泰国国王曾经在那里居住过。那里的双龙寺供奉有佛祖的舍利子。"惠子说。

大家都聚集在窗前远眺，唯独阿格一人在大厅四周踯躅往返，寻寻觅觅，一副若有所思的样子。

比利带着大家沿右侧走廊朝前走，1502房间门口竖立着邓丽君的等身画像，一米六五左右。画像里的邓丽君微笑着，娇嗔甜美，貌若仙人，散发着无限的魅力。

进门是大客厅，客厅摆放着餐桌、米黄色方格图案的沙发及淡棕色的脚凳。比利介绍说，房间里除了地毯和电视机换过，其他都保留着当年邓丽君入住时的原貌。邓丽君平时就喜欢坐在这张沙发上看书、听音乐。沙发和脚凳上都放着牌子，用中文写着："不准坐在椅子上。"客厅还有一把黑色摇椅，也是邓丽君饭后喜欢坐的。从邓丽君的立像边上进去就是卧房，转角处放着邓丽君与法国男友的照片。卧房里的家具蒙上了一层岁月的尘埃，床头墙上挂着蝶形的布帷，白色的床单上放着白毛巾折成的一对接吻的鸳鸯，一面梳妆镜泛着黄斑。阿格站在镜子前，恍恍然发现镜子里出现一张欧洲人的脸，长头发，又高又尖的鼻子。你是谁？你是保罗吗？你就是那个邓丽君在世上最后相伴的男友吗？

良久，阿格才从臆想的幻觉中缓过神来。他移步走向茶几，茶几的果盘里放着几只芒果，那是邓丽君生前最喜欢的水果。徘徊至靠近窗台的地方，阿格凑近花盆偷偷摘下一朵花，那是他异常熟悉的百合花，放在鼻翼下闻了闻，悄悄塞进口袋。

这一切都被不远处的建国看在眼里。

阿格走进洗漱间，像一名侦探似的在地上仔细辨认，仿佛在寻找故人的踪迹。他的眼神循着浴缸一点点往外移动，再循着过道、房门，一直朝卧房外的大客厅逡巡过去。他的目光停留在电梯右侧L形的VIP服务台上，服务台的后面站着一个穿着泰式服装的年轻女子，她双手合十，朝阿格欠欠身，微笑颔首。

比利还在热情详尽地介绍，香槟轿车、芒果、保罗、哮喘等词语频频显现，像烟雾一样蒸腾离散，从身后弥漫而来，在阿格的思绪中久久环绕……

大胖围着比利不停询问，他的问题好像永远问不完。建国的眼睛时不时地偷觑着阿格。

3

上午九点未到,惠子已等在酒店大堂。临出门,睡眼惺忪的建国提着一个礼物袋匆匆走下楼,对惠子说他不去素洁山了,约好要去见一个朋友。建国在酒店门口挥手叫了辆出租车,扬长而去。

左等右等,不见阿格下楼,惠子朝总台走去,往阿格的房间打了个电话,听筒里传出阿格慵懒的声音。惠子放下电话,对大胖说:"你们另外一个朋友也不去素洁山。"

大胖的大嗓门立刻炸了:"那两个家伙搞什么名堂?不去就不去,他们不去,我去!"

大胖气呼呼地坐上面包车,惠子连忙小跑过去,坐上副驾驶座,面包车朝素洁山一路驶去。惠子很敬业,尽管只有大胖一个客人,她还是不厌其烦地介绍着双龙寺为何选址在素洁山的历史传说。

清迈原是兰纳王国的首都,传说库巴大师让大象背着舍利子在清迈随意地行走,有灵性的大象走到素洁山停下了,库巴大师就决定在此地建造双龙寺。兰纳王害怕库巴大师在民众中的影响比他大,想把库巴大师赶走,便扬言说若是梅宾河河水倒流,他就让库巴大师在素洁山上建庙。库巴大师毅然跳入梅宾河,口中念念有词,瘦弱的身体艰难地朝前走,神奇的一幕出现了:梅宾河河水真的开始汨汨倒流。兰纳王无奈之下只能践诺,素洁山从此诞生了一座双龙寺。

到了素洁山,惠子老公去停车,惠子陪着大胖朝双龙寺缓步走去。素洁山气候宜人,游人如织,山道边樱花盛开。沿途墙上刻着蜥蜴、硕鼠、苍狗的石雕,一尊白象矗立在前方,白象背上铺着红黄相间的锦缎,上立一尊金光闪闪的佛塔,旁边墙上挂着一块巨大的古代兰纳王国的木雕,图案繁复,雕工精细,形象地讲述着那个久远的选址传说。

双龙寺前的千年古树高耸入云,游客络绎不绝地在花房前排队,购买一枝枝白色长茎像玉兰的花卉,供奉在双龙寺门口的象鼻神前。

大胖与惠子站在山坡上眺望,山下是一大片一大片的橡胶树。惠子告诉大胖,清迈的主要经济收入就靠橡胶,泰国南部的橡胶树是摇钱树,是南部的经济命脉。

阿格坐在美萍酒店一楼餐厅的角落里，一盆紫色的洋兰衬托着他的落寞和孤寂。面前桌上放着一杯清咖，每个走进餐厅的男人他都会细细打量，但等待的人始终没有出现。

他知道那个人在泰国。近些年阿格一直在苦苦寻找，通过国内公安局的朋友查到那个失踪的人还活着，朋友给了他一个手机号码：0066834651122。这是泰国的号码，阿格打过无数次这个号码，电话是通的，但始终无人接听。阿格的直觉告诉他，那个人很可能就在清迈，假如是这样的话，按理就应该时常光顾美萍酒店。

因为一场突如其来的变故，阿格五岁时过继给舅舅家，舅舅和舅妈对他视如己出，格外疼爱他。阿格的亲生父亲是轻工业局的局长，"文革"中受冲击，二十世纪七十年代末重新出来工作，很快就与阿格的亲生母亲离了婚，净身出户，阿格兄弟俩的生活中从此缺失了父亲。按舅舅他们的说法，母亲在"文革"中迫不得已与父亲划清界限，导致后来家庭的破裂，阿格之前也默认这样的说法，直到发生那场车祸，他才一点点明白，那不是事情的真相。

与大多数人一样，阿格记忆的分界线也是在五六岁，直到那场突如其来的车祸降临。那次是外地同学来沪，约了几个同窗好友喝酒，阿格因为开车没有喝。酒席结束大家还不尽兴，有人提议去斗地主，于是阿格的沃尔沃载了三个好友，往他家附近的棋牌室驶去。在沪青平公路的一个十字路口，红灯转绿灯，阿格转动方向盘掉头，车身刚刚全部转过来，一辆货车风驰电掣般地从后面撞上来，受到猛然撞击的沃尔沃嚯地往前蹿出去几十米，车头磕在前面一辆小车的尾部。三个大学同学居然都毫发无损，唯独阿格的脑袋重重撞在方向盘上，当场昏迷过去。

在医院躺了一天一夜，阿格被风箱般的呼噜声吵醒。他睁开眼睛，发觉自己头上绑着纱布，手背输着液，外地来的大学同学正躺在一张椅子上呼呼大睡。

一缕夕阳从窗棂透进，阿格感到浑身阵阵清凉，像泡在秋天的海水里，思绪格外活跃纷乱。他的眼前居然涌现了大片大片的白色百合花，还有地板钢窗和百合花簇拥的阳台。一个女人追着一个年轻男子，那个年轻男子一边挣脱女人的拉扯纠缠，一边疾步朝卧室走去，他急速闯进卧室反手猛然关上门，女人追过去，拼命敲打房门……

阿格出院后曾经咨询过当医生的朋友，经历了一场车祸后，他怎么能够清晰地回忆起童年里所有发生的事情？医生朋友支支吾吾，无法解释。后来大胖请一个藏传佛教上师在玉佛寺吃素斋，把阿格叫去陪坐，席间大胖介绍了阿格的情况，请教上师这是怎么回事。身穿黄袍的上师轻声地说了一句："天眼开了。"

大胖嗓门响耳朵背，为此建国经常嘲笑他。没听清上师说啥，他大声嚷嚷道："什么什么，什么开了？"上师轻声重复了一遍："天眼开了。"见大胖迷惑不解的脸色，随后又补充道，"在佛界这是再普通不过的事，修炼到一定境界就会开天眼，天眼开了的人能看到前世的场景，级别更高的人还能看到天国发生的事。"

"这么说阿格不是通过修炼，而是通过一场意外使他能看到童年的情景了？"大胖大声嚷道。上师沉静地说："是的。并不是每个俗世的人都有开天眼的机会。"一桌的人都缄默了，陷入了无语和沉思，对人类未知世界产生了一种森然的敬畏和恐惧。

美萍酒店的大堂一阵喧哗，一个举着蓝色三角旗的导游身边簇拥着一群中国人，导游在分发参观票，阿格的目光凝视着那杆斜挂的蓝旗。拿到参观票的游客朝餐厅拥来，川流的人群缝隙中，越过那杆蓝旗，阿格看到远处有个穿着黄袍的泰国僧侣在大堂徘徊。那个僧侣很奇怪，这个季节居然围着一条米黄色的长围巾，而且还把大半个脸遮盖得严严实实，只露出一双忽闪的眼睛和光秃秃的脑袋。

阿格的目光紧紧盯着僧侣，终于，僧侣的目光也扫视过来，两个人的目光对接上了。看着看着，阿格突然站起身，冲出餐厅，在拥挤的人群中推搡前行，那个僧侣见状拔腿就往外跑。

阿格推开酒店的玻璃门，那个僧侣跑得飞快，已下了山坡。山坡上不时有大客车爬上来，遮挡住阿格的视线，阿格气喘吁吁下了山坡，追到街上，嘟嘟车一辆辆从面前穿梭而过，街边的小店铺前聚集着三三两两的欧美游客。阿格瞪着眼睛环顾左右，那个僧侣没了踪影，像是人间蒸发了一般。

4

阿格回到酒店房间，从柚木茶柜里拿出电水壶，拧开一瓶矿泉水的盖子，把水倒入水壶烧开，给自己泡了一杯绿茶。刚在棕色沙发上坐定，就听到走廊里传来大胖的大嗓门。少顷，房间的门铃猛然炸响，急促的叮咚声催命般响个不停。

阿格打开房门，大胖一头冲进来，脸颊上挂满汗珠，大嗓门声震屋宇，阿格的耳膜顿时感到一阵阵发颤。

"你们搞什么鬼名堂？说是来泰国旅游的，有名的景点都不去，啥意思啊？"见阿格不语，大胖又问，"你去哪里了？"

"没去哪儿啊，就在街上转了转。"阿格支支吾吾地说。

"你们都有病啊？我跟你说阿格，双龙寺里有佛祖的舍利子，你不是最信这个的吗？"大胖说。

见阿格嘴里哼哼唧唧，一副心不在焉应付自己的样子，大胖显然感到了无趣，突然想起什么："咦？建国呢，建国怎么还没回来呀？你给他打个电话，我上个厕所。"

大胖从厕所出来，身后传出哗哗的冲水声。见阿格仍然一动不动坐着，大胖把头摇得像拨浪鼓："哎哟，叫你做点事情真难啊，给建国打电话呀！"

"谁想打谁打。"阿格依然一动不动。

"吃错药了！"大胖边说边给建国拨了电话，听筒里提示音一直鸣响着，但始终没人接听。

连续给建国拨了几次电话，大胖终于也失去耐性。他走到窗前朝下眺望，游泳池旁有几个老外裹着浴巾躺在白色凉椅上，通往酒店大堂的甬道上阒无一人，绿色灌木丛的茎藤覆盖路面。远处酒店的草坪上亮起了景观灯，大叶茑萝在黄澄澄的灯影中婆娑摇曳，灯火阑珊处密集高耸的椰树树干伸向空中，天色渐渐暗下来，一股热带植物散发出的馥郁气息在四周氤氲弥漫。

"吃饭去吧，我可是饿了！"大胖说。

他们下楼去酒店餐厅。阿格点的是咖喱炒米粉，大胖点的是菠萝炒饭，再加一份冬阴功汤。

几分钟后侍者端着托盘走来，阿格拿起筷子，把米粉往一只小碗里拨了些许，把小碗推至大胖面前。大胖狼吞虎咽地吃着菠萝炒饭，吃完炒饭再吃米粉，最后把一大碗汤喝了个底朝天。等他们吃完了，建国还是不接电话，也不见他的踪影。

于是两个人走出兰纳酒店，来到街上。沿着兰纳河两岸蜿蜒伸展的街市灯火通明，小商铺、小摊贩鳞次栉比，清迈的夜晚既有现代都市的热闹，又兼具田园乡村的静谧，两者竟然毫不冲突地统一在这座历史悠久的城市里。

阿格与大胖穿过几条马路，来到清迈的闹市区，震耳欲聋的音乐声随即扑面而来，音乐旋转着从粗糙的低音喇叭里一阵阵传出，将他们团团围住。原来是一个敞开式的酒吧街，一个区域连着一个区域，每个区域内都站立着若干个褐色皮肤、浓妆艳抹的酒吧女，她们的腰肢随着音乐摆动，或抽着烟，或晃动着手中的酒杯，朝阿格和大胖抛媚眼勾手指。他们朝里一路走去，走到底是一个泰拳的拳击台，因为没到表演的时间，拳台上空无一人。

转身往回走的时候，突然蹿出几个妖艳女孩，堵住了他们，拽住阿格和大胖的胳膊往吧台拉。这时大胖哇啦哇啦大声叫起来，因为他看到十米外的地方，居然坐着头发凌乱、红脸红脖子的建国。

两人挣脱几个酒吧女的围堵，朝建国所在的方向跑去。脸色绯红的建国坐在几个穿着暴露的女孩中间，左拥右抱，前面桌子上密密麻麻竖着一堆啤酒瓶。女孩们轮番与建国玩骰子，建国似乎一直在输，输了就举起一瓶啤酒一饮而尽。他已喝得醉眼蒙眬，见到阿格与大胖，手在空中挥舞，大声嚷嚷道："来来来，快来喝酒！今朝有酒今朝醉！"

阿格与大胖刚落座，两个女孩就拿着酒杯黏上来，空着的手还在他们的手臂上轻轻抚摸。大胖与旁边的女孩干了一杯，玩起了骰子，同时大声问："你去哪里了？我们找了你半天了。"

音乐声浪巨大，但大胖的声音依然能穿越突现，阿格暗暗发笑，这是什么样的肺活量啊，跟牛有得一拼。

建国大着舌头说了一句"别提了",然后断断续续说了一串又一串,谁也没听懂,因为他的声音被音乐声浪一次次覆盖。

"这叫什么阿格你知道吗?北方人叫车轱辘话。"大胖手里拿着骰筒指着建国说。大胖下海前在体制内的单位待过,与北方人打交道比较多。

阿格坐在建国的边上,努力听他讲述,经过仔细分辨,好不容易才听出一个大概线索。

原来建国上回来清迈,住在安纳卡拉酒店,认识了前台的一个美女,她曾经留学法国,可以与建国用法语交流。她长得像波姬小丝,皮肤极白,是那种在泰国女孩中极为罕见的白,容貌端庄艳丽,还对法国的文化艺术有着极深的理解。那次建国因为带着一个中国女孩,所以只能与"波姬小丝"互加微信,回中国后他们一直保持密切联系。建国一次次在网上请求"波姬小丝"做自己的女友,"波姬小丝"似乎并不拒绝。这次建国来泰国前,特意去恒隆广场给"波姬小丝"买了个路易威登的包,谁知早上他兴冲冲赶去安纳卡拉酒店,"波姬小丝"说她已经结婚了,更让建国郁闷的是,她居然嫁了个在泰国的华人。"波姬小丝"拿出她丈夫的照片给建国看,建国几乎晕倒,一个又黑又矮相貌猥琐的男人,竟然比"波姬小丝"矮半个头。这是什么社会?这世界哪有什么公道可言?坐在酒店咖啡吧台前,看着"波姬小丝"左手中指戴着一枚硕大的钻戒,建国的心拔凉拔凉的,似有一股冬季的海水残忍地漫过全身。

桌上的啤酒瓶排成了几个方阵,一眼望去有点像缩小的兵马俑。建国依旧不肯善罢甘休。大胖的骰子也掉入一个怪圈,不停地输,阿格见状只能硬着头皮顶上去,鏖战众吧女。大胖难得喝多了,甩着手臂晃着宽阔的身板,走向毗邻的吧台四顾巡视,俨然一个视察前线战况的将军。

有两个吧女喝多趴在桌上睡着了,建国眯缝着眼睛左右打量,手掌重重地砸在阿格的肩上,说:"你、你是我建国,一辈子的……朋友——朋友——"

阿格只能不停地点头:"对的,对的。"

"你阿格,是……是一个怀旧的人。昨天你在美萍酒店拿、拿了什么东西,我、我都看见了。你以为我建国傻呀,你拿了窗台上的一枝……百合花。邓丽君的事情,你、你不问我问谁呀?我、我最有发言权了。知道邓丽君为什么喜欢清迈吗？她在这里，认识了她的老大，她的贵人，你懂吗？后、后来一手把她捧了个漫天红啊。邓、邓丽君喜欢来清迈，你、你知道为啥？这里没、没人管她。那个法国小赤佬保什么罗，经常打她、欺负她，邓丽君去世的时候脸上全是乌青。一九九五年我、我在巴黎，什么都知道，小报记者、全写了……

"邓丽君跟我们一样，不要看她当年如何、如何风光，全是……全是过、眼、烟、云！邓丽君临死前呼喊的是谁？不是什么保罗，她痛苦中喊叫的是她的妈妈，一遍遍地喊叫。邓丽君跟我们一样，都是、都是这个世界上与妈妈走散的孩子。你知道吗？"

"与妈妈走散的孩子。"这句话深深刺痛了阿格。妈妈或者母亲这个词在阿格的内心里是永远被屏蔽掉的，与母亲的关系可以说是他的一块心病。要说与妈妈走散这句话套在他身上合适，阿格是跟着舅舅舅妈长大的；套在大胖身上更合适，因为大胖是养父养母带大的，他从未见过自己的生身父母。唯独建国的父母俱在，照理说他不该有这样的感受啊。

建国愈说愈来劲，阿格觉得他似乎并没有醉，脑子非常清晰，他只有频频点头的份儿。有好几次他想打断建国的话，可他还没说话，建国就高声叫起来："听——我——说！"

阿格插不上话，心里陡生一丝悲凉。

"阿格你知道的，我是五房、五房隔一子，我们宁波人讲究这个，要传后的，我肩负着振兴家族的重任，我容易吗我？一九九九年我回国，阿娘八十八岁了，你阿格有、有腔调，自己单身，却帮我介绍女朋友。你知道的，我是、是闪婚，生了儿子，完成任务了，对阿娘有个交代，对家族有了交代。"

建国二十世纪九十年代末回国，说要找人结婚。是阿格安排的饭局，那是一个圣诞节的晚上，当时阿格的女友带了一个小姐妹来参加饭局。烛光中，建国与阿格女友的小姐妹相谈甚欢。一周后，建国带着那个女孩来阿格的办公室，两个人手牵着手走上楼梯，阿格一下没看懂，有点蒙，手忙脚乱不知所措。三个月后，阿格收到了建国的婚礼请柬。九十年代末，还没有"闪婚"这个词，但建国的速度真够快的。

建国的话匣子还在快速转动："我的阿娘去世，我前妻你、你知道的，人不坏，就是作，作天作地地作，没办法，吵啊吵最后还动了手，只能离婚，反正有了一个儿子。我建国失败呀，一辈子都是……为别人活着，完全拷贝我母亲。我母亲生下我后，就与父亲分开住，过年过节才会在一起吃个饭。我不能跟别人说，家丑不外扬，只好藏在心里。去年来泰国，好不容易真心喜欢上一个人，突然嫁人了！郁闷不郁闷啊！"建国举起半瓶啤酒，跟阿格前面桌上的酒瓶碰了碰，看也不看，眯着眼睛一饮而尽。

建国喝了那么多，掏心窝子的话说了一箩筐，可碍于面子仍然没有和盘托出，到了关键的最后一句踩住刹车。其实建国母亲是工程师，个性倔强，已与拥有设计师头衔的父亲离婚多年。

建国不停地倾诉，一次次地敬酒，阿格每次都自己干掉，然后总是找各种理由不让建国喝。一个泰国妹子摇摇晃晃走过来，要挑战建国玩骰子，阿格见状，赶紧替建国挡驾，摇了摇面前的骰筒，示意自己来应战。

阿格居然老是输，别看那女孩脸色绯红，疯疯癫癫，摇头晃脑，毕竟是久经沙场的职业选手。几分钟后，阿格的面前已堆起一排啤酒瓶，酒精在慢慢上头，他全身被一股热浪所席卷。阿格正在思忖如何收场，大胖一阵风地不知从什么地方跑回来，眉飞色舞地大声嚷嚷道："快走快走！我找到一个物美价廉的好地方，你们肯定喜欢！"

大胖扶着建国走出去，阿格还算清醒，悄悄跑去吧台买了单。账单要一万泰铢，阿格没带那么多现金，收银的老板说微信、支付宝都可以，阿格觉着微信不合适，想了想，还是用支付宝结了账。

5

一辆出租车停在酒吧街的路边，大胖扶建国坐上车，拼命朝阿格招手，阿格坐上副驾驶座，出租车启动，在夜色中飞快穿越几条街，不一会儿倏地停下。

阿格先下车，朝路边的霓虹灯抬头一望，原来是一个歌厅。大胖扶建国下车，出租车司机在车里哇啦哇啦大叫，应该是说他们还没付费。大胖头也不回，潇洒地挥挥手，对阿格说："二十泰铢。"

阿格回转身付钱给司机，岂料司机突然用中文大声说："两百泰铢！"

扶着建国的大胖扭过头来说："不是说好二十泰铢的吗？"

"两百泰铢！"司机愤怒地叫着。大胖板起脸，松开建国回转身要来跟司机讲理，阿格上前一把推开大胖，快速递给司机两百泰铢。出租车缓缓启动，大胖想起什么，回头大叫："前面付的二十泰铢拿回来！"

阿格不耐烦地摆摆手，大胖的头摇得像拨浪鼓，那神情似乎在责怪阿格太大方。

三人在歌厅包厢刚落座，一个"妈咪"走进来，身后跟随着一群妖艳的泰国姑娘。妈咪的中文很流利，说老板们随便挑，都可以带走的。

大胖说："啥意思啊？"

妈咪把裸露的肩膀靠近大胖，撒娇地说："老板，一看你就是有素质的人，你懂的呀。"

靠在沙发上的建国已醒来，眼睛巡视一圈，然后指着其中一个高个儿女孩示意就她了，那女孩迅速落座建国身旁。大胖又指着另一个女孩，叫她坐在阿格的边上，然后对妈咪说："我就免了，来一箱啤酒。"

戴着领结的男服务员搬进一箱啤酒，还上了一大盘水果。大胖说我们没点过水果呀，那男服务员说是妈咪送的。

开始点歌，建国先唱了首周杰伦的《菊花台》，大胖在旁边伴唱，他不用话筒，可声音完全盖过建国。大胖频频跑调，歌声与建国不在一个调上。

两个泰国女孩都会说中文，唱歌却是用泰语。泰语歌悦耳动听，像吴侬软语。阿格暗暗奇怪，泰国女孩唱歌怎么都有点像邓丽君。

"你是清迈的？"建国问身边的女孩。

"不，我是老挝的。"高个儿女孩放下话筒说。

"啊？老挝女孩也来泰国打工挣钱？"大胖不失时机地凑过肥胖的身躯来问。

"你们都爱到泰国玩，又不会去老挝玩。"女孩笑嘻嘻地说，似乎很有逻辑。

"那你呢？"大胖指指阿格边上的女孩问。

"我是泰国的。"那女孩回答。她用泰语说了一个地名，大家都不知道是什么地方。

经这么一询问，大家似乎觉得两个女孩的气质确实有所不同，可具体的差异在哪里，又说不上来。

很快一箱啤酒喝完了，男服务员立马又送来一箱。其时大胖正好去了厕所，走进房间与男服务员撞个满怀，大胖嚷嚷道："你什么意思？谁让你又拿一箱的？"

男服务员笑嘻嘻温和地说："老板，喝酒就要尽兴，喝不完可以寄存的。"

轮到阿格唱歌，他唱的是周华健的《朋友》。大胖又是跟唱，声音轰然盖过阿格。阿格终于唱完，显露隐隐的扫兴，放下话筒，将杯中的啤酒一饮而尽，说："买单。"

泰国女孩走出去叫人，男服务员进来，两个女孩说要去换衣服，走了出去。一直到买完单，她们也没有再进房间，按照店里的规矩，小费全包含在账单里，不多不少，两万泰铢。

"你找的什么鬼地方？"看到阿格在买单，建国不由得怒火中烧。

"原先那个在酒吧街口拉客的可不是这么说的。"大胖嘟嘟囔囔，低头查看阿格手中的账单。

"那两个女孩呢？"一脸委屈的大胖朝男服务员咆哮。

"我去叫我去叫！"男服务员退出房间。

几分钟后，男服务员回来了，他谦恭地说："那两个女孩要陪其他客人，我找了个更漂亮的。"

他朝身后挥了挥手，门外娉娉婷婷走进一个身穿黑裙的高个儿女孩，个子比老挝女孩还要高，皮肤嫩白，长发披肩，胸脯高耸，挎着一个小包。她扭着腰肢走进房间后，侧过身体，款款展示长腿和翘臀，姿态妩媚妖娆。黑裙女孩的身高足足有一米八。

阿格见建国的眼睛闪烁光亮，就对男服务员说了句："就这样吧。"径自走出歌厅。大胖、建国及黑裙女孩随后鱼贯而出。

在路边拦了辆出租车，阿格依旧坐在副驾驶座，建国、大胖和黑裙女孩坐后排，出租车朝酒店驶去。

第二天早上，阿格与大胖在酒店餐厅吃自助餐，建国姗姗来迟。刚落座,大胖的眼睛上下打量着建国,用一种猥琐的口气问道:"怎么样?幸福了吧?"

谁知建国恶狠狠地说:"幸福个屁!都是你弄出来的好事!"

大胖大声嚷嚷道:"哎,你这人怎么说话的?兄弟我可全为了满足你的爱好。"

看上去建国似乎窝了一肚子的火,经再三追问,他终于道出原委。

建国说自己昨晚喝醉,回去不停地吐,不记得一共吐了几次。那黑裙女孩一直坐在沙发上玩手机,每次只要建国想吐,还没起身,黑裙女孩就赶紧过来扶他上卫生间,用毛巾给他擦脸擦手,递水漱口,对建国的照顾可谓殷勤周到。

早晨醒来睁开眼睛,建国头痛欲裂,黑裙女孩仍斜倚沙发玩着手机,大长腿搁在沙发扶手上。她竟然一夜无眠地照看建国,精神还是很好,脸上不见困倦萎靡的样子。建国则完全处于失忆状态,他忘了眼前这个女孩怎么会进入自己房间的。他的眼光慢慢搜寻到一侧的床头柜,床头柜上是打开喝剩的矿泉水瓶和堆在一起的几块污迹斑斑的白毛巾,他依稀回想起来一些零星碎片。这个陌生女孩居然照顾了自己一个夜晚,这是一种什么样的职业精神?他匆忙下床,从旅行包里快速摸索,好不容易掏出一百美金递给黑裙女孩。那女孩收起美金塞进小包,娉娉婷婷走到门口,拉开房门,一夜无语的她突然回过头来,用雄浑粗犷低沉的男人声音迸出一句:"谢谢你哦!"然后扭着腰肢走出了房间。

建国傻掉了。

6

四月的清迈气候宜人,碧蓝的天空挂着洁白的云彩。这天下午,美萍酒店门口缓缓驶来一辆香槟轿车,车停稳后,身穿燕尾服戴着白手套的司机推开门,下车后毕恭毕敬地候在轿车旁,侧身面朝酒店大堂眺望迎候。

美萍酒店的大堂里,涌动着非比寻常的喜庆气氛,身穿镶白边红裙的女服务员都簇拥在大堂四周,三三两两交头接耳,窃窃私语。电梯门打开,邓丽君与保罗手牵手款款走出,脸上洋溢着幸福的神情。邓丽君身穿一袭印着粉色花卉的银白长裙,搭着玫瑰红披肩;高出她一头的保罗西装革履,深黑色的西装里穿着白衬衣,搭配一条彩色领带,领带上有红蓝黄三色图案,玫瑰红与邓丽君的披肩暗暗呼应。

大堂内一阵雀跃喧哗,不知谁率先鼓掌,掌声像潮水般席卷而来。早早等候在电梯旁的小伙子比利朝前伸出左臂,引领邓丽君和保罗走向酒店门口。他们来到香槟轿车前,戴白手套的司机拉开车门,保罗随即上前,用手掌挡住车顶,呵护邓丽君跨入轿车。酒店门口人头攒动,目送一对新人上车入座。

香槟轿车驶向清迈的松德寺。蓝天白云下的清迈街道春风荡漾,绿树环绕,有棕榈和芭蕉,还有金边巴西木、枸杞树以及匍匐在地的肾蕨。时不时有鸟鸣声传来,空气中弥漫着一种醉人的甜甜的清新气味。

松德寺矗立在蓝天下,被大块大块的云彩笼罩,白色的佛塔一字排开,两座金色的佛塔坐落于寺庙的两翼,庄严肃穆。远远望去,松德寺就像一幅巨大的宗教画卷。

香槟轿车缓缓停在寺前的草坪上,保罗先下车,躬身又去搀扶邓丽君。司机放轻脚步跟随在后面,一直护送他们走入大殿。

大殿内四壁金碧辉煌,两排立柱气势恢宏,柱面雕刻着无数莲花与神器,笔直地伸向宽阔的屋顶。正前方是一尊青铜佛像,慈祥而不失威严地盘腿而坐,前面围着一排略小的青铜佛像。欢快的音乐从远处渐渐传来,既带佛乐的肃穆,更具东南亚风情。几十个僧侣鱼贯而出,在邓丽君和保罗面前站成一排,齐声诵读完经文,保罗给邓丽君戴上戒指,两人相拥亲吻。订婚仪式仅仅用了不到半小时的时间,邓丽君携保罗走出松德寺,阳光无比灿烂,草坪上的朵朵小花随着微风轻轻摇摆。

回到酒店,年轻而忠诚的比利守候在酒店门口,邓丽君走过去附在比利的耳畔,用柔细甜糯的声音与他耳语一番。比利眉开眼笑,转身朝大堂里面高声嚷嚷道:"保罗夫人回来了!"

随即,身穿裙子的女服务员蜂拥而至,鲜花围绕着邓丽君,白色的百合,红色的月季,蓝色的星星草……邓丽君的脸上挂着满满的幸福,她对保罗轻声嘱咐一句,保罗从裤袋里掏出一厚沓泰铢,吩咐比利去定制一个大蛋糕和香槟酒。这对刚刚订婚的新人要请酒店所有的服务员吃蛋糕。

这天晚上夜深人静时，值班的女服务员在五楼服务台翻看时尚画报，忽听到1502的总统套房传来争吵声。

争吵声愈来愈响，是邓丽君与保罗的声音，他们好像用的是英语。那个女服务员无法相信，平素邓丽君那样温婉柔美的细嗓，竟会发出如此尖厉的刺耳呐喊。

1502套房的门忽地打开了，保罗愤怒地冲出来，嘴里一遍遍嘟哝着一个词："天哪！天哪！"披头散发的邓丽君追到门口，满脸乌青，套房客厅内凌乱不堪，地上碎玻璃等杂物撒了一地。女服务员前去劝阻邓丽君，被粗暴地推开。这时候，年轻的比利从走廊的尽头飞奔而来，他的脸面朝摄影机的镜头，双手大幅度地摇摆着、比画着，嘴里声嘶力竭地叫嚷道："不，不，这不是真的！"

……

阿格醒了，浑身大汗淋漓。

窗帷的缝隙透进一道光亮，阿格疲惫地起身，抬头看了看床头柜上的电子表，才是清迈时间早晨六点。他昏昏沉沉睡了一晚上，汗流浃背，掀开薄毯起床去卫生间冲淋。按照计划，今天要去金三角，睡不成懒觉了。

早上八点不到，惠子已等在酒店门口。惠子老公开来的是一辆面包车，阿格脚步缓慢地走出酒店，惠子微笑着在车门旁等着。阿格居然是最后一个到的，车上除了建国、大胖，还有两个泰国女孩。

惠子跟随阿格上车，然后说很抱歉，今天有两个泰国女大学生一同搭车去金三角。车是惠子夫妇包的，他们明显是赚外快，但看看两个女大学生眉目生动、面带笑容，建国瞥了一眼阿格，把已堵在喉咙口的话咽了下去。两个女大学生长得像中学生，小巧玲珑，皮肤很白，与肤色黧黑的泰妹形象毫不沾边。

大胖永远是闲不住的人，听闻惠子的话马上站起来说："欢迎欢迎！"魁梧的身躯挪动到两个女学生面前，突然冒出一句，"萨瓦迪卡！"

两个女学生被吓了一跳，然后笑得前俯后仰，扭作一团。阿格与建国的目光对接，建国皱着眉拼命摇头。

去金三角的路程很远，路况也不好，沿途两侧的树木时现时无，路上尘土飞扬，颠簸不堪。两个泰国女学生玩着手机，一路不停地吃着各种零食，其中一个女生笑容迷人地拿着一包芒果干递给邻座的大胖，大胖摆摆手，女生又拿给建国和阿格，他们也不吃。

大胖涎着脸指指女生在看的手机问："你在看什么？"

女生不明白，建国就用英语翻译。女生把手机递到大胖面前，屏幕上展示的是一款新出的苹果手机。

大胖眉开眼笑地用手比画着："你做我的女朋友，我帮你买。"

泰国女生听完建国的翻译，调皮地连连点头用英语说："好的，好的，我做你女朋友。"

建国和阿格在旁边起哄，车厢内一时声音鼎沸。

"她还没我女儿大呢。"大胖一脸尴尬地嘟哝着，居然脸红了。

"缩掉了缩掉了，真没有腔调！"建国带着暧昧的神情对阿格说。

下午一点多，到达清莱境内，午餐的餐馆对面就是白庙，银白色的建筑群气势巍峨，除了草坪，所有建筑的外立面全是银白色的。草坪上到处挂满空气铁兰，垂下的密须被装饰成了老人面具，青叶络石枝丫交错，泛绿的叶片经阳光涂抹呈现一种嫩黄。蓝天白云下，白庙错落的建筑群银光闪闪，恍若梦境。

惠子预先打电话安排好了，所以进入餐馆，已经有张桌子摆放了碗筷，大家一坐下，几大盘菜肴和米饭就上了桌。两个泰国女学生胃口很好，风卷残云地吃起来，这边除了大胖基本没动筷子。大盘的泰国料理色彩诡异，加上餐馆里人声鼎沸，阿格和建国一点食欲都没有。

午餐后又上路，行驶两小时后惠子用泰语与老公交流几句，少顷，面包车左拐，进入一条乡村小道，土路高低不平，面包车像是一艘疾驶在海面的游艇，一会儿冲高，一会儿坠落。来到一座村寨时面包车停下了，惠子招呼大家下车。

在惠子的带领下，大家走入村寨。村寨门口有一个简陋的拱形门楣，门楣旁竖立着两尊木雕神像，造型怪诞滑稽。惠子开始履行导游的职责，她说这个村寨叫长脖子村，两尊木雕一尊是太阳神，代表男人；另一尊当然就是月亮神，代表女人。太阳神拥有不成比例的硕大阳具，一直垂挂到膝盖处，笑眯眯的脸上浮现滑稽古怪的笑容，几绺头发挂在光秃秃的脑袋上；月亮神宁静安详，雕着细腰丰臀和一对圆形的巨乳。

长脖子村基本还是母系社会，女人们从小就要在颈脖上套上箍圈，让颈脖挺直抻长，箍圈大都用银铜制成，随着身体的成长发育，箍圈愈加愈多，脖子变得越来越长。脖子愈长的女人愈美愈骄傲，在村子里的地位也就愈高。

村寨沿途都是一个个小摊位，出售各种手工艺品。一路走去，摊位里的女人脖子一个比一个长。大胖极其兴奋，突然大声嚷嚷，招呼阿格和建国过去，只见一个摊位里的女孩长着漂亮的瓜子脸，整个上半身几乎都是挺拔的脖子。她的手灵巧地来回划拉木槌，一条彩色的长方形围巾已基本织成，不可思议的是无论她的身体与手再怎么活动，颈脖都像一尊挺拔的玉雕纹丝不动，仿佛固定在半空中，让人叹为观止。

摊位上摆放着各种工艺品，阿格拿起一尊一尺长的太阳神木雕仔细端详——所有的木雕都有月亮神陪伴，唯独这尊最大的太阳神缺少伴侣。阿格有些好奇，经惠子翻译，长脖女孩说月亮神被人买走了。

阿格抚摸着太阳神的身体，若有所思的样子。旁边的建国拿过木雕，不明白阿格为何对这尊木雕如此青睐。大胖的手从下面伸过来，抚摸着木雕，建国推开大胖的手，大胖一脸坏笑，发出夸张古怪的声音。

阿格付了钱，买下木雕。大胖还要来捣乱，阿格闪身躲过，将木雕塞进挎包。挎包有点小，没法拉上拉链，木雕的头露在外面，满脸喜气，披挂着几束草绳编织的稀松头发。

离开长脖子村后，又经过了一个多小时的路程，就到了著名的金三角。湄公河河面宽阔，水流湍急汹涌。金三角是泰国、缅甸与老挝三国边境地区，因河流交汇，形成共管的口岸，缉毒题材的影视剧里经常会出现与金三角有关的情节。

惠子带着大家穿上救生衣，坐上木筏。木筏驶向对岸，靠岸处便是老挝境内。上岸后迎面可见老挝的一块界碑矗立在沙地上，界碑上刻有红色的拼音文字。周围开满了一丛丛橙色的万寿菊和紫色的夏鹃，远处是一棵棵高大的榕树，粗细不一的虬枝茎须瀑布般从树干上垂挂而下，深扎在泥土里。景点的房屋全由矮木草屋构成，唯有一幢正在建造的钢筋水泥建筑高耸入云，映入众人的眼帘。

惠子介绍说，老挝现在也搞改革开放，那幢建筑物是一个华人老板投资建造的，建成后将来就是金三角的第一个赌场。

景点四周散落着一些店铺和小摊，天气燠热，一些赤膊的小孩吃着冰棍。两个泰国女学生坐在矮桌旁吃米粉，苍蝇盘旋四周，发出嗡嗡的声响。大胖走过去与她们搭讪，因语言不通，大胖先是做了个惊讶的表情，然后又用手往嘴里扒拉，两个女学生笑得直不起身。建国皱着眉头，不停挥手呼扇飞舞的苍蝇，拉住阿格的手臂走去参观鸦片博物馆。

落日照在湄公河上，波光潋滟，水天一色，一只只长木筏漂浮着，偶尔有游艇在水面上飞驰。游艇所过之处留下深陷的波谷，水鸟凌空而下，扎进河中叼啄鱼虾。

惠子招呼大家往回走，在渡口坐上面包车。天色向晚，淡蓝色的暮霭已笼罩四野。归程有几个小时的路程，惠子老公把车开得飞快，一车的人摇头晃脑，瞌睡渐渐袭来，昏昏沉沉的气氛弥漫全车。

回到清迈快晚上十点了，面包车停在酒店门口，昏黄的灯光中，阿格、建国和大胖下了车，与惠子他们告别后，三人朝大堂走去。酒店对面的SPA店还闪烁着隐隐的红光，建国忽然提议去做个按摩，大胖立即附和，三人转身穿越马路，走向SPA店。

建国的提议正中大胖的下怀，大胖在国内一周三次保健按摩，一开始是做生意需要，陪客户放松，久而久之，大胖已经习惯性地离不开按摩。而且他与其他男人不一样，每次都只要男技师，手劲则是越大越好，每次给大胖按摩完，男技师都是大汗淋漓。

SPA店门面不大，装修却非常考究，背景音乐悠扬地在四周低回。穿着大襟工作服的几个中年妇女迎上来，让客人们换鞋更衣。先冲澡，然后换了薄薄的按摩服。一个人一间包房，包房内点着香薰蜡烛，满屋芬芳。阿格刚要在按摩床上躺下，手机就响了。他起身拿手机，走出包房，只看见大胖在走廊里晃悠，大声抱怨空调太冷。

阿格刚接起电话，大胖就走过来问谁啊谁啊，阿格把手指竖在嘴边，制止他出声，大胖没趣地踱回自己的包间。

按摩完，三个人向酒店走去，坐电梯各自回房间。阿格卸下挎包，准备挂到壁橱里，隐隐约约总觉得有什么地方不对，稍稍凝神思忖片刻，发觉挎包里那尊太阳神木雕不见了。

他想起有SPA店的名片，便从口袋里掏出名片，用手机给SPA店拨了电话。接电话的是个女子，阿格猜测大概是SPA店的收银员。阿格听到她用泰语在电话里询问一圈，然后对阿格说："刚才有个女技师在更衣室的沙发上看见过木雕，后来被一个客人出门时拿走了。"

7

在医院的病床上醒来后，阿格第一眼就看到了大把大把的百合花。记忆的宝盒缓缓打开，白色的、粉色的、黄色的花卉像海潮般朝他眼前涌来，让他有一种眩晕的感觉。

百合花一次次开放在阿格的童年时光里。阳台上种满了百合花，屋内每个角落都放满花盆。戴近视眼镜的女人喜欢穿紫色衣服，每天都会挤出一点儿时间，提着花洒走来走去地伺候那些花卉。

阿格从小是过敏体质，每天早晨起来喷嚏不断，百合花有一股幽幽的清香，并不刺鼻，但很奇怪，阿格经常是鼻涕眼泪狂流不止。最在意这件事情的是男人，为此与那个女人不知吵了多少架。印象中最惨烈的场面是男人把房间里的花盆摔碎，碎瓷片与泥土撒满打蜡地板，折断的花茎、花瓣尸陈遍地。女人情绪激动，一定是疯了，冲上去给男人一个耳光，随后两个个子差不多高的人扭打在一块儿。阿格在旁边吓得号啕大哭。后来女人与男人也蹲在地上哭起来，阿格反而停住了哭声，用一双惊恐的眼睛东张西望。

"阿格难道不是你的亲生儿子？"男人一边抽泣一边大叫。

"是我亲生的，你也是我亲生的，你怎么可以这样对我？"女人针锋相对地说，脸上有满满的委屈。

后面女人与男人的对话阿格就听不懂了。平静下来之后，女人对男人说："你不要学你那个忘恩负义的父亲，我们母子三人相依为命，现在你对我最重要，你知道吗？"

"狗屁！你去死吧！快去死吧！"男人突然咆哮起来。

女人的眼睛瞪得圆圆的，转身怒气冲冲地走出了房间。

阿格家住的是新式公寓房，二十世纪四十年代建造的，高大的梧桐树遮天蔽日，公寓的墙上爬满茑萝。局长走了以后再没回来过，这套房留给了母子三人。女人一个人住主卧，男人住二楼的亭子间，客厅搭一张帆布床，这是阿格的栖身之地。

女人走后男人过来抱住阿格，说："不要害怕，我会保护你的！"不知道为什么，后来兄弟俩哭成了一团。

每天都是男人去幼儿园接阿格，回家后男人就开始做晚饭。女人在一个中学当语文老师，每天回家很晚。晚饭后男人起身收拾桌子，拿着碗筷去厨房洗刷，女人会跟过去帮忙，剩下阿格一个人在客厅玩。厨房里传来女人的声音，她一次次催促男人去打电话："你去打呀！叫你朋友来跳舞呀！"男人从厨房走到客厅，女人紧跟在后面，那情形用沪语说叫作"紧盯黄包车不放"。

男人走来走去躲不过，被逼无奈，只好一副不情不愿的样子拿起电话。

家里的电话也是局长留下的。那时候家里有电话的人家不多，阿格家因为局长的地位才拥有一部宅电。男人打过去的都是公用电话，接电话的对方需要去叫人，通常许久才会回电。男人终于叫好了几个朋友，女人心满意足地去自己房间换衣打扮。女人用蘸了水的木梳把头发梳得锃亮，重新走出卧室的时候神采奕奕、满面红光。

阿格从小都是男人带大的，在他的记忆里，局长离家出走前就没怎么抱过自己。阿格曾经在亭子间的床头柜抽屉里翻出一张照片，是四个人的全家福：局长、女人、男人和阿格。照片上的局长表情很严肃，与生活中一模一样。所有人都叫他局长，包括外人和家人。局长早出晚归，据说管着这座城市的重要命脉——水和电。只要局长在家，就不停有人找上门来求他办事。

男人的朋友们来了，有男有女，有时三四个，有时五六个。女人娉娉婷婷走出房间，精神焕发，殷勤地给大家沏茶倒水，第一时间走过去拉下窗帘，关掉顶灯，只剩壁灯微弱的光影熠熠。女人掀开手摇唱机的盖子，手摇唱机带着一只古铜色的喇叭，从底座侧面插入一个手柄，使劲转动几十圈，贴着圆形红标签的黑色唱片便开始缓缓转动，黄铜色的曲柄唱针转一个身轻轻放在唱片上，针头轻放在黑色唱片上，唱片缓缓旋转，顿时，邓丽君柔软温婉的歌声似乎从云天外传来。

男女翩翩起舞，身体贴得很紧，像小船轻轻摇摆，幅度很小。那时候，女人的脸上被一道红晕笼罩，光彩四射，像个骄傲无比的女皇。某个时候男人似乎意识到什么，急忙过来抱起阿格，将他送到亭子间。男人通常不会马上离开，总会陪阿格玩一会儿，阿格有点困了，男人就扶他躺倒在枕上，嘴里会轻轻念叨阿格从小听了无数遍的童谣："摇啊摇，摇到外婆桥……"阿格其实能感觉到男人要走，可巨大的困倦像海水一样袭来，他还没来得及反抗，海水就已经将他淹没。

阿格长大后才听说了"贴面舞"这个词，开始他不明白是什么意思，经别人一描述，他马上想起在遥远的童年岁月里，其实他常常与贴面舞不期而遇。

阿格童年里最开心的一件事就是与男人在一起玩，男人就是他所有的依靠和安慰。有一次在亭子间，阿格胆怯地问身边的男人："你为什么对她那么凶？她对你不好吗？"男人问："你说谁？"阿格朝楼上努努嘴，男人恍然大悟，突然双眼冒火，说："不要提她，她就是个神经病！"

一年后的某天傍晚，夜幕刚刚降临城市，女人像一只展翅的大鸟毅然从三楼阳台飞身跃下，公寓前面的甬道上鲜血淋漓，脑浆四溅。殷红的细流在方形的水泥石板上左突右窜，蜿蜒流淌。男人不见了，客厅里两个民警走来走去，阿格躲在角落，成了无人顾及的弃儿。

后来舅舅赶来接走了阿格。之前舅舅接到一个没头没脑的电话，没等他弄清对方的身份，电话已经挂断，发出嘟嘟的蜂鸣声。

在女人的追悼会上，阿格终于见到久违的局长，他依旧是面无表情，像一尊石膏雕像。追悼会尚未结束，局长就匆匆离去，临走时他把舅舅叫到大厅门口交谈了几分钟。

从头到尾，男人没有出现。舅舅和舅妈一左一右拉着阿格的小手，阿格泣不成声，笼罩阿格心灵的与其说是悲伤，还不如说是茫然和恐惧更为准确。

阿格从此在舅舅家寄居。数月后男人出现了，那也是阿格最后一次看见男人。一个炎热的夏天，树上的知了叫个不停，在舅舅家门口的一棵香樟树下，男人抱着阿格放声痛哭。阿格长高了，男人抱着阿格的脖颈说他要去国外，以后等他站稳脚跟就来接阿格。从那以后男人再也没有音信，黄鹤一去不复返。舅舅舅妈抚养阿格长大成人，他们对阿格视如己出疼爱有加，非常宠他，一直把阿格培养到大学毕业。有了工作后，在阿格的一再坚持下，他与舅舅舅妈分开住，在市中心一条法国梧桐遮蔽的僻静小路上租了一套房。

舅舅六十岁生日，表哥正好出国，阿格去陪舅舅喝酒，爷儿俩用锡壶烫了古越龙山对饮。四瓶酒下去，舅舅舌头渐渐大了，一直不停地说他年轻时有多少女孩愿意跟他搞暧昧。奇怪的是，每个女人的名字舅舅都清晰地记得，如数家珍，娓娓道来，细节都描述得格外仔细。哪个女人会发嗲，哪个女人身体某部位长着一个大痦子，他一五一十、绘声绘色地讲述着。

舅舅还说他年轻时酷爱摄影，经常挎着一台德国造的相机给女人拍照。不可思议的是，坐在边上看电视的舅妈一直在微笑着点头，一点都没有生气的意思，让阿格一时云里雾里难辨真假。

舅舅喝多了，说话的速度有点慢，他告诉阿格，家族基因是一种神秘的东西，它无比强大，他妹妹——也就是阿格的母亲，基本上也继承了家族的血统。

"不能怪她，是家族遗传给她的基因。"舅舅说。

"基因？"阿格眼睛里闪现的是好奇和迷糊。

"对，我们家族的基因无比强大，是人群中的异类，按照今天时髦的话来说就是情种。也不能怪局长，哪个男人受得了自己老婆经常在外面偷人？况且又是一个有地位、有头有脸的人。不怪任何人，一切都是命，可以说是命中注定。"舅舅非常肯定地说。

后来舅舅摇摇晃晃走进卧室，拿来一个褪色的信封，他的手微微抖动着，从信封里取出一厚沓纸片递给阿格。

"这是什么？"阿格疑惑地问。

"局长每年给你买的保险，上面写了你的名字。他让我在你结婚的那天一起交给你，我年龄大了，想想还是早些给你为好，放在我这里总是一桩放不下的心事。"舅舅说。

"局长？他现在在哪里？"

"他在监狱里，山东。你想去看他的话，我有地址。"舅舅端起酒杯浅酌一口,"还有件事要告诉你,局长没进监狱前,你的抚养费他每个月都打在我的工资卡里,一天都没有拖延过。"

有一瞬间,阿格的眼眶似乎湿润了,哽咽着说不出话来。他心中五味杂陈,脑子一片空白。

给舅舅过完生日后不久,阿格通过大胖介绍,去瑞金医院挂了个专家门诊,与一个心理医生进行了非常私密的对话。大胖下海后三教九流的人认识不少,他有种非凡的交际能力,与任何人见一次面就自来熟,马上可以称兄道弟。大胖让阿格拿着一张字条直接去找医生咨询,但阿格到医院后还是在挂号处排队,知趣地挂了一百元的专家号。

"根据你介绍的情况,你母亲患有抑郁症,可能还伴有先天性性亢进的疾病。"心理医生托了托鼻梁上的眼镜镜框,这样跟阿格说。

"抑郁症?性亢进?"阿格一脸迷惑。

"那个年代,国内对精神心理的疾病研究都比较落后,抑郁症、性亢进都是无人涉及的领域。"心理医生机械而刻板地说。

阿格听得浑身一阵阵发冷,直冒虚汗,他扭动身体坐立不安,脸上的表情非常古怪。

后来他突然起身,不打招呼就准备出门。心理医生追到诊室门口,递给阿格一张名片,说上面有联系电话,假如有需要的话,随时可以向他咨询。短短几分钟的交谈,心理医生显然有些不好意思。

"我们有行业操守的,绝对会保护个人隐私。"心理医生的脸上溢出一丝微笑。

8

前面是蔚蓝的天、蔚蓝的海,一棵棵棕榈树遮天蔽日,阿格戴着一副墨镜,斜倚在游泳池边的木质躺椅上,赤裸的上身盖了一条白色浴巾。建国与大胖在游泳池里扑腾,水花飞溅,池边的绣球花和水带草上挂满水珠,像淋了雨似的微微摇摆。阿格不会游泳,刚才大胖恶作剧,趁他不备将他推下泳池,阿格呛了几口水,水是咸的,游泳池里的水是从大海那边引过来的。

阿格用手机拍了几张海景，又给建国和大胖拍了照，闲躺着有些无聊。他环顾四周，看到几十米外的一个木亭，木亭里似乎有吧台和服务员，摆放着各种饮料和零食。他起身朝木亭走去。

大胖坐在泳池边，看建国表演仰泳。大胖早年干过救生员，各种泳姿都会，比较起来仰泳是弱项。这时，躺椅上的手机响了，是阿格的。手机不停地响，大胖站起身，朝躺椅走去，魁梧肥胖的身躯像企鹅般移动，身上的水滴滚落在绛红色的地砖上。走到躺椅边，他用毛巾擦擦手，拿起了手机。话筒里传出一个男人的声音，用不标准的普通话在跟他打招呼。

"啊？谁啊？阿格先生啊？他走开了，马上就回来。你是他什么人？"大胖的大嗓门穿透力很强，"什么？清迈警方？你们找阿格先生干吗？"

阿格提着几罐啤酒从绛红色的甬道疾步赶来，板着脸一把从大胖手里夺过手机。大胖一头雾水，瞪起眼盯着阿格。

"嗯，我就是，请说。"阿格把啤酒放在躺椅上，食指搁在嘴边轻嘘一下，示意大胖不要说话。

阿格一边接电话一边离开大胖朝草坪走去，甬道和草坪连接处盛开着紫色的夏鹃，葳蕤的绿叶覆盖了阿格穿着拖鞋的脚踝。

接完电话，阿格回到泳池边，建国与大胖正躺着喝啤酒。看到阿格走近，大胖一副不屑的神情，用眼睛的余光斜视着他。

阿格打开易拉罐，仰脸喝了一口。

大胖嘴里嘟嘟哝哝地说："搞得神神秘秘的，还怕人偷听电话。"

"没啥问题吧？"建国见阿格不说话，关切地问道。

"没问题啊。"阿格的脸上没有表情，他故意不想满足大胖的好奇心，岔开话题说，"今天我们去哪里吃晚饭？"

建国说还有两天就要离开泰国了，想去一下清迈免税店，还想去趟超市，买些鱼罐头、活络油和青草药膏。

"鱼罐头？为啥要买鱼罐头？"大胖好奇地问。

建国说上次来清迈，带回去泰国风味的鱼罐头，老爸超喜欢，这次出来千叮嘱万叮嘱，要他多带一些鱼罐头回去。

大胖没听说过青草药膏，不知道有何用，他关心的是活络油。听建国说泰国的活络油有缓解筋骨酸痛的功效，马上来劲了，放下啤酒罐，站起来立马就走。

建国与阿格对视了片刻,摇摇头,只得拿起手机和毛巾跟上去。

三个朋友回房间换了衣服,在酒店大堂会合,叫了辆出租车前往清迈免税店。路上车辆拥挤,气温陡然升高,开着空调,大胖还是热得浑身大汗。他哇啦哇啦地叫司机把空调开大一点,棕色皮肤的司机听不懂,面露愠色冷眼相对。后排的建国赶紧打圆场,说前面不远处就到目的地了。

建国熟门熟路,离免税店几十米处叫停出租车,付了钱下车,迎面就是一个大超市。

在超市逛了半小时光景,到收款台排队结账时建国提了一大堆东西,大胖手里攥了四瓶活络油,唯独阿格什么都没有买。建国毕竟有经验,买完单把大胖的活络油塞进自己的袋子,然后将一大包东西寄存在超市,这样逛免税店就不用提着袋子了。大胖笑嘻嘻地朝建国竖起大拇指。

免税店的大堂前台人满为患,人排成几条长队,需要用护照登记后才能入内购物。大胖在队伍中穿梭往来,忙得不亦乐乎。他打听到二楼有免费自助餐,兴奋地跑来跟建国和阿格说。建国斜眼看看大胖,说:"你不和我们一起去吃晚饭了?"大胖挠挠头,思忖半天,还是不肯放弃这绝佳的机会,央求两人去自助餐厅看一眼。

自助餐厅里人很多,一进餐厅,大胖完全忘了先前所说的"看一眼",他循着食物长台一路走去,东拿一样西拿一样,啥都要来一点,自己拿不了,还往阿格手中的盘子里放了几样点心。建国看不惯,拉着阿格找桌子坐下,阿格去端了两杯咖啡来,两人慢慢品酌。大胖捧着几盘满满的"小山"过来,光亮的额头上沁出汗珠。

大胖一边大快朵颐,一边使劲劝诱建国、阿格一起享用。阿格不好意思,用叉子叉了一块火龙果往嘴里送,建国一语不发只喝咖啡。

不一会儿,建国起身说:"我先去化妆品柜台逛一下。"说完径自走了。

这时阿格的手机响了,他站起来,移步至大玻璃窗台边接电话。

大胖打扫完桌上的食物,回头一看,阿格不见了,他用餐巾纸擦擦嘴唇,朝购物区摇头晃脑地走去。

大胖在免税店逛了一圈,没有自己感兴趣的东西要买,最后落座在休闲区。休闲区非常宽阔，落地玻璃分隔区域空间，有零星的游人在喝咖啡、吃蛋糕。

大胖叫来服务员，要了蛋糕咖啡，拿出手机玩微信，他给建国和阿格分别发了休闲区的定位。微信里有很多提示记号，大多是给大胖发的清迈照片的点赞。有一条是女儿发来的，先祝老爸在泰国玩得愉快，后面才是重点，说最近要搞世界音乐的演出，还缺一点排练经费，问老爸是否可以赞助一点。大胖的女儿情商高，找个老公入赘，生了两个男孩，其中一个随大胖姓。明明是外孙，女儿却对大胖一口一个"你孙子"，于是乎女儿一家四口全靠大胖养着，女儿女婿却一门心思扑在世界音乐的普及工作上。

蛋糕吃完咖啡杯也空了，大胖想找服务员续杯，回头一看，远处的角落里，阿格正与两个身穿短袖T恤的男人坐在一起交谈。大胖站起来准备朝角落走去，服务员拦住他说："先生你还没有买单哩。"

"什么？不是说免费的吗？"大胖很生气地叫道。

"先生，我们这里要买单的。"小伙子塞过来账单。

大胖无奈，只得乖乖地付钱，付完钱抬头一看，远处的阿格与那两个男人在视野里消失了。

天色渐暗，免税店门口人头攒动，一辆辆大巴接连驶来，接走一批批游客。大胖走出旋转门，看到大门左侧边上站着建国，一只手夹烟托着眼镜，眯缝着眼，凑在手机屏上上下"巡视"。建国对大胖说，他搜攻略找到一家很有名的泰国餐馆，就在免税店附近，走路过去不到十分钟。两人正说着，阿格出现在了门口。

去超市取了购物袋，三人依靠导航引路，沿着茂密的高大树丛走着，很快一条大河横亘在前方。泰菜馆是敞开式的一幢木屋，高高低低的大屋顶傍河而立，屋檐悬挂的霓虹灯跳跃闪烁，光影交错。一座古旧的木桥架在河面上，桥的一侧簇拥着四处伸展的芭蕉树叶，桥面上有长长的铁索扶栏，人行其上会剧烈晃动。

泰菜馆门口七歪八倒地停放着一堆自行车。三人下坡踏上木质跳板，跳板连接窄窄的回廊，绕过回廊，便来到餐馆中央的圆吧台。餐桌以吧台为轴心呈扇形向四周分布，屋顶悬挂的铜质吊扇缓缓旋转着。餐桌大都是两人座，满目皆是欧美老外，一人带着一个泰妹，轻声细语神采飞扬。每张餐桌上都放着一盏铜油灯，清风徐徐，灯光摇曳，弥漫着温馨浪漫的情调。

他们找了一张靠河边可以观赏夜景的四人桌。服务员拿来菜单，全英语的，阿格懒得看，大胖是看不懂，最后只能由建国点菜。

"长得都好难看啊！"大胖突然冒出一句。

"你说什么？"摘了眼镜正低头浏览菜单的建国抬起头问。

"他说那些泰妹好难看。"阿格说。

点完菜之后，夜幕已降临。河面上缓缓漂来一长溜祈愿的纸灯，朝四周漾开一圈圈涟漪，灯影辉映在河水中，波光粼粼，微风中光影交织轻轻抖动，构成一幅如梦如幻的迷人画面。

服务员端着托盘上菜，有白灼基围虾、辣椒草鱼、咖喱空心菜，外加一盘花生米和三瓶啤酒。大胖急不可耐地把手伸向盘中，用两个手指捏起一只虾，剥了壳大口咀嚼起来。

建国连连摇头："真是个吃货，在免税店吃了那么多，现在你的胃口还那么好？"

大胖的手又要伸向盘子捏虾，忽地停在半空中，朝阿格哭丧着脸说："吃自己的还要被骂。"大胖话里的含义很明确，他们此次结伴出游是AA制呀。

阿格举起酒杯："吃吧吃吧，没人不让你吃。我们一起干一个！"

"还是阿格大气，干杯干杯！"大胖竖起大拇指。

酒足饭饱后，三人打车回酒店。下了出租车，建国与大胖又要去马路对面的SPA店按摩，阿格没有兴致，说自己想回酒店。建国和大胖穿越马路，朝SPA店走去。

阿格进入房间，随手拿起遥控器打开电视，换了几个频道，全是泰语台，好不容易调到一个中文台，居然传来异常熟悉的歌声。荧屏里播的是一部纪录片，讲述着一代歌星邓丽君与清迈的故事。

邓丽君坐在摇椅上安静地看书，录音机里放着维瓦尔第的《四季》。把头发束在脑后的保罗从更衣室走出来，他俯下顾长的腰背在邓丽君的额上轻吻一下，健步走出1502，要去给邓丽君买CD和水果。保罗走后不久，邓丽君起身去浴室洗澡，等保罗回来他们要去散步。她喜欢每天傍晚时分天气凉爽后，与保罗手牵手散步，在清迈，这是她与保罗每天必做的功课。

大约下午四点，两个正在VIP服务台闲聊的女职员突然听见一声惨叫，只见邓丽君赤身裸体从房间里冲出来，扑通一声，重重摔倒在地毯上。她们见状赶紧找来浴巾，裹住邓丽君的身子。喊叫声惊动了休息区的比利，他闻讯赶到，小伙子情急之下给酒店经理打了电话。不一会儿经理来了，吩咐比利叫救护车，救护车迟迟未到，经理当机立断，决定用酒店的汽车送邓丽君去医院。

比利和服务员几个人抱着邓丽君坐电梯下楼，酒店经理带门童和女服务员一起护送邓丽君去医院。

正好是下班高峰期，本来只需要五分钟的路程，汽车足足开了二十分钟。在去医院的路上，脸色发黑的邓丽君一边抓着女服务员的手，一边痛苦地喊叫着"妈妈"，显得那么无助和绝望。

邓丽君去世后，警察在酒店卧室的化妆包里找到了哮喘喷雾药剂。据警方分析，邓丽君平时会把缓解哮喘的喷雾剂放在随手可拿到的地方，那天突然身体不适，却找不到喷雾剂，导致慌乱中冲出房间。

在美萍酒店，比利面对记者的追问伤心欲绝。记者问他："保罗是否在殴打邓丽君之后离开了酒店？"

比利非常生气，愤怒地说："这全是谎话！说这些谎话的人全是人渣！污蔑，造谣！不知道这些人为何要这样亵渎女神和她的未婚夫！"

记者说："那为何邓丽君的尸体照片显示，她的脸上伤痕累累？"

比利回答说："邓小姐可能在找哮喘喷雾剂时摔倒了，或者是体力不支出门时摔伤所致……"

9

一大早，面包车沿着古城的护城河行驶，中世纪式的砖砌城墙在车窗外飞快地往后退去。惠子指着前方的斜坡砖瓦门楼介绍说，清迈古城已有七百年的历史，共分五个门，从高处鸟瞰，古城的形状酷似一头大象。很长一段时间里，清迈都是兰纳王国的首都。

古城墙消失后开始进入山路，面包车盘旋而上。山道旁树木葱郁，探出的枝丫不断划过车窗，发出刺耳的声响。

面包车停在半山腰的停车场，惠子领着大家沿山道前行，两边是成片成片的参天竹林，阳光透过竹林的缝隙照射下来。爬到山顶就看到了富平皇宫。这座皇宫建于泰国第九代皇帝时期，是皇帝及家眷度假休息的所在地。皇宫所占园林面积并不大，中央是一个大花棚，里面种满了各种花卉、玫瑰、夏鹃和茶花争奇斗艳，一大片兰花盛开如海，红色的、黄色的、蓝色的花蕾次第绽放。大花棚的四周生长着一棵棵亭亭玉立的大树。

一扇简陋的铁门上了锁，庭院深处伫立着一幢大屋顶的琉璃瓦建筑，惠子介绍说这就是皇帝的下榻处，每逢开放日可以进去参观。大胖拿着手机不停拍照，建国对参观毫无兴趣，便与惠子老公在一座石亭下抽烟交谈。

惠子是广东潮汕人，来泰国十七八年了。这些年中国人变富裕了，来泰国旅游的游客络绎不绝，购买力超强。他们夫妇自己开了旅游公司，买了车，买了房，还生了三个孩子。惠子老公说惠子贤惠，有旺夫运，说着，他朝空中吐出一个烟圈，神情里透出一种骄傲和满足感。

阿格和大胖一左一右跟着惠子走来，惠子又在发挥她讲故事的特长，向他们介绍泰国国王在老百姓心目中的崇高地位。

"你的朋友好有意思。"惠子老公说。

"你说谁，大胖吗？"建国问。

"对，他讲话好幽默。他有两百多斤吧？"

"哪止，三百多！都是吃出来的。小时候穷，没有吃的，现在有钱了，拼命吃。"

"看起来他活得很潇洒。"惠子老公用一种欣赏的口吻说。

"表面光鲜，其实也是一个可怜的人。他从小跟着养父养母长大，连他的生身父母是谁都不知道。"建国撇着嘴说。小时候他与大胖阿格都是邻居，所以他对大胖的身世比较了解。

"啊，这样啊。"惠子老公耸耸肩，"按你们中国人的话怎么说的？

清官难断家务事？"

按计划下一站参观游览魏功甘景点，他们下山后驱车前往。魏功甘有清迈古城的遗迹。遥远的岁月里，因宾河发大水，人们开始大规模地搬迁至现清迈古城。洪水带来的泥沙掩埋了魏功甘古城，直到十多年前才慢慢被发掘出来，出土的文物甚至包括中国明朝万历年间烧制的青花瓷器。

到达魏功甘，天上下起淅淅沥沥的雨。热带地区就是这样，阴晴转换只在一瞬间。魏功甘有七八处遗址和一些民居塔楼，散落分布在方圆几里地的茂密森林里。

惠子用手机打了个电话，一辆泰国传统马车嗒嗒跑来，惠子把预先准备好的票分给大家——乘坐马车每人两百泰铢。待大家坐稳，车夫一甩缰绳，马车噌的一下蹿出去了。前面的道路上不时会出现一堆堆褐色的马粪，在细雨中冒着热腾腾的水汽。

雨突然大起来，瓢泼大雨倾泻在车篷上，发出沉闷的声响。森林里不断显现的古迹遗址和断墙残壁，仿佛一幅幅名画，经雨幕尽情地洗刷，变得迷蒙而遥远。

幼儿园每天都午睡。一天下午阿格醒来就发觉有些异样，浑身瘙痒难熬。幼儿园老师见他迟迟不起床，就过来帮他穿衣服，阿格却不让老师碰他，说我痒我痒，小手不停地挠着手臂。老师往上撸开阿格的衣袖，突然惊叫起来：阿格的手臂上密密麻麻显现一大片红色的肿块。

老师开始是给女人打电话的，女人下午上课要上到四点；老师又给男人打电话，男人在海关当报税员，听说阿格病了，找了个顶班的，风风火火赶到幼儿园。男人背着阿格坐公共汽车去儿童医院，一路上嘴里像念经一样不停地给阿格念着"摇啊摇，摇到外婆桥"。儿童医院人满为患，阿格浑身难受，哼哼唧唧，一个多小时后才看上病。医生给阿格量体温，用听筒检测了阿格的胸腔，然后开了抗过敏的药，嘱咐回去如果服药后没有好转的话赶快来复诊，假如肿块退了就不必再来。

离开医院回到家，在公寓门口男人想放下阿格，阿格死活不从，男人只得气喘吁吁把他背到三楼。男人朝女人的房间走去，他怕阿格受不了客厅里百合花的香味，医生说阿格患的病俗称风疹块，是体虚加上过敏导致的。谁知到了女人房间门口，阿格的双腿在男人的背上倒腾，坚决不肯去女人房间。女人有洁癖，她的房间不让别人进，她每天下班，都要在客厅衣帽间换了睡衣才进房的，拖鞋都不穿进房间。有一次阿格睡着了，男人将他放在女人的床上，女人回来后他们之间爆发了激烈争吵，吵醒了熟睡的阿格。后来男人把阿格抱走，幼小的阿格很长记性，从此再也没有踏进过女人的房间。

男人只得将阿格轻放在客厅的单人床上，然后去楼下端来一杯温水，扶着阿格的后脖让他服下一片药。抗过敏药有催眠作用，男人做完晚饭上楼，阿格已经入睡，红红的脸庞在壁灯的照射下熠熠闪光。

阿格是被尿憋醒的，窄窄的小窗外是黑沉沉的夜色，他不知道什么时候睡到亭子间来的。亭子间不大，十平方米出头，只能放一张三尺二的床和一个床头柜。阿格看见床头柜上放着一杯水和一碗皮蛋粥。

阿格拉开亭子间的门，楼上顿时传来邓丽君压得很低的歌声，三楼客厅的门虚掩着，灯光昏暗。他慢慢沿着木质楼梯拾级而上，门缝里可以看见一条条腿随着音乐缓慢交叉移动，像大海上的小舢板，时高时低，时浮时沉。

他悄悄绕过客厅的门，朝卫生间轻手轻脚地迂回过去，卫生间在靠左侧的过道里，阿格闪躲进去痛快地尿了一泡。他来到立式白瓷洗脸盆前洗手，洗脸盆前有面大镜子，镜面的四周已锈迹斑斑。阿格看见自己幼小紧张的脸庞有些变形，他撸起袖管，身上的风疹块全退了，脸也没有那么红了。他走到浴缸边的毛巾架边擦拭双手，然后轻轻拉开门，轻手轻脚跑过走廊，滑下楼梯，溜回了亭子间。

阿格再度醒来已是深夜。他的风疹块似乎又发作了，浑身奇痒难忍。本能告诉他应该继续吃药，他拉开亭子间的门，准备出去找男人。他慢慢爬上楼梯，客厅里的一盏壁灯亮着，那些男男女女已不见踪影，房间里杯盘狼藉，杂乱不堪。

他溜进客厅，通往女人房间的客厅门虚掩着，他踮着脚慢慢走过客厅，来到窄窄的走廊。这时，他看到左侧女人房间门口的地毯上，有两双鞋像一对并蒂莲一样盛开，又像百合花的花瓣柔软地铺展在柚木地板上，一双是女人的，一双是男人的……

10

惠子在大堂等着结账,建国与大胖提着行李先后下楼。足足等了十几分钟,阿格还是没有下来,惠子让酒店总台给阿格房间打电话,没人接。这时前台经理走过来说:"你们是等阿格先生吧?他很早就已经出门了,他说请你们先去机场,在那里等他。"

去机场的路上,建国和大胖分别给阿格打电话,始终是忙音。

到达清迈机场,惠子脸上愁云密布,拿着手机看看建国又看看大胖,眼睛里满是求助和无奈。关键时刻少一个人对导游来说是最棘手、最头痛的事情。

这时候,建国显示出多年漂泊欧洲处乱不惊的气度,他跟惠子互加了微信,然后告诉她不要慌,万一阿格需要帮助的话,请她务必多多费心。

一直到开始登机,阿格也没有出现。建国和大胖走去头等舱检票口,登机牌被扫描后发出嘀的一声,两人步入廊桥。这时,建国的手机突然发出叮咚的响声,有一条微信跳进来,他掏出手机一看,是阿格发来的微信:

建国大胖:你们先回,我再待几天。泰国警方找到了我哥的下落,他是我在这个世界上唯一还活着的亲人,我要留在清迈一段时间。建国说我们都是与妈妈走散的孩子,我们怎么那么不走运,注定要与最亲的亲人走散?事先没打招呼,因为是私事,不想麻烦你们。抱歉,我的朋友!

依次进入机舱,建国与大胖挨着坐,隔着过道空着的位置,本应该是阿格的座位。往前十几排的地方,是一个泰国僧侣旅行团,约莫有十几号人,全穿着大襟的浅棕色布袍,一大片光秃秃的脑袋。

飞机在跑道上开始滑行、腾飞,天空无比蔚蓝,云彩朵朵飘移,清迈的一排排房屋和田野河流在视线里渐行渐远。

不一会儿,飞机一点点上升,云彩急速地往后飘浮,进入巡航飞行时段，在飞机巨大的轰鸣声中，大胖开始昏昏欲睡，建国的眼皮也开始耷拉下来。

前排的一个光头僧侣站起身，大概是要上厕所，他踅过身，朝机舱后排走去。路过建国和大胖的座位时，建国紧闭的眼帘微启，露出隐隐约约的光亮，僧侣模糊的面容倏忽晃过。少顷，建国忽然觉得有什么地方不对头，直起身子，僧侣已飘然而去。建国侧身回头一望，这下让他惊呆了：僧侣的后背挎着一个双肩包，拉链没拉严实，露出半截木雕的头颅，诙谐戏谑的造型，有几缕稀松的褐色头发披挂下来。建国清晰地记得，在长脖子村见过这尊太阳神木雕，阿格当时买下后来又在SPA店丢失，无论造型还是刀工，都给建国留下过极为深刻的印象。这尊太阳神木雕怎么会出现在僧侣的挎包里呢？

建国松开安全带，站起身朝机舱后面慢慢走去。

卫生间上方的电子屏显示红灯，那个僧侣朝里面壁而立，佝偻着身子。僧侣的个子比建国矮，所以建国非常顺手地便从他的背包里抽出太阳神木雕。木雕缓缓上升，忽地露出一张滑稽怪诞的笑脸。

原载《十月》2020年第5期